KB014477

# 윤동주 평전

송우혜 지음

서정시학

송우혜
1968년 서울대 의대 간호학과에 입학하여 1970년에 중퇴, 1978년에 한국신학대학 신학과에 편입하여 1982년에 졸업했다. 이화여대 대학원 사학과에서 한국사를 전공하여 석사학위를 받고 박사과정을 수료했다.
1980년 『동아일보』 신춘문예로 등단하여 1982년 한국문학 신인상, 1984년 삼성문예상을 수상했다.
1984년 일본군 내부의 전투보고서 등 국내외 자료를 추적하여 해방 뒤 최초로 청산리전투의 실상을 밝힌 논고인 「청산리 전투와 홍범도 장군」을 『신동아』 9월호에 발표했고, 그 뒤 「북간도 대한국민회의 조직형태에 관한 연구」 「대한독립선언서(세칭 무오독립선언서)의 실체」 등 독립운동사 관계 논문을 발표하여 학계의 오류를 바로잡고 역사의 실체를 추적하는 작업을 계속했다.
소설집 『눈이 큰 씨름꾼의 이야기』 『스페인춤을 추는 남자』, 평전 『윤동주 평전』 『벽도 밀면 문이 된다–만우 송창근 평전』, 산문집 『서투른 자가 쏘는 활이 무섭다』, 장편소설 『저울과 칼』 『투명한 숲』 『하얀 새』 『마지막 황태자』(전4권) 등의 저서가 있다.

**윤동주 평전**

2023년 12월 22일 제3차 개정판 12쇄 발행

지 은 이 · 송우혜
펴 낸 이 · 최단아
펴 낸 곳 · 도서출판 서정시학
주　　소 · 서울시 서초구 서초중앙로 18, 504호 (서초쌍용플래티넘)
전　　화 · 02-928-7016
팩　　스 · 02-922-7017
이 메 일 · lyricpoetics@gmail.com
출판등록 · 209-91-66271

ISBN 978-89-98845-49-0 93810

계좌번호: (국민은행) 070101-04-072847 최단아(서정시학)

값 16,000원

잘못된 책은 바꾸어 드립니다.

이 도서의 국립중앙도서관 출판시도서목록(CIP)은 서지정보유통지원시스템 홈페이지(http://seoji.nl.go.kr)와 국가자료공동목록시스템(http://www.nl.go.kr/kolisnet)에서 이용하실 수 있습니다.(CIP제어번호: CIP2014013897)

# 윤동주 평전

# 제3차 개정판 머리말

『윤동주 평전』은 1988년에 처음 출간된 이래 세상의 주목을 많이 끌었다. 책의 내용에 관한 관심은 물론 책의 출간 형태에 관한 관심으로도 그러했다. 무엇보다 여러 차례 개정에 개정을 거듭하면서 내용을 계속 보완하고 바로잡아 간 것을 많은 독자들께서 매우 이채롭게 받아들였고 칭찬을 아끼지 않으셨다.

돌아보니 개정판을 만드는 일은 늘 보람과 감사를 함께 느끼게 했던 귀한 작업이었다. 그 중에서 무엇보다 먼저 감사하게 생각하는 것은, 윤동주 시인의 동경 입교대학 시절에 관해서 철저하게 추적한 일본인 연구가 양원태자(楊原泰子, 야나기하라 야스코) 선생님께서 발굴해낸 귀중한 자료들을 평전의 제2차 개정판에 수용하여 보완함으로써 윤동주 시인이 겪었던 동경시절의 명암을 생생하게 알아볼 수 있게 된 일이다. 양원태자 선생님께 깊이 감사드린다.

또 '윤동주 시인의 동갑내기 고종사촌 형인 송몽규 선생의 무덤 찾기'라는 전혀 예상치 못했던 일이 일어나서 이 책에 기이한 방점을 찍었다. 그의 무덤 위치가 잘못 알려져 있어서 찾지 못하고 있을 때, 이 책에 수록되어 있는 증언이 강력한 준거가 되어서 그의 무덤을 제대로 찾을 수 있게 되었고, 또 그 결과가 이 책의 다음 번 개정판에서 다루어지는 희귀한 사례를 경험했다. 책의 저자로서, 특히 송몽규 선생의 친족으로서 너무나도 보람 있고 감사한 일이었다.

윤동주 시인의 연희전문학교 동기동창인 친우 강처중 선생의 경우는 더욱 극적이었다. 연전 입학 동기생 중 윤동주·송몽규·강처중 세 분은 연전 1학년 입학 초기에 기숙사의 한 방에 같이 입방하여 연전생활을 시작했고, 그 후 죽을 때까지 '3인방'처럼 극친하게 지낸 사이였다. 그러나 『윤동주 평전』 초간본을 출간할 때엔 윤동주 시인의 동생인 윤일주 교수의 강력한 요청에 따라 —강처중이 '좌익 인사'였다는 이유로— 그에 대해서 일체 기술하지 못했다가 제1차 개정판에서 비로소 그를 다루면서 마음의 아픔과 괴로움을 떨쳐내었다. 그런데 뜻밖에도 그 서술 과정은 예상을 뛰어넘는 반전을 불러왔다.

처음에는 '좌익 인사' 정도로만 알았던 강처중 선생에 대해서 놀라운 증언을 해준 분은 그와 매우 가깝게 지낸 연전 후배였던 장덕순 서울대 교수였다. 장 교수의 증언에 따라서 "강처중은 좌익으로 체포되어 재판에서 사형을 선고받았고 총살형으로 처형되었다" 라는 요지로 서술된 제1차 개정판을 내놓으면서, 나는 세상에 처음으로 그를 제대로 소개하는 보람을 강렬하게 느꼈다.

그런데 제1차 개정판이 출간된 뒤에 그 내용을 보도한 『동아일보』 기사를 보고 오랜 세월 동안 신원을 숨기고 지냈던 강처중 선생의 가족(부인 이강자 여사와 자녀들)이 나타났다. 가족들은 "그 분이 사형수로서 서대문 형무소에 수감되어 처형을 기다리고 있었던 것은 맞는데, 총살형으로 처형되었다는 것은 사실이 아니다. 6·25가 발발한 지 사흘 만에 서울에 입성한 인민군이 형무소를 개방했을 때 형무소에서 나왔고, 그 뒤 두 달 남짓 집에서 요양하다가 9월 4일에 '소련에 가서 공부하겠다'는 말을 남기고 월북했다"고 밝히고, 강처중 선생에 관한 여러 가지 새로운 증언을 해주셨다. 그에 따라서 제2차 개정판에서는 강처중 선생에 관한 사실들을 다시 새롭게 정리하여 기술함으로써 역사적 사실을 바로잡을 수 있었다. 그때 들었던 증언 중에서, 강처중 선생이 사형수로 형무소에 수감되어 있을 때 부인이 가서 면회 신청을 하면 간수들이 으레 "아, 그 함경도 미남을 면회 왔는가" 하면서 면회 수속을 밟아주더라는 이야기가 마음에 애절하게 남았다. 사형수인 남편을 면회하려고 형무소에 간 극심한 고통의 시간에 간수들이 건넸던 인간미 담긴 짧은 말이 깊은 위로가 되어 꺼지지 않는 영혼의 횃불처럼 부인의 마음에 살아남아 있었음이 피부에 닿도록 선연하게 느껴졌던 회고였다.

본서의 제2차 개정판을 낸 뒤 10년의 세월이 흐르는 동안 학계에서는 윤동주 시인과 그의 시에 관한 연구들이 계속되어 왔다. 그런데 최근에 나온 논문들 중에서 본서에 기술된 내용 일부를 강하게 부정하는 새로운 학설을 내놓은 연구자들이 있었다. 윤동주가 '동시'를 쓰게 된 계기(178~184쪽 참조)와 창씨개명에 관련된 사실(310~311쪽 참조)을 다루는 논문에서 그런 주장들이 나왔다. 기존에는 없었던 전적으로 새로운 주장들인데 전혀 동의할 수 없는 내용이었다. 그래서 문제의 사안들을 정밀하게 고증하여 무엇이 진실인지를 밝히는 작업이 필요하다고 생각했다. 이제 그런 작업 결과를 담은 제3차 개정판을 출간한다.

또한 이번 개정판에 새롭게 추가되는 글이 있다. 그간 이 책이 살아 있는 생명체처럼 계속되는 갱신과 보완을 통해서 진실을 찾아내고 담아내는 작업을 지속하고 있는 것을 많은 분들이 칭찬해 주셨다. 더불어 이 책을 쓰게 된 동기와 집필 작업 중에 겪은 애로와 보람과 애환에 대해 매우 궁금해 하셨다. 또 여러 매체에서 나에게 『윤동주 평전』 집필 작업의 이면에 관한 이야기를 써 줄 것을 요청했다. "책 한 권이 어떤 운명을 지니고 세상에 나오게 되고, 또한 어떻게 세상으로부터 영향을 받으며 또 어떻게 세상에게 영향을 미치는지를 보여주는 좋은 사례가 될 것"이라는 것이 청탁 이유였다. 그래서 그런 글을 여러 번 발표했고, 그걸 읽은 분들이 매우 흥미롭게 받아들이셨다. 그래서 『윤동주 평전』을 쓰게 된 계기와 집필과정에서 겪었던 이야기들을 <『윤동주 평전』의 책 이면에 속한 이야기>라는 제목에 담아서 같이 수록하기로 했다.

『윤동주 평전』…….

그간 한 시인을 세상에 제대로 드러내기 위해서 우직하게 걸어온 길을 뒤돌아보니, 뿌듯한 보람과 한 줄기 애수가 교차한다. 내가 이 책을 씀으로 인하여 '윤동주'라는 시인을 보다 정확하게 세상에 드러낼 수 있었음이 너무도 감사하고, 그럼에도 불구하고 좀 더 일찍 집필에 착수했더라면 더 많은 생존자들의 증언을 통해서 더 상세하고 더 핍진하게 그를 드러낼 수 있었을 텐데 그렇지 못했던 것이 너무도 아쉽다.

돌아보면 이 책과 관련된 매우 기이한 역사적 에피소드도 있다.

1989년 2월의 어느 날 오후, 문익환(1918~1994) 목사님이 나에게 전화를 하셨다.

"내가 곧 북간도에 가려고 하는데, 네가 쓴 『윤동주 평전』을 두 권 가져다 다오. 그 책을 가지고 가야겠다."

그 때만 해도 '죽(竹)의 장막'으로 불리고 있던 공산국가 중국이 개혁개방 정책을 대외적으로까지 전면적으로 실행하기 전이라서, '대한민국 국민으로서 중국 영토에 속하는 북간도에 간다'는 것은 거의 불가능하게 여겨졌던 아주 어려운 일이었다. 그런데 문 목사님께서 북간도에 가신다니 정말 놀라웠다. '아주 유명한 분에게는 그런 일이 가능한가 보다'라는 생각이 들었다.

'북간도'라는 땅은 나에게 특별한 의미가 있는 곳이었다. 독립투사로 대일항전 중에 전사하신 나의 할아버지가 묻혀 계신 곳이고, 어린 나이에 고아가 된 나의 아버지가 고생스럽게 성장하신 곳이다. 또 내가 『윤동주 평전』을 쓰는 동안 너무도 가보고 싶어 했던 곳이다. 나는 너무나 큰 놀라움과 더 큰 부러움을 금치 못하면서 여쭈어 보았다.

"북간도에 가신다면 책 두 권으로는 모자라지 않을까요? 좀 더 가져다 드릴까요?"

그러자 문 목사님은 즉각 대답하셨다.

"아냐! 두 권이면 돼!"

그래서 나는 다음 날 『윤동주 평전』 두 권을 가져다 문 목사님께 드렸다.

실은 문익환 목사님과 내가 쓴 『윤동주 평전』의 관계는 특이했다. 문 목사님은 자신의 어릴 적부터의 친우이자 인척이기도 한 윤동주 시인의 평전을 직접 쓰시겠다고 오래 동안 크게 벼르고 계셨다. 그건 주위 사람들이 모두 아는 사실이었다. 내가 『윤동주 평전』을 쓰기 위해서 증언을 들으러 댁에 갔을 때도 문 목사님은 질문하는 대로 증언을 해주시기는 하면서도 "내가 곧 『윤동주 평전』을 쓸 거다!"라는 말씀을 거듭 되풀이 하셨을 정도였다.

그런데 1988년에 내가 쓴 『윤동주 평전』이 출간되자 곧 읽으신 뒤에는 생각을 완전히 바꾸셨다. "『윤동주 평전』은 송우혜가 쓴 것으로 충분하다. 정말 잘 썼다. 나는 안 쓰겠다!"라고 말씀하시고, 여러 집회에서 강연하실 때도 청중들에게 "시인 윤동주를 알려면 송우혜가 쓴 『윤동주 평전』을 꼭 읽으라!"고 자주 말씀하셨다. 그랬기 때문에 문 목사님이 자신과 윤동주 시인의 고향인 북간도에 가시게 되자 그곳 사람들에게 『윤동주 평전』을 전해 줌으로써 윤동주를 제대로 알게 하려고 하시는 것으로만 생각했다.

그런데 다음 달에 매스컴의 대대적인 보도를 통해서 청천벽력 같이 충격적인 소식을 접했다. 1989년 3월 25일에 문익환 목사님이 도착하신 곳이 '북간도'가 아닌 '평양'이었던 것이다. 그 때만 해도 정부의 허가 없이 방북한다는 것은 매우 큰 사회적 물의를 일으키는 막중한 범법행위에 속했다. 문 목사님이 평양에 계신 동안 매스컴에서는 연일 그 사건을 대대적으로 보도했다. 문 목사님은 4월 3일에 평양을 떠나 북경과 일본을 거쳐 4월 13일에 김포공항에 도착하신 즉시 구속되어 재판 받고 수감생활이 시작되었다. 나는 막심한 충격 속에서도 매우 궁금하게 여겼다.

"그런데 이상하다. 북간도가 아닌 평양에 가시면서 왜 『윤동주 평전』을 가지고 가신 것일까?"

그 의문은 그로부터 여러 해가 지난 뒤에, 그것도 문 목사님이 돌아가신 뒤에, 전혀 뜻하지 않은 데서 풀렸다. 일본 NHK PD 출신인 일본인 언론인이자 작가인 다호길랑(多胡吉郎, 다고 기치로) 선생이 한국에 오셨을 때 만나서 놀라운 이야기를 들었다. 문익환 목사님이 방북하셨을 때 촬영된 동영상을 일본에서 보았는데, 평양 인근에 있는 순안 공항에 착륙한 비행기에서 내려 북한 땅을 처음 밟은 문익환 목사님이 처음으로 입을 열어 내놓은 말이 곧 윤동주 시인의 「서시」 낭송이었다는 것이었다.

그 이야기를 들은 순간 큰 전율 같은 것이 내 마음을 후려쳤다.

아마도 문 목사님은 방북을 준비하면서 "북한 땅에 발을 처음 디딘 순간, 어떤 말을 어떻게 해야 할 것인가?" 하는 문제를 두고 오래 고민하고 많이 생각하셨던 것 같다. 자신이 북한 땅에서 처음 내놓는 말이 지닐 상징성과 영향력과 파급 효과를 생각할 때, 그로서는 최선의 '말'을 찾아야 했을 것이다. 그 결과 드디어 결정한 것이 '윤동주의 「서시」 낭송'이었던 것이다.

그런 결정을 한 그 분의 마음 이면에 있었던 생각을 짐작할 수 있었다. 그 시점, 그 상황, 그 장소에서, 다른 것 아닌 바로 윤동주 시인의 「서시」를 문자 그대로 남북한 온 겨레 앞에 바치고 싶었던 것이다.

그러고 보니 문 목사님은 자신이 북한 땅에 발을 딛고 처음으로 할 일을 '윤동주의 「서시」 낭송'으로 정한 뒤, 그 낭송을 전해들은 북한 사람들이 마땅히 가질 의문, "그 시를 쓴 윤동주는 어떤 사람이었고 어떤 시인이었는가?" 하는 의문에 대한 답변으로 내가 쓴 『윤동주 평전』을 갖고 가신 것이었다.

하지만 '모사재인 성사재천(謀事在人 成事在天 : 일을 꾸미는 것은 사람이 하지만 이루는 것은 하늘이 한다)'이라는 말 그대로가 되었다. 문익환 목사님의 계획은 미래지향적이고 명징했지만, 현실에서는 전혀 뜻대로 이루어지지 않았다. 그 때, 그 장소, 그 상황에서 그 분이 윤동주의 「서시」를 낭송했다는 사실 자체가 오랜 세월이 지나도록 세상에 제대로 알려지지조차 않은 것이다.

여하튼 나는 우리 민족의 분단 역사상 가장 문제가 될 수밖에 없는 형태의 '방북'을 결심한 문익환 목사님이 북한 땅에서 취할 최초의 행위를 미리 계획해 놓고 그걸 위해서 나의 『윤동주 평전』을 두 권 들고 가셨다는 사실이 오래도록 눈물겨웠다. 우리 민족이 겪고 있는 분단의 고통과 슬픔은 언제나 환하게 해소될 것인가!

요즘 나는 큰 격려가 되는 이야기를 새로 접하고 감사하고 있다. 문학 계간지 『다시올 문학』 2013년 겨울호는 윤동주 특집호로 제작되었다. 국내외 윤동주 연구가 18명이 쓴 글이 실렸는데, 그 중에 2013년 7월 29일에 중국 연변 조선족 자치주의 주도(州都)인 연길에서 개최되었던 '윤동주 문학기행 세미나'에서 한국 가톨릭대학 국문과 류양선 교수가 한 발언이 다음과 같이 수록되어 있었다.

"송우혜 선생이 쓴 『윤동주 평전』이 발간되었을 때 연변지역의 인사들이 송 선생 덕분에 이념 때문에 갈려 있던 부분이 균형감을 회복하였다고 평한 적이 있었습니다."

나는 『윤동주 평전』을 쓰는 동안 늘 역사적 진실을 제대로 밝혀내는 것을 목표로 정진했다. 그런데 그 결과물을 통해서 윤동주 시인의 고향인 연변에서 "이념 때문에 갈려 있던 부분이 균형감을 회복하였다"고 이야기한다니까 정말로 감사했고 큰 보람을 느꼈다.

앞으로 이순신, 전봉준, 홍범도, 이율곡…… 등, 내가 새롭게 또 제대로 조명하고 싶은 인물들을 평전으로 또는 소설로 형상화하는 작업이 눈앞에 놓여 있다. 한 언론계 인사는 "선생의 가장 큰 약점은 남자를 좋아했다 하면 꼭 '죽은 남자'를 좋아하는 것!"이라는 말로 내가 하려고 결심한 작업들을 칭송해서 나를 크게 웃게 만들었지만, 갈 길은 멀고 시간은 빨리도 흘러간다. 앞으로 예정한 작업들을 추진해 나아가는데 『윤동주 평전』을 썼던 경험과 성과는 늘 힘차고 따뜻한 격려가 될 것이다.

『윤동주 평전』을 완성하는 데 도움을 주신 분들과, 또 여러 차례에 걸친 보완작업에 도움을 주신 분들에게, 충심에서 우러나는 깊고도 뜨거운 감사를 올린다.

2014. 5. 9.

송 우 혜

□ 추기(追記)

이번 판본부터 글 하나를 추가한다. 계간 『서정시학』 2018 가을호에 발표된 나의 글 「'새로 만드는 윤동주 전설'이라는 함정」이라는 글이다. '부록 제V번'으로 넣는다.

지난 몇 년 동안 숙명여대 김응교 교수는 연세대 주최 윤동주 관계 행사와 같은 공식석상과 자신이 쓴 윤동주 연구 저서인 『처럼』을 통해서 나와 나의 책 『윤동주 평전』을 폄훼하고 음해하기를 계속했다. 그는 내가 참석한 자리에서조차 나를 부당하게 깎아내리는 일을 거침없이 감행했지만 그에 일일이 대응하는 것은 보는 이들에게 이전투구의 인상을 줄 것이라서 참았다. 그러나 이젠 더 이상 묵과할 수 없는 상황이라고 판단돼서 그와 그의 책의 실체를 세상에 밝히려고 쓴 글이 「'새로 만드는 윤동주 전설'이라는 함정」이다.

김응교 교수는 강연으로나 책으로나 한 사람의 지식인 또는 저술가로서 해서는 안 되는 일들을 저질렀다. 그의 강연은 가당찮은 자기자랑과 나에 대한 폄훼로 얼룩져 있었고, 그의 책은 오류와 왜곡과 날조로 뒤범벅이다. 표절은 '출처를 충분히 밝히지 않고 다른 사람의 저작의 일부 또는 전부를 인용하거나 차용하는 행위'를 지칭한다는 두산백과의 정의에 따르면, 그의 저술에는 표절로 지목될 부분 또한 많다. 문제는 윤동주 연구 전문가가 아닌 일반 독자들로서는 그런 것들을 구분하기가 힘들다는 점이다. 그렇기 때문에 반드시 전문가가 그것을 엄중하게 검증해서 진위를 밝힐 필요가 있기 때문에 내가 그 작업을 감당한 것이다.

이 글을 읽는 이들은 비단 '윤동주 연구'라는 학계의 선한 노력들 이면에서 벌어지는 이상 현상을 알게 될 뿐만이 아니다. 더 나아가 생각과 소신이 바르지 않은 저술가가 작심하고 글을 쓰면 끼칠 수 있는 해악의 실체를 선연하게 알아볼 수 있을 것이다. 불행한 일이다.

# 차 례

## 제4장 송몽규 이야기



## 제5장 평양에서 보낸 7개월



## 제6장 다시 용정으로 돌아오다



## 제7장 젊음의 정거장, 서울 연희전문학교

## 제8장 6첩방의 고장, 일본



## 제9장 체포, 재판, 복역, 옥사



## 제10장 시인윤동주지묘詩人尹東柱之墓

## 제11장 민족시인의 영광



## ▣부록▣

# 제 1 장 시인의 출생

제1차 세계대전 중에 태어난 아기

윤동주의 가계

# 시인의 출생

## 제1차 세계대전 중에 태어난 아기

“명예롭게 유지될 수 없는 평화는 이미 평화가 아니다”라는 말이 있다. 우리 역사에도 그런 금언이 그대로 들어맞는 때가 있었다. 대한제국이 일본제국에게 멸망한 때가 그랬다. 대한제국이 누렸던 명예롭지 못한 평화는 곧 민족 전체를 재앙 속 세상으로 끌어들였다.

그 어두운 재앙의 시기에 신은 우리에게 한 시인을 보냈다. 이제 그 시인에 대하여 이야기하려고 한다.

20세기가 문을 연 지 17년 —, 1917년은 간지로 정사(丁巳)년이었다.

그해 여름 내내, 북간도(현재 중국 연변 자치주 지역)의 비옥하고 너른 땅 도처에서 흰콩의 콩 포기들이 검푸르게 우거지며 자랐다. 그리고 가을, 콩 포기들은 대륙의 쨍쨍한 가을 햇살을 머금고 야무지게 여물어갔다. 한문 투를 좋아하던 그곳 조선인들이 굳이 흰 백(白)자, 콩 태(太)자를 써서 ‘백태(白太)’라고 부른 그 흰콩, 당시 북간도의 조선인들은 너나없이 ‘백태 농사’에 열심이었다. 그들은 이제 콩이 여물어 거두어지는 대로 '구라파(歐羅巴)'로 실려갈 것을 기다리고 있었다. 그 콩의 대금으로 해서 그들의 살림살이는 지금보다 더욱 풍요로워지리라. 벌써 몇 년째 계속되고 있는 풍경이었다.

북간도의 조선인들은 본국에서와 마찬가지로 '유럽'을 한자식으로 표기하여 '구라파'라고 불렀다. 그 구라파에서 당시 큰 전쟁이 치열하게 진행되고 있었다. 1914년 7월 28일에 오스트리아의 황태자 부처가 한 세르비아인에게 암살당한 것을 계기로 발발한 제1차 세계대전이다. 이미 4년째 계속되고 있는 이 전쟁을 사람들은 '구라파 전쟁'이라고 불렀다.

인류가 생긴 이래 국지적인 전쟁은 무수하게 있었다. 그러나 세계의 주요 국가들이 모두 한꺼번에 대들어 양편으로 나뉘어서 전면전을 벌인 전쟁은 인류 역사상 이때가 처음이었다. 그래서 전쟁 명칭조차 '제1차 세계대전'으로 불렸다.

인류 최초의 세계대전쟁에 대한 인상은 말할 수 없이 강렬했다. 전투원이나 전쟁 당사국은 물론 전쟁을 직접 겪지 않은 나라나 사람들에게까지 그러했다. 북간도 백태의 구라파 수출은 이 세계대전쟁과 관련이 있었다.

> 구라파 전쟁이 계속되는 동안 구라파에선 농사들을 못 지어서 그랬는지……. 그때 우리 북간도에선 참말 엄청나게 백태를 수출했었다오. 생산만 해놓으면 곡물상들이 다니면서 수집해서 죄다 구라파로 나른 거지.

시인 윤동주(尹東柱)의 집안과 아주 가깝게 지냈던 김신묵(金信默, 1895년생. 문익환 목사 모친) 할머니는, 윤동주가 태어나던 무렵의 북간도 정경을 어제런 듯 소상히 설명했다.

> 곡물상들은 주로 백태만 사갔어. 그때 사람들이 백태 심어 돈들을 많이 벌었지. 그래서 좁은 땅 일구던 사람들이 넓은 땅을 사고, 작은 집에 살던 사람들이

크고 넓은 집을 지어 옮겼고……. 동주네도 그때 백태 농사로 꽤 재미를 보았지. 그 집이야 본래도 아주 넉넉한 가세(家勢)였었지만 말야.

한 사람, 한 사람의 삶이 모인 것이 곧 역사이다. 그래서 이러한 사실들은 "제1차 세계대전 기간 동안 극동의 만주 벌판이 유럽의 곡식 창고 역할을 했다"라는 문구에 담겨서 역사책에 남아 있다.

그러나 북간도 명동(明東) 학교촌에 있는 큰 기와집 윤하현(尹夏鉉, 1875~1947) 장로 댁의 1917년은, 넓은 백태 밭 가득 자라고 있는 콩 포기들만으로 풍요로웠던 것이 아니다. 정말 풍요롭고 기쁜 일은 따로 있었다. 윤 장로의 외아들인 윤영석(尹永錫, 1895~1962)의 아내 김용(金龍, 1891~1947)이 임신 중이었다. 윤영석 부부는 1910년에 결혼했으나 몇 년 전에 딸을 낳았다가 곧 잃은 후 다시 아이를 갖지 못했다. 그런데 결혼 8년째에 이른 이제 다시 잉태한 것이다. 경사 중의 경사였다.

밭에서 무성하게 자라고 있는 콩 포기들 못지않게 뱃속의 아기도 무럭무럭 자랐다. 그리하여 그해 12월 30일에 드디어 아기가 태어났다. 아주 준수하고 건강한 사내아기였다. 윤동주의 친동생 고 윤일주 교수는 윤동주의 생가에 대해 이렇게 묘사했다.

우리 남매는 3남 1녀였다. 내 위로 누님(惠媛), 아래로 동생(光柱)이 있다. 용정에서 난 동생 광주를 제외한 우리 남매들이 태어난 명동집은 마을에서도 돋보이는 큰 기와집이었다. 마당에는 자두나무들이 있고, 지붕 얹은 큰 대문을 나서면 텃밭과 타작 마당, 북쪽 울 밖에는 30주(株) 가량의 살구와 자두의 과원, 동쪽 쪽대문을 나가면 우물이 있었고, 그 옆에 큰 오디나무가 있었다. 그 우물가에서는 저만치 동북쪽 언덕 중턱에 교회당과 고목나무 위에 올려진 종각이 보였고, 그 건너편 동남쪽에는 이 마을에 어울리지 않도록 커보이는 학교 건물과 주일학교 건물들이 보였다.[1)]

윤씨 댁 장손의 출생은 지난 8년간이나 온 집안이 기다려왔던 경사였다. 아기 아버지 윤영석은 크게 기뻤다. 아기의 아명(兒名)을 '해환'이라고 지었다. 해, 달, 별…… 하는 우리말의 '해'에다, 한자인 빛날 '환(煥)'자를 붙인 것이다. '해처럼 빛나라'는 기원인가. 기다리고 기다리던 윤씨댁 장손으로 태어난 이 순수한 아기가 그 존재 자체로 이미 '해처럼 빛나고 있다'고 느낀 감동을 토로한 것인가. 혹은 그 둘의 뜻을 다 담은 것인가! 아기는 줄곧 '해환'으로 불리면서 잘 자랐다. 이 아기가 바로 훗날 '민족시인'의 큰 이름을 얻은 윤동주이다.

윤동주와 함께 명동소학교와 은진중학교를 다닌 친구인 문익환(文益煥, 1918년생) 목사의 증언에 의하면, 윤동주는 1931년에 명동소학교를 졸업할 때까지 집에서는 물론 학교에서 부르는 공식 호칭으로도 '윤해환(한자로는 '尹海煥'으로 표기)'이란 이름을 사용했다. '윤동주(尹東柱)'란 이름은 은진중학교에 진학하면서부터 썼다.

'구라파 전쟁'은 윤동주가 태어난 다음해 11월에 독일의 항복으로 포성이 멎었다. 여담이지만, 전쟁이 끝나자 구라파에서는 만주산 곡물의 수입을 끊어버렸다. 그래서 북간도에선 집집마다 팔지 못한 백태 자루들이 잔뜩 쌓여 있고, 곡물상 중 미리 매점해놓았던 재빠른 상인들이 그대로 도산하는 등의 소동이 일었다.

윤동주가 태어난 1917년의 북간도 상황은 이와 같았다. 그러나 주변 사정은 당시 진행 중이던 제1차 세계대전 외에도 여러 모로 처절했고 다사다난했다.

그 중 가장 큰 사건으로 제1차 세계대전 참전국이었던 러시아에서 일어난 공산주의 대혁명을 꼽을 수 있다. 뒤에 기술하겠지만 러시아 혁명의 여파는 굉장했다. 우선 그들 자신의 국체(國體)를 절대군주체제에서 소비에트연방체제로 바꾸었을 뿐 아니라, 세계 많은 나라에 유형무형의 큰 영향을 미쳤다.

북간도와 인접한 시베리아 역시 러시아 대혁명으로 인한 변란에 휩싸여갔다. 적계(赤系)와 백계(白系) 간의 전투, 체코 군단의 시베리아 주둔, 영국·미

---

1) 윤일주, 「윤동주의 생애」, 『나라사랑』 23집, 외솔회, 152쪽.

국·프랑스·이탈리아·일본 등의 시베리아 출병과 주둔이 모두 러시아 혁명이란 대홍수에 의해 일어난 파동이었다. 북간도란 고장은 그 파동이 일으키는 파고와 무관할 만큼 비켜 앉아 있는 곳이 아니었다. 지리적으로나 정치적 역학관계로나 너무 가까웠다.

또한 같은 해에 고종의 밀사였던 이상설(李相卨)의 죽음이 있었다. 북간도 조선인들의 입장에서는, 러시아 혁명은 아무리 거대하고 엄청나다고 해도 세계사에 큰 획을 긋는 대변혁이었다는 식의 객관화가 가능한 사건이었다. 그러나 고종 황제의 밀사로 헤이그 만국평화회의에 파견되었던 애국지사 이상설의 죽음은 그렇지 않았다. 그것은 그들의 마음 저 깊은 곳에 무거운 추를 내린 통한의 사건이었다.

이상설은 한말 이래의 북간도 조선인들의 역사에서 매우 큰 비중을 갖는 인물이다. 대한제국이 멸망하기 전인 1906년에 용정에 와서 '서전서숙(瑞甸書塾)'이란 북간도 최초의 신학문 교육기관을 세운 것이 바로 전 의정부(議政府) 참찬(參贊)인 이상설이었다. 그는 항일 민족교육의 요람인 서전서숙을 사재를 털어 경영했다.

그가 1907년에 고종 황제의 밀조를 받아 이준(李儁), 이위종(李瑋鍾)과 함께 네덜란드의 수도 헤이그로 간 후, 경영주가 없는 서전서숙은 결국 문을 닫았다. 헤이그에 가 있는 사신 일행을 두고 당시 일본의 꼭두각시가 되어 있던 본국의 재판부는 일본의 압력대로 궐석 재판을 열어 정사(正使)인 이상설에게 사형을 선고했었거니와[부사(副使) 이준과 특사(特使) 이위종은 종신형], 그는 북간도 조선인들이 도저히 잊을 수 없는 애국지사였다.

그런 인물인 이상설이 1917년 3월 2일에 망명지인 시베리아의 니콜리스크에서 48세를 일기로 병사했다. 그는 임종을 지킨 이동녕(李東寧), 이회영(李會榮), 백순(白純) 등 여러 동지들에게,

> 동지들은 합세하여 조국 광복을 기필코 이룩하라. 나는 조국 광복을 이루지

> 못하고 이 세상을 떠나니 어찌 고혼(孤魂)인들 조국에 돌아갈 수 있으랴. 내 몸과 유품은 모두 불태우고 그 재마저 바다에 날린 후 제사도 지내지 말라.

는 통한에 사무친 유언을 남기었다.[2)]

동지들은 유언을 그대로 따랐다. 아무르 강가에 장작을 쌓아놓고 유해를 화장하여 그 재를 북해 바다에 날렸다. 타고 남은 유골마저 가루로 만들어 날렸다. 그의 유품 역시 모두 거두어 불태워져 함께 재로 돌아갔다.

1917년은 또한 한국문학사적으로도 큰 의의가 있는 해였다. 이해에 춘원(春園) 이광수(李光洙)가 장편소설 『무정(無情)』을 썼다. 『무정』이란 작품에 대해 문학평론가 김윤식 교수는 "『무정』은 우리 근대소설의 문을 연 작품이기에 문학사적인 의미에서 기념비적이며 작가 춘원의 전 생애의 투영이기에 춘원의 모든 '문자 행위' 중에서도 기념비적이 아닐 수 없다"[3)]라고 평가했다. 그런 의의를 지닌 『무정』이 나온 것과 같은 해에 윤동주가 출생했다는 것은 그 생애에서 어떤 함축적 의미를 지니는 것일까!

그렇다! 그와 같은 일련의 사건들은 윤동주가 출생한 시기의 형체와 본질을 섬광과 같이 드러낸다. 그리고 그런 정황들은 윤동주의 평생에 걸쳐서, 심지어는 그의 죽음에 이르기까지 그림자를 길게 드리웠다. 어쩌면 그 그림자의 영상들은 윤동주에게 와서 하나로 종합된 감이 없지 않다.

시기적으로 제1차 세계대전의 와중이고, 지리적으로는 그 곡창의 역할을 했던 북간도에서 태어난 시인 윤동주! 그가 출생한 무렵에 공산 혁명의 불길이 거세게 타올랐고, 구국 투쟁에 전 생애와 심혈을 쏟았던 애국지사가 이역 땅에서 통한의 죽음 끝에 한줌의 싸늘한 재로 변하여 바다에 뿌려졌으며, 한국의 근대문학은 그 큰 문을 열었다.

그리고 이제 그의 죽음을 보자. 그는 시기적으로는 제2차 세계대전 중에,

---

2) 尹炳奭, 『李相卨傳』, 一潮閣, 171쪽.
3) 金允植, 『李光洙와 그의 時代』 2, 한길사, 528쪽.

그리고 지리적으로는 이 대전쟁의 주역이었던 적국 일본의 감옥에서 옥사한 후 역시 화장되어 그 재의 일부가 현해탄 한쪽 고요한 바다에 뿌려졌다. 또한 한국문학사는 그의 존재와 작품들로 해서 민족사상 최대의 암흑기였던 일제 말기의 그 참혹한 어둠을 밀어내는 거대하고 휘황한 횃불 하나를 소유하게 되었다. 윤동주의 문학 역시 한국문학사의 새로운 기념비로 우뚝 선 것이다. 다만 러시아 혁명은 윤동주의 집안이 시인의 출생지인 명동촌을 떠나 용정으로 이주하게 만든 정도까지만 시인의 생활에 실질적인 영향을 끼쳤을 뿐 그의 죽음에는 직접 관여되지 않았던 것이 예외랄까.

이제 윤동주의 생애를 쫓아가보자.

## 윤동주의 가계

윤동주의 본관은 파평(坡平)이다. 족보에 기록된 본관의 정확한 공식 명칭은 '관북 파평 윤씨(關北坡平尹氏)'이다.

윤동주의 친동생 고 윤일주(尹一柱) 교수는 자신의 가문에 대해 이렇게 기록했다.

> 이 글은 나의 기억을 토대로 하고, 되도록 정확성을 기하기 위하여 몇 분 되지 않는 이곳 집안 어른들의 말씀과, 국립도서관에 소장(所藏)된 우리 집안의 족보(關北坡平尹氏族譜, 1929, 회령 발행, 4책 : 고향집에서 보관하던 것과 같고, '동주'까지 나와 있음), 연세대학교 보관의 동주 형의 학적부, 종조부(德鉉, 1941년 사망) 장례식에 낭독되었던 조사(弔辭, 김약연 선생 친필)와 약력, 그 밖의 사진 등을 참고로 하여서 기록하는 것이다.

우리 집안은 파평(坡平) 윤씨로서, 족보에 따르면 문정공파(文定公派), 다시 그 일파인 보령공파(保寧公派)에 속하는바, 보령현감(保寧縣監)이던 부개(富漑)라는 분이 세조 병자(世祖 丙子, 1456)에 함북 회령(會寧) 지방에 귀양감으로써 그 파의 1세가 된 것으로 전해지며, 그 후 약 5백 년간 그 자손이 관북 일대에 퍼진 것으로 되어 있다. 우리 형제는 그로부터 20대가 된다. 그래서 우리는 보통 회령 윤씨로 불려왔었고, 나는 어렸을 때 할아버지의 고향이 회령인 줄 알고 있었다. 그러나 증조할아버지(在玉, 1844~1906)는 함북 종성군(鍾城郡) 동풍면(東豊面) 상장포(上長浦)에 사셨으며, 43세 때 4남 1녀의 어린 자녀들을 거느리고 북간도 자동(子洞 또는 紫洞)이란 곳으로 옮기셨다.

그때 형제 중 맏이 되시는 우리 할아버지(夏鉉, 1875~1947)는 12세, 둘째 분(德鉉, 1878~1941, 永春 선생의 아버님)은 9세이셨다고 하니 서기로는 1886년에 해당한다.4)

해방 후 월남하여 서울에 자리 잡은 친지들이 기억하고 있는 윤동주의 선대 중 가장 윗분은 윤동주의 증조부 윤재옥(尹在玉, 1844~1906) 씨다. 보령공의 17대손이 된다. 윤재옥 씨의 모습을 직접 본 사람들의 기억 속에 그는 '기골이 장대하고 신수가 훤한 분'으로 남아 있다. 윤동주 집안의 북간도 이민은 그에 의해 이루어졌다.

윤재옥은 북간도에 들어가기 전에는 함북 종성군 동풍면 상장포에 살았다. 그러다가 42세 때인 1886년에 아내 진씨(陳氏)와 4남 1녀의 자녀들을 이끌고 두만강을 건넜다. 그는 종성 맞은편인 북간도 자동에 자리 잡았다.

당시 인적이 거의 없이 비어 있던 땅 북간도로 옮긴 후, 윤재옥은 부지런히 땅을 일구어 농토를 마련해갔다. 그는 훌륭한 농부였다. 북간도의 대지는 그를 순순히 받아들였다. 그리하여 그는 그 땅에서 번성했고 부유하게 되었다. 그리하여 큰아들 하현을 결혼시킬 무렵에는 소박한 농부에게는 최대의

---

4) 윤일주, 「윤동주의 생애」, 『나라사랑』 23집, 외솔회, 150쪽.

찬사인 '부자' 소리를 듣고 지냈다.

윤재옥이 북간도 이민을 단행했던 때는 아직 함경도에서조차 북간도 이민이 보편화되지 않았던 초창기에 해당한다. 그런 때에 낯선 땅으로 이주를 감행하여 그 땅에서 훌륭하게 성공한 것이다. 이주가 그의 강인한 의지를 증명한 일이라면, 별세 때의 일화는 그가 또한 대단한 신명을 지닌 인물이었음을 보여준다.

1900년에 윤재옥은 처음 자리 잡았던 자동에서 북간도 명동촌으로 이사했다. 명동에서도 역시 부유하게 잘살았는데 병오년(丙午年, 1906) 추석에 그네를 뛰다가 별세했다. 그 마을에서 윤동주가 태어나기 불과 11년 전의 일이다. 그때 명동촌에서는 남자들도 명절이면 그네를 뛰며 놀았다고 한다. 당시 윤재옥은 62세의 노년이었다. 그런데도 그네뛰기에 나섰다. 그는 흰 두루마기를 입고 갓을 쓴 차림으로 그네에 올랐다. 그런데 두어 번 구르다가 떨어져서 세상을 떠났다. 집안에서는 그의 장례를 두고두고 사람들 기억에 남을 만큼 굉장히 성대하게 치렀다. 후일담이지만, 1960년대에 중국을 문화대혁명의 피비린내가 휩쓸었을 때 윤재옥의 무덤이 파헤쳐졌었다고 한다. 혹시 사치스러운 부장품이 나왔으면 착취계급의 징표가 되어 후손들이 난처했을 뻔했는데 부장품이 별로 없어서 무사했다.

북간도 이민 1세인 윤재옥이 그렇듯 '의지와 신명의 인물'이었다면, 그의 장남이자 윤동주의 조부인 윤하현은 '관후장자의 풍모를 지닌 도량이 큰 인물'로 꼽힌다. 윤하현은 자기 부친과 마찬가지로 풍채가 당당했을 뿐 아니라, 특히 그 인물됨이 아주 커서 사람들의 깊은 존경을 받았다.

윤동주의 죽마고우였던 문익환 목사는 그가 본 윤하현 어른의 모습을 이렇게 회상했다.

> 내가 보기엔 명동의 여러 어른들 가운데서 윤하현 장로의 인물됨이 가장 컸었다. '동만(東滿 : 북간도를 포함한 만주 농부를 지칭하는 표현)의 대통령'이란

별호까지 듣던 김약연 목사님보다 인물됨 자체로는 오히려 큰 분이었다. 워낙 도량이 크고 당당하신 분이었기에, 학문이 전혀 없는 분이면서도 학자들의 마을인 명동에서 크게 존경을 받으며 지냈고, 교회 장로로도 선출되었었다. 그분 인물됨의 폭이 그토록 컸었으니 학문만 갖추었더라면 정말 큰일을 해냈을 분이었다.

윤하현은 만 11세의 소년으로 부모를 따라 북간도 자동에 건너온 후 그곳에서 성장하여 강씨(姜氏) 처녀와 결혼했다. 스무 살 때 외아들인 영석(永錫, 1895~1962)을 보았고, 그 아래로 두 딸 신영(信永)과 신진(信眞)을 두었다. 영석과 신영은 자동에서 낳았고 신진은 명동에 와서 낳았다.

윤씨 집안의 분위기는 이민 3세에 해당하는 윤영석의 대에 와서 크게 바뀐다.

윤재옥과 윤하현은 비록 당당한 체구와 큰 도량을 지녔다 해도 그저 소박한 농부일 뿐 학문은 전혀 접하지 않은 인물들이었다. 그에 반해, 윤영석은 체구가 섬약했고 정식으로 학문을 시작했다. 그리하여 그의 선대와는 영 다른 모습이 되었다.

윤영석은 1909년부터 명동학교에서 신학문을 배웠다. 그리고 1913년에는 동료 4명과 함께 중국의 수도 북경으로 유학함으로써 남의 선망을 받는 '북경 유학생'이 되었다. 당시 18세였다. 그러나 명동중학교 졸업 정도의 학력을 가진 것뿐이라 곧장 대학에 갈 수 없었다. 그가 북경에서 공부했던 교육기관이 어딘지는 알려지지 않았다. 그는 북경에서 돌아온 후 모교인 명동학교의 교원이 되었다.

그는 1923년에 다시 외국 유학길에 나서서 이번에는 일본의 수도 동경으로 공부하러 갔다. 그래서 그 유명한 1923년의 '관동 대지진'을 현장에서 겪었다. 동경 유학이라고는 하나, 어느 학교나 대학에 적을 두었던 것은 아니

윤동주의 조부, 윤하현 장로. "명동의 여러 어른들 가운데서 인물됨이 가장 컸다"는 칭송을 들었다.체구가 당당했고 외출할 때 말을 타고 다녔다. 윤동주가 연전 문과에 진학할 때 고등고시를 치러 출세하기를 바라고 밀어주었다.

윤동주의 아버지 윤영석(위쪽)은 교회에서 공중기도를 할 때 특출한 언어감각을 발휘하는 등 시적 기질이 풍부한 인물이었다. 반면 어머니 김용(아래쪽)은 평소 병약했지만 도량이 큰 인품과 재능으로 칭송을 받았다.

고 학관 같은 데서 영어를 공부했다고 전해진다.

친지들의 평으로는 그는 '시적(詩的) 기질이 있는 인물'이었다. 보통 이야기할 때도 그렇지만, 특히 교회에서 공중기도(기독교 개신교의 예배 때 전체 회중을 대표하여 드리는 기도)를 할 때 보면, 그 기도의 언사가 그렇게도 시적이더라는 것이다.

그런 평가를 보충하는 일화가 있다. 그가 일본 유학 중이던 1923년 9월 1일에 관동 대지진이 났다. 대지진의 소식과 함께 그곳에서 벌어진 처참한 조선인 대학살의 소식이 북간도 고향집에 전해졌다. 조선인들이 대지진을 기회 삼아 불을 질렀다는 등, 우물에 독약을 탔다는 등의 극악한 소문이 나돌았고, 그에 제 정신을 잃은 일본인들이 조선인이라면 눈에 보이는 대로 죽여 버리는 광란의 학살극을 벌였다. 뒷날 그런 악랄한 유언비어는 간교한 일본 통치권의 작품이었음이 밝혀졌다. 대지진의 참화를 겪으면서 극도로 살벌하고 불안하고 흉흉해진 민심을 수습하는 방도로 무고한 조선인들을 희생양으로 삼았던 것이다.

당시 윤영석의 고향집에서는 모두 극심한 불안에 싸였다. 그의 안위 여부를 알지 못해 애가 탔다. 그때의 노심초사로 인해 평소 병약한 편이던 아내 김용 씨의 건강이 더욱 상했다.

그러던 어느 날이었다. 느닷없이 전보가 한 장 날아왔다. 전보 문면에는 단지 한 구절, "네바 마인도"라고 쓰여 있었다. 동경의 윤영석이 보낸 것이었다. 고향집에선 그게 무슨 뜻인지 몰라 모두 당황하고 곤혹에 싸였다. 그런데 어떤 눈 밝은 이가 있어서 그것이 '걱정 말라!'는 뜻의 영어인 "네버 마인드!(Never mind!)'의 일본어 음운식 표기인 것을 알아보았다. 그 해설을 듣고야 모두들 비로소 마음을 놓았다.

참으로 한 장의 극채색 판화와도 같은 일화이다. 조선인이란 신분만 알려지면 무참하게 죽창에 꿰이던 땅, 무고한 자가 흘린 피의 냄새가 진동하던 그 처참한 학살의 땅에서 한 마리 작은 나비처럼 날아온 말, "네바 마인도!".

조선인이란 자신의 신분을 감추기 위해 그가 일부러 그런 토막 영어를 사용했던 걸까. 어쨌든 발상 자체가 비상하다. 결코 소박한 생활인의 진솔한 언어감각은 아니다. 그야말로 이른바 '시적(詩的) 기질'의 편린을 유감없이 발휘한 것이다.

그렇다! 윤동주는 이런 선조들을 재목으로 삼아 쌓아 올린 건물의 장려한 꼭대기탑이었다.

여기서 한 가지 특별히 주목할 사실이 있다. 그것은 윤동주보다 석 달 앞서서 윤동주네 집에서 태어난 그의 동갑내기 고종사촌 형인 송몽규(宋夢奎, 1917~1945)의 존재이다.

윤영석의 큰 누이동생 윤신영(1897~1966)은 1916년 봄에 외지인인 송창희(宋昌羲)와 결혼했다. 결혼 후 송창희는 명동학교 조선어 교사가 되었고, 그들 부부는 처가에서 살았다. 결혼 이듬해인 1917년 9월 28일에 장남인 송몽규가 태어났다. 그래서 그해 윤하현 장로는 외손자와 친손자를 석 달 간격으로 보았으니, 오랜 동안 아기가 없던 집안에 크나 큰 경사였다. 둘 다 준수하고 명민한 아기들이었다. 송몽규가 5살 때 그의 가족은 자기네 집을 장만하여 이사해 나갔다.

이처럼 1917년에 윤하현 장로 댁에서 잇달아 태어난 두 아기는 평생 동안 참으로 특이한 관계를 유지했다. 같은 어머니 뱃속에서 태어난 쌍생아라도 그보다 더할 수 없을 만큼 평생을 두고 서로 매우 긴밀하게 연결된 삶을 살았다. 그런 점에서 그들은 아주 희귀한 사례이다.

그들은 한 집에서 석 달 간격으로 태어나서 대부분의 학창시절을 같이 보냈고, 거의 평생을 동반자로서 살아갔다. 그들은 같이 일본에 유학했고, 같은 도시에서 같은 사건, 같은 죄목으로 얽혀서 체포되고 재판을 받았으며, 같은 감옥에서 복역하다가 19일 간격을 두고 나란히 옥사했다. 두 사람은 참으로 평생을 두고 생과 사를 함께 나누었다. 그래서 윤동주 연구에서 송몽규란 인물은 도저히 빠뜨릴 수 없는 존재로 크게 자리 잡고 있다.

# 제 2 장 지사들의 마을 명동

1899년에 세워진 조선인 마을

명동 문화의 특성

명동마을, 신학문과 기독교를 받아들이다

명동의 기독교 문화

윤동주의 명동소학교 시절

명동에 공산주의가 만연하다

# 지사들의 마을 명동

## 1899년에 세워진 조선인 마을

마을이란 본래 자연발생적으로 생겨나게 마련이다. 풍광이 맑고 아름다우며 물 좋고 지세 좋은 곳일수록 좋다. 그런 곳에 한 집 두 집 들어가서 자리잡아 차츰 가구 수가 늘어간다. 그리하여 어느덧 마을이 이루어진다. 그러나 명동마을은 전혀 그렇지가 않았다. 인위적으로 한꺼번에 마을이 되었다. 이 점에 윤동주의 고향 명동촌의 특징이 있다.

그것은 만주 땅이 지닌 역사적 특수성에서 비롯되었다.

만주족(滿洲族)의 나라인 청나라가 한족(漢族)의 나라인 명나라를 멸망시키고 중국을 통일한 이래, 만주는 신성불가침의 성역인 특수지역이었다. 청나라 조정은 만주가 '청태조의 발상지'라 해서, 만주족 외에 타민족은 만주에 들어감을 금하는 '봉금책(封禁策)'을 썼다.

우리나라도 그 정책에 따라야 했다. 그래서 압록강이나 두만강을 건너 만주에 들어가는 것을 '월강죄(越江罪)'라 하여 사형까지 시키는 막중한 범죄로 다스려왔다. 그런데 수백 년 동안 텅 비다시피 하여 비옥해진 이 광활한 땅에 만주족 아닌 민족들이 스며들기 시작했다. 그것은 청나라 국운의 쇠퇴와 시기를 같이한다. 결국 1880년대에 청조에서 공식적으로 봉금령을 폐지하고 만주 개척민을 위한 이주정책까지 수립했다.

우리 역시 그 무렵, 그 삼엄하던 월강죄를 폐지했다. 나아가 우리 이주민이 많아지자 1903년 7월에는 교민들을 보호하고 다스리는 관리로 이범윤(李範允)을 세워 '간도관리사(間島管理使)'란 직함으로 간도에 주재하게 했다.

그러나 청나라 개국 이후의 역사가 이렇게 되었다 뿐이지, 북간도는 본래 고구려와 발해의 고토로서 우리 선조들의 삶의 터전이었다. 그래서 도처에서 조상들의 유물이 나온다. 가곡 「선구자」에도 나오는 해란강이 부르하통하(河)란 강과 합류하는 어름에 있는 성자산의 산성(山城) 자리를 보자. 그곳에서 고구려 때 네모줄무늬 붉은 사각 기와, 발해 때 손가락무늬 기와 등과 함께 후대인 금나라와 송나라 시대의 동전 등 갖가지 유물들이 출토되었다. 이것은 그 산성이 고구려 때 쌓여졌고 발해를 거쳐 역대 왕조를 겪으면서 실제로 사용되어온 것을 말해준다.

'북간도'란 지명 자체가 이러한 땅의 기구한 역사를 담고 있다. 그것은 청나라가 실시한 봉금령의 산물이다.

사형까지 불사하는 가혹한 월강죄가 위세를 부리던 시절, 사람들은 두만강 속에 있는 '사이섬[間島]'에 간다는 핑계를 대며 배를 내어 몰래 강 건너 비어 있는 선조들의 땅에 건너가서 농사를 지었다. 좁고 척박한 토지와 상습적인 기근에 시달리다 못해 시작한 도둑 농사였다. 강만 건너가면 어찌나 땅이 비옥한지 농사가 절로 되었다. 초목이 제멋대로 우거진 땅에 불을 질러 밭을 만든 후 씨를 뿌려두면 김 맬 필요조차 없었다. 그대로 두었다가 수확기에 가서 추수해오면 되었다.

이들에게 있어 사이섬, 즉 '간도'는 강 건너 대륙에 대한 일종의 암호였다. 암호로되 목숨이 걸린 암호였다. 처음엔 두만강 위쪽 땅을 그냥 '간도'라고 했다. 그러나 후에 압록강 이북을 '서간도'라 하면서, 두만강 이북은 '북간도'

로 구분해서 불렀다(사람에 따라서는 '북간도'를 한자로 표기할 때 '北間島' 외에 땅을 개간한다는 뜻의 간(墾) 자를 써서 '北墾島'로 쓰기도 했다).

상해 임정은 1919년 12월 23일자로 발표한 내무총장 이동녕(李東寧) 명의의 '내무부령 제4호'에서 간도에 대한 이런 일반인들의 호칭 관행을 공식적인 행정상 지명으로 확정지었다. '내무부령 제4호'는 대한민국 임시의정원 의원 선거 방법에 관한 규정을 제정하여 공포한 법령이다. 그 법령에는 각 지역에서 선출될 임시의정원 의원의 의석 수에 대한 규정이 있다. 거기에 '서간도(西間島) 3인, 북간도(北間島) 3인……' 등으로 명시했다.[1)]

이러한 땅 '북간도'에 명동촌이 섰다. 1899년 2월 18일의 일이다. 두만강 변의 도시인 회령과 종성에 거주하던 네 명의 학자들 가문에 속한 22개 집안 식솔들로 이루어진 총 141명의 이민단이 그날 일제히 고향을 떠나 두만강을 건넜다.

종성에서 두민(頭民)을 지낸 성암(省菴) 문병규(文秉奎) 학자의 남평 문씨 가문의 40명, 『맹자』를 만독(萬讀 : 만 번 읽음)한 규암(圭巖) 김약연(金躍淵) 학자의 전주 김씨 가문의 31명, 김약연의 스승인 남도천(南道薦, 본명 南宗九) 학자 가문의 7명 — 이들 세 가문은 종성 출신이었다. 그리고 회령의 소암(素岩) 김하규(金河奎) 학자의 김해 김씨 가문의 63명이 거기 합류했다. 김하규 학자(김신묵 여사의 부친)는 동학에 참가했던 일이 있고 『주역』을 만독한 분으로 실학사상에 투철한 분이었다.

이들은 오늘날 명동촌으로 불리는 지역에 자리 잡아 한 마을을 이뤘다. 그곳은 본래는 동한(董閑)이라는 청국인 대지주의 땅이었다. 이민단은 미리 돈을 모아 선발대를 보내 그 땅을 사놓은 후 들어간 것이다.

이들은 들어가는 길로 각자 돈을 낸 비율에 따라 땅을 분배했다. 그런데 이때 매우 주목할 만한 조치를 했다. 먼저 공동의 부담으로 '학전(學田 : '교육

1) 국회도서관, 「臨時議政院 및 臨時政府 書類」, 『大韓民國 臨時政府 臨時議政院文書』, 725~726쪽 참조.

전'이라고도 했다)'이란 명목의 땅을 따로 내어놓은 다음 각 집안의 땅을 분배해 가졌다. 학전은 그 땅에서 나오는 수입을 교육기금으로 쓰기 위해 마련한 것이다.

문병규, 남도천, 김하규, 김약연.

이 네 학자들은 모두 고향에서 각자 서재를 열고 있던 훈장들이었다. 그러나 북간도 이주 후에는 환갑을 넘은 문병규, 남도천 두 학자는 뒤로 물러났다. 그 대신 김하규(당시 38세), 김약연(당시 32세) 두 학자와 남도천의 아들 남위언 학자가 솥발이 벌려 서듯이 세 군데에 서재를 설치했다. 그리고 해마다 학전에서 나오는 수익금으로 한학 책들을 사다가 각 서재에 나눠 쌓아놓고, 학동들이 다니며 그 책으로 공부하게 했다.

고 문재린(文在麟, 1896~1985, 문병규 학자의 증손이며 문익환 목사의 선친) 목사의 증언에 의하면, 당시 이들 학자들은 뚜렷한 동지적 목적의식을 갖고 이민을 단행했다. 문재린 목사는 김약연 선생에게서 북간도 이민을 결행하게 된 동기를 직접 들었는데, 다음과 같은 세 가지였다.

> 첫째, 척박하고 비싼 조선 땅을 팔아 기름진 땅을 많이 사서 좀 잘살아보자.
> 둘째, 집단으로 들어가 삶으로써 간도를 우리 땅으로 만들자.
> 셋째, 기울어가는 나라의 운명을 바로 세울 인재를 기르자.[2]

이민 동기나 목적이 이렇듯 뚜렷했기에, 토지 분배 때 최우선적으로 학전을 떼어내어 교육기금을 조성하는 것으로써 그들의 이민 첫 행위가 시작된 것이다. 선각자요 선구자로서의 그들의 모습이 여기서 참으로 극명하게 드러난다.

그렇다면 그들의 목적은 어떻게 추진되었는가? 그들은 목적을 달성했는가?

물론 그들은 해냈다. 참으로 선한 목적은 목적 자체로 이미 승리인 것처

---

2) 高銀 編,「아버지와 어머니의 間島 이야기」, 문익환 選集『죽음을 살자』, 形成社, 222쪽.

럼, 그들의 목적은 이미 그 속에 선한 열매를 예비하고 있었다. 이제 그들의 목적과 그 결과를 구체적으로 검증해본다.

첫째 목적인 '조선 땅에서보다 경제적으로 더 잘살아보자'는 물론 성취되었다.

둘째 목적인 '집단적으로 들어가 삶으로써 간도를 우리 땅으로 만들자'는 사항은 어떠한가. 그것은 일종의 영토 획득책으로서 냉엄한 국제정치 상황을 감안한 지정학적 관점에서 보면 너무도 소박한 욕구였다. 실로 환상적이기조차 했다. 그럼에도 불구하고 그들은 둘째 목적에서도 결코 실패하지 않았다. 그들과 마찬가지 뜻을 지닌 많은 동포들의 힘으로 청국의 국경 안에 존재하는 '조선 땅'을 실제로 만들어내었기 때문이다. 이것은 결코 비유적인 표현이거나 심정적 차원을 지칭하는 것이 아니다. 그곳의 통치체제가 청나라에서 중화민국으로 다시 중국으로 바뀌는 동안, 그들은 늘 그 땅을 차지하고 지켜왔다. 그리하여 그 결과가 현재 '연변 조선족 자치주'란 가시적 결과로 존재한다.

셋째 목적은 어떠한가. '인재를 기르자'는 항목 역시 그들은 훌륭하게 해내었다. 아아! 그들이 배출한 다른 많은 인재들도 물론이려니와, 그 중에서 지금 우리가 논의하고 있는 '윤동주'란 존재 하나만으로도 그 얼마나 큰 공헌을 우리 민족사에 해낸 것일까!

그렇게 시작된 마을, 지사들의 마을인 명동 및 명동과 윤동주 집안의 인연에 대해 살펴본다.

명동은 그곳에 명동서숙(明東書塾)이 생기면서부터 명동마을이라고 불리기 시작했다. 이민단이 들어가기 이전 청국인 대지주 동한(董閑)이 소유하고 있을 때엔 '동가지팡(董家地方)' '부걸라재(鳧景昻子 : 비둘기 바위란 뜻)' 등의 청국식 지명으로 불렸다. '부걸라재'는 명동에서 용정 쪽 골짜기 입구에 커다란 바위 셋이 우뚝 서 있는데(조선인들은 이 바위들을 '선바위'라고 불렀다), 거기

비둘기들이 많았던 데서 연유했다. 그러나 이민단이 들어가 살면서 지명들이 모두 바뀌었다. 먼저 학교촌, 용암촌, 장재촌, 사동(뱀골), 수남촌, 세호동네, 중영촌 등 작은 마을 단위의 명칭이 생겼다. 뒤에 '명동촌'이라는 지명은 이런 작은 마을들을 모두 포함한 지역 전체를 가리켰다.

윤동주네 윤씨 가문은 이민단이 명동에 들어간 바로 다음 해인 1900년에 명동에 땅을 사서 이주해 들어왔다. 이미 1886년에 들어가 확고하게 자리 잡은 자동에서 왜 명동으로 옮겼는지 이유는 알려져 있지 않다.

이런 추측은 가능하다. 1900년에 의화단(義和團) 사건이 일어났을 때 명동 사람들이 모두들 자동으로 피난갔었다. 아무래도 그 사실과 관련이 있지 않을까 싶다. 당시 사람들은 사태를 보아 여차하면 두만강을 건너 국내로 피신하려고 두만강변인 자동으로 갔다. 그때 윤씨 집안이 명동 사람들과 가까이 접촉했고, 그것이 이주의 계기가 되었을 확률이 크다.

의화단 사건은 '외세 배격'을 내걸고 산동성에서 시작된 일종의 민중 무장봉기였다. 곧 산동에서 화북지방으로 번졌고 동쪽으로는 북간도에까지 번졌다. 당시 북간도에는 큰 부체골, 삼원봉, 팔도구, 이 세 곳에 천주교 성당이 있었는데 모두 '외세'에 해당한다 하여 의화단이 불태웠다. 청나라 관군의 토벌작전도 같이 진행되어, 의화단을 쫓는 붉은 군복 차림의 관병이 총을 쏘아대며 명동에까지 나타났었다.

자동의 많은 가산을 정리하여 명동에 들어온 윤동주 집안은 명동에서 가장 잘사는 축에 속했다. 당시 명동으로 이주해 들어온 윤씨네 인원은 모두 18명이었다. 윤동주의 증조부 재옥씨 내외와 결혼하여 가정을 이룬 4명의 아들들 가족과 친척 두 집이 합하여 그만한 규모를 이뤘다.

윤동주의 개인사를 놓고 볼 때, 이때 결행된 윤씨 가문의 명동 이주를 하나의 운명적인 전기로 꼽게 된다. 이주한 지 10년 만에 윤영석이 명동 처녀 김용(金龍, 1891~1947)과 결혼하여 윤동주를 낳았기 때문이다.

김용은 이민단 주역 중 한 분인 김약연 학자의 이복 누이동생이다. 김약연의 생모는 그 하나만을 낳은 채 일찍이 별세했다. 계모로 심씨가 들어와 3남 1녀의 소생을 두었다. 김용은 그 외동딸이다. 이민 전에 김약연의 부친은 이미 별세했고 계모만 생존했다. 김약연은 계모를 모시고 자기 내외와 아들 둘 딸 하나, 그리고 결혼한 남동생 내외와 미혼인 남동생 둘과 여동생 하나로 이루어진 가족을 이끌고 두만강을 건넜다.

이민 당시 김용의 나이는 8살이었다. 도량이 큰 인물이었던 김용은 여러 가지 재능이 뛰어난 분이었다. 명망 있는 학자 집안 출신답게 처신도 조신했다. 인품의 너그러움과 크기로 해서 윤씨 가문 사람들 중 시아버지 윤하현 장로와 나란히 며느리 김용이 주위의 칭송을 크게 받았다. 손재주도 좋아서 일을 잘했는데, 특히 바느질 솜씨가 뛰어났다. 그래서 동네 처녀들은 시집가는 날 입는 새색시 옷을 김용에게 부탁하여 지어 입고 혼례를 올렸다. 삯바느질을 한 게 아니라, 워낙 뛰어난 솜씨였기에 혼례 올리는 좋은 날 그 솜씨로 된 옷을 입고 싶어들 하니 그냥 지어주었다는 것이다. 단지 하나 김용의 결점은 몸이 약한 것이었다. 그녀는 평생토록 건강 문제로 시달렸다.

## 명동 문화의 특성

'문화'란 개념을 '인간의 정신활동의 소산 및 그에 수반되는 현상'이라고 정의한다면, 명동마을에도 그 나름의 독특한 문화가 있었다. 그것은 세월의 흐름에 따라 본질적인 격변을 겪으면서 서로 대립되는 세 가지 모습으로 변화해갔다.

명동은 처음에는 순연한 유학문화를 지닌 마을이었다. 그런 문화는 1909년에 마을에 기독교가 들어온 일을 기준으로 전기와 중기로 나뉜다. 그리고

1929년에 공산주의가 크게 만연하는 사태를 기준으로 중기와 후기로 갈린다.

이런 변화들은 그때마다 마을 사람들의 삶 자체를 본질에서부터 다른 모습으로 전환시켜놓았다. 이런 전환들은 물론 마을 내부의 요인만으로 빚어진 것이 결코 아니다. 시간적으로는 시대 상황이 직접 잉태하여 빚어낸 것이었고, 공간적으로는 외국 땅에 뿌리를 내린 망국인 그것도 늘 광복을 꿈꾸는 망국인으로서의 위상이 일구어낸 것이다.

여기서는 먼저 명동의 전기 문화, 즉 전통적인 유학문화 시절에 관해서 고찰하기로 한다.

이 시기는 마을사람들이 이민한 해인 1899년으로부터 1909년에 기독교가 들어와서 거의 전 마을이 기독교화 되기까지의 10년간이 된다. 이 시기의 문화적 특성으로 다음 세 가지를 살펴본다.

1) 제사와 집요한 신분의식으로 대표되는 유교 전통
2) 독특한 언어문화
3) 높은 교육열

첫째 항목에 대해 고찰해본다.

이민단을 이끈 지도자들의 신분이 유학을 신봉하는 학자들이었던 만큼, 명동은 철저한 유교 전통의 마을로 출발했다. 굿이나 푸닥거리 등은 거의 볼 수 없었고, 가문마다 가장 중요한 행사가 '조상 제사 지내기'였다.

당시 명동 분위기를 여실히 말해주는 증언이 있다. 기독교를 믿기 전 문익환 목사 가문에서 집안 최고 어른이었던 증조모가 제사 준비를 하던 때의 모습은 이러했다는 것이다. 제사용 곡식은 아예 처음에 거두어 말릴 때부터 따로 구별했다. 찹쌀을 정하게 구분하여 노전 위에 깨끗한 홑이불을 깔고 그 위에 널어 말렸다. 그렇게 준비한 쌀을 방아도 따로 찧어서 제사용 떡을 만들고 제사용 밥도 지었다. 제사 음식을 차릴 때엔 잿물을 받아놓고 그 물에 손을 씻어가며 온갖 정성을 다 쏟아서 지극하게 차려냈다.

제사를 그토록 중시하는 현상과 집요한 신분의식은 동전의 앞뒷면처럼 하나로 통괄되기 마련이다. 그것은 갖가지 형태로 나타났다.

예를 들어, 돌아가신 분에게 제사를 지낼 때, 신분에 따른 구별이 복잡했다. 개가한 어머니의 제사는 지내지 않는다. 후처의 경우, 남편의 제사 때에는 같이 제사를 받을 수 없다. 그러나 자기 제사 때에는 남편과 같이 제사를 받는다. 그러니까 두 번 결혼했던 남편은 명절날 외에 1년에 세 번 더 제사를 받게 된다(① 자기 죽은 날 ② 전처 죽은 날 ③ 후처 죽은 날). 전처는 두 번(① 자기 죽은 날 ② 남편 죽은 날), 후처는 한 번(① 자기 죽은 날) 제사를 받게 된다. 이렇듯 복잡했다.

또 적서의 구별도 엄하여 제사 때 서손은 적손과 나란히 서지 못했다. 그런데 서손을 가르는 기준이 극히 섬세했다. 첫째, 첩의 소생들을 서손이라 했다. 두 번째, 개가한 과부가 낳은 아이도 서손으로 불렸다. 그래서 부인과 사별한 남자의 후취 자리인 경우, 처녀로서 후취 자리에 들어가 낳은 아이는 적손이고 과부가 개가해 들어가 낳은 아이는 서손이다…… 등등.

명동마을은 그처럼 까다로운 구별들이 명백하게 일상생활화 되어 있던 곳이었다. 한 어린 규수가 부모의 명에 따라 과부가 개가하여 낳은 아들에게 시집가게 되자, "요강 뚜껑으로 물을 떠먹은 듯 께끈하다!"고 크게 탄식하더라는 것이 바로 그 마을의 일화였다.

이런 유교 전통은 1909년에 끝이 났다. 명동마을에 기독교가 들어오면서 의식의 근본부터 바뀌는 전혀 다른 문화 현상이 일어난 것이다.

명동마을의 두 번째 특성인 '독특한 언어문화'와 세 번째 특성인 '높은 교육열'은 첫 번째 특성의 경우와 달랐다. 이것들은 그들의 고향인 함경도의 종성 회령 거주 시절부터 전해 내려왔고, 기독교의 전래 이후까지 그대로 일관되게 전해졌다.

그렇다면 여기서 명동마을 문화의 모태가 되는 함경도의 육진(六鎭) 문화부터 고찰해본다.

함경도 사람들은 본래 기질이 강하고 억세었다. 척박한 토지와 거친 자연 환경 때문에 그리된 듯하다. 그래서 함경도에서 생장하여 그들을 잘 아는 이성계는 조선 건국 후 "관북 사람들은 다루기 힘드니까 등용하지 말라"는 분부를 내렸다.

함경도를 '관북(關北)'이라 지칭함은 '철령관(鐵嶺關) 북쪽'이란 데서 비롯되었다. '철령'은 함경남도 안변군과 강원도 회양군 사이에 있는 큰 재로서, 선조 때 명신인 오성 이항복의 '철령 높은 재에 자고 가는 저 구름아' 하는 시조에도 나온다. 거기에 있는 관문이 철령관이었다. 태조 이성계의 유훈 때문에 철령관 북쪽 사람들은 권력에서 소외된 삶을 살았다.

이러한 함경도의 내력에 한층 독특한 색깔의 액센트가 찍힌 것은 세종 때였다. 김종서가 여진족의 침구가 빈번하던 함경북도 북변을 개척하여 새롭게 육진(六鎭 : 경원, 경흥, 부령, 온성, 종성, 회령)을 설치한 것이 계기가 되었다. 김종서의 북변 개척은 큰 위업이었지만, 문제는 육진 설치 후에 일어났다. 설치해 놓은 육진이 제 구실을 하려면 그에 걸맞은 인구가 있어야 했다. 그런데 양반이나 양인(良人) 중에서는 고향을 버리고 여진족과 대치하고 있는 국경지방으로 이주하려는 자가 없었다.

부득이 죄인들과 천민들을 보내기 시작했다. 죄를 벗겨주고 면천시켜준다는 조건에 따른 대이동이었다. 거주의 이동에 따라 신분의 이동이 수반된 것이다. 죄인이나 천민의 삶만 해도 이미 평범하지 않은 것이다. 그런데 단지 거주의 이동만으로 그 엄청난 질곡에서 간단히 해방되는 파격적이고도 새로운 삶이 전개되었다.

그렇게 기이한 체험을 가진 사람들의 체취는 독특할 수밖에 없다. 그들은 독특한 문화를 만들어내었다. 하다못해 베를 짜도 다른 곳과 모습이 달랐다. 거기서 나던 베가 이른바 '육진장포(六鎭長布)'이다. 육진장포에 대한 국어대사전의 낱말풀이를 보면 "함경북도 육진이 있던 곳에서 나는, 척수(尺數)가

지나치게 긴 베"라고 쓰여 있다. 이 '지나치게 긴'이란 표현이야말로 관북 육진 문화의 독자성과 이질성을 절묘하게 시사한다.

이러한 육진 문화에서 매우 특징적인 것이 언어문화였다. 그들은 세종조 당시의 어음(語音)을 한말에 이르기까지 거의 그대로 유지하며 실생활에서 사용하고 있었다. 아마도 세종 때에 육진에 옮겨진 후로 다른 지방과 별 내왕이 없이 폐쇄적으로 살아온 까닭이리라.

이 점에 대해서 윤동주의 명동소학교 때 스승인 한준명 목사(1907년생. 전 중앙신학교 교수. 그는 히브리어, 희랍어, 영어, 일어를 비롯한 7개 국어에 능통한 사람으로 어렸을 때부터 언어에 대해 예민한 감각을 갖고 있었다. 필자는 1985년에 그와 대담을 나눴다)의 증언이 아주 중요하고 흥미롭다.

한준명은 경상북도 대구 태생이다. 부친 한우석은 한의사였다. 한준명에게는 숙부가 한 분 계셨는데 일찍이 하와이로 이민 갔다. 숙부는 한때 샌프란시스코에서 『신한민보』란 교포 신문에 관계했다. 그런데 하와이에서 화재를 만나 크게 화상을 입은 후 한센씨병(문둥병)에 걸렸다. 그 소식을 들은 한준명의 부친이 그를 귀국하도록 해 정양시켰다. 한 목사의 부친은 자기의 철모르는 아이들이 숙부에게 자꾸 매달리는 걸 보고 전염이 걱정되었다. 고민 끝에 경주로 이사했다가 1919년 봄에 아예 멀리 만주로 이민 갔다.

그의 가족은 처음에는 남양평 쪽 쇠전골이란 곳에 갔다가 1919년 9월 초에 명동으로 옮겨 정착했다. 당시 한준명의 나이 12살이었다. 그는 명동소학교에서 윤동주의 부친 윤영석 선생에게 배웠고, 후일 윤동주의 스승이 되었다.

한준명은 명동에 들어가서 가장 비상한 인상을 받은 것이, 마을 사람들이 쓰는 아주 부드러운 말씨들이었다고 했다.

> 그분들이 쓰는 말이 얼마나 순하고 은근하고 아름다운지, 정말 뭐라고 형용할 수 없어요. 아주 옛날말이 섞인 변두리말이지요. 발음이 얼마나 부드러운지 몰라요. 말과 소를 남쪽에서는 '마소'라고 하는데, 그분들은 '마'도 '머'도 아닌 중

간음인 옛날의 'ᄆᆞ' 음을 써요. 그래서 'ᄆᆞ쇼'라고 해요. '찬송가'란 말도 꼭 '찬숑가'라고 하고요. 옛날의 우리말 발음 그대로인 거지요. 김약연 선생이 아들에게 "말과 소를 마구간에 넣었느냐"고 물으시는 말씀을 들으면 "야, ᄆᆞ쇼를 여었나?" 하는데, 그 말소리가 얼마나 부드럽고 아름다운지 몰라요. 정말 아름다워요.

한 목사는, 그들은 예절 범백에 있어서도 또한 기가 막혔다고 감탄했다. 명동 사람들은 대개 서로 사돈으로 맺어져 있는데, 길에서 사돈끼리 만나 인사하는 것을 들으면 그 예절 바른 존경사가 기가 막히더라는 것이다.

그 부드럽고 지극한 말씨며 분별을 여기 남쪽 양반들은 도저히 따라가지 못합니다. 회령 종성 사람들은 모두 옛날 고려조 때 귀양간 사람들 후손들이 아닌가 해요.

한 목사는 회령 종성 지방의 역사적 유래를 미처 살피지 못했다. 그래서 고려조 때의 어음이 그대로 내려온 게 아닐까 추리한 것일 뿐, 실은 세종 때 훈민정음을 창제한 지 2년 후에 펴낸 『용비어천가』 제87장을 보면 한 목사가 말한 어음들이 그대로 나온다.

싸호ᄂᆞᆫ 한쇼ᄅᆞᆯ 두 소내 자ᄇᆞ시며(方鬪巨牛 兩手執之)
ᄃᆞ리예 ᄠᅥ딜 ᄆᆞᄅᆞᆯ 넌즈시 치ᅘᅧ시니(橋外隕馬 薄言挈之)

해방 후에 나온 윤동주 시집 『하늘과 바람과 별과 詩』 초판본에는, 윤동주의 연희전문 동창생 유영(柳玲)의 추모시 「창(窓) 밖에 있거든 두드려라」가 실려 있다. 그 시 안에,

모진 바람에도 거세지 않은 네 龍井 사투리와[3]

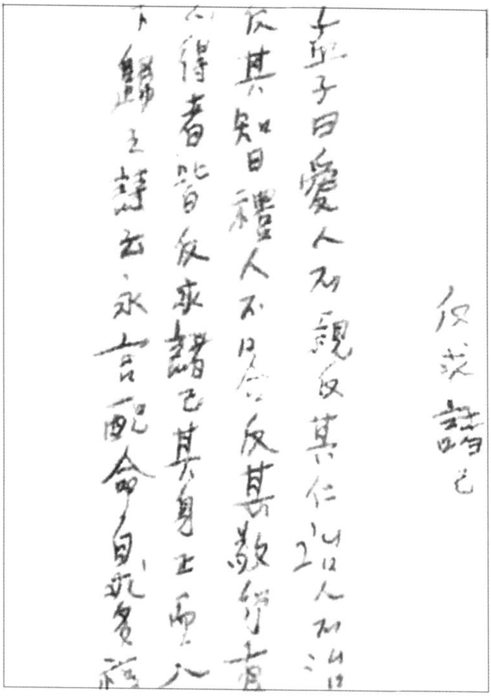
反求諸己
孟子曰愛人不親反其仁治人不治
反其智禮人不答反其敬行有
不得者皆反求諸己其身正而天
下歸之詩云永言配命自求多福

윤동주의 친필, 맹자의 글을 책표지에 썼다. 사서삼경 중 하나인 『맹자』의 「이루장구 상(離婁章句 上)」에 나오는 글이다. "맹자가 이르시기를 '내가 남을 아껴주는데도 그 사람과 친근해지지 않는다면 나의 인애에 결점이 있는가 반성하고'……"로 시작되는 이 글의 핵심은 "내가 바라서 행하였으되 얻지 못한 것이 있으면(行有不得者), 모두 자신을 돌이켜보아 그 원인을 찾으라(皆反求諸己)"는 것이다. 이 구절이 마음에 특별한 반향을 일으켰던 모양이다.

라는 대목이 있어, 윤동주의 어음 역시 동창생들의 인상에 특별히 남을 만치 부드러웠음을 증언하고 있다.

명동사람들의 언어감각이 얼마나 예민했는가는 김신묵 여사의 증언에서도 드러난다. 그들의 출신지인 종성, 회령이 포함된 내륙의 도읍인 육읍(六邑 : 무산, 회령, 종성, 온성, 경원, 경흥) 출신들은 길주, 부령 등 바닷가 도읍 출신들 발음과 달랐다는 것이다.

아 들 : 아무튼 아버지 어머니의 이야기를 듣다 보면 육읍 사람들이 사읍 사

3) 『나라사랑』 23집(윤동주 특집호), 외솔회, 196쪽

람이나 해진(海鎭) 사람들을 퍽 낮게 보는 경향이 있었던 것 같아요.

어머니 : 해진 사람들은 '번진다'고 '지'자를 쓰는 걸 굉장히 흉을 봤어.

아 들 : 육읍에서는 뭐라고 했지요?

어머니 : 육읍에서는 '번딘다'고 했어.[4)]

필자가 '번딘다'의 뜻을 김신묵 여사에게 문의했더니 '뒤집는 것'을 말한다고 대답했다. 그렇다면 두보의 칠언고시 「빈교행(貧交行)」에 나오는 '飜手作雲覆手雨(번수작운복수우. 『두시언해』의 번역 : 소놀 뒤위혀 구루믈 짓고 소놀 업더리혀 비를 ᄒᆞ나니)'라는 구절의 그 '번(飜 : 뒤위혀)'의 의미이다.

'뒤위혀'는 현대어로는 '뒤집어'이다. 이것은 우리말이 'ㅣ'모음 앞에서 'ㄷ → ㅈ'으로 자음(子音)의 구개음화(口蓋音化)를 일으키며 변화한 현상 중 하나이다. 아무래도 내륙보다는 외부와의 왕래가 쉬웠던 바닷가 사람들이 이런 음운 변화 현상을 쉽게 받아들인 것이다.

요즈음에 우리가 글로는 '해돋이[日出]'라고 쓰지만 말은 '해도디'라고 하지 않고 '해도지'라고 하는 것 역시 이런 자음의 구개음화 현상의 진행 사례에 해당한다. 회령 종성 출신의 명동사람들이 들으면 이 역시 '굉장히 흉을 볼' 일에 해당하리라. 그처럼 언어감각에 예민한 마을에서 태어난 것은 시인으로서의 윤동주의 언어감각 형성에도 큰 도움이 되었으리라.

세 번째 문화적 특질로 꼽은 '높은 교육열'을 살펴본다.

학문 숭상의 열기는 비단 육진 문화뿐 아니라 함경도 전체가 그러했다. 과거를 보아 출세하자는 차원이 아니라, 글을 아는 걸 인간의 기본 조건으로 받아들인 것이다. 그것은 '글 → 과거 → 벼슬 → 권력'으로 구축되는 중앙의 양반문화에 대한 통렬한 반박이 된다.

백범 김구는 을미년(1895)에 함경도 지방을 여행한 일이 있었다. 그가 후에 『백범일지』에 기록한 당시의 기행 소감에 함경도 지방의 교육열이 잘 나

4) 高銀 編, 「아버지와 어머니의 間島 이야기」, 문익환 選集 『죽음을 살자』, 形成社, 191쪽.

타나 있다.

> 함경도에 들어서서 가장 감복한 것은 교육 제도가 황해도나 평안도보다 발달된 것이었다. 아무리 초가집만 있는 가난한 동네에도 서재와 도청은 기와집이었다. 홍원 지경 어느 서재에는 선생이 세 사람이 있어서 학과를 고등・중등・초등으로 나누어 각각 한 반씩 담당하여 가르치는 것을 보았다. 이것은 옛날 서당으로서는 드문 일이었다. 서당 대청 좌우에는 북과 종을 달고 북을 치면 글읽기를 시작하고, 종을 치면 쉬었다. 더구나 북청은 함경도 중에서도 글을 숭상하는 고을이어서 내가 그곳을 지날 때에도 살아 있는 진사가 30여 명이요, 대과에 급제한 조관이 일곱이나 있었다. 가위 문향(文鄕)이라고 나는 크게 탄복하였다.5)

함경도 사람들의 학문에는 특수한 성격이 있다. 학문을 해도 권력 쟁취의 수단이 될 가망이 희박했기에 오히려 학문의 정도를 걷게 된 측면까지 보인다. 변방에 소외되어 있던 그들의 '높은 예절'을 대하자 한순명 목사는 뜻밖으로 받아들여 크게 경탄했지만, 그것 역시 그들이 평소 이렇게 열심히 닦아온 무욕의 학문과 관련지어보면 쉽게 수긍되는 일이다.

## 명동마을, 신학문과 기독교를 받아들이다

북간도 최초의 신학문 교육기관은 1906년 10월경에 용정에 선 서전서숙(瑞甸書塾)이다. 전 의정부 참찬 이상설이 이동녕, 이준, 정순만, 박정서 등의 동지들과 함께 용정에 와서 그곳에서 제일 큰 집인 천주교 회장 최병익의 집

5) 김구, 『백범일지』, 서문당, 59쪽.

을 사서 학교를 만들었다. 북간도의 천주교인들은 1900년의 의화단 사건으로 인한 피해 보상금으로 청국 정부로부터 큰 돈을 받았다. 그래서 신자들이 너른 땅을 사서 큰 집들을 짓고 살았는데, 그 중 신도회장 최병익의 집이 가장 컸다.

이상설은 자신의 사재로 서전서숙의 모든 경비를 충당했다. 교원의 월급, 교재대는 물론 학생들의 학용품까지 사재로 대었다. 산술, 역사, 지리, 국제공법, 헌법학, 한문 등을 가르치면서 철저한 반일 민족교육을 실시했다. 학생 수는 70여 명이었는데, 그 중에 김학연, 남위언 등 명동 출신도 있었다.

그러나 다음해에 네덜란드 헤이그에서 열리는 만국평화회의에 파견할 고종 황제의 밀사로 이상설이 선정되는 바람에 서전서숙의 운영에 큰 타격이 왔다. 이상설이 1907년 4월에 떠난 후 서전서숙은 몇 개월을 겨우 버티다가 결국 문을 닫았다.

그 무렵, 명동마을에서 신학문에 대한 열의가 강렬하게 일어났다. 그 배경에 이런 일화가 있다.

명동 이민단의 주요 지도자 중 한 분인 김하규 학자의 친척 중에 김도심이란 사람이 함경도에 살고 있었다. 함경도에 괴질이 돌아 사람들이 많이 죽었던 1907년 봄에, 그와 그의 열네 살 된 외아들도 괴질에 걸렸다. 두 사람이 거의 다 죽어가자, 그의 부인이 손가락을 잘라 피를 받고 다리살을 베어내어 남편과 아들에게 먹여 그들을 살려놓고 자신은 죽었다.

김도심은 나라에 상신하여 죽은 부인에게 열녀 표창이 내리도록 하려고 마음먹었다. 명동 김하규 학자를 찾아가서 그 탄원서를 써주기를 부탁했다. 그것을 써주자 김도심은 천릿길을 걸어 서울에 가서 탁지부에 내었고 결국 원대로 되었다.

그런데 탁지부에서 그 탄원서를 받아보니 아주 대학자의 문장이었다. 그래서 돌아가는 김도심의 편에 "김하규 학자를 '함북흥학회 회장'에 임명한다"는 임명장을 보내면서, "이제 구학은 소용없으니 신학문을 일으키라"는 내용의 통지문을 보내었다. 김하규 학자의 딸인 김신묵 할머니의 증언에 의하면, 당시 그런 통지문과 함께 "두루마리 백노지에 쓴 선전문에, 규칙에, 뭐 그런 것들을 한짐 지워서 보냈기 때문에" 그때 처음으로 '백노지'를 보았다고 한다. 김도심 씨가 명동마을에 도착한 것은 1907년 여름이었다. 소식을 듣고 김하규 학자의 집에 사람들이 모여들었다. 날이 더워서 문을 활짝 열어젖혀놓고 서울서 보내온 것을 읽고 또 사방에 발송했다.

이 일화는 무엇을 뜻하는가.

1905년에 치욕스런 을사5조약을 강제 당했던 대한제국 정부는 물론이려니와, 멀리 북간도의 평민들도 조정 못지않게 절실한 감각으로 일본의 막강한 힘을 의식하고 있었다. 그 사실이 전제가 되어야 이 일화의 본질이 비로소 극명하게 납득된다.

북간도인들은 청일전쟁(1894~1895), 러일전쟁(1904~1905) 등 그들의 눈앞에서 벌어진 전쟁을 거푸 이겨내는 일본의 힘을 직접 본 사람들이다. '미개한 섬나라 왜놈'들이었던 일본의 그 가공할 힘! 일본인들이 전과 다른 것은 서양식 문화와 문명을 받아들여 익힌 것밖에 없지 않은가. 그러한 일본의 위세에 의해 강제된 을사5조약의 충격은 실로 엄청났다. 그 충격에 의해 그들은 이미 발밑에서부터 흔들려 있었다. 그래서 골수 유학자들인 그들이 "신학문을 하라"고 쓴 백노지 통지문이 오자, 아무런 반발 없이 얼른 승복한 것이다. 그들은 평생 해온 유학을 간단히 '구학(舊學)'이란 카테고리 속에 밀어 넣었다. 그리고 이제 처음 대하는 '신학문'을 향해 가슴을 온통 열어젖혔다.

용정의 서전서숙이 문을 닫은 후, 명동 사람들은 행동을 개시했다. 세 군데 있던 유학 가르치던 서재를 하나로 합쳤다. 그리고 '명동서숙(明東書塾)'이란 이름을 붙인 신학문 교육기관으로 만들어 문을 열었다. 초대 숙장(塾長)으로 서전서숙 교사였던 박무림(본명 박정서) 씨를 모셔왔다. 명동촌의 김약연 학자가 그 아랫자리인 숙감 직을 맡았다. 얼마 후엔 '명동서숙'이란 명칭을 좀 더 현대적 감각을 살린 '명동학교'로 개칭했다. 1908년 4월 27일이 명동학교의 개교기념일이다. 매년 그 날이 되면 대운동회를 여는 등 다채로운 행사를 벌여 크게 기념했다.

여기서 '명동(明東)'이란 교명에 대해 잠깐 고찰하기로 한다.

당시 명동의 유학자들이 새롭게 신학문 교육기관을 설립하면서 왜 그 명칭을 '명동'이라고 붙였는지, 그 유래를 명확하게 밝히는 자료는 없다. 용정의 '서전서숙'은 용정을 포함한 그 일대 벌판의 호칭이 '서전벌'인 데서 비롯되었다. 지명을 따서 교명을 지었다. 그러나 '명동'은 학교 이름으로 먼저 지어진 다음 거기서 '명동촌'이란 마을 이름이 나왔다고 한다.

필자는 '명동'이 『대학(大學)』(『논어』 『맹자』 『중용』과 더불어 사서(四書)의 하나)의 첫 구절인 '대학지도 재명명덕(大學之道 在明明德)'에서 비롯된 것이라고 추정한다. '대학의 도는 밝은 덕(明德)을 밝히는(明) 데 있다'는 그 구절에서 '밝힌다'는 동사로서의 '명(明)'을 따고, 우리나라의 이칭인 '동국(東國)'에서 '동(東)'을 따서 '명동(明東)'이라고 지었다고 보는 것이다.

예로부터 우리나라는 중국의 동쪽에 있는 나라라 하여 '동국(東國)'이란 이칭이 많이 쓰였다. 오로지 지리적 조건이 기준이 된 것이기에, '동국'이라는 이칭에는 고구려, 신라, 백제, 고려, 조선 등의 시대적 조건과 구분을 뛰어넘어 통시적(通時的)으로 통용되는 편리함이 있었다. 그래서 우리나라에만 관계된 사물을 다루는 책 이름에 '동국'자가 들어간 것이 많다. 『동국문헌비고』(조선 영조 때), 『동국병감』(조선 문종 때), 『동국사략』(조선 태종 때), 『동국여지승람』(조선 성종 때), 『동국이상국집』(고려 고종 때), 『동국정운』(조선 세종 때), 『동국지리지』(조선 선조 때), 『동국통감』(조선 성종 때)…… 등등. 고려 때 통용된 엽전에는 '동국중보(東國重寶)' '동국통보(東國通寶)' 등의 이름도 있다.

그러니 필자의 추정이 맞는다면 신학문을 가르칠 교육기관 이름으로서 '명동'은 곧 '동국(우리나라)을 밝힐 인재를 기른다'는 뜻을 담고 있는 것이다. 이것을 『대학』의 첫 구절 식으로 풀어보면 '신학문지도 재명동(新學問之道 在明東 : 신학문을 하는 뜻은 동국을 밝히는 데 있다)'이 될 것이다.

여기서 한 가지 짚고 갈 것이 있다. 윤동주의 친동생 윤일주 교수가 '동주(東柱)'란 이름을 두고 "동주란 이름도 아버지가 지은 것이며, 동(東)자는 '명동'에서 따온 것이 분명하다"고 추정한 부분이다.[6)]

필자가 보기에 윤 교수의 추정은 사실과 어긋나는 듯하다. 윤동주(尹東柱)의 '동'자는 『주역』에서 나온 것으로 보이기 때문이다. '동(東)'은 『주역』에서 진괘(震卦), 진(震)은 장남(長男)을 뜻한다. 그래서 제왕가에서는 태자나 세자를 가리켜 '동궁(東宮)'이라고 불렀다. 동주가 윤씨 집안의 첫아들이기에 장남을 의미하는 '동(東)'자를 쓰고 그 뒤에 항렬자인 주(柱)자를 붙인 것으로 봐야 한다.

명동서숙은 이민 와서 처음 땅을 분배할 때 따로 떼어놓았던 '학전'을 유지재단으로 만들어 출발했다. 여덟 칸 집을 사서 두 칸은 터서 사무실로 하고 나머지는 교실로 쓰는 소규모 출발이었다.

박무림 숙장 아래, 김약연 학자가 숙감, 재무 담당으로 문치정이 선정되었다. 서전서숙에서 신학문을 배운 김학연과 남위언은 교사진에 충당되었다. 그러나 그들이 서전서숙에서 배웠대야 미처 1년도 안 되는 기간이었다. 제대로 가르칠 교사진이 시급했다. 사방으로 널리 알려서 신학문을 가르칠 교사를 구했으나 쉽게 구해지지 않았다. 그런 와중에 고영발이라는 외지 사람이 와서 '빗자루 비'라는 식의 엉터리 지식을 가르치려다가 쫓겨 가는 등의 해프닝이 벌어지기도 했다.

그러다가 1909년에 당년 22세인 정재면(鄭載冕, 일명 정병태(鄭秉泰)) 선생이 부임하면서 비로소 학교가 정상 궤도에 오르게 되었다.

정재면은 건국대학교 총장과 한신대학교 총장 등을 역임한 정대위(鄭大爲, 1917년생) 박사의 부친이다. 그는 평남 숙천 출신으로 서울에 있는 '청년학관'이라는 기독교계의 신학문 교육기관에서 공부한 독실한 기독교인이었다. 또

6) 윤일주, 「윤동주의 생애」, 『나라사랑』 23집, 외솔회, 152쪽.

한 이동휘, 안창호, 양기탁, 김구, 전덕기 등이 활약하던 애국비밀결사단체인 '신민회(新民會)' 회원인 젊은 지사였다.

그는 서울에서 학업을 마친 후, 원산 보광학교에 가서 교사로 일했다. 그런데 신민회에서 그에게 "북간도에 가서 이상설이 하던 교육사업을 재건하라"고 권고했다. 정재면은 그에 따랐다. 보광학교를 사직하고 북간도에 들어갔다.

정재면은 먼저 용정으로 갔으나 용정에 들어와 있는 일본 통감부 간도파출소의 존재와 압력 등 여러 불리한 여건 때문에 서전서숙의 재건이 여의치 않았다. 그래서 마침 신학문을 가르치려고 마을 주민들이 자체적으로 학교를 세워놓은 상태인 명동학교로 눈을 돌렸다.

명동의 유학자들은 명실상부한 신학문 선생인 정재면을 대하자 매우 반기고 명동학교에 부임해줄 것을 극력 요청했다. 이때 정재면은 부임 승낙의 전제조건을 한 가지 내걸었다. "학생들에게 정규과목의 하나로 성경을 가르치고 학생들과 함께 기독교 예배를 드릴 수 있어야 함"이었다.

이것은 전통적 유학자들의 마을 입장에서는 가히 혁명에 해당하는 요구였다. 명동촌의 지도급 유학자들이 모여서 그 문제에 대해 토의에 들어갔다. 며칠 동안 계속 토론한 끝에 "그런 조건으로라도 제대로 된 신학문 선생을 모셔야겠다"고 결정되었다. 그들이 신학문에 대해 지녔던 열의의 강도를 가늠하게 하는 대목이다.

명동촌에서 그의 요구를 수락하자 정재면은 즉시 명동학교에 부임했다. 이리하여 명동에 신학문과 기독교가 함께 들어갔다.

당시 신민회에서는 북간도의 민족교육을 위해 비밀리에 '북간도 교육단'을 조직하는 등 단단한 준비를 갖추었다. 이 교육단은 단장에 실무자인 정재면, 고문엔 이동휘·이동녕, 의사 및 장사를 해서 교육단 소속 인사들의 생활비를 책임질 재무 담당까지 포함되어 구성되었다. 그 재무 담당이 유한양행 유일한 씨의 부친인 유홍원 씨로, 그는 충실하게 그의 임무를 완수했다고 한다.

현재 학계에서는 신민회의 활동에 대한 연구가 미흡하여 신민회와 명동학교의 관계를 제대로 평가하지 못하고 있다. 그러나 북간도의 명동학교야말로 정주의 오산학교, 평양의 대성학교, 이동휘 계열의 보창학교, 서간도의 신흥학교…… 등과 함께 신민회의 영향력 아래 그 이념을 좇아 운영된 학교들 중에서 대표적인 존재로 꼽아야 할 학교이다.

1909년에 정재면이 부임한 뒤 학교 조직이 새롭게 정비되었다. 초대 숙장인 박무림 선생이 퇴임하고 '교장 김약연, 교감 정재면'이란 체계가 되었다. 정재면의 활약은 대단했다. 자신도 열심히 가르칠 뿐더러 쟁쟁한 교사진을 대거 끌어들였다. 대한민국 최초의 여판사 황윤석의 부친인 역사학자 황의돈, 한글학자 장지영, 주시경 선생의 문법책『우리말본』의 서문을 쓴 박태환, 조도전대학 출신 법학자 김철 같은 명사들이 명동학교의 교사로 부임했다. 모두 독립운동가로서의 기상이 대단한 분들이었다. 1910년에는 중학교 과정도 만들었다. 사방에서 학생들이 몰려들었다. 1910년 8월 29일의 한일합방으로 나라가 망했다는 소식이 오자, 교사들과 학생들이 모두 학교에 모여 대성통곡했다. 특히 역사학자 황의돈 선생이 어찌나 애통스럽게 땅을 치며 통곡했던지, 사람들의 뇌리에 매우 깊은 인상으로 남았다.

명동학교는 여자 교육에 있어서도 획기적인 모범을 보였다. 1911년 양력 3월에 이동휘가 명동에 와서 사경회(기독교의 특별 집회, 요즘 부흥회와 비슷함)를 한 것을 계기로, 그해 봄부터 여학생을 가르치는 여학교를 만들었다. 남학교 교사들이 여학생들도 가르쳤고, 새롭게 정재면의 누이 정신태, 이동휘의 둘째딸 이의순(李義淳) 등이 여교사로 부임했다. 정신태는 성경, 이의순은 음악 재봉 이과(理科)를 맡았다. 이의순은 여성해방론자인 아버지를 따라 "새도 날개가 둘이라야 날고, 수레도 바퀴가 둘이라야 구른다"는 인상적인 말로 여성교육의 필요성과 여성의 사회적 활약을 강조했다.

## 명동의 기독교 문화

명동마을이 거의 전부 기독교화 된 내력은 재미있다. 그것은 오로지 정재면의 집념과 전술이 쟁취한 승리였다.

정재면은 처음엔 학생들만 상대로 성경을 가르치고 함께 예배를 드렸다. 당시 그의 학생이었던 문재린 목사에 의하면, 처음에는 기도할 때 "아멘" 하는 소리를 내는 것이 꼭 소가 "음매" 하는 것 같다고 학생들이 예배 도중에 웃음을 터뜨리곤 했다. 어른들은 학교에 다녀온 아이들이 예배 보는 흉내를 내며 노는 걸 보고 예수쟁이들이 어떻게 예배 보는 것인지 짐작했다.

얼마간의 시일이 흐르자, 정재면은 자기의 교사 직을 걸고 새로운 요구조건을 내놓았다.

> 학생들만으로는 안 되겠소. 어른들도 다 나와서 같이 예배를 드립시다. 그렇게 안 하겠다면 난 여길 떠나겠소.

이미 자신의 실력과 인품으로 마을사람들의 마음을 사로잡았다고 느꼈을 때였으리라. 그는 그런 엄청난 말을 내놓고 짐을 꾸리려는 형세를 보였다. 마을사람들은 크게 당황했다. 다시 며칠에 걸친 토의가 벌어진 끝에 조용한 혁명이 일어났다. 정재면의 요구대로 어른들도 예수를 믿고 그를 붙잡아두기로 한 것이다.

그리하여 1909년 5, 6월경에 명동촌에 교회가 섰다. 명동의 저명한 유학자들이 가족과 함께 새파란 젊은 선생 앞에 나가서 성경을 배우고 함께 예배를 드렸다. 교회 건물로는 따로 여덟 칸 집을 사서 방을 터 가지고 사용했다. 남녀 간의 내외법이 엄하던 때였다. 남자반과 여자반이 기역자 형태로 구분되어 있어 서로 보이지 않았다. 정 선생은 그 중간에 서서 예배를 인도했다.

여기서 한 가지 생각할 것이 있다. '명동사람들이 오로지 신학문 선생을 붙잡아두기 위한 방편이란 조건만으로 기독교로 개종했겠는가' 하는 문제이다. 이것을 살피기 위해서는 명동을 포함한 북간도 조선인 사회의 역사를 잠깐 살필 필요가 있다.

현재 일반적인 상식으로는 '북간도'라 하면 그저 '독립군들의 땅'이란 등식이 성립하는 일종의 환상적인 이미지가 보편화되어 있다. 그러나 이것은 북간도의 실제 역사와는 많이 다르다. 명동마을에서 기독교 문화가 시작된 시기인 1909년까지의 북간도 조선인 사회의 모습을 살펴보면, 다음과 같은 4단계로 나누어진다.7)

1) 청국 관헌의 통치와 횡포에 시달리던 시기(조선인 이주 초부터~1903)
2) 간도관리사 이범윤의 교민 보호 시기(1903~1905)
3) 다시 청국 관헌의 통치 시기(1905~1907)
4) 일제의 통감부 간도파출소 설치로 일본 세력이 침투하여, 청국의 행정조직 '향약(鄕約)' 체계와 일본의 행정조직 '사장(社長)' 체계가 조선인 관리를 놓고 치열하게 대립하며 공존하던 시기(1907~1909)

북간도의 조선인들은 이주 초부터 청국 관헌들과 청국인 지주들의 횡포 때문에 매우 고통을 받았다. 만주족의 머리 모양과 복장을 하라는 '치발역복'의 강요에 따른 고통에서부터 대개 소작인으로 생활하면서 겪게 되는 갖가지 불이익과 압력으로 고통의 나날을 보냈다. 또 청국인들의 위세를 업은 호통사(胡通事 : 중국어 통역)의 횡포 또한 굉장했다.

그러나 청국인 지주에게 토지대금을 미리 지불하고 집단적으로 이주해 들어가서 큰 마을을 이룬 명동의 경우는 별 시달림이 없었다. 그러나 한계는

---

7) 송우혜, 「북간도 '대한국민회'의 조직 형태에 관한 연구」, 『한국민족운동사연구 · 1』, 지식산업사, 1986, 115쪽 참조.

명확했다. 명동에서조차도 '협잡꾼 김병왜 사건' 같은 것을 면할 수 없었다. 김병왜란 사람이 땅 매매 문제에서 협잡을 했다. 불의를 못 참는 김하규 학자와 그의 친척인 김선천이 나서서 규탄한 결과 징역에 보내졌다. 그런데 김병왜가 출옥한 후 딸을 청국인에게 주고 그 세도로 보복하는 바람에, 김하규 학자의 조카 등 여러 사람이 감옥에 갇혀서 고생하다 풀려났다.

그렇게 청국 측 횡포에 크게 시달리던 북간도 조선인들로서는, 친러시아 성향의 간도관리사 이범윤이 북간도에 주재하면서 사포대를 조직하여 위세를 보였을 때가 최초로 어깨를 펴고 살 만했던 시기였다. 그러나 그것은 러시아 군대의 동삼성(東三省 : 중국 산해관 동쪽에 있는 봉천성, 길림성, 흑룡강성의 3성) 점령 때문에 겨우 가능했던 일시적 현상이었다. 1900년의 의화단 사건으로 피해를 입은 구미 열강의 군대가 청나라에 출병하자, 러시아도 가만있지 않았다. 동삼성에 대해 영토적 야심이 있던 러시아는 동청철도(흑룡강 → 길림 → 블라디보스토크) 건설을 보호한다는 명목으로 대규모 출병을 감행하여 동삼성을 지배했다. 1903년 4월에는 한국의 압록강 하류에 있는 용암포까지 점령했다. 그러다가 마찬가지의 영토적 침략 야욕을 품고 있던 일본과 충돌하여 1904년 2월에 러일전쟁이 터졌고, 다음해에 패전한 러시아는 만주에서 물러갔다. 그러자 이범윤은 더 이상 교민 보호는커녕 그 자신이 북간도에 머무를 수조차 없어서 노령으로 가버렸다.

명동마을 역시 이러한 시대상황에 그대로 노출되어 있었다. 김신묵 할머니는 러일전쟁 중이던 1904년 가을에 타작하고 있던 자기네 마당에 '러시아 군인들이 욱 들어서던' 걸 본 기억을 생생히 갖고 있었다.

시대상황이 그러했기에 김선천이 겪은 체험과 같은 아주 극적인 드라마가 공공연하게 펼쳐지기도 했다. 명동 김하규 학자의 친척 김선천은 이범윤의 관리사 군대 소속 군인이었다. 관리사 군대가 해체된 후 미처 피신을 못한 김선천은 청국 관헌에 체포되어 사형 언도를 받았다. 그들은 김선천을 수레에 태워가지고 노래를 부르면서 들로 나갔다. 승기대(처형대)에 매달고 목을

명동마을 주민들이 다니던 명동교회. 기독교 신자였던 윤동주 가족도 이 교회에 출석했다. 정재면에 의해서 시작된 명동교회는 '한 사람의 진실하고 선한 의지와 실천이 많은 사람들의 삶과 역사를 근본적으로 바꿀 수 있음'을 보여 준 살아 있는 증거였다.

치려고 했는데, 갑자기 돌개바람이 불어와 승기대를 쓰러뜨렸다. 승기대를 다시 세웠다. 그러자 또 돌개바람이 일어 승기대를 쓰러뜨렸다. 그걸 보고 사형 집행이 중지되었다. '이 사람을 죽이지 말라'는 하늘의 뜻으로 받아들인 것이다. 그 후 김선천의 목숨값을 벌금으로 대신 갚으라고 하여, 김하규 학자를 비롯한 여덟 명의 사촌들이 땅이니 소니 죄다 팔아서 밀어 넣었다. 그 후 김선천은 곤장을 심하게 맞고 풀려났다. 그는 곤장독이 풀어져 몸을 움직이게 되자 노령으로 가버렸다. 그런 일들이 윤동주가 태어나기 불과 12년 전에 명동마을 사람들이 직접 겪었던 사건들이었다.

1907년에 '한국 통감부 간도파출소'란 명목의 경찰조직을 앞세운 일본 세력이 북간도에 들어오자 상황은 더욱 복잡해졌다. 조선인들은 청·일 양쪽에 의해 부대끼게 되었다. 청나라는 '향약' 체계의 지방행정조직, 일본은 '사장' 체계의 지방행정조직을 갖추고 서로 조선인들에 대한 관리권을 주장하며 심한 알력 속에서 병존했다.

그런 상태가 정재면이 명동사람들에게 기독교를 받아들일 것을 요구한 때의 시대상황이었다. 명동사람들이 기독교를 받아들인 이유들 중에 기독교가 담보하는 '정치적 피난처 확보'라는 거대한 이익에 대한 고려는 없었을까.

당시 중국 대륙에 진출한 기독교는 하나의 종교인 동시에 국경 없는 제국과 같은 성격을 지닌 하나의 유기체였다. 그것도 건드리면 몹시 동티가 나는 유기체였다. 그 동티는 어김없고 신속했다. 어디서 서양 선교사가 피살되었다 하면, 이내 그의 모국 군대가 치고 들어왔다.

1897년 11월에 산동성 거야현에서 일어난 독일인 신부 2명의 피살이 독일 군대의 교주만 상륙을 불렀고, 천주교가 큰 피해를 입은 1900년의 의화단 사건은 미국, 영국, 일본, 독일, 프랑스, 이탈리아, 오스트리아 제국 군대들의 중국 출병과 북경 함락을 낳았다. 당시 청국 정부는 구미 열강에 많은 이권을 제공해야 했고, 일단 천주교도라 하면 서양인과 청국인은 물론 북간도 조선인들이 입은 피해까지 모두 크게 배상함으로써 그 사건을 겨우 마무리했다.

결과적으로 보아 종교가 제국주의적 침략의 교두보가 된 것이다. 그러나 그것은 청나라 입장에서의 이야기다. 청나라 측의 억압과 횡포에 시달리던 조선인들의 입장은 전혀 달랐다. 기독교가 지닌 그런 측면이 오히려 믿음직한 피난처와 보호자로서의 기능을 할 수 있었다. 일제의 세찬 침략의 발톱 아래 풍전등화의 운명인 조국, 그리고 거기서도 떠나서 아무 의지할 데 없는 무력한 백성들로서, 일단 기독교에 입교만 하면 구미 열강이 후견인 노릇을 해준다는 것은 차라리 매혹적인 조건이었다.

그 구미 열강의 힘이란 어떤 것인가. 저 표한한 일본조차도 그 앞에선 한 수 꺾이는 게 아닌가. 그들의 눈앞에서 벌어졌던 청일전쟁의 결과만 해도 그러했다. 일본은 무수한 피를 흘려 전쟁에 승리한 결과로 강화조약에서 요동반도를 양도받았다. 그런데도 독일, 프랑스, 러시아 3국이 간섭하고 나서자 무력하게 도로 내놓았다. 청나라와 일본이란 두 세력에게 시달리고 있는 외로운 북간도 조선인 사회와 기독교의 관계에서 볼 때, '적의 적은 우방'이라는 등식이 일단 설득력 있게 성립되고 있었다.

그 시대와 그 지역의 지정학적 배경에 대한 이런 고찰이 없으면, 명동촌의 당당한 유학자들이 당년 22세의 젊은 신학문 선생이 내놓은 "떠나겠다"는 위협만으로 모두 우르르 기독교로 개종했다는 전설은 하나의 경박한 코미디가 된다.

한편 시대적 상황은 숨 가쁘게 돌아갔다.

1909. 9 : 청·일 간의 '간도협약'
10 : 안중근 의사 의거
1910. 8 : 한일합병
1911.10 : 신해혁명
1912. 1 : 중화민국 수립 선포
2 : 청조 멸망
3 : 임시 대총통 원세개의 실권 장악

이런 격변의 소용돌이 속에서 신학문과 기독교를 받아들인 명동마을은 큰 발전을 거듭했다. 마을은 정재면이 주도하는 신민회의 이념에 따른 모범농촌운동에 의해 면모를 일신했다. 명동학교 역시 그랬다. 우수한 교사진이 갖춰진 명동학교에 사방에서 학생들이 왔다. 북간도 각지는 물론 국내에서도, 또 시베리아의 교포 자제 중에서도 유학을 왔다.

이리하여 명동은 북간도에서 가장 저명한 마을 중 하나가 되었다. 명동학교 교장인 김약연의 사회적 지위 역시 북간도 사회의 정상으로 떠올랐다. 마치 해가 어둠을 헤치고 떠오르는 듯한 기세였다.

윤동주가 태어나기 불과 5년 전인 1912년에는 북간도 조선인 사회에 아주 획기적인 일이 일어났다. 이민 사상 최초로 조선인 자치기구인 '간민회(墾民會)'가 결성된 것이다. 그것은 새로 선 중화민국의 실권을 쥔 원세개에게 대표단을 파견, 교섭하여 그의 허락을 받아냄으로써 가능했다. 간민회 회장에는 명동학교 교장인 김약연이 선출되었다. 간민회 회장이란 북간도 전 인구의 7, 8할을 차지한 조선인 사회의 우두머리가 됨을 의미한다. 김약연에게는 곧 '동만의 대통령'이란 별호가 따랐다. 그러나 간민회는 1914년 일본의 압력에 굴복한 중국정부에 의해 해산되었다. 좋은 시절은 너무 짧았다.

명동에 기독교가 들어와서 일으킨 여러 변혁 중에서 외형적인 큰 발전도 물론 아주 중요했다. 그러나 보다 중요한 것은 사람들 내면의 근본적 변화였다. 그것은 먼저 매우 강고했던 신분의식의 타파로 나타났다. '모든 사람이 다 같은 하나님의 자녀'라는 기독교의 평등의식과 인간관을 받아들인 것이다. 그들은 기독교의 교리에 따르느라 제사 역시 폐하였다. 이것은 종래의 유교문화 풍토와 비교해볼 때 완전한 혁명에 해당했다.

신분의식 타파 현상을 가장 극명하게 말해주는 것이 여성들의 '자기 이름 갖기'였다. 어릴 때는 '고만네' '개똥네' '곱단이' 등등의 아명으로 불리다가 결혼하면 '회령댁' '종성댁' '사동댁' 등의 택호로 불리는 것이 여성들의 이름이었다. 그런데 예수를 믿기 시작하면서 이내 여성들도 남성들과 똑같이 한문으로 된 이름들을 지어 가졌다. 더구나 대부분의 여인들이 이름 첫 자를 믿을 신(信)자를 넣어서 지었다.

김신묵(金信默) 주신덕(朱信德) 김신정(金信禎) 김신우(金信宇) 문신길(文信吉) 윤신영(尹信永) 윤신진(尹信眞) 윤신현(尹信鉉) 김신희(金信熙) 한신환(韓信煥) 한신애(韓信愛) 남신현(南信鉉) 남신학(南信學)…… 등등. 김신묵 할머니는 앉은 자리에서 50여 명의 신(信)자 항렬 이름들을 꼽아 내렸다. 모두들 당시 함께 지어 받은 이름들이다.

이 일은 무엇을 뜻하는가?

첫째로는 가문, 문벌, 연령, 친소 등 인간과 인간 사이에 선 장벽들을 부수고 믿음 안에서 모두들 한 항렬의 한 형제가 됨을 선포한 것이다. 둘째로는 이젠 여자도 남자들과 같은 형태의 이름을 가져야겠다는 남녀평등사상의 구현이었다.

'인간은 모두 똑같은 하나님의 자녀'라는 기독교의 교리가 명동사람들의 구체적인 삶의 자리에서 이렇듯 명쾌한 모습으로 실현되었다. 여기에 명동 기독교문화의 핵심이 들어 있다.

"우리 집이 명동으로 이사간 게 1919년 8월 말이었어요."

한준명 목사의 증언은 외지 출신의 눈에 비친 명동의 기독교문화 전성기의 모습을 담고 있다.

> 가보니, 아주 좋은 동네더군요. 교회와 학교를 크게 지어놓았고, 동네 안길도 크고 넓게 닦았고, 또 소비조합도 있고……. 그때 벌써 대부분의 집에 재봉틀이 있더군요. 일요일이면 2백여 명씩 모여 교회가 꽉 찼고, 아이들 교육에도 모두 열심들이었고…….

이 시기 동안 명동은 독립운동의 기지로서 북간도 전역에서 유명한 곳이었다. 이런 시기가 꼭 20년간 계속된 뒤 명동마을이 공산주의에 침윤된 시기가 시작되었다.

## 윤동주의 명동소학교 시절

이런 마을에서 윤동주는 태어나고 자랐다. 그가 태어나기 전에 부모가 모두 기독교인이 되어 있었기에 그는 기독교도로 태어났다. 그는 갓난아기 때 '유아세례'를 받아 교회의 일원으로 등록되었다.

1925년, 윤동주는 8세의 나이로 명동소학교에 입학했다. 윤동주의 소학교 1학년 때 모습이 동창인 김정우 시인의 글 속에 이렇게 담겨 있다.

> 동주랑 같이 학교에서 1학년 때 국어 공부를 한 이야기인데, 당시의 교과서는 『솟는 샘』이란 등사본이었다. '가'자에 'ㄱ(기역)' 하면 '각' 하고, '가'자에 'ㄴ(니은)' 하면 '간' 하여, 천자문을 외듯이 머리를 앞뒤로 저으며 낭랑한 목소리로 암송하던 것이 지금도 기억에 생생하다.[8)]

설립 이후 이 시기에 이르기까지 명동학교에는 큰일이 많았다. 먼저 학교 건물을 서양식 벽돌건물로 번듯하게 지어 1918년에 낙성한 것이 큰 발전으로 꼽힌다. 그리고 독립운동계에 많은 인재를 공급한 것 역시 큰 업적이었다. 김약연 교장 자신이 독립운동에 앞장섰다.

1914년에 간민회가 해산된 후 한때 침체되었던 조선인 사회와 독립운동계의 기운은, 제1차 세계대전의 종전과 함께 다시 불타오르기 시작했다. 특히 1919년 3월의 독립만세운동 시위로부터 1920년 6월 봉오동전투를 거쳐 1920년 10월 대규모의 일본군이 만주에 출병하여 일어났던 청산리전투 때까지의 근 1년 반 사이는 북간도 전체가 가히 독립군들의 세상이었다. 이 무렵에 특히 명동학교 출신들의 활약이 컸다. 그래서 소위 '간도 대토벌'에 나선 일본군에 의해 보복 당했다. 일본군은 1920년 10월 20일에 그 보기 좋았던

---

8) 김정우, 「윤동주의 소년 시절」, 『나라사랑』 23집, 외솔회, 117쪽.

명동학교 벽돌건물에 방화하여 재로 만들어버렸다. 10월 20일이라면 청산리 전투 개시일보다 하루 전날이다. 일본군이 간도에 들어와서 제일 먼저 토벌한 것이 명동학교였던 것이다. 그동안 소위 '불령선인단의 소굴'로서 명동학교가 얼마나 증오의 대상이었는가를 실증한 사건이었다.

어쨌든 명동에 진입한 일본군은 함부로 행패하지 못했다. 단지 명동학교와 그 옆에 위치한 마진(馬晋, 저명한 독립운동가) 소유의 비어 있는 집 한 채만 소각하고 갔을 뿐이다. 인명 피해는 전혀 없었다. 당시 '경신 대학살'이라 불리도록 처참했던 대토벌을 최초로 당하면서도 명동마을 사람들이 학살은 커녕 구타조차 당하지 않았던 것은 어찌된 까닭인가.

그것은 오로지 명동마을이 큰 규모의 교회와 기독교학교를 갖고 있는 기독교촌이라는 점 때문이었다. 일을 벌였다가 나중에 일본과 서구 열강 사이에서 시끄러운 외교문제가 일어날 것을 일본군 나름으로 경계한 것이다.

그와 관련해서 웃지 못할 일화가 있다. 당시 명동학교를 불태우러 가던 일본군은 명동촌 근방에서 가톨릭 소속 프랑스인 선교사인 필립브 페리(Philippe Perris) 씨를 만났다. 그러자 일본군은 그에게 요청해서 "명동학교와 나는 아무런 관계가 없다"라는 확인서를 써 받았다. 뿐만 아니라 미국인이나 영국인 역시 명동학교와 아무 관계가 없다는 말을 듣고서야 학교를 불태웠다. 명동교회와 학교는 당시 개신교 장로교파 소속이었으니 가톨릭 선교사와 아무런 관계가 없음은 극히 당연한 일이었다. 당시 그 프랑스인 선교사가 써준 확인서가 아직도 일본 정보기록 속에 다음과 같이 남아 있다.9)

> Myodo school has no relation with me.
>
> Philippe Perris
>
> Missionnaire Apostolique

9) 姜德相 編, 『現代史資料』 28, 朝鮮 4, 455쪽.

명동학교 신교사 낙성식(1918.4.9). 명동학교는 독립운동계에 많은 인재를 배출하였다. 명동학교 출신 독립운동가들의 활약이 두드러지자 이에 대한 보복으로 1920년에 일본군이 학교를 불태웠고 1922년에 다시 복구시켰다. 이 한 장의 사진은 1918년 당시의 명동마을 문화의 보이지 않는 부분까지 담고 있다. 이런 규모의 대형사진 촬영이 가능했던 사진술, 이 행사를 사진으로 남기려고 했던 기록의식, 학교 이름 앞에 굳이 '사립(私立)'임을 밝히는 주인의식, 연도를 '주후(서기)'로 표기하는 기독교 문화의 생활화 …….

불탄 교사는 1922년에 일본 정부가 돈을 내어 원상대로 복구해놓았다.

그러나 1920년을 고비로 명동학교의 찬란한 성가는 차츰 빛을 잃어갔다. 간도에 와 있던 캐나다 선교부에서 1920년에 교통의 요지인 용정에다 은진중학교, 명신여학교 등 미션스쿨을 세움으로써 전부터 있던 영신학교, 동흥학교, 대성학교 등과 함께 이젠 용정이 북간도 신교육의 중심지가 된 까닭이다. 전에는 명동으로 오던 외지 유학생들이 이젠 용정으로 갔다.

독립운동가의 양성소이다시피 했던 명동학교의 몰락은 우선 그곳이 궁벽한 고장인 점에 있다. 또한 1920년 일본군의 대토벌 이래 북간도 전역에서 독립운동의 기세가 크게 꺾인 것과도 관련이 깊었다. 당시 많은 독립군들과 독립운동가들이 노령이나 중국 본토로 망명하여 북간도를 비웠다.

게다가 설상가상으로 1924년의 유명한 갑자년 가뭄으로 인한 대흉년 때문에 심각한 경영난까지 겹쳤다. 결국 윤동주가 명동소학교에 입학하던 1925년에 명동중학교는 더 이상의 운영이 불가능하여 문을 닫고, 소학교만 남아 명동마을 출신 학생들만으로 명맥을 유지했다. 간혹 윤동주 관계 기록에 "명동중학교가 일제에 의해 강제 폐교되었다"는 대목이 나오는데, 사실과 전혀 맞지 않는 기술이다.

명동마을과 명동소학교 시절은 윤동주의 생애에서 매우 중요한 의미를 지닌다. 그가 27년 남짓한 생애에서 절반 이상인 14년을 명동에서 살았다는 것 외에도, 그의 인격 및 시적 감수성의 골격이 형성된 곳이기 때문이다.

윤동주의 일생에서 명동 시절처럼 아름답고 풍요로운 시절은 다시 없었다. 자연 환경도, 가정적인 거주 환경도, 또 시국 상황까지도 그러했다. 우선 명동의 자연 환경을 살펴보고, 그의 소학교 시절 모습을 좇아가본다.

명동의 자연 환경은 윤동주의 소학교 동창생이며 외사촌인 시인 김정우 선생의 글에 잘 묘사되어 있다.

> ……명동촌의 자연 풍경을 설명해야겠다. 이 마을은 사방이 산으로 둘러싸여 있는 아늑한 큰 마을이다. 동북서로 완만한 호선형(弧線形) 구릉이 병풍처럼 마을 뒤로 둘러 있고, 그 서북단에는 선바위란 삼형제 바위들이 창공에 우뚝 솟아 절경을 이루며 서북풍을 막아주고 있다. 그 바위들 뒤에는 우리 조상들의 싸움터로 여겨지는 산성이 있고 화살 같은 유물들이 가끔 발견되곤 하였다. 이 삼형제 바위는 명동 사람들의 공원이기도 하였다. 동쪽에서 뻗어오던 장백산맥이 오랑캐령인 오봉산과 살바위란 날카로운 산들을 원점으로 하여 서남쪽으로 지맥이 이루어지면서 마을 정면에는 고산 준령이 첩첩이 뻗어 선바위를 스쳐간다.
>
> 봄이 오면 마을 야산에는 진달래 · 개살구꽃 · 산앵두꽃 · 함박꽃 · 나리꽃 · 할

미꽃·방울꽃들이 시새어 피고, 앞 강가 우거진 버들숲 방천에는 버들강아지가 만발하여 마을은 꽃과 향기 속에 파묻힌 무릉도원이었다. 여름은 싱싱한 전원의 푸르름에 묻혀 있고, 가을은 원근 산야의 단풍과 무르익은 황금색 전답으로 황홀하였다.

겨울의 경치는 더욱 인상적이었다. 산야 나목의 앙상한 가지들이 삭풍에 울부짖고 은색 찬란한 설야엔 옥색 얼음판이 굽이굽이 뻗으며 선바위골로 빠지는 풍경은 실로 절경이었다. 폭설이 내리는 날엔 노루 떼·멧돼지 떼들이 먹이를 찾아 마을로 내려오고, 그런 날이면 온 마을은 흥분의 도가니 속에서 들뜨곤 했다. 박달나무 팽이 돌리기·썰매타기·스케이트 지치기, 매를 갖고 꿩 사냥하는 것을 구경하러 따라다니기 등 명동촌의 겨울은 지울 수 없는 추억들이었을 것이다.

(중략)

동주의 집은 학교촌에 소속되어 있으며 잘사는 편이었다. 그 당시 벼농사를 하는 집이란 그 큰 마을에 몇 가호밖에 되지 않았는데, 그 몇 집들 중에 동주의 집도 끼여 있었다.

그의 집은 학교촌 입구 첫 집이었다. 가랑나무가 우거진 야산 기슭에 교회당이 있고 그 교회당 옆으로 두 채의 집이 있는 앞집이다. 그의 집은 정남향 큰 기와집으로 후면과 좌우에는 그리 크지 아니한 과수원이 있고, 뒷문으로 나가면 그의 시(詩) 「자화상(自畵像)」에 영향이 되었다고 생각하는 물맛으로 유명한 수십길도 더 되는 깊은 우물이 있다. 우리는 동주와 같이 과수원 울타리로 되어 있는 뽕나무 오디를 따먹고, 물을 길어 입을 닦기도 했으며, 그 우물 속을 들여다보고 소리치며 우물 속에 울리는 소리를 듣곤 했다.

그의 집 큰 대문을 나와 좌로 돌아 큰길로 향하면 동쪽 개바위 위로 떠올라 쫓아온 햇빛이 우거진 가랑나무숲 위 교회당 종각의 십자가를 비추고 있는 광경을 그는 언제나 보았을 것이며, 그 십자가는 그리스도의 십자가의 못처럼 그의 마음에 단단히 박혔을 것이다. 우리는 주일학교도 같이 다니었으며, 구주 성탄 때는 교회당이 가까운 그의 집에서 새벽송 준비를 하고 밤샘을 하며 꽃종이를 준비하곤 했다. 옷을 두툼하게 껴입고 벙거지를 뒤집어쓰고 개가죽 버선을 신고 새벽 눈길을 걸어다니며 찬송가를 부르던 것을 생각하면 지금도 한없이 기쁘다. '쫓아오던 햇빛인데 / 지금 교회당 꼭대기 / 십자가에 걸리었습니다. // 첨탑이 저렇게도 높은데 / 어떻게 올라갈 수 있을까요.' 나는 그의 「십자가」를 읽을 때마다 동주의 집 뒤에 있던 교회당 둘레의 그림 같은 아름다운 풍경과 어린 시절의 교회생활을 생각지 아니할 수 없다.10)

김정우 시인의 글은 윤동주의 명동 시절의 자연환경을 한 폭의 그림 그리듯이 서술하고 있다. 참으로 아름답다.

이런 자연 환경 속에서 자라고 있던 어린이 윤동주의 학교생활은 어떠했을까.

윤동주는 성품이 아주 순했어요. 너무 어질었지. 그래서 잘 울었고…….

윤동주의 명동소학교 4학년 때 담임선생이었던 한준명 목사는 윤동주의 소학교 시절 이야기가 나오자 작게 웃었다.

누가 조금만 꾸짖으면 금방 눈에 눈물이 핑 돌았지요. 친구가 싫은 소리를 해도 그랬고……. 하하! 본래 재주 있는 아이였어요. 공부도 잘하는 축이었고요. 그래도 어쩌다 문답할 때 대답이 막히면 금방 눈물이 핑 도는 거예요. 송몽규는, 그때 이름으로는 한범이라고 했는데, 그놈은 늘 말 잘하고 엉뚱했고, 동주와 한범이는 늘 한 책상에 나란히 앉았었어요. 인물이야 문익환이가 제일 훤했고…….

그러더니 불쑥 이렇게 덧붙였다.

---

10) 김정우, 「윤동주의 소년 시절」, 『나라사랑』 23집, 외솔회, 117~119쪽.

동주 할아버지가 그 동네서 제일 부자였어요. 밭이 많았거든. 집안에 늘 말을 매고(기르고) 나다닐 땐 그걸 타고 다녔지요. 아들 동경 유학도 시켰었고…….

그러고 보면 그의 인상에 남아 있는 명동소학교 시절 윤동주의 모습이 절로 선명하다.

말 타고 다니는 부잣집 노인의 장손으로서 마음 여리고 공부 잘하던 어진 소년 ―.

여기서 윤동주가 다닌 명동소학교에 대해 더 깊이 알아보자. 현재 그 실상에 대해서 잘못 알려진 점이 꽤 있다. 전설과 세인들의 착각이 한데 뒤섞여 있는 것이다.

우선 교가를 소개한다(명동소학교 1914년 졸업생 김신묵 여사에게서 채록).

흰뫼가 우뚝코 은택이 호대한
한배검이 깃치신 이 터에
그 씨와 크신 뜻
넓히고 기르는 나의 명동[11]

이 가사의 뜻은 아주 다부지다. 이곳은 우리 조상의 땅이며 지금 그 뜻을 잇는 후손을 기르고 있음을 내세워, 단호하게 그 땅의 주권을 주장한다.

교가가 4절까지 있었는데 이젠 다 잊어버리고 1절밖에 생각이 안 나. 곡조는 '피난처 있으니 환난을 당한 자 이리 오라'는 찬송가 있잖아. 그거야. 그 찬송가

11) 흰뫼: 백두산. 북간도의 지사들은 자기들 지역을 '백두산 뒤쪽'이라고 호칭하는 관습이 있을 정도로 늘 백두산과의 유대감을 지니고 살았다.
한배검: 단군왕검.
깃치신: 둥우리를 틀다.
그 씨: 단군의 후손.

곡조에다 교가 가사를 붙여 불렀지.

김신묵 할머니는 실제로 곡조를 붙여 교가를 불러주었다. 그 찬송가는 그 자체로도 많이 불렸었다고 한다. 그 찬송가라면 필자도 안다. 그러기에 김 할머니의 말을 듣는 순간 무언가 찡하게 울리는 내부의 소리를 들었다.

잠깐 찬송가의 가사도 살펴본다. 명동마을에서 많이 불린 같은 곡조의 두 노래 가사를 함께 음미해보는 것도 '명동'을 이해하는 방식의 하나가 될 것이다. 찬송가 역시 4절로 되어 있다.

「피난처 있으니」

1절　피난처 있으니 환난을 당한 자 이리 오라
땅들이 변하고 물결이 일어나
산 위에 넘치되 두렵잖네

2절　이방이 떠들고 나라들 모여서 진동하나
우리 주 목소리 한번 발하시면
천하에 모든 것 망하겠네

3절　만유 주 여호와 우리를 도우니 피난처요
세상에 난리를 그치게 하시니
세상의 창검이 쓸 데 없네

4절　높으신 여호와 우리를 구하니 할렐루야
괴롬이 심하고 환난이 극하나
피난처 있으니 여호와요

기독교 신자가 아닌 독자들에게는 '이 찬송가가 영국 국가 곡조'라는 걸 덧붙여 이야기하면, 명동학교 교가의 모습을 곧 알아볼 수 있을 것이다. 질도 있고 장중한 품격을 지닌 좋은 곡이다.

윤동주도 물론 이 교가를 부르며 명동소학교를 다녔다. 일요일이면 교회에서 경영하는 주일학교에 다녔으니 그는 이 찬송가 역시 많이 불렀을 것이다.

그러면 '피난처'가 되는 '나의 명동' 학교가 어떤 곳인가.

명동학교는 당시의 학교 수준이나 개념으로 볼 때 최상급에 속했다. 1910년대에 이미 브라스밴드가 있었고 테니스 코트도 있었다. 특히 브라스밴드는 교외 행사에서도 크게 활약했다. 현재 남아 있는 기록을 봐도, 우선 간민회의 자치활동으로 조선인 사회가 한껏 고양되어 있던 1913년의 단오절에 국자가 연길교 모래펄에서 열렸던 각 학교 연합 대운동회에서 크게 활약했다. 또한 1919년 3월 13일에 용정에서 대규모 독립만세운동이 유혈로 처절하게 전개되었을 때도 명동학교의 브라스밴드가 앞장을 섰다. 그래서 그 활동상이 현재 장렬하게 독립운동사에 남아 있다. 상해에 수립된 대한민국 임시정부의 기관지인 『독립신문』 1919년 11월 15일치에 실린 용정 독립만세운동 참가자의 회고담 속에 다음 같은 증언이 들어 있다.

> ……만세 일성(萬歲一聲)이 그 하죄(何罪)인지 생명(生命)을 연(捐)함에 지(至)하엿단 말이다 여긔져긔에 시체(屍體)가 횡도(橫倒)하고 선혈(鮮血)이 임리(淋漓)하다 여(余)는 방성(放聲)하야 곡(哭)하엿다 통곡(痛哭)하는 이가 만엇다 광풍(狂風)은 여전(如前)히 눈을 뜨지 못하게 포효(咆哮)한다. 전중(田中)에 열립(列立)한 명동학교(明東學校) 학생(學生)의 나팔(喇叭) 소래는 일종(一種) 처량(凄凉)의 음(音)을 토(吐)하야 인(人)의 심(心)을 비동(悲動)케 하더라…….[12]

당시 김약연 교장은 노령에서 열릴 예정인 독립운동회의에 정재면과 함께

---

12) 春夢, 「義」(二), 『독립신문』, 상해, 1919.11.15, 4면.

북간도 대표로 참석하러 갔고, 남은 교사들과 학생들이 현지에서 이렇듯 맹활약을 했다.

그 결과, 명동학교는 큰 수난을 겪었다. 일본의 압력을 견디지 못한 중국 측의 취체로 인한 수난이었다. 우선 노령에서 돌아온 김약연 교장이 중국 경찰에 체포되어 2년 여 세월을 중국 감옥에 갇혀 있었다. 또 명동학교는 많은 물적 피해와 함께 폐교를 당했다. 당시 그런 피해 상황을 상해 『독립신문』(1920년 1월 22일자)은 다음과 같이 보도했다.

> ……그중 김약연씨(金躍淵氏)는 중국경서(中國警署)에 수금(囚禁)되고…… 그중 명동남여학교에서는 대양(大洋) 칠천원(七千元) 이상의 손해를 당하고 또 왜구(倭仇)의 교섭(交涉)으로 중국 관헌의 폐교령(閉校令)을 만났다.[13]

폐교령은 상당 기간 실제로 실시되었다. 1919년 9월 초에 한준명 소년이 명동에 이사하여 명동소학교에 전학했을 때 그 실상을 목격했다.

"만세운동 때 명동학교 학생이 죽었다던가 뭐라던가, 아무튼 중국 관청에서 학교를 쓰지 못하게 했다고 해요. 그래서 그 큰 학교를 텅 비워놓은 채 학생들이 사삿집(개인집)에서 공부하고 있더군요. 학교를 사용 못하도록 지키느라 중국 군인들 몇이 마을에 나와 머물고 있었구요. 일본과의 관계 때문에 그랬었겠지요. 나중엔 다시 학교에 들어가서 공부했지요. 그러다가 경신년 대토벌 때 학교가 불에 탄 후, 또 한동안 사삿집에서 공부해야 했어요."

경신년(1920) 10월에 간도에 출병한 일본군이 벌인 대토벌 때의 불, 그것은 불이며 동시에 덫이었다. 영혼을 노리는 덫이었다. 아주 강력한 덫이었다. 그 덫이 명동에 어떻게 작용했는지를 본다.

순연하게 맑은 빛으로 이루어졌던 항일 지사들의 마을 명동—. 그러나 세월의 흐름 속에서 어느덧 그 빛의 광휘가 약해지기 시작했다. 그 빛의 반대

13) 국사편찬위원회, 『한국독립운동사 三』, 573쪽.

편에 돌연 나타나 아귀아귀 그 아름다운 빛을 삼켜서 광휘를 줄이고 있는 어둠이 생겨났기 때문이다. 그 어둠은 어떻게 작용했던가.

명동학교도 일본어를 가르쳤다 —.

지금 다수의 윤동주 연구가들이 한결같이 빠져 있는 오류 가운데 하나가 '명동학교의 투철한 항일 분위기'와 관련된 것이다. 명동에서는 "일본을 '일본(日本)'이라고 부르기도 싫어서(그따위 나라에 붙여주기엔 태양을 뜻하는 일(日)자가 너무 아깝다는 심리였다) '왈본(曰本)'이라 불렀다"는 증언만으로, 명동학교에서는 일본어를 전혀 안 가르쳤을 것으로 지레 확신한다.

그러나 실상은 그렇지 않았다. 이미 1921년부터 일본어가 정규과목이었고 일본어 교육 전문교사가 있었다. 그런 사태는 바로 경신년 일본군 대토벌 때의 '불'과 직접 관련된다.

그 연유는 이러하다.

노령에 갔다가 돌아온 김약연 교장이 중국 감옥에 갇힌 후, 김정규 장로가 교장이 되었다. 대토벌은 김정규 교장 재직 중에 있었다. 학교가 불타버리자 김정규 교장은 빚을 얻어 운동장 빈 터에다 목조건물을 따로 지어 교사로 썼다. 1921년에 김약연 씨가 출옥했다. 1919년에 투옥되었으므로 햇수로 3년 만의 출옥이었다. 다시 교장이 된 김약연은 학교의 빚을 갚기 위해 동분서주했다. 동시에 그는 북간도에 와 있던 일고병자랑(日高丙子郞)이란 일본인 거물과 만나 교섭했다. "일본군이 태워버린 명동학교 벽돌 교사를 일본이 도로 원상복구해 놓으라"는 요구였다.

일고병자랑은 긍정적으로 나왔다. 그러나 부대 조건을 하나 내놓았다. "명동학교에서 일본어를 정규과목으로 가르쳐야 한다"는 것이었다. 김약연 교장은 그 조건을 수락했다. 그리하여 일본 정부의 돈으로 일본인들에 의해 벽돌 교사가 예전 그 자리에 화재 전과 똑같이 원상복구되었다. 그리고 일본인들이 보낸 일본어 교사가 도착하여 일본어를 가르치기 시작했다. 일본어 교사는 이규석이란 이름의 조선인이었다.

현재 남아 있는 윤동주의 명동소학교 졸업기념 사진을 보면 벽돌건물이 배경이다. 그 벽돌건물이 바로 그런 조건으로 재건된 교사이다.

명동학교 제1대 일본어 교사인 이규석이 퇴임한 후 부임한 제2대 일본어 교사가 바로 한준명이었다. 그래서 한준명은 명동학교에서 일본어를 가르치게 된 일의 전말을 소상히 알고 있었다. 그리고 자신이 일본어 교사가 된 내력도 설명했다.

그는 명동소학교를 졸업한 뒤 용정에 있는 은진중학교(4년제)에 들어갔다. 은진중학교를 1926년 4월에 졸업했다. 그런데 그해 9월부터 일본어 교사로 와달라는 요청이 모교인 명동소학교에서 왔다. 그래서 승낙하고 부임하여 일본어와 함께 음악과목도 맡았다. 한준명은 윤동주의 4학년 때 담임교사이기도 했다.

그간 "명동학교에서도 일본어를 가르쳤다"는 사실을 전혀 밝히지 않았던 문익환 목사에게 사실 여부를 확인하자 그는, "맞다. 명동학교에서도 일본어를 가르쳤다. 당시 명동학교 생도들은 일본어를 배울 때 '일본말'이라 하지 않고 '왈본말'이라고 했다"고 인정하면서, "한번은 내 일본어시험 점수가 몹시 나빠서 한준명 선생에게 크게 꾸지람을 들었던 일이 기억난다"고 당시를 추억했다.

그 외형적인 드러남으로만 본다면 묘하다. 명동학교의 벽돌건물 원상복구와 정규과목으로서의 일본어와의 관계가, 신학문 선생인 정재면을 확보하기 위해 "성경을 정규과목으로 하고 학생들과 기독교 예배를 드릴 수 있어야 한다"는 요구에 굴복했던 선례와 너무 흡사하다.

그러나 이미 앞에서 살펴보았듯이, 정재면 선생 때의 일은 단순히 '신학문 교사 확보'라는 측면에서만 결정되었던 것이 아니었다. 거기서 더 나아가 일본과 청국 측의 쌍방 압력 속에서 한민족으로서의 자주적인 위치와 활로를

명동소학교 졸업식(1931.3.20). 앞줄 왼쪽 첫 번째가 문익환, 앞줄 오른쪽 첫 번째가 김정우. 두 번째 줄 오른쪽 첫번째가 윤동주, 세 번째가 송몽규. 맨 왼쪽에 서 있는 분이 송몽규의 부친 송창희 선생님, 세 번째 줄 오른쪽에서 두 번째가 윤영춘 선생님. 사진도 잘 찍었고 사진 설명의 글씨 또한 유유하게 멋을 부린 일품이다. 그 시대 사진 문화의 형태와 수준을 보여준다.

모색하기 위한 방편으로 이용되었다.

이번에도 마찬가지였다. 단순히 학교 벽돌건물의 복원에 급급하여 일본어 교습 요구에 굴복하는 심각한 정신적 훼절을 한 것으로 볼 수 없다. 1932년에 윤동주와 그의 동료들이 용정 은진중학교에 진학했을 때 거기 교과서가 모두 일본어로만 되어 있더라고 한다. 그런 사실이 북간도의 교육제도 상황을 한눈에 보여주듯이, 일본어를 모르면 상급학교 진학이 불가능했던 것이 당시 교육계 실정이었다.

그러니 '일본어 교습 요구 수락'은, 벽돌건물의 복원뿐만 아니라 그렇게 교육제도 전반을 장악하고 있는 일본어 강요 구조 전체를 생각하고 현실적인 대응책을 찾은 타협의 결과라고 보는 것이 공정할 것이다. 아무튼 명동 사람들이 겪어야 했던 파란에 싸인 갖가지 경험들이 아무런 과장이나 미화, 또는 자기비하 없이 그대로 직시되어야 한다. 그럴 때만이 나라 잃고 남의 땅에 나가서 살던 사람들이 겪은 고통과 비애와 몸부림을 제대로 읽을 수 있다.

전에는 체조시간이면 대한제국 군대 장교 출신 체조 교사 아래서 독립군가를 배우며 목총 들고 군사훈련과 흡사한 훈련을 받던 상무의 기상이 넘치던 학교가 명동이었다.

그러나 윤동주가 다니던 무렵엔 주위 여건과 세월의 변화에 따라 학교 분위기도 바뀌었다. 이젠 보다 문학 쪽이었다. 어학만도 3개 국어를 배워야 했다. ① 조선어 ② 중국어(1915년에 발표된 중국 정부의 '교육법'에 따라 반드시 가르쳐야 하는 정규과목이었음) ③ 일본어.

그리고 윤동주네 학급은 특히 문학소년반이라고 할 수 있는 분위기였다. 그것이 김정우 시인의 회상 속에 잘 드러나 있다.

> 명동소학교 4학년 때 동주는 벌써 서울에서 (나오는) 소년소녀들을 위한 월간잡지를 구독했다. 동주의 고종사촌이며 동갑인 송몽규(宋夢奎)란 친구가 있었다. 그도 역시 문학소년이었다. 몽규는 『어린이』란 잡지를, 동주는 『아이생활』이란 잡지를 서울에서 부쳐다 읽었다. 동리 아이들은 그들이 다 읽은 후 빌어서 읽었다. 두 소년이 서울에서 월간잡지를 구독해 읽는다는 것은 그 당시 만주 벽촌에서는 큰 사건이 아닐 수 없었으며, 그것이 마을에 큰 영향을 주어 『삼천리』 같은 월간잡지가 청년들 사이에 널리 보급되었다.
>
> 우리가 5학년이 되면서 동주와 몽규의 발기로 우리들도 월간잡지를 등사로 발간할 것을 결정했다. 원고를 모아 편집을 끝내고 잡지명이 결정되지 아니하여, 그 당시 우리 담임이며 우리의 존경의 대상이었던 한준명 목사님(현재 중앙신학

교 교수)을 찾아가 자문을 청했더니, 우리를 칭찬하시며 『새 명동』이라 이름하면 좋을 것이라 하여 『새 명동』이란 이름으로 몇 호 발간하였다.

우리가 명동소학교를 졸업할 때 우리 반이 문학소년반이어서 그랬는지 모르겠으나, 학교 당국은 졸업 기념품으로 우리에게 파인(巴人) 김동환(金東煥)의 시집 『국경의 밤』을 나누어주었다.14)

윤동주는 1931년 3월 20일에 명동소학교를 졸업했다. 졸업 동기는 14명. 졸업 후 윤동주는 명동에서 동쪽으로 10리 떨어진 대랍자(大拉子, 중국음으로 '따라즈', 화룡현 현청 소재지)에 있는 중국인 소학교 6학년에 편입했다. 김정우 시인의 증언에 의하면, 졸업 동기 중에서 자신과 윤동주, 송몽규, 또 이름을 잊은 동료 1명, 이렇게 4명이 그리로 진학했다. 김정우는 다니다 도중에 탈락했지만, 나머지 3명은 명동에서 날마다 십 리 길을 걸어다니며 통학했다. 이 학교의 추억이 윤동주의 시 「별헤는 밤」에서 밤하늘에 반짝이는 별 하나 하나에 붙여주는 패(佩), 경(鏡), 옥(玉)이란 중국 소녀들의 이국적인 이름들 속에 녹아 있다.

## 명동에 공산주의가 만연하다

"아, 그땐 정말 살벌했었어요."

북간도에서 공산주의자들이 크게 득세하던 시기의 이야기를 한준명 목사는 그런 말로 시작했다.

---

14) 김정우, 「윤동주의 소년 시절」, 『나라사랑』 23집, 외솔회, 120~121쪽.

밤 자고 나면, 지난밤에 "여기서 사람이 죽었다," "저기서 사람이 죽었다" 맨 그런 소문들뿐이었지요. 그런데 죽임을 당한 사람들 신원이 대개 학교 선생이었어요. 나한테도 공산당으로부터 사형 선고가 떨어졌다는 소문이 돌더군요.

민족주의자들의 본산과도 같았던 명동마을과 함께 명동소학교도 그 풍랑에 거세게 떠밀렸다. 명동소학교는 운영 주체가 명동교회로서 그 동안 일종의 '교회학교'로 운영되었다. 그래서 아침마다 채플이 있었다. 첫 수업 시작 전에 먼저 예배를 드림으로써 학교생활을 시작했다. 전형적인 교회가 경영하는 학교 형태이다.

그런데 사회주의자들이 학교를 교회에서 분리해내어 '인민학교'로 만들려는 공작을 시작했다. 1928년부터 그런 움직임이 점점 거세어지더니 1929년에 결국 빼앗겼다. 집회, 연설, 선동…… 등등 그때 학교가 넘어가던 과정이 요란했다.

"그쪽 사람들은 만사에 빈정거리기를 잘했어요."

한준명 목사는 그런 사례를 몇 가지 들었다. 학교에서 학생들이 앞에 나가서 하는 발표회 때 독창을 준비시키면 그걸 반대했다. "독창보다는 합창이 더 좋다. 더 민주적이다"라는 식의 반대와 빈정거림이 들렸다.

송몽규 아버지 송창희 선생도 어느 정도 그쪽으로 동조하고 있었지요. 동주 부친 윤영석 선생도 좀 그런 경향이었고요. 그분들은 교회에 나오긴 하는데 신앙엔 별 열의가 없었어요.

한때 '동만의 대통령'이란 별호까지 들었던 김약연 교장도 이 새로운 사상을 동반한 도전에는 무력했다. 학교 경영권을 사회주의자들에게 그냥 빼앗겼다. 후에 소문이 돌기를, 김약연 교장이 학교를 내어놓으면서 당시 명동에 문재린 목사(문익환 목사 부친)가 없는 것을 너무도 아쉬워하더라고 했다. "문재린 목사만 있어도 그 사람들과 한번 싸워보겠는데, 그렇게 해서 이겨보았자 학교를 맡길 사람이 없어서 그냥 내놓는다!"라고 탄식하더라는 것이다. 문재린은 경신년의 일본군 대학살 이후 기독교 신앙생활에 전념했다. 그 결과 26세에 장로가 되었고 그 후 평양 장로교 신학교에 가서 신학을 공부하여 목사가 되었다. 1928년에는 캐나다 선교부의 장학금을 받아 캐나다 토론토 대학으로 유학 갔다.

> 명동소학교가 '인민학교'가 되면서 나는 곧 쫓겨났지요. 그게 1929년 봄이에요. 4월이었지요.

한준명 목사는 자신이 명동학교에서 쫓겨난 날을 명확하게 기억하고 있었다. 그는 그 후 순회 전도사가 되어 예수교를 전도했다고 한다.

김약연 교장은 1928년이 환갑이었다. 그런데 환갑 다음 해에 명동학교를 빼앗기자 새로운 결심을 했다. 그는 평양에 가서 장로교 신학교(3년 과정)에 입학했다. 1년 동안 공부하고 나자 신학교에서 그 학력만으로 그에게 목사 자격을 주었다. 매우 파격적인 조치였다. 1930년에 목사가 된 김약연은 명동교회 목사로 부임하여 목회를 시작했다. 환갑이 넘은 그가 이런 행적을 보인 것은 당시 그가 공산주의 내지 사회주의의 대두와 그 피해에서 받은 충격이 얼마나 컸는가를 단적으로 드러낸다.

그러나 그렇게 시작된 '인민학교'의 생명은 매우 짧았다. 이미 중국 당국이 북간도에 있는 사립학교들을 모두 현립(縣立)학교로 접수할 준비를 하고 있었기 때문이다.

드디어 1929년 9월에 행정조치가 떨어졌다. 중국 당국은 북간도에서 조선인이 경영하고 있는 사립학교들을 모두 현립학교로 강제 편입시켰다. 중국측은 일본 정부가 조선인도 일본제국의 신민이라 하여 '자국민 경영의 학교' 운운하며 교육에 관여하는 것을 막기 위한 조치였다고 강변했다. 어쨌든 조선인 사립학교 경영자들로 보면 백주에 눈 뻔히 뜨고 학교를 강탈당한 것이다. 『조선일보』 1929년 9월 14일자는 당시의 일을 '연변(延邊, 북간도) 조선인 학교 일제(一齊) 공립(公立)에 편입(編入). 불응하면 사교 입안 조례 의거(私校入案條例依據)'라는 제목으로 보도했다. 명동소학교 역시 이때 도리 없이 현립이 되어 연길의 교육국 관할 아래로 들어갔다.

그런데 '인민학교 전환' 문제와 관련해서 아주 흥미로운 증언이 있다. 명동소학교가 '교회학교'에서 '인민학교'로 넘어가는 과정에서 소학생인 송몽규가 한몫을 했다는 것이다. 김신묵 할머니는 그 일을 이렇게 회상했다.

> "그때 한범(몽규의 아명)이도 그 일에 한몫 거들었지. 사람들이 많이 모인 앞에 나가서 '인민학교'가 되어야 한다고 연설을 막 하고 했거든. 제 아버지 송창희 선생 주장을 따른 거지."
>
> — 1929년 봄이라면 송몽규의 나이 겨우 12살이고 소학교 5학년에 막 올라간 때인데, 그런 아이가 사람들한테 연설을 했다구요?
>
> "그럼! 걔는 했어! 한범이는 애가 워낙 다부졌거든. 그 나이에도 어른들이 많이 모인 앞에 서슴없이 나가서 막 연설을 하고 돌아다니는 거야. 말도 꽤 잘했지."

이것은 아주 중요한 증언이다. 윤동주의 사상 편력의 경험치를 간접적으로 시사하고 있기 때문이다.

윤동주의 친동생 윤일주 교수가 생존해 있을 때 어떤 일본인과 대담하는 자리에 필자도 동석했던 일이 있었다. 그때 그 일본인이 던진 질문 속에 이런 것이 있었다.

> 윤동주와 좌익사상의 관계는 어떻습니까? 그 당시 지식계급에서는 좌익사상이 널리 풍미하지 않았습니까. 더구나 그는 일본 유학생이기도 했구요.

과연 공산주의를 포함한 갖가지 사상이 대등하게 혼거하는 나라 일본에서 자란 사람의 질문다웠다. 그건 확실히 새로운 질문법이었다. 신선하기조차 했다. 철저한 반공국가에서 자라고 굳어진 두뇌로서는 그 '순결한 민족시인'을 두고 그런 식의 의문이란 아예 떠오르지조차 않았다.

그러나 그 질문은 어떠한가. 지식인 윤동주와 그가 살았던 시대의 혈연관계를 직설적으로 묻고 있는 것이 아닌가. 그가 과연 "이십대에 마르크스 보이가 아닌 사람은 바보이고, 삼십대에도 여전히 마르크스 보이인 사람 역시 바보이다"라는 경구가 유행했던 그 시대의 자식인가를!

> 글쎄요……. 현재까지 윤동주가 좌익 쪽의 사상을 가졌었다는 자료는 전혀 발견되지 않고 있습니다. 그러니 일단은 아무 관계가 없었다고 봐야겠지요.

윤일주 교수는 학자다운 조심성을 드러내며 그렇게 대답했다.

사실 윤동주 관계 자료 어디에도 그와 좌익사상의 관계가 언급된 곳은 전혀 없다. 윤동주를 취조한 일본 특고경찰(사상 관계 범죄를 다루는 경찰조직)이나 재판기록에도 좌익사상과 관련된 언급은 전혀 나오지 않는다. 그것은 윤동주가 그런 방면으로는 전혀 무관했음을 확증하는 것이다. 왜냐하면 그는 체포당하면서 그가 쓴 글을 모두 압수당했기 때문이다. 만약 압수한 글이나, 압수에 수반되게 마련인 가택 수색에서 그런 혐의가 조금이라도 발견되었다면, 그것은 즉각 또 다른 죄목이 되어 경찰 취조기록이나 재판기록에 그대로 반영되었을 것이다. 당시의 제도가 그렇게 되어 있었다.

일본의 제국의회는 1925년에 '치안유지법'을 처음 제정했다. 그 법조문은 ① 국체를 변혁시킬 목적 ② 사유재산제도를 부인하려는 목적, 그 두 가지를 범죄구성요건으로 규정했다. '사유재산제도의 부인(공산주의)'을 '국체 변혁 음모'에 맞먹는 중대 범죄로 간주한 것이다. 이것이 제2차 세계대전에서 패망하기까지 일본제국의 치안당국이 투철하게 지니고 있던 시각이며 의지였다.

그렇기에 윤동주처럼 '치안유지법' 위반 혐의로 체포되고 법정에서 유죄 선고까지 받은 사상범으로서 '좌익'의 혐의를 전혀 받지 않았다면, 그는 명백히 좌익과는 아예 무관한 사람이다.

이런 점에 생각이 미쳤을 때, 필자는 새삼 윤동주와 마르크시즘의 관계가 흥미로웠다. 머릿속 지식으로라도 마르크시즘을 모를 리 없는 그 시대의 지식인으로서, 그는 이 사상에 대해 어떤 인식 내지 느낌을 갖고 있었을까. 그러나 그 의문을 풀어주는 자료는 전혀 없었다. 그저 맑은 궁금증으로만 남을 뿐이었다.

그러다가 뜻하지 않게 명동마을의 공산주의 침식 실태와 특히 명동소학교를 '인민학교로 접수'하는 과정에서 있었던 송몽규의 활약에 대한 증언을 들었다. 그때 필자는 윤동주가 실제로 접했던 마르크시즘의 형태를 짐작할 수 있었다.

여기서 우선 공산주의 사상과 북간도의 관계를 본다.

1917년에 일어난 러시아 혁명의 여파가 북간도에도 즉각 밀려온 것은 아니다. 사상 면에서 볼 때 북간도는 그런 시대적 조류에서 초연했다. 비록 적계(赤系) 혁명군과 연관을 맺어 독립군이 사용할 무기를 사오는 등의 일은 있었지만, 북간도 사상계의 주류는 어디까지나 민족주의였다. 북간도 독립운동계를 선도했던 '북간도 대한국민회(기독교인들이 주축이 된 독립운동단체. 홍범도 장군은 이 단체 소속으로 대일무력투쟁을 벌였었다)'는 물론, 그에 버금가는 독립운동단체였던 '북로군정서(대종교인들이 주축이 된 무장독립운동단체로 총사령관은 김좌진 장군이었다)' 등 대소 독립운동단체들이 모두 민족주의 계열이었다. 지도층이 그러하니 일반 조선인 사회 구성원들 역시 마찬가지 성향을 보였다.

그러나 1920년 10월의 청산리전투와 그에 이은 일본군의 대학살을 겪은 후엔 그런 사상적 토대가 점차 바뀌었다. 공산주의가 득세하기 시작했다.

그 이유를 몇 가지로 나누어 분석한다.

첫째, 일본 토벌군과 더 이상 조우하는 것을 피해 독립군들이 모두 노령으로 넘어간 것이 큰 변수가 되었다. 그들 중 소련에 머무는 동안 공산주의 사상에 푹 젖어가지고 돌아온 사람들이 있었다. 그런 이들이 공산주의 사상을 직수입하는 통로 역할을 했다.

둘째, 당시 대부분의 다른 나라들, 심지어 중국까지도 우리의 독립운동가들에게 냉담하게 굴었는데, 소련의 레닌만은 금화 40만 루블이란 거금을 지원하는 등 물심양면으로 도왔다. 또는 '우리를 돕는다고 일반이 믿었다'고 말할 수도 있다. 상해 임정에서 보낸 특사가 모스크바의 레닌에게 가서 당시로서는 엄청난 거액이었던 돈을 받아왔고, 후에 그 돈의 일부가 상해에서 '국민대표회의'를 여는 비용으로 쓰인 일과 같은 사실들이 그런 인상을 주는 데 충분했다. 그런 일들 역시 공산주의 사상이 널리 전파되는 데 촉매가 되었다.

셋째, '경신 대학살'을 겪으면서 느낀 절망감 또한 큰 변수가 되었다. 1920년(경신년) 10월에 일본군이 대규모로 국경을 넘어 북간도에 침공해 들어오자, 독립군들은 화룡현 삼도구(그 골짜기 안에 청산리가 있음)와 이도구의 깊은 골짜기에서 며칠간 싸운 후 모두 노령으로 피신했다. 그 뒤에 남아 있던 민간 조선인들은 어찌 되었는가. 그들은 손발 모두 묶인 듯이 무력한 처지로 일본 토벌군의 잔학성 앞에 그대로 노출되었다. 방화와 처참한 학살을 고스란히 당했다. 아무도 돕는 이가 없었다. 그렇듯 아무 의지할 데 없이 학살당하는 가족과 이웃을 보면서 느낀 조선인들의 버림받은 자로서의 고아의식과 절망감이 어떠했을 것인가! 이왕 말이 난 김에 이야기지만, 그간 '청산리 대첩' 운운하는 화려한 수사학의 단순한 배경처럼 취급되어온 '경신 대학살'의 실상과 그때 참변을 당한 자들의 심리 전개가 이젠 바로 조명되어야 한다. 그 뼈저린 체험 때문에 '전 세계 인민을 국적이나 인종에 상관없이 하나로 묶는다'는 공산주의의 이념과 유대체계에 쉽게 매혹을 느끼게 된 점도 있다. 그것을 간과하면, 경신 대학살 이후 북간도 사상계가 그렇듯 빨리 큰 변화를 일으킨 심리적 배경이 제대로 해명되지 않는다.

넷째, 당시 북간도에 있는 조선인 빈민층의 고생이 대단했다. 그들은 고국에서 살 수 없어 일가족이 괴나리봇짐 하나 메고 들어온 경우가 많았다. 그렇게 들어온 많은 조선인들이 중국인 지주의 소작인으로 떨어져 갖가지 불이익과 착취 아래 아무런 희망 없이 살아갔다. 1920년대 『동아일보』와 『조선일보』에 중국인 지주의 포학으로 1년 내내 농사짓고도 빈손만 남은 북간도의 '조선 소작인'들의 비참한 처지에 대한 보도가 많이 실려 있어, 당시의 북간도 사회상을 아프게 증언하고 있다. 이러한 처지의 사람들에게는 공산주의 사상이 문자 그대로 복음으로 들렸을 것이다.

다섯째, 현재 처한 상황이 절망적일수록 새로운 세계에 대한 동경이 커지는 법이다. 새로운 사상에 대한 지적 호기심 역시 크게 작용했다. 보다 나은 인류의 미래를 꿈꾸는 이상주의 또는 그 실험정신이 사람들의 마음을 강하게 끌었다.

이런 맥락에서 필자는 아주 흥미로운 자료를 발견했다. 상해에서 발간되던 『독립신문』 1920년 3월 18일자에 실린 춘원 이광수의 '볼세비즘'이란 제목의 강연 내용이다.15)

후에 변절하기는 했지만, 이광수는 당시엔 독립신문사 사장으로 상해 독립운동계의 저명인사였다. 북간도에서 상해 『독립신문』이 많이 읽혔었던 걸 생각하면, 이것은 더욱 크게 주목해야 할 기사이다. 이미 1920년 2월부터, 북간도 최대의 독립운동단체였던 '북간도 대한국민회'에서는 그들이 관할하고 있는 지역 주민들에게 거의 강제적인 수법으로 '우리 임시정부 기관지인 상해 『독립신문』'을 구독시키고 있었다.16) 그런데 명동은 바로 '북간도 대한국민회'에 소속된 마을이었으니, 이 자료가 그들에게 널리 읽혔음은 의문의 여지가 없다.

15) '볼세비즘'이란 '레닌에 의하여 발전된, 제국주의와 프롤레타리아 혁명시대에 있어서의 마르크스주의'를 말한다.

16) 송우혜, 「북간도 '대한국민회'의 조직 형태에 관한 연구」, 『한국민족운동사연구 · 1』, 지식산업사, 1986, 127쪽 참조.

자료의 중요성 때문에 다소 길지만 이광수의 강연 내용을 보도한 기사 전체를 소개한다.

……이씨(李氏)는 모두(冒頭)에 "예고는 볼세비즘이라 하였으나 서론으로 그 유래를 말하리라" 하야 혁명의 원인과 종류를 논하고 볼세비즘은 장차 세계 전부에 올 혁명이라 하다. 그 요령(要領)을 적기(摘記)하건대

볼세비즘이란 경제혁명이라, 각성(覺醒)하는 인류에게 처음 온 것은 사상혁명이니 인류에게 사상의 자유와 평등을 표방(標榜)한 것이니 문예부흥 종교개혁 등이요, 다음에 온 것은 정치혁명이니 정치에 자유와 평등을 표방한 것이니 법국(法國 : 프랑스) 대혁명 이래의 각국의 혁명이오, 그 후에 온 것은 경제혁명이 인류에게 재산의 자유와 평등을 주기를 표방한 것이니 현대 각국의 사회주의 운동이라.

대개 혁명이란 사회제도의 모(某) 결함에서 발하는 것이니 그 결함이 엇던 계급에게는 이(利)가 되고, 다른 계급에게는 해(害)가 될 때는 이 되는 계급은 이 결함을 장처(長處)라 하야 보전하려 하고, 해 되는 자는 이 결함을 결함이라 하야 제거하려 하나니 이에 양 계급의 충돌이 생(生)하는 것이라. 그런데 그 제도의 이를 수(受)하던 계급은 자연히 모든 권력을 장악하엿슴과 수(數)로는 소(小)함이 특징이오, 해를 수(受)하는 계급은 이와 반(反)하야 수(數)로는 다(多)하여도 권력이 업나니 이에 권력계급은 권력을 밋고 다수계급은 다수를 밋어 참담한 혈전(血戰)을 연(演)하는 것이라. 그러나 역사는 항상 피혁명계급이 혁명계급에 정복된 기록이니라.

이 모양으로 당시의 제도의 해를 밧는 계급이 혁명에 승리하야 신제도를 정하면, 그 신제도가 해를 주는 계급이 잇서, 이리하야 혁명은 순환될지며 아모리 목전(目前)의 결함을 제거하더라도 인생이 전지전능이 아닌 이상 결함은 늘 잇슬 터인즉 혁명은 끄침이 업스리라.

사상의 자유와 평등을 엇고 본즉 다시 정치의 자유와 평등이 엇고 십고, 그것을 엇고 본즉 또 경제적 자유와 평등을 엇고 십흐니, 이리하야 금일의 경제혁명

시대를 현출(現出)한 것이라. 그러나 사상혁명이 완성되고 나서 정치혁명이, 그것이 완성되고 나서 경제혁명이 오는 것이 아니라, 사상의 자유 평등이 상당한 정도에 달하면 정치적 자유 평등의 욕망이 생(生)하고, 그리되면 경제적 자유 평등의 욕망이 생하나니, 그럼으로 지금은 차(此) 삼(三) 혁명이 동시에 잇는 셈이오 다만 경제문제가 중심이 되엿슬 뿐이라.

금일 경제혁명의 모형은 아국(俄國 : 러시아)이니 덕(德 : 독일), 오(墺 : 오스트리아) 제국도 임의 차(此)를 방(倣)하엿고 영 미 갓흔 현존 제도의 기초가 공고한 국(國) 내에도 이 제삼 혁명의 맹염(猛焰)이 은연(隱燃)함은 매일신문지의 보도로 알 것이다.

'정치적으로 치자(治者) 피치자(被治者), 귀와 천의 별(別)을 업시 하자. 경제적으로 빈과 부의 별을 업시 하자.' 이것은 현대사상의 당연한 결론이니 전세계에 이 경제혁명의 맹염이 기(起)할 날이 불원(不遠)하리라. 일본 내에도 임의로 무수의 소봉화(小烽火)가 기(起)하지 아니하나뇨.

'이 경제혁명의 사명을 맛흔 자는 사회주의니 사회주의를 봉(奉)하는 빈민계급이 그 혁명군이라' 하고

'볼세비즘은 칼 맑스에 원(源)을 발(發)한 사회주의 일파니 레닌, 트로츠키로서 대표하는 자(者)요 사회주의 중 최철저 최대표적인 자라. 여(余)는 다시 기회를 득(得)하야 볼세비즘을 해설 비평하려 하노라' 하고 최후에,

'우리의 운동은 다만 단순한 일본에게서의 독립운동 뿐 아니오, 실로 신국가 신사회의 건설운동이니 현대에 세계의 민중을 움즈기는 모든 사상을 잘 연구하야 써 국기(國基)를 완전한 기초 우에 전(奠)하도록 노력할 것이다.' 하야 사상문제의 연구는 독립운동의 일부라 하다.17)

이광수는 변절하여 국내로 들어온 이후엔 이런 형태의 의견은 일절 입 밖에 낸 일이 없다. 환경이 달라짐에 따라 언행도 변한 것이리라. 아무튼 그 당

17) 『독립신문』, 상해, 1920.3.18, 「留日學友俱樂部의 第一回 講演」.

시 독립운동계의 최고 지식층이 이런 형태의 볼세비즘관을 갖고 있었고, 또 그런 견해를 『독립신문』을 통해 널리 민중(이광수는 이 당시 '민중'이란 단어를 사용했다)에게 전파하려 했다는 사실을 크게 주목하게 된다. 이런 사례야말로 당시의 지식인들이 지니고 있던 마르크시즘에 대한 지적 호기심과 호의를 극명하게 드러낸 경우라 할 것이다.

대략 위와 같은 여건들이 서로 영향을 미치고 복합작용을 일으키면서 만주 전체가 점점 공산화되어갔다. 그 결과, 세칭 '간도 공산당 사건'이 제1차(1927.10), 제2차(1928.9), 제3차(1930.3), 제4차(1930.5. 일명 '간도 5·30 폭동') 등으로 계속 발생했다.18)

명동의 '인민학교 사건'은 이러한 북간도 정세 전체를 배경으로 할 때 그 의미가 보다 선명하게 드러난다. 그러면 '인민학교' 문제가 그렇게 일단락된 후 명동의 모습은 어떠했는가.

> 중국 순경들이 또 마을에 나와 머물면서 총 들고 학교를 지켰지요. 공산당들의 테러를 막으려구요.

한준명 목사의 증언이다.

> 그 후론 점점 살벌해져갔습니다. 밤마다 16, 7세 정도의 젊은 애들이 빨치산처럼 돌아다니며 테러를 하고 굉장했어요. 그 애들이 헌 짚차 같은 걸 타고— 그때 벌써 그런 게 있었어요. 그 애들이 그걸 타고 지나간 뒤엔 일껏 추수해서 쌓아놓은 곡식 낟가리에서 불이 일어나 모두 타버리는 거예요. 지나가면서 낟가리에다 불씨를 던져놓은 거지요. 경찰력이 그걸 막지 못했어요. 그걸 잡으려고 중국 수비대가 뒤늦게 쫓아가며 또 한바탕 북새를 쳤지요.
>
> 나는 결국 1930년 12월 30일에 명동마을을 아주 떴습니다. 이미 공산당 사형

18) 김준엽·김창순, 「세칭 간도공산당사건」, 『한국공산주의운동사·4』, 385~400쪽 참조.

선고 명단에 내 이름이 올라 있었고, 더 이상 그대로 있다가는 정말 일을 당하겠다고 부모님이 성화를 하셨지요. 그땐 원산 누님 댁으로 일시 피신한다고 아끼던 독일제 스케이트만 하나 달랑 둘러메고 나왔던 것인데, 그 후 다신 간도에 돌아가지 못했습니다.

그때의 명동 사정을 잘 보여주는 일화가 또 있다. 그가 하루는 밤에 불을 켜 놓고 일기를 쓰고 있노라니 갑자기 방의 앞뒷문을 동시에 열어젖히면서 장총 든 사람들이 쑥 들어왔다. 깜짝 놀라서 보니 학교를 지키던 중국 순경들이었다. 그를 알아보고 "아, 센생아(선생님)!" 하며 총을 거둔 그들은 말하기를, 방에 불이 켜져 있기에 테러대가 와 있는 줄 알았다는 것이었다. 밤에 불도 제대로 켜놓고 살 수 없었던 살벌했던 상황이 인상 깊게 드러나는 일화이다.

내가 떠난 다음 해 봄부터는 더 심했다고 해요. 나중엔 늙으신 우리 부모님마저 밤이면 수수밭에 나가 피신했다니 더 말할 것 없는 거지요.

김신묵 할머니도 그가 살던 명동 동거우마을에서 있었던 공산당의 살인테러 이야기를 이렇게 털어놓았다.

최명진이라고 회령 출신인 사람인데, 농사 많이 짓고 인품이 진중하고 잘살았지. 그 부인이 공산당 욕을 했다나 뭐라나 그런 건데, 어느 날 밤에 테러대가 온 거야. 그 부인이 후처였지. 후처로 와서 아들 둘 낳았지. 부인은 어린아이를 안고 마루에서 떨고 있는데, 방 안에서 남편이 "내 있는 재산 다 줄게 살려달라"고 애원하는 목소리가 들리더래. 그러다가 조용해지더니 그 사람들이 밖으로 나오면서 "네 남편 잇아간다" 하더라는 거야. 좇아들어가 보니 남편이 죽어 있더래.

사태가 이렇게 흘러가자 명동의 재산 많은 사람들이나 민족주의자들이 하나 둘 명동을 떠서 치안이 유지되는 도회지로 나갔다. 문익환 목사 댁은 1931년 초에, 윤동주네는 1931년 늦가을에 용정으로 이사했다.

이런 격변의 세월, 검은 연기 뿜어대며 타오르는 화염 속에 선 것과 같았던 상황 속에서, 소년 윤동주는 무엇을 어떻게 느꼈을까. 그리고 그것이 그의 인생에 어떤 영향을 끼쳤을까. 그의 평생에 걸친 삶의 모습에서 연역해낸 결론이지만, 그는 명동마을에서 날마다 벌어지는 이런 상황 전개를 대하면서 그만 마르크시즘 자체에 완전히 질려버렸던 것 같다.

그것은 그의 친우 송몽규의 경우를 보면 보다 선명하게 증명된다. 송몽규는 교회학교이던 명동학교를 인민학교로 전환시키기 위해서 그 어린 나이에 어른들 상대로 연설까지 하고 돌아다닐 지경으로 적극적이었다. 그러나 그 후의 사태 전개를 대하면서 마르크시즘을 그만 '졸업'해버렸다. 그가 1935년에 낙양군관학교에 갔을 때, 그 안에 무정부파를 비롯한 여러 파벌이 있었으나 그는 그 중에서 가장 민족주의자였던 김구파에 들어갔고, 그 후로도 평생을 통해 다시는 마르크시즘에 고개를 돌리지 않았다.

윤동주의 철저한 민족주의 성향의 내면에는, 그렇듯 명동마을에서 마구 자행된 공산 테러가 불러일으켰던 공포와 피의 냄새가 추억처럼 숨어 있는 것이다.

눈길을 다시 명동마을로 돌려본다. 재산이 많거나 명망 있는 민족주의자인 사람들이 다 떠났다 하여 명동교회가 곧 문을 닫은 건 아니었다. 기독교 신자 중에서 돈도, 별 명망도 없기에 어떠한 세상 아래서도 별 위험이 없는 계층의 사람들이 남아서 교회를 지켰다. 그러고 보면 때론 '없다는 것' 역시 하나의 힘이다.

그러나 이런 상태는 이미 정상적인 문화 형태가 아니다. 한갓 과도기적 무늬일 뿐이다. 이런 모습으로 우리가 앞에서 구분 지은 명동의 제3기 문화 형태가 시작되었다. 그리고 시인 윤동주의 일생에서, 이 새로운 모습의 '명동'은 더 이상 그의 고향이 아니었다. 보다 직설적으로 말하자면 그의 '고향'

은 사라졌다.

시인 윤동주에게 '명동'은 어떤 곳인가. 맑고 풍요롭고 평화로운 유년기 체험으로 가득한 마을이었다. 그러나 이제 그것은 되돌아올 수 없는 세월 저편으로 건너가서 추억 속에서만 존재했다. 그래서 더욱 찬연하고 애틋한 모습이었다.

요즈음 일부 윤동주 연구가들이 윤동주의 시에 나타나는 '고향'의 이미지를 '명동'과 직접 연결하여 크게 중시하고 있다. 그러나 그동안 그의 '고향' 자체가 제대로 충분하게 파악되어 있지 않았기 때문에 공허한 울림이 없지 않다. '명동'의 그런 변모와 사회적 정황에 대한 깊은 통찰, 그리고 윤동주 일가가 명동에서 더 이상 살 수 없어서 떠난 역사적 정황 등을 제대로 인식하는 자리에서, 윤동주의 '고향 이미지'에 대한 연구가 재출발되어야 할 것이다.

# 제3장 해란강의 심장 용정

거친 세월 거친 꿈

은진중학교 시절

# 해란강의 심장 용정

## 거친 세월 거친 꿈

윤동주 집안이 명동을 떠나서 옮겨간 고장 '용정'은 어떤 곳인가.

용정은 단순한 지질학적인 구분으로는 '해란강 하류 충적 평원의 중심지'에 해당한다. 그러나 북간도에 삶의 터전을 둔 조선인들의 입장에서, 특히 해란강을 끼고 사는 사람들의 마음에서는 용정은 해란강의 심장에 해당하는 곳이다.

일송정 푸른 솔은 홀로 늙어갔어도
한 줄기 해란강은 천년 두고 흐른다
지난날 강가에서 말 달리던 선구자
지금은 어느 곳에 거친 꿈이 깊었나

용두레 우물가에 밤새 소리 들릴 때

뜻 깊은 용문교에 달빛 고이 비친다
이역 하늘 바라보며 활을 쏘던 선구자
지금은 어느 곳에 거친 꿈이 깊었나

용주사 저녁종이 비암산에 울릴 때
사나이 굳은 마음 깊이 새겨두었네
조국을 찾겠노라 맹세하던 선구자
지금은 어느 곳에 거친 꿈이 깊었나

「선구자」란 제목의 이 노래는 해란강 가의 도시 용정의 경개와 그 아픈 역사의 애환을 가득 담고 있다. 제목의 내력조차 그러하다. 작곡자 조두남이 이 노랫말을 윤해영이란 함경도 말씨의 청년에게서 건네받았을 때의 원 제목은 「용정의 노래」였다는 것. 「선구자」란 제목은 해방 후에 조두남이 개제(改題)한 것이라고 한다.

한 고장을 기리는 노래 중에서 이처럼 가사와 곡이 아울러 장절한 품격과 아름다움을 갖춘 노래는 흔치 않다. 아마도 용정을 두고 앞으로 이보다 더 좋은 노래가 나오기는 힘들 것이다.

이야기가 나온 김에 이 유명한 노래의 가사를 따라 검토해가면서 용정을 고찰한다.

용정은 월강죄가 해제된 이후 조선인들이 들어가서 개척한 고장이다. 개척 당시엔 용정에서 작은 개울 건너 땅인 토성보(土城堡) 지역에 청국인들의 저택들이 토성(土城) 안에 있었고, 용정 쪽에는 그들의 채소밭이 더러 펼쳐져 있을 뿐 인적 없는 허허벌판이었다.

그 채소밭에 물 대기 위해 파놓은 건지, 허허벌판에 '용두레 우물'이 하나 있었다. '용두레 우물'이란 사람 손으로 두레박질을 하는 게 아니라 용두레를 이용하여 물을 긷는 우물이다. 우물 곁에 큰 기둥을 세우고, 그 기둥에다

긴 장대를 설치한다. 장대 한쪽 끝에 두레박을 매달고 다른 끝에는 그보다 더 무거운 돌을 매단다. 두레박줄을 물까지 잡아내려 두레박에 물이 담기게 한다. 그런 다음 손을 놓으면 돌의 무게 때문에 물 담긴 두레박이 절로 위로 올라온다. 그걸 '용두레'라고 불렀다. 이 '용두레 우물'에서 '용정(龍井)'이란 지명이 비롯되었다.

이제 「용정의 노래」가 담고 있는 내용을 살펴본다.

조두남(1912년생)이 21세 때 석양에 찾아온 낯선 방문객 윤해영에게서 그 가사를 받은 것이 1933년의 일이다.[1] 바로 윤동주 소년이 용정 은진중학교에 입학한 다음 해이다. 따라서 「용정의 노래」는 1933년 당시의 용정 상황을 아프게 담고 있다. 특히 '지난날 강가에서 말 달리던 선구자, 지금은 어느 곳에 거친 꿈이 깊었나'라는 구절이야말로 '용정'을 아는 이들의 심금을 울리는 구절이다. 한때 이상설 같은 큰 경륜과 높은 의기를 지닌 독립운동가들이 외롭고 황홀하고 거칠던 그들의 꿈을 펼치던 땅, 그러나 지금은 일본 세력이 판을 치는 땅이 되어버린 비통한 용정의 변천사가 그 한 줄의 처연한 탄식 속에 깊이 녹아 있기 때문이다.

「용정의 노래」 가사를 받을 때까지 조두남은 용정을 가본 일이 전혀 없다고 한다. 평양 출신인 그는 가출하여 북만주를 방랑하다가 목단강 가의 싸구려 여인숙에 묵고 있을 때, 윤해영이란 이름의 낯선 젊은이가 그가 작곡을 한다는 소문을 듣고 찾아왔다. '조그마한 키, 깡마른 체구, 낡은 외투를 걸치고, 초췌한, 함경도 말씨의 눈빛이 침착하고 강렬했던 독립운동가란 느낌을 준' 젊은이라는 것이 조두남이 기억하는 윤해영의 모습이다.

조두남은 윤해영에게서 처음으로 용정의 이야기를 들으면서 눈앞에 용정 땅의 모습이 선하게 보이고 들리는 듯했었다고 술회했다. 그러나 한 번도 용정을 보지 못한 자, 그 땅의 역사를 제대로 모르는 자로서의 한계는 어쩔 수가 없었다.

---

1) 조두남, 「털어놓고 하는 말」, 『뿌리 깊은 나무』, 217쪽 참조.

그는 윤해영이 지은 가사의 1절에는 손을 안 대었다. 그러나 2절과 3절에서는 '눈물 젖은 보따리'나 '흘러 흘러온 신세' 같은 구절을 빼버리고, 대신 자기가 '활을 쏘던 선구자' '조국을 찾겠노라 맹세하던 선구자' 등의 말로 고쳐 넣었다고 한다. 그런데 조두남이 빼버렸다는 구절이야말로 '참된 용정'의 모습을 담고 있는 것이었다. 그가 집어넣었다는 '활을 쏘던 선구자' 같은 대목은 그야말로 문학청년 취향의 무리수였다. 용정에서 '활을 쏘던 선구자'는 단 한 사람도 없었기 때문이다. 용정 개척 초창기까지 한껏 거슬러 올라간다 해도, 이미 세월이 무기로는 모두들 총을 다루던 때였지 활의 시대가 아니었다.

어쨌든 「용정의 노래」는 그 땅을 사랑하는 사람의 심상에 아로새겨진 용정의 모습을 고이 담아 천년 뒤에까지 그 모습을 전해갈 것이다. 일송정 푸른 솔, 한 줄기 해란강, 용두레 우물, 용문교의 달빛…… 이 중에서 '일송정 푸른 솔'에 대해선 약간의 설명이 필요하다. 용정 근교 일대에는 이상하게도 소나무가 전혀 없는데, 단지 한 군데 해란강 위에 걸린 용문교를 건너 밋밋한 산등성이를 한참 따라 올라가면 그 꼭대기에 큰 바위가 있는 곳에 오로지 한 그루 거대한 소나무가 홀로 우뚝 서 있었다. 이 소나무를 바로 '일송정(一松亭)'이라고 불렀다. '정정(亭亭)'이란 본래 사전적인 의미로 두 가지 뜻이 있다. ① 나무 같은 것이 우뚝하게 높이 솟은 모양 ② 늙은 몸이 굳세고 강건한 모양. '일송정'의 '정'은 물론 전자의 의미이다. 용문교는 큰 자동차나 마차도 건너다니던 큰 다리…….

소년 윤동주가 태어난 마을 명동을 떠나 옮겨간 용정의 이런 풍광을 염두에 두고, 이제 그 역사를 고찰해 본다.

지리적으로 보아 북간도가 지닌 지역적 특수성에서 가장 중요한 점은 한 지역 내에 두 개의 구심점이 있었다는 것이다. 하나는 용정, 또 하나는 연길(일명 국자가)이었다.

용정은 조선인들이 집중적으로 몰려 사는 도회지인 반면, 중국 측의 최고 행정관청을 비롯한 공공기관들은 다 연길에 있었다. 세금 납부도, 죄를 지었을 때 처벌도 연길에서 처리했다. 상식대로라면 북간도는 연길을 중심으로 발전해가야 했다. 그러나 연길에 가서 거주하려는 조선인은 별로 없었다. 그래서 그곳은 '중국인들의 도시'처럼 되었다. 용정이 '조선인들의 도시'적인 성격을 갖고 있었던 것처럼.

이렇게 민족 별로 따로 생긴 두 개의 구심점이 존재하는 상황 속에서 간교한 일제 통치당국자들은 어떻게 행동했는가?

그들은 용정 쪽을 택했다. 중국 행정기관들이 있는 연길이 아니라 조선인들의 고장 용정에다 그들의 주요 기관들을 설치했다. 그래서 일본의 간도 침략 도구였던 한국 통감부 간도파출소(1907.8~1909.11.1)와 그것을 없앤 다음에 설치한 일본 간도 총영사관(1909.11.2~1945.8.15)이 용정에 있었다. 보통 어느 나라의 외교기관이 설치된다 하면 으레 주재국의 행정기관이 있는 곳에 같이 있도록 조치하게 마련이다. 그런데도 일본은 연길이 아닌 용정을 더 중시했다. 거기가 조선인들의 구심점으로서의 성격을 지니고 있었기 때문이다.

여기서 한 가지 생각할 것이 있다. 한국 통감부 간도파출소와 일본의 간도 총영사관은 같은 일본의 공식기관들이긴 하지만, 그것이 의미하는 것은 천양지차였다는 점이다. 통감부 간도파출소는 일본 내무성 관할이었고, 총영사관은 외무성 관할이었다. 다시 말해서 일제 당국이 간도에 통감부 파출소를 두었던 기간 동안은 그 땅을 '대한제국 영토'로 간주한 것이다. 그러나 1909월 9월에 체결된 '간도협약(청나라와 일본이 체결한 국제조약으로, 일본은 안봉선 개축 등의 각종 이권을 차지하는 대가로 '간도는 대한제국 영토'라는 종래의 주장을 철회했음)'에 따라 간도파출소 건물에서 '파출소'란 간판을 내리고 '영사관'이라고 간판을 바꿔 단 것은, "간도는 청나라 영토"라고 인정한 국제적인 처분행위였다.

이와 관련해서 검토할 것이 있다. 지금 일반인들이 북간도에 대해 갖고 있는 인상 중에서 가장 잘못된 것이 '북간도는 자유로운 독립군들의 세상'이었다는 착각이다. 심지어 '용정'에 대해서도 그런 인상을 많이 갖고 있다. 그러나 실상은 전혀 그렇지가 않았다.

일본의 통감부 간도파출소 시절에는 일제 당국이 아예 행정과 치안을 다루는 통치권자 행세를 하려 들었고, 또 그렇게 하기도 했다. 청나라는 그걸 막기 위해 막대한 이권을 내어주며 '간도는 청나라 영토'라는 양보를 받아내었다. 그럼에도 불구하고 일본은 영사관 시대에 넘어와서도 제한된 범위에서나마 전과 마찬가지 기능과 권한을 행사했다.

'간도협약'에 의해 북간도의 네 지역에 영사관 조직을 설치할 권리를 차지한 일본은 용정에 총영사관, 연길과 두도구와 백초구에 영사관 분관을 설치했다. 그 네 곳은 각기 북간도 인구 밀집지대의 중심이 되는 곳이었다. 그 지역들을 외국인의 자유로운 거주와 무역이 보장되는 개방지[공식 호칭은 상부지(商埠地)]로 지정하여, 그 안에서는 일본의 치안조직이 그대로 가동되도록 조약으로 보장받은 것이다.

일본은 그렇게 설치해놓은 총영사관과 분관에 '영사관 경찰서'니 '영사관 유치장'이니 하는 명목으로 체계적인 경찰조직과 수감시설까지 갖추어놓고 소위 '치안'에 활용했다. 그 결과 많은 독립운동가들이 그들에게 체포, 고문, 처벌을 당했다. 항일운동가들이 용정을 비롯한 각 지역 상부지 안에 들어가는 것은, 곧 일본 경찰의 손에 체포될 수 있다는 위험을 각오하는 일종의 모험이었다. 결국 독립운동가들은 일본의 총영사관이나 분관들이 설치된 상부지 이외의 지역으로 다니면서 활동하게 되었다.

「용정의 노래」 1절에 있는 '지난날 강가에서 말 달리던 선구자 지금은 어느 곳에 거친 꿈이 깊었나'라는 구절은 바로 이런 상황을 아파한 것이다.

북간도에 일본 세력이 들어와서 용정에 똬리를 틀고 앉은 이후, 용정의 해란강 가에서 마음 놓고 말을 달릴 수 있는 것은 친일파거나 '일본의 만주 침략 세력 측의 선구자'들 뿐이었다. 유신시대의 일화이지만, 일제시대에 만주에 가서 군관학교를 나오고 8·15해방이 될 때까지 만군(滿軍) 장교로 복무했던 경력의 박정희 대통령이 「선구자」 노래를 즐겨 부른다는 보도가 있자, 북간도 출신의 뜻있는 이들이 많이 언짢아했다. 그게 다 이런 맥락에서 나온 반응이었다.

그러나 이런 용정에서도 단지 한 군데 예외가 있었다. 명백한 용정 상부지 안이지만 일본 측이 절대 손을 대지 못하는 특수지역이 있었다. 물론 중국 측도 손을 못 대었다. 허락 없이는 들어갈 수조차 없었다.

그곳은 바로 기독교 장로교파에 소속된 캐나다 선교부가 자리 잡은 동산(東山) 일대로서, 용정 동쪽 구릉의 높은 지대였다. 흔히 그곳을 '영국덕'이라고 불렀다. 캐나다는 영국 연방국의 하나여서, '영국인들의 언덕'이란 뜻으로 만들어진 별칭이었다. 선교부 구역 내에는 캐나다인 선교사들이 설립하여 운영하는 학교, 병원 등 각종 기관들과 그들의 주택이 있었다. 윤동주가 다닌 은진중학교, 여성교육기관인 명신여학교, 제창병원(濟昌病院, 영어로는 세인트 앤드류스 호스피틀) 등은 모두 이 선교부 구역 내에서 선교사들에 의해 운영되었으므로 '치외법권'의 특권을 누렸다. 은진중학교의 특수성이 여기서 비롯된다.

이 '영국덕'의 치외법권은 당시 한창 제국주의적 야심에 불타던 영국의 튼튼한 국력으로 뒷받침된 것이므로 대단한 위력을 지니고 있었다. 거기에다 선교부 소속 선교사들이 우리의 독립운동에 큰 이해심을 갖고 헌신적으로 도왔다. 그 공헌으로 제창병원 의사인 민산해(본명 Dr. Stanly H. Martin) 선교사는 북간도 최대의 독립운동단체인 '북간도 대한국민회'로부터 표창까지 받았다.

이런 특수성 때문에 선교부 구역 내 학교들은 일본의 간섭이 전혀 없이 열렬한 민족주의 교육을 받을 수 있었다. 또한 제창병원은 조선인들의 질병 치료만이 아니라 독립운동가들의 모의와 피신 장소로도 아주 유용하게 활용되었다. 1919년 3월 13일에 용정에서 열렸던 대규모 독립만세운동 시위가 중국군의 발포로 인해 유혈로 끝났을 때, 사망자와 부상자들을 모두 급히 영국덕의 제창병원으로 옮겼던 일도 그런 사례 중 하나였다. 당시 17명의 사망자 시신은 병원에 정중히 안치되었다가 장례가 치러졌으며, 부상자들은 병원 측의 헌신적인 치료와 보호를 받았다.

'영국덕'이 누렸던 '치외법권'의 위력을 보여주는 재미있는 일본 측 자료가 있다. 1919년 11월 27일자로 작성된 조선군 참모부 비밀정보문서이다. 내용이 명동에 신학문을 도입한 유명한 정재면 선생과 관련된 것이기에 더욱 흥미롭다.

여기서 참고 삼아 정재면의 그때까지의 약력을 잠깐 살펴본다.

1909년에 명동에 부임했던 정재면은 1913년 2월에 명동학교를 사임하고 국자가(연길)에 있는 사도학교(중국 사범학교) 교사로 부임했다. 그는 명동에 있을 때인 1911년 봄에 일본 경찰에 체포되어 본국에 끌려가 수감된 일도 있었다. 명동학교 제자들인 문재린과 김신묵이 1911년 음력 3월 2일에 신식 결혼식을 올리는 데 주례를 서주기로 예정되어 있었으나 체포되어 가서 부재(不在) 중이라 정재면의 동료 교사인 박태환 선생이 주례를 섰다.

정재면은 오래 수감되어 있지 않았다. 김신묵 할머니는 "정 선생님은 별로 오래지 않아 명동에 돌아와서 다시 학생들을 가르쳤다"고 증언했다. 그의 부재가 길지 않았고 또 말이 없어서 그가 체포당했었다는 걸 아무도 몰랐다. 처음엔 그저 급한 볼일이 생겨 외지에 나갔다가 온 줄 알았다. 그런데 나중에 본인이 털어놓아 그가 체포되어 본국에 끌려가서 수감되어 있다가 왔다는 것을 알았다. "당시 아버지가 중국 국적을 갖고 있었던 관계로 중국 측의 항의가 주효하여 곧 풀려나왔다"는 이야기가 집안에 전해 내려왔다는 것이 정재면의 아들 정대위(鄭大爲, 1917년생. 건국대 총장. 한신대 총장 역임) 박사의 증언이다.

그 시기면 본국에서 독립운동가들이 서간도에 무관학교를 세우는 일 등 여러 독립운동을 실현할 계획을 세우고 추진하다가 발각되어 '양기탁 등의 보안법 위반 사건'이란 명목으로 큰 옥사가 벌어져 있을 때였다. 당시 많은 독립운동가들이 체포되었는데, 이때 있었던 정재면 체포도 그에 연루되었던 일이었으리라고 추정된다.

그런데 1913년 2월에 정재면은 왜 명동에서 조선인들이 별로 없는 중국인들의 도시 국자가로 옮겨갔는가. 그 이유를 알려주는 사료는 현재 찾을 수 없다. 김신묵 할머니도 모르겠다고 한다.

다만 상황과 시기를 감안할 때 짐작되는 바는 있다. 그때는 북간도 최초의 조선인 자치기구이던 '간민회'(회장 김약연, 부회장 김영학, 총무 정재면)가 활발하게 활동했던 시기였다. 정재면은 간민회 총무로서 대 중국관청 교섭이나 연락 업무 같은 것을 원활하게 처리할 수 있도록 거처를 아예 연길로 옮긴 것으로 추정된다.

정재면은 연길에 도착한 뒤 곧 명동 사람들을 위해 큰일을 벌였다. 명동 젊은이들의 북경 유학을 주선한 것이다. 그가 북경까지 데리고 갈 인편을 주선해놓고 급히 연락하는 바람에 명동중학교 출신 젊은이 5명이 1913년 3월에 갑자기 북경 유학의 길에 올랐다. 윤동주의 아버지 윤영석이 바로 이 명동 최초의 외지 유학생단 5명 중 하나였다. 나머지 4명은, ① 문재린(문익환 목사 부친) ② 김석관(김정규 장로 아들) ③ 문성린(문병규 학자의 증손) ④ 김정훈(김약연 목사 아들)이었다.

정재면의 가족은 연길에서 사는 동안 명동에서 낳은 어린 외아들을 병으로 잃는 등, 가족적인 불행을 겪었다. 정재면 가족이 언제 연길에서 용정으로 나왔는가. 그 정확한 시기는 알 수 없다. 다만 김신묵 할머니가 1915년에 용정에 있는 정재면의 집을 방문했던 때 일을 명확히 기억하고 있으니, 이사 시기는 그 이전임이 분명하다. 당시 정재면은 용정에서 교육사업을 하고 있었는데 경제사정이 안 좋은지, 그의 어머니와 부인이 메밀갈이(메밀을 맷돌에 타서 가루를 내는 일)로 돈을 벌어 생계를 꾸리고 있었다. 손이 귀한 집안이라 부엌 한구석에다 작은 독을 묻어놓고 포태하는 비방의 술을 담가놓은 것을 인상 깊게 보았다. 그 술이 효험이 있었던지 그 다음 해에 포태하여 1917년에 용정에서 낳은 아기가 정재면의 유일한 후사인 정대위 박사이다.

이런 전후 사정을 감안해볼 때, 정재면은 '간민회' 일로 연길로 옮겨가서 살다가, 1914년에 '간민회'가 중국 정부에 의해 해산된 후 연길을 떠나 용정에 가서 산 것으로 보인다.

1918년 11월에 제1차 세계대전이 종식되자, 북간도에는 새롭게 독립운동의 기운이 치솟기 시작했다. 미국 윌슨 대통령에 의해 종전 처리 방침으로 제시된 '민족자결주의'에 크게 고무되어 일어난 현상이었다. 정재면은 이제 본격적으로 독립운동계에 뛰어들었다. 1919년 2월에 노령 니콜리스크에서 각지의 독립운동 대표자들의 회의가 열리게 되자, 거기 참석할 2명의 북간도 대표로 김약연과 동반 선출되어 노령으로 갔다가 다시 혼자서 상해로 갔다.

여기서 소개하는 조선군 참모부의 「조특보(朝特報) 제78호」 비밀문서는 정재면이 1919년 10월에 상해에서 북간도 용정으로 돌아온 때의 모습을 담고 있다.

> …… 돌연히 10월 28일 상해에 있던 정재면(鄭載冕)과 노령에 있던 윤준렬, 이익찬 및 당 영사관 순사로서 5월 이후 독립파에 들어간 3명, 기타 동지 4, 5명은 용정으로 와서 미국인 경영 야소(耶蘇 : 예수) 병원 구내 선인(鮮人) 가옥에 들어갔고, 이어서 이동휘의 참모장으로 보이는 김화석(金化錫. 주 : 金河錫의 오기. 김하석은 이동휘의 측근인 기독교 계통의 독립운동가로서 '간도 15만 원 사건'의 배후 인물임)은 30일 명동촌에, 31일에는 용정 야소병원에 와서 일박한 후에 혜성과 같이 국자가 방면으로 갔다. 이들이 우리 영사관 눈앞의 땅에 와서 묵은 대담한 행위는 우리 관헌을 다소 놀라게 하여 그 목적 여하를 알려고 애썼다. 그 후의 행동에 의해 살피건대, 당지 선인 부호에게 군자금을 강요하려고 한 것 같다. 정 일파는 아직도 체류하고 있는 듯하지만, 여하튼 치외법권의 땅에 있으므로 우리로서는 손가락 하나 댈 수 없어서 그저 이를 갈며 체포의 기회를 엿볼 뿐이다…….2)(주 : 방점 필자)

2) 金正明, 「間島における抗日獨立運動狀況報告の件」, 『朝鮮獨立運動III』, 日本 原書房, 99쪽.

이 사료 하나만으로도 용정 '영국덕'의 치외법권의 실상이 어떠했는지 남김없이 알아보게 된다. 나라를 되찾겠노라 애타는 조선인 독립운동가들, 그들을 체포하려는 일제 경찰들, 노골적으로 항일운동가들을 돕는 서양 선교사들……. 이렇게 각기 다른 입장이 서로 맞물려 돌아가고, 거기에다 주권국인 중국 행정당국의 입장까지 끼어들어 불꽃 튀는 듯했던 당시 상황이 생생하게 드러나 있다.

이것이 소년 윤동주가 살러 온 새 고장 용정, 그리고 그가 다닌 은진중학교가 있던 영국덕의 과거이자 현재였다. 그렇듯 거친 세월을 겪어온 역사의 땅, 그처럼 거친 꿈이 명멸하던 시대의 정류장이 미래의 시인을 소롯이 받아안은 것이다.

여기서 한 가지, 앞에서 인용한 사료에다가 김하석이 '간도 15만원 사건'의 배후 인물이란 주석을 단 김에 하나 밝혀서 바로잡을 것이 있다. 윤동주 관계 저술 속에서 흔히 1920년 1월에 있었던 '간도 15만원 사건'에 명동학교와 김약연 교장이 관련된 것으로 기술되어 있는 것을 본다. 그러나 그런 기술은 사실과 전혀 맞지 않는다. '15만원 사건'의 열사들은 전혀 명동학교와는 관련이 없다. 주동자인 최봉설이 명동 김하규 학자의 다섯째 사위이며, 박웅세도 김하규 학자의 인척이었다는 정도의 인간관계가 있을 뿐, 명동학교 출신들이 아니었다. 또 그 사건이 벌어졌던 때는 김약연 교장이 중국 감옥에 수감된 지 오래된 때였다. 김 교장과 아무 관련이 없는 거사였다.

또 한 가지, 김약연 교장이 김좌진 장군 군대의 군자금을 조달했다는 기술 역시 마찬가지이다. 김좌진 장군은 1919년 8월에 세칭 북로군정서(입단 당시 명칭은 정의단, 후에 대한군정서로 개칭됨)에 들어가 사령관으로 활약하다가 1920년 10월에 청산리전투를 치르고 일본군의 대학살이 진행되던 시기에는 안도현을 거쳐 다른 곳으로 피신했다. 그 후 1930년에 북만주 영안현에서 피살당할 때까지, 그는 다시는 북간도에 돌아오지 않았다. 그런데 김약연 교장은 김좌진 장군이 북간도에 들어오기 훨씬 이전에 이미 중국 감옥에 갇혀 있었고, 김 장군이 북간도를 떠난 뒤 그 다음 해에야 출옥했다. 때문에 김좌진 부대의 군자금 조달은커녕 서로 인사 한 번 나누지 못한 사이였다.

이 점을 여기서 확실하게 바로잡아두고자 한다.

## 은진중학교 시절

북간도의 1930년대. 그 시기는 초반부터 거칠게 휘청거리기 시작했다. 사상 문제뿐 아니라 경제와 정치적으로도 거친 회오리 속에 휩쓸렸다.

1929년 12월에 미국 뉴욕의 주식거래소에서 주가가 폭락하면서 시작된 세계대공황의 여파가 북간도에도 곧장 밀려왔다. 1930년 가을에 곡식 가격이 폭락했다. 북간도의 경제와 사회적 전망은 암담해지고 공산당은 더욱 크게 득세했다.

이어 정치적 군사적 대격변이 잇달았다. 1931년에 만주사변이 일어났고, 1932년에는 만주국이 수립되었다. 의도적으로 만주사변을 일으켜 본격적인 만주 침략에 나선 일본이 동삼성과 열하와 내몽고 동부를 영토로 삼은 '만주국(滿洲國)'이란 이름의 괴뢰국을 세우고 청나라 마지막 황제였던 부의(傅儀)를 명목상의 통치자로 앉힌 것이다. 이때부터 북간도는 '만주국' 영토에 편입되었다. 민족의식이 있는 조선인들에게는 그곳이 '중화민국'의 영토일 때보다 더욱더 힘든 시절이 시작된 것이다.

그러나 폭풍우 속에서도 나무는 자란다. 그것이 생명의 본질이다. 소년들도 그러하다. 어린 생명은 모두들 같다. 모두들 쉬임없이 자라고 뻗어간다. 용정에 온 소년 윤동주 역시 그러했다.

윤동주네가 용정으로 나간 것은 언제인가.

시인의 아우 윤일주 교수에 의하면, "1932년에 그는(윤동주) 명동에서 북쪽으로 30리 떨어진 용정이라는 소도시의 미션계 학교인 은진(恩眞)중학교에 입학하였다. 그것을 계기로 우리는 농토와 집을 소작인에게 맡기고 용정으로 이사하였다"[3]고 하여, '1932년 4월에 있었던 윤동주의 은진중학교 입학 무렵'으로 기술하고 있다.

그러나 윤동주의 1살 아래 외사촌 동생이자 명동소학교 동창생인 시인 김정우는 "동주의 약 30년이란 짧은 인생을 나누어보면, 동주가 열다섯 살 늦가을에 명동촌을 떠나 용정시로 이사한 것을 기준으로……"[4]라고 기술하고 있어 '1931년 늦가을'로 명확하게 못 박고 있다.

윤일주(1927년생)는 1932년에 5살이었고 김정우(1918년생)는 그보다 9살 연상인 것을 생각하면 김정우 쪽 기억이 더 신빙성이 있다. 또한 부자들이 공산당의 테러 공포 때문에 도시로 빠져나가던 명동마을 상황을 생각해봐도 그렇다. 가을 추수가 끝나자마자 치안이 유지되고 있는 도회지로 피신했다는 것이 더 사리에 맞는다.

윤일주 교수는 '1931년이면 형이 대랍자 중국인 소학교에 다니던 때였다'는 생각 때문에 그렇게 추정한 모양이다. 그러나 당시 그의 고모댁인 송몽규네는 명동에 남아 있었다. 그래서 1932년에 송몽규가 윤동주와 함께 나란히 은진중학교에 입학했을 때, 송몽규만 용정의 윤동주네 집으로 옮겨가서 살면서 같이 은진중학교에 다녔다. 그 사실을 생각하면, 그 반대의 방법으로 윤동주의 통학문제를 해결했으리라고 보는 것이 무리가 없다.

어쨌든 윤동주네 용정 이주는 가족 전체로 볼 때 대변혁에 속했다.

우선 가장인 윤하현 할아버지의 경우, 그로서는 이 이주가 '상실' 이외에 아무것도 아니었다. 평생 농부였고, 그것도 성공한 독농가였던 그가 농토를 떠난 것이다. 농부에게 농토가 없다는 것은 교사에게 가르칠 학생이 없는 사

3) 윤일주, 「윤동주의 생애」, 『나라사랑』 23집, 외솔회, 153쪽.
4) 김정우, 「윤동주의 소년 시절」, 『나라사랑』 23집, 외솔회, 115쪽.

태와 마찬가지 형벌이다.

그의 아들 윤영석은 36세의 장년이었다. 그는 새롭게 시작하는 도회지의 삶을 맞아 큰 변신을 시도했다. 그는 인쇄소를 차렸다. 지식인이 도시에서 할 만한 직업을 고르던 끝에 인쇄소로 낙착이 된 모양이다. 사업 중에서도 '문화사업'인 것이 마음에 들었으리라. 그러나 모든 문화사업의 속성이 그렇다. 밖에서 보기엔 '문화' 쪽이 두드러져 보이지만, 안에서 직접 해나가기에는 그저 '사업'일 뿐이다. 그런데 그는 천성적으로 사업가가 아닌 선비형 사람이었다. 인쇄소 사업에 실패했다. 그는 후엔 포목점을 경영했으나 실패하고 양계업에 손댔다가 실패하는 등, 평생 '경제'에는 실패만 계속하는 창백한 인텔리의 고달픈 삶을 살았다.

그는 결국 신앙마저 잃었다. 그는 교회 나가는 것을 그쳤다. 용정에 이사온 이후 온 집안이 용정에 있는 중앙장로교회(문재린 목사가 1932년에 캐나다 유학에서 돌아와 시무하던 교회)에 나갔다. 그런데 그만 홀로 교회를 등진 것이다. 현직 장로의 아들이 믿음을 잃어 교회 출석을 안 한다는 것은 아버지인 장로의 입장에서는 매우 아픈 상처가 되는 것이 교회의 풍속이지만, 어쩔 수 없는 일이었다. 그러나 후일 윤영석은 아들 동주가 일본에서 일경에 체포되어 감옥에 갇히자 다시 교회에 나가기 시작했다. 그 엄청난 불안과 불행 앞에서 속수무책인 채 그저 신 앞에 나아가 그에 귀의할 수밖에 없었다. 아들의 안전을 희구하는 마음이 신에 대한 회의까지 삭혀버린 것이다. 본래 부정(父情)이란 이렇듯 통절한 것인가!

용정 이주로 변화한 것은 그런 어른들의 생활 모습만이 아니었다. 주거 환경도 크게 변했다. 그들이 이사한 집은 '용정가(街) 제2구 1동 36호'로서 20평 정도의 초가집이었다.[5]

명동의 집은 어떠했던가. 텃밭과 타작마당이 있고, 깊은 우물과 작은 과수원이 딸리고 지붕 얹은 큰 대문이 있는 마을에서 제일 큰 기와집이었다. 그

---

5) 윤일주, 「윤동주의 생애」, 『나라사랑 23집, 외솔회, 153쪽.

런 큰 집에서 한껏 넉넉하게 살다가 20평짜리 초가집으로 옮겨온 것이다. 조부모, 부모, 윤동주네 3남매(막내 광주는 용정에 온 후 낳았다), 큰고모의 아들 송몽규까지 합류한 8명의 식구가 20평짜리 초가집에서 옹색하게 생활했다. 그런 환경 속에서 윤동주의 은진중학교 시절은 시작되었다.

환경이나 여건은 좋지 않았다 해도, 윤동주 소년은 별 영향을 받지 않았다. 그는 자라나는 어린 나무처럼 한껏 뻗어갔다. 지금 남아 있는 은진중학교 학생 윤동주에 관한 증언들을 보면, 그 모습이 풋풋하고 싱그럽기 짝이 없다. 우선 윤일주 교수의 증언을 본다.

> 은진중학교 때의 그의 취미는 다방면이었다. 축구 선수로 뛰기도 하고 밤에는 늦게까지 교내 잡지를 내느라고 등사 글씨를 쓰기도 하였다. 기성복을 맵시 있게 고쳐서 허리를 잘룩하게 한다든지 나팔바지를 만든다든지 하는 일을 어머니의 손을 빌지 않고 혼자서 재봉틀로 하기도 하였다. 2학년 때이던가, 교내 웅변대회에서 '땀 한 방울'이란 제목으로 1등 한 일이 있어서[6] 상으로 탄 예수 사진의 액자가 우리 집에 늘 걸려 있었다. 절구통 위에 귤 궤짝을 올려놓고 웅변 연습을 하던 모습이 눈앞에 선하다. 그러나 그는 웅변조(調)의 사람이 아니었고 대회의 평도 침착한 어조와 내용 덕분이란 것이었다. 그 후 그는 다시 웅변에 관심을 둔 바는 없다. 그는 수학도 잘하였다. 특히 기하학을 좋아하였다.[7]

증언을 따라가며 그의 모습을 눈앞에 그려보노라면 절로 미소가 흐른다. 축구선수인 문학소년, 옷차림에도 관심이 커서 손수 재봉틀질을 해서 옷을

---

6) 그러나 이때 은진중학교에 재학하며 같이 웅변대회에 참가했던 강원용 목사의 증언은 다르다. 당시 자신이 '주먹'이라는 제목으로 1등상을 받았고, 윤동주는 '땀 한 방울'로 3등상을 받았다는 것이다. 강 목사는 청소년시절에 갖가지 대회와 전국적 집회에서 뛰어난 웅변으로 휘날렸고 뒷날 기독교계에서 "백년에 하나 나올 설교자!"라는 평을 받은 분이다. 그처럼 천부적인 뛰어난 웅변가였던 그가 직접 증언한 것이니만치, 강 목사의 증언이 사실일 것이라고 판단된다.

7) 윤일주, 「윤동주의 생애」, 『나라사랑』 23집, 외솔회, 153쪽.

맵시 나게 고쳐 입는 멋쟁이, 문학소년 치고는 의외로 수학도 잘하고…….

윤동주의 명동소학교 동기동창으로, 은진중학교와 숭실중학교와 광명학원 중학부를 같이 다닌 오랜 친구 문익환 목사는 윤동주의 바느질 솜씨와 관련된 재미있는 추억을 갖고 있다.

> 동주는 재봉틀질을 참 잘했어요. 그래서 학교 축구부원들 유니폼에 넘버를 다는 것을 모두 동주가 집에 갖고 가서 제 손으로 직접 박아왔었지.

그의 모친이 뛰어난 바느질 솜씨를 갖고 있었던 것이 그에게 유전되었던 모양이다.

이것은 윤동주의 인물됨에 관한 중요한 정보가 되는 일화이다. '바느질 솜씨가 좋다'는 것은 손재주도 물론 좋아야 하지만 또 미적 감각이 뛰어나야 가능한 일이다. 그리고 세상에 전해진 전형적인 그의 인상인 '내성적, 소극적'이었다는 성격 묘사를 뛰어넘는다. 1930년대 초반이라면 우리나라 남자들의 의식 수준은 그야말로 호랑이 담배 먹을 적 시절이다. 남자가 직접 바느질을 한다는 것은 거의 있을 수 없는 시절이었는데도, 그는 드러내놓고 직접 바느질을 했던 것이다. 필요하다면 어떤 일에든 적극적으로 나설 수 있는 강한 잠재력이랄까 의식 성향이랄까, 하는 것이 그에게 있었음을 감지하게 된다.

이제 문익환 목사의 증언에서 그들의 은진중학교 때의 모습을 알아본다.

> 1932년 봄에 동주와 몽규와 나는 용정 은진중학교에서 다시 만난다. 은진중학교는 '캐나다' 선교부가 경영하는 '미션스쿨'로서 한때 모윤숙(毛允淑)씨가 교편을 잡았던 명신여학교(明信女學校)와 한 언덕 위에 자리잡고 있었다. '캐나다' 선교부가 경영하는 제창병원이 있고 선교사들 집이 네 채가 있었다. 이 언덕은 용정촌(용두레마을)에서 동남쪽에 있는 언덕으로서 우리는 그 언덕을 영국덕이

라고 불렀다. 그 지경은 만주국이 서기까지 치외법권 지대여서 일본 순경이나 중국 관헌들이 허락 없이 들어갈 수 없는 곳이었다. 우리는 거기서 태극기를 휘두르며 애국가를 목청껏 부를 수 있었다. 신나는 일이 아닐 수 없었다. 학교 행사 때마다 심지어 급회를 할 때에도 우리는 애국가를 부르는 것으로 시작하였다.[8)]

이 학교에서 우리에게 절대적인 영향을 끼친 분은 동양사와 국사, 또 한문을 가르치시던 명희조(明羲朝)라는 선생이었다. 그분은 동경제대에서 동양사를 전공하신 분인데 동경 유학 시절에 일본 사람에게 돈을 안 주려고 전차를 타지 않았던 분이다. 어느 방학 때인가 용정에서 고향인 평양으로 가는데 기차를 타지 않고 자전거로 갔다 오신 분, 보통으로 상상조차 할 수도 없는 괴팍하면서도 철저한 애국자였다. 그의 동양사와 국사 강의는 정말 신나는 것이었다. 그는 우리에게 국사를 동양사, 더 나아가서 세계사의 관련 속에서 볼 수 있도록 눈을 열어주었고 조국 광복을 먼 안목으로 내다볼 수 있도록 깨우쳐주었다.

그 명 선생이 몽규를 중국으로 보낸 일이 있었다. 그것이 중학교 3학년 때의 일이 아니었나 싶다.

나는 끝내 그가 무슨 사명을 띠고 중국에 갔었는지 묻지 못하고 말았다. 그 일로 해서 몽규는 몹시 고생했고 기어이 은진중학교를 못 마치고 같은 용정에 있는 대성중학교(大成中學校)를 마치고 연전으로 올라온다.

일경은 동주보다는 몽규를 더 주목하고 있었으리라. 몽규가 동주보다 여섯 달 형이 더 길었던 것을 보아서도 짐작할 수 있는 일이었다.

몽규 또한 대단한 친구여서 중학교 2학년 때(필자 주 : 3학년 때의 착오) 동아일보 신춘문예 '꽁트'에 당선된 경력을 가지고 있다. 동주는 "대기(大器)는 만성(晩成)이지"라는 말을 가끔 했다. 그건 몽규를 의식하고 하는 말이었다.

---

8) 여기서 '만주국이 서기까지'라는 구절은 '만주국이 선 이후로도'가 돼야 맞는다. 만주국이 서기 전이나 후나 간에 영국덕은 언제나 치외법권지대였다. 그리고 만주국은 1932년 3월에 섰고 윤동주, 문익환 등의 은진중학교 입학은 1932년 4월이었기 때문에, 이들은 시기적으로 따져 '만주국이 선 이후'에야 영국덕을 드나든 것이다. 그러므로 여기 묘사된 은진중학교의 교내 풍경은 '만주국 치하에서 누린 영국덕의 치외법권지대로서의 특수현상'이었다.

은진중학교 1, 2학년 때의 동주는 윤석중(尹石重)의 동요, 동시에 심취되어 있었다.[9]

그런데 여기서 한 가지 명확하게 짚어야 할 것이 있다. 태극기, 애국가…… 등등을 은진중학교 교내 풍경의 전부라고 생각하면 큰 오류가 된다는 점이다. 그 외에 무엇이 더 있었을까.

"은진중학교 교과서는 전부 일본어로만 되어 있었어요."

문익환 목사의 뜻밖의 증언이었다. 그렇다. 너무 뜻밖이었다. 이 증언을 앞의 증언과 함께 겹쳐놓고 볼 때만이 치외법권지대에 있는 은진중학교, 그리고 거기서조차 그리할 수밖에 없었던 그 시대의 모습이 제대로 드러난다.

그런데 아주 재미있는 것은 선생님들이 일본어로 된 교과서를 펴들고는 그대로 우리말로 죽죽 읽어갔다는 점이지. 물론 가르치기도 우리말로 했고, 우리는 그렇게 교육을 받으며 자란 거요.

요즈음 어학에서 '동시 통역'이란 말이 흔하지만, 당시의 은진중학교 교사들은 '동시 번역'으로 수업을 진행했다는 이야기가 된다.

이러한 은진중학교 생활은 1935년에 매우 큰 변화를 일으켰다. 이 해 봄에 송몽규는 독립운동에 투신하느라고 중국으로 잠입해 들어갔고, 문익환은 봄 학기가 시작될 때 평양 숭실중학교로 전학 갔다. 가을 학기에는 윤동주도 생전 처음으로 집을 떠나 본국에 들어가서 평양 숭실중학교에 편입했다.

이런 변화들은 윤동주의 일생에 매우 중요한 영향을 미쳤다. 그중에서 특히 송몽규의 독립운동 투신 경력은 훗날 윤동주의 체포와 옥사에 결정적인 원인으로 작용했다.

그리고 무엇보다도 1935년에 일어났던 일 중에서 가장 주목할 일은 '송몽

9) 문익환, 「하늘・바람・별의 詩人, 尹東柱」, 『월간중앙』, 1976.4, 310~311쪽.

규의 『동아일보』 신춘문예 당선' 사실이다. 송몽규는 1934년 12월에 광고가 난 <1935년도 『동아일보』 신춘문예 작품 모집>에 응모한 결과, 1935년 1월 1일치 신문에 '콩트 부문 당선자'로 발표되었다. 작품명은 「술가락」. 이 작품은 1935년 1월 1일치 『동아일보』에 게재되어 현재 남아 있다.

송몽규는 당시 은진중학교 3학년 재학생이었다. 아직 미성년자인 그가 일반인들과 겨뤄야 하는 국내 저명 신문의 신춘문예에 응모하여 '당선'이란 성과를 올린 것이다. 이것은 대단한 쾌거였다. 1930년대 신춘문예란 요즈음보다 훨씬 권위 있게 받아들여졌던 문단의 등용문이었기 때문이다.

이 일은 소학교 때부터 문학 소년이었던 송몽규 자신에게 대단한 격려와 자극이 될 만한 쾌거인 동시에 같은 입장이었던 동료 윤동주에게도 그에 못지않은 문학적 자극이 되었다. 그 점에서도 특히 크게 평가할 사건이다. 문익환 목사가 증언하는 바, 윤동주가 송몽규를 두고 "대기는 만성이다"라는 말로 벼르더라는 것은, 바로 이때 송몽규가 거둔 '작은 성공'이 전제된 것이다.

그러나 '윤동주 문학의 정립'이라는 측면에서 바라볼 때 이 일은 더욱 크게 주목받을 가치가 있는 사건이었다. 윤동주가 '자기 작품'을 소중히 챙기고 그것을 쓴 날짜를 명기해가며 정리하기 시작한 것이 시기적으로 보아 바로 이때 송몽규의 신춘문예 당선에서 받은 문학적 자극과 곧장 연결되기 때문이다.

윤동주는 작품을 완성한 날짜를 일일이 명기하여 소중히 정리해둔 점에서 가장 대표적이고 모범적인 문인이다. 그것이 그의 인간과 작품을 연구하는 데 얼마나 큰 도움이 되는가는 두 말을 요하지 않는다. 그런데 그간 윤동주 연구가들이 소홀히 지나친 사실 중의 하나가, 윤동주가 '완성한 날짜'를 명기하면서 자기 작품을 보관하기 시작한 시점이 지닌 의미이다.

그가 최초로 날짜를 명시해서 보관한 작품은 '1934년 12월 24일'에 쓴 것으로 기록된 「삶과 죽음」 「초한대」 「내일은 없다」의 세 작품이다. 윤동주 시집에 첨부된 연보(年譜)에, 이 세 작품이 '오늘날 찾을 수 있는 최초의 작품이다'라고 지적되어 있다.

그런데 셋 다 상당한 수준을 보이고 있는 이 작품들이 1934년 12월 24일 하루 동안에 모두 쓴 것이라고 볼 수는 없다. 전에 썼던 것을 최종적으로 다듬어 완성시킨 것이 그 날짜였다고 봐야 할 것이다.

그렇다면 그 이전의 작품들은 어떻게 되었는가. 그가 이런 정도의 수준에 이르기까지 거쳤을 습작기 작품들은 대개 유실되고 없다. 그때까지 그가 작품의 정리와 보관에 별 뚜렷한 의식이나 집념을 갖고 있지 않았다는 명백한 증거이다.

그리고 '1934년 12월 24일'이란 날짜와 송몽규의 신춘문예 당선 작품이 신문에 게재된 '1935년 1월 1일'은 불과 1주일 간격이다. 이것은 송몽규의 신춘문예 당선과 그의 작품이 『동아일보』에 실려 온 나라에 널리 알려진 것에 크게 자극된 윤동주가 '자기 문학'에 대한 새로운 각성과 단단한 각오를 갖게 되었음을 보여준다. 그리하여 그는 1주일 전에 정리해놓았던 세 편의 시에 완성일을 기입하여 보관하기 시작했고, 그 후로는 시를 지을 때마다 같은 양식으로 정리하고 보관한 것이다.

이렇듯 그의 새로운 문학적 출발점이 된 세 편의 시 중 특히 「초한대」는, 거기 나오는 시구대로 '깨끗한 제물(祭物)'이 된 그의 일생을 상징적으로 시사하고 있다 하여 연구가들의 큰 주목을 받고 있다.

초한대

초한대 —
내 방에 풍긴 향내를 맡는다.

光明의 祭壇이 무너지기 전
나는 깨끗한 祭物을 보았다.

윤동주의 중학 시절의 원고 노트 표지. 윤동주는 송몽규가 신춘문예에 당선된 무렵부터 지은 날짜를 명기해가며 습작품을 보관하는 습관이 생겼고, 그 습관은 평생토록 견지되었다. 표지에 비너스상이 그려져 있는 노트를 선택하여 자신의 시들을 적어둔 소년 시절 윤동주의 미의식 또는 예술 감각이 흥미롭다.

염소의 갈비뼈같은 그의 몸,
그의 生命인 心志까지
白玉같은 눈물과 피를 흘려
불살라 버린다.

그리고도 책상머리에 아롱거리며
선녀처럼 촛불은 춤을 춘다.

매를 본 꿩이 도망하듯이

暗黑이 창구멍으로 도망한
나의 방에 풍긴
祭物의 偉大한 香내를 맛보노라.

<1934.12.24.>

# 제 4 장 송몽규 이야기

신춘문예 당선작 「술가락」

그의 출생과 성장

중국 낙양군관학교 시절

라사행 목사의 낙양군관학교 관계 증언

체포, 수감, 요시찰인 명부에 오르다

# 송몽규 이야기

## 신춘문예 당선작 콩트 「술가락」

여기서 윤동주의 평생에 걸친 동료 송몽규에 대해 특별히 따로 장을 마련하여 다루기로 한다. 송몽규의 행적이 밝혀져야만 윤동주의 삶 역시 제대로 해명되는 부분이 있는 등, 그와 윤동주는 출생에서부터 죽음에 이르기까지 전 생애에 걸쳐 서로 집요하게 연결된 삶을 살았다. 그래서 윤동주 연구에서 송몽규는 반드시 함께 연구되어야 할 존재이기 때문이다.

우선 송몽규의 신춘문예 당선 작품인 콩트 「술가락」을 살펴본다. '술가락'이란 곧 밥을 떠먹는 '숟가락'을 칭한다. "한술 밥에 배부르랴!" 하는 우리 속담에서 보듯, 전에는 '숟가락'의 의미로 '술'이란 말이 많이 쓰였다. 거지들도 "밥 한술 주오!" 하고 외치며 남의 대문을 두드렸다.

「술가락」이 당선된 때는 송몽규가 '송한범(宋韓範)'이란 아명을 쓰던 시절이다. 그래서 작가 이름이 송한범으로 표기되어 있다.

當選콩트

## 술가락

宋韓範

우리부부는 인제는 굶을도리밖게 없엇다.

잡힐것은 다잡혀먹고 더잡힐것조차없엇다.

"아 — 여보! 어디좀 나가 봐요!"

안해는 굶엇것마는 그래도 여자가 특유(特有)한 뾰루퉁한 소리로 고함을 지른다.

"……" 나는 다만 말없이 앉어잇엇다 안해는 말없이 앉아 눈만 껌벅이며 한숨만 쉬는 나를이윽히바라보더니 말할나위도 없다는듯이 얼골을 돌리고 또 눈물을 짜내기시작한다. 나는 아닌게 아니라 가슴이 아펏다. 그러나 별수없엇다.

둘사이에는 다시 침묵이 흘렀다.

"아 여보 조흔수가생겻소!" 얼마동안 말없이 앉아잇다가 나는 문득 먼저 침묵을 깨트렷다.

"뭐요? 조흔수? 무슨 조흔수요?"

돌아 앉어잇던 안해는 조흔수란말에 귀가 띠엿는지 나를 돌아보며 부드러운 목소리로 대답을한다.

"아니 저 우리결혼할때…… 그 은술가락말이유"

"아니 여보 그래 그것마저 잡혀먹자는 말이요!" 내말이 끝나기도 무섭게 안해는 다시 표독스러운소리로 말하며 또다시 나를 흘겨본다.

사실 그술가락을 잡히기도 어려웟다. 우리가 결혼할때 저 — 먼 외국(外國)가 잇는 내안해의 아버지로부터 선물로 온것이다. 그리고 그때그 술가락과 함께 써보냇던 글을나는 생각하여보앗다.

當選 콩트

술가락

宋韓範

『동아일보』 1935년 1월 1일자에 게재된 신춘문예 콩트 부문 당선작인 송몽규의 「술가락」 전문. 아명인 송한범(宋韓範)을 쓰던 중학생 시절에 응모하여 당선한 것이라서 이름이 아명으로 표기되어 있다.

"너희들의 결혼을 축하 한다. 머리가 히도록 잘지나기를 바란다 그리고 나는 이 술가락을 선물로 보낸다 이것을 보내는 뜻은 너희가 가정을 이룬뒤에 이술로 쌀죽이라도 떠먹으며굶지말라는 것이다 만약 이술에 쌀죽도 떠우지안흐면 내가 이것을 보내는 뜻은 어글어 지고만다" 대개 이러한 뜻이었다.

그러나 지금 쌀죽도 먹지 못하고 이술가락마저 잡혀야만할 나의 신세를 생각할 때 하염없이 눈물이 흐를 뿐이다 마는 굶은나는 그런것을 생각할 여유없이 "여보 어찌하겟소 할수잇소" 나는 다시 무거운입을열고 힘없는 말로 안해를 다시 달래보았다 안해의 뺨으로눈물이 굴러 떨어지고잇다.

"굶으면 굶었지 그것은 못해요" 안해는 목매인소리로 말한다.

"아니 그래 어찌겟소 곧찾어내오면 그만이 아니요!" 나는 다시 안해의 동정을 살피며 부드러운 목소리로(필자 주 : 아마도 조판 과정에서 '말했다. 안해는'으로 추측되는 부분이 탈락된 듯하다) 말없이 풀이죽어 앉어잇다 이에 힘을얻은 나는 다시

"여보 갖다잡히기오 빨리 찾어내오면 되지 안켓소"라고 말하였다.

"글세 맘대로 해요" 안해는 할수없다는듯이 힘없이 말하나 뺨으로 눈물이 더욱더 흘러나려오고있다.

사실우리는 우리의 전재산인술가락을 잡히기에는 빼가아팟다.

그것이 은수저라 해서보다도 우리의 결혼을 심축하면서 멀리 ××로 망명한 안해의 아버지가 남긴 오직한 예물이었기 때문이다.

"자이건 자네것 이건 자네안해것 — 세상없어도 이것을 없애서 안되네!" 이러케 쓰엿던 그편지의말이 오히려지금도 눈에 선하다

그런 술가락이건만 내것만은잡힌지가 벌서 여러달이다 술치뒤에에는 축(祝)자를 좀크게쓰고 그아래는 나와안해의 이름과 결혼이라고 해서(楷書)로 똑똑히 쓰여잇다.

나는 그것을 잡혀 쌀, 나무, 고기, 반찬거리를 사들고 집에돌아왔다.

안해는말없이 쌀을받어 밥을짓기시작한다 밥은 가마에서 소리를내며 끓고잇다 구수한 밥내음새가 코를찌른다 그럴때마다 나는 위가 꿈틀거림을 느끼며 춤을 삼켯다.

밥은 다되엿다 김이 뭉게뭉게 떠오르는 밥을 가운데노코 우리 두부부는 맞우앉엇다.

밥을 막먹으려던 안해는 나를 똑바로 쏘아본다.

"자, 먹읍시다" 미안해서 이러케 권해도 안해는 못들은체하고는 나를쏘아본다 급기야 두줄기 눈물이 천천이 안해의볼을 흘러나리엇다 웨 저러고 잇을고? 생각하던나는 "앗!"하고 외면하엿다. 밥먹는데 무엇보다도 필요한 안해의 술가락이없음을 그때서야 깨달앗던까닭이다. — (끝) — 1)

전혀 손대지 않은 원문 그대로이다. 읽어보면 탈자가 있음이 확실한 부분이 있는가 하면, '김이 뭉게뭉게 떠오르는……'에서처럼 확실한 오자도 있다. 구두점 표시에 있어서도 인쇄상 단락이 끝나는 곳이라서 지면의 여유가 있는 곳의 문장 말미에만 마침표가 찍혀 있고, 또 띄어쓰기가 너무나 마구잡이인 것 등, 원고보다는 조판 과정에서 더 많이 철자법이 무시된 것으로 추측된다.

아무튼 「술가락」은 콩트라는 장르의 묘미를 잘 갖춘 우수한 작품이다. 구도와 전개와 마지막 반전이 서로 얽혀서 하나로 녹아들도록 잘 짜여있어서 인간의 삶에 대한 짙은 애수를 느끼게 한다. 송몽규가 자기 나이답지 않게 빨리 이룩한 문학적 노력의 성취도를 잘 드러내고 있다.

## 그의 출생과 성장

송몽규는 1917년 9월 28일, 북간도 명동촌에서 기독교 신자이며 명동학교 조선어 교사이던 송창희(宋昌羲, 1891~1971) 선생의 장남으로 출생했다.

송창희는 함북 경흥군 웅기읍 웅상동에 근거를 둔 은진 송씨 집안 사람이

1) 『동아일보』, 1935.1.1. 게재.

다. 그의 부친 송시억(宋始億)이 15세 때에 고향인 충청도를 떠나 연해주로 가다가 그 길목인 웅상에 주저앉아 크게 집안을 일으켰다. 송창희는 웅상에서 나고 자라서 서울에 유학하여 신교육을 받았다. 그 후 미혼의 청년으로 명동에 가서 윤동주의 큰고모인 윤신영(尹信永, 1897~1966)과 결혼하고 명동학교 선생이 되었다.

그가 윤동주의 큰고모와 결혼하게 된 내력에는 '윤동주 어머니의 활약'이라는 숨은 이야기가 있다.

초창기 명동학교 선생 중에 박태환 선생이란 조선어 교사가 있었다. 서울 청년학관 출신이며, 당대 최고의 한글학자인 주시경 선생의 애제자였다. 그가 주시경 선생의 저서인 『우리말본』의 서문을 썼을 정도였다. 그런 박 선생에게 명동의 어느 학자 집안에서 좋은 신랑감을 소개해달라고 부탁하자, 그는 자기 친구인 송창희를 명동으로 데려 왔다. 그 학자 집안의 규수와 선을 보게 할 예정이었다. 송창희는 김약연 학자의 집에 숙소를 정하고 맞선 보는 동안 그 집에 묵기로 했다.

그런데 김약연 학자의 누이동생인 윤동주 어머니 김용 씨가 친정에 갔다가 송창희를 보았다. 송창희는 체격과 인물과 지성이 모두 뛰어난 사람이었다. 그를 보자 적령기 규수인 큰시누이의 신랑감으로 매우 욕심이 났다. 그래서 집에 가서 이야기했다. 시아버지인 윤하현 장로가 가서 송창희를 보고는 서둘러서 자기의 큰딸과 선을 보게 만들어 결혼시켰다. 신랑감을 가로챈 것이다.

송창희는 결혼과 동시에 명동학교 교사로 부임하여 아주 명동사람이 되었다. 그가 가르친 과목은 조선어와 양잠이었는데, 명동중학교가 폐교된 뒤에는 명동소학교에서 가르쳤다.

그가 서울에서 다닌 학교에 대해서는 '청년학관'과 '오성학교'가 친지들의 증언에 나오고 있다. 아마 두 학교 모두 다녔던 것 같다. 생전에 송창희 선생을 알고 지냈던 고 김재준 목사는 그가 '보성전문'에도 다닌 것으로 알고 있다고 증언했다. 또 윤동주의 친동생인 고 윤일주 교수의 회고에 따르면, 그가 어릴 때 고모부인 송창희 선생 댁에 갔을 때 창희 선생이 받은 각종 졸업장, 수료증 등을 간수해놓은 서류함 속에서 '한글 풀어쓰기'로 쓰여져 있는 증서를 보았다고 한다. 주시경 선생은 자신이 가르친 한글 강습 수료생들에게 '한글 풀어쓰기'로 작성한 수료증을 주었으니, 이는 창희 선생이 서울 유학 중에 주시경 선생의 한글 강습도 수료했음을 확증하는 증언이다.

송창희 선생의 부친 송시억 노인은, 송몽규가 연전에 다닐 때도 생존해 있었다. 송 노인은 웅상에 자리잡은 문중의 문장(門長)으로서, 송몽규의 연전 학적부에 '호주'로 나와 있다. 그는 일찍이 기독교를 받아들인 기독교 신자로서 말년에는 교회에서의 신급(信級)이 '영수'에까지 오른 분인데, 장대한 체격에다 기질도 호방하여 술을 즐김으로써 술 문제로 교회의 책벌을 받은 일도 있었다.

송창희는 송시억 노인의 6남 1녀 중 다섯째 아들이다. 이들 6형제 중 장남인 창항은 원규라는 아들을 남기고 일찍이 세상을 떠났다. 둘째와 넷째는 연해주를 거쳐 러시아로 갔고, 셋째와 다섯째인 송창희 선생이 북간도 명동촌으로 갔으며, 여섯째 아들만 고향에 남았다.

웅상 거주 송씨 문중은 거주지가 연해주로 가는 길목이라 지리적으로 일찍이 신문물에 접촉하게 되었다. 집안 사람들 기질도 매우 진취적인 기상을 지닌 가풍이어서, 전래 초기의 기독교와 신문물을 서슴없이 받아들였다. 그들은 웅상동에 '북일(北一)학교'라는 초등교육기관을 세워 자제들을 교육했고, 독립운동에 투신하거나 유학을 떠난 사람이 많았다. 송창희 선생의 육촌 동생 중에 창빈은 홍범도부대 소속 독립군으로 1920년에 일본군에 의해 전사했고, 창근은 일본 유학을 거쳐 미국에 유학하여 1931년에 한국인으로는 최초로 미국대학에서 신학박사 학위를 받고 돌아와 목사가 되었다.

일본 유학을 거쳐 회령에서 교편을 잡고 있던 송시억 노인의 장손자 송원규 역시 그러했다. 그는 새로운 영농법에 관심을 쏟은 끝에 교직을 내놓고 고향에 돌아가서 사과 과수원을 만들고 양계를 시작하여 "함경도에서는 사과가 되지 않는다"는 속설을 깨뜨렸고 신품종인 레그혼 닭을 보급시켰다. 그를 따라 해서 인근 사람들이 잇따라 양계로 재산을 모았다. 송창희 선생이 명동학교에서 조선어 외에 양잠도 가르쳤다는 것 역시 이러한 가풍의 산물이었다.

1916년 봄, 송창희는 명동촌 유지인 윤하현 장로의 큰딸 윤신영과 혼례를 올렸다. 양가 모두 기독교도였기에 기독교식의 신식 결혼식이었다. 김신묵 할머니는 이때 신부의 들러리를 섰다. 흔히 신부 나이가 더 많던 당시 관행과 달리 신부는 19세, 신랑은 25세였다.

결혼한 뒤 살림을 윤 장로 댁에서 시작하여 처가살이를 했다. 윤 장로 댁이 명동에서 가장 부유한 집안이고, 그는 단신 부임한 교사였기에 그리되었다.

결혼 다음 해 가을인 1917년 9월 28일에 송몽규가 태어나고 석 달 뒤인 12월 30일에는 윤동주가 태어났다. 윤동주와 송몽규의 평생에 걸친 인연은 이렇듯 한 집에서 석 달 간격으로 태어남으로써 시작되었다. 몽규가 다섯 살 때, 송창희는 처가에서 독립해 나가서 따로 살림을 차렸다.

몽규의 아명(兒名)은 '한범(韓範)'이다. 집에서는 물론이고 은진중학교 시절까지 학교에서도 '한범'이란 이름을 사용했다. '한국의 법'이란 의미이니, 아명에 담겨 있는 뜻이 크다. '몽규(夢奎)'는 이름 뒷자에 별 규(奎)자를 쓰는 집안 항렬을 따라 지은 이름이다. 그의 어머니가 꿈에 큰 별을 보고 그를 낳아서 꿈 몽(夢)자를 쓰게 되었다고 한다.

송창희 선생에 대한 다음과 같은 주위 사람들의 증언들은, 송몽규가 자라난 가정환경의 분위기를 생생하게 보여준다.

> 김정우 시인 : 그는 성품이 엄하고 코가 커서 명동학교 생도들 간에 '송호랑이' '콧대' 등의 별명으로 불리웠었다.

윤동주 동생 윤일주 교수: 고모부는 큰 체격에다 얼굴의 선이 강하고 뚜렷하여, 그가 늘 즐기던 파이프 담배를 피워 물고 있으면 한국 사람이라기보다 독일 사람처럼 보였다. 우리 형제들을 몹시 귀여워하고 아껴주었다.

윤동주 누이동생 윤혜원 씨 : 고모부는 풍채가 아주 훌륭했다. 성품이 엄했다고는 하나 덮어놓고 엄한 것이 아니라 아주 이해심이 많았다. 자식들의 교육에 있어서도 항상 아이들의 생각을 이해하고 밀어주었다. 우리 아버지가 문과로 진학하겠다는 동주 오빠를 억지로 의과로 진학시키려고 했음에 비해, 그는 "아이들은 그들의 의향대로 키워주어야지 부모 욕심으로 키우려면 안 된다"면서 문과로 진학하려는 몽규 오빠의 의도를 존중했다. 몹시 애처가였고 자식들을 극진하게 사랑했다.

송창희 선생은 명동소학교 교사를 거쳐서 나중에는 7도구(七道溝) 소학교 교장을 지냈고, 송몽규가 서울 가서 연전에 다닐 무렵에는 화룡현청 소재지인 대랍자촌(大拉子村)의 촌장(요즘의 읍장에 해당)으로 있었다. 그러면서도 끝내 일본어를 안 배웠다. 소년시절에 웅기에 거주했던 몽규의 사촌 형 송웅규(宋雄奎, 1916~1988) 씨는 "일제 말 집안에 큰일이 있어 그가 다니러 왔을 때 보면, 학교 선생을 지내고 현재 만주에서 촌장을 하고 있다는 분이 일본어를 모르는 걸 보고 참으로 기이하게 생각했었다"고 술회했다. 관청의 업무는 물론 각급 학교의 수업에도 전부 일본어를 사용해야 했던 것이 당시 시국이었다. 그런데도 일본어를 아예 배우지도 않고 쓰지도 않는 것으로써 그런 시국에 대한 반항을 실천했던 것이다.

그가 대랍자 촌장을 지낼 때 그의 집에 가서 1년간 같이 지냈다는 윤혜원 씨의 회고에서도 그런 면모가 드러난다. 당시 다른 데서는 모두 촌장과 경찰서장의 사이가 좋았는데, 대랍자에서만은 촌장인 송창희 선생과 경찰서장(조선인이었음)의 사이가 항상 불화했다. 그래서 창희 선생은 서장을 만나고 온 날이면 으레 홧김에 술을 마시면서 아들 우규(차남)를 불러다 앞에 앉히곤,

가운데가 송몽규, 왼쪽이 송몽규의 사촌형 송웅규, 오른쪽이 송몽규의 팔촌동생 송윤규. 송웅규와 송윤규는 뒷날 의사가 되었다.

"우리 송씨 집안에서는 단 한 사람도 총, 칼 차는 사람이 나오면 안 된다"고 훈시하더란 것이다.

송몽규의 소년시절 모습은 명동소학교 동창 김정우 시인이 필자에게 털어놓은 다음과 같은 회고담에서 매우 생생하게 드러난다.

> 나에겐 '몽규'란 이름보다 아직도 '한범'이란 이름이 더 정답게 다가온다. 같이 학교에 다니고 뛰어놀고 할 때, '한범'이라고 불렀었기 때문이다.
>
> 한범인 머리 좋고 공부를 잘할 뿐 아니라, 성격이 활발하고 매사에 적극적이라서 무슨 일이든지 한범이가 "이런 일을 하자"고 나서길 잘했고, 그러면 우리는 그대로 따랐었다.
>
> 한범의 집은 동주의 집에서 개천 건너에 있는 뚝 떨어진 커다란 기와집으로,

집 앞에 작은 배밭이 딸리는 등 여러 종류의 과일 나무들이 있었다. 당시 한범이 밑으로는 어린 여동생(한복, 1923년생) 하나만 있는 외아들인 처지이고(차남 우규는 이들이 소학교를 졸업한 해인 1931년에 태어났다), 그의 어머니는 한범이가 해달라는 대로 무엇이든 해주는 아주 자상한 분이라서, 그 집에 놀러 가면 몹시 자유롭고 좋았다. 그래서 성탄절에는 교회 옆인 동주네 집에서 성탄 준비를 했지만, 보통 때는 으레 한범이네로 가서 놀았다. 그렇지만 놀다가도 한범이 아버지가 돌아오시면 어려워서 모두들 집에 돌아갔다.

소학교 시절 추억으로, 4학년 때 한범이에게 눈을 껌벅거리는 습관이 생기자, 담임이던 한준명 선생이 아무 말 없이 마주 서서 눈을 껌벅거림으로써 그 습관을 고치게 한 게 떠오른다.

한범이는 아이들 중에서 언제나 리더였다. 소학교 5학년 때 동주 등과 『새 명동』이란 등사판 문예지를 발행할 때도 그랬고, 성탄절이면 연출 선생님을 모시고 연극을 하곤 했는데 그런 때에도 한범이가 "이래라 저래라" 하여 배역을 정하고 했다. 한번은 '구두닦이 소년'이 주역인 연극을 하게 되었는데, 한범이가 나에게 구두닦이 소년을 하라고 하여 내가 주역으로 출연하기도 했다.

그는 활동적인 성품이라 이리저리 다니기도 잘했다. 그런 성품 때문에 있었던 일로서, 그가 재판소에 증인으로 소환되었던 일이 회상된다. 소학교 5학년 때였다. 어느 주일날, 교회에서 유년주일학교 예배를 드리는 중인데 한범이가 뛰어왔다. 개울가 방천 버드나무숲의 큰 나뭇가지에 웬 낯선 중년 남자가 목이 매달려 숨져 있더라는 거였다. 그래서 우리가 모두 구경을 갔었다.

나는 그걸 본 후 밤이면 꿈에 그 죽은 남자가 나타나는 바람에 며칠을 두고 고생했었다. 그 후 몇 달이 지나 모두들 그 일을 잊을 만했을 때, 당시 현청 소재지이던 대랍자에서 그 죽은 남자에 관한 재판이 열렸다. 그래서 현장을 보았던 어린이들 모두 증인으로 갔었는데, 다른 아이들은 선생님과 함께 재판소 문 밖에 있고 한범이와 김중만이란 아이 둘만 법정에 들어가서 진술을 하고 나왔던 일이 있다.

은진중학교 시절의 송몽규는 신춘문예에 응모하여 당선될 정도로 많은 문학수업을 쌓은 소년이었다. 그와 더불어 흥미로운 일이 있다. 그가 1934년에 이미 '문해(文海)'라는 호를 지어 사용했다는 사실이다. '글[文]의 바다[海]'. 그의 문학적 원념이 크게 드러난 호이다. 그는 호를 실제로 사용했는데, 그 자취가 지금도 남아 있다. 그는 '文海藏書(문해장서)'라고 크게 새긴 큼직한 사각 도장을 마련해서 자신의 책을 분류, 정리하는 데 썼다. 오늘날 윤동주의 유품에 있는 『철학사전』(일본어판) 속장에 그 도장이 찍혀서 남아 있다.

## 중국 낙양군관학교 시절

송몽규는 1935년 3월에 중국으로 건너갔다. 3월에 은진중학교 제3학년을 수료한 뒤 4학년으로 진급하지 않고 그대로 중국으로 건너간 것이다. 당시 북간도는 '만주국' 영토에 속했기 때문에 '중국'은 곧 외국이었다. 그뿐 아니라 일제는 1931년 9월 18일에 만주사변을 일으킨 이래 아주 노골화된 중국대륙 침략의 마수를 뻗치고 있었다. 그래서 중·일 양국 군대 간에 처절한 전투가 거듭되는 매우 험악한 세월이었다.

중·일 양군은 1932년 1월 28일에 일어난 제1차 상해사변에서 치열하게 교전했고, 1933년에는 1월 1일부터 중·일 양군이 산해관(山海關)에서 충돌한 '산해관 사건'이 일어나서 5월 31일에야 정전협정이 체결되었다.

또한 중화민국 주석 장개석의 국민정부군과 공산군 간에 벌어진 내전 역시 중국 대륙을 피와 포연으로 덮었다. 1933년 10월 5일에 장개석의 국부군은 1백만 명 규모의 대군으로 제5차 공산군 소탕전을 벌이기 시작했다. 이 소탕전은 1934년으로 이어졌다.

1934년 역시 전 세계적으로 모두 암울하고 암담했던 광기의 세월이었다. 프랑스에서는 극우단체들이 대소요를 일으킨 '2월 사건'이 벌어졌고, 독일에서는 8월 18일에 히틀러가 국민투표에 의해 총통이 되어 절대권력을 휘두르기 시작했다. 중국에서는 그 전해에 시작된 장개석군의 1백만 대군이 벌이는 제5차 공산군 소탕전이 근 1년을 두고 계속되었다. 이 피비린내 나는 내전은 공산군이 10월 16일부터 서쪽으로 옮겨가는 대장정을 시작해 대결을 피함으로써 소강상태에 들어갔다.

그리고 1935년이 밝아왔다. 송몽규는 이처럼 잔뜩 달궈진 용광로 속의 쇳물처럼 마구 들끓던 세월에 역사의 격랑에 휘둘리고 있던 나라 중국으로 갔다. 이때 감행된 그의 중국행은 그의 일생에 큰 영향을 미쳤다. 뿐만 아니라 후일 그의 죽음과 윤동주의 죽음을 불러온 근본 원인이 되었다.

당시 그는 왜 학업을 도중에 그만두고 중국에 갔을까? 중국행의 실상은 어떤 것이었을까? 떠날 때, 그의 중국행의 목적은 극비에 속하는 것이었다. 그래서 죽마고우인 문익환 목사조차,

> 그 명 선생(주: 은진중학교의 전설적인 노교사 명희조 선생)이 몽규를 중국으로 보낸 일이 있었다. 그것이 중학교 3학년 때의 일이 아니었나 싶다. 나는 끝내 그가 무슨 사명을 띠고 중국에 갔었는지 묻지 못하고 말았다. 그 일로 해서 몽규는 몹시 고생했고…….2)

정도로밖에 모르고 있었고, 외사촌 동생인 윤일주 교수는 "그 무렵 만주의 조선 학생들은 외지 특히 고국에서 공부하는 것이 큰 꿈이었던 것 같다. 동급생이던 송몽규는 길림(吉林)을 거쳐 북경으로 갔고, 문익환은 평양 숭실중학교로 옮기어 갔었다. 그것이 그렇게도 부럽던 동주 형은 어른들을 설득

2) 문익환, 「하늘·바람·별의 詩人, 尹東柱」, 『월간중앙』, 1976.4, 311쪽.

하여 1935년 9월에 평양 숭실학교로 옮기었다"[3] 라고 하여 단순한 중국 유학 정도로 파악하고 있었다.

이것이 1977년 말까지 윤동주 연구가들에게 제공된 '송몽규의 중국행'에 대한 정보의 전부였다. 그러나 획기적인 자료가 발굴되었다. 송몽규와 윤동주에 대한 일본 특고경찰(特高警察)의 '엄비(嚴秘)' 기록인 '취조문서'가 일본에서 공개되어, 1977년 12월호 『문학사상』지에 번역, 보도됨으로써 송몽규의 중국행이 새로운 조명을 받았다.

취조문서의 기록은 이렇다.

> (송몽규는) 1935년 4월 은진중학교 3학년 때 19세의 나이로 당시 남경(南京)에 잠복하고 있던 조선독립운동단체인 김구(金九) 일파를 찾아가 독립운동에 참가할 목적으로 동년 11월까지 그곳에서 교육을 받았었다. 그러나 김구 일파의 내부사정으로 말미암아 목적 달성이 어려울 것을 알게 되자 다시 제남시(濟南市)에 있는 이웅(李雄)이라는 독립운동자를 찾아가 함께 독립운동을 펴려고 하였으나 사찰(查察) 당국의 압박으로 목적을 이루지 못하고 1936년 3월 출생지의 부모 곁으로 돌아왔다.[4]

이 자료를 본 필자는 큰 관심을 갖고 '송몽규의 중국행'에 대한 자료를 모으기 시작했다. 그 결과 상당히 귀중한 자료를 몇 가지 찾을 수 있었다.

우선 송몽규의 부모와 절친했던 어른들은 좀 더 사건의 내용을 알고 있었으면서도 침묵했다는 것이 드러났다. 취조문서에는 단순히 "남경에 잠복하고 있던 조선독립운동단체인 김구 일파를 찾아가…… 그곳에서 교육을 받았었다"고 기술되어 있으나, 그것이 실은 "임시정부(임정) 군관학교에 가서 교육을 받은 것이었다"는 증언이, 김신묵 할머니로부터 나왔다. 또 한 사람, 송

---

3) 윤일주, 「윤동주의 생애」, 『나라사랑』 23집, 외솔회, 153~154쪽.
4) 「尹東柱에 대한 日警極秘取調文書 全文」, 『문학사상』, 1977.12, 303쪽.

몽규의 사촌형 송웅규 박사로부터도 같은 증언이 나왔다. 송웅규 박사는 1936년 4월에 수감되었던 송몽규가 9월 중순에 본적지인 함북 웅기경찰서에서 풀려날 때 그의 신병 인수자로서 웅기경찰서에 출두했었다. 그때 경찰서에서 송몽규를 인수받아 데리고 돌아오는 길에 "왜 체포됐었느냐?"고 묻자, "임정 군관학교에 갔었기 때문"이라고 대답하더란 거였다. 이때 송몽규에게서 임정 군관학교에 가서 훈련 받다가 군관학교가 해체된 뒤 제남에 있는 다른 독립운동가를 찾아가서 활동하다가 제남 영사관 소속 일경에 체포되어 본국으로 압송되었다는 이야기를 들었다고 했다.

두 번째로 보다 결정적인 자료가 일본 특고경찰의 엄비 기록 속에 보존되어 있었다. 제2차 세계대전에서 패망하기 전까지, 일본 내무성(內務省) 경보국(警保局)은 특고경찰조직이 업무 수행에 참고하도록 각종 정보자료들을 정리하여 '엄비' 체제로 관리할 문서로 발행하여 해당 기관에만 배포했었다. 이런 문서들 속에 송몽규의 군관학교 관계 기록이 들어 있었다.

당시 일제 특고경찰은 연도별로 각종 사건들을 분류했다. 그래서 1936년에 중국에서 독립운동에 종사했던 조선인 독립운동가들의 활동상황은 '1936년의 재지(在支 : 중국에 있는) 불령 조선인의 불온책동상황'이란 표제 아래 정리되어 있다. 이 문서 속에 당시 중국에 있었던 조선인 군관학교들에 관한 자료들이 상세히 기재되어 있고, '소위 선인 군관학교 사건 관계자 검거 일람표(所謂 鮮人 軍官學校 事件 關係者 檢擧 一覽表)'라 해서, 1936년에 검거한 조선인 학생들 38명의 명단이 실려 있다. 이 검거 일람표 속에 '송몽규'가 들어 있었다.

그 기록의 송몽규 관계 부분은 다음과 같다.5)

| 검거 | 검거 | 검거 | 별명 | 씨명 | 본적 | 직업 | 학력 | 군관학교의 |
|---|---|---|---|---|---|---|---|---|

5) 金正明 編, 「一九三六年の在支不逞朝鮮人の不穩策動狀況」, 『朝鮮獨立運動 II』, 日本 原書房, 589쪽.

| 관청 | 장소 | 연월일 | | 연령 | | | | 종별 |
|---|---|---|---|---|---|---|---|---|
| 濟南<br>영사관<br>경찰부 | 제남 | 소화<br>11년<br>4월10일 | 王偉志<br>宋韓範<br>高文海 | 송몽규<br>21세 | 함북 | 무직 | | 낙양군관학<br>교(김구파) |

이 자료는 송몽규의 중국 체류 기간의 행적에 대해 여러 가지 정보를 제공한다.

첫째, 그가 '임정 군관학교'라고 부른 군관학교의 정식 명칭은 '낙양군관학교'였다. 그리고 그는 거기서 성향으로는 '김구파'에 속했다.

둘째, 그는 본명 외에, '왕위지(王偉志), 송한범(宋韓範), 고문해(高文海)'라는 세 가지 별칭을 사용하며 지냈다.

셋째, 1936년(소화 11년) 4월 10일에 산동성의 성도(省都)인 제남(濟南)에서 제남 주재 일본 영사관 경찰에게 검거되었다.

넷째, 그 결과 일제 특고경찰의 블랙리스트에 올려져 '요시찰인'으로 감시되기 시작했다.

후일담이지만, 1936년부터 송몽규가 '요시찰인'으로 일경에 늘 감시되고 있었던 것이 원인이 되어, 1943년 7월에 일본 경도에서 송몽규, 윤동주 등의 검거사건이 벌어졌던 것이다.

그러면 '임시정부 군관학교'는 무엇이고 '낙양군관학교'는 무엇인가. 이 두 가지 명칭은 모두 중국 중앙군관학교(남경 소재)의 낙양 분교 안에 설치되었던 조선인 교육반을 지칭하는 것이었다.

이 군관학교의 설립 계기와 그 내용이 임정 주석이었던 백범 김구의 저서 『백범일지』에 다음과 같이 기재되어 그 전말을 명확히 알려주고 있다. 1932년 4월 29일에 윤봉길 의사가 상해 홍구공원에서 장렬한 의거를 성공시키자, 비로소 대한민국 임시정부에 호의를 보이기 시작한 중국 국민당과 장개석 주석의 적극적인 관심이 한인 군관학교 설립의 동기요 배경이 되었다는 것이다.

박남파가 중국 국민당 당원이던 관계로 당의 조직부장이요 강소성 주석인 진과부(陳果夫)와 면식이 있어 그의 소개로 장개석 장군이 내게 면회를 청한다는 통지를 받고, 나는 안공근·엄항섭 두 사람을 대동하고 남경으로 갔다. 공패성(貢沛誠)·소쟁(蕭錚) 등 요인들이 진과부 씨를 대표하여 나를 맞아 중앙반점(中央飯店)에 숙소를 정하였다.

이튿날 밤에 중앙군관학교 구내에 있는 장개석 장군의 자택으로 진과부 씨의 자동차를 타고 박남파 군을 통역으로 데리고 갔다. 중국옷을 입은 장씨는 온화한 낯빛으로 나를 접하여주었다. 인사가 끝난 뒤에 장 주석은 간명한 어조로,

"동방 각 민족은 손중산 선생의 삼민주의(三民主義)에 부합하는 민주 정치를 하는 것이 좋을 것이라."

고 하기로 나는 그렇다고 대답하고,

"일본의 대륙 침략의 마수가 각일각으로 중국에 침입하니 벽좌우를 하시면 필담으로 몇 마디를 하겠소."

하였더니 장씨는,

"하오하오(좋소)."

하므로 진과부와 박남파는 밖으로 나갔다. 나는 붓을 들어,

"선생이 백만 금을 허하시면 이태 안에 일본·조선·만주 세 방면에 폭동을 일으켜 일본의 대륙 침략의 다리를 끊을 터이니 어떻게 생각하오?"

하고 써서 보였다.

그것을 보더니 이번에는 장씨가 붓을 들어,

"請以計劃書詳示."

라고 써서 내게 보이기로 나는 물러나왔다.

이튿날 간단한 계획서를 만들어 장 주석에게 드렸더니 진과부께서 자기의 별장에 나를 초대하여 연석을 베풀고 장 주석의 뜻을 대신 내게 전한다. 특수공작으로는 천황을 죽이면 천황이 또 있고 대장을 죽이면 대장이 또 있으니 장래의 독립전쟁을 위하여 무관을 양성함이 어떠한가 하기로, 나는 이야말로 불감청이언정 고소원(固所願)이라 하였다. 이리하여 하남성(河南省) 낙양(洛陽)의 군관학

교 분교를 우리 동포의 무관 양성소로 하기로 작정되어 제1차로 북평·천진·상해·남경 등지에서 백여 명의 청년을 모집하여 학적에 올리고 만주로부터 이청천(李青天)과 이범석(李範奭)을 청하여 교관과 영관이 되게 하였다(그러나 이 군관학교는 겨우 제1기생의 필업을 하고는 일본 영사 수마(須磨)의 항의로 남경 정부에서 폐쇄령이 내렸다).[6)]

이상과 같은 배경에서 1933년 12월에 「낙양군관학교 한인반(韓人班)」이 특별히 설치되었고, 극비리에 중국과 만주국 각지에서 모집된 92명의 조선인 학생들이 입교했다. 1934년 2월부터 실제 군사교육이 시작되었다. 이때 재정 지원은 장개석 정부에서 전적으로 담당했다. 학제는 1년제였다. 송몽규는 이 학교에 제2기생으로 입학하러 갔던 것이다.

당시 중국 정부는 일본과의 관계를 고려해서 이 한인 군관학교의 존재를 극비에 부쳤다. 중국 정부의 공식 군사교육기관에서 한국 독립군을 양성한다는 사실이 일본에 알려지면 큰 문제가 될 것을 우려했기 때문이다. 당시는 아직 본격적인 중일전쟁이 개전되기 전이었던 것이다. 그래서 비밀을 유지하기 위해서 조선인을 아예 중국인으로 위장했다. 그래서 학생들은 모두 중국식 이름을 지어 사용했음이 관련 자료에서 밝혀진다. 송몽규가 중국식 이름인 '왕위지'를 비롯한 세 가지 별호를 쓰고 있었음은 그런 사정에서 연유한 것이다.

그러면 만주국인 북간도 용정에 있던 송몽규가 어떻게 그 군관학교의 존재를 알고 입학하러 갔던 것일까?

이 사안에 관하여 필자는 아주 결정적인 증인을 찾아낼 수 있었다. 송몽규의 은진중학교 1년 선배이자 낙양군관학교 제2기 동기생인 라사행(羅士行, 1914년 평남 개천 출생) 목사이다. 라사행 목사는 1935년 4월에 낙양군관학교에 입학하기 위해 중국으로 갔다. 송몽규는 그보다 먼저 갔기에 중국에 가서

6) 김구, 『백범일지』, 서문당, 278~279쪽.

만났다고 한다. 그와 대담하면서 송몽규 개인사만이 아니라 대한민국 독립운동사적으로도 특별히 기억해야 할 매우 중요한 증언을 들을 수 있었다.

## 라사행 목사의 낙양군관학교 관계 증언

— 낙양군관학교 이야기는 언제 어떤 경로로 듣게 되셨습니까?

"제1기생이 교육받고 있던 1934년 당시, 나는 은진중학교 4학년 졸업반이었지요. 그때 우리 역사 교사이던 명희조 선생께서 우리들에게, '그런 군관학교가 생겼고 우리 학교 출신 중에서도 거기 간 사람이 있다'고 하셔서 알게 되었습니다. 이미 1기생 중에 은진 출신이 가 있었던 거지요."

— 명 선생은 어떻게 그런 정보를 알게 되었을까요?

"그분은 김두봉(金枓奉), 김구 같은 항일 투쟁의 거두들과 다 잘 알고 지내던 사이였어요. 그런 경로로 알게 되었겠지요."

— 명 선생은 어떤 인물이었습니까? 또 그분이 학생들에게 미친 영향은?

"민족의식과 학식이 대단한 분이었어요. 동경제대 출신인데, 은진중학교에 와서 역사와 한문 등을 가르치셨어요. 「적벽부」 등도 강의하곤 했는데, 아주 한문의 대가였어요. 또 의식이 아주 깨인 분이었지요. 전에는 옷감이 약해서 남자 양복바지를 해 입으면 얼마 안 가 무릎이 나가서 못 입게 되었거든요. 그분은 그런 폐단을 고친다고 양복바지를 여자옷처럼 앞뒤 구별 없이 만들게 해서 번갈아가며 앞뒤를 돌려 입는 등 아주 파격적인 분이었어요. 우리에게는 특히 '역사의식'을 일깨워줌으로써 큰 영향을 미쳤습니다."

— 구체적으로 어떤 사례를 들 수 있습니까?

"우선 내 경우를 예로 들지요. 나는 그 무렵 이광수의 소설 『흙』을 읽고 굉장한 감명을 받았습니다(주 : 이광수의 『흙』은 1932년 4월 12일부터 1933년 7월 10일까지 『동아일보』에 연재되었던 장편소설로서, 이광수 계몽문학의 대표작임). 나만이 아니라 당시 수많은 젊은이들이 그랬었지요. 그래서 『흙』의 주인공처럼 '이상촌(理想村) 운동'에 생애를 바치려고 나서는 풍조가 일대 유행이 되다시피 했었습니다. 그래서 나는 상급학교 진학도 아예 숭실전문 농업과로 하려고 결심했지요. 그런데 명 선생께서 우리들의 이런 유행 풍조에 쐐기를 박으셨습니다. 그분 이야기는 이런 거예요.

'국가가 성립되려면 국토, 국민, 주권, 이 세 가지가 모두 갖추어져야 한다. 그런데 지금 우리는 주권이 없는 노예상태이다. 주권이 없으면 아무것도 이룰 수 없다. 지금 너희들이 하려고 하는 이상촌 운동 역시 그렇다. 그런 일은 개인적인 운동만으로는 도저히 이룩될 수 없다. 이상촌 운동의 목적이 무엇이냐. 인간이 인간답게 사는 삶을 찾자는 데 있다 할 것이다. 그렇다면 생각해보자. 그 거주나 생활환경이 조금 나아졌다 해도, 그 처한 상태가 주권을 빼앗긴 노예의 처지 그대로라면, 그게 무슨 인간다운 삶이 될 수 있겠는가. 그러기에 참된 이상촌 운동을 하기 위해서라도 그보다 먼저 우선되어야 할 것이 바로 우리의 독립이다.'

나도 그 말씀 때문에 숭실전문 농업과에 가려던 것을 포기하고 낙양군관학교 쪽을 택하게 되었던 것입니다."

— 어떤 루트를 통해서 중국으로 들어가셨습니까? 다른 동행도 있었나요?

"내가 갈 때엔 황국주, 이인용, 나, 이렇게 세 사람이 일행이 되어 같이 갔지요. 가는 길에 일본 측의 취체가 굉장히 심했습니다. 그때는 이미 북경 근처인 천진에까지 일본 군대가 꽉 차 있더군요. 우리는 검문당할 때마다 학생증을 보여주면서, 교사가 되기 위해 중국 사범학교에 진학하러 가는 길이라고 둘러댔지요. 우선 목적지는 천진이었어요. 당시 이웅(李雄)이란 은진 선배가 제남을 근거로 해서 독립운동가로 활동하고 있었습니다. 우리는 천진으로 가서 거기서 이웅과 접선하도록 되어 있었지요.

천진에 도착한 다음, 이웅을 만나서 다시 '남경에 가서 남경 중앙대학에 다니는 현철진(玄哲鎭)을 찾으라'는 지시를 받았습니다. 그래서 천진(天津) → 제남(濟南) → 서주(徐州) → 남경(南京), 이런 경로를 밟아 남경에 도착해서 현철진을 만났지요. 현철진 역시 우리 은진 선배였어요. 그가 우리를 김구 주석에게로 연결해주었습니다.

말하자면 일종의 점 조직 같은 것을 따라서 북간도로부터 남경의 김구 선생에게까지 이르게 된 거예요. 송몽규 역시 같은 코스를 밟은 거지요."

— 그 다음의 생활은 어떠했습니까?

"가 보니 송몽규는 나보다 먼저 와 있더군요. 그때는 일본 측의 항의와 압력 때문에 학생들을 낙양군관학교에 직접 입교시킬 수 없게 된 때였지요. 그래서 우리 제2기생은 처음엔 남경성 내 동관두(東關頭) 32호의 커다란 중국식 민가에서 합숙하며 지냈습니다. 그때 장개석 정부에서 우리들 한 사람당 '식비 9원 용돈 3원' 해서 매달 합계 12원씩을 주었지요. 그건 생활에 아무 불편이 없을 정도의 상당한 금액이었습니다. 식비로 하루 30전씩 받은 셈인데, 실은 하루 15전 정도면 꽤 좋은 음식을 사먹을 수 있었거든요. 우리는 각자 돈을 내어 음식을 배달시켜 먹으면서 지냈습니다."

— 학생들 수효는?

"삼십 명 정도였어요."

— 교육 과목은?

"군사훈련 과목과 중국어 등 어학 과목이었지요."

— 교관은?

"김구 선생은 가끔 왔었고, 주로 엄항섭, 안공근(안중근 의사의 막내 동생, 독일 백림대 출신) 선생 등이 우리를 가르쳤습니다. 동관두 32호에서 한 2개월 그렇게 지낸 뒤에 강소성 의흥현 용지산(龍池山)에 있는 용지사(龍池寺)로 옮겨서 거기서 훈련을 받았지요. 남경에서 한 백여 리 떨어진 곳이었어요."

— 용지사란 곳은 절인 모양이지요?

"불교의 절이지요. 중국 절들은 아주 커요. 재산도 많고요. 용지사도 한 3천 명쯤 수용할 수 있는 규모였어요. 군인 1개 대대가 예고 없이 들이닥쳐도 한꺼번에 그대로 유숙시킬 수 있을 정도였지요. 우리는 거기서 6월부터 10월 초까지 지내면서 훈련받았습니다. 그때 특히 김인(김구 선생 장남, 낙양군관학교 제1기 졸업생) 씨가 교관으로 우리를 가르쳤었습니다. 거기도 김구, 안공근 선생 등이 가끔 찾아왔고, 엄항섭 선생이 총책임자로서 우리와 같이 지냈지요. 그렇게 지내다가 10월 초에 용지사에서 다시 남경으로 나왔습니다."

— 그 시절에서 특별히 남는 기억은?

"우리가 용지사에 있을 때 맞았던 1935년 8월 추석날 밤이 가장 인상 깊게 기억에 남아 있습니다. 김구 선생을 비롯한 여러 독립운동 지도자들이 그날을 우리와 함께 지내려고 용지사에 오셨지요. 그래서 중국의 추석 음식인 월병을 먹어가면서 밤이 새도록 여러 가지 이야기들을 많이 나누었어요. 지나간 나라 일들을 되새기다가 그만 격앙하여 모두들 목 놓아 통곡하는 바람에 큰 울음판이 벌어지기도 했지요. 또 이태리의 에티오피아 침공 가능성 등, 국제적으로 세계전쟁이 다시 일어날 기미가 보인다 하여, 그렇게만 되면 우리도 독립할 수 있는 가능성이 생긴다는 등의 세계정세 이야기도 많이 나누었고요. 또 김구 선생이 명성황후를 시해한 원수를 갚느라고 치하포에서 일본인을 죽여 그 피를 마시던 때 이야기를 소상하게 해주는 걸 듣기도 했지요."

— 군사훈련을 받는 외에 다른 일은 하지 않았습니까?

"송몽규가 중심이 되어 잡지를 만든 일이 있습니다. 우리가 용지사에 있을 때였지요. 송몽규가 우리 보고 다들 원고를 써 내라고 하여 꽤 두꺼운 책을 만들었습니다. 한 3백 페이지쯤 됐어요. 나도 '모든 것을 조국 독립을 위하여! 모든 것을 겨레를 위하여! 모든 것을 그리스도를 위하여!……' 그렇게 나가는 글을 써서 냈더니, 그 책에 실어주었지요.

송몽규는 문학에 재능이 있었지요. 성격이 쾌활하고 글씨도 잘 썼어요. 그가 등사판을 사다가 직접 글씨를 써서 등사로 인쇄하여 책을 만들었습니다.

김구 선생이 몹시 칭찬하시고 책 이름을 『신민(新民)』이라 지어주셔서, 그런 제목으로 책이 되어 나왔지요. 김구 선생 자신이 전에 그런 명칭의 모임에 계셨기도 했고, 또 우리가 다 '새로운 백성'이 돼야 한다는 뜻이라는 말씀이셨지요."

이상과 같은 라사행 목사의 낙양군관학교 관계 증언은 독립운동사적으로 매우 소중한 가치를 지닌다. 임시정부가 1930년대 후반에 중국 대륙에서 시도했던 항일무력투쟁 준비작업의 구체적인 모습과 정황이 이 증언에서 매우 구체적으로 밝혀진 것이다.

그리고 그런 역사적 의미를 떠나서도 이 증언은 매우 흥미롭다. 이 증언을 통해 밤하늘에 보름달 떠오르듯 나타나는 두 인물의 모습이 아주 인상적이다.

첫째, 명희조 선생. 이광수의 계몽문학이 제시하는 사이비 이상주의에 도취해 있는 젊은 제자들에게 역사를 보는 바른 시각과 대의(大義)를 서릿발같이 일깨워주는 그의 모습은 참으로 춘추필법의 엄정함과 위엄을 지니고 있다. '참된 스승'의 자태가 여기서 황홀하게 드러난다. 윤동주가 지녔던 그 지순한 시의 세계는 이처럼 뛰어난 스승의 놀라운 훈도 아래서 엄격하게 닦인 것이기에 그토록 정결할 수 있었으리라.

둘째, 김구 선생. 앞에서 『백범일지』의 기록을 통해 그가 낙양군관학교 한인반을 설립하게 된 내력을 살펴보았거니와, 이 증언에서 그가 이 학교에 걸었던 기대와 정성이 아리도록 적나라하게 드러난다. 특히 그가 1935년 추석날 밤에 이역의 대보름달 아래서 청년 학생들과 함께 목 놓아 터뜨린 통곡의 울음판 이야기는 깊이 후인들의 심금을 울린다. 김구 주석은 또한 이 학교와 관련된 따뜻한 개인적 일화도 지니고 있다. 이 역시 『백범일지』에 기록되어 있다.

……어머님이 상해 안공근 집을 거쳐 가흥 엄항섭 집에 오셨다는 기별을 남경에서 듣고 나는 곧 가흥으로 달려가서 9년 만에 모자가 서로 다시 만났다.

나를 보시자마자 어머님은 이러한 의외의 말씀을 하셨다.

"나는 이제부터 너라고 아니하고 자네라고 하겠네. 또 말로 책하더라도 초달로 자네를 때리지는 않겠네. 들으니 자네가 군관학교를 설립하고 청년들을 교육한다니 남의 사표(師表)가 된 모양이니 그 체면을 보아주자는 것일세."

나는 어머님의 이 분부에 황송하였고, 또 이것을 큰 은전으로 알았다.

— 김구, 『백범일지』, 서문당, 287~288쪽.

백범은 1876년(병자년)생이다. 낙양군관학교 1기생 교육이 시작된 1934년에 이미 58세의 노구였다. 그런데도 이때에야 비로소 이 군관학교의 일로 해서 노모의 초달(楚撻 : 잘못했을 때 회초리로 볼기나 종아리를 때림)을 면하게 되고 또 '자네'라고 부르겠다는 분부를 들었다는 것이다. 그러면서 그가 "나는 어머님의 이 분부에 황송하였고, 또 이것을 큰 은전으로 알았다"고 술회한 대목은 이제 편안한 자리에 앉아 그 글을 읽는 후인들의 마음을 아프게 건드린다.

아아! 독립운동에 모든 것을 바친 선인들이 밟고 가신 자취여! 어찌 이토록 장렬하고 어찌 이토록 애절한가!

낙양군관학교 제1기생은 1935년 4월 9일에 졸업했다. 92명 입학에 졸업은 62명, 배운 과목은 각종 포, 기관총의 조작법 등 일반 군사교육과 혁명정신교육 등이었고, 군마(軍馬) 40두가 배치되어 기마술 훈련에 사용되었다.

그러나 한 가지 흠은 이 학생들이 김구파, 김원봉파(일명 의열단파), 이청천파 등 세 파벌로 나뉘어져 격렬하게 대립하였다는 사실이다. 지원해주는 중국 당국도 이 점을 크게 우려했다고 한다. 송몽규의 사촌 형 송웅규 박사의 증언에도 같은 이야기가 있었다. 웅기경찰서에서 풀려나온 뒤 송몽규는 자신이 중국 군관학교에 가서 훈련을 받던 이야기를 하면서 송웅규에게 그가 실제로 겪었던 '독립운동계의 심각한 파벌싸움'에 관해서 큰 우려를 드러내더라고 했다.

제1기생이 졸업한 후, 낙양군관학교에서 공식적으로 한인반 제2기생을 받아들이지 않았다. 그러니 송몽규 등의 경우엔 엄격히 구분할 때 '낙양군관학교 학생'이었다고 할 수 없다. 그래서 일본 정보도 자료에 따라서는 호칭이 다르다. '한국 독립군 특무대 예비 훈련소(韓國 獨立軍 特務隊 豫備訓鍊所)' 혹은 '한국 국민당 예비 훈련소(韓國 國民黨 豫備訓鍊所)' 등의 호칭으로 부르기도 했다.

그러나 송몽규 등은 낙양군관학교 입학을 위해 갔고, 또 당시의 학생 모집, 교육, 중국 측 재정 지원 등 모든 것이 낙양군관학교 한인반의 전통을 잇고 있었다. 그런 의미에서는 당연히 '낙양군관학교 출신'이라고 하게 된다. 그래서 '검거 일람표'라는 일경의 대표적 정보자료에서 송몽규의 소속처를 '낙양군관학교'라고 구분한 것이다.

제2기생들은 1935년 10월 초에 용지산에서 남경 시내로 들어온 뒤 각자 뿔뿔이 흩어졌다. 여러 관계 자료들을 검토해보면 중국의 재정 지원이 중단된 바람에 이들이 용지산에서 내려온 걸로 보인다.

장개석은 이때 왜 재정 지원을 끊었을까. 시기적으로 보아 당시는 장개석의 공산군 소탕 전쟁이 한창 진행되던 때였다. 그때 장개석은 직접 전투를 지휘하면서 '홍군(紅軍 : 공산군)'을 토벌하고 있었다. 1932년 초에 이미 20만의 병사와 16만 자루의 총을 갖춘 군대로 성장해 있던 '홍군'과의 전면전은 장개석으로서도 힘겨운 전쟁이었고, 그는 최선을 다했다.

결국 장개석 군대에 밀린 공산군들은 1934년 10월에 근거지였던 강서성 일대에서 대탈출작전을 시작했다. 장개석군은 이들의 뒤를 좇아가며 싸웠다. 세칭 '만리대장정'이 시작된 것이다. 양군은 열여덟의 산맥을 넘고 열일곱의 강을 건너면서 12,000 킬로미터에 달하는 대장정 동안 좇고 쫓기는 피에 얼룩진 비참한 진투를 계속했다. 그러다가 1935년 11월에 홍군이 섬서성 북부의 연안(延安)에 도착함으로써 '대장정'이 끝이 났다.

한인 군관학교에 대한 장개석의 재정 지원 중단은 이 '만리대장정'의 기간 중에 있었다. 재정 지원 중단 사태가 중국 측 상황과 무관할 수 없다. 그 전쟁은 말 그대로 내란에 해당했다. 당시 장개석 군과 모택동이 거느린 홍군 사이에 벌어졌던 전투의 치열함을 보여주는 사료를 본다.

> ……그 무렵부터 홍군은 바야흐로 모택동 특유의 전쟁방식을 전개하기 시작했다. 그는 북상해서 사천으로 들어갈 것처럼 보이다가 급히 서쪽으로 진군하고 다시 뒤돌아서 사행(蛇行)하여 또 준의로 돌아왔다. 그때 장개석은 비행기로 이곳저곳을 날아다니면서 군대를 지휘하느라 준의 남쪽 귀주성의 수도 귀양(貴陽)에 머물고 있었다. 모택동은 다시 남하해서 귀양을 노리는 형세를 보였다. 장개석이 이에 대처하여 귀양 방위를 위해 급히 운남(雲南)으로부터 군대를 부르고 있는 틈에 이번엔 단숨에 귀양 동쪽을 뛰어넘어 허술해진 운남성으로 서진했다.[7)]

당시 장개석은 안팎으로 적을 갖고 있었다. 밖으로는 일본의 대륙 침략 세력이 계속 치열하게 도발하고 있었고, 안으로는 홍군(공산군)과의 내전이 격렬했다. 동시에 두 적을 상대로 싸울 수 없었기 때문에, 장개석은 '안내양외(安內攘外)' 정책을 내세웠다. "먼저 내부를 평정한 다음에 밖의 침략을 물리친다"는 것이다. 그래서 일본 침략 세력에게 만주를 모두 빼앗기고 북경을 위협당하면서도, 그는 일본과 정식으로 개전하는 사태에 이르지 않도록 은인자중하며 오로지 홍군 토벌에 전념했다.

이 무렵 낙양군관학교 한인반 2기생으로 간 한인 학생들에게 주던 지원금이 돌연 끊어진 처사는, 당시 장개석이 추진하던 '일본을 절대 자극하지 않으려는 정책'을 감안할 때 그 수수께끼가 풀린다. 후에 저 유명한 1936년 12월 12일의 '서안사변(西安事變)'에 의해 장개석의 정책은 "먼저 일본을 물리

7) 佐伯有一・野村浩一 外 著, 吳相勳 譯, 『中國現代史』, 한길사, 402쪽.

치고 다음에 내부를 평정한다(壤外安內)"는 것으로 바뀌었다. 그러나 이미 우리 독립운동계의 무관 양성 계획에는 중대한 차질이 생긴 뒤였다.

라사행 청년은 남경에 돌아온 뒤 한 달 가량 김구 선생의 모친과 작은 아들 신(信) 군과 같은 집에서 한가족처럼 살았다고 한다. 남경 중앙공원 옆에 있는 집이었는데, 같은 훈련생이던 이지성과 함께 그 집에 얹혀 지냈다. 그는 당시 라철(羅哲)이라는 별명을 쓰고 살았다.

라 목사는 군관학교 관련 이야기를 한 김에 "이 사람의 일을 꼭 세상에 전하고 싶다"면서, 이런 이야기를 내놓았다.

> 낙양군관학교 한인반 제1기 졸업생 중에서 16명이 졸업 후 남경의 중앙군관학교에 편입했다. 그들 중에 김갑성(金甲星)이라는 사람이 있었다. 금강산 온정리 사람으로서 라 목사와는 은진중학교 동기동창이었다. 그러나 4학년까지 마쳐서 졸업한 라 목사와는 달리, 그는 3학년만 수료한 후 그대로 낙양군관학교에 가서 제1기생으로 입학했던 것이다.
>
> 그는 중앙군관학교에 재학 중이던 1935년 10월 중순쯤에 학교에서 수류탄 투척 훈련을 받다가 중상을 입고 사망했다. 앞의 생도가 수류탄의 안전핀을 뽑은 다음 곧 던지지 못하고 다소 늦게 던지는 바람에 공중 폭발했고, 그 파편에 다친 것이다. 중앙의료원으로 급송하여 치료했으나 그대로 사망했다.
>
> 중앙군관학교에서는 그를 중국군 소위로 사후 특별 임관하여 군인장으로 장례를 치렀다. 그런데 일본과의 문제 발생을 꺼려서 국적, 이름 등 그의 신원 일체를 감추느라고 다만 '東北義士 王義誠'이라고만 써서 장례를 치렀다. 우리나라가 그곳에서 동북쪽에 있으므로 '동북의사'라고 표현한 것이고, '왕의성'은 김갑성의 중국식 가명이었다.

라 목사는 이런 말로 이야기를 맺었다.

> 우리가 그 장례식에 참석해서 얼마나 울고 또 울었는지 아시오? 죽어 이제 마지막 자리인데도 제 이름도 나라도 바로 못 밝히고 그렇게 가명 아래 땅에 묻히고 있는 그 친구를 볼 때 나라 잃은 설움이 참으로 골수에 맺힙니다.

아아! 그 처연한 시대의 상처가 이제는 참으로 아물었는가!
필자는 목이 메는 느낌으로 그의 이야기를 받아 적었다.

## 체포, 수감, 요시찰인 명부에 오르다

송몽규는 1936년 4월 10일에 중국 산동성 제남에서 제남 주재 일본 영사관 경찰에게 체포되었다.[8)]

그가 언제 남경에서 제남으로 옮겼을까. 뒷날 일본 경도지방재판소에서 작성된 송몽규의 치안유지법 위반 사건의 판결문 내용에 그 시기가 제시되어 있다. '1935년 11월경'에 남경을 떠나 "제남 소재의 조선독립운동단체 이웅 일파의 산하에 투신했다"는 것이다. 그렇다면 제남에 간 지 6개월 되던 때 체포된 것이다. 그는 어떻게 체포되었을까?

라사행 목사가 체포되던 때의 이야기로 송몽규의 경우도 미뤄 짐작할 만하다.

라사행 청년은 용지산에서 남경으로 온 후 한 달 가량 김구 선생 모친 댁에서 지내다가 다시 상해로 갔다. 그 역시 송몽규와 같은 시기인 1935년 11월에 남경을 뜬 것이다. 상해와 남경은 5백 리 거리. 1932년 4월에 상해 홍구공원에서 있었던 윤봉길 의사의 의거 이후, 임시정부 요인들은 모두 일경의

8) 金正明, 『朝鮮獨立運動 II』, 日本 原書房, 589쪽.

검거 선풍을 피해 상해에서 빠져나와 중국 대륙을 여기저기 떠돌고 있었다. 말하자면 임시정부가 그 위치를 중국 대륙으로 옮긴 것이다.

라사행 청년은 상해에 간 지 얼마 되지 않아서 일경에 체포되었다. 어느 날 본적지인 평남 개천경찰서 소속 일경이 하숙집에 찾아와서 "같이 가자"면서 연행했다. 그는 상해 영사관 경찰서 유치장에 잠시 갇혀 있다가 본국으로 압송되어 개천경찰서에 구금되었다. 그리고 다시 평양경찰서로 옮겨 구금된 이래 거의 1년간을 평양경찰서 유치장에서 지냈다.

일경의 극비문서에 있는 '검거 일람표'를 보면 낙양군관학교 출신들이 이미 1935년 10월부터 속속 체포되고 있었다. 그러니 일제 당국에 관련 학생들에 관한 정보가 계속 새어 나가면서 연이은 검거의 단초가 된 듯하다.

그런데 그 시절이 얼마나 험악한 세월이었던가를 극명하게 보여주는 사례가 있다. 바로 송몽규, 라사행 등의 남경행 때 중간거점이 되었던 제남의 독립운동가 이웅에 관한 일이다.

라사행 청년이 평양경찰서 유치장에 수감되어 있던 때였다. 어느 날 남경에 있던 현철진이 잡혀서 압송되어왔다. 나중에 알게 된 바에 의하면, 제남의 이웅이 일본 측과도 관련된 이중첩자인 것을 알게 되자, 현철진이 이웅을 찾아가서 암살해버린 일로 잡혀왔다는 거였다.

본래 이웅은 제남에 자리 잡고 활약했던 한국독립운동가로 각계각층에 아주 발이 넓었다. 김구 같은 우리나라 독립운동계의 대표적 지도자는 물론, 당시 산동성 성장(省長)이던 한복거(韓復渠) 같은 최고위층 중국 실력자들과도 잘 알고 지냈다. 당시 중국에서 성장이라 하면 정말 엄청난 존재였다. 입법, 사법, 행정의 3권은 물론 성 내에서 통용되는 화폐의 발행권까지 갖고 있는, 그야말로 자기가 통치하고 있는 성의 주민들 생사여탈권을 한 손에 쥐고 있는 존재였다. 이웅은 그런 최고위층과의 지면관계를 우정 크게 과시하기도 했다. 그가 라사행 일행을 만났을 때도 "한 성장이 사람은 호탕한 인물인데 무식하기 짝이 없다. 대체 나보고 '너희 나라 사람들도 닭이 낳은 알을

먹느냐'고 묻는 정도이다!" 하며 웃었다.

그렇게 많은 인사들을 두루두루 많이 알고 지내면서, 나중에는 돈 때문이었는지 일본 기관하고도 손을 잡은 모양이었다. 그가 이중첩자로 암약하고 있는 걸 알게 된 현철진이 같은 은진 출신인 이익성(李益成)이란 청년과 함께 가서 그를 죽였다. 죽일 때 직접 하수하기는 이익성이 했다. 그런데 이익성은 안 잡히고 현철진만 일경에 체포되었다는 이야기였다. 결국 은진 동창생들끼리 같이 연결된 형태로 독립운동에 종사하다가 변절자가 생기자, 그 배신의 대가를 목숨으로 받아낸 것이다.

현철진의 검거에 대한 일경의 극비 자료는 다음과 같다.

> 본명 : 현철진(玄哲鎭). 검거일 : 1936년 5월. 검거 장소 : 천진(天津). 나이 : 27세. 본적 : 함남. 그 밖에 '양철생(揚鐵生), 현철진(玄鐵晋), 최성호(崔成浩), 양철산(楊鐵山)'이라는 네 가지 가명 사용(필자 주 : 단, 이 일경 자료는 현철진을 낙양군관학교 의열단파로 잘못 분류하고 있다).[9]

여기서 한 가지 주목되는 게 있다. 제남의 이웅에게 가 있던 송몽규가 제남 주재 일본 영사관 경찰부에 체포된 것이 1936년 4월 10일이고, 이웅을 죽인 사건으로 현철진이 검거된 것은 5월이라는 점이다. 이 두 사건의 시차는 그때 송몽규가 일경에 체포된 일과 이웅의 이중첩자 노릇 사이에 어떤 연관이 있을지도 모른다는 개연성을 떠올리게 한다.

중국 제남에서 일경에 체포된 뒤 송몽규의 행적은 어떻게 되었는가 알아본다.

송몽규는 제남에서 본적지인 함북 웅기경찰서로 압송되었다. 당시 일경들은 어떤 범죄의 용의자를 잡으면, 그가 외국에 거주하는 자일 경우 곧 국내의 본적지 경찰서로 압송하여 취조했다. 그래서 송몽규 역시 웅기경찰서로

9) 金正明, 『朝鮮獨立運動 II』, 日本 原書房, 590쪽.

압송된 것이다. 그러한 일경의 취조 관행은 남경과 용지산에서 송몽규와 같이 훈련을 받았던 라사행의 경우에서도 명백하게 확인된다.

현재 보존되어 있는 당시의 일경 문서들을 보면, 1935년 10월부터 속속 체포되기 시작한 학생들에 대한 수사로 인하여 '낙양군관학교 사건'은 이미 그 실체가 일경에 잘 알려져 있었다.

라사행의 경우, 그는 송몽규보다 반 년 가량 앞선 1935년 11월 12일에 상해에서 체포되었다. 그때 일은 본인의 회고담은 물론 『동아일보』 기사로도 추적되는 바, 그 전말은 다음과 같다.

라사행이 상해 모처에 투숙하고 있음을 탐지한 평남 개천경찰서에서 상해로 출장 가서 그를 체포해서 국내로 연행했다(『동아일보』 1935.11.26일자 보도). 그는 개천경찰서를 거쳐서 평양경찰서 유치장에 수감되었다. 『동아일보』 1936년 8월 26일치에는 라사행에 대한 사법처분 결과가 보도되었다. 평양경찰서에서는 체포한 군관학교 관계자들에 대해 9개월간에 걸친 취조를 마치고, 8월 25일에 라사행 등 3명을 '치안유지법 위반'으로 구속하여 평양지법 검사국으로 송치하고 나머지는 불구속 처분했다는 것이다. 라사행 목사 본인의 말에 의하면, 그는 당시 재판을 받고 집행유예로 석방되었다.

송몽규의 경우, 그가 웅기경찰서로 압송되는 장면을 직접 목격한 사람이 있다. 당시 웅기읍 웅상동에 살았던 송몽규의 사촌형인 의사 송웅규 박사이다. 그는 우연히 그 장면을 목격했다는데, 다음과 같이 증언했다.

> 몽규는 기차로 압송되어 와서 웅상역에 내렸는데, 거기서 곧장 웅기경찰서로 직행하여 구금되더군요. 가족으로 같이 따라온 분은 없었고 몽규 혼자였지요. 우리는 몽규가 무슨 사건으로 체포된 것인지 전혀 몰랐습니다. 웅기경찰서 유치장에 오래 갇혀 있었지요. 그간 집안 어른들이 알아보느라고 애썼는데, 장차 기소되어 청진감옥으로 넘어가느니 어쩌느니 여러 말들이 나돌았지요. 그런데 결국 청진으로 넘어가지는 않고, 웅기경찰서로부터 "송몽규를 데려가라"는 연락이 왔

어요. 내가 데리러 갔었지요. 가 보니 그간 고생해서 아주 바싹 말랐고, 얼굴이 오랫동안 햇빛을 못 봐 아주 하얗게 창백한 모습이더군요. 경찰은 풀어주면서 웅기로 거주제한을 했지요. 그랬는데도 불구하고 몽규는 며칠 쉬더니 그대로 만주로 튀어버리더군요. 그렇긴 했지만 그 일로 해서 몽규의 신병을 인수해온 내가 귀찮은 시달림을 받진 않았어요.

송웅규 씨는 청진으로 넘어가지 않은 것으로 알고 있었으나, 실은 그렇지 않았다. 현재까지 남아 있는 일제시대의 일본 경찰 기록 속 송몽규 관계 서류에서 확인된 바에 의하면, 1936년 4월 10일에 중국 제남에서 체포된 송몽규는 같은 해 6월 27일에 웅기경찰서로 압송되었고, 8월 29일에 청진 검사국으로 송치되어 그곳 감옥에 16일간 갇혀 있다가 9월 14일에 도로 웅기경찰서로 보내져서 거주 제한의 조건으로 석방되었다. 그러나 송웅규 씨는 자신이 웅기경찰서에서 송몽규의 신병을 인수한 탓에 그가 계속 웅기경찰서에 갇혀 있었던 것으로 생각한 것이다.

송몽규와 라사행의 사법 처분 결과를 보면, 두 사람 다 비슷한 시기에 비슷한 방식으로 석방되었다. 이를 보면, 당시 일제 치안당국이 한인 군관학교 관련자들에 관한 처리지침 같은 것을 만들어서, 일괄적으로 같은 처분을 했던 것으로 보인다. 중국 영토 안에서 활동한 한인 군관학교 관련 학생들에 대해 일본의 국내법인 치안유지법을 적용하여 실형을 언도하는데 법적인 난관이 있어서, 그들을 모두 일단 석방한 뒤 '요시찰인'으로 적극 감시하는 것으로 처리했다고 추정된다.

송몽규는 웅기경찰서에서 석방된 뒤 거주제한을 무시하고 북간도의 집으로 돌아가 요양하다가 다음 해인 1937년 4월에 용정 대성중학교(4년제) 4학년으로 편입했다. 중국 체류와 웅기경찰서 및 청진 검사국에서 보낸 구금생활로 인하여 2년간 중단됐던 학업을 다시 잡은 것이다. 그는 대성중학교에 편입하면서부터 다시 용정 윤동주네 집에서 살면서 학교에 다녔다. 그는 편입할 때 미션계인 은진중학교로 돌아가고자 했으나, 당시 은진중학교도 감시와 사찰을 많이 당하던 중이라 문제 학생을 받을 수 없었다는 것이다.

윤동주의 누이동생 윤혜원 씨는 이 무렵의 송몽규의 모습을 생생하게 기억하고 있었다.

> 몽규 오빠는 경찰서에서 풀려나 집에 돌아온 후로는 가슴이 자꾸 안으로 구부러든다면서 항상 어깨를 반듯이 하여 가슴을 펴느라 신경을 썼지요. 그래서 가슴 펴는 데 도움이 되도록 잘 때 베개를 베지 않고 잤어요.

이때 송몽규가 감행했던 중국행이 뒷날 송몽규와 윤동주를 일본 감옥에서 옥사하게끔 몰아간 근본 원인이 되었다. 이때부터 일경이 송몽규를 '요시찰인'으로 감시하다가 그들을 체포해서 재판하고 투옥한 감옥에서 그들은 나란히 옥사했다.

# 제 5 장 평양에서 보낸 7개월

숭실중학교의 편입시험

『정지용 시집』 출간 이전과 이후의 세월

# 평양에서 보낸 7개월

## 숭실중학교 편입시험

1935년 새해에 들어서자 용정 은진중학교 제3학년 반은 분위기가 아주 뒤숭숭해졌다. 학생들의 거취가 뚜렷이 몇 가지 부류로 나뉘는 매우 중요한 전환기였기 때문이다.

첫째, 송몽규처럼 독립운동에 투신할 학생들. 그들은 학교는 물론, 집과 부모형제를 모두 뒤에 두고 생과 사가 불확실한 미지의 곳으로 떠날 채비를 해야 했다.

둘째, 상급학교 진학에 대비해야 할 학생들. 그들은 보다 용이한 진학을 위해서는 5년제 중학교로 전학해야 했다. 당시엔 중학교라 하면 '5년제'가 정규 학제였다. 그래서 그보다 수업연한이 1년 짧은 4년제 중학교를 나오면 고등학교나 전문학교, 또는 대학 예과 등의 상급학교로 진학할 때 매우 불리했다.

그런데 5년제 중학교들은 4학년 때까지만 편입생을 받아들였다. 4년제 중학교를 졸업한 뒤에 5년제 중학교의 5학년(졸업반)으로 편입해 가는 것은 거의 불가능했다. 그러니 3학년을 수료한 때로부터 4학년 첫 학기 수업이 시작되기 전에 5년제 중학교의 4학년으로 편입할 수속을 마쳐놓아야 했다.

당시 용정에서는 친일계통의 '광명학원 중학부'가 유일한 5년제 정규 중학교였다. 광명은 일본 외무성의 '재외지정'이란 인가까지 받았다. 일본 국외에 있는 학교로서 그런 인가를 받으면 일본 본토에 있는 문부성 인가의 정규 중학교와 똑같은 자격과 실력이 있는 것으로 인정됐다. 그러나 광명은 친일 학교였기에 민족의식이 있는 집안, 특히 기독교 계열 집안에서는 광명으로 아이들을 보내기 싫어 상당한 경제적 부담을 감수하면서 평양의 미션계 숭실중학교(5년제)로 전학시켰다. 동주네 클래스는 바로 이런 편입학 시기의 마지막 선상에 와 있었다.

1935년 봄, 새 학기가 되자 급우들의 자리가 여기저기 비었다. 동주의 친우들만 해도, 송몽규는 중국으로 가고 문익환은 평양 숭실중학교로 갔다. 윤동주도 숭실중학교로 전학하고 싶어 했다. 그러나 어른들이 허락하지 않았다. 할 수 없이 은진중학교에서 4학년으로 진급했다. 그러나 은진을 다니면서도 계속 졸라댄 결과 4학년 가을학기에는 전학하기로 어른들이 설득되었다. 그 시절엔 9월 1일에 가을학기가 시작되었다.

그런데 막상 전학하는 과정에서 뜻하지 않게 윤동주는 생애 최초의 큰 좌절을 겪었다. 그가 숭실의 편입시험에서 실패한 것이다. 숭실 측에서는 윤동주의 시험 결과를 놓고 4학년이 아니라 3학년으로의 편입 자격밖에 인정하지 않았다. 한 학년 아래로 들어오란 것이었다. 그것은 '낙제'한 것과 같은 결과가 되는 것을 의미했다.

당시 숭실중학교는 편입을 원하는 학생들에게 모두 편입시험을 치르게 했다. 그 시험이 매우 엄격했다. 문익환도 물론 그 시험을 치르고 편입했다. 문익환의 편입시험 때는 같이 시험을 치른 학생 중에 새로 숭실학교 재단이사가 된 목사의 아들이 있었는데, 그 학생도 시험에 실패하여 한 학년 아래로 편입했다. 숭실중학교는 편입시험을 마치 입학시험 관리하듯 엄격하게 운영하고 있었던 것이다.

윤동주는 이때 누이동생인 혜원 씨 앞으로 편지를 보내 "그들이 나를 제 학년에 넣어주지 않는다"는 서글픈 말로 이 일을 집에 알렸다. 그 소식에 노한 집안 어른들은 그의 편입시험 실패를 나무라고 꾸짖는 편지를 동주에게 보냈다. 그 편지를 읽은 그는 주위 사람들이 모두 알아차릴 정도로 몹시 괴로워했다.

아마 집에서 따뜻하게 위로하고 격려했다 해도 그는 견디기 힘들었으리라. 실패를 가장 용서하기 힘든 사람은 바로 실패자 본인인 것이다. 윤동주의 경우, 편입시험의 실패란 그 사실 자체도 뼈 아픈 일일 뿐 아니라, 더욱이 그 결과가 희화적이도록 무참했다. 불과 5개월 전만 해도 한 학급에서 같이 공부하던 동료 문익환이가 이젠 한 학년 위의 상급생이 된 것이다. 마치 그의 실패를 더욱 참담하고 극명하게 느껴지도록 강조해놓은 듯한 상황이었다. 집안 어른들 역시 그런 상황 때문에 더욱 속이 상했으리라. 그래서 자식이 몹시 고통스러워하고 있을 줄 뻔히 알면서도 참지 못하고 노여움을 드러낸 것이다.

그러나 윤동주는 의연히 참고 견디었다. 그리고 고구려의 옛 도읍이었던 큰 도시 평양과 새 학교 숭실의 생활에 적응해갔다.

> 이 지나친 시련(試練)…… 나는 성내서는 안 된다.

윤동주의 시 「병원(病院)」의 일부거니와 아마도 당시 그의 심정이 바로 이러했으리라.

윤일주 교수의 회상록에는 이때의 일이 "학기 도중 어중간한 때에 갔었고, 학제가 서로 다른 관계로 3학년 2학기부터 다시 반복하지 않을 수 없었다"10)고 기록되어 있다. 윤일주 교수가 수십 년 세월이 지난 후에까지 그처럼 사실을 밝히기를 회피한 것을 보면 당시 윤동주뿐만 아니라 그의 가족이 그 일로 해서 받았던 마음의 상처가 얼마나 컸던가를 알 수 있다.

그러나 그처럼 실제로는 있지도 않았던 '학제' 문제를 내세우면서 진실을 덮어버리는 것은 아무에게도 유익하지 않다. 윤동주의 시와 삶의 내용을 깊이 이해할 수 있는 큰 통로 중의 하나를 막아버리는 일이 되기 때문이다.

어떤 근거에서 그렇게 주장할 수 있을까?

윤동주의 시를 분석할 때 가장 빈번하게 논의되는 것이 '부끄럼의 미학'이라는 명제이다. 사실 그의 시에서 특히 '부끄럼'이란 정서에 의탁해서 우리 삶의 고뇌를 슬퍼하고 반추하는 구절들은 참으로 뛰어나다. 윤동주가 마련한 이런 통로를 통하여 우리는 사람의 생이 지닌 한계를, 그리고 그 슬픔을 새롭게 읽을 수 있는 독법(讀法)의 하나를 구비하게 되었다.

이제 그의 시 중에서 특히 대표작으로서 꼽히는 「서시」를 보자.

> 죽는 날까지 하늘을 우러러
> 한점 부끄럼이 없기를,
> 잎새에 이는 바람에도
> 나는 괴로와했다.

— 「서시」의 앞 부분

어느 언론인이 칼럼에서 "온 겨레가 함께 노래할 명시(名詩) 한 편을 얻자면 한 세대를 기다려야 할 때도 있고 두 세대를 기다려야 할 때도 있다"고 쓴 일이 있지만, 윤동주 이전에 이토록 자기의 전 존재를 던져서 사람의 삶이 업보처럼 지니게 마련인 근원적인 부끄럼과 마주선 존재가 없었다. 우리는 무수한 세대를 기다려서야 드디어 이 구절을 얻었다.

이 구절에 이르면 우리는 드디어 깨닫게 된다. '부끄럼'이란 것은 인간이

---

10) 윤일주, 「윤동주의 생애」, 『나라사랑』 23호, 윤동주 특집호, 외솔회, 154쪽.

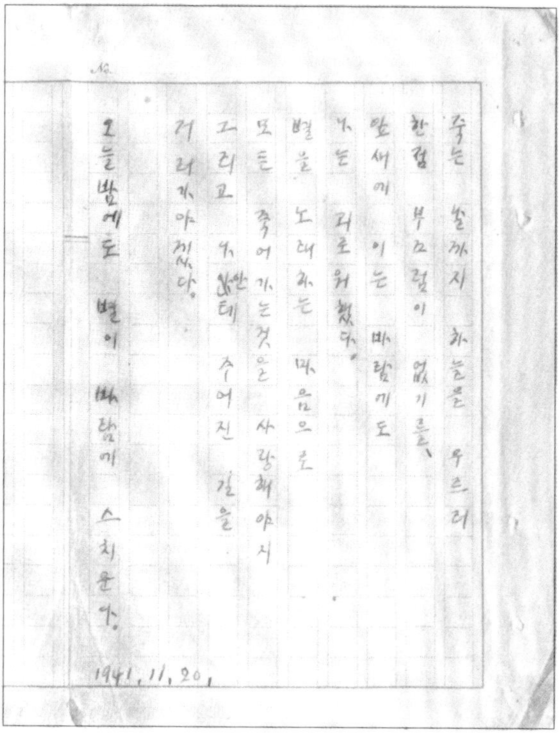

죽는 날까지 하늘을 우러러
한점 부끄럼이 없기를,
잎새에 이는 바람에도
나는 괴로워했다.
별을 노래하는 마음으로
모든 죽어가는 것을 사랑해야지
그리고 나한테 주어진 길을
걸어가야겠다.

오늘밤에도 별이 바람에 스치운다.

1941, 11, 20,

윤동주의 친필인 「서시」. 한국인이 쓴 시 가운데서 이토록 드높은 격조와 기품을 갖추고 인간의 삶이 지닌 근원적인 '부끄럼'을 진지하게 성찰한 시는 드물다. 시를 읽는 이들의 마음을 한 차원 위로 끌어올리는 강한 힘을 내재한 명시이다.

지닌 일상적인 정서의 하나라기보다는, 차라리 인간의 실존 그 자체에 관한 성찰의 한 양식이라는 것을! 그렇다! '부끄럼'이란 것은 모든 불완전한 존재들이 그들의 불완전함을 슬퍼하는 참회의 방식에 다름 아니다. 그렇기에 인간이 정직하게 부끄럼에 마주서자면 그의 전 존재, 그의 전 중량이 필요하다. 그리고 그렇게 정면으로 마주서 본 경험이 없는 한 이토록 가슴을 치는 절창은 솟아날 수 없다.

윤동주는 언제 어떻게 해서 이토록 무서운 '부끄럼'의 본질을 알아낸 것일까!

그것은 아무래도 숭실 편입시험에서 실패한 때를 빼곤 달리 찾을 수 없다.

당시 윤동주의 상황은 참담했다. 그의 실패는 여러 측면에서의 낭패를 의미했다.

은진으로 되돌아가면 제 학년에 다닐 수 있었다. 그러나 4년제를 졸업하게 되어 학제문제가 그대로 남게 되고 또 기껏 전학한다고 평양에 갔다가 편입시험에서 낙제한 처지가 되어 은진으로 되돌아가는 것은 너무 수치스러운 일이었다. 또한 평양에 그대로 남아 한 학년 아래로 편입하는 것도 그에 못지않게 수치스러운 일이었다. 앞으로 나아가나 뒤로 물러서나 모두 수치뿐이었다.

게다가 경제문제로 봐도 심히 낭패스러운 일이었다. 그의 집에서 그간 그토록 숭실 전학을 반대했던 이유는 경제적인 것 빼곤 달리 없었으리라. 이미 명동촌 최고 부자 시절이 아닌 것이다. 공산당 테러를 피해 용정으로 이사 나오면서 농토를 전부 소작인에게 내주었기 때문에 즉각 곡물 생산량이 절반 이하로 줄었고, 또 그의 부친은 벌이는 사업마다 시원치 않아 돈이 되지 않았다. 5년제 졸업장을 딸 수 있는 평양 큰 학교로의 유학이란 건 남들이 전혀 안 시키고 있다 해도 내 아들만은 시키고 싶은 것이 부모의 심정이다. 더구나 아들의 친구들은 훌훌 보란 듯이 전학 가는 판이다. 그런 걸 뻔히 보면서도 자기 아들은 못 가게 말렸던 것이 그의 집안 형편이었다. 그럼에도 불구하고 그런 부모를 조르고 졸라 뒤늦게 그리고 어렵게 온 평양이다. 그런데 시험에 떨어졌다는 오로지 그 자신의 잘못 때문에 부모로 하여금 1년간이나 학비를 더 부담하게 만들었다. 그가 편입시험에 떨어지지 않았으면 전혀 불필요했을 시간과 금전의 낭비였다.

그 실패란 것도 그렇다. 그가 평소 남보다 뒤떨어지는 열등생이었다면 차라리 자신도 남도 그만치 쉽게, 또는 당연하게 그 실패를 인정하고 받아들일 수 있었으리라. 그러나 그 반대였다. 그는 평소 우수한 학생이었다. 뛰어나다는 소리도 들었다. 그런데 실패한 것이다. 이토록 부조리한 일이 어떻게 일어난 것인가? 그렇다! 그의 실패가 부조리한 것일수록 그의 고통은 더 아프고 그의 수치는 더 참담할 수밖에 없었다.

1987년 여름, 윤동주를 깊이 연구하고 있는 일본인인 일본 조도전대학 대촌익부(大村益夫) 교수가 서울에 다녀갔다. 방한 중의 어느 날, 그가 윤동주에 관한 이야기를 들으려고 문익환 목사를 찾아갔을 때 필자는 그와 동행했다. 그때 문 목사는 이런 이야기를 했다.

> 우리가 어려서부터 공부할 때의 성적을 보면 항상 네 사람이 선두 그룹이 되었었어요. 송몽규, 윤동주, 윤영선, 나, 이렇게 넷이었지요. 그 중에서 윤영선은 나중에 의사가 된 아인데, 그저 공부만 열심히 파는 형일 뿐 특출한 데가 없어서 별 주목을 못 받았고요. 송몽규, 윤동주, 나, 이 세 사람이 친구들 중에서 특히 두드러졌었지요. 그런데 그 세 사람의 관계가 어땠는가 하면, 나는 윤동주가 아무래도 나보다 한 발 앞선다는 것을 느끼고 열등감을 가졌고, 그 윤동주는 또 자기보다 송몽규가 매사에 한 발 앞서는 것을 느껴서 송몽규에 대한 열등감을 갖고 있었어요. 동주가 몽규를 두고 "대기는 만성이다"라는 말로 벼르곤 했는데, 그건 뒤집어보면 "현재는 내가 너에게 뒤지고 있다"는 것을 인정하는 것이지요. 그들 둘 다 정말 대단히 특출한 친구들이었지요.

이 회고담에 대입해볼 때, 숭실에 간 윤동주가 자신의 실패에서 느꼈을 곤혹과 수치감이 홀연히 물 위에 떠오르듯 자태를 드러낸다. '윤동주에게 열등감을 지닌' 문익환도 통과한 시험을 윤동주가 통과하지 못한 것에 윤동주의 수치의 본질이 들어 있는 것이다.

숭실 시절의 그의 내면 풍경을 짐작하게 하는 일화가 있다. 역시 문 목사의 추억담이다.

> 숭실 시절에 윤동주와 나와 또 다른 친구들 두 명, 모두 네 명이 함께 찍은 사진이 아직도 남아 있는데 그 사진을 보면 옛 생각이 정말 새롭지요. 그게 동주

와 모자 바꾸고 난 후에 찍은 거라, 그 사진을 보면 모자 바꿔 쓰던 때의 일도 떠오르고요.

그 사진에서 내가 쓰고 있는 모자가 본래는 동주 거였고, 동주가 쓰고 있는 모자가 내 것이었어요. 그런데 동주가 어찌나 내 모자를 욕심내는지 바꿔준 거지요. 그 당시 우리는 교모를 요새 학생들처럼 기성품을 사서 쓴 게 아니라 모자집에 가서 맞춰 썼었어요. 양복점에 가서 옷 맞춰 입듯이, 머리 둘레를 재고 해서 각자에게 맞게 모자를 만드는 거지요. 그런데 내 모자는 반듯했는데, 동주 모자는 좀 꾸깃하게 우그러진 형태로 되어 나왔어요. 동주가 그런 자기 모자를 아주 싫어하고 내 모자를 그렇게도 탐을 내는 거예요. 동주가 평소 물욕이 전혀 없는 성격이고, 특히 남의 물건을 탐내는 일 같은 건 더구나 없는 사람인데, 그땐 이상하게 그럽디다. 그래서 "좋다. 내 모자가 정 그렇게 탐이 난다면 바꿔주겠다. 대신 호떡 사" 했더니, 그러자고 하더군요. 그래서 같이 호떡집에 가서 호떡을 실컷 먹은 다음 모자를 서로 바꿔 쓴 거예요. 그 사진에 나온 게 그렇게 돼서 서로 바꿔 쓴 모자거든요.

사람은 누구나 어둠이 짙어갈수록 빛을 갈구하게 되고 혼탁한 곳에 있을수록 더욱 맑음을 그리워하게 된다. 그런 걸 생각하면, 당시 윤동주가 '꾸깃하게 우그러진 모자'를 그리도 싫어했던 심리를 납득하게 된다. 그가 자신이 처한 일그러진 위상에 대한 자의식이 얼마나 고통스러웠으면 '꾸깃하게 우그러진 모자'조차 그렇게 싫어했을까. '반듯하다' 하여 자신의 평소 성품과는 전혀 어울리지 않게 남의 물건을 진심으로 탐내도록까지, 그는 반듯한 모습, 흠이 없는 모습, 당당한 모습에 대한 참을 수 없는 갈망을 품고 있었던 것이다.

이것은 그가 자신의 실패와 그로 인한 수치 앞에 얼마나 성실하고 정직하게 벌거벗은 모습으로 나섰는가, 하는 것을 보여주는 이야기다. "시험에 실패한 게 유감스럽긴 하지만, 이렇게 해서 큰 액땜을 한 걸로 쳐야지"라든가,

숭실중학교 시절의 윤동주. 뒷줄의 오른쪽이 윤동주, 가운데 안경 쓴 사람이 문익환. 모자 상점에 가서 모자를 맞추었는데, 윤동주의 모자는 꾸깃하게 우그러진 형태로 나왔고 문익환의 모자는 반듯하게 나왔다. 평소 물욕이 없는 사람인 윤동주가 그때 이상하게도 진심으로 문익환의 모자를 탐내면서 바꾸기를 바라자 문익환이 호떡을 사는 조건으로 바꿔주었다. 그렇게 모자를 바꿔 쓴 뒤에 찍은 사진이다.

이 사진을 제공한 분은 문익환 목사님이다. 인터뷰할 때 이 사진을 제공받고 또 '모자 사건'에 관해서 들었다. 당시 사진에 있는 분들의 신원을 여쭈어 보자 문 목사님은 대답하셨다.

"이 사진은 은진중학교 출신으로 숭실에 전학 간 학생들끼리 모여서 찍은 것이다. 앉아 있는 친구는 이영헌이라고 장로회신학대 교수를 지낸 사람이고, 내 왼쪽은 잘 아는 윤동주, 오른쪽은 얼굴은 기억나는데 이름은 잊었다. 그 사람은 숭실 시절 이후 전혀 보지 못했다."

이 사진이 '모자 사건'의 에피소드와 함께 이 책 『윤동주 평전』에 소개되면서 세상에 널리 알려졌다. 그런데 이상한 일이 일어났다. 누군가 인터넷에 이 사진을 싣고 "위의 사진에서 문 목사님의 왼쪽은 윤동주 시인이고, 오른쪽 학생은 장준하 선생"라면서 "그 세 분이 학창 시절부터 이렇듯 단짝으로 지냈다"는 날조된 설명을 붙였다.

그러자 "앞으로 이 세 분을 기리는 보임과 행사를 열도록 추진하겠다"는 주장이 나왔고, 이후 사진이 인터넷에서 여기저기로 퍼 날라지면서 그런 모임과 행사가 현재 대대적으로 추진되고 있다.

게다가 추가 왜곡까지 일어났다. 요즘 인터넷에서는 사진에서 앉아 있는 학생이 '정일권'이라는 주장이 요란하다. 그 주장에는 만군 장교 출신으로 국무총리와 국회의장 등을 역임했던 정일권 씨의 경력 나열이 덧붙여진다. 그리고 같은 동창생끼리 극과 극으로 나뉘었다는 식의 설명이 따른다.

그러나 이제 그런 가당치 않은 왜곡과 날조를 모두 멈추어야 한다. 그 사진은 "은진중학교에 다니다가 숭실로 전학 간 학생들끼리 모여서 찍은 것!"이라고 문익환 목사님이 분명하게 증언하셨다. 그런데 장준하 선생은 은진중학교에 다닌 일이 없을 뿐더러, 장준하 선생의 유족들도 "사진에 있는 분은 장준하 선생님이 아니다"라고 명확하게 증언하셨다고 전해 들었다.

문 목사님은 왼쪽 학생에 대해서 "이름은 잊었고, 숭실 시절 이후 전혀 본 적이 없다"고 하셨다. 그 분이 진짜 장준하 선생이라면 문 목사님이 어떻게 이름을 잊을 수 있겠으며, 또 장 선생과 평생 친구이셨는데 어떻게 "숭실 시절 이후 본 적이 없다"고 하셨겠는가!

또 정일권 씨 문제 역시 그렇다. 그 역시 은진중학교에 다닌 일이 전혀 없다. 그뿐더러 문 목사님에 의해서 '앉아 있는 학생'은 "이영헌이라고 전 장로회신학대 교수"라고 이미 그 신원이 명확하게 밝혀져 있다.

이영헌(李永獻) 목사는 문익환 목사님과 윤동주 시인의 은진중학교 동기동창생으로서 그들보다 먼저 숭실중학교로 전학했다. 문재(文才)를 인정받아서 윤동주 시인이 전학했을 때는 숭실중학교 학생회 문예부장으로 활동했다. 그가 교내 잡지 『숭실 활천』을 편집하는 일을 윤동주에게 맡겨서 윤동주가 그 일을 기꺼이 했음이 문익환 목사님의 증언에 나온다(제5장 각주 4번 참조).

이 목사는 함북 명천 태생으로 숭실을 졸업한 뒤 동경에 있는 일본신학교에 진학하여 수학하다가 평양신학교로 옮겨서 졸업했고, 미국에 유학하여 애스버리신학교, 프린스톤신학교 대학원, 이주사대학에서 공부하여 신학박사 학위를 받았다. 귀국하여 대현교회 목사, 숭실대학 부교수, 장로회신학대학 교수를 역임했다(작은 사진은 이영헌 목사의 장로회신학대학 교수 시절의 사진).

"사람이 살다 보면 때론 실수할 때도 있는 거지. 긴 인생을 사는 데 있어 한 번 실패 정도야 병가지상사가 아닌가" 하는 식으로 얼버무려 스스로를 위로하며 슬쩍 넘어갈 수 있었으면 그는 그토록 고통스럽지 않았으리라.

그러나 그는 그렇게 하지 않았다. 수치 앞에서 정직했고 성실했다. 그가 그럴 수 있었다는 건 곧 그가 청결한 마음을 지닌 사람이었음을 드러낸다. 그래서 그것이 가능했으리라. 그것은 신의 축복이다. 청결한 마음이란 것은 아무에게나 허용된 것이 아니고 본래부터 타고 나야 소유할 수 있는 천품에 속하는 것이기 때문이다.

성서에 의하면 "마음이 청결한 자는 복이 있나니 저희가 하나님을 볼 것"이라고 한다. 그가 자신의 수치를 직시하는 그 자리에 나아가 섰을 때 그의 청결한 눈이 본 것은 무엇이었던가?

그것은 우리 인간이 지닌 불완전성이었다. 그렇다. 그 곳에서, 바로 그 자리에서, 그는 끝없이 부끄러울 수밖에 없는 우리 인간의 불완전성, 그 도저히 어찌할 수 없는 불완전성을 꿰뚫어 본 것이다. 멀리서 희미하게 알아본 것이 아니라, 대낮에 서로 얼굴과 얼굴을 마주 대한 듯이 분명하게 알아본 것이다. 단 한 번이라도 그런 인식의 연옥을 거친 영혼이 아니라면 뒷날에 그가 토해낸 저 깊은 탄식,

> 죽는 날까지 하늘을 우러러
> 한점 부끄럼이 없기를,
> 잎새에 이는 바람에도
> 나는 괴로와했다.

라는 깊은 울림은 도저히 울려나올 수 없다. 그리고 이 울림이야말로 우리 인간 모두를 이끌어 신의 완전성을 향해 한 걸음 앞으로 전진시키는 무서운 울림이다. 우리는 이 시구를 앞에 두고서야 비로소 "하늘에 계신 너희 아버지의 완전하심과 같이 너희도 완전하라"는 저 준열한 그리스도의 요구 앞에서 그저 무력하게 엎드려 있을 수밖에 없는 존재임을 남김없이 깨닫게 된다. 그리고 이토록 절실하게 인간의 불완전성을 괴로워하게 될 때에야, 우리는 비로소 신의 완전성을 참으로 밝히 알아보게 될 것이다.

신의 속성이 완전성이라면, 그리고 인간의 불완전성을 알아보는 것이 곧 신의 완전성을 알아보는 것이라면, "마음이 청결한 자는 하나님을 볼 것"이라는 성서의 약속은 마침내 우리에게서 이루어지는 것이다.

## 『정지용 시집』 출간 이전과 이후의 세월

평양은 한국에서 가장 오래된 도시로 꼽히는 옛 도읍지이다. 대동강을 끼고 있는 관서지방의 행정, 경제, 문화, 교통의 중심지로서 수많은 전설과 명승고적을 품고 있는 역사의 땅이다. 또한 예로부터 색향이라 불리던 유명한 풍류와 환락의 고장이다. 그래서 "평양감사도 제 싫다면 그만"이란 속담까지 생겼다. 그 전통은 한말에 이르도록 그대로 살아 있었다. 그래서 기독교 전래 초기에 평양에 왔던 서양 선교사들은 이곳을 아예 '한국의 소돔'이라고까지 불렀다.1)

선교사들은 1887년부터 이곳을 방문하기 시작했다. 1893년에는 미국 북장로교파의 선교지부가 설치되었다. 이후 평양이 청일전쟁(1894~1895)의 싸움터가 된 동안만 잠시 주춤했을 뿐, 기독교세가 급속도로 계속 팽창한 결과 '한국의 예루살렘'이라 불릴 정도로 기독교문화가 크게 꽃을 피운 도시가 되었다.

이러한 평양의 기독교 문화 중 특히 교육부문은 '숭실학교'에서 가장 화려한 성과를 거두고 있었다.

숭실은 1897년에 평양부(平壤府) 신양리(新陽里)에 있는 미국 선교사 배위량(裵緯良, William M. Baird)의 자택에 모인 13명의 생도로 시작되었다. 그 후 나날이 비약적인 발전을 거듭하여 1908년에는 대한제국 학부로부터 정식으로 '대학' 인가까지 받았고, 대학부와 중학부를 한 캠퍼스 안에 갖춘 관서 제일의 신교육기관으로 명성을 떨쳤다.

처음엔 미국식으로 9월에 새 학년을 시작했다. 그러나 한일합병 이후인 1912년부터 일제의 교육령에서 규정한 학기제를 따르게 되어, 4월에 새 학년을 시작하는 '1년 3학기 제도'로 바뀌었다. 이 제도는 후일 신사참배 문제로

1) 소돔 : 도덕적 문란 때문에 신의 저주를 받아 유황불에 의해 멸망한 도시. 성서 「창세기」 19장 참조.

숭실이 폐교될 때까지 시행되었다.

1년 3학기 제도는, 1학기 : 4~8월, 2학기 : 9~12월, 3학기 : 1~3월로 구분하는 방식인데, 윤동주의 숭실 재학 시에도 물론 이 제도였다.2)

윤동주는 숭실에서 3학년 2학기와 3학기를 공부했다. 이것이 그로서는 생전 처음으로 객지생활을 한 경험이다. 북간도에서 평양까지의 교통은 아주 불편했다. 용정에서 기차를 타고 두만강을 건너 상삼봉・회령・청진・원산을 거쳐 서울까지 간다. 서울에서 신의주행 기차를 타고 평안도로 거슬러 올라가다가 평양에 내리는 것이다. 숙식은 학교 기숙사에서 했다. 기숙사 식당에선 밥을 주는 데 식권제도를 썼다. 그의 시 「식권(食券)」에 그 모습이 간략하게 묘사되어 있다.

食券

식권은 하루 세 끼를 준다.

식모는 젊은 아이들에게
한때 흰 그릇 셋을 준다.

大同江 물로 끓인 국,
平安道 쌀로 지은 밥,
조선의 매운 고추장,

식권은 우리 배를 부르게

<1936.3.20.>

---

2) 『숭실대학교 90년사』, 78쪽.

숭실 생활은 그의 시 공부 과정에서 아주 새로운 전기가 되었다. 현재 정리되어 있는 그의 작품 연보를 보면 그 현상이 명료하게 드러난다.

1934년 12월 24일자로 된 그의 최초의 시들 「초한대」, 「삶과 죽음」, 「내일은 없다」의 3편 이후 숭실에 갈 때까지 8개월 동안에 불과 단 한 편 「거리에서」(1935.1.18)가 나왔을 뿐이다.

그러나 숭실로 간 이후에는 전혀 다른 양상이 벌어진다. 당시 그의 나이 18세, 그렇잖아도 한참 감수성이 예민한 때였다. 생전 처음으로 객지라는 환경과 편입시험 실패로 심각한 갈등과 고뇌를 겪은 것이 오히려 그의 시 세계를 활짝 열어주었다.

그리하여 숭실 생활 불과 7개월 동안에 시와 동시 합해서 15편을 썼다. 한 달에 두 편 꼴로 쓴 것이다.

시 (10편) : 「공상」 「창공」 「남쪽 하늘」 「비둘기」 「이별」 「식권」 「모란봉에서」 「황혼」 「가슴 1」 「종달새」

동시 (5편): 「조개껍질」 「고향집」 「병아리」 「오줌싸개 지도」 「기왓장 내외」

이 작품들 중에서 특히 시 「공상(空想)」은 윤동주가 쓴 시들 중에서 최초로 활자화된 것으로서, 그 점에서 기념비적인 작품이라 하겠다. 「공상」은 1935년 10월에 발간된 『숭실활천(崇實活泉)』지에 게재되었다. 『숭실활천』은 숭실중학교 학생회에서 간행하던 학우회지로서 1922년에 창간되었다.3)

3) 『숭실대학교 90년사』, 257쪽.

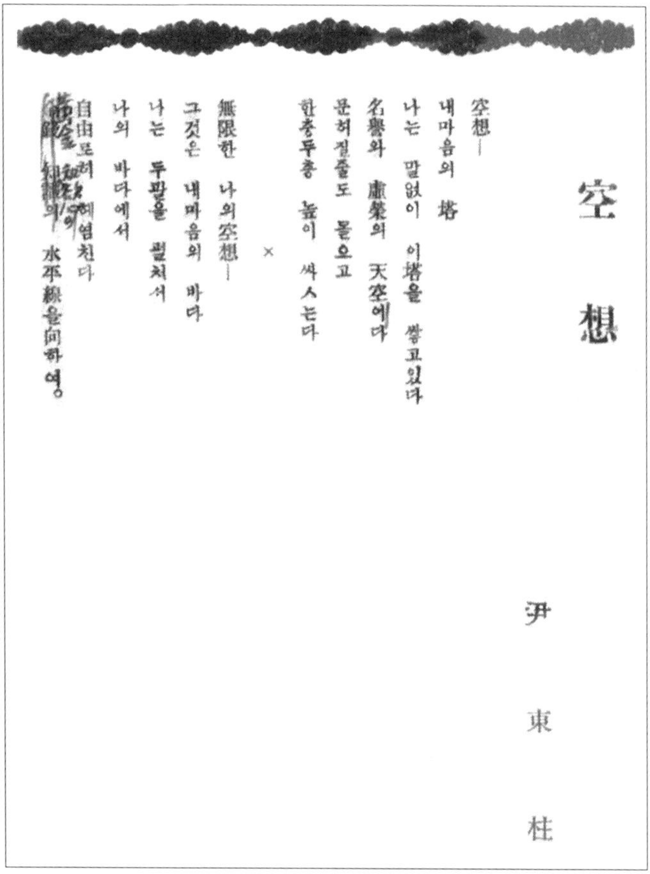
空想

尹東柱

空想—
내마음의 塔
나는 말없이 이塔을 쌓고있다
名譽와 虛榮의 天空에다
문허질줄도 몰으고
한층두층 높이 싸ㅅ는다

×

無限한 나의空想—
그것은 내마음의 바다
나는 두팔을 펄처서
나의 바다에서
自由로히 헤염친다
黃金 知慾의 水平線을向하여.

숭실중학교 학우회지인 『숭실활천』지에 실린 「공상」. 윤동주의 시 중 최초로 활자화된 작품이라는 점에서 큰 의미를 갖는다.

## 空想

空想 —

내 마음의 塔

나는 말없이 이 塔을 쌓고 있다.
名譽와 虛榮의 天空에다
무너질 줄도 모르고
한 층 두 층 높이 쌓는다.

無限한 나의 空想 —
그것은 내 마음의 바다
나는 두 팔을 펼쳐서
나의 바다에서
自由로이 헤엄친다.
黃金 知慾의 水平線을 向하여.

윤동주는 이때 시를 실었을 뿐 아니라 『숭실활천』의 편집도 했다고 한다. 그 일에 대해 문익환 목사는 다음과 같이 증언했다.

동주는 숭실학교에 한 학기(필자 주 : 두 학기의 착오)밖에 다니지 않았지만, 그동안 학교 문예지 편집을 맡았었고 거기 동주의 시 한 편이 실렸던 걸로 기억하고 있다. 갓 편입해온 학생에게 그 일이 돌아간 것은 '은진중학교'에서 먼저 숭실에 나가 있던 이영헌(李永獻, 현 장로회 신학대학 교수)이가 문예부장이 되면서 동주에게 그 일을 맡겼기 때문이다. 그때 동주는 내게도 시를 한 편 써내라고 하였다. 그래서 한 편 써내었더니 "이게 어디 시야" 하면서 되돌려주는 것이었다.

그 이후로 시는 나와 관계 없는 것이 되어버리고 말았었다. 동주가 살아 있어서 내가 하는 성서 번역을 도와주었다면(살아 있다면 기꺼이 도와주었을 것이다) 나는 영영 시를 써보지 못하고 말았을 것이다.[4)]

---

4) 문익환, 「하늘·바람·별의 詩人, 尹東柱」, 『월간중앙』, 1976.4, 312쪽.

이것은 윤동주 자신의 시의 변모와 관련해서도 아주 흥미 있는 일화이다. 그가 위의 시 「공상」을 학교잡지에 싣던 무렵에, 문익환의 시를 보고는 "이게 어디 시야"라는 매우 야무진 무안을 주며 되돌려주었다는 것은, 당시 자신의 '시관(詩觀)'을 뚜렷이 갖고 있었다는 이야기가 된다. 그 '시관'이 어떤 모습이었을까. 그것은 그가 '시'라고 자부한 그의 시 「공상」에서 연역해낼 수밖에 없다.

「공상」이라는 시를 다시 곰곰이 뜯어 읽어보자. 그는 '화려하고 조숙한 느낌의 수사들을 사용해서 엮은 그물로 어떤 형이상학적인 관념을 맵시 있게 낚는 것'을 '시'라고 생각한 게 아닐까, 아무래도 그런 인상을 부인할 수 없다. 「공상」뿐만 아니라 1936년 10월 이전의 시들은 대개 그런 분위기이다.

그 여름날
熱情의 포플라는
오려는 蒼空의 푸른 젖가슴을
어루만지려
팔을 펼쳐 흔들거렸다.
끓는 太陽 그늘 좁다란 地點에서.
……
푸드른 어린 마음이 理想에 타고,
그의 憧憬의 날 가을에
凋落의 눈물을 비웃다.

— 「창공」의 일부 <1935.10.20. 平壤에서>

괴롬의 거리
灰色빛 밤거리를
걷고 있는 이 마음

旋風이 일고 있네
외로우면서도
한갈피 두갈피
피어나는 마음의 그림자,
푸른 空想이
높아졌다 낮아졌다.

— 「거리에서」의 일부 <1935.1.18.>

삶은 오늘도 죽음의 序曲을 노래하였다.
이 노래가 언제나 끝나랴

세상사람은 —
뼈를 녹여내는 듯한 삶의 노래에
춤을 춘다
사람들은 해가 넘어가기 전
이 노래 끝의 恐怖를
생각할 사이가 없었다.

— 「삶과 죽음」의 일부 <1934.12.24.>

이렇게 일관된 일련의 시적 경향은 1935년 10월에 이르기까지 윤동주가 생각했던 '시'가 어떤 것이었는지를 파악하기에 충분한 자료가 된다. 문익환의 시는 이런 기준과 구도에 미치지 못했기에 그의 눈에 '시'로 보이지 않았던 것이다.

그런데 이런 문학소년 취향의 관념적인 또 상당한 현학 취미를 보이는 '어려운' 시들은 1935년 10월을 끝으로 일제히 자취를 감춘다. 그런 다음 어떤 일이 생겼는가!

놀랍게도 윤동주는 1935년 12월에 느닷없이 동시 「조개껍질」을 썼다.

### 조개껍질

아롱아롱 조개껍데기
울언니 바닷가에서
주워온 조개껍데기

여긴여긴 북쪽나라요
조개는 귀여운 선물
장난감 조개껍데기

데굴데굴 굴리며 놀다
짝 잃은 조개껍데기
한 짝을 그리워하네

아롱아롱 조개껍데기
나처럼 그리워하네
물소리 바닷물소리

<1935.12.>

이것이 현재 남아 있는 윤동주의 작품들 가운데 최초의 동시이다. 이후 그는 봇물 터진 듯이 잇따라 동시들을 쏟아내었다. 시에 있어서도 놀라운 변화가 일어났다. 쉬운 말로 구체적이고 진솔하게 감정을 엮어가는, 우리가 현재 알고 있는 윤동주 시의 특색과 내음이 뚜렷하게 드러나기 시작했다. 동시

「조개껍질」을 쓴 후, 다음에 쓴 것이 「비둘기」인데 역시 새롭다.

### 비둘기

안아보고싶게 귀여운
산비둘기 일곱마리
하늘끝까지 보일듯이 맑은 공일날 아침에
벼를 거두어 빤빤한 논에
앞을 다투어 모이를 주으며
어려운 이야기를 주고 받으오.

날씬한 두나래로 조용한 공기를 흔들어
두 마리가 나오
집에 새끼 생각이 나는 모양이오.

<1936.2.10.>

이 돌연한 전환, 갑자기 성큼 앞으로 나간 이 발전은 도대체 어떻게 이루어진 것일까? 그가 보인 변화, 특히 관념적인 말로 화려하게 엮던 문학소년 취향의 어려운 시를 버리고 느닷없이 알기 쉬운 말로 이루어진 동시를 쏟아내기 시작한 것이 너무도 갑작스러워서, 윤동주 연구가들은 설명하기에 애를 먹었다. 그래서 어떤 평론가는 이 현상을 두고 "그가 당시 유아적 퇴행 현상을 보였다"고 분석하기도 했다.

그러나 이것은 열쇠가 따로 있다. 바로 『정지용 시집』이다. 『정지용 시집』은 1935년 10월 27일에 서울 시문학사(詩文學社)에서 출간되었다. 수록 시편은 모두 89편. 당대에 가장 저명한 시인의 하나였던 정지용의 제1시집이었다. 정지용은 윤동주가 평생을 두고 가장 좋아한 시인이다. 현재 윤동주의 유품 중에 『정지용 시집』이 들어 있는데, 윤동주가 도처에 붉은 줄을 그어놓았고, 곳에 따라 적절한 촌평도 적어 놓았다. 그가 얼마나 정독하던 책인지를 알 수 있다. 정지용의 시가 윤동주의 시에 미친 영향에 대한 비교문학적인 분석은 따로 문학 연구가들의 몫으로 남겨두고, 여기서는 『정지용 시집』에서 '동시'란 장르가 차지했던 위상을 평가하고 싶다. 그래야만 『정지용 시집』 출간 이후 윤동주가 보인 변화, 즉 그가 돌연 '동시'를 당당하게 써내기 시작했던 전후관계가 명료하게 해명된다.

우리가 『정지용 시집』에서 먼저 주목할 것은 편제이다. 「압천(鴨川)」 「향수(鄕愁)」 「카페·프란스」 등은 정지용의 대표작으로 꼽히는 동시에 한국 시문학사상 가장 뛰어난 작품들로 꼽히는 일품들이다. 이런 시들이 『정지용 시집』의 제II부 소속이다. 그런데 놀라운 배치가 이어진다. 「해바라기씨」 「별똥」 「三월 삼질날」 같은 동시들과 민요조 시 23편이 모여서 제III부로 독립된 영역을 차지하고 제II부와 당당하게 어깨를 겨누고 있다.

여기서 정지용의 동시 두어 편을 보자.

### 三월 삼질날

중, 중, 때때 중,
우리 애기 까까 머리.

삼월 삼질날,
질나라비, 훨, 훨,
제비 새끼, 훨, 훨,

쏙 뜯어다가
개피 떡 만들어
호, 호, 잠들여 놓고
냥, 냥, 잘도 먹었다.

중, 중, 때때 중,
우리 애기 상제로 사갑소.

### 별똥

별똥 떠러진 곳,
마음해 두었다
다음날 가보려,
벼르다 벼르다
인젠 다 자랐오.

이런 천진난만한 동시들이 저 유명한 시구,

나는 자작(子爵)의 아들도 아모것도 아니란다.
남달리 손이 히여서 슬프구나!

나는 나라도 집도 없단다
대리석(大理石) 테이블에 닷는 내뺌이 슬프구나!

윤동주가 평생을 두고 좋아한 시인. 정지용(왼쪽). 윤동주는 『정지용 시집』(오른쪽)의 영향을 받아 관념적이고 어려운 시가 아닌, 쉬운 말로 진솔한 감정을 표출하는 새로운 모습을 보이기 시작하였다.

오오, 이국종(異國種) 강아지야

내발을 빨어다오.

내발을 빨어다오.

— 「카페 · 프란스」의 일부

등과 마찬가지로 동등한 대우를 시인으로부터 받고 있는 것을 보고 윤동주는 어떤 걸 느꼈을까.

열매를 보고 그 나무를 알듯 결과를 보고 과정을 추정하는 것이지만, 그것은 '동시'라는 장르에 대한 재평가와 그에 대한 도전 의지로 나타났다.

이렇게 시작된 윤동주의 동시 짓기는 1938년 연전 1학년 때까지 계속된다. 그 결과 「무얼 먹고 사나」「만돌이」「햇빛·바람」「해바라기 얼굴」「애기의 새벽」「산울림」 등, 한국 대표동시선집 같은 데라도 올릴 만큼 뛰어난 동시들이 그의 손에서 탄생되었다.

지금 남아 있는 윤동주의 유품인 『정지용 시집』을 보면 속표지에 '1936.3.19.'이란 날짜 사인이 있다. 책 구입 날짜일 것이다. 필자는 그 날짜는 그가 자기 소유의 책을 산 날이고, 실제로 책을 읽은 것은 『정지용 시집』의 출간 직후부터인 것으로 파악한다. 출간 때부터 『정지용 시집』이 출판가의 화젯거리였다는 점 외에도, 그가 백석의 시집 『사슴』을 읽은 경우를 봐도 그렇다. 그는 『사슴』은 끝내 책을 사지 못한 대신 학교 도서관 책으로 읽고, 그걸 손수 베껴서 필사본을 만들어 갖기까지 했다. 그리고 무엇보다도 1935년 12월에 느닷없이 쓰인 동시 「조개껍질」이야말로 그가 당시 『정지용 시집』의 영향권 안에 있었음을 확고하게 증명하는 증거물이다.

그런데 최근에 나의 이런 해석과 매우 다른 견해를 담은 논문이 발표되었다. 박은희 교수(교토 불교대학 선임강사)의 「윤동주의 對稱性 思想의 형성 – 1936년 초여름의 시를 중심으로」[5]이라는 논문이다. 이 논문에서 박 교수는 윤동주가 동시를 쓰게 된 계기는 '용정에서 동요시인 강소천을 만난 것'[6]이라고 주장하면서 다음과 같이 기술했다.

---

5) 계간 『다시올 文學』 2013년 겨울호, 69~109쪽.

6) 이 논문의 참고문헌 목록에 나의 『윤동주 평전』이 들어있다. 그로 보아서 박 교수는 문제된 사안에 대한 나의 견해를 충분히 알면서도 그걸 강력하게 부정하는 주장을 편 것이다.

평양에서 용정으로 돌아온 윤동주는 그 무렵 용정 외가에 와 있는 아동문학 작가 강소천(1915~1963)을 만났다. 강소천이 누구인가? 1930년부터 『아이생활』 『신소년』 등 근대의 주요한 아동문학잡지에 이미 많은 동요와 동시들을 발표하여 명성을 날리고 있는 아동문학 선구자가 아닌가. 이 만남이 추진력(推進力)으로 되어 윤동주는 9월부터 다시 동시를 쓰기 시작하였다.7)

그러나 위의 글을 문자 그대로 받아들이면 두 사람이 만난 때가 '윤동주가 평양 숭실중학교를 자퇴하고 돌아온 뒤'가 되어 시기적으로 전혀 맞지 않는다.

박 교수가 내놓은 주장이 정확한 것인가를 고찰하자면, 먼저 '윤동주와 강소천 두 사람이 용정에서 만난 시기'를 확실하게 고증하고, 다음으로는 '그 시기 동안에 두 사람이 쓴 작품을 분석하는 작업'을 하고, 그 다음에 '윤동주가 동시를 처음 쓴 시기가 언제인가'를 명확하게 검증하는 작업이 따라야 한다.

먼저 강소천이 용정에 간 때와 머무른 시기는 언제인가.

"소천은 1933년 4학년 겨울방학이 되자 고향으로 돌아가더니 영영 학교로 되돌아오지 않았다. 그는 이듬해 젊은 울분을 달래며 그의 고모가 살고 있던 북간도 용정으로 건너갔다. 그곳에 그는 2년 가까이 머무르면서 그 무렵 동시를 쓰고 있던 두 살 연하의 윤동주를 만나기도 했다. 초기 윤동주의 동시들은 소천의 영향을 받은 바 컸다고 전택부는 전한다. '당시 소천이 말하기를 동주는 아직 거칠기는 하지만 매우 좋다고 말했다'는 것이다."8)

강소천의 고향은 함경남도 고원군 수동면 미둔리이다. 1933년에 함흥 영생고보 4학년이었던 강소천은 12월 말에 겨울방학이 시작되자 함남 고원의

7) 계간 『다시올 文學』 2013년 겨울호, 70쪽. 박은희 교수는 이런 기술의 근거로 김용성의 『한국현대문학사탐방』의 일본어 번역본에 나온 「강소천」편의 기술을 인용했다. 본인은 같은 책의 한국어 원본을 인용한다.

8) 김용성, 『한국현대문학사탐방』, 현암사, 1984, 397쪽.

고향으로 돌아갔고, 1934년 새해가 되고 겨울방학이 끝났을 때 학교가 있는 함흥으로 가는 대신 북간도 용정에 있는 고모댁으로 가서 '2년 가까이' 머물렀다는 것이다. 김용성이 쓴 위의 글 말미에 게재된 강소천의 연보에는 이때의 일이 이렇게 정리되어 있다.

> 1934 (19세) 겨울방학 때 잠시 고향으로 갔다가 그후 1년 반 동안 북간도 용정으로 가 있음.
>
> 1936 (21세) 귀향. 전택부 전언에 의하면 이 무렵을 전후하여 강소천은 영흥 출신의 전씨와 결혼을 했다고 함.[9]

또 '강소천의 북간도행'을 세상에 알린 유일한 증언자인 전택부는 '약 1년' 설을 주장했다.[10] 그는 이렇게 썼다.

"그는(강소천) 4학년 겨울방학 때 집으로 돌아갔다가 영영 학교에 돌아오지 않고 말았다. 그 후 약 1년 동안 북간도에 가서 헤매다가 다시 고향에 돌아왔지만, 그가 즐겨 작품을 발표하던 동아일보와 조선일보는 폐간되고 <아이생활>도 없어져서 소천은 아주 절망상태에 이르렀다."[11]

이로써 강소천이 용정에 머무른 시기에 대해서 세 가지 설이 있는 것이다. ① 1934년에서 1935년에 걸친 '2년 가까이'(김용성의 기술) ② '1년 반'(김용성이 작성한 <강소천 연보>의 기술) ③ '약 1년간'(전택부의 증언). 본 책에서는 이 세 가지 설 중에서 가장 기간이 긴 첫 번째 설을 취하여 문제의 사안을 논증하려고 한다(그게 박 교수의 논술을 고증할 때 박 교수에게 가장 유리하기 때문이다).

---

9) 김용성, 『한국현대문학사탐방』, 현암사, 1984, 401쪽.

10) 김용성도 전택부에게서 듣고 강소천의 북간도행에 대해서 썼다. 그런데 그의 증언이 때에 따라 이랬다 저랬다 한 것이다.

11) 전택부, 「소천의 고향과 나」, 『강소천 아동문학전집』 2권, 교학사, 2006, 312쪽.
전택부의 증언에는 오류가 있다. 강소천은 북간도에 가기 전에 『동아일보』와 『조선일보』에 작품을 실은 일이 없다. 그 두 신문과 『아이생활』이 폐간된 시기도 전택부의 증언과 다르다.

윤동주의 경우는 어떠한가. 윤동주가 평양에서 용정으로 돌아온 때는 1936년 3월이었다. 숭실중학교의 1936년 4월 새 학기 개강을 대비해서 평양에 갔다가 신사참배 반대와 관련된 항의 표시로 자퇴하고 돌아온 것이다. 그런데 이때는 강소천이 이미 용정을 떠난 뒤였다. 그러니까 그 두 사람이 만난 때를 박 교수가 서술한 것처럼 윤동주가 '평양에서 용정으로 돌아온' 뒤라고 생각하는 것은 사실에 전혀 맞지 않는다. 그렇다면 윤동주와 강소천이 만났던 때는 언제인가.

강소천이 용정에 머물렀던 기간은 위에 고증이 되어 있고, 윤동주의 경우를 살펴본다.

윤동주는 1931년 늦가을에 명동촌에서 용정으로 이주한 이래 1935년 8월까지 용정에 살다가 8월 하순에 평양에 가서 편입시험을 치르고 숭실중학교 3학년에 편입하여 공부하기 시작했다. 그리고 그해 12월 말에 겨울방학이 되자 용정으로 돌아왔다. 1936년 3월에 4학년 새 학기를 시작하려고 다시 평양에 갔다가 신사참배 문제로 자퇴하고 용정으로 돌아와서 4월 초에 광명학원 중학부 4학년에 편입학했다. 윤동주가 숭실중학교 3학년 겨울방학을 맞아 용정으로 돌아온 1935년 12월 말에는 강소천이 이미 고향으로 돌아간 뒤니까 두 사람은 만날 수 없었다.

그러니까 윤동주와 강소천이 함께 용정에 살면서 문학에 대한 교류를 할 수 있었던 시기는 정확하게 '1934년 봄부터 1935년 8월까지'로서, '거의 1년 반'이란 기간이었다.12) 이때 헤어진 뒤 그들은 평생 다시 만난 일이 전혀 없다. 그런데 두 사람이 만나 사귀고 있던 시기에 그들의 '문학 활동'은 어떠했던가.

강소천의 경우, 그는 15세인 1930년(자료에 따라서는 1931년)부터 동시를 발

12) 함남 출신인 강소천이 용정에서 윤동주를 만나 사귀게 된 계기는 '교회 출석'이었을 것으로 추정된다. 독실한 기독교 신자였던 강소천이 용정에서 나간 교회가 윤동주가 다니던 교회여서 같이 알게 되고 사귀게 된 것이라고 본다.

표하기 시작했다. 그런데 그의 작품 발표 일람표를 보면, 1934년과 1935년에는 발표한 작품이 전혀 없다.[13] 이 기간은 그의 북간도 용정 체류 시기와 일치하는 것으로서, 그가 긴 슬럼프에 빠져 있던 때였다고 추정된다.

윤동주의 경우, 그간 작품을 발표한 일이 전혀 없다가 1934년 12월 24일에 최초로 3편의 시를 완성했다. 그것이 그가 최초로 제작일을 밝히면서 보관하기 시작한 시 작품들로서, 「초한대」 「삶과 죽음」 「내일은 없다」 이다.[14] 그 3편의 시 외에 그가 숭실중학교에 편입하려고 용정을 떠난 1935년 8월 하순까지의 기간에 쓴 작품을 보면 시 「거리에서」 단 한 편이다.[15]

작품을 쓴 시기를 구분할 때, 윤동주가 강소천과 사귀는 동안에 쓴 것은 '동시'가 아니라 '시'였다. 그것도 현학적인 어려운 단어로 이루어진 관념적인 성향의 긴 시들이었다. 이로써 거의 '1년 반'이라는 긴 기간에 걸친 교류에도 불구하고 윤동주는 강소천의 문학적 영향을 전혀 받지 않았음이 명확하게 드러난다.

윤동주가 강소천이 있는 용정을 떠나 평양 숭실중학교로 간 뒤에 쓴 시들 역시 마찬가지이다. 그것은 「공상」(1935.10), 「창공」(1935.10.20), 「남쪽 하늘」(1935.10)로서, 그가 1934년 12월 24일에 쓴 시들과 마찬가지 성향의 '현학적이고 관념적인 어려운 시'였다. 쉽고 짧고 순수한 언어로 동심을 해맑게 표

---

13) 신현득, 「동심으로 외친 항일의 함성-강소천 선생의 동시 세계」, 『강소천 아동문학전집』 10권, 교학사, 2006, 320쪽. 위의 글에 수록된 강소천의 작품 발표 일람표 참조.

14) 윤동주는 친구인 송몽규가 1935년도 『동아일보』 신춘문예 콩트 부문에 당선하여 그 작품이 1935년 1월 1일치에 게재된 일에 큰 자극을 받고 이 무렵부터 작품을 쓴 날짜를 명기하면서 보관하기 시작했다.

15) 강소천이 윤동주의 시에 대해서 평가한 말이라고 전택부가 전한 것은 윤동주가 1935년 8월에 평양으로 떠나가기 전에 쓴 시 작품의 초고들을 강소천에게 보여준 것에 관한 코멘트였던 것으로 보인다.

강소천과 함흥 영생고보 4학년 때 한 반에서 같이 공부한 친구 사이인 전택부는 1933년 12월 겨울방학 때 헤어진 이래 못 만나다가 6 · 25 전쟁 시기에 흥남철수작전(1950년 12월)으로 강소천이 월남한 뒤에 다시 만났다. 그렇기 때문에 강소천이 용정에서 윤동주와 교류했던 일과 그의 시에 대해서 전택부에게 언급한 시기는 '해방 뒤 윤동주가 한국사회에서 유명 시인으로 위상을 굳힌 뒤'라고 보아야 한다.

현한 강소천의 동시들과는 전혀 다른 차원의 시 작품들이었다. 윤동주가 강소천과 헤어진 뒤에도 강소천의 영향이 전혀 개입되지 않은 자기 나름의 '시'를 쓰는 문학수업을 계속하고 있었음을 보여준다. 강소천을 처음 만난 1934년 봄부터 『정지용 시집』이 발간된 1935년 10월 말까지의 1년 8개월이 넘는 기간 동안, 윤동주는 '동시'를 쓴 일이 전혀 없다.

그런데 『정지용 시집』(1935.10.27, 발간)이 나온 이후 윤동주는 돌변한다. 『정지용 시집』이 발간된 뒤 직접 그 책을 사기까지 한 윤동주가 처음으로 쓴 작품은 '시'가 아닌 '동시'였다(「조개껍질」, 1935.12). 그 작품이 윤동주가 생애 최초로 쓴 동시였다. 그로 보아 "윤동주가 '동시'를 쓰게 된 계기"를 '강소천의 영향'이 아니라 '『정지용 시집』에서 받은 문학적 자극'이라고 파악한 필자의 분석이 정당하다.

상식적으로 판단해 보아도 그러하다. 관념적이고 현학적인 취향의 긴 시를 '시'라고 생각하는 '시관(詩觀)'을 확고하게 갖고 그런 '시'를 쓰는 문학수업에 열중하고 있던 문학소년 윤동주의 입장에서, 두 살 연상의 어린 동시 시인을(그것도 슬럼프에 빠져서 작품을 전혀 쓰지 못하고 있는 어린 동시 시인을) 만나 교류하게 되면서 '동시'라는 장르에 주목하고 자신도 '동시 쓰기'를 새롭게 시작할 만큼 강렬한 문학적 자극을 받았으리라고 보는 것은 매우 무리하다. 실제로 윤동주는 강소천과 사귀고 있던 때는 전혀 동시를 쓰지 않았다. 그렇기 때문에 '강소천 영향설'은 받아들이기 힘들다. 그보다는 너무도 유명하고 크게 존경하고 있는 대시인인 정지용이 펴낸 시집에 실린 뛰어난 동시들과 그 동시들이 누리고 있는 당당한 대우에 경탄한 나머지, '동시'에 대한 인식을 새롭게 하고 자신도 동시 쓰기 작업에 들어간 것으로 보는 것이 정당하다.

그리고 박은희 교수가 주장하는 강소천의 문학적 위상에도 문제가 있다. 박 교수는 윤동주를 만났던 시기의 강소천을 두고 "1930년부터 『아이생활』 『신소년』 등 근대의 주요한 아동문학잡지에 이미 많은 동요와 동시들을 발표하여 명성을 날리고 있는 아동문학 선구자"[16]라고 지칭했지만, 그것은 너무 과장된 평가이다. 함흥의 영생고보 학생이었던 강소천이 첫 작품을 발표한 1930년(15세 때. 자료에 따라서는 '1931년')부터 윤동주를 만난 1934년 봄까지의 '5년'(자료에 따라서는 '4년')이란 기간 동안 발표한 작품은 모두 9편에 불과했다.[17] 그렇기 때문에 아직 10대 소년이었고 발표 작품도 많지 않았던 그 시기의 강소천을 가리켜서 "이미 많은 동요와 동시들을 발표하여 명성을 날리고 있는 아동문학의 선구자"라고 부르고 그의 영향력을 과대평가하는 것은 적절하지 않다. 강소천이 동요 동시 작가로서 세상의 인정을 크게 받고 명성을 날리기 시작한 것은 1941년에 그의 첫 동요시집 『호박꽃 초롱』을 자비출판으로 펴낸 뒤부터였다.

그 외에 숭실 시절에 특기할 일로는 윤동주가 가을 수학여행으로 평북 영변 용문산에 있는 동룡굴을 구경한 정도가 전해진다.

큰 안목으로 볼 때, 윤동주의 생애에서 숭실 시절이 갖는 의미는 '시에 대한 경도(傾倒)와 개안(開眼)', 바로 그것이었다. 이러한 숭실 시절은 불과 7개월 만에 막을 내렸다. 그것은 우리 근대 민족사의 쓰라린 상처인 일제의 '신사참배' 강요와 직결된 고통이며 결단이었다.

현재 윤동주의 연보를 비롯한 여러 관계 기술들을 보면, 윤동주는 "1936년 3월 말에 숭실학교가 신사참배 거부 문제로 폐교되어 관에 접수되자 고향 용정으로 돌아와 5년제인 광명학원 중학부 4학년에 편입"했다고 되어 있다.

그러나 이런 기술은 사실과 크게 어긋난다. 윤동주는 숭실 폐교 후에 용정으로 돌아온 것이 아니라, 폐교 이전에 자퇴하고 온 것이기 때문이다. 숭실중학교는 그로부터 2년 후인 1938년 3월 19일에 정식으로 폐교되었다.[18]

---

16) 주 3)와 같음.

17) 신현득, 「동심으로 외친 항일의 함성—강소천 선생의 동시 세계」, 『강소천 아동문학전집』 10권, 교학사, 2006, 320쪽. 위의 글에 수록된 강소천의 작품 발표 일람표 참조. 그 외에 김용성의 글에 언급된 동시 제목들(여기에는 신현득이 '잘못 알려진 것'라고 밝힌 것도 포함됨)까지 모두 합한다고 해도 10여 편이다.

18) 『숭실대학교 90년사』, 361쪽.

윤동주의 '숭실 자퇴'의 실체는 어떤 것인가?

조선총독부는 1918년 서울 남산에 조선신사 건축을 시작하여 1925년에 완공했다. 그 뒤 남산의 '조선신사'를 '조선신궁'이라 개칭한 후, 전국 각 면에 이르기까지 도처에 신사를 건립했다. 1931년에 만주사변을 일으킨 뒤로는 '국민정신 총동원'이란 구실로 전체 조선인에게 신사참배를 강요하기 시작했다.

신사참배를 서양 선교사들이 경영하는 기독교 학교에까지 강요한 일은 평양에서 최초로 일어났다. 1935년 11월 14일에 평남 도지사 안무(安武, 야스다게)는 도내 공・사립 중등학교 교장회의를 소집하고, 개회 벽두에 참석자 일동의 평양신사 참배를 명령했다. 이때 기독교 학교를 경영하고 있는 3명을 제외하고 다들 그대로 따랐다. 그 3명을 살펴보면 다음과 같다.

미국 북장로교 선교부가 경영하는 미션계 학교인 평양의 숭실중학교 교장 겸 숭실전문학교[19] 교장인 미국인 선교사 윤산온(尹山溫, George McCune), 같은 선교부가 경영하는 숭의여자중학교 교장 대리 정익성(鄭益成), 안식교 계통 미션학교인 순안의 의명(義明)중학교 교장인 선교사 리(Lee, H. M.).

이들 3명은 교리상 따를 수 없음을 밝히고 신사참배 명령에 불응했다.

교장회의가 끝난 뒤에 평남지사 안무는 세 학교 교장에게 서신으로 신사참배는 국민교육상의 요건이므로 금후 참배에 응치 않을 때에는 단호한 조처가 있을 수밖에 없다는 뜻을 통고했다.[20] 이렇게 해서 일제당국을 상대로 시작된 기독교 선교사들의 교리 수호 싸움은 치열하게 전개되었다.

1936년 1월 16일, 평남지사 안무는 숭실전문 및 숭실중학교장 윤산온과 동교 전 교장 마포삼열을 도청으로 초치하고, "동월 18일까지 태도를 결정할 것이며 불참배의 경우에는 사표를 제출할 것"을 지시했다.

이런 싸움의 과정에서 안식교의 순안 의명중학교는 신사에 참배하겠다고

19) 대한제국 시기에 '숭실대학'으로 인가받았으나 한일합방 이후 일제 치하에서 명칭이 '숭실전문학교'로 격하되었다. 일제 당국은 조선 안에 대학으로는 '경성제대' 하나만 두는 정책을 썼다.

20) 『숭실대학교 90년사』, 336쪽.

굴복했다. 그러나 숭실과 숭의는 끝까지 강력하게 반발했다. 윤산온 숭실 교장은 "신사참배를 거부할 뿐 아니라 교장 직의 사면도 불사하며 명령에 불응한다"는 답변서를 동월 18일 오후 2시 평남도지사에게 제출하였다.

그러자 평남도지사는 윤산온에 대하여 즉시 숭실중학교 교장 인가를 취소했고, 총독부는 1936년 1월 20일부로 윤산온의 숭실전문학교 교장 인가를 취소했으며, 동월 21일부로 숭의여자중학교 교장 대리 스누크(Miss V. L. Snook, 蘇于梨)에게도 같은 조처를 취했다.[21]

파면당한 윤산온 교장은 한국교회의 당면한 고난을 위로하며 격려하는 장문의 메시지를 남기고 1936년 3월 21일에 미국으로 돌아갔다.

윤산온 교장 후임으로 숭실전문학교 교수 정두현(鄭斗鉉)이 취임했다. 1936년 4월 새 학기가 시작되자마자 등교한 학생들이 전교적인 큰 소요를 일으켰다. 일제의 신사참배 강요를 거부한 결과 희생당한 윤산온 교장에 대한 애정과 공감, 그리고 일제 당국의 부당한 압박과 횡포에 대한 강력한 저항을 보여주기 위한 시위가 연이었다. 일제에 대한 저항 의사를 보다 강력하고 확실하게 드러내고자 동맹퇴학을 감행하는 학생들도 나왔다. 윤동주, 문익환 등도 이때 자퇴했다.

이런 통렬한 아픔 속에서 표류하던 윤동주의 모교 숭실은, 1937년 10월 29일에 제출한 폐교원이 1938년 3월 19일에 일제 당국에 의해 수리됨으로써 40년 역사에 종지부를 찍었다.[22] 신사참배냐? 폐교냐?의 양자택일을 강요한 일제의 비열한 폭력 앞에서, 숭실과 숭의의 경영주인 미국 북장로교 선교부는 차라리 폐교로써 종교적 순결을 지키기로 결단했다.

당시 숭실학교와 그 학생들이 겪은 고난을 생생하게 보여주는 자료가 있다. 윤동주와 같은 반이었던 김두찬(金斗燦, 1920년생)의 증언이다. 김두찬은 1943년 일본 명치대학 재학 중에 겸이포제련소 폭파사건으로 체포되어 옥고

---

21) 『숭실대학교 90년사』, 338쪽.
22) 『숭실대학교 90년사』, 341쪽.

를 치렀고, 해방 뒤에는 국군에 몸담아 해병대 사령관을 지냈다. 그는 광복회 고문 시절인 1982년에 『동아일보』에 '혹독했던 신사참배 강요'라는 제목으로 다음과 같은 증언을 남겼다.

그 蠻行……그 眞相 — 내가 겪은 '日帝侵略'을 證言한다

일제의 신사참배 강요가 극에 달했던 1935년 12월 내가 崇實학교(平壤) 3학년이던 때 어느 날 아침이었다. 일본 천황 '히로히토(裕仁)'가 둘째 아들을 낳았다고 하여 平壤 시내 전 학생이 이른바 '등불참배'를 하도록 명령받았다. 학생들은 모두 '와카마쓰(若松)' 신학교 앞에 모였다. 줄곧 신사참배를 거부해오던 숭실학교도 이날만은 다 모였다.

서울 南山의 朝鮮神宮 다음으로 크고 장엄하게 지었다는 平壤神宮은 모란봉 산정 부근에 위치하고 있었다. 신궁에 올라가기 위해서는 가파른 돌계단을 한참이나 올라가야 했다. 돌계단을 오르고 있을 때 이미 참배를 마친 다른 학교 학생들이 찡그린 표정으로 계단을 내려오고 있었다. 숭실학교는 참배 대열의 맨 꼴찌였다. 계단의 한가운데쯤 올라갔을 때였다. 당시 5학년이던 학생장 林仁植 형이 갑자기 "제자리 서" "뒤로 돌아"라고 고함쳤다. 학생들은 마치 일시에 전류가 통한 듯 "와" 하는 함성과 함께 그대로 돌계단을 뛰어내려오고 말았다. 그것은 이심전심의 무서운 결속이었다.

이 일로 인해 숭실학교의 '조지 S 매퀸' 교장(한국명 尹山溫)은 다음 해인 1936년 1월 20일 파면됐다.

그 며칠 후인 2월 초였다. '尹 교장이 파면됐다'는 소식을 듣고 방학 중인데도 학생들이 두 명씩 세 명씩 교정에 모여들었다. 새로 학생장이 된 劉聖福 형의 인솔로 "교장을 내놓으라"며 데모가 시작됐다.

일본 경찰들이 즉각 출동, 학교를 에워쌌다. 기마경찰도 왔다. 학생들이 드세

평양 모란봉 위에 세워진 평양신사. 여기 참배하라는 강요를 거부한 결과 평양 최고의 명문교이던 숭실중학교를 비롯한 여러 기독교계 학교들이 폐교되었다. 1945년 8월 15일 낮에 일본 천황이 라디오 방송을 통해 무조건 항복하자, 평양 시민들은 그날로 평양신사를 불태워버렸다.

어지자 일경들은 교문 안으로 들어왔다. 그러나 당시의 분위기는 저들의 위압에 짓눌릴 만큼 연약한 것이 아니었으며 수적으로도 우리가 압도했다. 학생들은 일경들에게 달려들었고 육박전이 벌어졌다. 우리는 그들의 모자와 옷을 벗겨 땅에 내팽개치고 차고 다니던 칼도 빼어 부러뜨렸다. 그날은 눈이 많이 왔던 날이었다. 운동장을 뒤덮은 하얀 눈발 위에 일경들을 메어꽂던 그 통쾌함은 지금도 생각하면 속이 시원한 일이었다.

이 일로 인해 숭실학교는 무기휴교가 되고 나를 포함한 주동 학생들이 피검되었다. 당시 급우였던 애국시인 尹東柱는 光明학교로, 張俊河(전 『思想界』 발행인)는 宣川의 信聖학교로 옮겨가야 했다.

平壤의 북쪽 변두리 新陽里에 있던 숭실학교는 숭실전문 숭의여학교와 함께 北長老敎파가 세운 학교로 비판과 저항정신이 강하기로 이름나 있었다. 일제는 이에 앞서 1932년경부터 平壤의 瑞氣山 마루에 충혼탑을 지어놓고 이른바 '春期皇靈祭'에 학생들을 강제로 동원했다.

신사참배의 전신인 이 皇靈祭를 그들은 '국민의례'라고 불렀는데 납골당(納骨堂)에 안치돼 있는 일인 병사들의 유골이나 일본의 호국신들 앞에서 머리를 굽히고 허리를 조아리라고 했다. 그것은 죽기보다 싫은 일이었고 물론 숭실학교 학생들은 이에 따를 리 없었다. 이때부터 핍박은 시작되었던 것이나 숭실학교는 단 한 차례도 신사참배에 참석지 않았다.

무기휴교됐던 숭실학교가 36년 9월에 일단 개학했으나 그 후로도 '참배 거부 맹휴'-'휴교'-'개학'을 거듭하다 마침내 38년 3월 18일 숭실전문 숭의여학교와 함께 폐교당하고 말았다. 이를 '三崇 폐교'라고 부른다.

서양사학자 金成植 교수는 당시 28세 가량으로 우리들에게 애국혼을 심어주는 청년 교사였다. 金鍵 선배(건대 명예교수)를 비롯, 급우였던 金亨錫 교수(연대), 후배인 趙永植 박사(전 경희대 총장), 鄭熙燮 씨(전 보사부 장관) 등이 모두 숭실에서 신사참배를 거부했던 증인들이다.

당시 숭실전문과 숭의여학교에서 참배 거부를 주도했던 姜信明 목사(새문안교회), 安성길 교장(島山 선생의 질녀) 등도 모두 살아 있는 증인들이다.

한 가지 재미있는 것은 金玉吉 이화여대 명예총장이 그때 숭의여학교에 다니다 신사참배 거부로 학교가 폐교되자 西門고녀로 옮겨갔는데 지금도 숭의 동창을 자처하고 있는 것이다.

당시 많은 미션스쿨들은 참배 거부로 인한 폐교를 면하기 위해 눈물을 머금고 교장과 교사 학생 대표들만 참배에 참석하는 편법을 쓰기도 했다.

신사참배 거부와 함께 잊지 못할 것은 매년 3월 1일의 뭉클한 광경이다. 3월 1일은 몽매에도 잊지 못할 3·1절이었지만 일제가 정한 이른바 애국일(신사참배일)이기도 했다. 숭실학교 학생들은 3월 1일이 되면 모두 교실의 자기 책상 위에 머리를 수그리고 하루 종일 꼼짝도 하지 않은 채 앉아 침묵시위를 벌였다.

일본인 교사들은 물론 한국인 교사들도 이 숙연한 광경에 압도되어 말 한마디 못 하고 그냥 나가곤 했다.

또 한 가지 기억나는 것은 당시 학생지도를 맡았던 裵치렵 선생이 우리가 맹휴나 데모를 할 때면 학생들 사이를 이리저리 돌아다니며 "다치지 않게" "잡히지 않게"라며 독려하고 다니시던 모습이다.

당시 교목이던 鄭在浩 목사나 기숙사사감 卞응호 선생도 틈만 나면 우리말과 국사를 가르치다가 경찰서에 끌려가 모진 고생을 하기도 했다.

국어(일본어) 시간에 우리말을 한 번 사용하면 1개월 정학, 두 번 사용하면 퇴학시키라고 할 만큼 일제의 탄압은 발광상태에 있었다.

신사참배를 끝내 거부하던 우리의 급우 金永喆 군은 37년 일경에 끌려가 혹독한 고문 끝에 숨지고 말았다. 유명한 朱基徹 목사가 신사참배를 거부하다 순교한 것도 모두 다 아는 사실이다.

한국의 지도급 인사 가운데에도 신사참배를 거부하다 모진 고생을 했던 사람들이 생생하게 살아 있는데 '참배 강요'가 아니고 '장려'였다니…….

섬나라의 소인배들에게는 양심의 회복을 기대하는 것조차 무리인 것 같다. 참으로 통탄할 노릇이다.

— 『동아일보』 1982.8.16.

윤동주가 숭실에서 보낸 마지막 시기에 지은 시 「종달새」를 본다. 당년 19세의 젊음이 품었던 밝고 명랑한 세계에 대한 동경과 선망, 그리고 '답답한' 현실에 대한 좌절감이 꾸밈없는 언어로 그려져 있어, 그의 7개월에 걸친 평양 시절의 자화상이 되었다.

종달새

종달새는 이른 봄날
질디진 거리의 뒷골목이
싫더라.
명랑한 봄하늘,
가벼운 두 나래를 펴서
요염한 봄노래가
좋더라,
그러나,
오늘도 구멍 뚫린 구두를 끌고,
훌렁훌렁 뒷거리길로
고기새끼 같은 나는 헤매나니,
나래와 노래가 없음인가
가슴이 답답하구나.

<1936.3. 平·想>[23]

23) 작품 날짜 끝의 '平·想'은 평양에서 구상했다는 뜻.

# 제6장 다시 용정으로 돌아오다

광명학원 중학부(光明學院 中學部)

시를 짓는 입시 준비생

# 다시 용정으로 돌아오다

## 광명학원 중학부(光明學院 中學部)

평양 숭실중학교를 자퇴하고 용정으로 돌아온 윤동주와 문익환은 1936년 4월 새 학년 초에 나란히 광명학원 중학부에 편입했다. 윤동주는 4학년, 문익환은 5학년. 윤동주의 광명 학적부에는 이때의 편입 날짜가 '1936년 4월 6일'로 명시되어 있다.

윤동주의 4학년 편입은 관례상 별 문제가 없었으나 문익환의 5학년 편입은 아주 이례적인 것이었다. 광명학원 영어교사였던 장래원(해방 후 귀국해서 한국 유네스코 사무총장을 지냄) 선생이 특별히 이들의 보증을 서는 조건으로 편입이 허용되었다.

여기서 광명학원에 대해 잠시 살펴본다. 이 학교는 일제 시대를 거쳐 우리나라 제3공화국 시대에까지 연결되는 인맥을 지닌, 여러 모로 흥미로운 학교이다.

용정에는 당시 남자 중학교로는 은진(恩眞, 기독교계), 대성(大成, 민족주의

계), 동흥(東興, 사회주의계. 학생들 간에 '동무'라는 호칭까지 썼음)과 광명(光明, 친일계), 이렇게 네 학교가 있었다. 그런데 앞의 세 학교는 반일 계통이며 4년제 학교였고, 뒤의 광명이 유일한 5년제 학교이자 유일한 친일계 학교였다.

그러나 광명도 처음부터 친일계로 출발한 학교는 아니었다. 광명의 전신은 영신(永新)학교로서 1912년에 시작된 기독교 학교였다(영신학교의 전신은 1910년에 설립된 광동의숙(廣東義塾)이었다). 같은 기독교 학교라도 서양 선교사들이 경영하는 은진과는 달리, 영신은 조선장로교 간도노회에 소속된 학교로 조선인 기독교인들의 손으로 운영되었다. 영신중학교는 용정에서 유일하게 처음부터 5년제로 출발했다. 그런데 1924년(갑자년)의 흉년 여파로 심각한 경영난에 빠졌다. 끝내 거기서 헤어나지 못하고 북간도에 와 있던 일본인 일고병자랑(日高丙子郎)에게 매각되었다.

당시 그 거래는 큰 사회적 물의를 일으켰다. 매각이 영신학교 교사이던 윤화수의 사기적 수법에 의한 것이었다는 등의 이유로 사건이 법정에까지 가고 윤화수가 구속되는 등, 여러 사연이 벌어졌다. 매각 반대 측에선 조선인의, 그것도 교회의 교육기관을 일본인 손에 넘겼다 하여, 간도의 조선인 유력자들이 주욱 연기명한 '성토문(聲討文)'을 만들어 집집마다 던져 넣어 여론을 일으키는 등, 간도 사회가 물 끓듯 했다.[1]

그러나 끝내 일고병자랑의 손에 완전히 넘어갔고, 학교의 이름이 '광명'으로 바뀌었다. 일고병자랑은 직접 학생들을 가르친 게 아니라 요즘의 학교 재단이사장과 같은 위치에서 학교를 이끌어갔다.

일고병자랑은 소위 '대륙낭인(大陸浪人)'들 중의 한 사람이었던 괴상한 걸물이었다. 그렇기에 그의 손에 학교가 넘어갔다는 것은, 드러난 겉모습보다 내면에 감춰진 의미가 훨씬 더 중요한 사건이었다.

'대륙낭인'이란 어떤 존재들인가? 일본 경도대학 문학부 국사 연구실에서 펴낸 『일본 근대사 사전』에 의하면 '국체(國體) 옹호의 사명감을 가지고 대륙

1) 장윤철(1908년생, 전 신일고교 교장. 그는 당시 은진중학교 학생이었음)의 증언.

진출의 목표를 위하여 중국 대륙에서 활동한 민간인 지사'를 뜻한다. "그들은 정치권력이나 고위 관직을 좇지도 않았고, 개인적 부나 명예를 위하여 행동하지도 않았다. 다만 국가의 영광과 부강, 그리고 일본의 대국화를 최고의 목표로 삼았다. 이와 같은 지사적 사상은 명치(明治) 이후의 일본을 근대화시키고 대국화시키는 원동력이 되었다"[2])고 일본인들이 추앙한 인물들이었다.

일본 근대사에서 가장 전설적인 인물들인 두산만(頭山滿)이나 내전양평(內田良平) 등이 곧 '대륙낭인'의 대표적인 인물들이다. 이들은 현양사(玄洋社 : 현양은 현해탄을 의미. 한국 침략 의도를 담은 단체 명칭)와 흑룡회(黑龍會 : 흑룡은 흑룡강을 지칭. 만주 침략 의도를 담음)를 조직하여 한반도와 중국 대륙 침략의 도구로 삼았다. 러일전쟁, 한일합방, 만주국 건설 등, 일본 정부의 아시아 침략 배후에는 이들 소위 '민간인 지사'이자, 목적을 위해선 살인도 서슴지 않은 '협객'들의 막후 활동이 있었다.

이들의 기세는 대단했다. 정치적인 기능으로는 '일본 정부 속의 정부'와도 같았고, 그들의 우두머리 격인 두산만은 일본 수상조차 자기 마음대로 세우기도 하고 내치기도 할 수 있다는 정도의 위세를 가졌었다. 사회적으로도 이들의 뜻은 '법'을 초월했다. 이들의 뜻을 거스른다는 것은 곧 언제 죽을지 모른다는 것을 뜻했다. 일본의 재벌들은 두산만의 뜻이라 하면 아무 소리 없이 돈을 내놓아야 했다. 일제시대를 산 우리나라 식자층에게까지 널리 알려진 것으로서 이런 이야기가 있다.

두산만이 일본에서 가장 현금이 많은 재벌의 총수에게 갔다. 그가 빌려달라는 액수가 그 재벌이 소유한 현금의 총액과 맞먹을 정도로 엄청났다. 재벌 총수는 어쩔 수 없어서, 정말 죽지 못해서 그 돈을 내놓았다. 아무 소리 없이 그걸 갖고 돌아가는 두산만에게 그 재벌 총수는 등 뒤에서 떨리는 목소리로 더듬으며 사정했다.

"저……저……증거를……."

---

2) 韓相一, 「大陸浪人」, 『日本帝國主義의 한 硏究』, 까치, 6쪽.

그러자 두산만은 돌아섰다. 자기에게 감히 돈을 빌려간다는 증거를 남겨주기를 원하는 재벌 총수를 지그시 쏘아보았다.

"'증거' 말인가?"

그는 허리에 차고 있던 칼을 뽑더니 대뜸 자기 손가락 하나를 툭 잘랐다.

"이것이면 되겠는가!"

그는 새파랗게 질려서 떨고 있는 재벌 총수에게 그 손가락을 던져주었다. 그리곤 뒤도 안 돌아보고 가버렸다. 자기의 '말' 한마디면 그것으로 충분한 것이지, 감히 '증거'를 따로 남겨주기를 원한 자에 대한 불쾌감과 모욕감을 그렇게 표시하더라는 것이다.

사실인지 가공의 전설인지 간에 이런 유의 이야기들로 신비하게 포장되어 있던 것이 바로 당시의 '대륙낭인'이란 인물들이다. 더군다나 그들은 그렇게 가져온 재벌들의 돈을 사사로이 쓰지 않았다. 그런 돈으로 각국의 혁명가들을 지원하는 등, 큰 구도와 포석(布石)으로, 어디까지나 일본의 국익을 위해 사용했다는 것이다.

두산만은 인도의 독립운동가 찬드라보스에게 돈을 대주었고, 러시아의 레닌도 혁명 성공 전에 내전양평의 루트로 돈을 갖다 썼다. 중국에서도 손문, 양계초, 강유위 등의 개혁 혁명가들이 상당수 이들 돈의 덕을 보았다. 정대위 박사에 의하면, 영국 옥스퍼드대학의 앤토니 칼리지에 두산만 계통의 희귀 자료들이 많이 수집되어 있는데, 그런 문서들 가운데 내전(內田)이 레닌에게 돈을 준 증거 자료까지 들어 있더라고 했다. 이렇게 '대륙낭인'이라는 자들은 '일본제국의 대륙 진출'이라는 큰 포부를 품고 그 목적 달성을 위해 아시아 각국에 보이지 않는 손을 강하게 내뻗고 있던 무리들이었다. 일본의 입장에서 보면 그야말로 '참된 지사'에 해당한다.

북간도에 와 있던 일본인 일고병자랑이 바로 이런 '대륙낭인' 중의 하나였다. 그는 출신도 두산만과 마찬가지로 일본 구주 웅본(熊本) 태생이었다. 그를 직접 알고 있던 정대위 박사에 의하면, 그는 체격이 뚱뚱하고 뻐드렁니에다 얼굴은 '러시아빵(넓적하고 둥글고 볼썽없는 모양)' 같은 인물이었다고 한다. 그가 북간도에 들어온 시기는 확실치 않으나, 일본 세력이 북간도에 처음 침투했을 무렵인 듯했다. 한국말을 꽤 잘했다.

그는 일본정책을 욕하기도 하면서 조선인들에게 아주 친절하고 부드럽고 소탈하게 굴어 인심을 얻었다. 조선인들의 복지를 위해서 여러 시설을 설치하는 등의 제스처도 썼다. 그런데 기이하게도 그 기세 높은 일본 총영사나 일본 군인들이 그 앞에서 쩔쩔맸다. 그럼에도 불구하고 그런 건 의식조차 않는 듯이 처신하던 사람이었다. 조선인들은 일본 관청 상대로 어려운 일이 생기면 그에게 부탁했다. 그러면 일본 영사관 경찰서에 '독립군 관계'로 수감되어 있는 사람까지 꺼내주는 정도의 위력을 보였다. 1920년 일본군의 이른바 '간도대토벌' 때 불탄 명동학교 문제도 그러했다. 김약연 교장이 그에게 교섭한 결과 일본 정부의 돈으로 옛날과 꼭같이 재건하도록 주선해주었다. 그의 영향력이 어느 정도였는지 알 만한 일이었다.

그는 일본에 가면 총리대신도 쉽게 만나는 사람이었고, 중국 대륙에 돌아오면 중국인 최고위층과도 친밀하게 교제했고, 마적들과도 잘 안다는 소문이 있는 등 가장 전형적인 대륙낭인의 한 사람이었다.

일고병자랑은 영신을 인수하여 학교 이름을 '광명'으로 바꾸더니 동경제대 출신의 우수한 일본인들을 손쉽게 불러다가 교사로 앉혔다. 그 중에서도 안부(安部, 아베)는 동경제대 출신으로 일본에서도 우수한 교장으로 꼽혔던 자로, 같은 동경제대 출신이자 일본고등상업학교(일본 유수의 명문 학교)의 교수였던 공등중웅(工藤重雄)을 교사로 끌어왔다. 공등중웅(工藤重雄)은 서양인이 저술한 『삼십 년 전 조선』과 러시아 제정 말기의 궁중비사 『로마노프 왕조(王朝)의 최후』를 번역한 사람으로 박식하고 능력 있는 교사였다. 일고병자랑은 학원 안에 여학교도 만들었다. 그래서 중학부, 고등여학부, 소학교, 유치원의 4학교로 구성된 '광명학원'이 이루어졌다. 그는 일본 외무성에 이야기해서 '광명학원'을 일본 문부성의 '재외지정 학교'로 만들었다. '재외지

정'이란 일본 국외에 있는 학교를 일본 국내 학교와 동일한 학력이 있는 것으로 인정하는 제도로서, 일본에 있는 상급학교로 진학할 때 매우 유리하게 작용했다.

문익환 목사는 이 학교에 대해 이렇게 묘사했다.

> 우리가 신사참배를 거부하고 용정에 들어가서 편입한 학교는 한국인의 황국화(皇國化)를 위해서 세워진 광명학원(光明學院) 중학부였다. 솥에서 뛰어 숯불에 내려앉은 격이었다. 일인 선생들은 눈알이 제대로 박힌 학생들이면 일본 외무성 순사나 만주육군사관학교에 보내려고 혈안이 되어 있는 그런 학교였다.3)

만주국 육군사관학교는 약칭으로 만주군관학교 또는 만군사관학교라고 불렸고, 신경에 있다 해서 신경군관학교라고도 불렀다. 만주군관학교를 나오면 만군 장교가 된다. 만군은 다 알다시피 일제의 대륙 침략의 도구였던 군대이다. 일고병자랑의 감춰진 포부가 결국 화려한 결실을 맺은 셈인가. 은진·대성·동흥 출신들은 만주군관학교에 가지 않았다. 그런데 광명학원 중학부 출신들 중에서는 정일권을 비롯하여 만주군관학교로 진학하여 만군 장교가 된 사람들이 많았다. 이들이 후일 우리 현대 정치사에서 소위 '만군 인맥(滿軍人脈)'으로 불리는 사람들의 주류가 된다. 『월간조선』 서병욱 기자의 '박정희 만군 인맥'이란 기사에 있는 다음과 같은 구절을 보자.

> 신경군관학교, 통칭 동덕대(同德臺) 출신은 도합 49명 (중략) 동덕대 출신은 압도적으로 함경도 사람이 많았다. 1기의 김동하·김영택·윤태일·이주일·최창언은 모두 간도 용정의 광명중학 동창들이다.
>
> 동덕대 출신 역시 해방 후 대다수가 국군에 입대해, 대숙군 때 처형당한 안영길·이병주·이상진·황택림·김학림, 그리고 김구 선생 암살 사건의 배후 조종

---

3) 문익환, 「하늘·바람·별의 詩人, 尹東柱」, 『월간중앙』, 1976.4, 321쪽.

혐의를 받고 있던 중 한국전쟁 초기에 부산에서 근무이탈죄로 처형당한 장은산 등을 제외하고는 제1공화국시대에 군의 요직에 앉았다.[4]

그런데 대한민국 제1공화국시대에 군의 요직에 앉은 만군 출신 고위 장교들의 상당수가 제3공화국의 주역으로 등장했다. 역시 만군 출신인 박정희의 5·16 쿠데타에 동참했기 때문이다. 5·16 주체세력 중엔 용정 광명학원 중학부 출신이 많았다. 민간인으로 5·16 거사에 참가해서 '혁명공약'과 선전문들의 인쇄를 맡았던 '광명(光明)인쇄소' 이학수 사장도 용정의 광명 출신이다. 후에 이들은 박정희에 의해 대개 거세되었다. 그러나 이들 만군 출신들의 힘이 아니었으면 5·16은 성공할 수 없었다는 것은 천하가 다 아는 역사적 진실이다. 결국 북간도에 왔던 대륙낭인 한 사람이 이토록 끈질기게 우리 현대사에까지 그 그림자를 짙게 드리우고 있다. 이런 걸 볼 때, '교육'의 중요성은 아무리 강조해도 충분치 않으리라는 생각이다.

'광명'은 이런 내력의 학교였다. 그렇기에 숭실에서 광명으로 전학한 일을 두고 문익환 목사가 "솥에서 뛰어 숯불에 내려앉은 격"이라고 비유한 것은 참으로 절묘한 풍자였다. 설립 정신과 경영 방침이 완전히 다른 것은 물론이고, 그 외에 숭실과 광명의 가장 큰 차이는 사용 언어였다. 숭실에서는 한국말로 강의했지만, 광명에서는 모든 과목을 일본어로만 강의했다.

윤동주가 다닌 학교들 중에서 학적부가 남아 있기는 광명 시절부터이다. 윤동주의 광명 시절 성적부는, 일본 조도전대학의 대촌익부(大村益夫) 교수에 의해 세상에 알려졌다. 그는 윤동주 연구가로서, 1985년에 북간도에 가서 윤동주 관계 유적을 모두 답사하고 관련 자료들을 수집했다.

윤동주는 4학년 때 16과목을 수강했다(괄호 안 숫자는 점수).

수신(修身. 78), 공민(公民. 66), 일어(日語 : 독본<讀本. 40>, 문법<文法. 48>, 작

4) 徐炳旭, 「朴正熙의 滿軍人派」, 『月刊朝鮮』, 1986.8, 406쪽.

문<作文. 52>), 조한(朝漢 : 독본<讀本. 80>), 만어(滿語. 86), 영어(英語 : 일<一. 80>, 이<二. 60>), 지리(地理. 83), 역사(歷史. 77), 대수(代數. 69), 기하(幾何. 82), 물리(物理. 85), 화학(化學. 60), 실업(實業. 60), 도화(圖畵. 82), 조체(操體. 78), 부기(簿記. 78)

5학년 때에도 16과목인데 내용엔 조금 변동이 있다.

수신(修身. 83), 공민(公民. 75), 일어(日語 : 독본<讀本. 50>, 문법<文法. 62>, 작문<作文. 52>), 조한(朝漢 : 독본<讀本. 88>), 영어(英語 : 일<一. 81>, 이<二. 67>), 지리(地理. 76), 기하(幾何. 81), 삼각(三角. 59), 물리(物理. 78), 화학(化學. 65), 실업(實業. 72), 도화(圖畵. 78), 조체(操體. 68), 부기(簿記, 91)

윤동주는 4학년, 5학년 통틀어 일본어 성적이 제일 나빴다. 그는 그간 은진, 숭실 등 반일계 학교만 다니며 조선어로 수업을 받은 반면, 다른 학생들은 광명 입학 때부터 일본어로만 수업해온 터이니 아무래도 일본어 실력이 딸렸을 것이다.

이 학교의 교과목 내용에서 눈에 띄는 것은 일종의 국제도시적 고장이었던 용정의 학교답게 어학 과목이 많았다는 점이다. 윤동주는 4학년 때 4개국의 언어를 배워야 했다. ① 일본어 ② 조한(조선어와 한문) ③ 만주어 ④ 영어 (학적부 수록 순서).

이 중에서 가장 비중이 컸던 것은 물론 일본어. 일본어는 한 과목을 독본, 문법, 작문의 셋으로 나누어 각각 점수를 매길 만큼 중시되었다. 그 다음은 영어. 영어는 一 (독본), 二 (회화, 작문, 문법), 둘로 나누어 가르쳤다. 조선어와 한문은 하나로 취급되었고, 그 곳이 명색으로는 '만주국'의 영토인지라 만주어도 가르쳤다. 그러나 조선어와 만주어는 일본어나 영어처럼 교과목 내용을 세분해서 점수를 매긴 형태가 아닌 걸로 보아 소홀하게 다루어졌음을 알

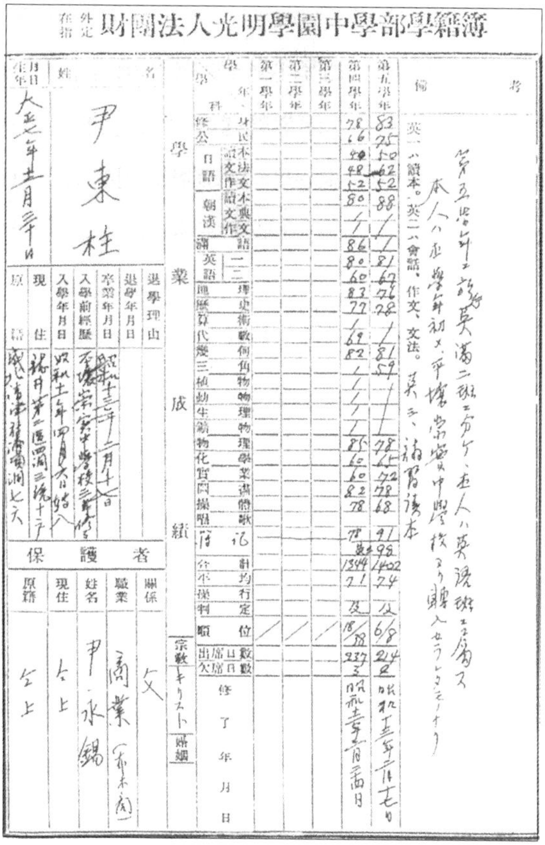
在外 指定 財團法人光明學園中學部學籍簿

姓名 尹東柱

윤동주의 광명중학 학적부. 학적부를 보면 5학년에 영어와 한문 중 영어를 선택하였으며 성적이 꽤 좋은 편이었음을 알 수 있다. 여러 과목 중에서 일본어 성적이 제일 나빴다.

수 있다.

5학년 때에는 어학 과목이 다소 달라졌다. 5학년을 영어반과 만주어반으로 나눌 때, 윤동주는 영어반에 들었기 때문에 만주어를 하지 않게 되었다. 이때 만주어 대신 택한 영어는 '英三'이라는 구분 아래 '독본'을 보습(補習 : 일종의 보충 수업)시켰다.

광명학원은 한 학년이 한 반이었다. 대략 한 반에 50, 60명 정도여서 전교생의 수가 3백 명 안짝이었다. 일본인 학생도 더러 있었지만, 대다수가 조선인 학생이었다.

윤동주의 학적부에는 윤동주가 4학년을 수료할 때 38명 중에서 18등을 한 것으로 나타나, 그의 반 학생수가 38명이었음을 알 수 있다.

5학년 때는 8명 중에 6등. 그런데 이 '8명'이란 것은 오기인 듯하다. 4학년 때 38명이었는데 5학년 때 갑자기 8명으로 줄었다는 것은 아무래도 좀 이상하기 때문이다.

## 시를 짓는 입시 준비생

"솥에서 뛰어 숯불에 내려앉은 격"의 광명학원 중학부 시절, 윤동주는 이 시절을 어떻게 지냈는가. 윤동주가 숭실에서 광명으로 옮긴 지 두 달 만에 쓴 시 「이런 날」을 통해 그의 심정을 고찰해 본다.

### 이런 날

사이좋은 正門의 두 돌기둥 끝에서
五色旗와 太陽旗가 춤을 추는 날,[5)]
금을 그은 地域의 아이들이 즐거워하다.

---

5) 오색기는 만주제국의 국기, 태양기는 일본제국 국기, 일본 식민지인 만주제국에서는 국경일에 두 국기를 대문 좌우에 나란히 걸어야 했다.

아이들에게 하로의 乾燥한 學課로
해말간 倦怠가 깃들고
「矛盾」 두 자를 理解치 못하도록
머리가 單純하였구나.

이런 날에는
잃어 버린 頑固하던 兄을
부르고 싶다.

<1936.6.10.>

'사이좋은 정문의 두 돌기둥'은 그가 다니는 광명학원 교문 기둥이다. 그 돌기둥 끝에서 만주제국 국기인 '오색기'와 일본제국 국기인 '태양기'가 춤을 추고 있다. 침략자들의 축제일인 것이다. 그런데 그 피해자이자 조선인인 '금을 그은 지역의 아이들' 역시 '즐거워' 하고 있음을 그는 괴로워한다. 그래서 그 아이들을 두고 "「모순」 두 자를 이해치 못하도록 머리가 단순하였구나"라고 탄식하면서 "이런 날에는 잃어 버린 頑固하던 형을 부르고 싶다"는 뼈 있는 울분을 토로하는 것이다.

그가 당시 누구를 두고 '잃어 버린 頑固하던 형'이라고 지칭했을까. 단순한 시적 수사였을까. 혹은 그의 고종사촌 형 송몽규를 지칭한 것일까.

윤동주가 용정에 돌아와서 광명학원 중학부에 편입한 건 1936년 4월 6일이다. 그런데 송몽규는 같은 해 4월 10일에 독립운동 하러 갔던 중국에서 일경에 체포되었다. 그리고 이 시가 쓰여진 6월 10일에는 중국 제남에 있는 일본 영사관 경찰서에 구금된 몸으로 일경에게 갖은 고초를 겪고 있었다. 물론 고향에서는 그런 사실을 전혀 몰랐다.

아무튼 '잃어 버린 완고하던 형'을 어떻게 해석하든 간에, 이 시는 '숯불에 내려앉은' 윤동주의 울분을 생생하게 담고 있는 시임은 확실하다. 그런데 그런 울분이 과연 시의 문맥대로 '즐거워하는 아이들'만을 향한 것이었을까. 그 자신을 향한 부분은 없었을까.

그는 신사참배를 거부한다 하여 숭실중학교 교장을 강제 퇴직시키고 강제 귀국시키는 일제 당국에 대한 저항의 표시로 숭실중학교에서 자퇴했다. 그러나 이젠 학생들이 일본 국기 아래서 '단순'하게 '즐거워'하고 있는 곳, 신사참배라면 아예 신성한 의무로서 경건하게 거행하도록 '금을 그은 지역' 안에 제 발로 들어와 있는 처지였다. 그야말로 「모순」된 일이었다. 그 자신의 이런 모순은 너무 쓰라려서 그는 차마 겉으로 내색조차 할 수 없었을 것이다. 그저 다만 '이런 날에는 잃어 버린 완고하던 형을 부르고 싶다'라는 아픈 결구로서 자신의 고뇌를 형상화했다.

여기 나오는 '잃어 버린 완고하던 형'은 곧 송몽규를 지칭한 것이라고 본다면, 윤동주는 송몽규의 '완고함', 즉 현실적인 불이익을 개의치 않고 자신의 신념을 과감하게 추진하는 행동력과 그에 따를 고난을 마음 깊이 기리고 있었다고 풀이할 수 있다. 이것이 광명 시절의 윤동주가 지녔던 위상이다.

그처럼 모순된 상황 속에서, 그는 일본어로만 가르치는 교사들 아래서 공부하며, 영어 · 일본어 · 만주어 등 각국 언어를 익히는 동시에, 우리말로 이루어지는 시의 세계를 탄탄히 다져갔다.

광명에 재학했던 두 해 동안, 윤동주는 많은 양의 작품을 쏟아내었다. 그가 전학해간 1936년 4월에서 연말 사이의 9개월 동안에 시 12편, 동시 16편이 나왔다(이 해 통산은 시 19편, 동시 20편임). 그러니까 광명에 전학한 뒤로는 시보다 동시에 더욱 힘을 쏟았다고 할 수 있다. 그러나 1937년이 되면 동시의 비중이 크게 줄어든다. 시 15편, 동시 6편.

2년에 걸친 광명 시절에서 특기할 것은, 그가 5편의 동시를 세상에 발표한 일이다. 당시 연길에서 『카톨릭 소년』이라는 어린이 잡지가 월간으로 발행되고 있었는데, 윤동주가 거기 투고하여 채택되었다. 그는 필명까지 만들어 사용했다. 물론 고료는 없었다.

| 발표 | 동시 제목 | 발표지 | 필명 |
|---|---|---|---|
| 1 | 「병아리」 | 『카톨릭 소년』 1936년 11월호 | 尹童柱 |
| 2 | 「거짓부리」 | 『카톨릭 소년』 1936년 10월호 | 尹童舟 |
| 3 | 「빗자루」 | 『카톨릭 소년』 1936년 12월호 | 尹童柱 |
| 4 | 「오줌싸개 지도」 | 『카톨릭 소년』 1937년 1월호 | 尹童柱 |
| 5 | 「무얼 먹고 사나」 | 『카톨릭 소년』 1937년 3월호 | 尹童柱 |

이렇게 발표된 동시 작품들 가운데서 특히 「무얼 먹고 사나」가 아주 감칠맛이 있다.

### 무얼 먹고 사나

바닷가 사람
물고기 잡아 먹고 살고

산골엣 사람
감자 구워 먹고 살고

별나라 사람
무얼 먹고 사나.

<1936.10.>

발표는 안 됐지만 「만돌이」란 동시도 썩 재미난 작품이다. 시험을 본다는 데도 공부하기가 싫은 어린 소년의 요행심리가 아주 유머러스하고 노련하게 묘사되어 있다. 아직 중학생인 그가 '동시'라는 장르에 상당한 수준으로 숙달되어 있음을 보여준다.

## 만돌이

만돌이가 학교에서 돌아오다가
전봇대 있는 데서
돌짜기 다섯 개를 주웠습니다.

전보대를 겨누고
돌 첫개를 뿌렸습니다.
— 딱 —
두 개째 뿌렸습니다.
— 아뿔사 —
세 개째 뿌렸습니다.
— 딱 —
네 개째 뿌렸습니다.
— 아뿔사 —
다섯 개째 뿌렸습니다.
— 딱 —

다섯 개에 세 개……
그만하면 되었다.
내일 시험,
다섯 문제에 세 문제만 하면 —
손꼽아 구구를 하여 봐도
허양[6] 육십 점이다.

---

6) 허양 : '거뜬히'란 뜻의 북간도 사투리.

볼 거 있나 공차러 가자.

그 이튿날 만돌이는
꼼짝 못하고 선생님한테
흰 종이를 바쳤을까요.
그렇잖으면 정말

육십 점을 맞았을까요.

<1937. 추정>

이젠 시 쪽을 본다. 이 시기에 쓰인 시 중 「양지쪽」이 가장 널리 읽히고 있다. 당년 19세. 아직 십대에 불과했던 그가 나이답지 않게 성숙한 시각과 품격을 지니고 있음을 보인 좋은 시이다. 그가 이 시의 소재로 삼은 양지쪽에서 땅뺏기놀이를 하고 있는 두 아이의 모습이야말로, 일제의 중국대륙 침략전쟁의 전운이 무겁게 감돌고 있던 당시의 험악한 시국을 절묘하게 시사하고 있다.

陽地쪽

저쪽으로 黃土 실은 이땅 봄바람이
胡人의 물레바퀴처럼 돌아 지나고

아롱진 四月 太陽의 손길이
壁을 등진 설은 가슴마다 올올이 만진다.

地圖째기 놀음에 뉘 땅인줄 모르는 애 둘이

한 뼘 손가락이 짧음을 恨함이여

아서라! 가뜩이나 엷은 平和가
깨어질까 근심스럽다.

<1936.6.26.>

윤동주가 이 시에서 잘도 묘사해낸 '가뜩이나 엷은 평화'는, 그가 광명학원 중학부 5학년에 재학 중이던 1937년에 드디어 깨어졌다. 1937년 7월 7일에 '노구교(蘆溝橋) 사건'이 일어난 것이다. 북경 서남쪽 10여 킬로미터 지점에 있는 노구교 근처에 주둔해 있던 일본군에 의해 조작된 이 사건을 계기로 드디어 중일전쟁이 발발하여 중국 대륙이 전란에 휩싸이게 되었다. 바야흐로 '천하대란'의 시기가 코앞에 닥치고 있었다.

윤동주는 당시 두 가지 큰 목표를 앞에 두고 있었다.

첫째 문학수업, 둘째 상급학교 진학.

그가 문학수업을 얼마나 성실히 했는가는, 그의 문학 관계 유품들이 오늘도 생생한 모습으로 증언한다. 무엇보다도 압권인 것이 백석(白石) 시집 『사슴』의 친필 필사본. 1936년 1월 20일에 출간된 『사슴』이 단지 100부 한정판이어서 구할 수 없자, 그는 학교 도서관에서 일일이 손수 베껴 필사본을 만들어 가졌다. 물론 직접 사들인 문학서적도 많았다.

중학 시절의 그의 서가에 꽂혔던 책 중에서 기억에 남는 것은 『정지용 시집』(1936. 3. 10, 평양에서 구입), 변영로 『조선의 마음』, 주요한 『아름다운 새벽』, 김동환 『국경의 밤』, 한용운 『님의 침묵』, 이광수・주요한・김동환의 『3인 시가집』, 양주동 『조선의 맥박』, 이은상 『노산시조집』, 윤석중 동요집 『잃어버린 댕기』, 황순원 『방가(放歌)』 『영랑(永郎)시집』 『을해(乙亥) 명시 선집』 등으로서, 그 중에서 그가 계속 갖고 와서 서울에 두었기에 지금 나에게 보관되어 있는 것으로는 백석 시집 『사슴』(사본) 『정지용 시집』 『영랑 시집』 『을해 명시 선집』 등이다. 그것은 특히 애착을 갖고 있었다는 뜻이 되겠다.[7]

라는 것이 친동생 윤일주 교수의 증언이다. 윤동주가 그 시절에 이렇게 책을 사 모은 과정의 뒷이야기로, 다음 같은 윤혜원 씨의 증언도 재미있다.

동주 오빠가 중학생 때 아버지께 야단맞던 걸 본 일이 있어요. 용정은 추운 곳이라서 학생들은 겨울이 되면 으레 양복점에 가서 학생복 안에 따로 천을 덧대어 입었지요. 그런데 오빠가 교복에 안감 대라고 준 돈으로 안감을 대지 않고 달리 써버려서 야단치신 거예요. 나중에 오빠가 어머니께 "그 돈으로 책을 샀다"고 고백하더군요.

"당시 집안 형편이 안감 값으로 책을 사야 할 정도로 궁하지는 않았는데 동주 오빠가 왜 그랬는지 모르겠더라"고 윤혜원 씨는 덧붙였다. 윤동주는 중학생 시절에도 무서운 독서가였다고 한다. 자기 공부방을 따로 갖고 있었는데 늘 새벽 2~3시까지 책을 읽곤 했다는 것. 어떤 때 자다가 한밤중에 일어나보면 동주는 아직도 불을 켜놓고 책을 보고 있었다.

윤일주 교수가 작성한 윤동주의 연보에 따르면 "광명중학교 시절, 일본판 『세계문학전집』과 한국인 작가의 소설과 시를 탐독하다. …… 한국문학작품을 신문과 잡지에서 스크랩하다. 이상(李箱)의 작품을 스크랩하다"[8]로 되어 있다. 그 시절에 윤동주가 새벽 2~3시까지 자지 않고 읽은 책의 내용을 짐작하게 한다.

그러나 '문학수업'이란 본래 끝이 없는 명제이고 또 어디까지나 그 자신에게 속한 문제였다. 그것보다 더욱 시급한 현안이며 또 가족들과 직접 연관된

---

7) 윤일주, 「윤동주의 생애」, 『나라사랑』 23집, 외솔회, 155쪽.
8) 『하늘과 바람과 별과 詩』, 정음사, 1983년판, 246쪽.

일로서 들이닥친 것이 바로 '상급학교 진학' 문제였다.

윤동주가 광명학원 중학부 5학년에 진급하면서 이 문제로 본격적인 파란이 일기 시작했다. 그는 "연희전문학교(연전) 문과에 가겠다"고 나선 반면, 그의 부친은 "의과를 해서 의사가 돼야 한다"고 강요했기 때문이다.

윤동주의 성품이 아주 온순하고 부드럽고 다정했다는 것은 널리 알려져 있다. 그러나 일단 자기주장을 내세울 땐 결코 물러서지 않는 매우 강인한 사람이 또한 윤동주였다. 가족들이 평소와는 아주 다른 강인하고 반항적인 그의 모습을 보고 크게 놀란 것이, 그가 진학문제를 놓고 부친과 대립했을 때였다. 윤일주 교수에 의하면, "몇 개월에 걸친 부자 간의 대립은 대단한 것이어서 어린 우리들은 겁에 질릴 정도"였고, 윤동주가 "아버지의 퇴근 전부터 산이고 강가고 헤매다가 밤중에야 자기 방에 돌아오는 날이 계속"되었고 "한숨이 늘고 가슴을 두드리는 때도 있더라"는 것이다.

윤동주네 집에선 이러고 있는 반면에 송몽규네는 전혀 달랐다. 송몽규는 웅기경찰서에서 풀려난 후 몇 달 동안 요양하다가 그 해(1937년) 4월에 대성중학교(4년제) 4학년으로 편입하여 공부하여 역시 졸업반이 되었다. 그런데 송몽규가 앞으로의 진로를 '연전 문과'로 정하자 부모들은 그대로 찬성했다. 그럴 뿐만 아니라 몽규의 부친 송창희는 "아이들은 그들의 의향대로 키워주어야지 부모 욕심 따라 키우려고 하면 안 된다"면서 공공연히 동주 부친의 태도를 비판했다.

그러나 동주 부친은 완강했다. 윤혜원 씨에 따르면, 부친은 오빠에게 이런 말을 자꾸 되풀이하더란 것이다.

> 내가 문학을 해봤지만, 문학이란 건 아무 쓸 데가 없더라. 이 시대에 네가 문학 해서 뭘 해먹고 살겠냐! 먹고 살 궁리를 해야 하잖냐. 문학 한다면 네가 기껏 해봤자 '신문기자'다. 기껏해야 '신문기자'란 말이다. 그러니 문학은 안 된다. 꼭 의과를 해라! 의과를 해야 먹고 사는 게 걱정 없게 된단 말이다.

사실 윤영석 선생은 젊을 때 중국 북경으로, 일본 동경으로—, 하고 외국까지 나가서 영어를 배우는 등 문학 쪽 공부를 한 분이었다. 한때 명동학교에서 교사 생활을 했고, 웅변과 휘호 등으로 날리기도 했다. 그러나 이것저것 손대어보며 세월만 보냈지 한 번도 경제적으로 제대로 자립해본 적이 없었다. 그 무렵엔 용정에서 포목상을 하고 있었다. 그래서 윤동주의 광명 학적부에 '부친 직업은 포목상'으로 나온다. 그러나 그 포목상조차 제대로 경영되지 않았다. 결국 경제적으로는 여전히 아버지 윤하현 장로에게 의지하며 살고 있었다. 자신의 반평생이 그러했기에 자신의 아들에게만은 그런 전철을 밟지 않게 하려는 의지가 매우 강력했다.

그런데도 동주가 며칠씩 밥을 굶어가면서 "난 죽어도 의과는 못 합니다. 문과로 가야겠습니다!"고 고집하자, 부친은 격분했다. 물사발이 밖으로 휙휙 날고 아주 난리가 났다. 윤혜원 씨는 당시를 회상하며 크게 웃었다.

> 그때가 내가 용정의 명신고녀에 다닐 땐데 말이오, 그때야 '문학'이니 '신문기자'니, 그런 걸 내가 아나. 그저 아버지가 오빠에게 하시는 그런 말씀을 들으면서 속으로, "아하, '신문기자'란 밥도 제대로 못 먹고 사는 직업인가 보다"라고 생각했었지요! 하하!

이런 대립이 계속되더니 동주가 생전 처음으로 집에 안 들어오는 날까지 생기도록 사태가 악화되었다. 이렇게 팽팽했던 부자의 대립은 결국 할아버지가 개입한 뒤 동주의 승리로 종결되었다. "정작 공부할 사람인 동주가 그렇게도 의과는 싫고 문과를 하겠다니 어쩌겠느냐"는 의견이셨다. 그렇듯 일이 악화된 후에야 뒤늦게 그런 의견을 내놓은 걸 보면, 할아버지 윤하현 장로 역시 윤영석 선생의 주장에 묵시적으로 동조하고 있었던 것이다.

윤동주의 광명 시절은 이렇게 지나갔다. 동주는 광명에서 농구선수로 뛰기도 했고, 1937년 9월에는 수학여행으로 금강산과 원산 송도원 해수욕장을 다녀왔다. 이때의 경험이 「바다」 「비로봉」, 두 편의 시로 남았다.

윤동주는 1938년 2월 17일에 광명학원 중학부를 졸업했다. 이젠 연전 입학 시험을 치르러 서울로 가야 했다. 윤 장로 댁은 농토를 소작인에게 내주어 짓는 농사로 먹고 사는 살림이어서 곡식이 곧 재산이었다. 추수해서 지주 몫의 곡식이 들어오면 굉장히 큰 뒤주에 저장했다. 윤 장로는 그 곡식들을 막 퍼내어 동주의 서울 유학을 뒷바라지할 준비를 했다. 윤혜원 씨는 그런 모습을 보노라니 절로 "우리 할아버지는 참 대단한 분!"이라는 생각이 우러나더란 것이다. 그런데 나중에 보니 할아버지는 또 할아버지대로의 복안이 있었다.

> 오빠가 서울로 떠날 무렵이 되니까 할아버지가 오빠에게 자꾸 단단히 타이르시더군요. "너 이젠 그저 열심히 공부해서 꼭 '고등고시'를 해라. 거기 합격해서 성공하도록 해라. 그리고 장가가면 공부 못하게 되니, 절대 일찍 장가갈 생각은 말아라. 그저 열심히 공부해서 꼭 '고등고시'에 합격하고 성공해야 한다"라고요.

꼭 의과가 아니라도 '고등고시'란 걸 붙으면 크게 출세한다는 이야길 어디서 들으셨던 모양이었다. 동주는 할아버지의 그런 말씀을 그저 조신하게 듣기만 했다. 그러나 나중에 서울로 떠나기 직전에 누이동생을 보고는 분명하게 밝혀놓더란 것이다.

> 할아버지가 자꾸 저러셔도, '고등고시' 하는 건 아예 과가 다른 거다. '고등고시'는 법과를 해야 하는 거지, 문과 해갖고는 안 되는 거야.

윤동주와 송몽규는 나란히 서울로 떠났다. 그리고 둘 다 연희전문 문과 입학시험에 응시하여 나란히 합격했다. 그것이 1938년 초봄. 이 해에 북간도 전체에서 연전 문과로 진학한 사람은 이 두 사람밖에 없었다.

# 제 7 장 젊음의 정거장, 서울 연희전문학교

태극무늬 널린 연전 캠퍼스

연전1학년 - 화려한 귀향

연전2학년 - 시 공부와 정지용

연전3학년 - 신앙의 회의기, 정병욱과의 만남

연전4학년 -『하늘과 바람과 별과 時』

「참회록(懺悔錄)」의 계절

# 젊음의 정거장, 서울 연희전문학교

## 태극무늬 널린 연전 캠퍼스

윤동주의 만 27년 2개월의 생애에서 '연희전문학교 문과 시절 4년'이 차지하는 의미는 어떤 것일까. 아마도 그의 삶에서 '가장 풍요로웠던 시기, 가장 자유로웠던 시기'였다고 정의될 수 있으리라. 그가 '연전'을 어떻게 평가했으며 얼마나 자랑스러워했는가는 장덕순(전 서울대 교수. 국문학. 윤동주의 광명학원 중학부 2년 후배) 교수의 증언에 잘 나타나 있다. 연전 1학년 때 여름방학을 맞아 용정으로 귀향한 그는 당시 광명 중학부 4학년에 재학 중이던 장덕순에게 '연전'을 이렇게 설명했다.

> 동주는 나를 데리고 해란강(海蘭江 : 이름은 예쁘지만 꽤 살풍경한 강이었다)가를 거닐면서 문학 공부의 필요성을 강조하고, 문학을 공부하려면 자기가 다니는 학교가 가장 적당하다는 것을 역설하기도 했다.
>
> 문학은 민족사상의 기초 위에 서야 하는데, 연희전문학교는 그 전통과 교수, 그

리고 학교의 분위기가 민족적인 정서를 살리기에 가장 알맞은 배움터라는 것이다.

당시 만주땅에서는 볼 수 없는 무궁화가 캠퍼스에 만발했고, 도처에 우리 국기의 상징인 태극 마크가 새겨져 있고, 일본말을 쓰지 않고, 강의도 우리말로 하는 '조선문학'도 있다는 등등 …… 나의 구미를 돋우는 유혹(誘惑)적인 내용의 이야기를 차분히, 그러나 힘주어서 들려주었다.

내가 한국문학에 뜻을 두게 된 것은 개화의 선구이신 조부님과 형인 요한의 영향에서 비롯되었지만, 문학 공부를 위해서 연희전문학교의 문과에 적을 두게 된 것은 오로지 동주의 권고에 따른 것이었다. 일본 사람이 경영하는 이역의 중학교에서 탈출하여 고국의 품에 안기고 싶었고, 또 기독교 가정에서 태어난 나로서는 기독교 계통의 사립학교가 고향처럼 느껴졌었다. 나는 만족스럽고도 행복한 학창 생활을 계속할 수 있었다.[1)]

장덕순네와 윤동주네는 같은 기독교 가정으로 세교(世交)를 지닌 집안 간이다. 더욱이 장덕순의 형 장요한은 윤동주의 은진중학 동창인 친구여서 그들은 어려서부터 친근했던 사이였다. 이처럼 같은 환경, 같은 분위기에서 자란 그들이다. 그렇기에 장덕순이 고향인 용정의 광명에서 타향인 서울의 연전으로 갔을 때 오히려 '고향처럼' 느껴지더라는 술회를 주목하게 된다. 그것은 윤동주의 경우에도 그대로 해당하는 소감이었던 것이다.

이것은 1930년대 말의 일제 발악기라는 시대 상황을 염두에 두어야 얼른 납득되는 이야기다. 소학교와 중학교에서조차 일본어로만 교습해야 했고 신사참배를 거부하면 학교가 폐교되는 그 숨 막히는 상황 속에서, 기독교계 학교들은 다른 계통의 학교들보다 비교적 자유로운 분위기와 학풍을 누렸다.

그것은 정치적으로는 학교 소유주이자 경영자인 선교사들이 서양 국적을 갖고 있었기에 가능했고, 이념적으로는 기독교 윤리가 자유 평등을 모토로 하고 있었기에 가능했던 현상이며 분위기였다. 그렇기 때문에 학교 건물들

---

1) 장덕순, 「윤동주와 나」, 『나라사랑』 23집, 외솔회, 143~144쪽.

연전시절 고궁 잔디밭에서 찍은 사진. 왼쪽에서 네 번째가 윤동주. 연전은 기독교계 학교였기 때문에 윤동주는 일제 치하에서도 비교적 자유로운 학풍과 분위기 속에서 지낼 수 있었다

의 장식 무늬로 태극 마크를 새겨 넣거나, 캠퍼스에 한국을 상징하는 꽃 무궁화가 만발할 수 있었다. 유영(전 연세대 교수, 시인, 윤동주와 연전 문과 입학 동기) 교수는 연전은 그런 풍토 때문에 "당시 식민지의 가혹한 학정 하에서 일제의 증오 대상"이었다고 표현했다.

연희전문학교는 1915년 4월에 문을 열었다. 미국 기독교 북장로교, 남북감리교, 캐나다 장로교 선교부 연합위원회의 관리 아래서 기독교 교육의 본산 역할을 했다. 초대 교장은 언더우드 1세. 2대 교장은 당시 세브란스 의학전문학교 교장을 겸임했던 에비슨 박사. 3대 교장은 언더우드 2세(한국명 원한경, 언더우드 1세의 아들로 1890년에 서울에서 태어나서 1951년 한국전쟁 중 부산에서 별세)였다. 윤동주는 원한경 교장 재직 시에 연전에 입학했다.

연전 개교 이래 최대 위기는 역시 '신사참배' 문제. 평양의 숭실전문학교는 폐교로써 맞섰지만, 연전의 원한경 교장은 학교를 일본인에게 빼앗기지 않으려고 '신사참배'가 아닌 '신사참례(神社參禮)'의 선에서 타협을 하여 폐교를 면했다고 한다.

윤동주가 재학했을 때 연전 교수진은 이러했다.

교장은 미국 선교사인 원한경(元漢慶, Horace Horton Underwood) 박사. 그리고 여러 명의 선교사 겸 교수인 외국인들이 있었다. 그 외에 유억겸(兪億兼), 이양하(李敭河), 이묘묵(李卯默), 현제명(玄濟明), 최현배(崔鉉培), 최규남(崔奎南), 김선기(金善琪), 백낙준(白樂濬), 신태환(申泰煥), 정인섭(鄭寅燮) 등등 당대 가장 저명한 조선인 학자들이 포진하고 있었다.

문과(文科) 상과(商科) 이과(理科).

학과는 그렇게 세 과로 갈랐을 뿐, 더 이상의 세분은 없었다. 문과는 인문과학 전반의 과목들을 모두 배우고, 상과는 상업 전반의 과목들, 이과는 자연과학 전반에 관해 배웠다고 생각하는 것이 이해하기 쉽다.

재미있는 것은 과 별로 수업연한이 달랐다는 점이다. 문과와 이과는 4년, 상과는 3년이었다. 당시만 해도 상업을 천시하고 순수학문을 숭상하던 조선조식 문화감각이 그대로 살아 있어 그렇게 발현되었던 모양이다.

연전 입학시험은 매우 어려웠다고 한다. 당시는 국내 남자 인문계 전문학교로서 연희전문학교(연전)와 보성전문학교(보전)만 있는 상태였다. 우선 수적으로만 보아도 학교 수가 너무 부족했던 것이다.

윤동주는 연전 입학시험을 치르러 온 것이 첫 서울행이었다. 서울엔 친척도 없었다. 그는 용정 은진중학교 출신으로 서울 감리교신학교 2학년에 재학중인 라사행에게 미리 편지를 보내어 도움을 청했다. 라사행은 앞에 기술되었듯이 윤동주의 은진 1년 선배로서, 1935년에 송몽규와 함께 낙양군관학교에 가서 군사훈련을 받았던 인물이다. 중국에서 체포되어 본국으로 송환된 뒤 평양감옥에 구금되어 고생하다가 1936년 후반에 출옥한 그는 앞으로는 신학을 하기로 작정했다. 그래서 1937년 4월에 서울 감리교신학교(감신, 5년

이양하 교수님과 연희전문 본관 앞에서

제)의 입학시험을 거쳐 당시 감신 1학년에 재학 중이었다.

윤동주, 송몽규가 연전 입학시험을 치려고 서울에 온 때, 그는 감리교신학교 기숙사에 살고 있었다. 감리교신학교의 위치는 현재 주소로 서울 서대문구 냉천동 31번지, 지금의 감리교신학대학이다. 라사행은 약속된 날 서울역에 나가서 윤동주와 송몽규가 기차에서 내리는 것을 맞아 가지고 냉천동 감신 기숙사로 데려왔다. 윤동주와 송몽규는 라사행의 방에서 한 열흘 남짓 신세를 지면서 연전 입시를 치러 합격했다. 당시 감리교신학교 기숙사는 60명(남자 40명, 여자 20명) 정도를 수용하는 규모였다. 방마다 침대 둘을 놓고 2명씩 살았는데, 그 침대 사이에다 긴 의자를 들여놓으면 몇 사람이고 더 재울 수 있었다.

이 때의 인연으로 윤동주는 연전 입학할 때 필요했던 신원 보증인을 구했다. 윤동주의 연전 학적부에 '보증인 문장욱(文章郁), 관계 친지'라고 나오는데, 그 문장욱이란 인물이 당시 감리교신학교에서 강의하고 있었던 문장욱 박사이다. 그는 충남 당진 출신으로 1925년에 연전을 졸업했다. 미국에 유학하여 컬럼비아대학에서 석사 학위를 받고 남가주대학에서 철학박사 학위를 받고 귀국했다. 감신에서 역사 등을 가르쳤다는데, 해방 후 미군정 때 외무차장, 대한민국 수립 후에는 초대 문교부 차장(차관)을 역임했다.2)

이와 관련해서 눈길을 끄는 것은 송몽규의 연전 학적부 보증인란이 공란으로 빈 것. 그는 '요시찰인'인 자신의 신분 때문에 남에게 피해 줄 것을 꺼려서인지 아예 보증인을 세우지 않고 입학했다.

윤동주가 연전에 입학할 무렵의 시국은 이미 일제 통치가 말기적 징후를 잔뜩 노출하고 있던 상황이었다.

1937년 7월에 중국 본토에서 중일전쟁이 발발하자, 조선총독부는 8월에 이미 전장 근처도 아닌 서울의 등화관제까지 실시하면서 위협적인 전시 분위기로 몰아갔다. 1938년이 되자 더욱 극성을 떨었다. 2월에 조선인들을 대상으로 하는 '조선육군지원병령'을 공포하더니, 5월에는 '일본국가총동원법'을 조선에도 적용한다고 공포하는 등, 전 조선을 완전히 전시체제로 몰아넣었다. '수양동우회사건'으로 구속된 안창호가 병보석으로 입원 중이던 경성제대 병원에서 사망한 것이 이 해 3월이었고, 장고봉에서 일본군과 소련이 충돌한 것이 이 해 7월이었다. 히틀러의 나치가 판을 치면서 오스트리아를 독일에 병합한 것도 이 해였다.

나라 안팎으로 모두 어둡고 괴로운 살육과 억압의 광기가 너울거리고 있었다. 당연히 지식인들의 수난이 잇따랐다. 1937년 6월에 지식인 150여 명을 치안유지법 위반 혐의로 구속한 '수양동우회사건'이란 큰 옥사가 일어나더니, 1938년 2월에는 '신사참배 거부'로 평양신학교 교수와 학생들이 구속되

---

2) 조성환, 『북경과의 대화』, 학고방, 255쪽.

고, '흥업구락부사건'이라 해서 민족주의자 다수가 검거되는 옥사가 다시 벌어졌다. 윤동주의 부친 윤영석 선생이 자식을 '문과'로 보내고 싶어 하지 않은 게 백 번 타당했던 그런 세월이었다.

그런데 이런 시국에서 대처하는 '연전'의 풍토와 기개는 어떠했던가! 그것을 보여주는 좋은 사례로 한글학자인 외솔 최현배 선생의 경우를 들 수 있다. '흥업구락부사건'이 벌어지자 연전 조선어 교수이던 그는 사건에 연루되었다 하여 조선총독부의 압력으로 교수직을 내놔야 했다. 그러자 연전에서는 그를 '도서관 촉탁'이라는 직책에 임명하여 학교 교직원으로 만들어서 계속 학생들에게 강의하게 했다. 대담한 저항이었다.

윤동주의 입학 동기생인 유영 교수의 증언을 통하여 그들의 연전 시절 모습을 알아본다.

> 이러한 때에 민족운동의 본산인 연희 동산을 찾아오는 이들은 다 제각기 뜻이 있어 온 젊은이들이었다고 할 수 있다. 학생들이 그러한 자세와 정신에서 찾아왔고, 또 교수 역시 우리 겨레의 학문과 정신을 지도하는 가장 유명한 인사들이었다는 것은 더 말할 나위 없다. 더욱이 언더우드 일가의 개교 정신이며, 또 선교사 측의 정신적인 뒷받침과 국제적인 관심도 이 학원의 발전과 학문 연구에 크나큰 밑받침이 되었음은 물론이다. (중략)
>
> 그러니까 동주는 그야말로 꿈에 그리던 학원으로 청운(靑雲)의 뜻을 품고 온 것이다. 혼자 온 것이 아니라 고종사촌인 송몽규(宋夢奎)와 더불어 왔다. 혈연관계가 있기도 하겠지만 얼굴도 비슷하고 키도 비슷해서 마치 쌍둥이 같았다. 같은 환경에서 같은 학원에 왔으니까 자연 학창 생활도 같은 길을 걸었다. 처음에는 지금 시비(詩碑)가 세워진 곳 뒤 기숙사에서 같이 지냈다. 그런데 성격은 완전 반대라 할 수 있다. 동주는 얌전하고 말이 적고 행동이 적은 데 반해, 몽규는 말이 거칠고 떠벌리고 행동반경이 큰 사람이었다. 그러면서 시를 같이 공부하고 창작도 같이 하였다. 그러한 성격은 시에서도 나타나 좋은 대조를 이루었다. 그러

나 그러한 성격 차이가 한 번도 어떤 불화나 틈을 벌리게 한 것을 필자는 일찍이 듣지도 보지도 못했다.

말하자면 동주는 외유내강(外柔內剛)의 형이라고 할까, 대인관계가 그렇게 유순하고 다정하고 또 재미스러울 수 없는데, 그 지조라든지 의지는 감히 누구도 어찌 못할 굳고 강한 것이었다. (중략) 당시 친구들로는 동요·동화 등으로 많이 활약을 하던 엄달호가 있었고, 또 판소리에 먼저 손을 댄 김삼불, 늘 밖으로만 나돌던 풍류객 김문응, 영어에 도사라고 할 한혁동, 강처중이 있고, 오늘의 한글 석학인 허웅, 현 한양대 영문학 교수 이순복 등 그 밖에 지금 보아도 지도적인 인물들이 많이 자리를 함께하여 강의를 듣고 공부하였다. 지금 연세 과학관 자리가 논이었고 그 위에 잔디가 있었는데 우리들은 틈만 있으면 거기 모여 앉아서 잡담과 논쟁으로 낭만의 꽃을 피웠다. (중략)

외솔 선생의 『우리말본』 강의를 들었을 때 우리는 얼마나 감격했고 또 영광스러웠고 연희 동산이 얼마나 고마운 곳인가를 뼈저리게 느꼈다. 동주가 얼마나 그 강의들을 열심히 들었는지, 항상 앞자리에 앉던 동주의 모습이 지금도 눈에 선하게 떠오른다.

하경덕 교수의 영문법 강의는 숙제 발표로 우리를 적잖이 골렸는데, 동주 역시 상당히 시달림을 받았으나 나중에 서로 이야기한 일이지만 그렇게 하교수가 밉더니 지금은 그렇게 고마울 수가 없다고 고백을 하였다.

…… 이양하 선생의 강의는 또 다른 면에서 동주에게 많은 영향을 주었다고 생각이 된다. 그분은 스스로 수필을 쓰시고 또 시도 좋아하시어 당시 몇몇은 평론이며 시를 써서 그분의 지도와 조언을 받았다. 동주 역시 자주 접촉하여 지도를 받은 바 있다. 말이 서투르고 더디면서도 깊이 있는 강의, 무게 있는 강의에 모두 머리를 숙였다. 들어가면서 바로 우리는 그분과 더불어 언더우드 동상 앞에서 기념사진을 찍었다 ……

그리고 누구보다도 동주를 울렸고 우리 모두를 울린 선생이 있는데, 그분이 바로 손진태 교수다. 손 교수께서 역사 시간에 잡담으로 퀴리 부인 이야기를 하신 것이다. 퀴리 부인이 어렸을 때 제정 러시아 하에서 몰래 교실에서 폴란드말 공부를 하던 때 마침 시학관이 찾아와 교실을 도는 바람에 모두 폴란드말 책을 책상 속에 집어넣었다. (중략)

손 선생은 이 이야기를 소개하시고 자신이 울며 손수건을 꺼내자 우리들도 모두가 울음을 터뜨려 통곡을 하였다. …… 그 밖에 김선기 선생의 음성학에서 듣던 이야기, 민태식 선생의 한문과 고전, 이묘묵 선생의 회화, 특히 강낙원 체육 교수의 은근한 민족의식의 고취는 우리의 의식구조의 큰 자리를 차지하고 있었다고 하겠다. 그리고 원한경 박사의 소탈한 설교, 유억겸 선생의 무거운 인격, 이춘호・최규남・김두헌 선생 등의 가르침이 동주나 우리에게 지성의 샘이었음은 물론이다.3)

## 연전 1학년—화려한 귀향

윤동주가 연전에 입학한 후 처음으로 쓴 시는 「새로운 길」이다. 제목도 작품의 율조도 모두 새로운 곳에서 새로운 생활을 시작한 젊은이의 건강하고 신선한 활기로 충만해 있다.

### 새로운 길

내를 건너서 숲으로
고개를 넘어서 마을로

어제도 가고 오늘도 갈

3) 유영, 「연희전문 시절의 윤동주」, 『나라사랑』 23집, 외솔회, 122~126쪽.

나의 길 새로운 길

민들레가 피고 까치가 날고
아가씨가 지나고 바람이 일고

나의 길은 언제나 새로운 길
오늘도…… 내일도……

내를 건너서 숲으로
고개를 넘어서 마을로

<1938.5.10.>

윤동주가 공부하던 연전 문과의 석조건물은 지금 연세대 문과대 건물의 일부로 쓰이고 있다. 그 당시만 해도 '일찍이 서산대사가 살았을 듯한 우거진 송림 속'[4]에 덩그랗게 서 있는 3층 건물이었던 기숙사 건물 역시 그대로 남아 있다.

입학과 동시에 기숙사에 입사한 윤동주는 송몽규, 강처중과 함께 3명이 한 방을 썼다. 신입생인 그들에게 배당된 방은 제일 꼭대기인 3층 왼쪽 방이었다. 3층 방은 천장이 반듯하지 못하고 지붕의 경사를 따라 같이 높은 각도로 경사가 진 다락방 형태의 방이었다. 윤동주는 그 방 창문으로 내려다본 어느 가을날 달밤의 풍경을 "가을 하늘은 역시 맑고 우거진 송림(松林)은 한 폭의 묵화(墨畵)다. 달빛은 솔가지에 솔가지에 쏟아져 바람인 양 솨 — 소리가 날 듯하다"고 묘사했다(1938년 10월에 쓴 산문 「달을 쏘다」 중에서).

입학한 해인 1938년 한 해 동안 윤동주는 「새로운 길」을 비롯한 8편의 시, 「산울림」을 비롯한 5편의 동시와 「달을 쏘다」라는 산문 1편을 썼다.

4) 윤동주, 「終始」, 『하늘과 바람과 별과 詩』, 정음사, 1983, 187쪽.

교수 동료들과 환담을 나누고 있는 연전 시절의 윤동주. 서 있는 사람 중 왼쪽에서 두 번째가 윤동주. 이양하, 하경덕과 연전 교수들의 교육은 윤동주를 비롯한 연전 학생들의 민족의식을 고취시키고 의식구조 형성에 많은 영향을 끼쳤다.

산문 「달을 쏘다」는 정인섭 교수 강의시간의 과제물이었다. 미리 제목을 정해주고 모두들 같이 쓰게 한 작문이었다. 정해진 제목에 맞추어야 했다는 제약 때문인가. 그저 범속한 작품이다.

그러나 동시를 보라. 그는 드디어 장인(匠人)의 솜씨를 터득했다.

산울림

까치가 울어서
산울림,
아무도 못들은

산울림.

까치가 울었다,
산울림,
저혼자 들었다,
산울림.

<1938.5.>

나머지 4편의 동시 중에서 「애기의 새벽」「해바라기 얼굴」「햇빛 · 바람」도 빼어난 작품들이다. 그런데 이런 작품들을 내놓은 것으로서 동시 쓰기를 아예 '졸업'이라도 해버린 걸까. 그는 1938년 이후로는 나머지 생애 동안 더 이상 동시를 쓰지 않았다. 그가 이만한 솜씨를 닦아놓고서도 왜 더 이상 동시를 쓰지 않았을까. 아마 그 이유는 그 자신에게 있었을 것이다. 그는 동시를 쓸 마음의 여유를 잃은 것일지도 모른다.

어린아이들은 언제나 동시를 쓸 수 있다. 아니 구태여 글로 쓰지 않더라도 그들의 웃음, 눈짓 하나 하나가 곧 동시이다. 그러나 어른은 다르다. 어른은 행복할 때에만 동시를 쓸 수 있다. 행복할 때에만 어린아이의 마음으로 돌아갈 수 있기 때문이다. 그러고 보면 연전에 온 윤동주가 진실로 행복했던 것은 1학년 때 한 해뿐이었는가 보다.

이제 그가 쓴 시를 본다.

1938년에 쓰여진 8편의 시 중에서 앞에 나온 「새로운 길」 외에 「사랑의 전당(殿堂)」「이적(異蹟)」「슬픈 족속(族屬)」, 이 세 편에 특히 주목하게 된다.

### 사랑의 殿堂

順아 너는 내 殿에 언제 들어왔던 것이냐?

내사 언제 네 殿에 들어갔던 것이냐?

우리들의 殿堂은
古風한 風習이 어린 사랑의 殿堂

順아 암사슴처럼 水晶눈을 내려감아라.
난 사자처럼 엉크린 머리를 고루련다.

우리들의 사랑은 한낱 벙어리였다.

聖스런 촛대에 熱한 불이 꺼지기 前
順아 너는 앞문으로 내달려라.

어둠과 바람이 우리窓에 부닥치기 前
나는 永遠한 사랑을 안은 채
뒷문으로 멀리 사라지련다.

이제 네게는 森林속의 아늑한 湖水가 있고
내게는 險峻한 山脈이 있다.

<1938. 6. 19.>

이 시는 여러모로 관심을 끈다.

첫째, 윤동주가 '순(順)'[후에는 '순이(順伊)'로 변형]이라는 특정한 여성형 이름을 사용하여 남녀의 사랑을, 그것도 이루어지지 않는 아픈 사랑을 노래한 최초의 시라는 점이다. 이 시의 이미지는 후에 「소년(少年)」(1939), 「눈오는 지도(地圖)」(1941.3.12) 등에서 '순이(順伊)'라는 이름에 담겨 되풀이해서 증폭

되며 심화된다. 물론 '순(또는 순이)'이란 이름은 고유명사라기보다는 일종의 보통명사로 사용되어 있다. 그러나 그가 이루지 못한 사랑을 노래하는 시에는 반드시 '순(또는 순이)'이란 일정한 이름을 등장시키고 있음은 특이한 현상이다. 그리하여 '윤동주의 여성관계는?' 식의 호기심을 자아낸다. 이런 호기심을 풀어줄 전기적인 고찰은 뒤에서 다루려고 한다.

둘째, "이제 네게는 森林속의 아늑한 湖水가 있고 내게는 險峻한 山脈이 있다"라는 마지막 연을 보라. 희생과 고난을 감수하려는 윤동주적 휴머니티가 여기에서 최초로 그 모습을 나타냈다. 이는 「십자가」에서 그 정점을 드러낸다.

「사랑의 전당」과 같은 날에 쓰여진 「이적(異蹟)」 역시 윤동주의 시 세계에서 하나의 중요한 이정표 구실을 하고 있다.

**異蹟**

발에 터분한 것을 다 빼어 버리고
黃昏이 湖水위로 걸어 오듯이
나도 사뿐사뿐 걸어 보리이까?

내사 이 湖水가로
부르는 이 없이
불리워 온 것은
참말 異蹟이외다.

오늘 따라
戀情, 自惚, 猜忌, 이것들이
자꾸 金메달처럼 만져지는구려

하나, 내 모든 것을 餘念없이
물결에 씻어 보내려니
당신은 湖面으로 나를 불러 내소서.

<1938.6.19.>

오늘날 윤동주에게는 '기독교 시인'이라는 레테르가 붙기도 한다. 그런데 윤동주가 기독교적인 시를 쓰기는 실로 이 작품 「이적」부터이다. 이 시의 배경은 신약성서 「마태복음」 14장 25~33절에 나오는 '예수와 베드로가 물 위를 걸었던 이적'의 이야기다. "갈릴리 호수에서 제자들만 배에 탄 채 풍랑에 시달리고 있을 때, 예수가 물 위를 걸어 그들에게 다가왔다. 그 모습을 보고 유령인 줄 알고 놀라고 두려워하는 제자들에게 예수가 자신임을 밝히면서 안심시키자, 베드로는 자신도 물 위를 걸어 예수께로 가게 해달라고 청했다. 예수가 허락하자 베드로도 배에서 물 위로 내려 물 위를 걸을 수 있었다"는 것이 이적의 내용이다.

왜 그 이야기가 돌연 그의 심금을 건드린 것일까. 어떤 이는 그런 걸 가리켜 '신앙의 신비'라고 하리라. 아무튼 이 시는 하나의 큰 전기가 되었다. 시인이요 또한 모태로부터의 크리스천인 그가 드디어 시와 신앙을 하나로 융합시키는 큰 길을 연 것이다.

이제 「슬픈 족속(族屬)」을 본다. 그의 민족의식이 구체적인 형상에 담겨 시가 되었다.

### 슬픈 族屬

흰 수건이 검은 머리를 두르고
흰 고무신이 거친 발에 걸리우다.

흰 저고리 치마가 슬픈 몸집을 가리고

흰 띠가 가는 허리를 질끈 동이다.

<1938.9.>

본문만 보면, 이것은 한 여인에 대한 아주 단순하고도 서글픈 스케치이다. '검은 머리'라니 아직 머리가 세도록 늙지는 않았고, '거친 발'이라니 고생 속에서 살아온 모습이다. '슬픈 몸집'이라니 지금도 역시 살기가 고달픈 상태이고, '가는 허리'라니 초췌한 몸매이다. 그런데 윤동주는 이 여인에게 '흰 수건' '흰 고무신' '흰 저고리 치마'에다 '흰 띠'를 띠고 있게 하면서 "슬픈 족속"이라는 명패를 붙여줌으로써, 곧 우리 민족 전체를 의인화해내었다.

'1938년 9월'이라는 시점에서 그가 우리 민족을 '슬픈 족속'으로 파악했었음을, 여기서 무겁게 확인하고 가자. 이것은 그의 시 전개 과정에서 아주 큰 의미를 갖는다.

지금까지 보아온 것은 윤동주의 학교생활과 시에 관한 부분이다.

이제 그의 '귀향'을 추적해본다. '연전 학생 윤동주'의 참모습은 학교생활 모습에다가 귀향 때 모습이 한데 어우러져서 완성되기 때문이다.

서울에서 북간도 용정까지 가는 여정은 철도여행의 연속이다. 우선 서울에서 경원선(京元線) 열차를 탄다. 열차는 의정부, 철원을 거쳐 동해안의 아름다운 항구 도시 함남의 원산에서 멈춘다. 노정은 233.7킬로미터, 우리 이수로는 580여 리에 달한다. 원산에서 다시 함경선(咸鏡線)이 시작된다. 함경선은 원산에서 출발하여 고원, 함흥, 길주, 청진, 회령을 지나 함북의 끄트머리 두만강변의 상삼봉(上三峰)에 이르는 단선 철도이다. 장장 666.9킬로미터, 우리 이수로 1,660여 리가 된다. 이렇게 서울에서 도합 2,240여 리를 달려가서 두만강변의 국경 마을 상삼봉역에 닿은 후, 거기서 다시 기차를 갈아타고

연전 시절의 윤동주(앞줄 오른쪽에서 두 번째). 윤동주는 연전에서 공부하는 동안 많은 시와 산문을 썼는데 특히 이때 쓴 시들은 매우 뛰어난 작품들로 평가 받는다. 학생들이 지닌 분위기가 요즘 대학생들보다 훨씬 어른스럽다.

두만강을 건너 용정으로 간다.

연전에 입학한 이래, 윤동주는 여름방학, 겨울방학 때마다 이 노선을 왕복하면서 서울과 북간도를 오르내렸다.

> 윤동주 시 중에 1938년 9월 15일자로 된 '아우의 인상화'라는 제목의 시가 있지요? 그것이 연전에 입학한 해 여름방학에 집에 다니러 왔을 때의 시이지요. 내가 일주에게서 들었는데, 그게 그때 실제로 그대로 있었던 일이라고 하더군요. 동주 오빠가 그렇게 묻고 일주가 그렇게 대답한 일이 있다고요. 그때 우리 형제들은 오빠가 방학으로 집에 오기만 하면 얼마나 매달리며 좋아했었는지……

누이동생 윤혜원 씨의 회상 속에 있는 청년 윤동주의 모습은 참으로 부드럽고 따뜻하다. 거의 모성과도 같은 훈훈함이 있다.

> 이제 생각해보면 오빠는 어른이었으니 자기 할 일도 있었겠고…… 우리 꼬마 동생들이 참말 너무 귀찮게 군 건데, 그래도 오빠는 우리를 조금도 귀찮아하는 기색 없이 하자는 대로 다 받아주었어요. 서울 이야기도 해주고 노래도 가르쳐주고…… 흑인 영가 「내 고향으로 날 보내주」도 그때 오빠에게서 처음으로 배웠지요.

윤혜원 씨는 윤동주의 자상한 성품을 보여주는 예의 하나로 '편지' 이야기를 들었다. 윤동주가 서울에 있을 때 본가와 윤동주 사이의 서신 연락은 주로 윤혜원 씨가 맡아서 했다. 그런데 윤동주는 누이동생이 보낸 편지에서 맞춤법이나 글씨가 틀린 부분을 일일이 붉은 글씨로 고쳐서 자기의 회답과 함께 되돌려 보냈다. 그는 꼬마 동생들일지라도 어리다 해서 소홀히 하거나 가볍게 대하는 일이 전혀 없었다. 그의 시 「아우의 인상화」를 보면 그의 그러한 겸허하고 넉넉한 인품의 향기가 진하게 느껴진다.

아우의 印象畵

붉은 이마에 싸늘한 달이 서리어
아우의 얼굴은 슬픈 그림이다

발걸음을 멈추어
살그머니 앳된 손을 잡으며
'늬는 자라 무엇이 되려니'
'사람이 되지'
아우의 설은 진정코 설은 對答이다.

슬며시 잡았던 손을 놓고
아우의 얼굴을 다시 들여다 본다.

싸늘한 달이 붉은 이마에 젖어
아우의 얼굴은 슬픈 그림이다.

<1938.9.15.>

흔히 '글이 곧 사람'이라고 한다. 그 반대의 경우도 역시 마찬가지의 진실이라면, 이렇게 가족의 뇌리에 남아 있는 윤동주의 인품에 관한 증언들은 곧 그의 '글'에 대한 훌륭한 해설이기도 하다.

윤혜원 씨의 증언을 더 들어본다.

> 오빠는 우리에게만 잘하셨던 게 아니예요. 대학생 신분이면서도 방학 때 집에 오면 할아버지의 삼베 한복을 척 걸쳐 입고는 할아버지를 도와 소멕이 닭모이 등을 만들기도 하고, 산으로 소를 먹이러 가기도 했지요. 소는 본래 우리가 기르는 게 아니라 송아지를 사서 소 기를 사람에게 주었다가 후에 나누어오는 그런 소였어요. 그런데 소 기르는 집에서 소를 너무 부려서 여위어지면 할아버지께서 소를 쉬게 하고 살을 올려야겠다며 끌고 오셔서 우리가 먹인 거지요. 그런가 하면 할머니와 어머니가 두부를 만들려고 콩을 맷돌에 가는 걸 같이 도와드리기도 했지요. 힘든 일을 어른들이 하고 계시는 걸 그냥 보고 넘기지 못해서 그런 거예요. 정말 성품이 그럴 수 없이 인자하고 부드러운 분이었어요.

일제시대엔 전문학교나 대학교 학생들은 모두 사각모자를 썼다. 그래서 그런 모자를 쓴 외지 유학생들이 방학을 맞아 용정으로 귀향하면 모두들 부러워하고 우러러보았다. 아주 선망의 대상이었다. 그런데도 본래 빼기기를 싫어하는 성품인 윤동주는 도착하는 날로 학생복과 사각모자를 벗어버렸다는 것이다.

> 처음엔 의과를 안 간다고 몹시 언짢아하셨긴 하지만, 아버지도 서울의 연전 학생인 오빠가 귀향하자 몹시 자랑스러워하셨지요. 첫 여름방학에 오빠가 귀향해서 교회고 어디고 여러 어른들께 인사드리러 다닐 때 사각모자를 안 쓰고 나가면 아버지는 냅다 소릴 지르시는 거예요. "모자 쓰고 가라!" 하고요. 하하! 그러면 오빠는 마지못해 쓰고 나가서는 길에서 벗어 담 안으로 던져버리고 가거나 바지 뒷주머니에 찔러넣고 가더군요. 하하…….

그러나 즐거운 추억만 있는 것은 아니었다. 동주는 서울 있을 때 동생 일주에게 매달 『조선일보』에서 발행하는 『소년』이란 어린이 잡지를 사서 부쳐주었다. 용정 집에선 『소년』이 오기만 하면 동생들이 서로 먼저 보려고 다툴 지경으로 좋아했다.

그런데 방학을 맞아 같이 귀향한 송몽규로부터 뜻밖의 이야기를 들었다. 윤동주가 동생들에게 『소년』 잡지 등 문학책들을 자꾸 보내주는 걸 안 부친이 동주에게 "그런 책들 보내지 말아라. 네 동생까지 문학가를 만들려고 그러는 거냐" 하고 몹시 질책하는 편지를 써 보냈더라는 거였다. 그 편지를 기숙사에서 같이 보았다면서 송몽규는 말했다.

> 야, 혜원아. 제발 너의 아버지가 그런 편지 좀 보내지 못하게 해라. 네 오빠가 그 편지 때문에 얼마나 괴로워하고 실망했는지 아느냐.

그 이야기가 오래도록 마음에 아프게 남았었다고 한다. 이때 윤동주가 책을 보냈던 일에 관해서는 윤일주 교수의 증언이 자세하다.

한국 최초의 월간잡지 『소년』. 윤동주는 서울에 있을 때 동생들에게 이 같은 문학책들을 보내주었다. 그러나 윤동주의 아버지는 이를 탐탁치 않게 여겼다.

1938년 첫 여름방학에 나에게 준 서울 선물은 김동인(金東仁)의 『아기네』라는 두툼한 역사소설집이었다. 그리고 서울 있는 동안에도 조선일보사 발행의 잡지 『소년』을 매달 우편으로 보내주었다. 김내성의 「백가면」이 연재되고 있기도 하여 매달 즐거움으로 기다리곤 하였다. 그 밖에 나에게 특별히 보내준 책으로는 조선일보사 발행의 『아동문학전집』, 일본 『오가와(小川未明) 동화집』, 강소천의 『호박꽃초롱』 등이었다. 특히 『아동문학집』 속의 이광수의 동화(제목은 잊었으나 정류장에서 엄마를 기다리는 아이 이야기), 박영종(木月 朴泳鍾)의 「나루터」, 정지용의 「말」 등에 연필로 간단한 설명을 달아놓았었는데, 요지는 꿈이 아닌 생활이 표현되었기에 좋은 작품이라는 뜻이었다.[5]

형과 아우 사이에서 이런 '문학적 교류'가 이루어지고 있으니 그의 아버지가 그만 펄쩍 뛰었던 모양이다.

---

5) 윤일주, 「윤동주의 생애」, 『나라사랑』 23집, 외솔회, 155~156쪽.

윤일주 교수가 회상하는 연전 시절 귀향 때의 윤동주 모습은 다양하다. 그리고 가족의 증언답게 생생하게 살아 있는 윤동주의 상을 드러낸다.

> 동생들은 방학 동안에 그에게서 많은 것을 배웠다. 방학숙제도 같이 하고 대학생이던 그와 구슬치기며 공차기 등 장난도 많이 하였다. 책 볼 시간이 아까우면서도 동생들이 귀여워서 놀아주는 것이다.
>
> 누님과 내가 그에게서 작은 목소리로 태극기의 모양과 무궁화와 애국가와 기미독립만세, 광주학생사건 등을 들은 것은 그의 전문학교 1·2학년 시절이다. 또 한 가지 잊혀지지 않는 것은 내가 소학교 4학년 때로 짐작되는데, 그에게서 별자리[星座]를 배우던 일이다. 교과서에 나오는 북두칠성과 북극성 등의 위치를 마당에 나와서 가리키면서 참 요령 있게 가르쳐주던 것이다. 여름 저녁의 시원한 바람, 어린 나를 안다시피 하던 정다운 그의 체취, 별을 가리키던 그의 손가락 등 모든 것이 그립다.
>
> …… 방학이면 시골에 파묻혀 책이나 실컷 읽으리라고 많은 책을 짊어지고 집에 돌아와도 그의 생각대로 되지 않았다. 가문 중에서 제일 큰집이어서 손님이 그치는 날이 없다시피 하여 늘 번잡하였다. (중략)
>
> 그는 거의 매일같이 산길이나 들길을 걸었다. 동생들 몰래 나가서 거닐 때가 많았지만, 나를 찾아서 일부러 데리고 가는 때도 있었다. 나는 그의 손을 붙잡고 함께 거니는 것이 무엇보다 즐거웠다. 1938년 9월, 그러니까 전문학교 첫 방학 뒤에 쓴 그의 시 「아우의 인상화」 속의 그와 나의 대화는 실제 있었던 일로 회상된다. 이렇게 구체적인 사례가 아니라도 그의 시상의 대부분은 그의 산책길에 자연을 관조하면서 마음속에서 우러나고 다듬어진 것이 아닌가 생각된다. 그의 산책길의 옷차림은 삼베나 옥양목의 한복 차림이었고, 손에는 책이 쥐어 있지 않은 때가 없었다. 방학 때는 거의 한복 차림이었고 그 모습도 맵시 있었지만, 사각모나 연희전문 학생들이 잘 쓰던 미국식 납작 맥고모에 곤색 학생복 차림도 참 잘 어울리었다. 그는 은연중에 멋을 부리기도 하였으나, 무엇이나 그의 몸에 걸쳐지

면 맵시가 나는 듯하였다. 그는 일본에 대한 적개심이 강하여 '하오리'나 '유까다'를 입은 조선사람을 보면 메스껍다고 외면하였고, 친구들이 일본말로 이야기하여도 애써 우리말로 대하곤 하였다.[6)]

이상이 윤동주의 연전 문과 1학년 때의 모습이었다.

1938년 연전 1학년 때, 윤동주가 수강한 교과목들은 다음과 같다(괄호 안 숫자는 점수).

수신(修身. 80), 성서(聖書. 89), 국어(國語. 81), 조선어(朝鮮語. 100), 한문학(漢文學. 85), 문학개론(文學槪論. 70), 영문법(英文法. 80), 영독(英讀. 81), 영작(英作. 74), 영회(英會. 79), 성음학(聲音學. 78), 동양사(東洋史. 85), 자연과학(自然科學. 75), 음악(音樂. 95), 체조(體操, 79), 국사(國史, 74).

## 연전 2학년—시 공부와 정지용

1939년에 윤동주는 2학년이 되었다.

이 해 초부터 윤동주는 작품 발표에 신경을 썼다. 주로 『조선일보』 학생란이 주요 대상이었다. 유영 교수의 증언에 따르면, 당시 『조선일보』에는 '학생란'이라는 지면이 있어서 학생들의 투고 작품을 실었다. 작품을 신문사로 우송하면 골라서 실은 뒤 '신문 구독권' 1개월치 또는 2개월치 등을 고료 대신 보내주었다. 유 교수도 거기 투고하여 게재된 뒤 '신문 구독권'을 받은 경험이 있다는 것. 연전 동료들 가운데 동화와 동요를 쓰던 엄달호는 이미

6) 윤일주, 「윤동주의 생애」, 『나라사랑』 23집, 외솔회, 156~157쪽.

기성문인 대우를 받아 '학생란'이 아닌 『소년조선일보』에 청탁 필자로서 자주 작품을 실었다.

윤동주는 산문 「달을 쏘다」(1월), 광명중학 때 지은 시 「유언」(1939.2.16.), 연전 1학년 때의 시 「아우의 인상화」(날짜 미상), — 이렇게 세 편을 '尹東柱' 또는 '尹柱'란 이름으로 『조선일보』 학생란에 발표했다. 또 동시 「산울림」을 『少年』(날짜 미상)에 '尹童舟'란 이름으로 발표했다. 이를 계기로 『소년』 편집인인 동요시인 윤석중 씨를 만났고, 처음으로 원고료를 받았다.

이상하게도 그는 이렇게 전에 쓴 작품들 발표에만 신경을 썼을 뿐, 새 작품은 별로 쓰지 않았다. 그가 1939년에 쓴 것은 「달같이」 「장미 병들어」 「산골물」 「자화상」 「소년」 「투르게네프의 언덕」 등 모두 6편뿐이다. 그것도 제작 시기를 알 수 없는 「산골물」과 「소년」을 제외한 나머지 4편이 모두 9월에 가서야 쓰여졌다.

이제 윤동주의 2학년 시절에 대해 알아본다. 현재까지 '그의 1939년'은 제대로 알려지지 않은 부분이 많다.

우선 기숙사 입주 여부 문제.

윤일주 교수가 작성한 윤동주의 연보에는 그가 입학한 이후 3년 동안 계속 기숙사 생활을 한 것으로 되어 있다. 하숙생활은 4학년 때인 1941년에 정병욱과 기숙사를 나가 함께 지냈던 1년뿐으로 기록돼 있다. 그러나 사실은 그와 다르다. 윤동주는 2학년 때 기숙사를 나와서 하숙생활을 했고, 3학년 때 다시 기숙사에 들어갔다가 4학년 때 정병욱과 다시 나왔다.

그가 1939년에 기숙사가 아닌 하숙생활을 했던 것은 입학 동기인 유영 교수와 라사행 목사의 증언으로 명확하게 밝혀진다.

유영 교수는 1939년 11월에 가정 사정으로 휴학했다가 2년 후 윤동주 등이 졸업한 뒤에 복학했다. 그런데 이미 휴학 전에 윤동주의 아현동 하숙집과 서소문 하숙집을 모두 방문하여 시에 관한 이야기를 나누곤 하였던 기억을 선명하게 지니고 있었다.

동주는 먼저 아현동에서 하숙을 했었지요. 그러다 후에 서소문으로 이사했어요. 그때엔 혼자 하숙했었던 걸로 기억합니다. 서소문 하숙집은 옛날 서대문구청 자리 근처였는데, 그때만 해도 거긴 꼭 시골 같은 곳이었어요. 앞에 조그만 개울이 흐르고 있고, 근처에 우물도 있었어요. 바로 동주의 시 「자화상」의 배경이 된 우물이지요.

당시 연전이 있는 신촌과 서울역 사이에는 연희역, 아현역, 서소문역 등이 있었다. 동주는 통학에 편리하게 역에 가까운 지역으로 옮겨 다니면서 하숙했던 모양이다. 이야기가 나온 김에 여기서 시 「자화상」과 '우물'에 관한 이야기를 짚어 본다.

### 自畵像

산모퉁이를 돌아 논가 외딴우물을 홀로 찾아가선
가만히 들여다 봅니다.

우물속에는 달이 밝고 구름이 흐르고 하늘이
펼치고 파아란 바람이 불고 가을이 있읍니다.

그리고 한 사나이가 있읍니다.
어쩐지 그 사나이가 미워져 돌아갑니다.

돌아가다 생각하니 그 사나이가 가엾어집니다.
도로 가 들여다 보니 사나이는 그대로 있읍니다.

다시 그 사나이가 미워져 돌아갑니다.
돌아가다 생각하니 그 사나이가 그리워집니다.

우물 속에는 달이 밝고 구름이 흐르고 하늘이
펼치고 파아란 바람이 불고 가을이 있고
追憶처럼 사나이가 있습니다.

<1939.9.>

지금까지 많은 윤동주 연구가들이 「자화상」(원제 「우물 속의 자상화」)의 배경이 된 우물이 '고향 명동집의 물맛 좋던 수십 길 깊이의 우물'일 것이라고 추정했다. 그러나 유영 교수는 그게 아니라 '윤동주의 서소문 하숙집 근처의 우물'일 것이라고 단정한다.

유영 교수의 주장이 옳다고 본다. 이유는 이렇다.

첫째, 「자화상」이 쓰여진 것은 1939년 9월로서, 시기적으로 보아 시인의 서소문 하숙집 시절에 해당한다. 그에 비해 '명동 우물설'에 따르면, 이미 청년이 된 그가 어린 소년시절에 본 우물을 이 시점에 와서 뒤늦게 회상해내어 이런 시를 쓰게 되었다는 것이 되어 아주 부자연스럽다.

둘째, 명동집 우물은 수십 길 되는 깊은 우물로서 그 속에 대고 소리치면 우물 울리는 소리가 났다고 한다. 구조적으로 보아 그렇게 깊은 우물에서는 도저히 얼굴이 물 위에 비칠 수가 없다. 그러니 '자화상'적인 발상 자체가 가능할 수 없다.

그러나 어찌 보면 우물 구조에 관한 이런 논의 자체가 전혀 무의미한 것일지도 모른다. 윤동주는 분명 "우물 속에는 달이 밝고……"라고 했다. 아무리 얕은 우물일지라도 낮이 아닌 달밤에 얼굴을 비춰볼 수 있는 우물은 없다. 밤에 우물을 들여다본다 하면 그 행위 자체가 달빛을 가려버려 그 사람의 모습이 수면에 비쳐질 수 없기 때문이다. 밤에 우물을 들여다보았을 때 거기 밝은 달과 구름과 하늘과 파아란 바람과 사나이까지 보이는 우물, 그것은 참으로 마음속에 있는 우물일 수밖에 없다. 그러므로 이제 우리가 「자화상」의 배경이 된 우물이 북간도 명동의 우물이냐, 서울 서소문의 우물이냐, 를 따지는 것은 큰 유익이 없으리라. 그보다는 왜 윤동주가 그의 모습을 수면에, 그것도 하필이면 밤에 우물 속에 있는 물의 수면에 비춰보고 싶어 했는가, 하는 질문을 깊이 있게 따져봐야 할 것이다.

그럼에도 불구하고 '서소문 우물'에는 한 가닥 애착이 남는다. 서소문 우물이 윤동주로 하여금 '우물'이라는 소도구를 매개로 하여 자아성찰의 방식을 찾아내려는 동기를 부여한 것은 틀림없어 보이기 때문이다. 그렇다면 그의 서소문 시절에 대해 시 「자화상」 만큼의 비중을 부여하는 것에 인색할 필요는 없으리라.

'윤동주의 1939년'을 파악하는 데는 라사행 목사의 기억도 매우 소중하다. 그는 윤동주의 북아현동(유영 교수가 말하는 단순한 '아현동'이란 동리 이름보다 좀 더 구체적이다) 하숙집 시절을 기억할 뿐만 아니라, 그 시절에 북아현동에 살고 있던 시인 정지용을 윤동주와 같이 방문했다는 중요한 경험을 갖고 있기 때문이다.

> 동주가 연전에 입학하여 기숙사에 있을 때, 일요일이면 내가 연전 기숙사로 놀러가기도 하고 동주가 우리 감신 기숙사로 놀러오기도 해서 자주 만났어요. 그런데 1939년에는 동주가 기숙사를 나와서 북아현동에서 하숙을 했었어요. 그래서 그리로도 놀러갔었지요. 그때의 일인데, 역시 북아현동에 살고 있던 시인 정지용 씨 댁에 동주가 가는데 같이 동행해서 갔던 일도 있습니다. 정지용 시인과 시에 관한 이야기를 주고받은 것으로 기억합니다.

1948년 1월에 출간된 윤동주의 유고 시집 『하늘과 바람과 별과 시』의 초간본에는 정지용이 강처중의 부탁으로 쓴 서문이 실려 있다. 그런데 그 내용을 보면 그가 윤동주를 전혀 모르는 것으로 되어 있다. 그래서 지금까지 정지용과 윤동주는 생전에 한 번도 서로 만나지 못했던 것으로 단정되어 왔다. 그러나 정지용이 윤동주를 기억하지 못했다 뿐이지, 윤동주는 정지용의 집을 방문해서 그를 만난 일이 있었던 것이다. 시인 지망생들이 무수히 찾아다녔던 정지용이고 보면 그가 연전시절의 윤동주를 기억하지 못했다는 게 있을 법한 일이다.

라 목사에 의하면, 북아현동에서는 낮은 쪽 평지대에 돈 많은 사람들의 큰 집들이 있고, 높은 고지대로 올라갈수록 가난한 사람들이 살아 집들도 작아지더라는데, 정지용의 집은 약간 높은 지대에 속하는 웬만한 규모의 한식 기와집이었다는 것이다.

필자는 이 증언에 큰 흥미를 느꼈다. 그래서 정지용 씨의 아들 정구관 씨(1928년생)를 수소문해서 만났다. 그에게 확인한 결과, 라 목사의 이야기대로 정지용 시인이 1939년에 북아현동의 기와집에 살았음을 확인했다. 당시 정지용 시인 댁의 정확한 주소는 '북아현동 1의 64호'였다. 정구관 씨는 1939년이라면 그가 열한 살 때인데 당시 집에 손님들이 무척 찾아왔었다고 기억했다. 아버지 친구들, 학생들, 문학 지망생들…… 그런 손님들이 끊일 새 없었다는 것이다.

같은 무렵 송몽규도 역시 기숙사를 나와서 같은 북아현동에서 하숙했다고 한다. 송몽규의 사촌 형인 송웅규 박사에 의하면, 1939년에 송몽규와 둘이서 '북아현동 240번지'에서 하숙했는데 1년쯤 되었을 때 경제사정 때문에 자기는 문안으로 입주 가정교사 자리를 구해 들어갔고, 송몽규는 기숙사로 되돌아갔다고 한다.

윤동주의 글에 그가 기숙사를 나와서 하숙하러 가게 된 동기를 재미있게 밝혀놓은 부분이 있다.

事件이란 언제나 큰 데서 動機가 되는 것보다 오히려 작은 데서 더 많이 發作하는 것이다.

눈이 온 날이었다. 同宿하는 친구의 친구가 한時間 남짓한 門안(필자 주 : 동대문 남대문 등의 4대문 안. 도심 지역을 이렇게 지칭했었다) 들어가는 車時間까지를 浪費하기 爲하여 나의 친구를 찾아 들어와서 하는 對話였다.

"자네 여보게 이 집(필자 주 : 기숙사) 귀신이 되려나?"

"조용한 게 공부하기 작히나 좋잖은가"

"그래 책장이나 뒤적뒤적하면 공분줄 아나, 電車간에서 내다 볼 수 있는 光景, 停車場에서 맛볼 수 있는 光景, 다시 汽車 속에서 對할 수 있는 모든 일들이 生活아닌 것이 없거든. 生活 때문에 싸우는 이 雰圍氣에 잠겨서, 보고, 생각하고, 分析하고, 이거야말로 眞正한 意味의 敎育이 아니겠는가. 여보게! 자네 책장만 뒤지고 人生이 어드렇니 社會가 어드렇니 하는 것은 十六世紀에서나 찾아볼 일일세, 斷然 門안으로 나오도록 마음을 돌리게."

나한테 하는 勸告는 아니었으나 이 말에 귀틈이 뚫려 상푸둥 그러리라고 생각하였다. 非但 여기만이 아니라 人間을 떠나서 道를 닦는다는 것이 한낱 娛樂이요, 娛樂이매 生活이 될 수 없고, 生活이 없으매 이 또한 죽은 공부가 아니랴. 하여 공부도 生活化하여야 되리라 생각하고 불일내에 門안으로 들어가기를 內心으로 斷定해 버렸다.[7)]

필자는 위의 글에서 윤동주가 "인간(필자 주 : ① 사람, ② 사람이 사는 곳, 세상)을 떠나서 도를 닦는다는 것"은 한갓 '오락'에 불과한 것이라고 갈파한 것에 크게 주목한다. 이 사상은 그의 시를 이해하는 작업에서 큰 지렛돌의 구실을 하고 있다. 그렇다! 그는 무릇 인간의 일과 노력은 어디까지나 인간의 삶의 현장에다 그 뿌리를 두고 있어야 함을 본능적으로 납득하고 있었고, 그것이 곧 그가 지닌 힘이며 성실성이고, 또 그의 시가 살아 있는 시가 된 결정

7) 윤동주, 「終始」, 『하늘과 바람과 별과 詩』, 정음사, 1983, 187~189쪽.

적인 원인이었다.

그런데 그의 삶을 싸안고 있던 그 시대는 어떠했던가!

일제가 1937년에 일으킨 중일전쟁 수행을 위해서 조선총독부는 '군용자원보호법(軍用資源保護法)' 등 조선인의 생활을 갖가지로 통제하는 법령들을 계속 만들어내고 중등학교에 해군 교련을 실시하는 등 전시비상체제를 강제했다. '국민징용제도'도 이 해부터 실시했다.

중일전쟁이 격화됨에 따라 미국은 노골적으로 중국을 지지하고 나섰다. 루스벨트 행정부는 이미 1937년 10월의 유명한 '제지(制止) 연설'을 통해 "일본의 중국 침략을 인정할 수 없다"는 뜻을 명백히 했고, 1938년 여름이 되자 일본으로 향하는 비행기·무기 및 기타 전쟁 물자의 선적을 금지시켰다. 1939년 7월에는 일본과의 통상 조약을 폐기해버렸다.8)

미일 간의 관계가 이렇듯 악화됨에 따라 미국 선교사들이 경영하는 연전과 조선총독부의 관계도 악화되었다. 갖가지 압력과 핍박이 닥쳐왔다. 당시 상황이 연전 교장으로 재직하고 있던 원한경 박사의 장남 원일한(元一漢, Horace Grant Underwood, 1917년 서울 출생) 씨의 회고록에 이렇게 묘사되어 있다.

> 나는 할아버지(元杜尤 목사)의 동상이 서 있고 아버지(元漢慶 박사)가 학장으로 근무하고 있던 연희 캠퍼스의 영어 강사로 사회생활을 시작했다.
>
> 한국에 돌아와보니(필자 주 : 그는 미국에서 고교와 대학을 졸업하고 1939년 여름에 왔다) 일제의 식민정책이 아주 노골화되어 있었다. 교과 내용으로 '修身과 일본어'가 강화되고 한국어를 없애기 위해 갖가지 조치를 취하고 있었다.
>
> 각급 학교에서는 한국어 사용이 금지되고 일본어 사용이 강요됐지만 연희전문학교만은 문과에서 한국어 강좌를 개설하고 있었다.
>
> 1·2학년은 매주 3시간, 3·4학년은 매주 2시간씩 한국어 강의를 받도록 해

---

8) 피터 두으스, 『日本近代史』, 金容德 역, 지식산업사, 243쪽 참조.

일본의 소위 황국신민교육에 견딜 수 있는 데까지 지탱해보자는 방침이었다.

한국어 강좌는 이듬해(1940년) 봄학기부터 일본학이라는 과목으로 바뀌고 말았다.

일본어로만 강의하도록 강요함에 따라 일본말이 서툰 교수들의 강의 시간에는 폭소를 자아내는 일이 허다했다.

영어 교육에도 비상 신호가 내려졌다. 소위 일제의 국책에 맞지 않는 양서 수입이 제한됐고 중일전쟁 후 일본을 나쁘게 말한 버트란드 러셀과 『자유론』의 저자 존 스튜어트 밀의 작품도 가르칠 수 없었다. (중략) 연희전문학교 교장인 아버지의 고충과 시련은 아주 극심했다.

총독부 학무국은 연전의 재래 교기(校旗), 교가(校歌), 응원가는 물론 영어로 쓴 각종 게시사항을 철거하고 황국 일본의 입장을 지지하는 선전문구를 써 붙이라는 통첩을 해왔다.

중일전쟁 이후 조그마한 단체까지도 불법으로 손을 대기 시작, 연희 캠퍼스에서도 여러 교수들이 검속당했다.

현제명 교수 작곡집 첫머리에 수록됐던 「조선의 노래」가 금지곡이 되었던 것은 잘 알려진 일이다.

내가 한국에 돌아오기 전해엔가는 서대문경찰서 고등계 형사들이 대학 도서관을 수색, 불온문서란 이름으로 귀중도서 수백 권을 압수해갔다고 들었다. 압수당한 도서 가운데는 한일합병에 관한 영문 사료도 포함돼 있었다.[9]

이렇듯 일제에 의해 한민족 고유의 문화가 압살되고 있는 현상에 대한 저항 또한 눈물겨웠다. 여기서는 주로 문학 쪽 상황으로 한정해서 살펴보기로 한다.

1938년 7월에 한글학자 문세영(文世榮)이 최초의 국어사전인 『우리말사전』을 출간하고, 시인 김광섭(金珖燮)이 시집 『동경(憧憬)』을 펴냈다. 1939년 2월

9) 원일한, 「나의 이력서」, 『한국일보』, 1982.1.20, 6쪽.

에 우리말 문예지인 『문장(文章)』이 창간되었고, 뒤이어 여러 시인들이 우리말 시집을 앞다투어 쏟아내었다. 김상용(金尙鎔)의 『망향(望鄕)』, 박용철(朴龍喆)의 『시집(詩集)』, 김광균(金光均)의 『와사등(瓦斯燈)』, 김기림(金起林)의 『태양(太陽)의 풍속(風俗)』, 신석정의 『촛불』, 장만영(張萬榮)의 『축제(祝祭)』, 유치환(柳致環)의 『청마시초(靑馬詩抄)』…… 등등 모두 이 해에 나왔다. 마치 꺼지려는 촛불이 안간힘을 쏟아 마지막 광채를 발하려는 듯했다 할까!

윤동주는 이런 시집들을 부지런히 읽은 듯하다. 오늘날 윤동주의 유족들이 보관하고 있는 그의 유품 속에 박용철의 『시집』과 장만영의 『축제』 등의 시집이 남아 있다. 윤동주의 시들에서 장만영과 신석정의 시적 영향이 느껴진다는 평론가들의 지적과 연관시켜 따로 음미해볼 만한 대목이다.

반면에 친일문학단체인 '조선문인협회'가 결성되는 등 친일아부세력의 준동 또한 불 일듯 늘어갔다. 문자 그대로 난세였다.

이 해에 윤동주가 쓴 6편의 작품 가운데, 앞에 언급된 「자화상」 외에는 「투르게네프의 언덕」이 눈을 끈다. 「투르게네프의 언덕」은 시집 초간본을 출판할 때 '산문'으로 분류된 이래 지금까지 그대로 산문으로 취급되고 있다. 그러나 필자가 보기엔 '산문시'로 보는 게 옳다.

### 투르게네프의 언덕

나는 고개길을 넘고 있었다…… 그 때 세 少年 거지가 나를 지나쳤다.

첫째 아이는 잔등에 바구니를 둘러 메고, 바구니 속에는 사이다병, 간즈메통, 쇳조각, 헌 양말짝 等 廢物이 가득하였다.

둘째 아이도 그러하였다.

셋째 아이도 그러하였다.

텁수룩한 머리털, 시커먼 얼굴에 눈물 고인 充血된 눈, 色잃어 푸르스름한 입술, 너들너들한 襤褸, 찢겨진 맨발,

아아 얼마나 무서운 가난이 이 어린 少年들을 삼키었느냐!

나는 惻隱한 마음이 움직이었다.

나는 호주머니를 뒤지었다. 두툼한 지갑, 時計, 손수건, …… 있을 것은 죄다 있었다.

그러나 무턱대고 이것들을 내줄 勇氣는 없었다. 손으로 만지작 만지작거릴 뿐이었다.

多情스레 이야기나 하리라 하고 '얘들아' 불러보았다.

첫째 아이가 充血된 눈으로 흘끔 돌아다 볼 뿐이었다.

둘째 아이도 그러할 뿐이었다.

셋째 아이도 그러할 뿐이었다.

그리고는 너는 相關없다는 듯이 自己네끼리 소근소근 이야기하면서 고개로 넘어갔다.

언덕위에는 아무도 없었다.

짙어가는 黃昏이 밀려들 뿐 —

<1939.9.>

이 작품은 아주 날카로운 '풍자시'이다. 그런데 지금껏 제대로 해석되거나 평가되지 못했다. 이 작품을 두고 "'이웃'에 대한 연민을 주제로 한 작품"이며 "시인이 「序詩」에서 보여준 휴머니스트로서의 실천적 다짐"을 좀 더 부연하여 실제적인 '상징적 사건'으로 제시[10]한 것이라는 평가까지 나오고 있으나, 그것은 명백하게 정곡을 벗어난 해석이다.

이 작품의 모체는 다음과 같은 투르게네프의 산문시이다.

10) 마광수, 『尹東柱 硏究』, 정음사, 1984, 116쪽.

## 거지

거리를 걷노라니, 웬 늙다리 거지가 소매를 채며 동냥을 달랜다.

시뻘겋게 충혈이 되고 눈꼽이 긍정한 두 눈, 시퍼런 입술, 누덕누덕 해어진 옷, 상처가 푸릇푸릇 난 살…… 아아, 빈궁이 어떠케나 이 불서러운 인생을 삼켜 버렸는고!

그는 뻘겋게 부르튼 더러운 손을 내게로 내밀고서 탄식탄식 무어라 중얼거리며 동냥을 청한다.

나는 호주머니를 뒤져보았다…… 그러나 돈지갑도 시계도, 심지어는 손수건조차 없어, 가진 것이란 아무 것도 없었다.

그러나 거지는 여전히 기다린다. 내민 손을 맥없이 부들부들 떨면서.

어쩌면 좋을지 하도 딱해서 나는 부들부들 떠는 그 더러운 손을 꽉 붙잡으며,

"여보게, 미안하이. 가진 것이란 아무 것도 없네그려. 참말 미안하이."

그는 시뻘겋게 충혈된 눈으로 나를 쳐다보면서, 시퍼런 입술에다 웃음을 띠우고 차디찬 내 손을 꽉 되잡으며,

"천만에요 영감마님, 고맙습니다. 이것두 적선(積善)이십니다. 영감마님."

나도 그에게서 분명히 적선을 받은 줄 안다.

<1878.12.>

러시아의 대문호 투르게네프가 쓴 이 산문시는 1919년 2월에 처음으로 우리나라에 소개되었다. 시인 안서 김억이 최초로 번역하여 『태서문예신보』에 발표한 뒤, 이 시는 우리나라 사람들에게서 아주 환영을 받은 듯하다. 일찍이 중국 상해에서 나온 『독립신문』 1922년 9월 20일자 4면에도 이 산문시의 내용은 물론 제목까지 그대로 모방하고 표절한 「거지」라는 작품(작자 이름 : 경재)이 실려 있다. 완전한 표절 작품이니만치 그 「거지」의 내용과 핵심과 결말은 물론 투르게네프의 원작과 똑같다. 남루를 걸친 거지를 만났는데 주머

니를 뒤져보니 "지갑도 시계도 손수건까지도…… 아무 것 하나도 아니 가져 섯다." 그래서 그의 더러운 손을 꼭 쥐고 용서를 청했더니 그 거지가 황송해 하며 감사하더라는 것이다.

너도 나도 가진 것이 너무도 없던 시절이라 이 이야기가 그리도 사람들의 마음에 든 것일까. '거지에게 아무 것도 안 주고도 감격과 인심을 얻을 수 있었다는 것!' — 투르게네프가 쓴 산문시의 본래 의도는 그런 것이 아니었겠으나, 그 시의 결과를 두고 엄격하게 대차대조표를 작성해보면 이렇듯 고약한 모습이 된다. 그리고 아지 못할세라! 이 산문시가 그토록 사람들의 마음을 크게 끈 이유가 무엇일까. 그 무의식의 심층에까지 내려가서 들여다본다면 역시 이런 수학적인 결과에서 오는 만족 때문이 아니었을까!

예수는 일찍이 "너희 재물이 있는 곳에 너희 마음도 있다"고 신랄하게 지적했다. 그렇다. 재물이 따르지 않는 말만의, 손짓만의 동정이 과연 얼마나 진실된 무게를 지닌 것일까? 또는 실제로 끝없이 진실했다 해도 과연 그 남루를 걸친 거지에게 얼마나 도움이 되었을 것인가?

이런 근본적인 의문에 짐짓 눈을 감고 '동냥을 요청하는 거지에게 다정한 말과 빈손을 내민 것'만으로 서로 만족했다 하면, 그것은 일종의 기만이다. 천박한 자기도취일 뿐이다. 그러기에 투르게네프의 산문시 「거지」가 주는 감격과 감동은 거짓 감격, 사이비 감동일 수밖에 없다.

윤동주는 이런 사이비 형제애에 대해, 싸구려 이웃사랑에 대해, 반발했다. 그래서 '아무 손해 없이 감사와 인심만 획득하는' 투르게네프의 「거지」식의 자선이 지니는 자기기만성과 부정직성을 폭로하는 작품을 써서 제목조차 「투르게네프의 언덕」이라 붙였다. 특히 제목 「투르게네프의 언덕」에서 굳이 '언덕'이라고 설정한 외적 조건이야말로 투르게네프가 그려낸 값싼 온정 또는 자기도취가 그 미망을 벗어나서 극복해야 할 어떤 단계를 상징한 것이리라.

목적이 그러했기에 그는 작품 구도에도 신경을 썼다. 거지를 만났을 때 다행히도 주머니에 '지갑 시계 손수건……' 등 '아무 것도 들어 있지 않았던'

투르게네프 식의 상황 설정 대신에, 불행히도 '지갑 시계 손수건……' 등 '있을 것은 죄다 있었던' 상황을 설정해 놓음으로써, 우리의 뿌리 깊은 가식과 헛된 이웃사랑을 거침없이 조롱하고 풍자한 것이다.

본래 '풍자'란 사물에 대한 객관적인 시각과 함께 자기를 포함한 모든 사물을 비웃을 수 있는 고도의 비평정신이 건재할 때 비로소 가능해지는 정신운동 중 하나이다. 윤동주는 그런 능력을 본능적으로 갖추고 있었던 사람이다. 그렇기에 윤동주로서는 그런 '풍자시'를 이번에 처음 쓴 것이 아니었다. 「투르게네프의 언덕」 이전에도, 그와 똑같은 패턴의 풍자시인 「그 여자」를 썼다. 그 시에 대해서도 살펴본다.

그女子

함께 핀 꽃에 처음 익은 능금은
먼저 떨어졌습니다.

오늘도 가을바람은 그냥 붑니다.

길가에 떨어진 붉은 능금은
지나는 손님이 집어 갔습니다.

<1937.7.26.>

이 시는 「투르게네프의 언덕」보다 약 2년 전인 1937년 7월 26일에 쓰였다. 그 때는 윤동주의 용정 광명학원 중학부 5학년 졸업반 때의 여름방학 기간이었다.

그런데 이 시는 대체 무엇을 말하고 있는가. 본문만으로는 먼저 익었다 떨어진 '붉은 능금'이란 과일을 다룬 내용으로서, 굳이 가르자면 서경시(敍景

詩)에 해당한다. 그러나 제목이 '그 女子(여자)'이고 보면 사태가 달라진다. 그 '붉은 능금'이 '여자'임을 전제하고 읽어보면 이 시는 냉혹하리만치 냉소적인 풍자시로 변한다. 자기 또래들보다 먼저 활짝 피어올랐던 한 처녀가 그 정절을 허무하게, 그것도 적당치 않은 자에게 유린당해버린 상황을 과일을 빌려 냉정하게 풍자한 것이기 때문이다.

그러나 이 시를 그렇게만 읽는 것은 충분하지 않은 독법임을 곧 알게 된다. 윤동주의 「그女子」를 앞선 시로서, 사포의 「한 처녀」가 있는 까닭이다. 필자는 원로시인 김광섭의 산문집 『나의 옥중기』를 읽던 중에, 그가 그리스의 여류시인 사포의 시 「한 처녀」에 관해 다음과 같이 언급해놓은 것을 발견하고, 윤동주의 시 「그女子」의 시적 배경을 새롭게 이해할 수 있었다.

……그 무렵에(필자 주 : 김광섭이 일본 조도전대학에 재학하던 때(1929~1932)) 나는 사포의 「한 처녀」도 읽었다.

한 처녀

저 높은 가지 끝에서
불그스레 익는
아름다운 사과와도 같으니
따지 않음은 잊은 것이 아니요
높아서 손이 닿지 못함이다.

이 서정시는 애상적(哀傷的)이 아니고 그 지성미(知性美)가 특징이다. 시에 중요한 것은 애상이 아니고 포에지(詩精神)인 것이다.[11]

---

11) 金珖燮, 「詩에의 登程」, 『나의 獄中記』, 창작과비평사, 308~309쪽.

사포의 「한 처녀」와 윤동주의 「그女子」를 나란히 놓고 비교해보면 양자는 제목에서부터 기본구도까지 아주 흡사하게 닮은꼴이다. 그러나 '여자'를 노래한 시각은 정반대이다.

사포는 뭇 남성들로서는 감히 '손이 닿지 못하는', 마치 높은 가지 끝의 붉은 사과와도 같이 고고하고 드높은 기품의 아름다운 처녀의 존재를 노래했다.

그러나 윤동주의 비평정신은 이 시에 불만을 느꼈다. 김광섭 시인의 표현을 빌리자면 '포에지', 곧 시정신이 부족하다고 본 것이다. 그래서 사포와 똑같은 비유와 기법을 사용하여 사포의 시 「한 처녀」에 도전했다. 그는 아무리 '손에 닿지 못하는' 곳에 있다 해도 결국 익으면 저절로 떨어지게 되어 있는 것이 처녀들의 운명임을, 제 또래보다 먼저 피어난 뛰어난 처녀가 '지나는 손님'으로 묘사될 만큼 엉뚱한 인간에게 허망하게 걸려드는 것이 우리가 살아가는 세상살이의 실체임을, 날카롭게 피력한 것이다.

「그女子」를 쓸 때 윤동주의 나이는 20세. 그러고 보면 그의 청춘 20세가 파악한 여성관의 일부가 이렇듯 예리한 형태로 드러난 듯하여 재미있다.

윤동주가 쓴 이러한 풍자시들이 지닌 의미는 무엇일까. 그가 세상을 파악하는 안목과 그것을 시로 표현하는 기법을 훈련하는 도구의 하나로써 '풍자시'라는 장르를 다루어본 것으로 봐야 할 것이다. 한 마디로 그의 시 공부가 매우 치열했다는 이야기가 된다.

그러나 윤동주는 「투르게네프의 언덕」 등을 쓴 1939년 9월 이후로는 더 이상 시를 쓰지 못하고 긴 절필의 시기로 들어갔다(1939년에 쓴 6편의 작품 중 집필 시기가 확실하게 밝혀진 것은 모두 '9월'로 되어 있다. 나머지 「소년」과 「산골물」(1939.9. 추정) 두 편은 쓴 시기가 명확하지 않으나, '9월' 이후의 작품으로는 보이지 않는다).

그의 절필은 다음 해인 1940년의 12월까지 계속되었다. 현재 그의 1년 2

개월에 걸친 긴 절필 기간에 대해 아무도 주목하지 않은 듯한데, 윤동주 시의 전체 구조를 유기적으로 파악하기 위해서는 이 절필 기간에 대한 바른 평가가 필수적이다.

그러면 이 기간 동안 어떤 일이 있었는가?

가장 큰 파문을 일으킨 것이 1939년 11월 10일에 공포된 법령인 '조선인의 씨명(氏名)에 관한 건'(창씨개명령)이었다. 조선인의 전통적인 이름을 일본식 이름으로 고치라는 것으로서, 시행 개시일자는 '1940년 2월 11일'로 되어 있었다.

'창씨개명제도'는 1936년 8월 26일에 제7대 조선 총독으로 부임한 남차랑(南次郎)의 손으로 이루어진 것 중에서 대표적으로 간악한 작품이었다. 그는 부임 이래 조선인의 원형질을 파괴하는 작업에 특히 힘을 기울였다. '황국신민(皇國臣民)의 서사(誓詞)'를 제정하여 모든 조선인들로 하여금 암송하게 하고, 각급 학교에서 조선어 교습을 금지시키는 등 조선인들의 정신세계에 막중한 타격을 가하는 가혹한 통치행위가 잇따랐다. 그런 그의 통치행위가 얼마나 성공적이었던지, 1939년 11월에 최린, 이광수, 윤덕영 등 소위 한국의 지도급 저명인사들 1천여 명이 서울에 세워진 이등박문(伊藤博文)을 위한 신사인 박문사에 모여서 이등박문을 비롯한 한일합방의 공로자를 위한 감사위령제를 올리는 작태까지 벌였을 정도였다.

이 해에 유럽에서 드디어 제2차 세계대전이 발발했다. 1939년 8월에 독일이 영국과 프랑스에 선전포고를 하고 폴란드・노르웨이・화란・벨기에를 침략함으로써, 이후 6년에 걸쳐 싸운 세계대전쟁이 막을 열었다.

1939년 연전 2학년 때, 윤동주가 수강했던 교과목은 다음과 같다(괄호 안 숫자는 점수).

수신(修身. 80), 성서(聖書. 94), 국어(國語. 86), 한문(漢文. 90), 영문법(英文法.

50), 영독(英讀. 87), 영작(英作. 90), 영회(英會. 72), 서양사(西洋史. 90), 사회학(社會學. 65), 경제원론(經濟原論. 75), 논리학(論理學. 85), 체조(體操. 82), 교련(教練. 88).

## 연전 3학년—신앙의 회의기, 정병욱과의 만남

1940년 새해가 밝았다. 그러나 일제의 강력한 억압과 참담한 통제 아래서 사는 조선인들에게는 새해라 해도 새로운 희망이나 감동이 없었다. 오히려 더욱 숨을 조이는 압박감이 가중되었을 뿐이다.

1940년은 한반도에 나와 있는 일본인들에게는 이중으로 기념비적인 특수한 해였다. 일본 건국 2600주년, 그리고 일본 최초의 해외 식민지인 한국 침략 30주년이 되는 해였던 것이다.

원일한 씨의 회고록에는 "이 해부터 학풍을 쇄신한다는 구실로 갖가지 탄압이 자행되었으니 아버지의 고충이 얼마나 컸는지는 직접 당하지 않고서는 설명할 수 없을 것이다"라고 기록되어 있다.[12)]

그러나 교육부문에 대한 탄압은 오히려 부수적인 문제였다. 근본적으로 '조선인들의 완전한 황국신민화'를 달성하기 위한 작업이 맹렬하게 추진되었다. 그 대표적인 사례가 '창씨개명제도'의 실시였다. 2월 11일부터 '창씨개명'한 새 이름을 계출받기 시작했는데, 어찌나 심하게 다그쳤던지 불과 7개월 후인 9월 20일까지의 창씨개명 계출자가 전 조선인의 79.3퍼센트에 달했다. 조선인은 전통적으로 조상과 가문을 끔찍하게 존중하는 문화풍토를 갖고 있는 민족이다. 그래서 사람에게 하는 욕 중 가장 심한 것이 "성을 갈 놈"

12) 원일한, 「나의 이력서」, 『한국일보』, 1982.1.20, 6면.

이었다. 그런데도 조선총독부의 통치자들은 불과 7개월 10일 동안에 이런 민족의 79.3퍼센트에 달하는 인구가 자기 손으로 '성을 갈아' 관청에 신고하게 만들었다. 일제 통치당국의 그 사악하고 잔인하고 비열하고 가공할 폭력의 실체가 이 통계수치 속에 그대로 형상화되어 있다.

'창씨개명제도'만 한민족의 얼을 뽑고 있던 것이 아니다. 대표적인 한국어 일간지인 『동아일보』와 『조선일보』가 8월 10일자로 폐간 당했다. 각종 시국사범이 양산되는 중 9월에는 '기독교반공작사건'이라는 것이 벌어져서 전국에서 다수의 기독교인들이 피검되었다. 각종 생필품들이 배급체제로 유통되도록 각종 법령에 의해 제도화되었다. 그리고 일제 치안당국에 밉게 보인 사람들은 배급에서 제외되었다. 그것은 생존 자체를 좌우하는 조치였다. 또 전국적인 규모로 그물처럼 짜인 조직망인 '국민정신 총동원 연맹'이 전체 조선인의 일상생활은 물론 정신생활까지 통제했다.

1940년은 윤동주가 연전 3학년이 된 해였다. 그렇게 어둡고 비참했던 세월을 그는 어떻게 살아갔는가.

윤동주의 1940년은 세 가지 점에서 크게 주목하게 된다. 시기 순으로 나열해보면 다음과 같다.

1) 정병욱이란 평생의 지기를 만났다.
2) 기독교 신앙에 회의를 느꼈다.
3) 1년 내내 절필하다가 12월에 단지 3편의 시를 써냈다.

첫 번째, 정병욱과의 관계를 살펴보자.

1940년 봄학기에 3학년으로 진급하면서 윤동주는 다시 기숙사로 들어갔다. 그 해 초봄에 윤동주의 광명학원 중학부 2년 후배인 장덕순이 연전 입학시험을 치르러 북간도에서 상경했을 때, 기숙사에 살고 있던 윤동주가 그의 하숙집을 연전 근처인 '창천동 51번지'에 잡아주는 등 보살펴 주었다고 한다. 그로 보아 윤동주는 이미 첫 학기 시작 전에 기숙사에 들어가 있었음이 증명된다.

정병욱은 장덕순과 한 반인 후배였다. 정병욱은 연전 입학 후 얼마 안 되어 기숙사에서 윤동주와 사귄 이래, 윤동주의 재학 중 내내 서로 흉금을 터놓는 지기로 지냈다. 그뿐 아니라 윤동주에게서 필사본 자선시집 1부를 받아 잘 보관했다가 해방 후에 세상에 알리는 큰 역할을 해내었다.

아무리 윤동주가 시를 잘 써놓았다 해도, 그걸 보관하고 세상에 알린 친지들의 노력이 없었다면 시인 윤동주와 그의 시는 세상에 존재할 수 없었다. 그런 점을 생각할 때, 이 해에 기숙사에서 정병욱을 사귀었던 것은 윤동주의 개인사에서 하나의 행운으로 기록될 사건이었다. 정병욱의 증언에서 두 사람의 우정을 알아본다.

> 내가 동주를 알게 된 것은 연희전문학교 기숙사에서였다. (중략) 그는 연희전문학교 문과에서 나의 두 반 위인 상급생이었고, 나이는 다섯 살이나 위였다. 그는 나를 아우처럼 귀여워해주었고, 나는 그를 형으로 따랐다. 기숙사에 있으면서 식사시간이 되면 으레 내 방에 들러서 나를 이끌어 나가 식탁에 마주앉았기로 나는 식사시간이 늦어도 그가 내 방에 노크할 때까지 그를 기다리곤 했었다. 신입생인 나는 모든 생활의 대중을 동주로 말미암아 다져갔고, 시골뜨기때가 동주로 말미암아 차차 벗겨져 나갔었다. 책방에 가서 책을 뽑았을 때에도 그에게 물어보고야 책을 샀고, 시골 동생들의 선물을 살 때에도 그가 골라주는 것을 사서 보냈다. (중략)
>
> 그는 곧잘 달이 밝으면 내 방문을 두들기고 침대 위에 웅크리고 누워있는 나를 이끌어내었다. 연희 숲을 누비고 서강 들을 꿰뚫는 두어 시간 산책을 즐기고야 돌아오곤 했다. 그 두어 시간 동안 그는 별로 입을 여는 일이 없었다. 가끔 입을 열면 고작 "정형, 아까 읽던 책 재미있어요?" 하는 정도의 질문이었다.[13]

---

13) 정병욱, 「잊지 못할 윤동주의 일들」, 『나라사랑』 23집, 외솔회, 134~135쪽.

연전 졸업반 시절의 윤동주(왼쪽)와 정병욱(오른쪽). 윤동주가 정병욱보다 두 학년 위에다 다섯 살이나 많았지만 서로 흉금을 털어놓고 지낸 사이였다. 정병욱은 윤동주에게서 받은 필사본 시집 『하늘과 바람과 별과 시』를 잘 보관했다가 해방 뒤에 월남한 유족에게 전함으로써 윤동주라는 시인을 세상에 알리는 데 크게 공헌하였다. 정병욱은 해방 뒤 서울대학교 국문과에서 국문학을 전공한 뒤 서울대학교 국문과 교수로 오래 봉직했다. 윤동주의 시가 중학교와 고등학교의 교과서에 실리도록 노력하는 등 세상에 윤동주를 알리기에 최선을 다했다.

두 번째, 윤동주가 신앙에 회의를 느낀 것도 크게 주목할 사안이다.

윤동주는 기독교 장로의 집안에서 태어나서 유아세례를 받았고 자라면서 한 번도 교회를 등진 일이 없는 성실한 기독교 신자였다. 교회 봉사도 잘했다. 이미 은진중학교 시절부터 교회 주일학교의 교사가 되어 어린이들을 가르쳤다. 그래서 그 때 찍은 사진이 남아 있다. 광명 중학부 때도 마찬가지였고, 연전에 입학한 후에도 방학 때 용정에 돌아가면 교회의 하기성경학교에 나가 아이들을 가르쳤다.

그랬던 그가 1940년, 연전 3학년 때는 기독교 신앙에 회의를 느끼고 교회에 대한 관심조차 엷어시더라는 것이다. 그렇다고 해서 교회에 아주 발을 끊은 것은 아니었음이 3학년 때의 윤동주와 같이 교회에 다녔던 정병욱의 증언에 잘 드러나 있다.

> 내 고장이 남쪽하고도 지리산 기슭의 산골이었기 때문에 어려서 교회당이라고는 구경도 한 적이 없었고, 중학교에 다니면서도 교회의 문턱이라고는 넘어본 일이 없었다. 그러던 나는 동주의 꽁무니를 따라 주일날이면 영문 모르고 교회당엘 드나들었다. (중략) 우리가 다니던 교회는 연희전문학교와 이화여자전문학교 학생들로 이루어진 협성교회로서 이화여전 음악관에 있는 소강당을 교회당으로 쓰고 있었다. 거기서 예배가 끝나면 곧 이어서 케이블 목사 부인이 지도하는 영어성서반에도 참석하곤 했다.14)

연전 3학년 때의 윤동주는 겉으로는 이렇듯 신실한 기독교인으로 보였다. 그러나 윤동주가 신앙에 회의를 느끼고 있다는 것을 그를 아는 사람들은 다 알아차렸다. 그의 친구 문익환과 동생 윤일주의 증언을 차례로 들어보자.

> 문익환 : 그에게도 신앙의 회의기가 있었다. 연전 시대가 그런 시기였던 것 같다. 그런데 그의 존재를 깊이 뒤흔드는 신앙의 회의기에도 그의 마음은 겉으로는 여전히 잔잔한 호수 같았다.15)

> 윤일주 : 그의 연희전문 2학년 2학기에 해당하는 1939년 하반기에, 우리는 용정의 정안구(靖安區) 제창로(濟昌路) 1의 20의 좀 더 큰 집을 사서 수리하고 이사하였다. 캐나다 선교부의 조계지로서 용정에서 가장 경치가 좋았던 언덕 아래에 있어서, 동주 형의 산책 코스로서는 안성마춤인 곳이었다. 광명중학 때에는 교회 주일학교의 반사(班師)도 하고, 연희전문 1·2학년 때까지도 여름방학에 하

---

14) 정병욱, 「잊지 못할 윤동주의 일들」, 『나라사랑』 23집, 외솔회, 134~135쪽.
15) 문익환, 「동주 형의 추억」, 『하늘과 바람과 별과 詩』, 정음사, 1983, 257쪽.

기성경학교 등을 돕기도 하였으나, 3학년 때부터는 교회에 대한 관심이 덜해졌다는 느낌을 받았다. 그때가 그의 시야가 넓어지면서 신앙의 회의기에 들었던 때인지 모른다. 새로 이사 간 집에서의 일이니 그의 3학년 때의 일일 것이다. 무슨 계기가 있으면 가끔 드리는 가정예배에서 하루는 할아버지께서 "오늘은 동주가 기도 드리지" 하고 명하시었다. 동주 형은 무릎을 꿇고서 예전과는 달리 꽤 서투른 기도를 드렸다. 예배 후 우리들을 보고 "기도는 신앙대로 가는 것이야" 하면서 씩 웃는 것이었다.16)

윤일주의 증언에서 "동주 형은 무릎을 꿇고서 예전과는 달리 꽤 서투른 기도를 드렸다"라는 부분이 아주 시사적이다. '신앙대로 가는' 기도가 꽤 서툴러지도록까지 신앙을 잃었음에도 불구하고, 그는 여전히 기도하려면 '무릎을 꿇는' 사람이었다.

그런 심성, 그런 사람됨을 지닌 윤동주, 그만치 경건에 대한 훈련이 쌓여졌던 인물인 그로 하여금 기독교 신앙에 '회의'를 느끼게 한 요인은 무엇이었을까?

그 대답은 당시 윤동주가 처했던 상황에서 찾을 수밖에 없다면, 우리는 곧 그 정체를 파악하게 된다. 1940년의 윤동주로 하여금 신앙의 흔들림까지 겪게 한 것은, 당시 그가 처했던 시대상황일 수밖에 없다. 시대상황이 아닌 일로 해서 그가 신앙을 잃도록까지 절망할 일은 그에게 전혀 없었기 때문이다. 그의 개인생활은 여전히 경건했고, 인간관계는 늘 화목했으며 다정했었다는 증거들을 우리는 확실하게 갖고 있다.

그렇다! 윤동주는 그가 몸소 겪고 있던 그 처참하고 치욕적인 시대상황에 절망했다. 그는 한민족의 언어와 글을 갈고 닦을 것을 그의 필생의 목표로 정했고, 거기에다 온 심령을 기울여온 문화인이었다. 그런데 이미 민족의 말을 빼앗기고 글을 빼앗긴 데다가, 이제는 겨우 남은 껍데기였던 성과 이름마

---

16) 윤일주, 「윤동주의 생애」, 『나라사랑』 23집, 외솔회, 157쪽.

저 벗기우고 빼앗기고 있다. 채찍 밑에 엎드린 어린 양처럼, 또는 노예처럼, 그 잔인하고 사악한 폭력에 굴복하고 있는 무력한 자신과 자신의 동족을 보면서, 그가 느낀 것이 무엇이었을까!

그는 우선 그런 상황에 절망했다. 또 나아가 인간이 인간을 그토록 사악하고 처참하게 능욕하고 있는 데도 불구하고 그것을 묵인하고 또 침묵하고 있는 신을 생각했고, 결국 그러한 신의 존재에도 역시 절망했다. 그 절망은 그의 신앙을 바닥에서부터 흔들어 놓았다. 그렇기에 그의 무릎이 겸허하게 꿇어 엎드려 있었음에도 불구하고 그의 입술은 신에게 올릴 기도의 말을 제대로 엮어낼 수가 없었다.

그러면 이런 그의 절망, 또는 신앙의 흔들림은 그의 절필, 그리고 절필 후의 시들과 어떻게 연결되고 있는가? 다음 항목이 그 대답이 될 것이다.

세 번째, 그가 12월에 쓴 3편의 시.

1939년 9월 이래 침묵하고 있던 윤동주는 1년 3개월 만인 1940년 12월에 3편의 시를 써서 그의 '1940년'을 결산했다. 그가 견디어온 긴 침묵의 기간 동안 그의 주변에서는 시대상황에 대한 그의 고통을 더욱 견디기 힘들게 몰아가는 일들이 계속 일어나고 있었다.

먼저 그의 친지인 라사행과 그 주변에 일어난 일들을 본다. 그 해 5월에 라사행은 경찰에 검거되어 1개월을 고생한 뒤 풀려났고, 10월에는 감리교신학교가 폐교 당했다.

> 1940년 10월 30일은 캄캄하게 감신교의 문이 닫힌 날이다. 60명 학생은 스승을 잃고 스승은 학생을 잃고 갈 바를 알지 못하였다. 감신 폐교의 전주곡으로 5월에 일제가 꾸민 각본에 의하여 구내에 격문이 뿌려졌다. 그때 학생들은 서대문서에 검속되었다. 이겸목, 유증서, 라사행, 전종옥, 장시화, 박건익, 박옥내 등이 1개월간 고생을 하였다.[17)]

감리교신학교는 연전 입학시험을 치르러 처음으로 서울에 온 윤동주가 그 여장을 풀었던 곳이다. 친지 라사행의 수난과 감신의 쓰라린 운명을 보는 그의 마음이 결코 평온할 수 없었으리라.

또한 미 · 일 관계가 심각하게 악화되고 있었다. 침략전쟁을 계속하는 일본에 대한 압력수단으로 미국이 각종 외교적 경제적 제재 조치를 자꾸 가하자, 일본의 통치자들은 격분하고 있었다. 미국은 자국민 신변에 위험을 느꼈다. 미국 정부는 1940년 가을에 전체 재조선 미국인에게 귀국 명령을 내리면서 마라토사 호라는 큰 배를 인천항으로 보냈다. 선교사, 학교 교수 등을 비롯한 재조선 미국인의 4분의 3 가량이 명령대로 마라토사 호에 올라 귀국했다. 그러나 연전 교장 언더우드 일가는 그대로 남았다. 이때 "아버지는 '한국인이 나의 퇴거를 명령한다면 몰라도 그렇지 않는 한 한국을 떠날 수 없다'는 굳은 결의를 보였다"고 원일한 씨는 회고했다.

이제 압제자는 점점 더 거침없이 광포한 폭력을 휘둘렀다. 이런 시대상황을 겪으면서 나온 것이, 1940년 12월의 시 「팔복(八福)」 「병원」 「위로」의 3편이다. 그렇기에 이 시들은 그 시대 상황을 염두에 두고 읽어야 그 문맥이 제대로 살아난다.

八福

마태福音 五章 3~12

슬퍼 하는자는 복이 있나니
슬퍼 하는자는 복이 있나니
슬퍼 하는자는 복이 있나니
슬퍼 하는자는 복이 있나니
슬퍼 하는자는 복이 있나니

17) 羅士行, 「흘러간 감신 동창 25년사」, 『滄海一粟』, 338쪽.

슬퍼 하는자는 복이 있나니
슬퍼 하는자는 복이 있나니
슬퍼 하는자는 복이 있나니

저희가 永遠히 슬플 것이오.

<1940.12.로 추정>

이 시의 배경은 신약성서 「마태복음」 5장에 있는 저 유명한 예수의 '팔복'에 관한 교훈이다. 그래서 윤동주는 시의 제목 자체를 '팔복'으로 했음은 물론 '마태복음 5장 3~12'라고 그 전거까지 밝혀놓았다(실은 3절부터 10절까지가 '8복'에 해당하고, 11~12절은 또 다른 복에 관한 규정이다).

이 시는 당시 윤동주의 의식 전반, 즉 그의 심리상태는 물론 그의 '절망'을 피가 뚝뚝 떨어지듯이 선연하게 드러내고 있다. 먼저 성서에 있는 원문을 보자.

심령이 가난한 자는 복이 있나니
천국이 저희 것임이요(1)
애통하는 자는 복이 있나니
저희가 위로를 받을 것임이요(2)
온유한 자는 복이 있나니
저희가 땅을 기업으로 받을 것임이요(3)
의에 주리고 목마른 자는 복이 있나니
저희가 배부를 것임이요(4)
긍휼히 여기는 자는 복이 있나니
저희가 긍휼히 여김을 받을 것임이요(5)
마음이 청결한 자는 복이 있나니

저희가 하나님을 볼 것임이요(6)
화평케 하는 자는 복이 있나니
저희가 하나님의 아들이라 일컬음을 받을 것임이요(7)
의를 위하여 핍박을 받은 자는 복이 있나니
천국이 저희 것임이라(8)

이상이 성경에 규정된 '8복'이다.

윤동주는 영어 성경도 많이 읽은 사람이다. 두 번째 복의 해당자가 우리말 성경에는 '애통하는 자'라는 한문 투로 번역되어 있지만, 그는 '슬퍼하는 자'라는 우리말 표현으로 옮겼다. 영어 성경에는 이 구절이 'Blessed are those who mourn, for they shall be comforted.'로 되어 있다.

위와 같은 성서 구절을 읽으면서 우리가 이미 눈치 챈 바이지만, 「팔복」이라는 시는 윤동주의 풍자시 「그女子」와 「투르게네프의 언덕」과 같은 계열이다. 한 뿌리에서 나온 다른 가지이다.

그는 일찍이 '처녀의 운명'이란 명제를 두고 사포에게 도전했다. 여름 한철밖에 모르는 베짱이처럼 '높은 가지 끝'에 있는 '손이 닿지 못하는' 붉은 사과와 같은 처녀의 도도한 아름다움과 기품을 노래하며 의기양양한 사포의 여인 찬양에 대해, 그는 아무리 높은 곳에 있는 과일이라도 익으면 떨어지는 것이고 그러면 '지나는 손님이 집어가는' 것이 현실이라고 들이대었다.

그는 또 '참된 이웃사랑'이란 문제를 두고 투르게네프에게 반발했다. 거지를 만났을 때 주머니가 비었길래 말만으로 이웃사랑을 표시할 수밖에 없었고, 그 결과 양쪽 다 만족했다는 투르게네프 식의 배고픈 온정, 사이비 만족감 앞에다, 그는 「투르게네프의 언덕」을 들이대었다. "이곳을 넘어가보라"고 도전한 것이며, "이곳을 넘어보고도 그 만족감이 여전할 것인가" 하고 조롱한 것이다.

그런데 그가 이제 '슬퍼하는 자가 누릴 복'을 두고 신에게 반항한다. 이 반항의 실체는 어떤 것인가?

우선 '슬퍼하는 자'가 누구인가를 알아보자. 두말할 것 없이 그것은 한민족이다. 그는 이미 「슬픈 족속」이라는 시에서 '한민족 = 슬픈 족속'이란 등식을 세워두었다.

그렇다. 1940년 12월에 쓰여진 윤동주의 시 「팔복」은, 한민족이란 거대한 민족공동체가 겪고 있는 처참한 고난의 현장에서, 그런 고난에 대해 침묵하고 묵인하고 있는 신에게 저항한 시였다. 그가 '팔복'이라 하고 '슬퍼하는 자는 복이 있나니'라는 구절만 여덟 번을 똑같이 되풀이함으로써 나타내고자 했던 바가 무엇이었던가!

그가 보기에는 신이 복 받을 사람으로 분류했던 여덟 가지 유형의 사람들 — 심령이 가난한 자, 애통하는 자, 온유한 자, 의에 주리고 목마른 자, 긍휼히 여기는 자, 마음이 청결한 자, 화평케 하는 자, 의를 위하여 핍박을 받은 자 —바로 이런 사람들이라 해도, 그들이 한민족으로 태어난 이상은 그런 구분이 모두 헛된 것이었다. 그런 여덟 가지 미덕을 가졌다 해도 그들이 한민족인 이상 결국은 모두 '슬퍼하는 자'일 따름이었다. 그는 그가 서 있는 삶의 현장에서 그것을 느꼈고 보았고 그리고 체험했다. 그래서 그 여덟 가지의 유형 구분을 '슬퍼하는 자'를 여덟 번 되풀이하는 것으로 대치했다.

그러하기에 그는 그 여덟 유형의 사람들에게 약속된 여덟 가지의 복 — 천국, 위로, 땅, 의에 배부름, 긍휼히 여김, 하나님을 봄, 하나님의 아들이라 일컬음을 받음, 천국 — 이러한 신의 보상이 주어지지라고 믿을 수도 없었다. 우리에게 주어진 것은 '영원한 슬픔'뿐이라고 그는 단정했다.

그것은 참으로 엄청난 절망이자 엄청난 불신앙의 표백이었다. 신의 약속을 믿을 수 없음은 곧 신을 믿을 수 없음이요, 신을 믿을 수 없는 이상 세상엔 믿을 것이 하나도 없어지기 때문이다.

그러나 우리는 여기에서 하나의 커다란 역설을 본다. 그가 신의 약속을 믿을 수 없음에 그토록 절망한다는 것은, 곧 그가 그토록 그 약속을 믿고 싶어 하고, 그 약속이 이루어지기를 간구하고 있음을 드러내는 것이기 때문이다. 그렇다. 그의 불신앙은 그의 신앙과 마찬가지로 신을 찬양하는 기도에 다름 아니었다. 그렇기에 그는 불신앙이란 절망의 지옥을 가슴에 품고도 신을 향하여 조용히 무릎 꿇었던 것이리라.

이제 「팔복」과 같은 무렵에 쓰여진 2편의 시, 「위로」와 「병원」을 보자. 그가 시대에 대한 절망과 신에 대한 불신이라는 이중의 번뇌, 그 깊은 늪 속에서 암중모색하던 활로가 무엇이었는가. 그 대답이 이 시들을 통해 물 위에 떠오르듯 드러나 있다.

慰勞

거미란 놈이 흉한 심보로 病院 뒤뜰 난간과 꽃밭 사이 사람발이 잘 닿지 않는 곳에 그물을 쳐 놓았다. 屋外療養을 받는 젊은 사나이가 누워서 치어다보기 바르게 —

나비가 한 마리 꽃밭에 날아들다 그물에 걸리었다. 노오란 날개를 파득거려도 파득거려도 나비는 자꾸 감기우기만 한다. 거미가 쏜살같이 가더니 끝없는 끝없는 실을 뽑아 나비의 온몸을 감아 버린다. 사나이는 긴 한숨을 쉬었다.

나이보담 무수한 고생 끝에 때를 잃고 病을 얻은 이 사나이를 慰勞할 말이 — 거미줄을 헝클어 버리는 것밖에 慰勞의 말이 없었다.

<1940.12.3.>

病院

살구나무 그늘로 얼굴을 가리고, 病院 뒤뜰에 누워, 젊은 女子가 흰옷 아래로 하얀 다리를 드러내 놓고 日光浴을 한다. 한나절이 기울도록 가슴을 앓는다는 이 女子를 찾아 오는 이, 나비 한 마리도 없다. 슬프지도 않은 살구나무가지에는 바람조차 없다.

나도 모를 아픔을 오래 참다 처음으로 이곳에 찾아왔다. 그러나 나의 늙은 의사는 젊은이의 病을 모른다. 나한테는 病이 없다고 한다. 이 지나친 試鍊, 이 지나친 疲勞, 나는 성내서는 안된다.

女子는 자리에서 일어나 옷깃을 여미고 花壇에서 金盞花 한포기를 따 가슴에 꽂고 病室 안으로 사라 진다. 나는 그 女子의 健康이 ― 아니 내 健康도 速히 回復되기를 바라며 그가 누웠던 자리에 누워 본다.

<1940.12.>

이 두 편의 시는 이왕에 많이 논의된 작품들이다. 그가 몸담고 있는 세상을 '병원'으로 보았던 그의 시각이 잘 나타나 있다. 그런데 병든 사람들로 가득 찬 곳, 이 사회, 이 병원을 위해서 그가 우리에게 제의하고 있는 행위는 어떤 것인가.

타인을 위로하려는 노력, 오래 견디고 참는 것, 또 자타를 향한 연민……. 그런 것들, 그런 인간적인 노력들이다.

그런 것들을 통해서 우리가 과연 치유될 수 있을까? 아마도 거의 불가능할 것이다. 그러나 신의 힘을 빌리지 않고 우리가 할 수 있는 것을 찾는다면, 결국 이런 모습의 노력뿐일 수밖에 없다. 추운 겨울날 아침, 서로 몸을 의지하며 웅크리고 있는 어린 강아지들의 체온 나누기 역시 이런 것이 아닌가.

그러한 고뇌와 도전과 탐색을 거쳐서 1941년에 윤동주는 드디어 자신이 갈 길을 찾았다. 신앙도 회복했다. 그리하여 생명에 대한 외경과 희생에 대한 각오가 비할 데 없이 청결하고 지순한 자태로 드러난 「십자가」와 「서시」가 나왔다.

그리고는 세상에 널리 잘 알려져 있는 원작을 놓고 제목과 내용과 구도를 같이하면서도 결론에서는 사람의 의표를 찌르는 대반전을 보이던 풍자시들은 더 이상 쓰여지지 않았다. 결국 '풍자시'는 윤동주의 인격과 시정신이 반드시 넘어서야 했던 큰 언덕 가운데 하나였던 것이다.

본 평전의 집필에 들어간 이후, 나는 윤동주 시인의 유족들로부터 귀한 도움을 받았다. 친족이 아니면 불가능했던 소중한 증언을 아끼지 않았고, 또 소중하게 간직하고 있는 윤동주 시인의 유품인 필사본 자선시집을 비롯한 친필 원고들과 연전의 졸업앨범이며 남긴 서적들을 모두 살펴보고 검토하게 제공해주셔서 결정적인 도움이 되었다. 유족이 아닌 한국인으로서 윤동주의 유품들을 직접 본 사람은 필자가 최초라고 했다.

수십 년 된 시인의 친필 원고들을 내 두 손에 들고 실로 고통에 가까운 감동을 느끼던 때가 어제런 듯 생생하다. 친필 원고를 보는 것은 활자화된 시를 보는 것과 감동이 또 달랐다. 시인의 체취가 그대로 느껴지는 듯했고, 또한 윤동주 시의 원형 그대로를 대하는 감흥 또한 대단했다.

본래 윤동주의 시는 그 시대의 맞춤법으로 쓰였다. 그러나 시인의 사후에 한 권의 시집으로 묶여서 출간된 뒤로, 수십 년 동안 거듭 중간(重刊)되는 과정에서 상당수의 시들이 편집자의 손에 의해 당대의 맞춤법에 따라서 거듭 손질되었다. 그래서 원래의 시들과 비교해볼 때, 요즘 시판되고 있는 시집에서 보는 시들에는 표기가 조금 달라진 부분들이 있다.

그러나 세월 따라 변해간 한글 맞춤법에 맞추어 시어(詩語)들을 정리한 정도의 변화는 시의 본질에는 전혀 영향을 끼치지 못하는 지엽적인 문제이다.

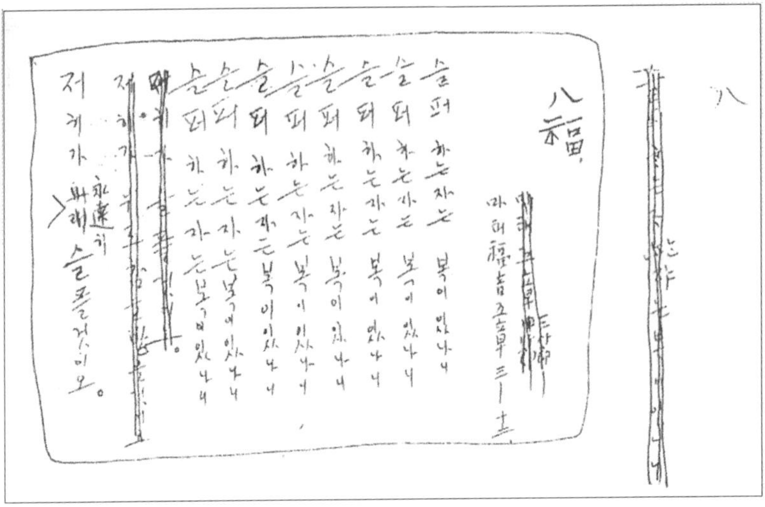


윤동주의 시 「팔복」 육필 원고. 그가 시를 쓰면서 느꼈던 마음과 생각의 움직임이 고스란히 전해진다.

그런 것보다 정말로 인상 깊었던 것은 시인 자신이 거듭 퇴고한 흔적과 그가 지녔던 마음의 풍경이 생생하게 드러나 있는 낙서들이 그대로 남아 있는 원고의 모습이었다. 시인이 겪은 갈등의 흔적, 그리고 생각과 마음의 움직임과 흔들림들이 종이 위에 그대로 살아 있는 듯했다.

그러나 평전 원고가 처음 완성된 시점에서는 아직 윤동주의 친필 원고들이 공식적으로 세상에 공개되지 않았다. 유족은 친필 원고 자체에 관한 고찰이나 묘사는 하지 말아줄 것을 요구했다. 따라서 본 평전의 내용에 포함되지 못했다.

그런데 1999년 3월 1일에 윤동주의 친필 원고를 모두 사진으로 찍어서 묶은 사진판 시집이 유족에 의해 출간되어 세상에 윤동주 원고의 원형이 알려졌다. 그래서 이젠 유족이 제시한 제약이 해결되었기에, 여기서 친필로 쓰인 시 원고 한 부를 소재 삼아서 원고 자체에 관해 소개한다.

내가 윤동주 시인의 친필 원고들 전체에서 가장 깊은 인상을 받은 것은, 시 「팔복(八福)」의 원고였다. 그것은 퇴고를 마친 뒤 깨끗하게 정서해놓은 형태가 아니라 퇴고한 자취가 그대로 남아 있는 원고였다. 그래서 시인이 퇴고하면서 거쳤던 마음과 생각의 움직임이 고스란히 담겨 있는 참으로 희귀한 원고였다. 이제 「팔복」의 친필 원고를 지도 삼아서, 윤동주 문학의 본질과 그의 생각의 흐름을 따라가 본다.

「팔복」은 특이하다. 필자가 앞에서 이 시를 '풍자시'라고 분류한 바 있지만, 시의 구조 자체가 특이한 것 못지않게 그 전개 과정도 남다르다. 「팔복」의 친필 원고를 분석함으로써 그 시를 쓰던 때 시인의 마음이 오가던 길목과 그가 겪었던 갈등과 고뇌의 현주소를 찾아본다.

'슬퍼 하는자는 복이 있나니'를 여덟 번, 그렇게 거듭 반복한 시인의 마음에 떠오른 것은 무엇인가. 그것은 깊은 탄식이었다. 슬퍼함의 대가는 슬픔뿐인 현실을 그는 예리하게 파악하고 있었다. 그리하여 그는 썼다.

'저히가 슬플 것이오.'

그러나 시가 아무리 현실을 직시하고 풍자하는 수단이라고는 해도 그렇다. 막상 써놓고 보니, 그 절망이, 그 미래에 대한 전망이 전혀 없음이, 너무도 고통스럽다.

그는 탈출을 생각한다. 펜을 들어 긴 줄 두 개로 지운 다음, 새로 써넣는다.

'저히가 위로함을 받을 것이오.'

그러나 이 문장은 먼저 문장보다 더 큰 고통을 느끼게 한다. 슬퍼하는 자들에게 아무런 위로가 없음을 그는 나날의 삶에서 철두철미 확인하고 있다. 그럼에도 불구하고, 그런 자들이 '위로함을 받을 것'이라고 하는 약속은 너무도 헛되어 오히려 더 아프다. 빈 독 안을 휘도는 바람 소리보다 더 공허한 그 문장을 도저히 견디어낼 수가 없다.

그는 다시 펜을 든다. 그 헛되고 부질없는 약속, 슬퍼하는 자를 기만함으로써 오히려 고통을 더하게 할 뿐인 그 허망한 약속을 두 가닥 검은 줄로 지운다. 그리고, 한 칸 뒤 공간으로 물러간다. 그렇게 떨어진 자리에서 그 여덟 가지 유형의 '슬퍼하는 자들'에 대해서 다시 묵상한다. 그는 결국 재확인한다. 그렇다. 그들에게 주어질 것은 결국 슬픔뿐이었다. 그는 펜을 들어 적는다.

'저히가 오래 슬플 것이오.'

그러나 역시 흡족하지 않다. 그 문장이 자신이 느끼고 있는 슬픔과 절망을 제대로 담아내지 못함을 절감한다. 그는 다시 펜을 들어 줄을 그어 '오래' 두 자를 지우고 그 자리에다 써 넣는다.

'永遠히'.

그리하여 이 시의 백미인 마지막 부분 —자학, 번뇌, 체념, 고통, 저주, 원망…… 그리고 슬픔, 그 가없는 슬픔이 담긴 저 유명한 결구(結句)가 이루어졌다.

'저히가 永遠히 슬플 것이오.'

시인이 지닌 세계와 미래에 대한 전망이 이 한 줄의 문장 안에서 하나로 축약되어 부침(浮沈)을 거듭한 것이다.

이제 잠깐 궁금하다. 시를 둘러싼 사각형 선 밖에 있는 두 개의 낙서, '八'자 하나와 '슬퍼 ᄒᆞ는 ᄌᆞ는 복이 있나니'라고 굳이 고풍스럽게 아래 ᄋᆞ자 모음을 사용하여 써 놓은 한 줄. 그의 어떤 심리가 담겨 있는 것일까.

1940년 연전 3학년 때, 윤동주가 수강한 교과목들은 다음과 같다(괄호 안 숫자는 점수).

수신(修身. 87), 일본학(日本學. 70), 성서(聖書. 85), 국문학(國文學. 87), 한문(漢文. 90), 지나어(支那語 : 중국어. 98), 영문학사(英文學史. 80), 서양사(西洋史. 90), 심리학(心理學. 73), 체조(體操. 83), 교련(敎練. 88), 불란서어(佛蘭西語. 74), 법학(法學. 78)

## 연전 4학년—『하늘과 바람과 별과 詩』

윤동주는 4학년 때 이사를 많이 다녔다. 4학년 봄학기가 시작될 때 장덕순과 함께 기숙사를 나와서 두 달쯤 신촌에서 하숙을 하다가 기숙사로 되들어갔다. 그 후 5월 초에 다시 정병욱과 기숙사를 나와서 누상동에서 하숙생활을 시작한 후 졸업할 때까지 다시는 기숙사로 돌아가지 않았다. 정병욱은 이때 기숙사를 나온 이유에 대해 일본의 혹독한 식량정책 때문에 기숙사 식탁이 날이 갈수록 조잡해졌기 때문이었다고 했다.

1941년 한 해 동안 윤동주가 정병욱과 함께 옮겨 다닌 거처는 이렇다.

누상동 마루터기 하숙집(한 달) → 누상동 9번지 소설가 김송(金松) 씨 집(5월 그믐 무렵부터 여름방학 끝날 때까지) → 북아현동 하숙 전문집(9월 초부터 12월 말의 4학년 졸업 때까지).

정병욱이 그 중에서 가장 알차고 보람 있게 보냈다고 회상하는 소설가 김송의 집에서 하숙하던 시절의 모습을 보자.

> 그 무렵의 우리의 일과는 대충 다음과 같다. 아침 식사 전에는 누상동 뒷산인 인왕산 중턱까지 산책을 할 수 있었다. 세수는 산골짜기 아무데서나 할 수 있었다. 방으로 돌아와 청소를 끝내고 조반을 마친 다음 학교로 나갔다. 하학 후에는 기차편을 이용했었고, 한국은행 앞까지 전차로 들어와 충무로 책방들을 순방하였다. 지성당(至誠堂)·일한서방(日韓書房)·마루젠(丸善)·군서당(群書堂) 등, 신간 서점과 고서점을 돌고 나면 '후유노야도(冬の宿)'나 '남풍장(南風莊)'이란 음악다방에 들러 음악을 즐기면서 우선 새로 산 책을 들춰보기도 했다. 오는 길에 '명치좌(明治座 : 지금의 명동 예술극장)'에 재미있는 프로가 있으면 영화를 보기도 했다.
>
> 극상에 들르지 않으면 명동에서 도보로 을지로를 거쳐 청계천을 건너서 관훈

동 헌책방을 다시 순례했다. 거기서 또 걸어서 적선동 유길서점(有吉書店)에 들러 서가를 훑고 나면 거리에는 전깃불이 켜져 있을 때가 된다. 이리하여 누상동 9번지로 돌아가면 조여사가 손수 마련한 저녁 밥상이 기다리고 있었고, 저녁 식사가 끝나면 김 선생의 청으로 대청마루에 올라가 한 시간 남짓한 환담 시간을 갖고 방으로 돌아와 자정 가까이까지 책을 보다가 자리에 드는 것이었다. 이렇게 보면 매우 단조로운 것 같지마는 지금 생각하면 참으로 알찬 나날이었다고 생각된다. 동주 형의 주위에도 별반 술꾼이 없었고, 내 주변에도 술꾼이 없었기 때문에 술자리에 어울리는 일은 별로 없었다. 가끔 영화관에 들렀다가 저녁때가 늦으면 중국집에서 외식을 했는데 그때 더러는 배갈을 청하는 일이 있었다. 주기(酒氣)가 올라도 그의 언동에는 그리 두드러진 변화는 없었다. 평소보다는 약간 말이 많을 정도였다. 그러나 취중일지라도 화제가 바뀌는 일은 없었다. 그의 성격 중에서 본받을 일이 물론 많았지마는 그중에서도 가장 본받을 장점의 하나는 결코 남을 헐뜯는 말을 입 밖에 내지 않는 일이었다.[18]

이런 하숙생활은 일본 고등계(사상범죄를 전문으로 다룬 경찰조직) 형사 때문에 마감되었다. 집 주인 김송이 요시찰 인물이라 거의 저녁마다 찾아오는 고등계 형사가 연전 문과생인 윤동주와 정병욱의 서가에서 책 이름을 적어 가고 고리짝까지 뒤지고 편지를 빼앗아가는 법석을 떠는 바람에 그 집을 나왔다. 요시찰 인물의 집에 하숙한다는 이유만으로 이렇게 시달림을 받은 것을 보면, 요시찰 인물 본인에 대한 시달림은 어떠했을지 묻지 않아도 알 일이다. 일제 때 우리 지식인들이 겪은 고통과 삶의 주름이 선연하게 드러난다. 이것은 윤동주가 적절하게 파악한 대로 '병원'이라고 불러야 할 사회였다. 모두 다 병들고 상처 입은 그런 삶이었다.

전쟁상태가 장기화되어 초조감을 느끼고 있던 일제의 핍박은 날이 갈수록 더욱 가열해져갔다. 그에 따라 연전에도 큰 변화가 있었다. 일제의 압력으로

18) 정병욱, 「잊지 못할 윤동주의 일들」, 『나라사랑』 23집, 외솔회, 136~137쪽.

1941년 2월에 교장이 바뀐 것이다. 여기서 원일한의 증언을 들어본다.

> 연희전문학교를 일본 사람의 손에 넘겨주지 않으려고 갖가지 고충을 겪었던 아버지는 1941년 2월 25일자로 일제의 강요에 의해 교장직을 사퇴했다.
>
> 총독부는 마라토사 호를 타고 떠날 수 있는 좋은 기회가 있는데도 일부러 남은 미국인을 더욱 탄압했다. 설상가상으로 미・일 관계가 악화돼 도저히 견딜 재간이 없었던 것이다.
>
> 후임 교장은 윤치호(尹致昊)였다. 미국에 유학한 일이 있는 그는 연희의 실정을 동정하고 있었고 총독부에서도 명사 대우를 하는 터이므로 학교를 지키는 데 다시없는 적임자로 보여 이사회가 천거한 것이었다.19)

당시 윤치호는 '친일파'라는 지탄을 받고 있던 명사였다. 사람들은 조선총독부가 연전을 빼앗기 위해 그 다리로 그를 이용하는 것으로 판단했다. 과연 1942년 8월 17일에 총독부는 연전을 아주 접수하면서 윤치호를 물러나게 하고 일본인 고교빈길(高橋濱吉)을 교장으로 앉혔다. 1941년 3월에는 '조선사상범 예비 구금령'에다 '국방보안법'까지 공포되고, 총독부는 '학도정신대'라는 명목의 조직으로 학생들을 엮어서 근로동원을 실시했다. 4월에는 한글 문예지인 『문장』 『인문평론』이 강제 폐간되었다. 이때쯤에는 이미 전 세계 강대국들이 모두 전쟁에 휩쓸리고 있었다. 그야말로 '세계대전'이었다. 유럽의 전쟁은 계속 확대일로였다. 전 해에 독일 육군이 프랑스 파리에 무혈 입성하고 독일 공군은 영국의 런던에 대한 대공습작전을 실시한 데 이어, 1941년 6월부터 독소전쟁이 새롭게 시작되었다.

일본 역시 마찬가지였다. 전 해부터 '남진정책(南進政策)'이라 해서 프랑스령 인도차이나에 일본군이 진주하는 등 전장을 자꾸 확대하더니, 1941년 12월 8일에 미국 하와이의 진주만을 선전포고 없이 기습 공격하여 세칭 '태평양

19) 원일한, 「나의 이력서」, 『한국일보』, 1982.1.26, 6면.

전쟁'으로 불린 미·일전쟁이 드디어 시작되었다.

이러한 세월 1941년을 연전 문과 4학년생이었던 윤동주는 어떻게 살아갔는가.

눈에 넣어도 아프지 않을 손자요 힘에 겨운 아들이며 따뜻한 오라버니요 형이었던 그 사람, 성실한 학생이요 다정한 동료이며 자상한 선배였고 좋은 지기와도 같은 하숙생이었던 그 사람, 윤동주! 그러나 이런 모습의 외형을 벗기어보면 그의 내면의 모습은 크게 달라진다. 광야에서 수도하는 고행승처럼 엄격하게 노력하는 시인이요, 무엇보다도 동족이 겪는 고난 앞에서 신과 그의 약속에 대해 감연히 반발한 경건한 반항가였던 사람이 또한 윤동주였다. 이제 1941년에 쏟아져 나온 그의 시들을 고찰함으로써 그가 어떻게 그 시대를 극복하고 그의 고뇌 역시 극복했는지를 알아본다.

윤동주가 1941년에 쓴 작품은 모두 17편이다(시 16편, 산문 1편). 그 중 첫 작품이 시 「무서운 시간(時間)」이다. 이 시는 그야말로 '무서운' 시이다. 자신이 살고 있는 시대의 역사가 도전해오는 소리를, 그 시간을, 자신의 온몸으로 느낀 개인이 자신의 감각 전부를 들어 반응하는 모습이 한 장의 스틸사진처럼 강렬한 명암으로 나타나 있다.

### 무서운 時間

거 나를 부르는 것이 누구요,

가랑잎 이파리 푸르러 나오는 그늘인데,
나 아직 여기 呼吸이 남아 있소.

한번도 손들어 보지 못한 나를
손들어 표할 하늘도 없는 나를

어디에 내 한몸 둘 하늘이 있어
나를 부르는 것이오.

일을 마치고 내 죽는 날 아침에는
서럽지도 않은 가랑잎이 떨어질 텐데……

나를 부르지 마오.

<1941.2.7.>

이 시는 「팔복」의 서러운 절망과 「위로」와 「병원」에서 보여준 그 암담한 질식감 및 그에 맞서는 개인적인 노력, 그 눈물겹고 소박한 '체온 나누기'와는 확연하게 구분되는 스케일과 자세를 갖고 있다.

그렇다. 지금이 '무서운 시간'임을 인식하고 그에 민감하게 반응한 자리 — 바로 그 자리에서 일개 시인 지망생이었던 윤동주가 참으로 '시인 윤동주'라는 황홀한 존재가 되어 우뚝 일어선 것이다. 그의 시들이 그만의 음향과 빛깔과 성격과 그다운 체취를 갖기는 실로 이 「무서운 시간」이란 시부터이다.

어떻게 이런 놀라운 전진이 가능했을까. 「팔복」과 「위로」와 「병원」으로 표출될 수밖에 없었던 고뇌와 아픔과 불신앙을 어떻게 극복하고, 그는 역사의 소리와 시간을 감지하기에 이른 것일까?

그의 시 가운데 '1941'이라고 제작 연도만 기록되었을 뿐 구체적인 날짜는 없는 「간판(看板)없는 거리」라는 시가 있다. 이 시가 위의 질문에 대한 해답의 열쇠를 갖고 있다.

## 看板없는 거리

停車場 플랫폼에
내렸을 때 아무도 없어,

다른 손님들뿐,
손님같은 사람들뿐,

집집마다 看板이 없어
집 찾을 근심이 없어

빨갛게
파랗게
불 붙는 文字도 없이

모퉁이마다
慈愛로운 헌 瓦斯燈에
불을 켜놓고,

손목을 잡으면
다들, 어진 사람들
다들, 어진 사람들

봄, 여름, 가을, 겨울,
순서로 돌아들고.

<1941>

이 시는 일견 평범해 보이지만 읽는 방식에 따라서는 굉장한 메시지를 담고 있는 시가 된다. 일본에 의해 멸망하여 '국호(國號)가 없는 나라'가 된 우리 삼천리 강산을 '간판 없는 거리'란 은유로 나타냈다고 보면 이 시의 풀이가 어떻게 될까.

'간판 없는 거리'에는 '손님'과 '손님같은 사람'들만 들끓을 뿐, 진정한 주인은 '아무도 없'다고 보인다. 그러나 '집집마다 간판이 없어'도, '집 찾을 근심이 없'이 찾아들어가서 손목을 잡고 보면 '다들, 어진 사람들'이 그 거리에 살고 있다.

이상과 같은 해석을 용납할 때, 우리는 드디어 그의 시 「무서운 시간」이 지닌 의미가 눈이 시리도록 선명하게 드러남을 본다. 그의 동족을 모두 '슬퍼하는 자', 그리고 '영원히 슬프도록' 운명 지어진 사람들로 파악했던 시각(「팔복」)에서 벗어나 '다들, 어진 사람들'로 새롭게 볼 수 있게 되었을 때, 그는 따라서 새로워졌다. '역사'라는 것, 그리고 그것이 그를 부르는 소리와 그 부름에 응답해야만 할 사명감, 그것을 온몸으로 느낀 것이다.

그것을 깨달은 시간 — 그것은 진실로 두려운 시간, 무서운 시간이었다. "나를 부르지 마오!"라는 절규가 절로 튀어나오도록 역사에 대한 그의 인식은 처절했다. 마치 예수가 십자가에 달려 죽기 전날 밤에 "가능하면 이 잔을 내게서 옮겨 달라"고 기도했던 것을 연상시킨다. 그러나 예수의 기도가 '그 잔'을 받아 마실 것을 전제한 것이었듯이, 윤동주의 "나를 부르지 마오!"라는 절규 역시 그 부름에 응할 수밖에 없음이 전제된 것이었다. 뒷날 이루어진 그의 옥사(獄死)는 이 '무서운 시간'에 이미 예비 된 것이 아닐까.

그 비명과도 같은 절규와 함께 그는 신앙을 회복했던 것이리라. 시 「무서운 시간」 이후, 3월 12일에 쓴 「눈오는 지도(地圖)」 하나를 제외하고는 잇달아 나온 시 5편이 모두 진솔하고 경건한 기독교적 언어로 성서에 배경을 두고 씌어졌다. 그것을 구체적으로 분류해보면 다음과 같다.

1) 「태초(太初)의 아침」 : 「창세기」
2) 「또 태초(太初)의 아침」 : 「창세기」
3) 「새벽이 올 때까지」 : 「요한계시록」의 부활의 아침
4) 「십자가(十字架)」 : 신약의 예수의 수난
5) 「눈 감고 간다」 : 「마태복음」 13장의 씨 뿌리는 비유

이 시들에서는 하나같이 삶에 능동적으로 대처하려는 강인한 정신과 신념이 극명하게 표출되고 있다.

'그 전(前)날 밤에 모든 것이 마련'되었던 「태초(太初)의 아침」을 전제로, 그는 자신이 맞아야 할 새로운 아침을 이렇게 그렸다.

또 太初의 아침

하얗게 눈이 덮이었고
電信柱가 잉잉 울어
하나님 말씀이 들려온다.

무슨 啓示일까.

빨리
봄이 오면
罪를 짓고
눈이
밝아

이브가 解産하는 수고를 다하면

無花果 잎사귀로 부끄런 데를 가리고
나는 이마에 땀을 흘려야겠다.

<1941.5.31.>

'태초'를 생각한 자는 당연히 '종말'에도 관심을 갖게 된다. 그는 산 자와 죽은 자가 모두 일어나 신 앞에 서서 최후의 심판을 받아야 할 부활의 새벽, 그 새벽에 들려올 나팔 소리를 「새벽이 올 때까지」로 형상화했다. 아, 그리고 그와 함께 나온 것이 무엇인가! 저 놀라운 시, 「십자가」이다!

十字架

쫓아오던 햇빛인데
지금 敎會堂 꼭대기
十字架에 걸리었습니다.

尖塔이 저렇게도 높은데
어떻게 올라갈 수 있을까요.

鐘소리도 들려오지 않는데
휘파람이나 불며 서성거리다가,
괴로왔던 사나이,
幸福한 예수 그리스도에게
처럼
十字架가 許諾된다면

모가지를 드리우고

꽃처럼 피어나는 피를
어두워가는 하늘 밑에
조용히 흘리겠습니다.

<1941.5.31.>

이처럼 순명(順命)을 다짐한 자리에서 그가 생각한 사명이 무엇이었던가. 같은 시기에 쓴 '씨 뿌리는 비유'를 담은 시가 그 물음에 직접 대답한다.

### 눈 감고 간다

太陽을 사모하는 아이들아
별을 사랑하는 아이들아

밤이 어두웠는데
눈 감고 가거라.

가진 바 씨앗을
뿌리면서 가거라.

발뿌리에 돌이 채이거든
감았던 눈을 와짝 떠라.

<1941.5.31.>

성서에 나오는 예수의 씨 뿌리는 비유에 의하면, '좋은 씨를 뿌리는 이는 인자(사람의 아들)이고, 밭은 세상'이다. 밤처럼 어두운 세상에 차라리 눈 감

고 '가진 바 씨앗을 뿌리면서 가'는 자, 그가 누구인가. 그는 선구자이다. 그는 또한 '모가지를 드리우고 꽃처럼 피어나는 피를 어두워가는 하늘 밑에 조용히 흘'려야 할 그 사람이기도 하리라. 이것이 윤동주가 생각한 올바른 삶의 형태였다.

아아! 그의 시와 삶이 여기까지 왔다. 윤동주는 이제 그 자신을 신뢰할 수 있었으리라. 그가 「눈 감고 간다」 보다 이틀 뒤에 쓴 시 「바람이 불어」를 보면, 그의 그런 자신감이 아주 겸허하게, 또 확고하게, 드러나 있다.

### 바람이 불어

바람이 어디로부터 불어와
어디로 불려가는 것일까,
바람이 부는데
내 괴로움에는 理由가 없다.

내 괴로움에는 理由가 없을까,

단 한女子를 사랑한 일도 없다.
時代를 슬퍼한 일도 없다.

바람이 자꾸 부는데
내발이 반석위에 섰다.

강물이 자꾸 흐르는데
내발이 언덕위에 섰다.

<1941.6.2.>

이 시에서 윤동주는 지금까지 자신이 지니고 있었거나 자신에게 속해 있는 것들을 모두 철저하게 부정한다.

그는 여인을 사랑했다. 그리하여 '……네 조그만 발자욱을 눈이 자꾸 내려 덮여 따라 갈 수도 없다. 눈이 녹으면 남은 발자욱 자리마다 꽃이 피리니 꽃 사이로 발자욱을 찾아나서면 일 년 열두 달 하냥 내 마음에는 눈이 내리리라'(「눈오는 지도」) 라고 매우 아픈 사랑을 담은 시를 썼던 사람이다. 그는 시대를 슬퍼했다. 그래서 '영원히 슬플 것'(「팔복」)이라고까지 절망했던 사람이다.

그럼에도 불구하고, 이제 그는 여인을 사랑하기에 보다 더 철저하지 못했던 자신, 시대를 슬퍼하기에 보다 더 철저하지 못했던 자신을 자책한다. 그 자책은 너무도 깊고 너무도 커서, 그는 '단 한 여자를 사랑한 일도 없다. 시대를 슬퍼한 일도 없다'라는 자학(自虐)에까지 이른다.

그러나 자신에 대해서, 또한 자신의 삶에 대해서, 그가 갖게 된 의연한 자신감은 그런 자책 속에서도 오히려 금강석처럼 굳고 단단하게 남았다. 그래서 그는 자신의 발이 '반석 위에' 또 '언덕 위에' 서 있음을 느낀 것이다.

이런 현상은 「돌아와 보는 밤」에서도 그대로 확인된다.

> 하루의 울분을 씻을 바 없어 가만히 눈을 감으면 마음속으로 흐르는 소리, 이제 思想이 능금처럼 저절로 익어 가옵니다.
>
> — 「돌아와 보는 밤」의 마지막 연 <1941.6.>

윤동주가 이런 시들을 쓴 1941년 6월, 연전 문과생들에게 크게 의미 있는 일이 있었다. 연전 문과 학생회인 '문우회(文友會)'에서 발행한 잡지 『文友』가 6월 5일자로 발간된 것이다. 이 잡지에 윤동주의 시 「새로운 길」과 「우물속의 자상화(自像畵)」(후에 「자화상(自畵像)」으로 개제됨) 두 편이 실렸다.

『문우』는 연전 문우회에 의해 1932년에 창간호가 발행된 교내 잡지였다. 그러나 꾸준히 간행되지 못했다. 윤동주와 입학 동기생인 유영 교수에 의하면, 그가 연전에 입학한 이래 『문우』 잡지가 나온 걸 본 것은 '1941년도 판' 하나뿐이었다고 했다.

이 1941년도 판 『문우』 지가 바로 윤동주가 4학년 졸업반일 때 간행된 책이다. 이때 편집인 겸 발행인은 당시 문우회장이던 강처중이었다. 송몽규는 문예부장으로서 간행 실무를 모두 맡아 담당했다. 그래서 그가 '편집후기'를 썼다.

당시는 '국어(일본어) 상용정책'이 엄격하게 시행되던 시절이었다. 따라서 논문, 소설, 기사 등의 글은 물론 편집후기까지 모두 일본어로 쓰여 있다.

이채로운 것은 언더우드 2세가 쓴 '명예교장 선생의 메시지'와 영국 시인 워즈워스에 관한 긴 논문이 영문으로 들어간 것이다. 또 학생들의 시 7편, 동시 4편, 릴케를 번역한 역시 2편, 도합 13편이 한글로 수록되어 있다. 한글도 영어와 마찬가지의 외국어 취급을 받아 검열을 통과한 것인가!

특히 눈에 뜨이는 것은 명예교장 원한경(언더우드 2세)의 글은 실으면서도 교장 윤치호의 글은 싣지 않은 편집 태도이다. 윤 교장에 대한 불신과 배척 의사를 노골적으로 드러낸 것이다.

송몽규가 일본어로 쓴 '편집후기'를 보면 "국민총력운동에 통합되어서 학원의 신체제를 수립하기 위하여 우리 문우회는 해산하게 된다. …… 그래서 문우 발행으로서는 이것이 마지막 잡지가 된다"라고 밝혀져 있다.

일제 당국의 강제정책에 의해서 오랜 전통을 지닌 '연전 문우회'가 해산되어 그 명칭마저 사라지려는 시점에서, 그간 발행이 중단되었던 『문우』지를 다시 발간함으로써 '문우회'의 이름과 자취를 연전의 역사에 보다 뚜렷하고 강하게 남겨서 기리려고 했던 의도가 역력하다.

아마도 4학년으로 진급하면서 문우회 문예부장이 된 송몽규가 『문우』 잡지의 속간을 추진하고 간행하려고 노력한 듯하다. 돕는 일손이 매우 부족했던 모양이다. 송몽규는 편집후기에다 "잡지의 발행이 얼마나 어려운가를 이번의 경험으로 처음 알았다. 원고니, 광고니, 검열이니, 교정이니…… 아무래

일제시대에 연전 문우회(文友會, 문과 학생회)에서 발간한 『문우』 잡지들(연세대 중앙 도서관 소장). 『문우』 창간호(왼쪽, 1932년 간행)와 1941년판 『문우』(오른쪽)의 표지. 1941년판 『문우』는 당시 문우회 문예부장이던 송몽규의 손으로 발간되었다. 이 잡지들의 표지에서 시대에 정면으로 대응했던 연전인들의 정신이 읽혀진다. 상대적으로 여유가 있었던 1932년판 『문우』 창간호의 표지는 세계적이고 추상적인 구도의 '모던 스타일'로서 에스페란토어와 기하학적 무늬의 그림과 글씨로 구성된 반면, 일제 말기의 가혹한 한민족 압살기에 발간된 『문우』의 표지는 민족적이고 사실적인 구도의 '전통 스타일'로서 단아한 해서체 한자로 쓴 제호 아래 고구려 고분 벽화에 나오는 사신도의 웅혼한 그림을 배치하여 제작되었다.

도 두세 사람의 손에 의해 될 수 있는 일이 아니라는 것을 절실하게 느꼈다" 라고 적어 놓았다.

말은 그렇게 했어도, 송몽규는 이미 잡지 발간 경험이 상당한 사람이었다. 북간도 명동소학교 5학년 때 그가 발의하여 월간으로 『새 명동』이란 잡지를 몇 호 발간했던 경험이 있고, 중국 낙양군관학교 시절에는 『신민(新民)』이란 잡지를 발간했던 경험이 있었다. 그런 경험이 전혀 없는 동료들보다 일을 추진하는 데 매우 익숙하고 능했을 것이다. 그래서 그의 주도로 『문우』 잡지를 간행하는 일이 성공될 수 있었으리라.

『문우』 잡지는 창간호 때만 해도 우리말 잡지였다. 그러나 이때는 우리말조차 빼앗긴 시절이어서 일본어 잡지가 되었다. 『문우』는 송몽규의 일본어 편집후기로 마감된 '1941년도 판'을 최종호로 하여 종간되었다가 해방 후 1960년에 연세대학교 문과대학 학생들에 의해 복간되었다.

송몽규는 이 잡지에 그가 쓴 시 「하늘과 더부러」를 '꿈별'이라는 필명으로 게재했다. 우리말을 쓰지 못하고, 더구나 일본식 창씨개명을 서슬 푸르게 강요당하고 있던 그 때, 그는 굳이 '몽규(夢奎)'라는 자기 이름을 순 우리말로 풀어서 한글로 '꿈별'이라고 기재했다. 이렇게 잔뜩 날이 선 반골정신을 가졌던 그가 쓴 시는 어떠했는지 참고삼아 읽어본다.

하늘과 더부러

꿈별

하늘 —
얽히어 나와 함께 슬픈 쪼각하늘

그래도 네게서 온하늘을 알수있어 알수있어……

푸름이 깃들고
太陽이 지나고

구름이 흐르고
달이 엿보고
별이 微笑하여

너하고만은 너하고만은
아득히 사라진 얘기를 되풀고 싶다.

오오 — 하늘아 —
모 — 든 것이 흘러흘러 갔단다.
꿈보다도 허전히 흘러갔단다.
괴로운 思念들만 뿌려주고
미련도 없이 고요히 고요히……

이 가슴엔 意欲의 殘滓만
쓰디쓴 追憶의 反芻만 남어

그 언덕을
나는 되씹으며 운단다.

그러나
戀人이 없어 孤獨스럽지않아도
故鄕을 잃어 鄕愁스럽지않아도

인제는 오직 —
하늘속에 내맘을 잠그고싶고
내맘속에 하늘을 간직하고싶어.

微風이 웃는 아침을 祈願하련다.

그 아침에

너와 더부러 노래부르기를 가만히 祈願하련다.

송몽규는 자신이 처한 험악한 시대에 대해서 더불어 이야기할 대상으로 '하늘'을 생각한다. 그것도 '온 하늘'이 못 되는 '조각 하늘'이다. 그 조각난 하늘과 더불어 나눈 것은 모든 것이 '아득히 사라진' 이야기와 모든 것이 '꿈보다도 허전히 흘러'간 이야기다. 그러나 그는 거기서 멈추지 않는다. '미풍이 웃는 아침'에 그 하늘과 더불어 '노래 부르기'를 가만히 기원한다.

침략자 일본에게 모든 것을 잃은 조국을 조각난 하늘로 형상화하여 깊이 슬퍼하면서도 마음 속 깊은 곳에는 광복에 대한 소망을 굳게 간직하고 있음을 우회적으로 표현했다. 문자 그대로 '의지의 시'라고 하겠다.

『문우』지가 나온 6월의 다음 달 7월에 여름방학이 되었다. 윤동주와 송몽규는 『문우』 잡지를 들고 북간도로 귀향했다가 고향집에 그 잡지를 두고 온 것으로 보인다.

후일의 이야기지만, 『문우』가 발간된 때로부터 3년 8개월 후인 1945년 2월 16일, 윤동주는 일본 복강감옥에서 옥사했다. 그의 유해는 북간도로 돌아가 기독교식으로 장례가 치러졌다. 그의 유족들은 장례식에서 『문우』 잡지에 실린 그의 시 「새로운 길」과 「우물속의 자상화」를 낭독했다. 같은 감옥에서 잇따라 옥사한 송몽규의 장례식 때도 마찬가지로 「하늘과 더부러」가 낭독되었을 것이라고 짐작된다.

윤동주가 1941년에 쓴 시 가운데 여름방학 이전에 쓴 작품들은 이미 앞에서 살펴보았다. 이젠 그가 고향에서 여름방학을 지내고 올라온 후에 쓴 시를 살펴보기로 한다. 연전에서 보낸 최후의 학기였던 이 기간 동안, 참으로 좋은 시들이 쏟아져 나왔다.

윤동주의 시가 지닌 장점 중 하나로 '알기 쉬운 시'라는 점이 크게 꼽힌다. 그런데 그의 시에도 난해시가 두 편 있다. 바로 1941년도 여름방학 이후의 첫 작품인 「또 다른 고향(故鄕)」과 그 해의 마지막 작품인 「간(肝)」이다. 난해

연전 시절의 송몽규. 어린 나이에도 어른들을 상대로 연설을 할 정도로 총명했던 송몽규는 민족의식이 매우 강했다. 연전 4학년 졸업반 때 일본 경도제대 입시를 준비하던 바쁜 시기에도 많은 시간과 노력을 기울여 연전 문과생들의 기개를 담은 『문우』 잡지를 발간하였다. 그리고도 일본인들조차 수재들만 간다고 선망해 마지않던 경도제대 입시에 합격함으로써 연전인의 우수성을 과시했다. 오른쪽의 사각 도장은 송몽규가 중학생 시절부터 사용했던 도장이다. 송몽규는 스스로 지은 자신의 호인 문해(文海)를 넣어 문해장서(文海藏書)라고 특별히 제작한 도장을 사용하여 자신의 책들을 분류하고 정리하였다.이 도장이 사용된 '1934년 3월'이면 그가 용정의 은진중학교 2학년에 재학하고 있을 때이다.

시는 아무리 읽어봐도 이해하기 어려운 게 단점이지만 그것은 동시에 장점도 된다. 누가 어떻게 해석하든 간에 아무도 감히 "그것은 틀린 해석"이라고 나설 수가 없는 것이다. 그래서 난해시는 누구나 마음 놓고 읽어도 된다. 거기에 난해시의 매력이 있다. 그러나 역시 난해시는 거북하다. 신원이 전혀 알려지지 않은 미인 같다. 관심은 가는데 마음 놓고 접근할 수가 없다. 그럼에도 불구하고 우리는 윤동주의 난해시에 도전해야 한다.

## 또 다른 故鄕

故鄕에 돌아온 날 밤에
내 白骨이 따라와 한방에 누웠다.

어둔 房은 宇宙로 通하고
하늘에선가 소리처럼 바람이 불어온다.

어둠 속에 곱게 風化作用하는
白骨을 들여다 보며
눈물 짓는 것이 내가 우는 것이냐
白骨이 우는 것이냐
아름다운 魂이 우는 것이냐

志操 높은 개는
밤을 새워 어둠을 짖는다.

어둠을 짖는 개는
나를 쫓는 것일 게다.

가자 가자
쫓기우는 사람처럼 가자
白骨 몰래
아름다운 또 다른 故鄕에 가자.

<1941.9.>

이 시에서 시인의 자아는 '나' '백골' '아름다운 혼'의 셋으로 분화(分化)되

어 있다. 이 나뉨은 무엇을 의미하는가. 이 점에 대해 그간 많은 평자들이 여러 가지 해석을 시도했다. 실상은 무엇인가. 윤동주의 시가 그의 삶과 아주 밀접하게 연관된 것임을 살펴온 전기 작가의 입장에서, 필자는 무엇보다도 먼저 이 시가 쓰였던 당시의 전기적 상황을 검토할 의무를 느낀다.

이 시가 쓰인 1941년 9월은 윤동주의 4학년 여름방학이 끝난 직후이다. 시기적으로 보아 1938년 9월에 쓴 「아우의 인상화」처럼 방학 중 일이 동기가 되었을 것이다. 그런 측면에서 매우 중요한 증언이 있다. 시인의 아우 윤일주 교수의 이야기다.

> 연전 졸업을 앞둔 무렵이었다. 용정 집에서 할아버지(윤하현 장로)를 비롯한 어른들이 계시고 그들 두 형(동주, 몽규)이 있는 자리에서 연전을 마친 후의 일에 대한 이야기가 나왔을 때였다. 할아버지께서 세상 어른들이 자식에 대해 바라는 소박한 기대, 즉 사회에 나가 자리잡아 활동하고 일가를 이끌어가는 등의 기대를 피력하셨을 때, 몽규는 대뜸 "저희들이 그렇게 살기 위해 공부하는 줄 아십니까!" 하고 나왔다. 자기들에겐 보다 큰 이상이 있다는 식이었는데, 동주는 옆에서 "쉬 쉬" 하며 어른에게 그렇게 말대답하는 것을 조용히 만류하고 있었다.

이러한 윤동주의 연전 졸업 전 일화에 의해, 우리는 당시 그가 자신의 자아를 셋으로 분화시킨 저간의 상황을 짐작할 수 있게 된다. 그것은 다음과 같이 구별된다.

1) 현재의 자기(='나')
2) 사회에 나가 활동하며 돈을 벌어 일가를 이끌어주길 바라는 가족들의 기대대로 생활해야 할 자기(='백골')
3) 이상을 따라 살아야 할 자기(='아름다운 혼')

그는 이런 세 모습의 자아가 서로 부대끼며 갈등하는 것을 명료하게 의식한 것이다.

이상과 같은 필자의 분석이 지금까지 여러 평자들에 의해 시도된 분석과 가장 크게 차이 나는 것은 '백골'이란 형상이 지니는 의미에 관한 해석이다.

필자는 다음과 같은 맥락에서 그가 돈 벌어 일가를 부양해야 하는 자기의 모습을 가리켜 '백골'이란 단어로 표현했다고 판단했다. 그는 누구인가. 자신이 갖고 있는 『정지용 시집』 속에 있는 시 「태극선」에서 '나는, 쌀, 돈셈, 집웅샐것이 문득 마음 키인다' 하는 구절에다 붉은 줄을 길게 치고 '生活의 협박장이다'라는 촌평을 붉은 글씨로 또렷하게 써넣었던 사람이다. 장래의 생활문제를 걱정하여 그를 연전 문과에 보내지 않으려고 그처럼 애썼던 그의 부친 못지않게 '생활'이 무엇인지를 알고 있었던 것이다. 당시 시절은 '일본어 상용'의 암흑기이던 1941년 하반기였다. 더구나 직업을 가져봤자 그의 부친 표현대로 "기껏해야 신문기자"인 문과 출신으로서 어디에 취직해서 돈을 벌어 가족을 부양하는 삶이란 결국 지금까지의 지조와 이상을 모두 버려야만 되는 삶일 수밖에 없다. 그는 그렇게 될 때 그것은 '사람'으로서 사는 삶이 아니라, '백골'로서 살아가는 삶, 인간의 형해(形骸)만 남은 삶이라고 느낀 것이다. 그가 그런 삶 전체를 '백골'로 표현한 심정을 납득하게 된다.

그러나 그의 집안형편은 가계가 전보다 많이 어려워진데다 어린 동생들이 자라고 있었다. 마땅히 그가 돈을 벌어 부양해야 편편해질 상황이었다. 그는 '백골'로서 살아가는 삶 역시 진지하게 생각해보지 않을 수 없었으리라. 서울에서 지내면서도 자꾸 생각할 수밖에 없는 문제이긴 했다. 그런데 막상 고향에 돌아와서 가족들 사이에 앉아 부딪히게 되니 그 압박감은 더욱 절실하고 더욱 절박했다. '고향에 돌아온 날 밤에 내 백골이 따라와 한방에 누웠다'고 토로할 만큼 피부로 다가왔다.

이렇게 셋으로 분화된 자아의 갈등구조를 구체적으로 이해하고 나면 이 시는 더 이상 난해시로 보이지 않는다. 꽤 기묘했던 '백골'의 의미는 물론,

지금까지 아주 난해하게 여겨져 온 '어둠 속에 곱게 풍화작용하는 백골을 들여다보며 눈물짓는'이란 부분이 수월하게 해석된다. 백골이 오랜 세월을 두고 비바람에 삭아가는 모습(풍화작용)으로써 '백골'적인 삶을 살며 보낼 일평생을 상정해보고 눈물짓는 것임을 얼른 알아보게 된다.

그러나 그는 '지조' 때문에 도저히 그런 '어둠'의 삶을 살 수 없다고 느낀다. 그러니 '쫓기우는 사람처럼', 그리고 '백골 몰래' '가자 가자' 하고 절규하게 된다. 백골의 삶을 살아야 한다는 압박감으로 눈물짓게 되는 '고향'이 아닌 곳, 그런 눈물일랑 아예 지을 필요가 없는 '아름다운 또다른 고향'을 처절하도록 간절하게 원하게 되는 것이다.

그러고 보면 '이상'과 '현실', '대의'와 '혈육에 대한 끈끈한 정', — 그 사이에서 갈등하고 고뇌하던 그가 지른 비명이 '시'라는 형상에 싸여 밖으로 터져 나온 것이 「또 다른 고향」이다.

필자의 위와 같은 분석을 강력하게 뒷받침하는 것이 다음과 같은 정병욱의 증언이다.

> 여름방학이 끝나고 가을학기에 올라와서 우리는 다시 이삿짐을 꾸리고 이번에는 북아현동으로 옮겼다. 7, 8명의 하숙생이 들끓는 전문적인 하숙집이었다. 오붓하고 가족적인 분위기에서 뒤숭숭한 전문적인 하숙집으로 옮겨온 우리는 퍽 당황했었다. 어딘가 어설프고 번거롭고 뒤숭숭한 그런 분위기였다. 게다가 졸업반인 동주 형의 생활은 무척 바쁘게 돌아갔다. 진학에 대한 고민, 시국에 대한 불안, 가정에 대한 걱정, 이런 일들이 겹치고 겹쳐서 동주 형은 이때 무척 괴로워하는 눈치였다.
>
> 1941년 9월, 인생의 네 가름 길에서 갈피를 잡지 못하는 절박한 상황 속에서 그의 대표작으로 널리 알려진 중요한 작품들이 쓰여졌다. 즉 「또 다른 고향」 「별 헤는 밤」 「서시(序詩)」 「간(肝)」 등은 이 무렵에 쓴 시들이다.[20]

20) 정병욱, 「잊지 못할 윤동주의 일들」, 『나라사랑』 23집, 외솔회, 137~138쪽.

연희전문 · 이화여전 영어 성서반원과 함께. 뒷줄 오른쪽 첫 번째가 윤동주, 뒷줄 왼쪽에서 일곱 번째가 정병욱, 두 번째 줄 가운데가 케이블 목사 부인. 윤동주는 이 합동 성서반원에 속하는 이화여전 여학생 중 한 사람을 묵묵히 좋아했다. 그래서 4학년 졸업반 때는 그 여학생이 사는 동네인 북아현동으로 하숙을 옮기기도 했었다는 것이, 정병욱의 증언이다.

「또 다른 고향」의 다음 작품은 9월 31일에 쓴 「길」이다. '내가 사는 것은, 다만 잃은 것을 찾는 까닭입니다'(「길」의 마지막 연) 라는 술회 역시 '지조'쪽을 택해야 한다는 강한 자기다짐의 재확인이었다.

그리고 나온 것이 저 청신하고 아름다운 명시 「별헤는 밤」이다.

별헤는 밤

季節이 지나가는 하늘에는

가을로 가득 차 있습니다.

나는 아무 걱정도 없이
가을 속의 별들을 다 헤일 듯합니다.

가슴 속에 하나 둘 새겨지는 별을
이제 다 못 헤는 것은
쉬이 아침이 오는 까닭이요,
來日 밤이 남은 까닭이요,
아직 나의 靑春이 다하지 않은 까닭입니다.

별 하나에 追憶과
별 하나에 사랑과
별 하나에 쓸쓸함과
별 하나에 憧憬과
별 하나에 詩와
별 하나에 어머니, 어머니,

어머님, 나는 별 하나에 아름다운 말 한 마디씩 불러봅니다. 小學校때 冊床을 같이 했던 아이들의 이름과, 佩, 鏡, 玉 이런 異國少女들의 이름과, 벌써 애기 어머니 된 계집애들의 이름과, 가난한 이웃 사람들의 이름과, 비둘기, 강아지, 토끼, 노새, 노루, 「프랑시스 잠」, 「라이너 마리아 릴케」, 이런 詩人의 이름을 불러봅니다.

이네들은 너무나 멀리 있습니다.
별이 아슬히 멀듯이,

어머님,

그리고 당신은 멀리 北間島에 계십니다.

나는 무엇인지 그리워

이 많은 별빛이 내린 언덕위에

내 이름자를 써 보고,

흙으로 덮어 버리었습니다.

딴은 밤을 새워 우는 벌레는

부끄러운 이름을 슬퍼하는 까닭입니다.

그러나 겨울이 지나고 나의 별에도 봄이 오면

무덤위에 파란 잔디가 피어나듯이

내 이름자 묻힌 언덕위에도

자랑처럼 풀이 무성할 게외다.

〈1941.11.5.)〉

'별헤는 밤'의 '헤다'는 『국어대사전』에 "'세다'의 함북 사투리"라고 나온다. '함경도 지방 사투리'라 하지 않고 굳이 '함북 사투리'라고 함은 곧 '육진 사투리'를 지칭한다. '세다'보다 아주 부드럽고 고운 음향을 지녔다. 우리가 지금 표준말로 쓰는 단어 중 '헤아리다'와 어원이 같은 말이다. 다른 지역에서는 모두 '헤다 → 세다'로 구개음화 현상을 일으켜서 단어 형태가 변했는데, 육진 지방에서는 원래 발음대로 사용하고 있었던 것으로 보인다.

여하튼 요즘 맞춤법대로 하자면 '별 세는 밤'이 되어야 했는데, 현재 많은 국민들이 윤동주의 시 「별 헤는 밤」의 영향으로 '별'은 '헤는' 것이라고 생각하고 있다. 육진이란 특정 지역에서 겨우 보존되어 온 한국어 원형 중 하나인

'헤다'가 현대에 와서 윤동주의 시 속에 들어감으로써, 전체 국민의 입과 귀에 친근한 단어로 부활했다. 언어와 문학작품의 상관관계를 인상 깊게 일깨운다.

「별헤는 밤」은 청신한 가을밤의 맑은 별빛으로 충만해 있는 시이다. 윤동주의 맑고 청결한 기품과 함께 그의 빼어나고 결 고운 서정성이 유감없이 드러나 있다. 이제까지 윤동주의 삶과 시에 나타난 고통과 갈등, 그 부단한 자기성찰과 다짐의 오뇌를 지켜보아온 우리로서는, 이제 그가 '많은 별빛이 내린 언덕 위에' 자기를 세우고 '나는 아무 걱정도 없이 가을 속의 별들을 다 헤일 듯합니다' 라고 독백할 때, 마음 깊은 곳의 금선이 아프게 건드려짐을 느낀다. 아, 그는 드디어 명경지수의 경지를 터득했는가!

이 아름다운 시를 쓴 후, 그는 한 권의 시집을 묶으려는 노력을 시작했다. 지금까지 써놓은 시 중에서 18편을 뽑았다. 그리고 시집 첫 머리에 놓을 「서시(序詩)」를 완성한 것이 1941년 11월 20일. 「서시」는 자연히 지금까지의 삶을 되돌아보고 앞으로의 삶에 대한 각오를 총체적으로 담는 그릇이 되었다.

序詩

죽는 날까지 하늘을 우러러
한 점 부끄럼이 없기를
잎새에 이는 바람에도
나는 괴로와했다.
별을 노래하는 마음으로
모든 죽어가는 것을 사랑해야지
그리고 나한테 주어진 길을
걸어가야겠다.

오늘밤에도 별이 바람에 스치운다.

<1941.11.20.>

사람의 생이 갖는 무게, 그 생이 내포한 진실의 무게가 이처럼 청결하고 깊이 있게 드러난 예는 아주 희귀하다. 이 시에 이르러서 우리는 "참으로 우리에게 한 시인이 있다!"고 외칠 수 있게 되었다.

「서시」 외에 윤동주가 자기 첫 시집에 담으려고 직접 고른 시들은 다음과 같다.

① 自畵像 ② 少年 ③ 눈오는 地圖 ④ 돌아와 보는 밤 ⑤ 病院 ⑥ 새로운 길 ⑦ 看板 없는 거리 ⑧ 太初의 아침 ⑨ 또 太初의 아침 ⑩ 새벽이 올 때까지 ⑪ 무서운 時間 ⑫ 十字架 ⑬ 바람이 불어 ⑭ 슬픈 族屬 ⑮ 눈 감고 간다 ⑯ 또다른 故鄕 ⑰ 길 ⑲ 별헤는 밤

윤동주는 이상 19편의 시를 묶은 시집을 '77부 한정판'으로 출간하려고 노력했다. 요즘 감각으로는 '77부 한정판 출판'이라는 것이 이상하게 들리지만, 당시에는 시집을 소규모 한정판으로 출간하는 것이 흔했던 관행이었다. 백석 시집 『사슴』은 2백 부 한정판이었고, 1941년 2월 10일에 나온 서정주의 그 호사스럽고 유명한 시집 『화사집』은 1백 부 한정판이었다.

윤동주는 위 19편의 시를 묶고 『하늘과 바람과 별과 詩』라는 제목을 붙였다. 그리고 일일이 원고지에 베껴서 3부의 똑같은 필사본을 만들었다. 그 중 1부는 자기가 갖고, 1부는 존경하는 스승인 이양하 교수에게, 1부는 가장 가까운 후배 정병욱에게 주었다. 장덕순 교수는, 자기에게는 윤동주가 그 필사본 시집을 보여주기만 하더라고 했다.

이 시집의 출간이 좌절된 일에 대해 정병욱은 다음과 같이 증언한다.

「별헤는 밤」을 완성한 다음 동주는 자선시집을 만들어 졸업 기념으로 출판하

기를 계획했었다. 「서시」까지 붙여서 친필로 쓴 원고를 손수 제본을 한 다음 그 한 부를 내게다 주면서 시집 제목이 길어진 이유를 「서시」를 보이면서 설명해주었다. 그리고 처음에는(「서시」가 되기 전) 시집 이름을 「병원」으로 붙일까 했다면서 표지에 연필로 '병원(病院)'이라고 써넣어 주었다. 그 이유는 지금 세상은 온통 환자투성이이기 때문이라 하였다. 그리고 병원이란 앓는 사람을 고치는 곳이기 때문에 혹시 앓는 사람들에게 도움이 될 수 있을지도 모르지 않겠느냐고 겸손하게 말했던 것을 기억한다.

이 시고를 받아보신 이양하 선생님께서는 출판을 보류하도록 권하셨다. 「십자가」「슬픈 족속」「또 다른 고향」과 같은 작품들이 일본 관헌의 검열에 통과될 수 없을 뿐더러 동주의 신변에 위험이 따를 것이니 때를 기다리라고 하셨을 것이다. (중략) 시집 출판을 단념한 동주는 1941년 11월 29일자로 작품 「간(肝)」을 썼다. 발표와 출판의 자유를 빼앗긴 지성인의 분노가 폭발한 것이지만 그는 스스로를 달래지 않을 수 없었다.[21]

정병욱의 증언에 따르면, 윤동주는 이양하 교수의 권고에 그대로 응해 출간을 단념해버린 게 된다. 그렇지만 사실은 그렇지가 않았다. 언론계와 출판계에 발이 넓었던 이양하 교수에게 의논했지만 길이 열리지 않은 것뿐이었지, 그는 그대로 단념하지 않았다. 졸업 직후에 용정 집으로 귀향한 그는 이번에는 부친에게 출간문제를 의논했다. 그러나 고향에서도 역시 여의치 않았다. 그래서 몹시 안타까워했다. 윤혜원 씨의 증언에 의하면 오빠가 "3백 원만 있으면 출판할 수 있는데…… 3백 원만 있으면 되는데……" 하면서 매우 안타까워하더라는 것이다. 윤일주 교수도 이때의 일을 두고 "아버지도 출판해줄 의향이 계셨으나 모든 여건이 허락하지 않았다"[22]라고 증언했다. 그로 보아, 윤동주는 서울에서 안 되니 용정에서라도 시집을 출간하려고 계속

21) 정병욱, 「잊지 못할 윤동주의 일들」, 『나라사랑』 23집, 외솔회, 140~141쪽.
22) 윤일주, 「윤동주의 생애」, 『나라사랑』 23집, 외솔회, 160쪽.

윤동주의 연전 졸업 앨범 사진(1941년). 윤동주는 자신의 시 19편을 묶어 졸업 기념으로 시집을 출간하려 하였으나, 경제 여건이 여의치 않아 그 꿈을 실현시키지 못했다. 윤동주가 일본 유학을 떠난 뒤에 앨범이 출판되었기에 윤동주가 직접 받아가지 못했는데, 친구인 강처중이 보관했다가 해방 뒤에 월남한 유족에게 전해 주었다.

노력했으나 결국은 돈 문제로 좌절된 것임이 확실해진다.

윤동주가 「서시」를 쓴 후 18일, 「간」을 쓴 지 9일 만인 1941년 12월 8일 새벽, 세칭 '태평양전쟁'이 터졌다. 일본군이 선전포고도 없이 미국 하와이의 진주만을 기습 공격함으로써 미국과 일본 사이에 전쟁이 벌어졌다. 연전 명예교장으로 남아 있던 원한경(언더우드 2세) 박사와 그의 아들 원일한(언더우드 3세) 교수는 전쟁이 일어난 날인 8일 오후에 일경에 체포되었다. 그들은 같이 체포된 다른 미국인 선교사들 및 민간인들과 함께 폐교 되어 비어 있던 감리교신학교에 연금되었다(그들은 그곳에 6개월 동안 갇혀 있다가 1942년 5월 31일에 석방된 뒤 다음 날인 6월 1일에 본국으로 강제 추방되었다).

지금까지 끌어오고 있는 중일전쟁에다가 새로이 미일전쟁을 시작한 일제는 모든 걸 한층 더 강화된 전시체제로 재개편했다. 학제까지 그러했다. 1942년 3월에 거행돼야 할 윤동주네의 연전 졸업식도 석 달 앞당겨졌다. 그래서 1941년 12월 27일에 졸업식이 있었다. 윤동주는 졸업 기념으로 '곤색 더블 신사복'을 새로 맞추어 입었다. 설립자이자 전임 교장인 언더우드 가의 사람들은 감리교신학교에 갇혀 있는 상황에서, 그들을 밀어내고 들어온 윤치호 교장의 주재로 연전 졸업식이 거행되었다.

졸업생은 문과 21명, 상과 50명, 이과 18명이었다.

그날의 연전 졸업식 풍경이 김재준 목사(전 한국신학대학 학장)의 기억에 오래도록 생생하게 남았다. 그는 송창근 목사(송몽규의 당숙, 조선인 최초로 미국에서 신학박사 학위 받음. 한국신학대학 전신인 조선신학교 초대 교장)와 함께 송몽규의 졸업을 축하하기 위해 연전 졸업식에 갔다. 당시 송몽규는 졸업 성적이 2등이라서 우등상을 탔다. 시상은 윤치호 교장이 했는데, 부상으로 책을 한 보따리 주었다. 졸업식이 끝난 뒤에 풀어보니 맨 '대동아 공영권(大東亞 共榮圈)'이 어쩌구 하며 일본 군국주의를 정당화하는 책들이었다. 그러자 송몽규가 윤치호 교장을 두고 "에이 그런 영감, 차라리 아주 주지나 말지, 상이라면서 이따위 것들을 준다"고 성을 내며 내던져 버렸다.

'대동아 공영권' 이론은 일본 정부가 아시아 침략을 미화하기 위해서 표면에 내세운 것이다. '아시아의 나라끼리 협력하여 같이 번영하면서 서양의 식민주의를 아시아로부터 몰아낸다'는 것이 일본의 목표라는 주장이다. 앞에 이런 명분을 내걸고 실제로는 아시아 국가들에 대한 침략을 가속화하고 있던 것이 일본의 실체였다. 그런데 연전 졸업식에서 그 가증스러운 일본 군국주의 선전 서적들을 우등상 상품으로 준 것이다. 일제의 마수에 의해 점점 숨통이 조여져가던 연전의 현실을 담은 에피소드이다.

이로써 윤동주와 송몽규의 연전 4년 생활은 끝을 맺었다. 재학 시절 그들과 함께 지냈던 후배 장덕순 교수는 그 두 사람에 대해 이렇게 회고했다.

> 그들의 성격은 정반대였다. 동주의 성격이 과묵하고 내성적인데 반해, 몽규는 남성적이며 적극적인 성격에다 다변이었다. 동주가 고요한 사람이면서도 스포츠를 즐긴 것에 반해 몽규는 활동적이고 잘 돌아다니면서도 운동은 하지 않았다. 동주가 시를 전공한데 비해 몽규는 소설 쪽으로, 그가 쓴 소설을 여러 번 본 기억이 있다.
>
> 그렇게 성격이 정반대면서도 사이는 퍽 좋았다. 친척인 점 외에 서로의 교양 탓이기도 할 것이다. 그들이 연전에서 사귄 친구들은 모두 같은 그룹이었다.

이제 윤동주는 지난 4년간의 보금자리였던 연전과 작별했다.

윤동주와 서울 연희전문학교 —.

윤동주의 생애에서 '연전 시절'이 없었더라도 우리가 오늘날 보는 '시인 윤동주'가 가능했을까. 아마도 불가능했으리라. 그가 평생 동안 남긴 시들을 검토해보면, 연전에 몸담고 있을 때 그의 시작활동이 가장 충실했고, 작품들도 빼어났다. 이것은 연전의 풍토가 그의 재능을 발휘하는 데 최적의 상태를 마련해주었다는 이야기가 된다. 다시 말해서 윤동주는 연전이 가꾸고 길러 수확해낸 열매들 중에서 가장 충실한 이삭 중의 하나였다.

## 「참회록(懺悔錄)」의 계절

연전 졸업 후의 진로는 윤동주와 송몽규 둘 다 일본에 유학하여 대학과정을 밟기로 정해놓고 있었다. 집에서도 이미 동의했다. 연전 문과 입학 때와는 달리 윤동주의 부친은 이번엔 적극적으로 찬성했다.

그런데 1942년이란 시점에서 도일하여 유학하자면 먼저 필수적으로 해결되어야 할 문제가 있었다. 바로 '창씨개명'이었다. 창씨개명이 되지 않으면 유학은 둘째 치고, 우선 일본에 건너가는 데 필요한 기본서류인 '도항증명서'를 뗄 수 없었다. 그것은 조선과 일본 사이의 바다 현해탄을 건너는 배를 타려면 꼭 필요한 서류였다.

이 '도항증명서'는 이야기만 널리 전하고 있지 그 실체는 어떤 것인지 오히려 제대로 모르는 것이 저간의 실정이었다. 그런데 그 실체를 명쾌하게 보여준 자료를 찾았다. 1936년 9월호 『조광(朝光)』 잡지에 실린 춘원 이광수의 「도항증명서(渡航證明書)」라는 글이다. 이광수는 1936년 5월에 동경에서 공부하고 있는 아내 허영숙을 만나려고 일본에 다녀온 일이 있다. 그는 그때 겪었던 '도항증명서'에 관한 경험을 이렇게 기록했다.

> 나는 동경에 있는 가족을 보려고 5월 초에 서울을 떠났다. 조선사람이 하관(下關)을 건너가는 데에는 도항증명서가 절대로 필요하다. 관리라도 조선사람이면 도항증명서를 가지는 것이 편하다고 한다. 도항증명서를 얻는 것은 그렇게 간단한 일은 아니다. 나는 사진관에 가서 명함형 사진 두 장을 박이야 한다. 경성에서 호적등본 1통을 얻어야 한다. 대서소에 가서 도항증명서 하부원(下付願)을 써달래야 한다. 이것이 다 준비가 되면 그것을 가지고 소관(所管) 경찰서에 가서 제출하고, 가기는 무슨 일로 가며, 어느 지방 어느 집에 가며, 얼마 동안 있으며, 언제 떠나며, 이런 것을 자세히 말하고 부득이 아니 갈 수 없는 사정을 누누이

하소연하여야 한다. 그래서 만일 고등계 주임이 나를 보낼 만하다고 인정하면 떠나는 날 다시 경찰서에 출두하라고 명한다. 그날 가서 증명서를 받아들면 여간한 기쁨이 아니다. 나는 진정으로 고맙다는 절을 수없이 아니할 수 없게 된다.

증명서란 것은 호적등본에 본인의 이름 위에 있는 사진을 붙이고 그 등본 여백에 붉은 잉크로,

某ノ內地渡航ヲ紹介ス. 行キ先地 東京云云

渡航ノ目的 妻面會ノ爲.

年 月 日

某警察署長 印

釜山水上警察署長 殿

이라고 쓴 것이다.

이것은 도항 소개(渡航 紹介)요, 여행권은 아니다.

이 소개라는 말에 당국의 고민과 번민이 있는 것이다.[23]

이광수가 그 타고난 필치에다 블랙 유머를 섞어서 쓴 이 짤막한 글에는 식민지시대 조선인들이 일본행에 필요한 '도항증명서'를 떼며 느끼던 울분과 굴욕감이 뜨거운 국솥의 김처럼 잔뜩 서려 있다.

부산 수상경찰서는 조선의 부산(釜山)과 일본 하관(下關) 사이를 정기적으로 왕래하는 관부연락선(關釜連絡船)을 비롯하여 부산항에 출입하는 배와 사람들을 모두 통제하고 관리하는 특수 경찰서였다. 여기에다 도항증명서를 제출해야 도항 허가가 나와 배에 오를 수 있게 된다.

윗글에서 일본어로 된 부분을 번역하면 "아무개의 내지(內地 : 일본)로의 도항을 소개한다. 행선지는 동경 운운. 도항의 목적은 아내 면회"가 된다. 이

23) 이광수, 「東京求景記」, 『이광수전집·9』, 삼중당, 184쪽.

광수가 "이 소개라는 말에 당국의 고민과 번민이 있는 것이다"라고 굳이 꼬집은 것은, 일본인들이 입으로는 소위 '내선일체(內鮮一體)'를 늘 크게 부르짖고 있는 것을 비꼬고 조롱한 것이다. '조선인이나 일본인이나 다 똑같은 천황의 적자(嫡子)'라면서, 조선인에게만 '도항증명서'라는 서류를 제출하게 하는 것은 이론상 모순되므로, "도항을 소개한다"라는 수사학적 편법을 구사하는 간교한 술책을 쓴 것이 '도항증명서'의 실제 모습이었다. 윤동주와 송몽규가 일본에 유학하려면 제일 먼저 그런 증명서를 마련해야 했다.

또한 일본 대학 진학을 위해서는, '출신교인 연전 학적부에 기록된 이름과 호적등본에 있는 이름이 일치해야 한다'는 조건을 충족시키는 일도 극히 중요했다. 이 점에 대해서 일본 경도대학의 수야직수(水野直樹, 미즈노 나오키) 교수는 다음과 같이 적절하게 지적했다.

> 1940년의 시점에서 윤 일가는 '平沼' 송 일가는 '宋村'로 창씨 했지만 학교에 그 신고서를 제출하지 않고 두 사람은 조선 이름을 사용했다. 1941년 12월, 졸업식에서도 두 사람은 여전히 '윤동주' '송몽규'라는 이름으로 졸업했다. 그런데 일본으로 유학하기 위한 도항증명서나 입학원서에 호적등본(또는 호적초본) 제출이 필요했다. 호적상 두 사람의 본명은 '平沼東柱' '宋村夢奎'였다. 그렇기 때문에 연희전문학교 졸업증명서에 '尹東柱' '宋夢奎'로 기재되어 있다면 호적등본과 졸업증명서의 이름이 일치하지 않아 동일 인물이라는 증명을 할 수 없게 된다.[24)]

그렇기 때문에 일본 유학을 위해서는 반드시 창씨개명한 이름을 연전에 계출하여 학적부에 있는 이름을 일본식 이름으로 바꿔 놓는 것이 필수사항이었다.

졸업 직후 북간도로 귀향했다가 서울로 돌아온 그들은 졸업한 모교 연전에 가서 '창씨개명계'를 제출했다. 현재 연세대학교에 보관된 학적부에 그들

---

24) 水野直樹, 「윤동주는 창씨개명을 했는가」, 『다시올 文學』 2013. 겨울호, 166쪽.

이 창씨개명한 이름과 그 이름을 계출한 날짜에 관한 기록이 명료하게 남아 있다.

- 윤동주 : 平沼東柱 1942년 1월 29일
- 송몽규 : 宋村夢奎 1942년 2월 12일

윤동주의 성이 순 일본식 성인 '平沼(히라누마)'로 된 것은 당시 윤씨 집안에서 그렇게 창씨했기 때문에 그에 따른 것이다. 송몽규네는 일본식 창씨를 하는 대신 본래의 성에다가 '촌(村)'자 하나만 덧붙여서 '宋村(소무라)'란 성을 만들었다.

'창씨개명'은 굴욕 그 자체였다. '尹東柱'가 '平沼東柱'로 됨에 따라 이제는 '東柱'란 이름 역시 일본식으로 발음하게 되었다. 그래서 '동주'가 아닌 '도오쥬우'가 되었다. 또 '宋夢奎'가 '宋村夢奎'로 됨에 따라 '夢奎'라는 이름도 '몽규'가 아닌 '무게이'가 되었다. 이젠 강의시간에 출석을 불러도 "윤동주" "송몽규"가 아닌, "히라누마 도오쥬우" "소무라 무게이"라고 부를 때 "예" 하고 대답해야 했다. 그것이 '창씨개명'의 잔인한 실체였다.25)

---

25) 수야직수 교수는 이와 관련해서 위에 인용한 글에서 다음과 같이 주장했다.

"1942년 시점에 윤동주의 법률상의 씨가 平沼로 되어 있었던 것은 사실이다. 이에 대해 이름은 그대로 '동주'였다. '동주'에서 '도쮸우'로 바뀌었다는 의견이 있지만 법률적으로(호적상으로) 발음이 정해진 것은 아니었으므로 '동주'로 읽든 '도쮸우'로 읽든 상관이 없었다. 그러니까 씨는 '平沼'로 새롭게 바뀌었지만 이름이 그대로여서 개명은 하지 않은 것이 된다."(『다시올 文學』 2013년 겨울호, 161쪽.)

그러나 이런 견해는 당시의 조선 실정에 맞지 않은 매우 안이한 추정이어서 동의하기 어렵다. 여기서 그에 대한 검증을 하기로 한다.

일제 말기에 모든 조선인은 '국어(일본어) 상용'이라 하여 공사 간에 일체 일본어만 사용하도록 강력하게 통제되었다. 심지어 소학교에서 어린 조선인 학생들끼리 놀 때조차 조선어를 쓰면 큰 처벌을 받았다.

그처럼 엄혹했던 시대의 실체를 생각하면, 수야식수 교수가 말한 "법률적으로(호적상으로) 발음이 정해진 것은 아니었으므로 '동주'로 읽든 '도쮸우'로 읽든 상관이 없었민족의식이 강했던 연희전문과 이화여전의 학생들은 연전 교장 윤치호가 친일 행각을 하며 이름을 '伊東致昊(이동치호)'라고 창씨개명한 걸 가리켜서 "이 똥 치워"라는 해학적 발음으로 조롱했다. 이런 풍토에서 지냈던 그들이 자신들의 손으로 모교에 일본식 이름으로 된 창씨개명계를 계출했을 때의 심정이 어떠했을까!

이들이 연전에 창씨개명계를 계출한 날짜는, 그 일로 하여 그들이 겪은 고통과 고뇌를 강력하게 시사한다.

송몽규가 일본 경도제대(京都帝大)에 입학한 것은 1942년 4월 1일이다. 그리고 윤동주의 동경 입교대학(立教大學) 입학일은 1942년 4월 2일이다. 그러니까 응시원서 등 입시서류의 작성과 수속 기간, 도일과 응시, 합격 발표 후의 등록기간 등, 응시원서 작성에서부터 실제 입학일까지의 기간을 어림잡아 역산해보면, 송몽규로서는 그가 창씨개명계를 연전에 계출했던 2월 12일은 가능한 한 미룰 수 있었던 최종 시한이었으리라는 결론이 나온다. 창씨개

---

다"라는 주장은 동의할 수 없다.

그보다 오히려 창씨개명과 '국어(일본어) 상용정책'의 상관관계에 대해서 주목한다. 나는 일제 말기에 조선총독부 당국이 강행한 '창씨개명 정책'에는 이념적 측면의 필요성 외에 '국어(일본어) 상용 정책의 완벽한 성공을 위한 장치'로서의 실용적인 기능과 역할이 담보되어 있었다고 추정하고 있다.

왜냐 하면, 매우 강력한 행정조치로 심하게 다그치면서 조선인들에게 '국어(일본어) 상용'을 강제한다 해도, 그것은 끝내 '조선인들의 이름'이라는 사안에 가서 걸리게 되어 있었다. 이름은 고유명사여서 조선식으로 부를 수밖에 없기 때문이다. 그래서 이름조차 일본식으로 창씨개명을 하게 만들어서 일본식 발음으로 부르게 해야 조선인들의 언어 사용에서 조선어를 모두 완벽하게 제거할 수 있고, 그래야 일본 당국이 전력으로 추구했던 '조선인들의 국어(일본어) 상용 정책'은 비로소 완벽하게 성공될 수 있었던 것이다.

그리고 상식적으로 생각해 보아도 그렇다. '국어(일본어) 상용'이 최고의 구두선(口頭禪)이었던 그 시대에, "'平沼東柱'라는 일본식 이름을 두고 일본 발음과 조선 발음을 뒤섞어서 '히라누마 동주'라고 발음해도 된다"는 것은 도저히 있을 수 없는 일이었다. 실제로 친지들의 증언에 의하면, 윤동주는 창씨개명한 이름으로는 '히라누마 동주'가 아닌 '히라누마 도오쥬우'로 불렸다.

그렇기 때문에 사안의 본질을 따져서 엄정하게 분석하자면, 수야직수 교수의 견해와 달리, "'尹東柱'가 '平沼東柱'가 된 것은 '창씨'만 한 것이 아니라 '개명'도 한 것"이라고 보아야 한다.

명계 계출을 하루라도 더 늦추어보려고 했던 심사가 눈물겹다.

한편 윤동주는 송몽규보다 두 주일 앞선 1월 29일에 창씨개명계를 계출했다. 그런데 이 '1942.1.29.'이란 날은 반드시 그의 시 「참회록」이 쓰인(1942.1.24.) 날과 연결해서 생각해야 한다.

윤동주가 연전에 창씨개명계를 계출한 날은 「참회록」을 쓴 지 닷새 만이다. 그래서 필자는 그 시기와 작품의 제목과 내용, 그리고 상황을 볼 때, 그가 「참회록」을 씀으로써 자신의 감정과 각오를 일단 정리한 뒤에 연전에 창씨개명계를 계출했다고 본다. 즉, 일본 유학을 결정하고 그걸 위해선 자신의 손으로 모교에 창씨개명계를 계출하는 것이 불가피하다고 각오했을 때, 그 뼈아픈 욕됨으로 인해 쓰인 것이 곧 「참회록」이라는 주장이다.

懺悔錄

파란 녹이 낀 구리거울 속에
내얼골이 남어 있는 것은
어느 王朝의 遺物이기에
이다지도 욕될가

나는 나의 懺悔의 글을 한 줄에 주리자
— 滿 二十四年 一個月을
　무슨 깃븜을 바라 살아 왔든가

내일이나 모레나 그 어느 즐거운 날에
나는 또 한 줄의 懺悔錄을 써야 한다.
— 그때 그 젊은 나이에
　왜 그런 부끄런 告白을 했든가

밤이면 밤마다 나의 거울을
손바닥으로 발바닥으로 닦어 보자.

그러면 어느 隕石 밑으로 홀로 거러가는
슬픈 사람의 뒷모양이
거울속에 나타나온다.

<1942.1.24.>

이 시는 오랫동안 '역사의식이 내포된 자기성찰의 시'라는 정도의 일반적인 평가를 받아왔다. 그래서 '참회'라는 표현을 과잉, 또는 과장된 감정으로 보는 시각조차 있었다.

그러나 윤동주의 시 중에서 가장 구체적인 현실에 의거하고 있는 가장 강력한 저항시가 바로 이 시 「참회록」이다. 일제가 강요하는 일본식 창씨개명이란 절차에 굴복한 그 구체적인 삶의 자리에서, 그는 일제에 의해 망한 '대한제국'이란 왕조의 후예로서, 바로 자신의 '얼굴'이 그 '왕조의 유물'임을 절감하면서 '이다지도 욕됨'을 참회했다. 그 욕됨이 어찌나 참담했던지, 그는 지금까지 살아온 '만 24년 1개월'에 달하는 그의 생애 전체가 지닌 의미 자체를 회의했다. 그는 1917년 12월생이므로 그의 나이는 1942년 1월 현재 '만 24세 1개월'이었다.

그의 '참회'는 이처럼 전인적(全人的)이었다. 그러나 그의 참회가 지닌 참된 의미는 그런 욕됨을 직시하는 것에만 있는 것이 아니었다. 그것은 동시에 '내일이나 모레나 그 어느 즐거운 날'을 기약하는 강력한 자기다짐을 동반한 참회이기도 했다.[26]

---

26) 최근에 발표된 논문 중에서 "윤동주와 송몽규가 왜 이때 와서야 일본식으로 창씨한 이름을 연전에 계출했는가" 하는 문제를 새로운 시각으로 고찰한 글이 있다. 앞에서 언급한 경도대학의 수야직수 교수가 쓴 「윤동주는 '창씨개명'을 했는가」라는 논문이다. 거기서 수야직수 교수는 이렇게 기술했다.

여기서 하나의 의문이 제기된다. 윤동주와 송몽규는 왜 이런 고통과 욕됨을 감내하면서까지 일본 유학을 감행할 필요가 있었을까. 그 이유나 동기는 무엇인가. 그로부터 꼭 1년 6개월 후에 일본에서 일경에게 체포된 그들은 자

---

"호주인 윤하현이 일족과 같은 '平沼'를 관청에 신고한 것은 1940년 2월에서 8월 사이일 것이라고 생각하는 것이 자연스럽다. (저자 주 : 창씨개명령에 의하면 1940년 2월 11일에서 8월 10일까지 새 이름을 신고하도록 되어 있었기 때문에 윤동주 집안에서 그때 창씨하여 관청에 신고했을 것이라고 수야 교수는 추정하고 있는데 매우 타당한 견해이다)

……1940년의 시점에서 윤 일가는 '平沼', 송 일가는 '宋村'로 창씨했지만 학교에 그 신고서를 제출하지 않고 두 사람은 조선 이름을 그대로 사용했다. 1941년 12월, 졸업식에서도 그들은 여전히 '윤동주' '송몽규'라는 이름으로 졸업했다.

……1941년 2월에 연희전문학교의 교장이 윤치호로 바뀌었다. 앞에 언급했던 필자의 저서에서 밝히고 있듯이 윤치호 자신도 적극적으로 창씨를 했다고는 생각하지 않지만 당시의 신문들은 그가 총독부의 창씨정책을 선전하는 역할을 떠맡았다고 보도했다. 그 윤치호(伊東致昊)가 연희전문학교 교장으로 취임했을 때 윤동주나 송몽규 등은 그에 반대했을지도 모른다. 두 사람이 재학 중에 기어이 창씨 신고서를 제출하지 않았던 것도 그 때문은 아닐까.

졸업 때까지 원래의 조선이름으로 학교를 다녔던 윤동주와 송몽규가 일본 유학 직전에야 학교에 창씨 신고서를 제출하게 된 이유에 대해 이상과 같은 추측이 가능한 것은 아닐까 생각한다."(수야직수, 「「윤동주는 '창씨개명'을 했는가」, 『다시올 文學』 2013년 겨울호, 163~167쪽.)

수야직수 교수는 '창씨개명'이 조선인들에게 얼마나 큰 아픔과 굴욕감과 고통을 준 조치였는지를 제대로 이해하지 못하고 있다. 그는 윤치호가 연전 교장으로 취임했을 때 윤동주와 송몽규 등은 그에 반대했을지도 모른다면서 "두 사람이 재학 중에 기어이 창씨 신고서를 제출하지 않았던 것도 그 때문은 아닐까"라고 서술하고 있는데, 그것은 너무도 안이한 판단이다.

"윤치호 때문"이라고 보는 것은 사건의 본질을 심각하게 훼손한다. 총독부의 강제에 의해서 조선인들이 모두 성과 이름을 일본식으로 고쳐야 했던 너무도 엄청난 대사건을 같은 조선인인 한 개인에 대한 감정의 문제라고 한 없이 축소하고 왜곡하여 사건의 본질 자체를 바꿔버린 것이다.

그것은 또 시기적으로도 전혀 맞지 않는 견해이다. 윤치호는 1941년 2월에 부임했다. 그런데 1940년 2월 11일에서 8월 10일 사이에 집안에 의하여 창씨를 한 것으로 보이는 그들은 윤치호가 교장으로 부임한 1941년 2월 이전, 즉 그들이 존경하던 원한경(언더우드 2세) 교장 때에도 연전에 창씨개명 신고를 하지 않았다. 그것은 창씨개명 신고가 윤치호 교장 개인과는 전혀 상관없었던 일임을 확증한다. 윤동주와 송몽규가 졸업한 이후에 사랑하는 모교 연전에 일본식으로 고친 이름을 신고한 것은 일본 유학을 위해서는 더 이상 버틸 시간이 없어서, 정말로 죽지 못해서 한 일이었다.

신들의 '일본 유학 동기'에 대해 진술해야 했다. 그들의 답변은 "조선독립을 위해서 자신이 민족문화를 연구하려면 다만 전문학교 정도의 문학 연구로서는 부족하다고 보았기 때문"이라는 것이었다.

윤동주는 「참회록」을 쓴 종이의 여백에 다음과 같은 '낙서'들을 적어놓았다.

> 詩人(시인)의 告白(고백), 渡航證明(도항증명), 上級(상급), 힘, 生(생), 生存(생존), 生活(생활), 文學(문학), 詩(시)란? 不知道(부지도), 古鏡(고경), 悲哀 禁物(비애 금물)

당시 그가 고뇌하던 의식의 갈피들이 매우 명징하게 드러나 있다.

윤동주와 송몽규는 일본 유학을 결정하면서 둘 다 진학 목표를 '경도제국대학(京都帝國大學, 약칭 경도제대)'에 두었다. 연전 후배 장덕순 교수는 "그때 졸업 무렵에 송몽규도 경도제대에 가겠다고 했고, 윤동주도 경도제대에 가겠다고 했다"고 회고했다.

경도제대는 일본 경도(京都)에 있는 국립대학이다. 경도는 794년 이래 일본 평안조(平安朝) 천 년의 왕도로서, 명치유신으로 수도가 동경으로 옮겨지기 전까지 일본의 수도였다. 명소와 사적, 고적 등이 많은 곳으로서 이양하 교수에 의하면 "어딘가 우리 신라 때의 느낌 같은 걸 풍기는 고장"이라고 한다.

경도는 윤동주가 좋아했던 인물들과 관계가 깊은 도시이다. 그가 청소년 시절에 열렬히 좋아했던 시인 정지용이 경도에서 6년간 지내면서 동지사대학을 나왔다. 또한 연전 시절에 가장 존경했던 스승 이양하는 경도 최고의 명문 고등학교였던 제3고등학교(第三高等學校, 약칭 삼고)를 나온 뒤 동경에 가서 동경제대 학부에서 영문학을 공부한 다음, 경도로 돌아와서 경도제대 대학원에서 영문학을 연구했다. 이런 인간적인 인연으로도 경도는 일본 어느 다른 도시보다 더욱 윤동주에게 친근감을 느끼게 하는 도시였으리라.

경도제대 역시 매력 있는 대학이었다. 동경에 있는 동경제국대학(東京帝國大學, 약칭 동경제대)에 버금가는 일본 최고 수준의 명문으로서, 동경제대가 관료적인 학풍에다가 법학 상경 계열이 뛰어났던 반면, 경도제대는 자유로운 학풍이 특징이며 인문과 기초과학 부문이 뛰어났다. 현재 일본에서 노벨상 수상자 최다 배출 대학이 경도대인데, 그것은 이 학교 전래의 자유로운 학풍이 유연한 사고를 가능하게 한 데서 말미암은 결과라는 평가가 정설로 되어 있다. 그런 정도의 자유로운 학풍과 전통을 지닌 대학이고 보면 윤동주와 송몽규가 경도제대로 진학하기를 원한 게 당연했다.

송몽규와 윤동주가 일본으로 출발한 정확한 날짜는 확인되지 않는다. 단지 윤동주의 재판 판결문에 "소화 17년(1942년) 3월에 내지(일본)에 도래했다"고 나와 있는 걸로 보아서 3월 초에 건너간 것으로 보인다.

윤동주는 서울을 떠나면서 자기가 쓰던 앉은뱅이책상과 책들과 시 원고들을 연전 때 친구인 강처중에게 맡기고 갔다. 서울에 남은 친구들 중에서 강처중이 제일 가까웠던 모양이다. 정병욱의 회고에 의하면, 같은 하숙집에서 살고 있을 때 보니 윤동주는 송몽규와 강처중의 은행과도 같더라는 것이다. 그들은 돈이고 물건이고 간에 아쉬운 게 있으면 으레 동주를 찾아와 손을 벌렸고, 동주는 얼굴 한 번 찡그리는 법 없이 원하는 대로 해주더라고 했다.

후일담이지만, 해방 후 강처중은 『경향신문』 기자로 있으면서 윤동주의 시를 지면에 실어 세상에 알리는 일에 앞장섰다. 그리고 북간도에서 월남한 동주의 아우 윤일주에게 윤동주의 시 원고와 책상과 책들과 연전 바클 및 윤동주와 송몽규가 일본으로 떠난 후에 나온 연전 졸업 앨범 등을 넘겨주었다. 현재 남아 있는 윤동주 유품들의 거의 대부분은 모두 강처중이 보관했다가 유족에게 넘겨준 것이다. 그 유품들 중 책 제목을 일별하면 윤동주가 얼마나 깊이 있게 시 공부를 했는가를 알 수 있다.

우리말 시집 : 『축제』(장만영), 『박용철 전집Ⅰ』, 『헌사』(오장환), 『촛불』(신석정), 『백록담』 『정지용 시집』(정지용), 『을해 명시 선집』, 『영랑 시집』(김영랑), 『화사집』(서정주)

일본어 시집 : 『詩集』(艸千里), 『山內義雄 譯詩集』, 『現代詩』(日本詩人協會編), 『旗手』, 『春の岬』(三好達治), 『象徵の烏賊』(生田春月), 『現代詩集』 第一卷 第二卷 第三卷, 『ヂオイス 詩集』, 『夜の歌』(프랑시스 잠의 시집, 三好達治 역)

영어 서적 : 『SELECTED POEMS OF WALTER DE LA MARE』, 『BITTER SWEET & THE VORTEX』, 『THE BIBLE』, 『MEMORIS OF A FOX-HUNTING MAN』

이론 서적(일본어 서적) : 『예술학』, 『구상력의 논리』, 『시의 연구』, 『학생과 역사』, 『시학서설』(폴 발레리 저, 河盛好藏 역), 『소설의 미학』, 『근세미학사』, 『사상의 운명』, 『문학론』(폴 발레리 저, 堀口大學 역), 『시작법(詩作法)』, 『체험과 문학』(딜타이), 『前兆2寓話』(폴 끌로델 저, 長谷川善雄 역)

책 이야기가 나온 김에, 윤동주가 보던 책에 관한 이야기를 그의 친동생 윤일주 교수와 친우 문익환 목사의 증언을 통해 들어본다.

윤일주 : 중학 시절의 그의 서가에 꽂혔던 책 중에서 기억에 남는 것은 『정지용 시집』(1936.3.10, 평양에서 구입), 변영로 『조선의 마음』, 주요한 『아름다운 새벽』, 김동환 『국경의 밤』, 한용운 『님의 침묵』, 이광수・주요한・김동환 『3인 시가집』, 양주동 『조선의 맥박』, 이은상 『노산 시조집』, 윤석중 동요집 『잃어버린 댕기』, 황순원 『방가(放歌)』, 『영랑 시집』, 『을해(乙亥) 명시 선집』 등으로서, 그중에서 그가 계속 갖고 와서 서울에 두었기에 지금 나에게 보관되어 있는 것으로는 백석 시집 『사슴』(사본), 『정지용 시집』, 『영랑 시집』, 『을해 명시 선집』

등이다. 그것은 특히 애착을 갖고 있었다는 뜻이 되겠다.[27]

그가 방학 때마다 이불짐 속에 한 아름씩 넣어오는 책은 8백 권 정도 모이었고, 그것은 우리 동생들에게 참으로 좋은 자양이 되었다. 그가 전문학교 시절에 읽던 잡지로는 『문장』, 『인문평론』이 있었고, 일본 잡지로는 『세르빵』, 시지(詩誌) 『사계(四季)』, 『시와 시론』, 수필과 판화 전문지 『흑과 백』 등이었다. 그 밖에 더 있었겠지만 생각나는 것은 그 정도이다.

벽 한쪽을 전부 메웠던 서가에서 생각나는 책을 차례로 들면 다음과 같다. 조선일보사 간행의 『현대조선문학전집』(전8권), 삼중당 발행의 『조선고전문학전집』 모두, 『호암(湖岩) 전집』(전3권), 『진단학보』 기간본 전부, 최현배 선생의 『우리말본』, 잡지로서 『문장』, 『인문평론』 전부, 우리말 시집들과, 일본책으로는 앙드레 지드 전집, 발레리 시 전집, 도스토예프스키의 연구 서적, 릴케 시집, 프랑스의 시집들인데, 역시 그가 애독하는 것들이었다. 그 밖에 일본 연구사의 영문학 관계의 책들, 영어 원서 등이었다.[28]

문익환 : 그는 대단한 독서가였다. 방학 때마다 사가지고 돌아와서 벽장 속에 쌓아둔 그의 장서를 나는 못내 부러워했었다. 그의 장서 중에는 문학에 관한 책도 있었지만 많은 철학서적이 있었다고 기억된다. 한번 나는 그와 키에르케고르에 관한 이야기를 하다가 그의 키에르케고르에 관한 이해가 신학생인 나보다 훨씬 깊은 데 놀라지 않을 수 없었다. 그렇게 쉬지 않고 공부하고 넓게 읽는 그의 시가 어쩌면 그렇게 쉬웠느냐는 것을 그때 나는 미처 몰랐었다.[29]

1941년 연전 4학년 때, 윤동주가 수강한 교과목들은 다음과 같다(괄호 안 숫자는 점수).

27) 윤일주, 「윤동주의 생애」, 『나라사랑』 23집, 외솔회, 155쪽.
28) 윤일주, 「윤동주의 생애」, 『나라사랑』 23집, 외솔회, 158쪽.
29) 문익환, 「동주 형의 추억」, 『하늘과 바람과 별과 詩』, 215쪽.

수신(修身. 85), 일본학(日本學. 65), 성서(聖書. 71), 국문학사(國文學史. 86), 한문(漢文. 90), 지나어(支那語. 96), 영독(英讀. 81), 영작(英作. 60), 영회(英會. 80), 영문학(英文學. 74), 사학개론(史學概論. 85), 철학(哲學. 85), 교육학(敎育學. 75), 체조(體操. 85), 교련(敎練. 79), 불란서어(佛蘭西語. 84), 무도(武道. 84)

# 제 8 장 6첩방의 고장, 일본

동경(東京) 입교대학(立教大學)에 입학하다

양원태자 님이 발굴한 입교대학 시절 비화

동경에서 만난 여성, 박춘혜

경도(京都) 동지사대학(同志社大學)으로 전학

# 6첩방의 고장, 일본

## 동경(東京) 입교대학(立教大學)에 입학하다

일본으로 건너간 송몽규는 1942년 4월 1일에 경도에 있는 경도제국대학(京都帝國大學) 사학과 서양사학 전공 선과(選科)에 입학했다. 윤동주는 4월 2일에 동경에 있는 입교대학 문학부 영문과 선과에 입학했다.

당시 일본 대학의 입학시험은 전기 후기 등으로 나누어서 같은 날짜에 일제히 치르는 것이 아니라, '입학시험 시즌'에 각 대학이 제각기 자율적으로 시험날짜를 정해서 실시했다. 윤씨 집안의 친척인 김신묵 할머니(윤동주의 작은고모가 김 할머니의 남동생 부인이 되었다)는 이때 윤동주가 입교대학으로 진학한 것에 대해 이렇게 이야기했다.

> 실은 동주도 처음엔 몽규와 함께 경도제대에 가서 입학시험을 쳤으나 몽규만 붙고 동주는 떨어졌기 때문에 다시 입교대에 가서 입학시험을 쳐서 붙은 거라더라.

부산에서 관부연락선을 타면 일본의 항구 하관(下關)에 가서 닿는다. 하관에서 기차에 올라 뇌호내해(瀨戶內海)를 끼고 동쪽으로 달리면 먼저 경도에 도착하고, 경도에서 지금까지 온 거리 정도로 더 동쪽으로 달려가면 동경에 닿는다. 하관과 동경의 거의 중간 지점에 경도가 있다. 입교대학은 수도인 동경에 있고, 경도제대는 옛 왕도인 경도에 있으므로 연전에서 4년간 한 반에서 같이 공부했던 윤동주와 송몽규는 헤어졌다.

입교대학은 기독교 신교의 한 교파인 '성공회(聖公會)'에서 경영하는 미션계 사립대학이다. 일본은 본래 신사(神社) 및 황실을 중심으로 숭상되고 있는 신도(神道)와 불교가 치성한 나라이다. 그래서 기독교가 전래된 지는 오래지만 신도의 수는 극히 적었다. 그렇지만 그런 교세에 비해 기독교인들의 활약은 아주 활발했다. 미션계 대학만 해도 여럿이었다.

그 중에서도 특히 '성공회'는 현 통치자인 소화(昭和) 천황의 친동생 중 한 사람이 영국 유학 중에 성공회 신자가 되어 돌아옴으로써 황실 배경을 갖게 되었다. 그래서 일본의 여러 기독교 교파 중에서 큰 세력을 갖게 되었고, 입교대학은 그런 튼튼한 배경 아래 경영되고 있는 좋은 대학이었다.

윤동주가 입학한 학과가 영문학과의 '선과(選科)'라 함은, 대학에 입학하기 전 학력이 '전문학교 졸업'임을 구분한 것이다. '고등학교'나 '대학 예과' 출신은 '본과'라고 했다.

당시 일본의 학제는 소학교(6년) → 중학교(5년) → 고등학교(3년) 또는 대학 예과(3년) → 대학 학부(3년)가 정규 코스였다.

'고등학교'는 일본 본토에만 설립되어 있었다. 전국 각지에 제1고등학교부터 제8고등학교까지의 여덟 국립고등학교를 포함하여 10여 개의 고등학교가 있었는데, 그 교육 내용은 대학 예과 과정에 해당했다. 동경의 제1고등학교(약칭 일고)와 경도의 제3고등학교(약칭 삼고)가 명문 중의 명문으로 꼽혀서 전국의 내로라하는 수재들이 몰려들었다. 일본 본토에 있는 국립인 7개 제국대학에는 예과가 없었는데, 고등학교에서 예과 과정을 밟고 제국대학으로 올라가는 것이 최고의 정규 엘리트 코스로 인식되어 있었다. 그에 반해 예외적으로 서울에 있던 경성제국대학(京城帝國大學, 약칭 경성제대)에는 예과가 있었다. 한반도에는 고등학교를 세우지 않은 대신이었다.

'대학 예과'는 사립대학들에 설치되어 있었다. 예과를 마치면 무시험으로 같은 대학 본과에 진학할 수 있었다.

반면에 '전문학교' 출신은 우선 입학시험에서 크게 불리했다. 고등학교나 대학 예과보다 격을 낮게 쳤기 때문이다. 그래서 같은 교실에서 동일한 교육과정을 똑같이 밟고 있는데도 서류상으로 '선과'라는 꼬리표를 달아 출신교의 등급을 구분했다. 그러나 졸업할 때는 '선과' '본과'의 서류상 구분을 일체 없앤 졸업증명서를 주었다. 윤동주나 송몽규의 일본 대학 기록에 '선과'라는 꼬리표가 따르는 것이 바로 이런 연유이다.

그런 출신교에 따른 차별적 구분은 당시 각급 학교들이 모두 마찬가지여서, 연희전문학교 역시 동일했다. 윤동주와 송몽규는 문과 동기 입학생으로서 한 교실에 나란히 앉아서 같이 공부했지만, 연전 학적부 기록에는 출신 중학교에 따른 차별적 구분이 기록되어 있다. 5년제 광명학원 중학부 출신인 윤동주는 '문과 본과(本科)', 4년제 대성중학교 출신인 송몽규는 '문과 별과(別科)'로 기록되어 있다.

윤동주와 송몽규의 연전 학적부를 확인해보면 놀라운 기록이 눈에 띈다. 두 사람의 입학일이 다른 것이다.

송몽규 1938년 4월 6일 별과 입학.
윤동주 1938년 4월 9일 본과 입학.

이 기록은 4년제 중학교 출신이 응시하는 별과의 입학시험과 5년제 중학교 출신이 응시하는 본과의 입학시험 일자 및 발표 일자가 서로 달랐음을 보여준다. 연전에서는 정규의 입시 응시 요건에 미달하는 4년제 중학교 출신

학생들이 치르는 별과 입학시험을 먼저 치러서 아주 우수한 학생을 골라 합격시킨 뒤, 본과 입학시험을 치러서 나머지 신입생 인원 수를 채운 것이다. 그렇기 때문에 별과에 합격하려면 본과 응시생보다 훨씬 더 뛰어난 실력을 갖고 있어야 했다. 별과 입시에 응시하여 합격하는 것이 그렇듯 어렵고 불리했기 때문에, 윤동주와 문익환 등은 5년제 중학교를 졸업하기 위해서 친일계 학교임에도 불구하고 광명학원 중학부에 편입하여 졸업했다.

그런 현상은 일본의 대학들도 마찬가지였다. 일본의 대학에 진학하려면 고등학교나 대학 예과 출신이라야 했고 그런 학력을 갖춘 학생들이 입시에 합격하면 '본과'라고 구분했다. 전문학교 출신은 입시 응시 요건에 미달했기 때문에 합격하면 '선과'로 구분했다. 여기서도 역시 응시 요건 미달인 전문학교 출신들은 '본과' 응시생보다 더욱 뛰어난 실력이 있어야 '선과' 입시에 합격할 수 있었다. 그래서 일제시대에 일본 유학을 한 문익환 목사는 당시 송몽규가 서울의 연희전문학교 출신으로서 일본 최고의 명문대로 꼽힌 경도제대 입시에 합격한 일을 두고 "하늘의 별 따기를 한 것"이라고 표현했다. 현재 일부 연구자들이 일제시대에 일본의 대학들에서 사용되었던 '선과'라는 칭호가 요즘의 '청강생'과 같은 신분의 학생들을 지칭하는 것이라고 파악하고 있는데 사실과 전혀 다르다.

현재 남아 있는 윤동주의 입교대학 학적부에는 그가 첫 학기에 수강했던 두 과목의 성적이 나와 있다.

- 영문학 연습 [杉木 교수] : 85점
- 동양철학사 [宇野 교수] : 80점

윤동주는 입교대학에 다닐 때 어디에서 살았는가.

그의 학적부에 있는 주소는 '신전구(神田區) 원락정(猿樂町) 4-3 평소영춘(平沼永春)'으로 되어 있다. '평소영춘'은 그의 당숙 윤영춘(尹永春)으로서, 그는 윤동주

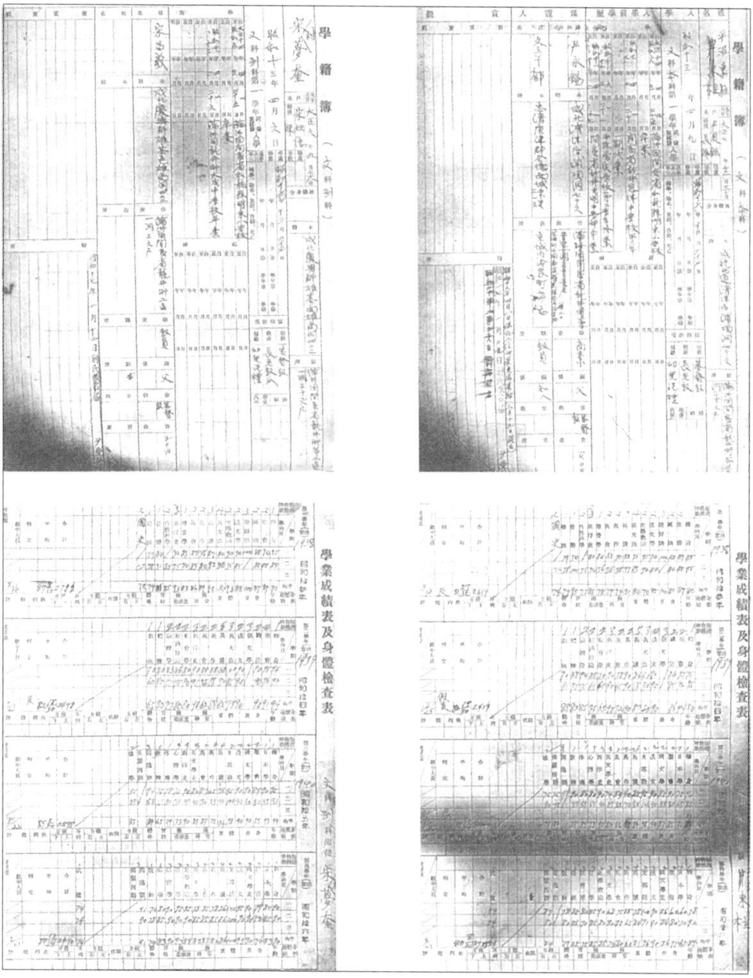

學籍簿（文科別科）

學籍簿（文科本科）

學業成績表及身體檢査表

學業成績表及身體檢査表

윤동주(오른쪽)와 송몽규(왼쪽)의 연전 학적부와 성적표

윤동주와 송몽규는 연전 문과 동기로서, 같은 학적 관리(학적부 참조)를 받고 같은 교과과정(성적표 참조)을 이수했다. 그러나 출신 중학교의 등급에 따라 전공학과 명칭을 '본과'와 '별과'로 다시 세분했던 당시의 교육제도에 따라서 5년제 광명학원 중학부 출신인 윤동주는 '문과 본과(本科)', 4년제 대성중학교 출신인 송몽규는 '문과 별과(別科)'로 기록되어 있다.

연전의 '별과'는 일제시대에 일본 대학에서 시행됐던 '선과'와 동일한 제도였다. 일부 연구자들이 '선과'라는 칭호가 요즘의 '청강생'과 같은 의미로 사용되었다고 파악하는데 이는 전혀 사실과 다르다.

의 '제2보증인'으로 기재되어 있기도 하다. 위의 주소는 동경 YMCA 한인회관의 주소로서 당시 윤영춘이 거기 투숙해 있었다. 동주는 편리상 당숙의 주소지를 학교 기록에 올린 것일 뿐, 실은 동경 교외 쪽에서 따로 하숙했었다. 그가 경도로 옮겨갈 무렵에 동경 하숙집을 방문했던 문익환 목사는 "그 집은 이층집이었고, 동주의 방도 이층에 있었다. 6조방(다다미 6장짜리 방)이었던 것으로 기억한다. 동주는 내가 갔을 때 경도로 옮겨가려고 이삿짐을 싸고 있었다"고 회상했다.

윤동주의 동경 시절은 길지 않았다. 3월에 있었던 입교대학 입학시험 때부터 여름방학 중인 7월 하순까지, 불과 5개월 가량이었다. 그의 이 시절 모습을 전하는 증언은 드물다. 다음과 같은 윤영춘과 김정우의 단편적인 기록에 그 모습이 남아 있을 뿐이다.

> 윤영춘 : 내가 도쿄에서 교직에 머물러 있을 때다. 당시 동주의 고종사촌인 송몽규(宋夢奎)와 동주는 연전을 졸업하고 도동(渡東)하여 동주는 도시샤(同志社)대학(필자 주 : 입교대학의 착오) 영문과에, 몽규는 교토제대(帝大) 철학과(필자 주 : 사학과의 착오)에 각기 입학하고 얼마 안 되어 둘은 도쿄에 있는 나를 찾아 놀러왔다.
>
> 나는 둘의 손목을 마주잡고 우에노 공원과 니혼바시(日本橋)를 내 집뜨락처럼 쏘다녔다. 문학과 인생에 대한 이야기를 하는 가운데서 동주는 벌써 물욕(物慾)을 떠난 하나의 메타피지컬한 철학적 체계를 갖춘 단계에 이르렀다는 것을 보여주었고, 말할 적마다 시(詩)와 조선(朝鮮)이라는 이름은 거의 말버릇처럼 동주의 입에서 자주 튀어나왔다. 아무쪼록 때가 때이니만큼 늘 몸을 보중하여 학업에만 정진하라고 나는 각별히 말해주었다.[1)]

> 김정우 : 내가 도쿄에서 공부하던 1942년 봄, 동주의 당숙인 윤영춘(尹永春)

1) 윤영춘, 「명동촌에서 후쿠오카까지」, 『나라사랑』 23집, 외솔회, 110쪽.

선생으로부터 동주와 몽규가 YMCA회관의 자기 방에 투숙하고 있다는 소식을 받고 급히 뛰어가 만났다.

동주는 도쿄에 있는 입교(立教)대학에 편입할 예정이었고, 몽규는 교토(京都)로 갈 예정이었다. 영문과에서 공부하는 나에게 다윗의 시편을 많이 읽으라는 충고도 해주었다.2)

내용을 보면 위의 두 증언은 시기적으로 일치한다. 일본에 처음 온 윤동주와 송몽규가 대학 입학 문제가 일단락된 1942년 봄에 윤영춘을 찾아가서 동경 YMCA 한인 회관에 있는 그의 방에 며칠 같이 묵으면서 지낼 때의 이야기다. 윤영춘의 안내로 동경 시내 구경을 하고 소년 시절 친구인 김정우를 만나기도 했던 즐거운 며칠간의 풍경이 그림처럼 펼쳐져 있다. 당시 윤동주가 김정우에게 구약성경에 있는 다윗의 시편을 많이 읽으라고 충고하더라는 것은, 뒤집어보면 그가 그 즈음 다윗의 시편을 많이 읽었고, 또 거기 크게 매료되어 있던 중이라는 이야기가 될 것이다.

전기적(傳記的)인 관점에서 볼 때, '시인 윤동주'에게 '동경'은 아주 의미가 큰 곳이다. 1942년 초봄부터 1945년 2월의 옥사 때까지 만 3년간을 일본에서 살았던 윤동주가 일본에서 쓴 시 중 현재 남아 있는 것은 불과 5편뿐이다. 그런데 이 5편 모두 동경에서 썼다.

「흰 그림자」<1942.4.14.>, 「흐르는 거리」<1942.5.12.>, 「사랑스런 추억(追憶)」<1942.5.13.>, 「쉽게 씌어진 시(詩)」<1942.6.3.>, 「봄」

이 시들은 모두 서울에 남아 있던 연전 시절 친우 강처중에게 보낸 편지 속에 들어 있었다. 당시 '국어(일본어) 상용'이라 하여 공사 간에 일본어만 쓰도록 강요하던 때에, 그는 한글로 쓴 시를 한글로 쓴 편지 속에 적어서 친구

2) 김정우, 「윤동주의 소년 시절」, 『나라사랑』 23집, 외솔회, 121쪽.

들에게 보냈다.

강처중에게 시와 함께 보낸 편지의 내용이 어떤 것이었는지는 이미 알 길이 없다. 강처중은 '안전'을 위하여 편지 부분은 폐기하고 시만 남겨두었다고 한다. 그래서 5편의 시 중에서 가장 마지막에 베껴 놓은 시 「봄」은 시의 끝부분과 시 끝에 적어 놓았을 완성 날짜가 없어졌다.

당시 윤동주는 강처중에게만이 아니라 다른 친지들에게도 편지에 시를 적어 보내곤 했다. 라사행 목사도 윤동주가 시를 같이 적어 보낸 편지를 받은 일이 있었다고 증언했다. 그러나 그 시를 보관하지는 못했다는 것이다.

오직 친지들 중에서 유일하게 강처중만이 해방될 때까지 그 시들을 고이 보관했다가 아우 윤일주에게 넘겨주었다. '강처중이 「봄」의 마지막 부분을 자신의 손으로라도 옮겨 적어놓고 편지 부분을 없앴더라면' 하는 아쉬움이 크지만, 그나마 그렇게라도 보관했던 사람이 그 한 사람뿐이니, 윤동주의 동경 시절을 아는 데 있어 그의 공로는 절대적이다. 그 5편의 시야말로 예술 작품인 동시에 윤동주의 동경 시절을 시인 자신의 목소리로 말해주는 가장 원초적인 자료이다.

5편의 시 중에서 윤동주가 일본에서 쓴 첫 작품인 「흰 그림자」는 시인 자신에 대해 매우 중요한 정보를 제공한다. 바로 그의 심리적 내면의 풍경이다.

### 흰 그림자

黃昏이 짙어지는 길모금에서
하루종일 시들은 귀를 가만히 기울이면
땅검의 옮겨지는 발자취 소리,

발자취 소리를 들을 수 있도록
나는 총명했던가요.

이제 어리석게도 모든 것을 깨달은 다음
오래 마음 깊은 속에
괴로워하던 수많은 나를
하나, 둘 제 고장으로 돌려 보내면
거리모퉁이 어둠 속으로
소리없이 사라지는 흰 그림자,

흰 그림자들
연연히 사랑하던 흰 그림자들,

내 모든 것을 돌려보낸 뒤
허전히 뒷골목을 돌아
黃昏처럼 물드는 내 방으로 돌아오면

信念이 깊은 으젓한 羊처럼
하루종일 시름없이 풀포기나 뜯자.

<1942.4.14.>

연전 졸업 후의 진로를 두고 가족의 일원으로서의 의무, 한 인간으로서의 이상, 또 지조…… 그처럼 여러 갈래로 처절하게 서로 부딪히고 있던 갈등이, 이젠 대학 졸업 후의 문제로 유예되었다. 그간 날카롭게 날이 서 있던 정신의 긴장이 스르르 이완되고 있다. 그리하여 그는 '오래 마음 깊은 속에 괴로워하던 수많은 나를 하나, 둘, 제고장으로 돌려 보내면'서, '거리모퉁이 어둠 속으로 소리없이 사라지는 흰 그림자'를 감지한다. 그는 갈등과 긴장이 고조에 달했을 때엔 '밤을 새워 어둠을 짖는 지조 높은 개'(「또 다른 고향」)에

게 쫓기는 듯 처절한 강박감에 시달렸던 사람이다. 그러나 이젠 긴장이 풀어져서 '하루종일 시름없이 풀포기나 뜯는 신념이 깊은 의젓한 양'과 같은 느긋한 심리상태에 놓였다.

이렇게 이완된 심리상태는 위험하다. 틈이 생기게 마련이다. 실제로 이 틈을 비집고 들어온 것이 있었다. 바로 '향수'였다. 그가 5월에 쓴 시가 2편인데, 2편 모두 심한 향수에 시달리고 있다.

> 거리 모퉁이 붉은 포스트 상자를 붙잡고 섰을라면 모든 것이 흐르는 속에 어렴풋이 빛나는 街路燈, 꺼지지 않는 것은 무슨 象徵일까? 사랑하는 동무 朴이여! 그리고 金이여! 자네들은 지금 어디 있는가? 끝없이 안개가 흐르는데,
>
> ―「흐르는 거리」의 일부. <1942.5.12.>

> 汽車는 아무 새로운 소식도 없이
> 나를 멀리 실어다 주어,
>
> 봄은 다 가고 ― 東京 郊外 어느 조용한
> 下宿房에서, 옛거리에 남은 나를 希望과
> 사랑처럼 그리워한다.
>
> 오늘도 汽車는 몇번이나 無意味하게 지나가고,
>
> 오늘도 나는 누구를 기다려 停車場 가차운 언덕에서
> 서성거릴게다.
>
> ― 아아 젊음은 오래 거기 남아 있거라.
>
> ―「사랑스런 追憶」의 후반부. <1942.5.13.>

일본 유학 첫해인 1942년 여름방학에 귀향한 윤동주(뒷줄 오른쪽, 1942.8.4). 왼쪽이 윤길현(윤동주 조부의 육촌 동생). 아랫줄 가운데가 송몽규, 왼쪽이 윤영선(윤동주의 당숙 윤영춘의 동생). 오른쪽이 김추형(윤영선의 조카사위).

이 사진에 나온 윤동주의 빡빡 깎은 머리 모습에 대한 의문이 발단이 되어, 일본인 여성 양원태자 님의 '윤동주의 입교대학 시절의 자취 찾기'가 시작되었다.

이 시들을 음미하고 있노라면 불현듯 떠오르는 의문이 있다.

이것이 불과 석 달 반쯤 전에 저 통절한 시 「참회록」을 썼던 사람의 시인가? 불과 다섯 달 반쯤 전에 저 비장하고 절박한 심정이 선지피처럼 엉기어 있던 시 「간」을 쓴 사람의 시인가? 과연 그러한가?

이 시들의 행간에서 서성거리고 있는 한 젊은이의 모습, 이국땅에서 향수에 시달리며 마음 붙일 곳 없어 서성거리는 그 모습을 바라보고 있노라면, 그런 의문은 참으로 당연하게 느껴진다

그러나 그 젊은이의 모습을 좀 더 가까이 다가가서 지켜보노라면, 서성거리는 겉모습보다는 그의 상한 마음 쪽이 차츰 더욱 크게 부각되어 옴을 느끼

게 된다. 그가 그처럼 향수에 시달렸다는 것은 상실한 것에 대한 통증이 그만큼 컸다는 이야기에 다름 아니기 때문이다. 아하! 그의 눈은 어찌 그리 정결하게도 자기 자신만을, 또 그가 뒤에 두고 온 사물만을 향하고 있는 것인가. 처음 보는 이국의 풍물도, 새로운 환경도, 그의 마음을 전혀 움직이지 못하였구나! 그의 마음속을 조금도 비집고 들어가지 못하였구나!

일찍이 일본 산양본선(山陽本線) 기차 안에서 본 일본 뇌호내해(瀨戶內海)의 풍경을 정지용은 이렇게 읊었다.

> 먼데 산이 軍馬처럼 뛰여오고 가까운데 수풀이 바람처럼 불려 가고
> 유리판을 펼친 듯, 瀨戶內海 퍼언한 물 물. 물. 물.
>
> 손까락을 담그면 葡萄빛이 들으렸다.
> 입술에 적시면 炭酸水처럼 끓으렸다.
>
> — 정지용의 시 「슬픈 기차」의 일부

관부연락선의 기착점인 하관에서 경도를 향해 올라갈 때 타는 기차가 산양본선이다. 풍광이 아름답기로 유명한 뇌호내해를 끼고 달리는데, 윤동주 역시 이 노선으로 여행했다. 그런데 선배 시인의 감각에는 이렇듯 상쾌했던 일본 내해 풍경조차도 그에게는 전혀 아무 반응을 일으키지 못했다. 그는 보아도 본 게 아니요, 들어도 들은 게 아닌 상태에 있었던 것이다. 그러고 보면 윤동주는 아직도 「간」을 쓰던 자리, 「참회록」을 쓰던 자리, 그 곳에서 그리 멀지 않은 지점에서 서성거리고 있는 것임이 드러난다.

그렇다면 우리는 걱정스럽게 묻지 않을 수 없다.

그의 향수는 제대로 극복될 것인가? 향수가 극복되면 그는 과연 자신의 본래 목소리를 되찾을 것인가?

그는 오래 '서성거리지' 않았다. 그가 '오늘도 나는 누구를 기다려 정거장

가차운 언덕에서 / 서성거릴게다. // ― 아아 젊음은 오래 거기 남아 있거라' (「사랑스런 追憶」 <1942. 5. 13>) 라고 마음 아파한 때로부터 불과 20일이 지난 후에 내어 놓은 시가 그 해답이었다.

쉽게 씌어진 詩

窓밖에 밤비가 속살거려
六疊房은 남의 나라,

詩人이란 슬픈 天命인 줄 알면서도
한줄 詩를 적어 볼가,

땀내와 사랑내 포근히 품긴
보내주신 學費封套를 받아

大學 노 ― 트를 끼고
늙은 敎授의 講義 들으러 간다.

생각해 보면 어린때 동무를
하나, 둘, 죄다 잃어 버리고

나는 무얼 바라
나는 다만, 홀로 沈澱하는 것일까?

人生은 살기 어렵다는데

詩가 이렇게 쉽게 씌어지는 것은
부끄러운 일이다.

六疊房은 남의 나라
窓밖에 밤비가 속살거리는데,

등불을 밝혀 어둠을 조금 내몰고,
時代처럼 올 아침을 기다리는 最後의 나,

나는 나에게 작은 손을 내밀어
눈물과 慰安으로 잡는 最初의 握手.

<1942.6.3.>

윤동주가 그의 심령을 물어뜯던 향수를 극복하고 났을 때, 그의 의식에 먼저 다가온 것이 무엇인가. 그것은 자기와 '일본'이라는 나라 사이에 놓인 냉엄한 거리에 대한 감각이었다. 그래서 그는 서슴지 않고 읊조렸다.

육첩방(六疊房)3)은 남의 나라!

한 식민지 청년이 적국이자 종주국인 나라의 수도에 서서, 자신은 결코 그들의 신민이 아님을 선포하는 선언은 이 한마디로 족했다. '문학'의 황홀한 권세와 기능이 바로 여기서 선연하게 드러난다.

6첩방은 남의 나라!

이 선언은 또한 뒤집어놓고 보면, 시인이 의도했건 아니건 간에 "'일본'이라는 나라는 '6첩방'의 크기밖에 지니지 못한 나라" 라는 이중의 의미까지

---

3) '육첩방'의 '첩(疊)'은 일본에서 방에 까는 '다다미'를 가리킨다. 다다미는 대개 가로 180cm 세로 90cm로서 2장이 1평을 이룬다. 육첩방은 '다다미 6조짜리 방'이라는 뜻으로, 그 넓이는 3평 정도 된다.

지니고 있다.

「쉽게 씌어진 시」는 윤동주가 일본에서 펼칠 본격적인 시 생활의 출발점이란 성격을 가졌다. 이 시에서 그는 "생각해 보면 어린 때 동무를 / 하나, 둘, 죄다 잃어버리고 // 나는 무얼 바라 / 나는 다만, 홀로 침전하는 것일까?"라고 자문함으로써 일본에 도착해서부터 그때까지의 '서성거린' 생활을 두고 '침전'이라고 냉철하게 규정짓고, "인생은 살기 어렵다는데 / 시가 이렇게 쉽게 씌어지는 것은 / 부끄러운 일이다"라고 스스로를 깊이 성찰하고 있기 때문이다.

그는 드디어 '등불을 밝혀 어둠을 조금 내몰고, / 시대처럼 올 아침을 기다리는 최후의 나'로 자신을 새롭게 정립했다. 그리하여 전투를 앞둔 전사처럼 자기 자신과 '눈물과 위안으로' 된 '최초의 악수'를 교환했다.

이 시점에서 윤동주가 다다른 이러한 시적 깊이와 각오를 고찰해볼수록, 그가 일경에 체포될 때 같이 압수되어 증발하고 만 그의 나머지 시들의 행방이 안타깝다! 참으로 안타깝다!

1942년 7월 하순, 입교대학 1학년 첫 학기를 마치고 여름방학을 맞은 윤동주는 북간도 용정의 집으로 돌아왔다. 다른 때와 달리 이번 귀향은 짧게 끝났다. 누이동생 윤혜원 씨에 의하면 '보름 정도'였다고 한다.

그것이 그의 살아생전 최후의 귀향이었다. 그는 이때 동생들에게 "우리말 인쇄물이 앞으로 사라질 것이니 무엇이나, 악보까지라도 사서 모으라"고 당부했다. 그것이 결국 그가 동생들에게 준 마지막 유언이 되었다.

송몽규도 이때 같이 귀향했다. 이들이 다른 친지 3명과 함께 용정에서 8월 4일에 찍은 사진이 남아 있어 그때의 모습을 되살려준다. 눈에 띄는 것은 머리 모습. 송몽규는 '신사(紳士) 머리'라고 하는 긴 머리 모양인 데 반해, 윤동주는 빡빡 깎은 모습이다. 그의 연전 졸업 무렵 사진이 긴 머리 모양이었던 것을 생각하면, 입교대학 입학 후에 빡빡머리로 깎은 모양이다. 대학의 규칙이 그러했던 것일까.

당시 윤동주의 모친은 병환 중이었다. 그래서 매일 모친의 병석에 가까이 앉아 이야기 동무를 해드리고 있었는데 일본에서 전보가 왔다. 동북제국대학(東北帝國大學, 약칭 동북제대)에 재학 중인 친구가 그 대학에 편입할 수속을 치르러 오라는 연락을 보낸 거였다. 그걸 보면 윤동주에게 본래부터 입교대학에 계속 다닐 의사가 없었을 뿐더러, 친구들에게도 미리 그런 뜻을 밝히고 협조를 구해놓았음이 확실하다.

편입시험 등 각종 수속을 위해서 날짜가 아주 촉박했던 모양이다. 전보를 받은 그는 놀이터에 놀러 간 아우를 만나보지 않고 떠날 정도로 급히 일본으로 출발했다.

동북제대는 궁성(宮城)현의 현청 소재지인 선대(仙臺)에 있다. 동경에서 동북쪽으로, 거의 경도와 동경 사이만큼, 더 올라간 곳이다. 그런데 막상 일본으로 간 윤동주가 옮겨간 곳은 동북제대가 아니라 경도의 동지사(同志社)대학이었다.

당시 나라 이름이 '대일본제국(大日本帝國)'이었던 일본에서 대학 이름에 '제국(帝國)'이란 글자가 들어간 대학은 국립이었다. 윤동주가 동북제대로 옮겨갈 것으로 알고 있다가 사립 미션계인 동지사대학으로 옮겼다는 전보를 받은 고향의 부친은 노여워했다고 한다.

부친이 굳이 윤동주가 동북제대라는 '제국대학'에 편입하기를 바란 것은 명문 학벌에 대한 세속적 선망 때문이었을 것이다. 일본은 전통적으로 관학과 사학에 관한 차별대우가 두드러진 나라이다. 1920년대에 일본에 유학했지만 그저 학관 같은 데서 공부하고 돌아왔던 부친은, 자신의 생의 경험에서 생긴 '학벌'에 대한 열등감을 동주를 통해 풀어보고자 했던 심리가 있었던 듯하다.

당시 일본에서는 각 대학에 대한 사회적 평가가 졸업 후에 받는 월급의 차이로 곧장 연결되었다. 제국대학 졸업자의 월급이 가장 높고, 경응의숙대학과 조도전대학 및 동경고등상업학교(東京高等商業學校, 약칭 동경고상)과 신호고등상업학교(神戶高等商業學校, 약칭 신호고상) 졸업자의 월급이 제국대학보다 5원 내지 10원 아래였고, 다른 관립 고상 출신은 그보다 5원 정도 아래였으며, 그 다음이 다른 사립대학의 순서였다.4)

그런 걸 보면 사립 입교대학에서 동북제대로의 전학이란 처음부터 별 가망성이 없는 이야기였는지도 모른다. 동주가 처음 응시했던 대학이 '경도제대'인 것과 편입학을 두고 벌어졌던 일화를 연결해보면 연상되는 것이 있다. 윤동주가 연전 문과에 입학시험 치르러 갈 때의 일이다. 당시 그의 할아버지는 동주가 의사 되기가 정 싫으면 '고등고시'를 해서 출세하길 바라고 문과로 진학하는 걸 밀어주었다. 그런데 이번에는 그의 부친이 그가 '제국대학'을 나와서 출세하길 바라고 일본 유학을 밀어준 인상이 강하다. 『나라사랑』 23집에서 실린 윤일주의 회상기 「윤동주의 생애」에도 "도일 진학은 아버지가 권하신 편인 것 같다"는 구절이 보인다. 부친이 그렇게 적극성을 보인 것에는 누이동생의 아들인 송몽규가 경도제대에 가겠다고 나서고 있는 것에서 받은 자극도 강력하게 작용했을 것이다.

이런 일화들은 결국 '가족으로서의 의무' 때문에 깊이 고뇌하고 갈등해야 했던 윤동주의 처지와 상황을 단적으로 웅변한다. 그의 시 이해에 참고한다면 큰 도움이 되리라.

아무튼 동경의 입교대학에서 경도의 동지사대학으로 전학함으로써 윤동주의 동경 생활은 막을 내렸다.

---

4) 矢島文雄, 『日本의 大學』, 保育社, 104쪽; 김윤식의 『李光洙와 그의 時代』 2권, 480쪽에서 재인용.

## 양원태자 님이 발굴한 입교대학 시절 비화

2002년에 일본인 여성인 양원태자(楊原泰子, 야나기하라 야수코) 씨에 의해서, 윤동주의 입교대학 시절에 관련된 매우 귀중한 자료들이 새롭게 발굴되었다.

양원태자 씨는 입교대학 졸업생으로서, 일본 동경에서 일본인들에 의해서 윤동주의 시를 읽고 그의 삶과 뜻을 높이 기리기 위해서 조직된 단체인 '윤동주의 고향을 방문하는 모임'의 회원이다. 그녀는 여러 해 전에 일본 축마서방에서 출판된 본서 『윤동주 평전』의 일본어 번역판을 읽은 뒤, 자신의 모교이기도 한 입교대학에서 윤동주가 공부했던 자취 및 그와 관련된 자료들을 찾기 시작했다. 필자가 본서 333~334쪽에서, 윤동주가 동경에 유학한 뒤 처음 맞은 여름방학 때 고향에 돌아가서 1942년 8월 4일에 용정에서 송몽규를 비롯한 친지 4명과 함께 찍은 사진에 관해 언급하면서 특히 그의 머리 모양에 주목하여 "……윤동주는 빡빡 깎은 모습이다. 그의 연전 졸업 무렵의 사진이 긴 머리 모양이었던 것을 생각하면, 입교대학 입학 후에 빡빡머리로 깎은 모양이다. 대학의 규칙이 그러했던 것일까"라고 기술해놓은 것을 읽고, 당시의 입교대학 규칙을 찾아서 확인해보고 싶은 마음이 생긴 것이 계기가 되었다.

그런데 그녀는 과거의 『입교대학 신문』을 확인하는 중에 놀랍게도 윤동주가 입교대학에 입학한 지 불과 8일 뒤인 1942년 4월 10일자 『입교대학 신문』에서 그 달 중순부터 학생들을 대상으로 단발령을 실시했음을 알려주는 기사를 발견했다. 기사 제목은 '학부(學部) 단발령(斷髮令) 4월 중순 실시'였고, 내용은 "전시체제에 맞추어서 질실강건(質實剛健)한 기풍을 진작하려는 목적으로 학생들의 머리를 모두 깎게 한다"는 것이었다. 윤동주가 머리를 승려처럼 빡빡 깎게 된 원인을 정확하게 찾아낸 것이다.

이에 고무된 그녀는 그 시대의 자료들을 찾는 일에 더욱 박차를 가한 결과 매우 소중한 수확들을 많이 거두었다. 그녀가 입교대학의 묵은 서류철들을 뒤지고 예전 졸업생들을 만나 인터뷰하여 발굴한 자료들은 윤동주의 입교대학 시대가 어떠했는지 그 실체를 생생하게 드러내는 매우 귀중하고도 흥미로운 증거들이다. 그녀가 찾아낸 사료들을 소개한다.

### 1 육군 대좌 반도신지(飯島信之)

1941년 가을에 입교대학에 배속되어 군사교련을 담당했던 동부군 사령부 소속 현역 육군 대좌 반도신지는 그 시대에 기독교 학교인 입교대학이 처했던 정황과 겪었던 고난을 가시적으로 드러내는 인물 중 대표적인 존재이다.

당시 남학생들은 누구나 매주 1시간씩 학교 안에 있는 교련장(현재의 입교소학교 자리)에서 군사교련을 받아야 했다. 출석은 매우 엄격하게 체크되었다. 교련 내용은 배속 장교의 지도 아래 철포를 메고 걷거나 달리거나 착검한 장총으로 사람을 찌르는 연습을 하는 것이었다. 1년에 1회씩은 3박 4일의 일정으로 일본 육군사관학교 훈련장인 습지야(習志野)나 부사산에 있는 녹롱원(鹿瀧原)의 연습장에 가서 야외훈련을 받았다.

반도신지 대좌는 군국주의 사상으로 굳게 굳어진 인물로서 하도 엄격하게 굴어서 학생들이 모두 두려워했다. 그는 대학 구내에서까지 군복 차림의 군인들이 활개를 쳤던 그 시대 졸업생들의 회고담에서 '반드시'라고 말해도 좋을 정도로 빠지지 않고 언급되는 유명인이다. 그는 입교대학에 오기 전에는 같은 기독교 학교인 명치대학에 배속되어 있었다. 그런데 명치대학에 배속되어 있을 때도 어찌나 횡포가 심했던지, 그가 입교대학으로 옮겨갈 때 명치대학 학생들이 모두 기뻐서 축배를 들었다는 소문까지 났다.

그가 입교대학으로 옮긴 뒤 몇 달 되지 않아서 일본군의 진주만 기습으로

學部斷髮令 四月中旬實施

양원태자 씨가 찾아낸 학부 단발령 실시 기사. 윤동주가 입학한 지 8일째인 1942년 4월 10일자 『입교대학 신문』에 게재되어 있다.

미국과도 전쟁이 벌어져서 전시체제가 더욱 긴박하게 강화되었다. 당연히 그의 군국주의적 기질과 횡포는 명치대학 시절보다 더욱 심해졌다. 그런 정황을 짐작하게 하는 일화가 있다. 당시 입교대학의 한 일본인 학생은 배속 장교에게 거슬렀기 때문에 아버지가 귀족원 의원이었는데도 불구하고 뒷날 일본제국이 패망할 때까지 계속 특고(特高)에게 감시당하면서 지독하게 고생했다는 것이다.

반도 대좌는 기독교를 매우 혐오해서 "나는 예수가 정말 싫다"고 공공연히 말하고 다녔고, 기독교 대학인 입교대학에 대한 감정도 좋지 않아서 "입교대학은 미션계이기 때문에 미국인을 위한 제5열(스파이)이 활약할 가능성이 높은 대학이므로 대학 안을 철저하게 변혁시켜야 한다"고 주장했다. 철저한 군국주의자인 그는 문학부(文學部)를 '문약부(文弱部)'라고 부르며 싫어했

반도신지 대좌. 철저히 군국주의로 무장된 인물로 당시 입교대학에서 군사교련을 맡아 가르쳤다. 눈에 거슬리는 학생에게 교련 출석정지 처분을 내려 많은 학생을 전쟁터로 내모는 악행을 저질렀다. 그는 예수도 싫어하고 문화인을 길러내는 '문학부'도 싫어했다.

고, 단발령에 응하지 않은 학생을 보면 직접 가위를 들고 쫓아갔다는 증언들이 남아 있다.

당시 대학생들이 군사교련을 담당한 현역 장교를 매우 두려워한 까닭은 '징병문제' 때문이었다. 교련을 담당한 교관은 자신이 좋지 않게 보는 학생에게는 '교련 출석 정지'라는 조치를 취했다. 당시 대학생들에게는 '징병 연기'라는 제도적 혜택이 주어져 있었는데, '교련 출석 정지'가 되면 즉각 '징병 연기'가 취소되어 군대에 입대하게 되어 있었다.

일본은 1937년 7월에 노구교사건을 일으켜서 전단을 연 중일전쟁을 계속해온 데다가 1941년 12월에는 진주만 기습으로 새로이 미국과 전단을 열어 미일전쟁까지 동시에 치르고 있었다. 그래서 광대해진 여러 방면의 전쟁터에 보낼 젊은이들의 수요가 매우 크게 늘어난 상태였다. 반면에 대학생들로서는 징병 연기 취소 조치는 학업을 중단하고 사람이 파리 목숨처럼 죽어가는 전쟁터로 직행하도록 강제하는 조치였다. 때문에 교련 교관의 심기를 거스르지 않으려고 조심할 수밖에 없었던 것이다.

실제로 당시 입교대학 학생 중 반도신지 대좌에게 잘못 보여서 '교련 출석 정지' 조치를 당함으로써 '징병 연기'가 취소되어 입대한 학생들이 꽤 많았다고 한다. 그런 학생들 중에는 반도 대좌가 현역 육군 장교인 것을 꺼려서 혹시 입대 후에도 불이익을 당하게 될까 우려한 나머지 일부러 해군에 지원하여 간 학생들도 있었다.

그는 또한 조선인에게 가혹하게 굴었는데, 군사교련 중 조선인 학생들에게 "너희들은 일본 사상에 젖어들지 않았다"거나 "너희들은 일본국에 필요 없다"고 말하면서 반드시 뒤에 남게 해서 괴롭혔다.

반도신지 대좌에 관한 회상 중에 매우 인상적인 증언이 있다. 1941년에 입교대학 예과에 입학했던 학생들의 기념지인 『아, 청춘의 입교』란 책에 실린 화강창치(花岡昌治)의 회고담 중 일부이다.

> 그리고 때로 교련날에 대좌는 우리들을 교실에 모아놓고, 우리들 한 사람 한 사람에게 이런 질문을 던지고는 대답하라고 다그쳤다.
>
> "예수 그리스도와 천조대신(天照大神)은 어느 쪽이 위대한가?"
>
> "전체주의와 개인주의 중에서 어느 것을 신봉하는가?"
>
> 모두들 반도 대좌에게 반론을 하고 싶어도, 여기서 반도 대좌의 역린(逆鱗)을 건드렸다가는 대학에도 해를 끼치게 되고 또 입대 후에 어떤 꼴을 당할 지 두려워서 모두들 똑같이
>
> "천조대신 쪽이 위대합니다."
>
> "전체주의 쪽이 좋습니다."
>
> 라고 대답했다. 그런데 만주의 대련(大連)에서 온 기부양삼(磯部陽三)만은 "나는 예수 그리스도를 경애합니다. 인간이 성장하는 데는 자유주의의 기반이 되는 개인주의가 중요합니다"라고 조용하고도 침착하게 대답했다. 우리들은 그 순간 대좌의 노호가 터져나올 것이라고 생각했는데, 대좌는 "그런가……"라고만

말하고는 침묵했다. 무력한 인간이 절체절명의 입장에서 소신을 숨기지 않고 드러낸 용기가 대좌의 마음을 건드린 것이라고 추측되었다.

그 시대 일본 통치자들은, '천조대신'은 위대한 무권적(巫權的) 여신(女神)으로서 일본 천황들은 바로 그 천조대신의 후손이라는 주장을 내세워서 천황을 '살아 있는 신'으로 신격화했다. 천황가 조상신의 신사(神社)인 이세 대신궁(伊勢 大神宮)이 바로 천조대신을 모시는 곳으로서 일본 신도(神道)의 종주격인 신사이다. 그런 만치 "예수 그리스도와 천조대신 중 어느 쪽이 위대한가?"라는 질문은 "기독교와 신도 중 어느 쪽이 더 위대하냐?"는 질문이기도 했다.5)

## 2 전시체제에서 겪은 입교대학의 수난

전쟁 중에 골수 군국주의자인 반도신지 대좌 같은 군인이 명치대학이나 입교대학 같은 미션스쿨에 배속되었던 것은 다분히 의도적이었던 것으로 추정된다. 일본의 교육 담당자들은 천황을 모든 가치의 최정점에 놓는 '황도사상(皇道思想)'을 특히 기독교계 학교 학생들에게 확실하게 주입하기 위해서 일부러 그런 인물을 배치하여 과도한 억압을 가한 것으로 보인다.

머리카락 모양 문제만 보아도 그렇다. 사립이자 기독교 학교인 입교대학에서는 '전시(戰時)'라 해서 단발령을 강압적으로 실시했지만, 오히려 국립대

5) 그 같은 사상적 괴롭힘은 조선에서도 마찬가지로 자행되었다. 다음은 조선에서 그런 괴롭힘을 겪었던 일에 대한 증언이다.
"1937년 중일전쟁 (때)부터 기독교인을 걸핏하면 경찰서로 연행하거나 호출한 뒤에 묻는 말은 ○ 하나님이 높으냐? 일본천황이 높으냐? ○ 성경이 중하냐? 칙어가 중하냐? ○ 신사참배는 종교의식이냐? 국가의식이냐? 라고 질문을 받았나. 너무나 어처구니 없는 말이다. 어떠한 트집을 잡으려고 묻는 말이다"(이성삼, 『감리교와 신학대학사』, 한국교육도서출판사, 1977, 209쪽).

학인 경도제대는 자유롭게 방임했다. 그래서 입교대학 학생 윤동주가 빡빡 머리로 나온 사진에 함께 있는 경도제대 학생 송몽규의 머리는 연전 졸업 때와 똑같은 '신사 머리' 그대로의 긴 머리 스타일이었다.

입교대학의 수난은 일본이 미일전쟁에서 패망할 때까지 계속되었다. 입교대학의 미국인 교수였던 폴 프레드릭 랏슈 교수는 진주만 기습 다음 날인 1941년 12월 9일에 적국인으로 체포되어 억류되었다가 1942년 6월 초에 본국으로 강제 송환되었다.

또 '전시체제'라는 구호를 앞에 내세운 당국의 강력한 압력이 계속된 결과, 1942년 9월 29일에 입교대학 학원 이사회는 교육의 기본방침을 천명한 정관 제1조를 개정했다. 제1조에서 '기독교주의에 바탕을 둔 인격을 도야'라는 문구를 말소하고, 그 대신 '황도를 실현하기 위한 교육을 시행하고 학교령에 의해서 입교대학과 입교중학교를 경영한다'라는 문구를 넣었다. 이로써 입교대학이 추구하는 학생교육과 학교경영의 기본틀이 '기독교적 인성교육'에서 '일본 신도를 선양하는 교육'으로 바뀌었다.

1942년 10월에는 대학 안에 있는 예배당이 폐쇄되어 군사교련에 쓰는 무기 보관소가 되었다. 또 대학 안에서 기독교식 예배를 드리지 못하게 하고, 전몰자에 대한 위령제를 신도식(神道式)으로 거행하는 비정상적인 사태도 벌어졌다. 야구 리그전의 응원가인 <St. Paul's will shine.>은 적들의 언어라 해서 부르는 것이 금지되었다. 다음 해인 1943년에는 <자유의 학부>라는 교가도 금지하고 대신 전시체제에 걸맞는 내용의 가사로 새로 만든 교가를 부르게 했다.

이처럼 군부의 강압이 막심하자 교수들 중에서도 군부에 아첨하는 자가 나왔다고 한다. 양원태자 씨에 따르면, "입교대학에는 유독 이 기간의 자료가 매우 적은데, 군부의 압력이 두려워서 처분해버린 까닭이 아닌가 추정된다"는 것이다.

후일담이지만, 일본이 1945년 8월 15일에 무조건 항복으로 패망한 뒤 점령군인 미군이 군정을 실시하면서 특정 일본인들에 대해서 전쟁 중의 행위에 대한 처벌로 공민권을 제한하고 공직에서 추방했을 때 입교대학의 위상이 특별하게 세상에 드러났다. 전국의 대학 중 가장 많은 교수가 추방된 곳이 입교대학으로서, 무려 11명의 교수들이 대학에서 추방되었다. 하지만 그런 역사의 이면을 들여다보면, 그것은 역설적으로 전쟁 중에 군부에 협력하도록 입교대학에 가해졌던 압박과 탄압이 얼마나 혹심했던 것인가를 반증하는 수치(數値)라고 하겠다.

윤동주는 동경의 입교대학에서 한 학기만 마친 뒤에 경도의 동지사대학으로 전학했는데, 이상과 같은 사례들 모두 "당시 그가 왜 입교대학을 떠나려 했는가", 그 이유를 짐작하게 하는 정황들이다.

## 3 입교대학의 스승 고송효치(高松孝治) 교수

양원태자 씨는 윤동주의 입교대학 동급생이었던 I씨를 취재했던 분에게서 간접적으로 전해 들은 증언에 의해서 다음과 같은 사실을 밝혀내었다(그녀는 I씨가 고인이 된 뒤에 이 증언을 수집했다).

1942년 4월의 어느 목요일, 1시간의 동양철학사 수업이 끝난 뒤, 윤동주는 함께 수업을 받은 I씨에게 "조선에서 온 사람인데 입교에서 공부하는 데 도움이 될 만한 좋은 선생님을 소개해주지 않겠습니까?" 라고 조용히 물었다. I씨는 "폴 랏슈 선생님과 고송(高松) 채플린이 좋습니다" 라고 추천했다.

'채플린'이라 함은 대학 채플의 예배를 전담하는 목사를 말한다. 당시 고송 교수는 문학부 종교학과의 교수로서 기독교사 · 기독교 경전학 · 그리스어를 가르치는 외에 대학 채플에서 학생들이 드리는 예배를 맡아 전담하고 있었다.

그 뒤 I씨는 윤동주를 안내하여 대학 구내에 있는 고송효치 선생의 사택

고송효치 선생. 그는 높은 견식과 학식을 가졌을 뿐 아니라 조선 유학생과 같이 시대적으로 어려운 처지에 놓인 학생들을 도와준 훌륭한 인격자였다. 이미 대학 시절에 '어학의 천재'라고 불렸으리만큼 어학의 재능이 출중했다.

으로 함께 가서 고송 선생에게 소개하고 먼저 돌아갔다. 그 후 만났을 때 윤동주는 "좋은 선생님을 소개해주셔서 감사합니다" 라고 감사를 표했고, I씨가 "앞으로 자주 가서 뵈면 좋을 겁니다"라고 하자, 윤동주는 "부디 함께 갑시다" 라고 대답했다고 한다. 당시 폴 럿슈 교수는 억류되어 있던 때라 윤동주가 찾아가서 만날 수 없었을 것이라고 전해진다.

고송 선생은 높은 견식과 넓은 시야를 지니고 있던 뛰어난 채플린이었다. 입교대학과 성공회 신학원에서 공부했는데, 대학 시절에 '어학의 천재'라고 불렸다. 그 뒤 미국에 유학하여 캠브리지신학원과 하버드대학 신학부에서 공부했다. 선생은 최고위층 요인의 영어 통역을 할 정도로 어학의 달인이었다. 또 당시 졸업생들 중에서 "입교에 들어와서 무엇이 가장 좋았는가 하면 고송 선생이라고 하는 훌륭한 인격과 만난 것이다" 라고 말하는 사람들이 있을 정도로 뛰어난 인격의 소유자였다. 고송 선생은 특히 입교대학과 인접해 있던 성공회 신학원에서 가르치고 있던 흑뢰(黑瀨) 교수와 함께 조선에서 온 학생이나 이민 2세인 학생들 같이 괴로운 입장에 놓였던 학생들을 친절하게 돌보고 도와주었다고 한다. 윤동주도 처음 고송 선생을 찾아간 이래 여러 번 더 찾아갔던 것으로 전해진다.

전쟁 뒤 발간된 『입교문학(立敎文學)』에 실린 등기건일(藤崎健一, 입교대학 교수) 씨의 글에 고송 선생의 사상을 보여주는 부분이 다음과 같이 들어 있다.

> 소화 12년(1937)에 대중국전쟁이 발발한 것을 알게 된 것은 내가 학생으로서 바로 고 고송효치 교수의 수업을 듣고 있던 때였다. 그날 교실에 들어온 교수는 교단에 서서 곧장 당시 텍스트로 쓰던 라스킨의 어딘가를 조목조목 설명했다. 언제나 변함없는 표정에 창백한 얼굴이었는데 얼어붙은 듯한 안경이 반짝반짝 빛났다. 소음 하나 들리지 않는 고요한 교실에 오후의 피로가 무겁게 감돌았다.
>
> "끝내 두려운 날이 왔습니다."
>
> 한 마디 한 마디 끊으며 교수가 말했다. 그의 뺨에 가늘게 경련이 일고 있는 것을 보고 나는 교수가 감정을 억제하려고 노력하고 있음을 알아차렸다. "오늘부터 암흑 시대가 시작됩니다. 두려운 일입니다." 나는 교수가 곧 울며 쓰러지지 않을까 하는 불안을 느꼈다. 그럴 정도로 그의 목소리가 떨리고 있었다. 교수는 뭔가 다른 이야기도 더했던 것 같다. 하지만 나는 다른 것들은 전혀 기억하지 못한다. 다만 묘하게도 최초의 한 마디만 기억에 뚜렷하게 남아 있었다. 나는 지금도 그때의 결과를 떠올려본다. 그리고, 먼 바다 건너에서 전해진 전쟁의 교전 소식을 들은 것만으로 닥쳐오고 있는 일본제국 멸망의 위기를 몸이 떨리도록 감지해낼 수 있었던 사람은 별로 많지 않았다고 생각한다. 교수는 전쟁 중에 받은 심한 억압으로 병이 들었고, 병석에 누운 채 종전을 맞아서 투지를 불태우다가 비장한 최후를 맞았다는 소식을 후에 들었다.

고송 교수의 삶과 죽음에 관한 증언은 더 있다. 전쟁 막바지로 치달으면서 사회 분위기가 더욱 악화되어 가는데도 여전히 군부에 비판적이었던 고송 교수는 점점 어려운 처지로 내몰리다가 끝내 대학에서 쫓겨났다. 그 뒤 영양실조와 병으로 시달리다가 윤동주가 죽은 지 만 1년 뒤인 1946년 2월 19

일에 영면했다. 그의 학생들 중에는 윤동주처럼 선생의 자택을 방문하여 부인이 손수 구운 쿠키와 차를 대접받거나 식사를 대접 받았던 학생들이 많았는데, 그와 관련된 애달픈 에피소드가 하나 전해진다.

윤동주보다 1학년 위의 학생이 1943년에 학도병으로 징병당하여 군대에 간다는 인사를 하러 친구와 함께 고송 교수 댁에 찾아갔을 때 일이다. 식사를 대접 받았는데, 당시에는 보기조차 힘들던 흰쌀로 지은 밥을 잔뜩 내놓은 환대를 받았다. 진귀하고 맛있어서 많이 먹었다. 그 쌀은 선생의 시골집에서 보내온 것이었다는데, 아무튼 당시로서는 대단히 귀중한 것이었다. 그것을 아낌없이 대접 받았던 두 사람은 무사히 전쟁터에서 돌아온 뒤에 선생의 죽음을 알게 되고 그 죽음의 원인 중 하나가 영양실조였다는 이야기를 듣고 놀라고 깊이 슬퍼했다. 현재 고송 교수를 기념하는 타블렛이 입교대학 채플에 걸려 있고, 입교대학의 신좌 도서관에는 그의 장서가 '고송문고'로서 보존되어 있다.

## 4 '늙은 교수'는 누구인가

윤동주가 입교대학 시절에 쓴 「쉽게 씌어진 시」에 '늙은 교수'가 등장한다.

> 땀내와 사랑내 포근히 품긴 / 보내주신 학비봉투를 받아 / 대학 노—트를 끼고 / 늙은 敎授의 講義 들으러 간다

양원태자 씨는 동경제대 교수 출신으로 일본 동양철학계의 거목이었던 동양철학 과목의 강사 우야철인(宇野哲人, 당시 동경제대 명예교수) 노교수를 그 모델이라고 추정했다. 윤동주가 들었던 과목 중 하나가 동양철학이기도 하거니와, 당시 우야철인 교수는 나이 많은 노인이었기 때문이다. 우야철인 씨

의 아들인 의방(義方, 전 입교대학 문학부 교수) 씨도 양원태자 씨가 가지고 간 자료를 보더니, "아버지가 틀림없습니다. 아버지는 당시 68세로 머리가 백발이었습니다만, 다른 선생들은 훨씬 젊었으니까요"라고 말하더라고 했다. 당시 재학했던 사람들도 "그 시에 나오는 '늙은 교수'는 우야 선생인 것 같다"고 말하는 점에서 일치했다.

우야철인 교수는 서양철학의 방법을 사용해서 중국철학의 체계를 잡는 근대적 연구법을 처음으로 확립한 학자였다. 1974년에 100세를 일기로 사망했는데, 실천여자대학의 학장을 역임하고 많은 저서를 남겼다.

## 수 윤동주의 교련 거부 시도 소문

양원태자 씨가 수집한 자료에 따르면, 윤동주가 입교대학에서 동지사대학으로 전학한 배경의 하나로서 '교련 거부 문제'를 거론한 증인이 있었다고 한다.

그녀가 듣기로는, 윤동주가 입교대학에 재학하고 있던 무렵에 조선인 학생 중에서 교련을 거부한 학생이 있다는 소문이 있었다고 한다. 그녀는 그런 소문의 실체를 확인하려고 윤동주의 1년 선배로 사학과에 재학했던 임영부(林英夫, 입교대학 명예교수) 씨를 만났다. 임영부 씨는 그 자신 교련을 사보타주하려 했다가 배속 장교에게 들키게 되자 교련 출석 정지에 따른 오명 및 불이익과 함께 육군에 갔을 경우에 당할 괴롭힘을 우려한 결과, 육군에 징집되기 전에 미리 자원해서 해군에 입대했던 사람이었다. 그는 "사실 그 시대에 교련을 거부한다는 것은 굉장히 용기 있는 행동이었다" 라고 말하고, "당시 문학부의 학생이 객관적으로 체제를 비판했다느니, 군부의 움직임을 불쾌하게 여기고 있다느니, 하는 소문들이 있었다. 그러나 그런 소문들이 외부에 흘러나가 배속 장교의 귀에 들어가지 않도록 덮어두고 믿을 수 있는 사람들끼리만 그에 대해 조심스레 이야기를 나누었다. 그렇기 때문에 우리가 당시의 일을 전부 알았다고 할 수 없으니까 여러 사람들에게서 이야기를 들어보는 것이 좋겠다" 라고 조언했다.

그 조언에 따라 여러 관련자들의 증언을 수집하고 있는데, 전에 I씨에게서 나왔던 '윤동주의 교련 거부 시도'라는 매우 중요한 증언을 전해 듣게 되었다. 그 이야기가 나오게 된 실마리는 교련복이었고, I씨의 증언은 다음과 같이 전개되었다고 했다.

"평소(平沼, 윤동주의 창씨명) 씨도 교련복을 입었었습니까?"라는 질문에 대해 I씨는 갑자기 뭔가 생각났다는 듯이 "입지 않았었다고 생각합니다. 배속장교에게 특별하게 보였던 것 같으니까"라고 대답했다. 그리고 나온 이야기가 '교련 거부' 문제였다. 윤동주가 고송 선생에게 교련 거부에 대해서 상담했고, 선생은 "나도 내일은 어떻게 될 지 알 수 없지만 신에게 기도하고 있으니까"라고 하며 격려해주었다고 했다. 그런 사실은 I씨도 뒷날 선생으로부터 "(평소 씨가 교련을 거부하려고 했다는 것을) 너도 알고 있었니?" 라는 질문을 받고서야 처음으로 그런 사실이 있었다는 것을 알게 되었다는 이야기였다. 인터뷰하던 이가 놀라서 "교련을 거부하려고 했던 것이 평소 씨입니까?" "평소 씨가 선생에게 교련을 거부하는 것에 대해 상담했다는 것입니까?" 라고 자신도 모르게 세 번이나 연거푸 물었는데 "그렇습니다"라는 답변이었다는 것이다.

이상이 양원태자 씨의 헌신과 노력으로 찾아낸 귀중한 사료들이다.

여기까지 살펴보니, 윤동주의 입교대학 시대, 곧 그의 동경 시대에 드리워 있던 세월의 회색빛 두터운 막이 홀연히 걷혀서 그 시대 안으로 성큼 들어선 듯하다.

전쟁의 광기와 피가 휩쓸던 시대……. 그 안에서 하루하루 고난과 대면하며 살아가던 그 시대 사람들…….

그리고 양원태자 씨의 연구를 통해 새롭게 드러난 윤동주 주변 인물들의 모습이 눈앞에 보고 있는 듯 선연하다.

경건한 인격과 진실된 사랑으로 학생들의 신망을 받던 지식인인 고송효치 교수, 군국주의 사상의 화신으로 많은 젊은 학생들을 고통스럽게 조여대던 반도신지 육군 대좌, 백발의 동경제대 교수 출신 동양철학 교수, 군사교련을 두고 학생들과 현역 장교 사이에 드러났던 횡포와 갈등과 대응…….

그 모두 손으로 만지는 듯 생생하여 가슴을 친다. 이처럼 세심하게 윤동주가 동경에서 살았던 시기의 자취와 흔적을 되살려낸 일본인 여성 양원태자 씨의 노고와 정성과 헌신에 깊은 경의와 감사를 표한다.

## 동경에서 만난 여성, 박춘혜

윤동주의 여인관계는 어떠한가?

윤동주 시의 독자들은 이 질문에 매우 큰 관심을 갖는다. 그가 미혼의 유학생으로 일본 감옥에서 옥사했다는 전기적 사실에서 비롯된 궁금증 외에, 그가 간절한 사랑의 시를 쓴 시인이기 때문이다.

그는 연전에 입학한 지 몇 달 안 되었을 때 이미 '順아 너는 내 殿에 언제 들어왔던 것이냐? / 내사 언제 네 殿에 들어갔던 것이냐?'로 시작되는, 이루어지지 않은 사랑을 애닯게 노래한 시 「사랑의 전당(殿堂)」<1938.6.19.>을 썼다. 이 시는 한갓 관념적 유희에서 나온 것으로 보이지 않는 절실한 울림을 갖고 있다. 이 시를 보면서 시작된 관심은 그가 다음 해에 쓴 산문시 「소년(少年)」을 대하면서 더 고조된다.

## 少年

여기저기서 단풍잎 같은 슬픈 가을이 뚝뚝 떨어진다. 단풍잎 떨어져 나온 자리마다 봄을 마련해 놓고 나뭇가지 위에 하늘이 펼쳐있다. 가만히 하늘을 들여다 보려면 눈섭에 파란 물감이 든다. 두손으로 따뜻한 볼을 쓸어보면 손바닥에도 파란 물감이 묻어난다. 다시 손바닥을 들여다 본다. 손금에는 맑은 강물이 흐르고, 맑은 강물이 흐르고, 강물 속에는 사랑처럼 슬픈 얼굴 — 아름다운 順伊의 얼굴이 어린다. 少年은 황홀히 눈을 감아 본다. 그래도 맑은 강물은 흘러 사랑처럼 슬픈 얼굴 — 아름다운 順伊의 얼굴은 어린다.

<1939>

이렇게 '순이(順伊)'란 이름으로 표상되는 사랑하는 여인의 존재는 그가 2년 뒤에 쓴 시 「눈오는 지도(地圖)」로 인하여 다시 깊은 인상을 남긴다.

## 눈오는 地圖

順伊가 떠난다는 아침에 말못할 마음으로 함박눈이 내려, 슬픈것처럼 窓 밖에 아득히 깔린 地圖위에 덮인다. 房안을 돌아다 보아야 아무도 없다. 壁과 天井이 하얗다. 房안에까지 눈이 내리는 것일까, 정말 너는 잃어버린 歷史처럼 홀홀이 가는 것이냐, 떠나기 前에 일러둘 말이 있던 것을 편지를 써서도 네가 가는 곳을 몰라 어느 거리, 어느 마을, 어느 지붕밑, 너는 내 마음속에만 남아 있는 것이냐, 네 조그만 발자욱을 눈이 자꾸 내려덮어 따라 갈 수도 없다. 눈이 녹으면 남은 발자욱자리마다 꽃이 피리니 꽃사이로 발자욱을 찾아나서면 1年 열두달 하냥 내마음에는 눈이 내리리라.

<1941.3.12.>

'순, 또는 순이'는 누구인가? 실재의 인물인가?

하기는 그 여인이 실제 인물이라 해도 이미 그 전말을 대충 짐작할 만하다. 그 여인을 주제로 쓰인 시들은 모두 이루어지지 않은 사랑을 노래하고 있지 않은가.

이런 정도가 독자들이 품고 있는 생각의 대강이라고 할 수 있다.

윤동주는 고향에서는 전혀 여성을 사귄 일이 없다. 윤동주의 당숙 윤영춘은 그 점에 대해서 아주 명쾌하게 증언한다. "(동주는) 얼굴이 잘생겨서 거리에 나가면 여학생들이 유심히 그의 얼굴을 보기도 하고 여자로부터 말을 건네받는 경우도 있었다. 하나 수줍은 그는 한 번도 여자를 거들떠보지도 않았다."6) 윤동주가 서울에 유학한 이후 그의 어머니는 그에게 "서울에서 좋은 색시를 사귀면 며느리로 맞이하겠다"고 우스갯소리로 말씀하시곤 하였다고 한다. 이른바 '연애결혼'을 장려했던 셈이다.

그럼에도 불구하고 그는 일본 감옥에서 옥사할 때까지 미혼이었고, 그의 여성관계에 대해서는 오래도록 명확하게 세상에 밝혀진 것이 없었다. 그러다가 1976년에 나온 『나라사랑』 23집 윤동주 특집호에서 정병욱 교수에 의해 처음으로 거론되었다. 그는 "혹시 이 무렵의 작품을 이해하는 데 도움이 될 수 있을까 하여 여기 처음으로 윤동주의 여성관계를 공개"한다면서, 연전 시절의 일화를 털어놓았다.

그의 이야기는 1941년, 윤동주가 졸업반이고 그가 2학년으로 그들이 기숙사를 나와서 같이 하숙하던 때의 회고담 속에서 발단되었다. 그들이 누상동에 있는 소설가 김송 씨 집에서 살면서 고등계 형사들 등쌀에 고생하다가 그 집을 나와 하숙을 북아현동으로 옮긴 이유가 이러했다는 것이다.

여기서 또 하나 밝혀둘 것은 신촌의 기숙사에서 시내로 하숙을 얻어서 들어

---

6) 윤영춘, 「명동촌에서 후쿠오카까지」, 『나라사랑』 23집, 외솔회, 109쪽.

왔다가 하필이면 교외인 신촌으로 나가는 것도 아니고 그렇다고 시내라고도 할 수 없는 북아현동으로 왜 하숙을 옮겼느냐는 문제이다. 실은 이 북아현동에는 동주 형의 아버님 친구로서 전에 교사를 하다가 전직을 하여 실업계에 투신한 지사(志士) 한 분이 살고 계셨다. 동주 형은 그분을 매우 존경했고 가끔 그분 댁을 찾기도 했었다. 그런데 그분의 따님이 이화여전 문과의 같은 졸업반이었고, 줄곧 협성교회와 케이블 목사 부인이 지도하는 바이블 클래스에도 같이 참석하고 있었다. 동주 형은 물론 나이 어린 나에게 그 여자에 대한 심정을 토로한 적은 없었다. 그러나 그 여자에 대한 감정이 결코 평범하지 않았다는 것만은 피부로 느낄 수 있었다. (중략) 그러나 내가 아는 한으로는 동주 형과 그 여학생이 밖에서 만난 일은 없었다. 매일 같은 기차역에서 기차를 기다렸고 같은 차로 통학했으며, 교회와 바이블 클래스에서 서로 건너다보는 정도에서 그쳤지마는 오가는 눈길에서 서로 마음만은 주고받았는지 모를 일이라 하겠다.[7)]

이 이야기를 듣고 보면 '우리들의 사랑은 한낱 벙어리였다'(「사랑의 전당」)라는 윤동주의 정결한 탄식이 그대로 마음에 와닿음을 느낀다. 이것이 정 교수가 알았던, 또한 현재 세상에 전해진 윤동주의 여성관계의 전부이다.

그러나 윤동주에게는 결혼까지 생각했던 보다 더 구체적인 다른 여성이 있었다. 바로 일본 동경 시절의 일이었다. 윤동주의 6살 손아래이며 하나밖에 없는 누이동생 윤혜원 씨가 그 일의 전말을 잘 알고 있었다.

윤혜원 씨가 말하는 '그 여자'에 대한 증언은 이렇다.

윤동주가 동경 입교대학 1학년 때 여름방학을 맞아 귀성했을 때였다. 동주는 어느 날 엽서 반 장 정도 크기의 사진을 한 장 누이에게 보였다. 한 명의 여자가 앞에 앉고 두 명의 남자 대학생이 그 여자 뒤에 서서 찍은 사진이었다.

"이 사진의 여자 어떠니?"

들여다보니 예쁘기보다는 지성미가 풍기는 좋은 인상의 여자였다.

---

7) 정병욱, 「잊지 못할 윤동주의 일들」, 『나라사랑』 23집, 외솔회, 138쪽.

"괜찮은데. 그 사람이 누군데?"

이야기를 들어보니, 그 여자는 함북 온성에 있는 박 목사의 막내딸로서, 동경에서 막내오빠와 함께 오누이가 자취를 하면서 성악을 전공하는 중이라고 했다. 오빠가 여럿인데 모두들 공부를 많이 한 인텔리 집안이었다.

뒤에 선 두 명의 남자는 그 여자의 오빠와 그의 친구로서, 둘 다 윤동주의 친구였다. 윤동주는 김치를 먹고 싶으면 그 집에 가는데 그동안 거기 가서 식사를 많이 했다고도 했다. 여자의 이름은 박춘혜. 춘혜의 오빠는 윤동주에게 "내 동생 같은 여자만 있으면 나도 곧 장가가겠다"고 하더라며, "성격도 좋고 사람도 아주 좋은 여자"라는 이야기였다. 그 사진도 그 여자의 오빠가 준 것이라고 했다. 그 여자의 오빠도 윤동주를 여동생의 남편감으로 단단히 점찍은 것 같았다.

말하는 인상으로 보아 동주 오빠가 그 여자에게 아주 마음을 두고 결혼까지 생각하고 있는 걸 알아챈 윤혜원 씨는 집안 어른들께 그 이야기를 알렸다. 함북 온성이면 용정과도 멀지 않아 서로 뻔한 곳. 거기 박 목사 댁이라면 서로 알 만한 처지였다. 집안 어른들이 그 이야기를 듣고 동주를 불러 "가문 좋고 참 좋다. 잘 추진해봐라!"고 격려하며 기뻐했다.

윤동주는 일본으로 되돌아갈 때 그 사진을 집에 놔두고 갔다. 그런데 새 학기가 되자 아주 실망스런 편지가 윤혜원 앞으로 왔다.

"그 여자가 이번 여름방학에 집에 갔다가 약혼을 하고 왔더라" 하는 내용이었다. 이 이야기에는 후일담이 따른다. 윤혜원 씨 부부가 해방 직후에 북한의 청진에 가서 잠시 살고 있을 때 우연히 교회에서 박춘혜를 만났다. 성가대원으로 노래를 아주 잘하는 여성이 있는데 어딘가 몹시 낯이 익어서 생각해 보니 동주 오빠가 보여준 사진 속 여성이었다. 그 때 알게 된 사실인데, 당시 박춘혜와 약혼했던 남자는 법과를 전공한 사람으로 결혼한 뒤 법관이 되어 청진재판소에서 근무하고 있었다. 윤혜원 씨가 직접 만나 보니, 박춘혜는 밝고 명랑하고 귀엽고 인품이 아주 좋은 이여서 "정말 오빠가 좋아할 만한 여자였다"고 생각되었다.

이런 숨은 이야기를 듣고 보면, 윤동주가 문제의 여름방학 전에 동경에서 강처중에게 보낸 시 가운데 마지막 작품인 「봄」을 새롭게 보게 된다. 「봄」은 윤동주의 시 중에서 파격적이라 할 만큼 화사하고 즐거운 분위기로 충만해 있다. 전기적으로 보아 별다른 계기도 없이 느닷없이 이렇게 밝은 작품이 튀어나왔다는 사실이 상당히 의아했는데, 이 '동경 여학생'의 일화가 그 의문을 풀어주었다.

봄

봄이 血管 속에 시내처럼 흘러
돌, 돌, 시내 가차운 언덕에
개나리, 진달래, 노오란 배추꽃

三冬을 참아 온 나는
풀포기처럼 피어난다.

즐거운 종달새야
어느 이랑에서나 즐거웁게 솟쳐라.

푸르른 하늘은
아른아른 높기도 한데……

결국 윤동주에게 동경은 한 남자로서도 잊지 못할 곳이 되었다. 그에게 순수하고 밝은 행복과 아프고 슬픈 그늘을 함께 겪게 만든 비운의 도시였다.

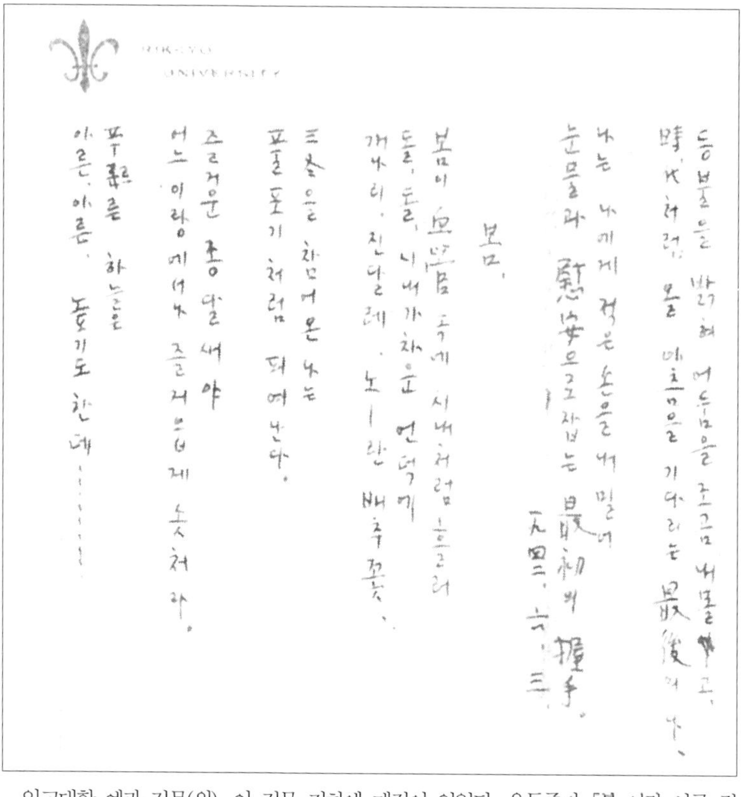

등불을 밝혀 어둠을 조금 내몰고,
時代처럼 올 아침을 기다리는 最後의 나,
나는 나에게 적은 손을 내밀어
눈물과 慰安으로 잡는 最初의 握手。
一九四二. 六. 三.

봄.

봄이 血脈 속에 시내처럼 흘러
돌, 돌, 시내 가차운 언덕에
개나리, 진달래, 노-란 배추꽃,
三冬을 참어온 나는
풀포기 처럼 피여난다。
즐거운 종달새야
어느 이랑에서나 즐거웁게 솟처라。
푸르른 하늘은
아른, 아른, 높기도 한데……

입교대학 예과 건물(위). 이 건물 지하에 매점이 있었다. 윤동주가 「봄」이란 시를 적어 서울의 강처중에게 보낸 편지지(아래)에 입교대학 마크가 찍혀 있는데, 여기서 편지지를 산 듯하다.

## 경도(京都) 동지사대학(同志社大學)으로 전학

윤동주는 1942년 가을학기가 시작되기 전에 경도로 옮겨갔다. 경도는 794년부터 1868년의 명치유신으로 수도가 동경으로 옮겨지기 전까지, 천여 년 동안 일본의 왕도(王都)였던 도시이다. 풍광이 아름답고 물이 맑고 교육기관들이 많았다. 국립대학으론 일본에서 동경제국대학(약칭 동경제대) 다음으로 설립된 경도제국대학(약칭 경도제대)가 최고의 전통을 갖고 있었지만, 사립으로는 동지사대학이 가장 유서 깊은 교육기관이었다.

윤동주는 이미 연전 시절에 이양하(李敭河) 교수에게서 이 도시에 대해 익히 들어왔을 것이다. 연전에서 그가 가장 존경했던 스승인 이양하 교수는 학창 시절 일본에 유학하여, 경도의 제3고등학교를 졸업하고 동경에 가서 동경제대 영문학과를 졸업한 뒤 다시 경도로 가서 경도제대 대학원을 수료했다. 고등학교와 대학원 시절 도합 6년을 경도에서 보낸 이양하는 '경도'란 도시에 대해 특별한 정서를 지니고 있었다. 그는 그것을 '그리움, 낯익음, 애달픔'이란 어휘로 표현할 정도였다. 그가 쓴 수필 「교오또(京都) 기행」에는 그가 지니고 있는 경도에 대한 애정이 애달프도록 연연하게 배어 있다. 이양하에 의하면, 경도는 "바다의 초록 물결이 바위에 부딪히고 물러가는 어느 순간 잠깐 보여주는" 그런 미묘한 연둣빛의 뉘앙스를 지닌 도시라는 것이다. "차를 타고 오노라면 이 땅(일본)의 하늘이 교오또 와서야 비로소 높아진다"면서 그곳 하늘과 물의 아름다움을 깊이 기렸다.

그렇다면 윤동주에게는 '경도'가 어떤 의미였던가.

그는 일찍이 동경에서 이런 절구(絶句)를 토로했다.

> 생각해보면 어린때 동무를
>
> 하나, 둘, 죄다 잃어버리고

윤동주가 공부했던 동지사대학 건물. 동지사대학에는 명치시대 초기의 건축양식을 보여주는 아름답고 장엄한 건축물들이 있다. 윤동주가 이 학교를 다니던 무렵에는 사상범죄에 대한 감시의 눈이 더 매서워지고 있었는데 윤동주는 오히려 민족의식을 더욱 공고히 하고 우리 문화를 보존하고 더 발전시키려는 노력을 기울였다.

나는 무얼 바라

나는 다만, 홀로 沈澱하는 것일까?

당시 경도에는 그가 잃어버린 '어린 때 동무' 중 하나인 송몽규가 있었다. 그리고 이제 그들은 경도에서 다시 만났다.

그러나 문제는 당시 세월이 살벌한 전시였다는 것이었다. 일본 치안 당국은 1941년 3월에 벌칙을 강화해서 개정, 공포한 '치안유지법'과 동년 12월에 공포한 '언론, 출판, 집회, 결사 등의 임시 단속법' 등 각종 가혹한 법률을 내세워 이른바 '사상범죄'의 적발과 예방에 혈안이 되어 있었다.

이런 시점에서 1935년의 낙양군관학교행 이래 일본 특고경찰의 블랙리스트에 올라 늘 감시당하고 있던 송몽규와 자주 접촉하며 의기투합했다는 것은 윤동주 스스로 특고경찰의 감시체제 속으로 걸어 들어간 것이었다. 윤동주의 일생에서 '경도'라는 도시가 차지하는 위상이 바로 여기 존재한다.

동지사대학 학적부에서 시인의 자취를 찾아보자.

윤동주는 1942년 10월 1일자로 문학부 문화학과 영어영문학 전공(선과)에 편입학하였다. 그로 보아 편입시험은 8월이나 9월에 있었을 것이다. 한편 입교대학 학적부에는 1942년 12월 19일에 '일신상의 사유로 퇴학'했다고 기록되어 있다. 퇴학 날짜 기록이 부정확하다.

동지사대학은 1875년에 설립되었다. 입교대학과 마찬가지로 미션계다. 그러나 소속 종파는 달라서 개신교 조합교회파에 속한다. 학과 중에 신학과가 있어서 일본 기독교계 인물들을 많이 배출했다. 대학 채플 건물은 명치 초기에 지은 장엄하고 아름다운 건축물로서, 현재 일본의 국보로 지정되어 있다. 1930년대에만 해도 일본 전국에서 두 대밖에 없었던 파이프 오르간 중 한 대가 그 건물에 설치되어 있었다.

조합교회는 16세기의 유명한 종교개혁가 캘빈의 종교개혁으로 인해 시작되었다. 같은 미션계라 해도 대학이 소속된 교파의 성격을 따진다면, 북간도에서 자라던 어릴 때부터 장로교 교인이었던 윤동주에게는 성공회 소속의 입교대학보다 훨씬 낯익고 편안했으리라.

입교대학과 동지사대학은 학제의 형태가 크게 달랐다.

입교대학은 학년제이다. 그래서 학적부도 아예 1학년, 2학년, 3학년 식으로 구분되어 학년별 강좌 명칭과 성적을 기록하도록 칸이 나뉘어 있다. 현재 우리나라 대학의 학적부와 같은 형식이다.

그러나 동지사대학은 아주 달랐다. '학년'의 개념이 아예 존재하지 않았다. 그래서 학적부에 학년 구분이 없었다. 수강과목은 전공에 따라 필수과목, 선택과목, 공통특수강의, 수의과목(隨意科目) 등으로 크게 구분된다. 그리고 거기에 해당하는 여러 강좌의 명칭들이 평점란과 함께 주욱 열거되어 있을 뿐이다.

1941년에 동지사대학을 졸업한 정대위 박사는 동지사의 학제에 관해 이렇게 증언했다(그는 예과 2년, 학부 '신학 전공' 3년, 도합 5년을 다녔다).

> 예과의 교육이란 순전히 외국어 훈련을 중점적으로 하고 있었다. 하루에 다섯 시간 강의가 있다면 어떤 날은 그 다섯 시간이 모두 영어였다. 교수의 이름을 따서 시바다 영어니 미나미이시 영어니 등등으로 불려졌다. (중략)
>
> 학부에 진학하는 때에는 아예 학년이란 것이 없어진다. 막연히 과정이란 것이 있어서 몇 년째 재학 중이란 것이 있기는 하지만 학년을 무시하고 누구나 제가 원하는 강좌를 선택할 수 있어서 자기의 과정표는 자기가 짜는 방식이었으므로 클래스에 들어가보면 상급생 하급생의 구별이 전혀 없었다. 그뿐 아니라 일반대학 내에 설정되어 있는 학과이면 자기 필수를 선택할 것을 전제로 해서 무엇이든지 자유로 선택해서 공부할 수 있었고, 마음껏 청강할 수 있었다. 지금 유럽이나 미국에 있는 대학들보다 오히려 더 여유가 있었다고 보여진다. 그러므로 나는 이러한 혜택을 마음껏 누릴 수 있었다. 그래서 나는 철학과와 영문과가 병설한 고전 희랍어 강좌도 택했다. ……그뿐 아니다. 나는 영문과에서 개설한 신문학(新聞學) 세 강좌를 모두 들었다.[8)]

윤동주가 경도에서 살았던 곳은 '좌경구(左京區) 전중고원정(田中高原町) 27. 무전(武田 : 일본어 발음은 다께다) 아파트'. 송몽규의 하숙집은 '좌경구(左京區) 북백천(北白川) 동평정정(東平井町) 60번지 청수영일(淸水榮一) 방'으로서 두 집 사이는 도보로 5분 거리였다.

이취향 씨는 윤동주가 살았던 아파트 자리와 통학로도 답사하여 이렇게 기록했다.

> 교오또 시의 북동, 左京區 田中高原町은 낡은 집들이 남아 있는 수택가이다.

8) 정대위, 『노닥다리 초록 두루마리』, 종로서적, 23~24쪽.

윤동주가 살고 있었던, 같은 町 27번지의 다께다(武田) 아파트는 지금 어떻게 되었을까. 그 동네의 노상에서 노부인에게 물어보았다.

"다께다 아파트? 아, 있었습니다. 하지만 화재로 타버려 지금은 없구먼요."

아파트가 있었다는 장소를 물어 걸어보았으나 확실치 않다. 몇 사람에게 물어보고 나서야 아파트의 소유자였던 다께다 씨의 딸(이라고 해도 이미 노부인)이 근처에 살고 있다는 것을 알고 만나볼 수 있었다.

다께다 아파트는 1936년에 세워졌다고 한다. 교오또(경도)대학과 도오시샤(동지사)대학 학생 70명을 입주시킨 큰 아파트로서, 벽돌조의 정문 둘레와 중앙의 정원이 특색 있었다. 정원에 새를 기르고 화단을 만들고, 그 정원을 목조 2층 건물로 둘러싼 '현대식 아파트'였다고 한다. 전쟁이 격심해진 후 이 아파트는 다께다 씨의 소유에서 어떤 회사의 기숙사로 되었다. 그리고 1944년인가 1945년에 불이 나서 전소하였다고 한다. (중략)

그 집터는 지금 교오또 예술短期대학이 되어 있었다. 집터로 미루어보면 상당히 큰 아파트이던 것을 알 수 있다. (중략) 아마도 윤동주는 죠오꼬우꾸 미마데가와(上京區 今出川)의 도오시샤대학까지 걸어서 다녔을 것이며, 그렇다면 가모노오오하시(加茂大橋)를 건너는 것이 그의 통학로였으리라. 날씨가 좋으면 이 다리에서 히에이산(北叡山)이 잘 보인다.9)

윤동주가 사는 아파트에서 출발하여 동지사대학까지는 대략 3,500 미터 거리, 도보 통학에는 다소 먼 거리이다. 가는 도중에 북백천(北白川), 압천(鴨川) 등의 개울이 가로로 흐르고 있기에 선택하는 코스에 따라 건너야 할 다리가 둘이 되기도 하고 셋이 되기도 한다. 산책을 즐기는 그의 성미에 맞춘 듯 가는 길 도처에 절, 신사, 고궁 등이 산재해 있다. 동지사대학만 해도 옛 궁궐인 경도 어소(御所)와 경도 굴지의 큰 절인 상국사(相國寺)를 앞뒤에 두었다.

그리고 무엇보다도 압천이 있다. 경도시를 남북으로 관통하며 흐르는 압

9) 伊吹鄉, 「時代의 아침을 기다리며」, 『문학사상』, 1985.4, 351~352쪽.

천을 그는 등하굣길에 매일 건넜다. 이 냇물이 그가 일찍이 소년 시절에 깊이 심취했었던 정지용의 그 유명한 시 「압천」에 나오는 바로 그 '압천'이 아닌가.

鴨川

鴨川 十里ㅅ벌에
해는 저물어…… 저물어……

날이 날마다 님 보내기
목이 자졌다…… 여울 물소리……

찬 모래알 쥐여 짜는 찬 사람의 마음.
쥐여 짜라. 바시여라. 시언치도 않어라.

역구풀 욱어진 보금자리
뜸북이 홀어멈 울음 울고,

제비 한쌍 떠ㅅ다,
비마지 춤을 추어.
수박 냄새 품어오는 저녁 물바람.
오랑쥬 껍질 씹는 젊은 나그네의 시름.

鴨川 十里ㅅ벌에
해가 저물어…… 저물어……

자신이 갖고 있는 『정지용 시집』에 있는 이 시의 여백에다가 윤동주는 붉은 색연필로 '걸작(傑作)'이라고 써놓았다. 그만큼 매혹된 것이다. 그뿐 아니라 습작 시절에는 「압천」의 기법과 이미지를 모방해서,

> 하로도 검푸른 물결에
>
> 흐느적 잠기고…… 잠기고……

로 시작되는 「황혼(黃昏)이 바다가 되어」<1937.1>라는 시를 써보기도 했다. 바로 그 '압천'이 이젠 그의 일상으로 들어왔다.

10월 1일부터 동지사대에 다니기 시작한 윤동주는 석 달 후에 닥친 겨울방학에 북간도의 집에 다니러 가지 않고 그대로 경도에 머물렀다. 사는 도시도 다니는 대학도 모두 옮긴 지 얼마 안 되니 적응하기 위해 그대로 머무른 것인가. 그러나 다시 생각하면 4월에 시작된 지난 학기에는 일본에 처음 온 것임에도 불구하고 7월에 여름방학을 맞아 귀향했던 것으로 보아 단순히 그런 것만도 아닌 것 같다. 그보다는 고향의 부친이 동북제대가 아닌 동지사대로 전학했다고 매우 노여워하고 계셨던 것 때문에 가서 뵙기가 어려웠던 것일 수도 있다. 또 내성적인 그로서는 불과 몇 달 전 여름방학에 갔을 때 집안 어른들께 꺼내놓았던 '결혼 이야기'의 실패로 입은 상처도 그가 귀성 대신 일본의 썰렁한 하숙방에 머물게 한 원인이 되었을 듯하다.

윤동주의 생일은 12월 30일이다. 호주인 할아버지가 장로인 골수 기독교 가정의 장손이겠다, 북간도 고향집에 있다면 크리스마스와 신정 사이에 낀 그의 생일은 흥성흥성한 분위기 속에서 푸근하게 치러졌으리라. 동경에 있던 당숙 윤영춘은 귀성 도중에 경도에서 내려 윤동주와 섣달 그믐날과 새해 첫날을 같이 보내며 즐겼다. 일본에서 윤동주가 자유로운 몸으로 보낸 최초이자 최후의 겨우살이 모습이니, 그때에 관한 윤영춘의 회고담을 그대로 옮겨본다.

그해(1942년) 겨울 섣달 그믐날, 귀가 도중에 나는 교오또에 들렀다.(필자 주 : 동주와 함께) 밤늦게 거리에 나가서 야시장의 노점에서 파는 오뎅과 삶아놓고 파는 돼지고기와 두부·참새고기를 실컷 먹었다. 그날 밤 집에 돌아와 밤이 깊도록 시에 대한 이야기로 일관했다. 독서에 너무 열중해서 얼굴이 파리해진 것을 나는 퍽이나 염려했다. 6조 다다미 방에서 추운 줄 모르고 새벽 두 시까지 읽고 쓰고 구상하고…… 이것이 거의 그날그날의 과제인 모양이다. 그의 말을 종합해보면 프랑스 시를 좋아한다는 이야기와, 프랑시스 잠의 시는 구수해서 좋고 신경질적인 장 콕토의 시는 염증(厭症)이 나다가도 그 날신날신한 맛이 도리어 매력을 갖게 해서 좋고, 나이두의 시는 조국애에 불타는 열성이 좋다고 하면서, 어떤 때는 흥에 겨워서 무릎을 치기도 했다.

그 다음날인 새해 첫날, 우리는 비파호(琵琶湖)로 산책을 떠났다. 교오또의 그 높은 봉을 케이블카에 앉아 넌지시 넘어서 비파호에 이르렀다. 풍경이 하도 좋아 내가 연방 감탄사를 섞어가며 떠들어도 동주는 이에 대한 반응이 더디었다. 시 한 편이 되어 나오기에 전심령을 집중시켜 부심하고 있다는 것을 그 당장에서 나는 알았다.10)

1983년판 윤동주 시집에 기록된 연보에는 이때 윤영춘과 송몽규까지 셋이서 비파호를 구경한 것으로 되어 있는데, 그것은 잘못된 것이다. 당시 송몽규는 북간도로 귀향해서 경도에 없었다. 윤동주로서는 처음 경도에서 보낸 겨울방학인데 심정적으로 매우 외롭고 고달팠을 것이다.

1943년이 밝았다. 이 해에 동지사대학에서 공부한 봄학기가 윤동주가 살아서 보낸 최후의 학창생활이 되었다. 윤동주가 동지사대학에서 공부한 시기는 1942년 10월부터 12월까지의 가을학기와 1943년 4월부터 7월까지의 봄학기, 그렇게 두 학기였다. 동지사대학은 '학년' 개념이 아예 없는 대학이었

10) 윤영춘, 「명동촌에서 후쿠오카까지」, 『나라사랑』 23집, 외솔회, 110~111쪽.

기 때문에, 학업관계는 수강과목으로만 따지게 된다. 그가 동지사대학에서 수강한 과목은 모두 5과목으로, '필수과목' 4과목과 '공통특수강의' 1과목이었다([ ]안은 담당 교수의 성. 아라비아 숫자는 성적 점수).

· 필수과목

영문학사[勝田] : 65
영문학연습[瀧山] : 85
영작문[瀧山] : 80
영작문[南石] : 73

· 공통특수강의

신문학(新聞學) : 75

윤동주가 수강한 과목 중 필수과목에 속한 강좌들의 내용이 어떠했는지를 대략 알려주는 자료가 있다. 일본인으로서 한국문학을 연구하면서 특히 윤동주에 관한 연구와 자료 조사에서 큰 성과를 거둔 이취향(伊吹鄕, 이부끼 고우) 씨가 조사해낸 자료이다. 그는 윤동주가 다니던 무렵에 같이 영문과를 다녔던 동지사대학의 O교수를 만나 다음과 같은 사실들을 알아냈다. 아쉽게도 O교수는 윤동주를 기억하지 못하더라고 한다.

> 가쯔다(勝田) 교수의 영문학사는 셰익스피어나 키츠의 작품을 소개하며 작가의 개성, 인품도 언급하는 강의였다고 한다. 가쯔다 씨는 1944년 3월에 퇴직, 그 후의 소식은 모른다고 한다. 다끼야마(瀧山) 교수는 18세기 영문학(데포)이 전문인, 박학의 인사였다고 하는데, 이미 고인이다. 미나미이시(南石) 교수도 이미 고인인데, 독학인 그는 독실한 크리스천으로서 도오시샤(同志社)교회의 장로였다.11)

---

11) 伊吹鄕, 「時代의 아침을 기다리며」, 『문학사상』, 1985. 4, 353쪽.

윤동주의 전공이 영어여서 그가 선택한 필수과목은 모두 영어였다. 그 외에 그가 선택한 공통특수강의 과목이 신문학(新聞學)이었다. 그것은 정대위 박사가 자신도 선택했다고 기술한 바로 그 강좌로서, 매스컴에 대한 윤동주의 관심을 드러낸다.

# 제 9 장 체포, 재판, 복역, 옥사

체포 – 사상범으로 피체

고희욱(高熙旭)의 증언

고희욱의 피체

빠삐용처럼 살았던 검사국 감옥의 독방

일본 '특고경찰'의 기록

'송몽규 자수설'은 사실인가

재판 – 경도지방재판소의 '판결문'들

선고형량에 대한 고찰

복역 – 복강(福岡)형무소

옥사(獄死) – 아, 1945년 2월 16일!

# 체포, 재판, 복역, 옥사

## 체포—사상범으로 피체

1943년 7월.

일본의 7월은 무덥다. 대학마다 4월 초에 시작한 봄학기를 7월 중순에 마무리하고 여름방학에 들어간다. 지난 겨울방학을 경도에서 혼자 보낸 윤동주는 이번 여름방학에는 북간도로 귀성하기로 했다.

그러나 봄학기 마무리와 귀성 준비가 겹쳐서 몹시 바빴던 7월 14일, 돌연 그는 특고(特高 : 사상범죄 전문인 일본경찰의 특수조직) 형사에게 체포되었다. 체포된 그는 하압(下鴨)경찰서 유치장에 구금되었다. 나중에 안 바지만, 송몽규는 그보다 나흘 앞선 7월 10일에 먼저 체포되었다.

윤동주가 체포되던 무렵에 고향에서는 어떻게 지내고 있었는가. 그 이야기부터 윤혜원 씨를 통해 알아본다.

윤동주는 1943년 여름에 방학을 앞두고 고향의 부친에게 편지를 보내왔다. "귀향 여비를 부쳐주십시오"라는 요청과 "돈이 도착되는 대로 곧 출발하겠습니다" 라는 말이 덧붙여져 있었다.

"아버지는 물론 그 편지를 받자마자 곧 돈을 부쳤지요. 그리고 그때 이미 무슨 좋지 않은 예감이 있으셨던 모양이에요. 돈 부쳐놓고는 괜히 집 안팎을 들락날락하시면서 초조하게 오빠를 기다리시는 거예요."

— 그럴 만한 무슨 낌새라도 있었던가요?

"글쎄, 나야 모르죠. 그저 아버지가 그렇게 초조해하시는 걸 본 것뿐이니까. 아마 무슨 별다른 낌새가 있어서라기보다, 그때 시국이 굉장히 험하고 불안했었고, 아버지는 신문이랑 많이 읽어 그런 상황들을 알고 계셨으니 그런 데서 오는 거지, 달리 낌새가 있어서 그런 건 아니었을 거예요."

매우 험난한 시국이긴 했다. 그 전해인 1942년부터 상황은 심각한 악화일로였다. 신사참배문제, 『성서조선』지 사건 등 특히 기독교인들이 검거되는 사건들이 잇따랐다. 5월에는 일본 각의가 '조선에도 징병제를 실시'하기로 결의했다. 군국주의체제를 더욱 공고히 할 사명을 띠고 소기국소(小磯國昭)가 남차랑의 후임으로 제 8대 조선총독부 총독으로 부임한 것도 같은 달이다. 6월에는 '세브란스의전'이 총독부에 의해 '욱(旭)의전'으로 개칭되었고, 8월에는 '연전'이 총독부에 아예 접수되었다. 10월에는 '조선어학회사건'이 터졌다. 윤동주의 연전 은사 최현배 선생을 위시한 이윤재, 이희승…… 등 저명한 한글 학자들이 대거 구속되었다(신문 받던 중 이윤재, 한징 두 학자는 고문으로 옥사했다).

유럽에서 벌어진 연합국 대 추축국 간의 대전쟁은 북아프리카로까지 번져서 독일의 롬멜과 영국의 몽고메리의 사막전 공방이 전개되고, 한편으로는 소련 영토도 전장으로 변해 스탈린그라드 공방전이 진행되었다. 태평양을 무대로 미국과 일본 간의 싸움이 계속되었고, 중국 본토에서는 일본군에 밀려 오지인 중경으로 천도한 장개석의 중국 정부가 계속 항전하고 있었다. 우리 대한민국 임시정부도 장개석 정부를 따라서 중경에 가 있었고 서안, 부양 등지에 자리 잡은 소규모 광복군 지대들을 중국 정부 지원으로 유지하며 독립전쟁에 대비한 훈련을 받게 하고 있었다.

1943년 3월 1일에는 그동안 징병 대상에서 제쳐놓았던 조선인들도 전장으로 끌어내는 '징병제'가 법령으로 공포되었다. 8월 1일부터 시행하기로 시행일이 확정되어 있었다.

이처럼 심각한 상황이었기에 동주의 부친이 일본에 나가 있는 아들이 무사히 돌아오기를 기다리느라 그처럼 초조했을 것이다. 당시 그의 부친은 동주에게 돈을 보내놓고는 돈이 일본에 도착될 기간과 그 돈을 받고 출발해서 북간도에 도착할 시일을 따져서 그의 도착 예정일을 추정해놓았다.

> 그리곤 그것만으로도 부족해서 나중에는 날 보고 도착 예정일에 대어 두만강 건너에 있는 상삼봉역까지 오빠를 마중하러 가라고 하시더군요.

상삼봉역은 거기서 기차를 갈아타고 북간도로 들어오게 되는 국경 관문과도 같은 곳이었다. 그때 윤혜원 씨는 용정의 명신고녀를 졸업하고 집에서 지내고 있었다. 아버지 분부대로 상삼봉까지 기차를 타고 가서 서울 쪽에서 오는 기차가 도착하는 시간마다 역에 나가서 목을 늘여 기다렸다. 그러나 오빠는 오지 않았다. 그곳에 있는 오촌 친척집에 묵으면서 기차역에 자꾸 나가보던 어느 날, 용정에서 그 집으로 아무런 설명 없이 그저 "혜원이를 속히 집으로 돌려보내라"는 연락이 왔다.

이상하게 생각하며 집으로 돌아가보니, 윤동주와 송몽규가 일본에서 함께 일경에 체포되어 갇혀 있다는 소식이 와서 온 집안이 발칵 뒤집혀 있었다. 이내 알게 된 것이지만, 당시 윤동주는 차표를 예매하고 짐까지 수하물로 부쳐놓은 상태에서 체포되었다.

일본에서 아들이 일경에 체포된 것으로 인해 부친이 받은 충격은 대단했다. 그는 다년간 포목상, 회사원, 양계업 등으로 직업을 바꿔가면서 교회에는 출석하지 않고 지냈는데, 이때부터 다시 교회에 나가기 시작했다.

1943년 7월에 윤동주는 왜 일경에 체포되었는가?

해방 뒤 유족들은 '조선독립운동' 때문이었다고 밝혔다. 그 주장이 그대로 받아들여지다가 1970년대 후반에 그에 대한 반론들이 쏟아졌다.

"윤동주가 체포된 일이 과연 유족들이 주장하는 대로 독립운동 때문이었는가? 학생이기만 했던 그가, 더구나 조용하고 내성적인 성품이라던 그가, 과연 독립운동이란 혐의로 일경에 체포될 만큼의 일을 벌였겠는가?"

이런 의견들이 우리 문학계에 강력하게 대두했다. 특히 문학지인 『문학사상』 1976년 4월호의 윤동주 특집에서는 대다수 논자들이 그런 의견을 강력하게 펼쳤다. 순수한 문학청년으로 서정시를 쓰다가 일제의 과잉 단속에 잘못 걸려들어 불운한 희생을 당했으리란 주장들이었다. '죽는 날까지 하늘을 우러러 한점 부끄럼이 없기를 잎새에 이는 바람에도 괴로워'했던 시인 윤동주가 일본의 감옥에서 옥사한 지 30여 년 만의 일이었다.

유족들은 그때까지 "윤동주는 '조선독립운동'이란 죄목으로 체포되어 재판받고 복역하다가 옥사했다"고 주장해왔으나, 이렇듯 검은 뭉게구름처럼 일어나는 회의와 불신 앞에 속수무책이었다. 윤동주가 옥사했을 때 유해를 가지러 일본 복강(福岡)감옥까지 갔다가 온 집안 어른들이 돌아와서 전했던 말을 기억하고 있는 것일 뿐, 구체적인 증거가 전혀 없었기 때문이다.

그런데 그로부터 1년 반쯤 후, 기적적으로 그 '증거'들이 백일하에 나타나서 유족들의 증언이 진실이었음과 함께 사건의 전모를 밝혀주었다. 뒤늦게 공개된 과거 일본 정부 극비문서들인 『특고월보(特高月報)』(일본 내무성 경보국 보안과 발행의 특고경찰 기록) 1943년 12월치와, 『사상월보(思想月報)』(일본 사법성 형사국 발행의 법원 기록) 제109호(1944년 4・5・6월치)에 그 사건 관계 기록들이 들어 있었다.

'경도에 있는 조선인 학생 민족주의 그룹 사건'.

이것이 일경이 윤동주 관계 사건에 붙인 명칭이었다. 『특고월보』에 실린 일경의 취조문서에서 윤동주의 혐의가 '조선독립운동'이란 것이 확증되었다. 또한 '사건의 중심인물은 송몽규이고 윤동주가 그에 동조했고, 이 사건으로 검사국(요즘의 검찰청)에 송국된 사람은 송몽규, 윤동주, 고희욱 3인이었다'는 등 사건의 전모와 경찰 수사 종결의 결과가 밝혀졌다.

아이러니한 것은 윤동주의 경도 생활의 실제 모습과 당시 우리 민족문화가 처한 처참한 상황에 대해 그가 지녔던 비탄과 그가 실행한 대응 양상을 가장 생생하게 전해주는 것이 바로 일본 정부의 문서들이란 것이다. 그를 검거했던 특고경찰의 취조문서와 그를 재판한 재판소의 판결문은 윤동주의 경도 생활의 한 면을 적나라하게 적시해 놓았다. 그걸 보면, 가장 문제가 된 송몽규와의 관계 외에도 그가 자신의 친구들을 대할 때마다 요샛말로 해서 '의식화 작업'을 계속했다는 사실을 알 수 있다.

윤동주가 송원휘충(松原輝忠, 창씨명. 본명과 신원은 불명)에 대하여 "조선 안의 학교에서의 조선어 과목 폐지를 논의하고, 조선어 연구를 권장하면서 우리나라 독립의 필요성을 강조"하는 등 "민족의식 유발(誘發)에 부심(腐心)하고," 장성언(張聖彦, 동지사대 영문과 2년 선배)과 접촉하면서 "1942년 10월 1일에 총검거가 시작된 '조선어학회사건'을 두고 안타까워하고 그의 민족의식을 강화할 수 있도록 자기가 소장한 『조선사개론(朝鮮史槪論)』 책을 빌려주는 등, 한민족으로서의 민족의식과 문화를 유지하고 앙양시키려고 애썼다"는 일본 정부 문서의 기술을 보면, 윤동주가 지녔던 올곧은 민족주의자로서의 면모가 뚜렷하게 드러난다.

특고경찰의 신문을 거쳐서 검사국에 넘겨진 '사건 관련자 3인'은 그 후 어떻게 되었을까?

3인 중 송몽규와 윤동주는 해방 전에 일본 복강감옥에서 나란히 옥사했다. 남은 사람은 『특고월보』의 기록으로 비로소 사건 관련 사실과 함께 그의 존재가 세상에 알려진 고희욱. 사건 당시 그는 경도의 제3고등학교(약칭 삼고) 3학년에 재학 중인 학생이었다.

고희욱은 그 후 어떻게 되었을까?

살아 있다면 사건 관련자들의 체포 상황과 취조 관계를 증언해줄 수 있는 유일한 인물인 그의 생사 여부 및 신원 파악을 위해 필자는 어느 해 여름을 꼬박 소비한 일이 있다.

먼저 일본 경도대학 대학원 연구원인 염곡명구(鹽谷明久) 씨에게 도움을 청해서 경도대학에서 고희욱 씨의 제3고등학교 학적부 사본을 떼어(주 : 일본의 패망 이후 제3고등학교는 경도대학 교양학부로 흡수됨) 고희욱 씨의 부친 성명을 확인하는 것에서부터 시작된 작업이었다. 당시 호주였던 그의 부친의 성명을 확인함으로써 그의 호적을 찾고, 호적에서 현주소를 추적했다.

고희욱 씨는 살아 있었다. 드디어 서울 홍은동에 있는 그의 집 대문 앞에서서 문패에 쓰인 그의 이름을 읽으면서 희열을 느꼈던 기억이 새롭다. 유일한 생존자인 그를 만나서 일본 기록만으로는 알 수 없었던 체포 때의 상황과 감옥생활에 대한 이야기를 들음으로써, 비로소 민족시인 윤동주가 당시에 겪었던 상황과 고통을 간접적으로나마 생생하게 확인할 수 있었다.

## 고희욱(高熙旭)의 증언

### 1 고희욱의 신분

고희욱은 1921년생. 송몽규, 윤동주와 함께 일경에 체포된 1943년에는 22

살의 한창나이였다.

그 사건은 송몽규 씨가 일경의 '요시찰인'이었기 때문에 일어났던 거였어요. 그 사람을 일경이 철저하게 감시하고 있는 걸 모르고 같이 '우리 민족의 장래'니 '독립운동'이니 하는 이야기들을 나눴거든요. 나중에 보니 일경이 그걸 모조리 엿듣고 미행하고 해서 사건을 만들었더군요.

고희욱 씨는 이렇게 입을 열었다.

그렇게 시작된 사건인데, 송몽규 윤동주 두 분은 결국 옥사했고 난 살아남았지만 역시 큰 손해와 지장을 받았어요. 6개월 이상 갇혀 있었고 그 때문에 삼고에서 낙제했고, 그 이후 '요시찰인'이라 해서 해방될 때까지 늘 일경의 감시 속에서 숨막힐 듯한 압박감을 느끼며 살았습니다.

그가 경도에 간 건 1941년 초였다고 한다. 그 전해에 서울의 경기중학교를 졸업했다.

졸업 후 경성제대 예과에 응시했는데 1차 학과시험엔 붙고 웬일인지 2차 면접에서 떨어졌어요. 그래서 그땐 그걸 '낭인(浪人)'이라고 했는데, 요샛말로 해서 '재수생'이 된 거지요. 그때 참 무섭게 공부를 했습니다. 이왕 재수한 바에야 경성제대보다 더 나은 데 가자, 는 오기가 생기더군요. 그래서 다음해 2월에 생전 처음으로 일본에 건너가 삼고의 입학시험에 응시해서 합격했어요.

일본은 명치유신 이래 '고등학교'란 학제를 만들었다. '인생 전반에 대한 교양의 바탕이 없는 학문 추구는 편파적이 될 수밖에 없으니, 고등학교에서 교양과목을 이수하여 인격적인 바탕을 만들게 하고, 그 위에다 대학의 전문

지식을 쌓게 한다' 는 구상이었다.

그래서 교명을 숫자로 붙여나가는 국립고등학교가 일본 전국 8군데에 세워졌다. 동경의 제1고, 선대의 제2고, 경도의 제3고……하는 식으로 제8고등학교까지 있었다. 그 외엔 개인이 설립하여 각기 소재하고 있는 도시의 이름을 딴 산구(山口), 웅본(熊本), 희로(姬路), 복강(福岡) 등의 사립 고등학교가 있었다. 이런 고등학교들의 입시 경쟁은 늘 치열했다. 일반 사립대학은 몰라도 '제국대학'이란 이름이 붙은 대학에 가려면 '소학교 6년, 중학교 5년, 고등학교 3년' 과정을 거치는 게 정통 코스였다.

고등학교 중에서도 동경의 일고와 경도의 삼고가 특히 명문 중의 명문으로 꼽혔다. 그 학풍이나 분위기에 있어, 동경의 일고는 관료적이며 권위주의적인 동경제대와 흡사했고, 경도의 삼고는 자유롭고 인본주의적인 성향의 경도제대와 비슷했으며, 마찬가지의 성가(聲價)를 누렸다. "삼고생이라면 애꾸라도 딸을 준다"는 속언이 있을 만큼 일본 사회에서 일고생과 삼고생을 높이 평가했고, 그들 자신의 프라이드와 엘리트의식도 대단했다.

> 이제 와서 돌아보면 내 일생에서 최고로 순수하게 기뻤던 순간이 바로 삼고 합격 소식을 들었을 때예요. 정말 인생의 꽃과도 같았던 시절이었지요. 삼고 출신이라면 일생이 보장되다시피 했던 사회 분위기 속에서 정말 열심히들 공부했어요.

그는 밝은 미소를 지으며 이야기했다.

> 삼고는 정말 좋은 학교였어요. 학생들은 실력뿐만 아니라 집안배경도 저마다 대단했고, 당시의 그 지독한 군국주의 치하에서도 학문 자체를 지상과제로 삼던 자유로운 학풍도 아주 좋았지요. 교시(校是)가 단 한 마디 '자유'였어요. 학교 기숙사 이름도 '자유료(自由寮)'였고……. 그 분위기를 단적으로 보여주는 것이 학

고희욱의 삼고(三高) 시절. 특고에 체포되었다가 기소유예로 풀려난 후 복학했기 때문에 한 학년 아래였던 김태길 교수와 동급생이 되었다. 맨 왼쪽이 김태길(전 서울대 교수). 그 옆이 고희욱. 고희욱은 일본 사회에서 "삼고생이라면 애꾸라도 딸을 준다"는 말까지 있을 만큼 높이 평가된 명문인 삼고에 다녔던 때를 자신의 인생에서 가장 빛났던 시기로 추억했다.

교 교가예요. 제목조차 '슬슬 걸어 돌아다니며 부르는 노래'라는 뜻인 「소요(逍遙)의 가(歌)」인데 내용이 이렇거든요.

붉게 타오르는 듯한 동산의 꽃이여
새파랗게 황홀한 언덕의 빛이여
경도의 꽃계절에 노래 읊으면
달빛도 그윽하다 요시다(吉田)산

요시다는 학교 근처의 산으로, 학교 일대의 지명 역시 요시다였지요. 학생들은 "삼고생은 일본 최고의 수재인 엘리트 집단"이라는 지의식이 매우 강해서, 서로를 아주 존중했어요. 그래서 삼고생이면 조선인이라 해도 전혀 차별대우가 없었어요.

고희욱은 철원의 큰 지주집 장남으로 1921년에 태어났다. 할아버지 고운하(高運河)는 개화 초창기에 일본에 유학하여 명치대 법과를 졸업하고 귀국하여 개성군수와 판사를 거쳐 변호사로 활약했다. 아버지 고홍권(高洪權)은 경성의전을 나와 개업하고 있는 의사였다. 매우 부유하고 인텔리인 집안 출신이었다.

그는 고향 철원에서 철원공립보통학교를 나와 서울 경기중학교에 진학했고, 경도의 삼고에 유학하여 일본 최고 수준의 엘리트 코스를 밟고 있는 중이었다. 동경제대 진학을 목표로 밤낮을 가리지 않고 공부하는 한편, 특별활동으로 요트부에 가입하여 때로 비파호로 배를 저으러 다녔고, 2학년 여름방학 때는 삼고 친구들과 만주 신경을 거쳐 하얼빈을 돌아보고 금강산까지 답파하는 젊음을 구가하며 학창 시절을 즐기고 있었다. 그런 그의 젊은 일상의 어느 날, 돌연 송몽규가 뛰어들어 예정된 인생 코스를 왈칵 헝클어놓았다.

송몽규와의 인연은 그가 하숙하고 있던 경도 좌경구 북백천의 한 이층집에 어느 날 경도제대 학생인 송몽규가 입주하는 데서 시작되었다. 그의 하숙집과 삼고는 불과 1,500 미터 가량의 거리. 경도제대는 삼고와 길 하나를 사이에 두고 마주보고 있었다.

당시 일본의 하숙은 현재 우리의 하숙과 달랐다. 방만 제공하고 식사는 각자 밖에 나가 먹었다. 그들이 있던 하숙집의 구조는, 방마다 스팀이 들어오고 차를 끓여 마실 수 있게 가스 시설과 세면을 위한 수도시설이 방안에 구비되어 있었다. 그래서 같은 하숙집에 있다 해도 일부러 찾지 않으면 며칠씩 만나지 못하는 수도 있었다.

## 2 고희욱의 피체

1943년 7월 14일에 고희욱은 체포되었다. 일경 문서에서 밝혀진 바이지만, 윤동주가 체포된 것도 바로 그날이었다. 그의 체험담에서 윤동주의 체포 상황 역시 유추할 수 있다.

> 당시는 태평양전쟁이 발발한 후라 모두 전시체제에 돌입한다 해서, 삼고 역시 3년제의 학제가 2년 6개월제로 바뀌었어요. 그래서 7월에 졸업시험을 치르게 됐지요. 체포된 날은 마침 1주일간 계속된 졸업시험이 끝나기 바로 전날이었어요. 아침에 등교 준비를 하고 있는데 형사들이 들이닥치더군요.

형사는 "세면도구 갖춰가지고 나와 함께 가자"면서 연행하려 들었다. 영문을 몰라 이유를 묻는 그에게 아무런 설명이 없었다. 어쨌든 시험 종료일을 단지 이틀 남겨놓은 때라서, "무슨 영문인지 모르겠으나 가자면 가겠다. 다만 내일까지만 기다려 달라. 졸업시험을 오늘과 내일 이틀만 더 치르면 끝나는데 그 시험을 마저 못 치르면 졸업하지 못하게 된다"고 사정했으나 거절당하고 그대로 연행되었다.

경찰은 그를 구금한 뒤 아무런 조치도 없이 며칠간 두었다. 그는 잡혀온 영문을 모르는 것과 졸업시험문제로 미칠 듯 초조했다. 그런데 드디어 취조실로 불러내더니 대뜸 "송몽규를 아느냐?"고 물었다. '그렇구나!' 하는 생각이 퍼뜩 머리를 스쳤다. 자신이 체포되기 며칠 전부터 하숙집에서 송몽규의 모습이 전혀 보이지 않았는데 그는 졸업시험에 바빠서 별로 마음을 쓰지 않았다. 그때야 비로소 그렇다면 송몽규는 자신보다 며칠 전에 잡혔고 자신도 그와 관련해서 '사상문제'로 얽혀들었다는 생각이 들었다(사건 기록에서 밝혀진 바 송몽규의 체포일은 7월 10일이었다).

그동안 송몽규와 더불어 "조선의 독립"이니 "조선 민족의 민족의식을 각성시키기 위한 문화운동"이니 하는 문제들을 놓고 의견을 나누면서, 자신은 앞으로 연극 분야에 투신해서 연극을 통한 민족문화운동을 해보고 싶다는 포부를 밝히기도 했던 것이 떠올랐다.

일경의 취조에 대해 그는 처음에는 묵비권을 행사하려고 했다. 그러자 취조관은 일련의 서류를 내보였다. 그것은 놀랍게도 거의 1년 가까이 미행하고 엿들어서 작성해놓은 기록이었다. 어느 달 어느 날은 몇 시에 하숙방 불이 꺼지고, 어느 날 어느 식당에서 송몽규와 윤동주와 고희욱 세 사람이 만나서 함께 회식을 했다든가, 어느 날은 몇 시까지 송몽규의 방에서 어떤 내용의 이야기를 그와 나누었다든가, 하는 식으로 소상히 적힌 것이었다.

여기서 잠시 이야기를 돌려서 고희욱 씨가 기억하고 있는 윤동주에 관한 추억을 들어본다.

> 윤동주 씨는 송몽규 씨의 소개로 알게 되었지요. 그렇기는 하나 별로 가깝게 지내진 않았어요. 공부하느라고 서로들 바빴고 집도 떨어져 있고 학교도 달랐으니까요. 송몽규 씨가 윤동주 씨를 만나러 갈 때 함께 가서 시내 식당에서 서너 번 식사를 같이하면서 대화를 나눈 기억이 있어요. 서로 그런 정도의 인연밖에 없는 사이였는데도, 각자 송몽규 씨와의 친분과 인연으로 해서 한 사건에 얽혀들은 거지요.

그러면서 고희욱 씨는 덧붙여 말했다.

> 그땐 윤동주 씨가 시를 쓰고 있다는 것도 몰랐고, 더구나 후일에 그렇게 유명한 시인이 되리라곤 짐작조차 못 했어요. 지금도 그분의 젊은 시절 모습이 생각나는군요. 조용하고 미남형인 남자로 깨끗한 인상이었지요. 1미터 75센티 정도의 나나 송몽규 씨보다 약간 작은 키였구요.

그는 송몽규에 대해선 이렇게 술회했다.

마른 체격에 흰 얼굴, 목소리는 다소 쉰 듯한 음색이었어요. 온화하고 침착한 면이 있으면서도 한편으론 정열적이었지요. 퍽 공부를 많이 했고…… 한마디로 전형적인 '창백한 인텔리'의 인상이었어요. 우리 한민족을 항상 염두에 두는 민족주의적인 색채가 아주 농후했던 사람이었지요.

이야기는 다시 일본 경찰의 고희욱 체포 당시로 돌아간다.

취조관은 송몽규를 감시하여 작성해놓은 서류를 내놓으면서 "송몽규는 요시찰인이기 때문에 그간 줄곧 감시하고 있었다"고 밝혔다. 그걸 보고 나니 그는 더 이상 묵비권을 행사할 엄두가 나지 않았다. 그래서 도리 없이 취조에 응했다. 고문은 별로 받지 않았다. 한번은 손을 뒤로 묶어 매달은 뒤 고문하려 들었으나 그 이후론 그런 일이 없었다. 이왕 그런 서류가 있는 걸 본 후라서 순순히 이야기했기 때문이다.

송몽규와 윤동주의 취조문서와 판결문에는 이들 3인 외에 더 많은 사람들의 이름이 등장한다. 백인준(白仁俊), 송산용한(松山龍漢. 주 : 조선인 학생의 창씨명. 본명 및 신원 불명), 송원휘충(松原輝忠. 주 : 위와 같음), 장성언(張聖彦) 등. 당시 일본 경찰의 수사 관행으로 보아 이들도 모두 연행되어 취조 받았을 것으로 짐작된다. 그러나 5개월에 걸친 특고경찰의 취조 끝에, 1943년 12월 6일 검사국으로 넘겨진 사람은 송몽규, 윤동주, 고희욱 3인이었다.

### 3 빠삐용처럼 살았던 검사국 감옥의 독방

경찰에서 취조 받고 있을 때에는 유치장에 잡범들과 같이 있었다. 물론 사건 관련자는 서로 격리시켰기 때문에 누가 어디에 있는지 몰랐다. 단지 취조받을 때 돌아가는 이야기에서 송몽규와 윤동주가 같이 들어와 있는 건 알았다. 그들 외에 취조문서에 등장하는 다른 인물들과는 전혀 면식조차 없는 처지였다.

경찰서에서 검사국으로 넘어가자 수감 형태가 달라졌다. 검사국 감방은 독방이었다. 구조도 경찰서 유치장처럼 한 면이 철창으로 되어 복도와 트여 있는 것이 아니라, 사람을 집어넣고 문 닫아걸면 4면이 모두 밀폐되는 방이었다. 천장에 전등불이 켜 있으며 건물 외벽 쪽의 벽 꼭대기에 작은 창이 있어서 그리로 햇빛이 약간 들어왔다. 구석에는 나무로 만든 변기통이 있었다.

복도 쪽의 닫힌 문에는 아래와 중간쯤에 조그만 구멍이 둘 있어 각기 문이 달렸는데, 아랫것은 밥 들이미는 구멍이고 윗것은 들여다보고 감시하는 구멍이었다. 마치 영화 「빠삐용」에 나오는 독방과 흡사한 구조인데, 한 가지 다른 점은 「빠삐용」에 나오는 독방엔 비록 널빤지로 만든 것이지만 침대가 놓여 있는데 이쪽은 그런 것이 없었다는 점이다.

식사는 거의 깡보리밥에다가 단무지 몇 쪽, 묽은 된장국 한 그릇이 하루 세 끼 나왔다. 독방에 갇혀서 사람 구경을 못 하기 때문에, 사람과의 대화라고는 하루 세 번 밥 가져다 주는 사람이 왔을 때 밥을 받으며 "고맙소"라고 하는 말 정도였다. 책은 볼 수 있었다. 검사국 도서관에 종교서적들이 비치되어 있어서 신청하면 빌려주었다.

경찰서에서건 검사국에서건 체포된 이후로 윤동주는 한 번도 본 일이 없고, 송몽규와는 검사국 복도에서 딱 한 번 마주친 적이 있다. 검사국에 넘어간 지 근 두 달 만에 처음으로 검사가 불러서 검사실에 가는데, 송몽규는 검사실에 먼저 불려갔다가 돌아가는 길이었다. 그는 고희욱을 보자 미소를 지어 보였다. 아무런 티도 없이 그저 맑은 미소였다. 처음 체포되었을 때엔 처벌에 대한 공포와 특히 자신이 '요시찰인'임을 밝히지 않았던 송몽규에 대한 원망을 가졌었으나, 당시엔 이미 모든 것을 체념하고 나서 차라리 편안한 마음이었으므로 송몽규를 향해 마주 부드럽게 웃을 수 있었다.

그때 송몽규의 미소짓던 그 맑던 얼굴이 두고두고 생생했다. 이쪽에도 호송인이 딸렸고, 저쪽에도 호송인이 딸려서 말은 한 마디도 나누지 못했다. 결국 그것이 최후로 본 송몽규의 얼굴이었다.

검사는 취조에서 그에게 별다른 걸 묻지 않았다. 그저 주소, 성명, 경찰에서 한 진술이 사실인가 하는 여부를 확인하는 정도였다. 검사는 자기가 삼고 선배임을 비치기도 했다. 그는 이튿날 검사가 다시 불러서 석방을 통고하는 순간까지, 자신이 그렇게 풀려날 것은 꿈에도 생각지 못했다. 기소유예로 풀려나며 다른 사람들은 어떤 처분을 받았는지 알아볼 수 없었다. 그가 풀려난 날은 1944년 1월 19일. 체포된 지 6개월 6일 만이었다.

고희욱은 석방되자 하숙집으로 돌아갔다. 한여름인 7월에 체포되어 만 6개월간의 감옥살이를 하고 나서 계절이 두 번 바뀐 한겨울에야 떠났던 자리로 돌아왔다. 하숙집에 가보니 자신의 방과 물건은 그대로 보존되어 있었다. 구금되어 있던 그 장기간의 부재에도 불구하고 물건을 치우고 방을 비워서 다른 하숙생을 받지 않은 것이다.

돌아온 그를 보고 하숙집 안주인이 "죄송하다"고 극구 사과했다. "그동안 특고경찰이 송몽규와 고희욱을 감시하고 그들이 같이 이야기를 할 때면 몰래 엿들었는데, 그런 사실을 절대 알리지 말라고 엄명하는 바람에 알려주지 못했노라"고 했다.

그런데 그때부터 그에게도 늘 특고의 감시가 따르기 시작했다. 그가 어디로 거처를 옮기건 간에 어찌 그리 귀신같이 연락이 되는지 꼭 형사가 먼저 나타났다. 그것이 해방될 때까지 계속되었다. 이젠 그도 '요시찰인'이 되어 있었던 것이다.

삼고의 졸업시험을 다 못 치른 채 체포된 바람에, 그는 '낙제'로 처리되어 있었다. 본국의 고향집에 다니러 갔다가 돌아와서 그는 다시 3학년을 다니기 시작했다. 그때 다시 다닌 3학년 학급의 급우 중에 서울대 철학과 김태길 교수가 있다. 그는 삼고를 졸업한 후 동경제대 영문과에 진학했다. 삼고 다닐 때 영어 교수가 "이 학급에서 3년 내내 영어 독해에 올 A를 맞은 유일한 학생이 바로 고희욱이다"라고 칭찬했을 만치 그는 영어에 취미도 있고 잘하기도 했다. 동경제대 영문과로 진학하긴 했으나 1945년 태평양전쟁의 막바지에 접어들어 미국 비행기의 일본 본토 공습이 치열해지자 그는 학업을 중단하고 귀국했다.

8월에 드디어 해방이 되었다. 어딜 가나 형사가 감시하는 눈초리를 늘 의식하면서 "이 생활을 어찌 해내나" 하는 견딜 수 없는 압박감에 시달리던 그는, 해방을 맞아 마치 온몸에 날개가 돋은 듯한 느낌이었다. 심신이 자유롭기 그지없어 그저 훨훨 날아다니는 듯한 기분이었다.

그는 서울대학교 영문학과로 전학해서 학업을 계속했다. 졸업할 때의 논문지도교수는 이양하 교수였는데, 그는 삼고와 동경제대 영문과 선배이기도 했다. 영문으로 작성했던 그의 졸업논문 제목은 「자연시인으로서의 워즈워스」였다.

그것은 송몽규로 인해 걸려들었던 사건이 그의 인생에 얼마나 큰 영향을 끼쳤는지를 다시 한 번 보여주는 대목이다.

워즈워스라면 "어린이는 어른의 아버지……" 하는 시 구절로 유명한 영국의 자연파 시인이다. 그가 워즈워스에게 흥미를 느낀 것은 검사국 감옥의 독방생활 때였다. 거기선 각종 종교서적들만 비치해놓고 빌려주었기에 그저 하루종일 종교서적만 읽으면서 살았다. 그래서 신약성서도 서너 번 되풀이해서 통독했고 특히 스스끼 다이세쓰란 일본 사람이 쓴 불교서적을 많이 읽었다. 그런데 스스끼가 그의 저서 가운데 많이 인용했던 것이 워즈워스였다. 그걸 읽으면서 흥미를 크게 느꼈다.

워즈워스는 범신론자이며 자연 찬미가로서 동양사상적인 바탕을 가진 시인이었고, 섭리를 존중하는 자연파 시인이다. 그래서 당시 젊은이들의 일반적인 사고 취향에는 전혀 어울리지 않았고 특히 유물사관론자들이 몹시 비웃기까지 한 시인이었다. 그런데도 워즈워스에게 감명을 느끼고 졸업논문의 주제로까지 삼게 된 것은, 오로지 그때의 감옥생활 탓이었다.

## 일본 '특고경찰'의 기록

윤동주를 체포하고 취조한 것은 경도 하압(下鴨)경찰서의 '특고형사'들이었다. 하압경찰서는 윤동주가 거주했던 지역 일대의 관할 경찰서였다.

'특고형사'들이란 일본 내무성 경보국 산하의 '특고' 조직에 소속된 형사들을 말한다. 보통 '특고경찰'이라고 했다. '특고경찰'이란 것은 '特(別)高(等)경찰'의 준말로서, 사상범죄를 다루는 특수경찰조직이었다.

'특고'는 1911년에 처음으로 일본 경시청에 설치되었다. 그런데 일본 정부는 1925년에 공포된 '치안유지법'을 1928년 6월 29일에 더 가혹하게 개정했고, 7월 3일에는 치안유지법 위반 범죄를 다룰 특고 조직을 대대적으로 확장했다. 일본 전역의 현 단위 경찰서에까지 '특고경찰'을 두었다. '치안유지법'과 '특고경찰'은 이처럼 쌍생아 같은 존재였다.

특고경찰들은 어느 특정 경찰서 소속으로 되어 있다 해도 해당 경찰서 서장의 지휘를 받지 않았다. 중앙집권적 체제로 구성되어 있는 특고 내부 조직 자체의 지휘체계 아래 뛰었다. 특고요원의 임명과 면직 관계는 물론, 활동비와 기밀비까지 직접 특고조직의 중앙에서 관리했다.[1] 그들은 『특고월보(特高月報)』라는 내부 기관지도 극비문서 형태로 월간으로 발행했다. 그달 그달, 특고 조직이 다룬 사건 중에서 조직의 주의를 환기시킬 만한 문제점을 갖고 있는 사건들의 개요와 내용, 처리 결과 등을 정리하여 게재했다. 특고의 활동에 참조하기 위한 것으로서, 그들 조직 내부에서만 보았다.

한마디로 해서 '특고'는 구조적으로는 일반경찰조직에서 아예 분리된 특수조직이었다. 그 기능과 구조가 우리나라 유신시대의 중앙정보부와 비슷했다. 이들의 세도는 나는 새도 떨어뜨린다고 했다. 잔학한 고문도 서슴지 않았다. 그러한 특수 구조에서 오는 특권의식이 작용해선가, 일반경찰에 대해

1) 松尾洋, 『治安維持法と 特高警察』, 東京 教育社, 131쪽.

서 그들 나름의 엘리트 의식까지 지녔었다.

해방 30여 년 만에 윤동주가 체포된 사건의 진상이 처음으로 밝혀진 것은 바로 그들의 『특고월보』 때문이었다. 과거 일본 정부의 극비문서들이 공개됨에 따라 『특고월보』도 공개되어 자료집으로 일반에게 제공되었다. 그 속에 들어 있던 그 사건 관계 기록을 일본 국회도서관 사서인 우치향의(宇治鄕毅) 씨가 발견했다. 특고는 이 사건에다 '재(在) 경도(京都) 조선인 학생 민족주의 그룹 사건'이라는 명칭을 붙였다.

우치향의 씨는 동지사대학 출신으로 그 대학 출신 한국 문인들에 대해 깊은 관심을 갖고 연구하고 있는 분이다. 그는 『특고월보』의 사본을 윤일주 교수에게 전해주었고, 윤일주 교수는 『문학사상』 1977년 12월호 지상에 다음과 같이 그 기록을 소개했다.

새로 發見된 資料
殉節의 詩人 尹東柱에 대한 日本 '特高警察' 嚴秘記錄

『特高月報(특고월보)』 1943년 12월분 번역문에 관하여

번역에 있어서, 일본 소화(昭和) 연대는 서기로 고치고, 일제 때 창씨개명하였던 이름들은 본명으로 고쳐놓았다(일제 말, 고향집에서는 강압을 못 이기고 또한 윤동주, 송몽규의 일본 유학 도항증의 편의를 위하여, 각기 平沼, 宋村 등으로 '창씨개명'한 바 있다).

그 밖에 확실시되는 오식(誤植)을 바로잡은 이외에는 원문에 충실하였다.

번역은 정병욱(鄭炳昱) 교수가 담당하였고, 그에 대한 주(註)는 윤동주 시인의 친동생인 윤일주(尹一柱) 교수가 담당하였다(필자 주 : 해당 번역문에 한자가 너무 많이 쓰여서 본서에서는 한자를 한글로 바꿈).

『특고월보』 1943년 12월분 (내무성 경보국 보안과 발행)

재 경도 조선인 학생 민족주의그룹사건 책동 개요

(조선인운동의 상황 제3항)

(1) 만주와 조선에서의 책동

중심인물인 송몽규[2]는 만주국 간도성 연길현 지신촌 명동둔에서 출생하여 만주에 있는 은진중학교 및 국민고등학교[3]에서 중등교육을 마쳤다. 그 후 서울의 사립연희전문학교 문과를 졸업하고 1942년 경도제국대학에 입학하여 면학 중에 있는 자이다. 그는 만주에 있을 때로부터 민족의식이 농후하여 중국에 있는 불온한 조선인 단체와도 관련을 맺고 있었다. 즉 만주의 은진중학교 재학 당시에 동교 교사 명희조[4]로부터 민족의식을 계몽받았고 1935년 4월 은진중학교 3학년 때 19세의 나이로 당시 남경에 잠복하고 있던 조선독립운동단체인 김구 일파를 찾아가 독립운동에 참가할 목적으로 동년 11월까지 그곳에서 교육을 받았다. 그러나 김구 일파의 내부사정으로 말미암아 목적달성이 어려울 것을 알게 되자 다시 제남시에 있는 이웅이라는 독립운동자를 찾아가 함께 독립운동을 펴려고 하였으나 사찰(査察) 당국의 압박으로 목적을 이루지 못하고 1936년 3월 출생지의 부모 곁으로 돌아왔다.

그 후 아버지와 큰아버지의 권유로 영사관 경찰 대랍자 분주소[5]에 자수하여 본적지 웅기경찰서에서 심문을 받고 석방되는 등 투쟁 경력을 가진 자이다. 그런 후에도 여전히 조선독립이라는 불온사상을 버리지 않았다. 그는 남경과 제남에 있을 때에 김구파와 김원봉파가 대립 항쟁하는 것을 보았기 때문에 조선민족의

2) 송몽규는 윤동주의 고종(고모의 아들)으로서 두 분은 명동소학교, 은진중학교 하급반, 연희전문 등에서 함께 공부하였다. 송몽규가 과격하고 행동적이라면 윤동주는 온순하고 침착한 성격을 갖고 있었다.

3) '국민고등학교'는 만주제국 교육제도에 의한 중학교를 말함이나 송몽규는 그 제도 이전의 용정 대성중학교를 졸업하였다.

4) 명희조 씨는 동경제대 출신으로서 은진중학교에서 동양사, 한국사, 한문 등을 가르치며 학생들에게 민족의식을 고취하신 분이다.

5) '영사관 경찰'은 간도 용정에 있었던 주 청국(후 중국 → 만주국) 일본 영사관을 말하며 재만한인의 사찰은 산하 경찰에서 했었다.

최대 결점은 지방적 편견과 당파심이 강함으로 단결심이 약할 뿐더러 문화 수준이 낮은 데 있다고 판단하였다. 그리고 이러한 결점 때문에 왕년의 만세사건이 단순한 충동적인 감정으로 시종(始終)하였고 급기야는 실패하고 말았다고 보아 조선독립을 위해서는 이러한 민족의 결점을 시정하고 문화 수준의 향상을 도모하여 민족의 고유문화를 유지 향상시켜 민족의식을 함양함으로써 조선독립의 기운을 조성시키는 일이 선결 문제라고 확신하기에 이르렀다. 그리하여

1937년 5월경, 간도성 용정가에 있는 윤동주의 집을 비롯하여 다른 곳에서도 은진중학교 재학 당시로부터 사상적으로 서로 공명했을 뿐 아니라 꼭 같이 민족의식이 두드러졌던 윤동주와 회합을 했고,

조선의 독립을 위해서는 조선문화의 유지 향상에 힘쓰고 민족적 결점을 시정하는 데 있다고 믿고 스스로 문학자가 되어 지도적 지위에 서서 민족적 계몽운동에 몸바칠 것을 협의했고,

조선문학을 연구하여 조선문학자가 되려면 서울에 있는 연희전문학교가 가장 적합하다고 믿어, 1938년 4월에 윤동주와 함께 연희전문학교에 입학했으나, 당시 정부가 추진하던 동화(同化) 정책의 강화로 말미암아 조선의 각급 학교에서 조선어 수업이 폐지되고 일본어 사용을 장려하기에 이르자 이러한 정책이 조선문학을 필연적으로 소멸시키고 말 것이며 이렇듯 조선의 고유문화를 말살시키는 일은 조선민족을 멸망시키고 말 것이므로 어떤 일이 있어도 민족문화를 유지 향상해야 한다고 믿고,

1939년 2월경, 연희전문학교의 동급생인 윤동주·백인준·강처중 등 수명과 함께 조선문학의 동인지를 출판할 것을 모의하여 동년 8월에 이르기까지 학교 기숙사 또는 다방에서 수차에 걸쳐 민족적 작품의 합평회를 열어 서로 민족의식의 앙양과 조선문화의 유지에 힘썼고,

그 동인지의 간행이 불가능하게 되자 연희전문학교 동창회지 『文友(문우)』[6]

6) 『文友』誌는 연희전문학교의 동창회지가 아니라 문과의 잡지였다. 송몽규와 윤동주는 연희 졸업 무렵 『文友』에 각기 시 작품을 발표한 바 있다.

의 간사가 되어 윤동주를 권유하여 뜻을 함께함으로써 조선문화의 유지와 민족의식의 앙양에 힘썼다.

이리하여 송몽규는 1942년 3월 연희전문학교를 졸업하자 조선독립을 위해서 자신이 민족문화를 연구하려면 다만 전문학교 정도의 문학 연구로서는 부족하다고 보아 다시 조선의 역사적 지위를 명확하게 하고 보다 더 깊이 조선문학을 연구함으로써 민족의 특성을 유지하는 데에는 대학에서 공부를 계속할 필요가 있다고 믿어 문학과 역사를 연구하기 위하여 1942년 4월에 경도제국대학 문학부 사학과에 입학하여 줄곧 조선의 독립을 궁극의 목표로 삼아 세계사와 문학을 연구함과 아울러 민족문화의 유지에 힘써왔다.

한편 윤동주는 연희전문학교를 졸업한 후 동경으로 와 법정대학 청강생[7]으로 면학하다가 1942년 9월 경도에 있는 동지사대학 문학부 선과[8]에 입학하여 줄곧 송몽규와 긴밀한 연락을 취하면서 경도에 있는 조선인 학생들을 충동하고 있었다.

⑵ 경도로 온 이후 책동

위의 두 사람은 1941년 12월 8일 태평양전쟁이 일어나자 전쟁의 종국에 가서는 반드시 일본이 패전할 것이라 망단(妄斷)하고 일본의 국력이 피폐한 틈을 타서 조선독립의 여론을 환기시켜 민중을 봉기케 하여 일거에 독립을 완수시킬 것을 의도하여 경도에 있는 조선인 학생 수명을 지목하여 충동함으로써 동지를 얻는 데 노력한 결과 제삼고등학교 학생인 고희욱[9]을 얻어 1942년 10월경부터 금년(1943년) 7월경까지 경도의 시내 각처에서 3명이 가끔 회합하여 민족의식의 앙양 내지는 구체적인 운동방침 등에 관하여 협의해왔던 바 이제 그 주요한 사항을 적기(摘記)하면 다음과 같다.

7) '법정대학 청강생'은 입교대학 선과생의 잘못이다. 윤동주는 당시 입교대학 영문과에 다녔었다. 현재 입교대학 학적부에 증거가 남아 있다.
8) '選科.' 일본의 대학에서 당시 조선의 전문학교의 자격을 인정치 않고 그 출신자는 동등한 입시를 거쳐 같은 강의를 받아도 선과라는 이름으로 구별했었다.
9) 본문 말미의 기록대로 서울 계동 14의 18에 본적을 둔 고희욱 씨는 이 자료의 발견으로 처음 드러나는 분이다. 그의 신원, 생사 여부 등 밝혀져야 할 것이다.

(가) 조선의 현황을 보건대 제 나라 말도 글도 쓸 수 없게 되어 조선민족은 바야흐로 멸망하기에 이르렀다. 우리는 조선인이라는 의식을 잊지 말고 조선 고유의 문화를 연구하고 조선문화의 유지 향상을 도모하는 것이 민족적 문화인의 사명이다. 조선민족은 결코 열등민족이 아니고 문화적으로 계몽만 하면 고도한 문화민족이 될 것이다. 문화적으로 깨이고 민족의식을 자각하기에 이르면 조선의 독립은 가능한 것이다.

(나) 민족의식의 계몽은 문화의 힘에 의지할 것인바, 연극·영화 등은 효과적이기는 하나 장소적인 제약을 받기 때문에 문학작품, 특히 대중문학에 의존하는 것이 가장 감화력이 크고 또한 아무런 제한이 없이 영향력도 크기 때문에 이 방향으로 노력해야 한다.

(다) 조선도 '대동아 공영권' 속의 약소민족으로 해방되어야 한다. 그러나 이를 위해서는 조선민족의 민족적 결점이 시정되지 않으면 안 된다.

(라) '대동아 공영권'의 일원으로서 조선이 독립해야 하는 것은 일본의 역사적 필연성이다. 그러나 그렇게 되려면 조선민족이 문화적인 자각을 가지고 적극적으로 독립을 요망하지 않으면 안 된다. 조선독립의 선결 문제는 민족의 문화 수준의 향상에 있고 그 책임은 우리들에게 있다.

(마) 조선의 독립 목적을 달성하기 위해서는 어디까지나 조선의 민족문화를 死守해야 한다.

(바) 대동아(태평양)전쟁의 강화조약에 즈음하여 조선의 독립 문제가 반드시 조건으로서 제기되어야 한다. 만일 제기되지 않더라도 일본의 국력이 약해지거나 또는 일본이 패전하는 기회를 타서 독립운동을 전개시키면 조선인은 모두 궐기할 것이다. 그때에 조선 출신 군인들도 큰 구실을 해야 할 것이며 우리들도 목숨을 바쳐 궐기해야 한다.

(사) 독립봉기가 일게 되면 조선인인 이상 거족적으로 결합할 것이기 때문에 구태여 동지 획득을 서두를 필요는 없다. 동지 획득에 관해서는 세심한 주의가 필요하다.

(아) 독립 후의 정치 주권자는 누구가 될 것인가 하는 것은 얼마 동안 군인 출신의 독재 정치에 맡겨야 한다.

(자) 경도에 있는 조선인 학생 백인준, 송산용한[10] 등에 대하여 가끔 민족적 선동 계몽을 수행했다.

(차) 학교에서의 조선어 수업 폐지와 한글로 된 신문 잡지 등의 폐간은 조선 문화 즉 고유한 민족성을 말살하고 조선민족을 멸망케 하려는 것이므로 어떤 일이 있어도 조선문화의 유지에 힘쓰지 않으면 안 된다.

(카) '내선일체(內鮮一體)' 정책은 일본 정부의 조선민족 회유 정책으로서 조선민족을 기만하고 민족문화와 민족의식의 소멸을 꾀함으로써 조선민족을 멸망시키려는 것이다.

(타) 조선문화를 유지하고 민족의식을 앙양하려면 민족의 고유문화를 역사적으로 연구하여 체계화할 필요가 있다. 독일에서는 휘이테라는 대학교수가 '국민에게 고한다'라는 강연을 하여 국민정신을 진작시켰고, 이탈리아에서는 마티니라는 사람이 『청년 이탈리아』라는 저서를 써서 국민의 자각을 불러일으켰다고 한다. 조선독립을 위해서도 이러한 민족의 나아갈 길을 연구하고 조선민족의 결점을 시정하지 않으면 안 된다.

(파) '대동아 공영권' 이론은 동아(東亞)의 각 민족으로 하여금 제가끔 그 자리를 얻게 하는 것이기 때문에 조선도 독립을 할 가능성이 충분히 있다. 다만 조선민족 자신이 조선독립의 의식을 보이고 독립 후의 정치도 자주적으로 실천하려는 의도를 표명하지 않으면 안 된다.

10) 창씨명 송산용한 씨에 대하여는 본래의 성과 신원 등 불명이다.

(3) 송국(送局)[11] 피의자

| 검거월일 | 송국월일 | 본적 주소 | 직업 | 씨명<br>연령 |
|---|---|---|---|---|
| 七, 十四 | 十二, 六 | 본적 함북 경흥군 웅기읍 웅상동 四二二<br>주소 경도시 좌경구 북백천 동평정정 六〇 | 경대문학부<br>사학선과생 | 宋村夢奎<br>(二七) |
| 七, 十四 | 十二, 六 | 본적 함북 청진부 포항정 六七<br>주소 경도시좌경구전중고원정二七무전아파트 | 동지사대문<br>학부선과생 | 平沼東柱<br>(二六) |
| 七, 十四 | 十二, 六 | 본적 경기도 경성부 계동정 十四의 一八<br>주소 경도시 좌경구 북백천 동평정정 六〇 | 제삼고교생 | 高嶋熙旭 |

이상과 같은 일본 특고경찰의 취조문서 공개는 엄청난 사회적 반향을 일으켰다. 최초로 민족시인 윤동주 체포사건의 전모를 극명하게 밝혀준 문서인 동시에, 일제시대에 체포된 우리 독립운동가들에 대한 취조문서들 중에서 한민족의 굳센 기개를 매우 당당하고 의연하게 드러낸 장렬한 사례에 속했기 때문이다. 위의 기록을 토대로 하여, 이제 윤동주의 체포에 관해 추적해 본다.

우선 '체포 날짜'에 대해 명확하게 확인할 필요가 있다. 『특고월보』에 있는 송국피의자 명단에는 송몽규, 윤동주, 고희욱 3인이 모두 1943년 7월 14일에 검거된 것으로 되어 있다. 그러나 뒤에 기술할 송몽규의 판결문이 실려 있는 『사상월보(思想月報)』의 기록에는 송몽규는 7월 10일, 윤동주와 고희욱은 7월 14일에 검거된 것으로 되어 있다.

어느 것이 정확한가. 『사상월보』의 기록이다. 그것은 정식 재판을 거친 후에 나온 것으로서 문서 자체가 더 신빙성이 있다. 게다가 송몽규가 자신보다 며칠 전에 체포되었다는 고희욱의 증언으로 명확하게 뒷받침되기 때문이다.

---

11) '送局'이라 함은 경찰조사를 끝내고 검사국으로 넘어감을 말함이다. 이 피의자 표에 있듯이 세 분은 1943년 7월 14일 체포되어 동년 12월 6일 송국(송청)되었고 다음 해 6월까지 다시 미결수로 있다가 재판 결과 송몽규는 2년 6개월, 윤동주는 2년형의 선고를 받았다(고희욱 씨에 관하여는 아직 알 길이 없다).
이미 알려진 대로 후쿠오카(福岡)형무소에서 복역중, 윤동주는 1945년 2월 16일에 송몽규는 같은 해 3월 10일(필자 주 : 실제로는 '3월 7일'에 옥사했음. 윤일주 교수의 오류임)에 각기 옥사하였다.

## '송몽규 자수설'은 사실인가

여기서 한 가지 검토하고 넘어갈 문제가 있다.

송몽규가 1936년 3월에 일본 경찰에 자수한 일이 있다는 『특고월보』의 기록이 과연 사실인가.

앞에서 보았듯, 『특고월보』에 실린 특고경찰의 취조문서에는, 독립운동하러 중국 낙양군관학교에 갔던 송몽규가 북간도로 돌아온 경위에 대해서 이렇게 기록되어 있다.

"……1935년 4월 은진중학교 3학년 때 19세의 나이로 당시 남경에 잠복하고 있던 조선독립운동단체인 김구 일파를 찾아가 독립운동에 참가할 목적으로 동년 11월까지 그곳에서 교육을 받았다. 그러나 김구 일파의 내부사정으로 말미암아 목적달성이 어려울 것을 알게 되자 다시 제남시에 있는 이웅이라는 독립운동자를 찾아가 함께 독립운동을 펴려고 하였으나 사찰(査察) 당국의 압박으로 목적을 이루지 못하고 1936년 3월 출생지의 부모 곁으로 돌아왔다. 그 후 아버지와 큰아버지의 권유로 영사관 경찰 대랍자 분주소에 자수하여 본적지 웅기경찰서에서 심문을 받고 석방되는 등 투쟁 경력을 가진 자이다."

중국에 갔다가 고향으로 돌아온 송몽규가 북간도에 있는 일본 영사관 경찰에 자수했다고 밝히고 있는 것이다.

그러나 관련 사료와 기록들을 엄정하게 검토한 결과, '자수설'은 전혀 사실이 아니었음이 드러났다. 근거는 다음 세 가지이다.

1) 『특고월보』에 실린 취조문서 기록은 송몽규가 '1936년 3월 출생지의 부모 곁으로 돌아왔다'고 했다.

그러나 일본 특고경찰이 1936년에 작성한 '선인(鮮人)군관학교사건 관계자 검거 일람표'에 따르면, 송몽규가 일경에 체포된 시간과 장소는 엄연히 '1936년 4월 10일, 제남'이다.[12] 북간도 대랍자에서 일경에 자수했다는 '1936년 3월 현재'에 송몽규는 자유로운 몸으로 중국 제남에 있었다.

2) 『특고월보』에 실린 취조문서 속의 '송몽규 자수설'이 부정확한 것임을 밝혀주는 일본 정부의 공식문서가 있다. 바로 송몽규에 대한 판결문이다.

뒤에 서술되는 바이지만, 『사상월보』에 실린 송몽규에 대한 일본 재판소의 판결문에는 송몽규가 "……다시 제남 소재의 조선독립운동단체 이웅 일파의 산하에 투신하는 등의 활동에 종사했기 때문에 1936년 4월경부터 본적지 웅기경찰서에 유치 취조를 받고"라고 적시되어 있다.

송몽규가 '1936년 3월에 북간도의 일본 영사관 경찰 대랍자 분주소에 자수'한 것이 아니라, 1936년 4월 10일에 제남에서 체포된 송몽규가 '1936년 4월에 본적지 웅기경찰서에 유치'되었음을 명백하게 밝힌 것이다. 유치(留置)라 함은 체포하여 경찰서 유치장에 구금한 것을 말하는 것으로서, 당시 일경은 외국에서 체포한 조선독립운동자들을 본적지 경찰서로 압송하여 유치장에 구금해놓고 취조했다.

그런데 송몽규에 대한 경도 재판소의 판결문 기록은 '선인군관학교사건 관계자 검거 일람표'에 기록된 체포 시기 및 정황과 정확하게 부합한다.

3) 송몽규가 일경에 의해 본적지로 압송되는 현장을 우연히 목격했던 송웅규의 증언 또한 '자수설'이 사실이 아님을 방증한다. 송몽규가 집안 어른들 권유에 따라 북간도에서 '자수'해서 웅기경찰서로 압송되었다면, 송몽규의 부친으로부터 웅기의 본가로 먼저 연락이 되어 압송 때부터 뒷바라지가 시작됐을 것이다. 그런데 실상은 전혀 그렇지 않았다. 웅기 본가의 사람들은 송몽규의 압송 현장을 우연히 보고 그가 일경에 체포되었음을 알았고, "송몽

---

12) 金正明 編, 「一九三六年の 在支不逞 朝鮮人の 不穩策動狀況」, 『朝鮮獨立運動 II』, 日本 原書房, 589쪽.
　이 자료에 기록된 일람표는 특고에서 낙양군관학교 사건 관련자들의 검거 상황 일체를 특별 정리한 것이기 때문에 가장 신뢰할 수 있는 사료이다.

규가 무슨 사건으로 체포된 것인지 전혀 몰라서 집안 어른들이 알아보느라고 애썼다"는 것이다.

그렇다면, 일본 특고경찰의 취조문서에 나와 있는 '자수설'은 어떻게 된 것일까.?

그것은 전에 중국 제남에서 일경에 체포되고 본국에 송환되어 구속되었던 전력(前歷) 때문에 요시찰인이 되어 늘 심한 시달림을 받던 송몽규가 다시 일경에 체포되자, '악질의 전과자'로서 가중 처벌되는 것을 피하려는 투쟁의 하나로서, 취조하는 특고경찰에게 "전에는 자수했었다"라고 거짓 진술을 한 때문인 것이라고 판단된다. 그러나 검사국에 넘어가서 신문 받을 때와 재판 과정에서는 그런 거짓말이 통하지 않아서, 판결문에는 당시의 일이 사실대로 기술된 것이라고 파악된다.

지금까지 드러난 자료들을 갖고 당시 사정을 재구성해보면 이렇게 된다. '요시찰인'인 송몽규를 일제의 특고에서 늘 감시하고 있었다. 날이 갈수록 시국이 험악해감에 따라 상대적으로 특고의 감시는 더욱 철저해졌을 것이다. 실제로 1943년 1월에 일본 내무성 경보국에서 산하 특고의 활동지침으로 내려 보낸 '치안대책요강'에는 이런 구절이 있었다.

> 내선계(內鮮系 : 조선인을 지칭함) 요시찰인에 대한 시찰 내정을 강화하는 것은 물론 특히 학생지식계급의 동향에 유의하고, 시찰 외 용의인물의 발견에 노력할 것. 특히 이들 분자의 모략 활동에 주의할 것.[13]

가뜩이나 촉각을 세우고 송몽규를 집중해서 감시하고 있는 판인데, 윤동주가 경도로 옮겨왔다. 그 후 그들의 잦은 만남에서 "조선독립을 위해서

---

13) 朴慶植 編,『재일조선인 관계 집성』, 삼일서방,『문학사상』1985년 5월호에 있는 伊吹郷의「時代의 아침을 기다리며」에서 재인용, 303쪽.

는……" 운운하는 화제가 자꾸 떠오르자 특고는 바짝 긴장한다. 그들의 만남에 고희욱이 끼이는 모습을 보고 특고경찰들은 더욱 촉각을 곤두세운다. 게다가 동경 입교대학에 재학 중인 백인준(白仁俊, 연전 입학 동기. 2학년을 마치고 일본으로 유학함), 또 송산용한(松山龍漢 : 본명 미상) 등등 조선인 학생들 여럿이 같이 어울리는 모습을 포착한다. 미행해서 엿들어보니 불온하기 짝이 없다. 결국 송몽규를 중심으로 치안유지법에 저촉되는 목적을 가진 불온한 '그룹'이 형성되고 있다고 판단한다. 특고가 붙인 사건 명칭이 '재경도 조선인 학생 민족주의 그룹 사건'인 것이, 그러한 특고의 관점을 반영한다.

특고는 이미 '내선계 요시찰인에 대한 시찰 내정을 강화하는 것은 물론 특히 학생지식계급의 동향에 유의하고…… 특히 이들 분자의 모략 활동에 주의할 것'이라는 지침에 따라 활동하고 있는 중이었다.

특고가 그처럼 '학생지식계급의 동향'에 관심을 쏟는 것은 당연했다. 일본은 제1차 세계대전 종전 직후인 1919년에 조선인 동경 유학생들 때문에 엄청난 낭패를 본 경험이 있기 때문이다. 1919년 2월 8일에 동경 유학생들이 발표한 세칭 '2·8 독립선언서'는 그 엄청난 3·1 독립만세운동의 직접적인 기폭제가 되었다. 그러니 특고경찰로서는 문제성 있는 조선인 유학생들 동향에 날카롭게 신경을 쓰지 않을 수가 없었다. 그들이 어떤 '모략 활동'을 펼칠지 몰라 줄곧 감시했다. 그 결과, 명백한 범죄집단이라고 판단되었다.

특고는 여름방학이 닥쳐오자 송몽규 및 그가 접촉하는 인물들이 귀성하기 전에 사건을 표면화하기로 결정했다. 그들은 7월 10일에 먼저 송몽규를 체포했다. 얼마나 은밀히 했는지 한집에 사는 고희욱도 눈치채지 못했다.

송몽규를 체포하면서 그의 방을 수색했을 것이다. 거기서 충분히 치안유지법 위반사건으로 엮을 수 있고 공소를 유지할 만하다고 판단되는 증거자료들이 나왔으리라.

그들은 7월 14일에 관련자들인 윤동주와 고희욱을 체포했다. 14일에 추가 체포된 사람이 윤동주, 고희욱 두 명뿐인지, 아니면 그 외에 더 있는지는 확실치 않다. 『특고월보』에는 검사국에 송국된 사람들에 관한 검거사항만 기재되어 있기 때문이다.

특고경찰 취조문서와 송몽규 윤동주 두 사람의 재판 판결문에 등장하는 이 사건 관련 조선인 유학생은 모두 7명이다. 그 중에서 검사국으로 송국된 송몽규, 윤동주, 고희욱 3인을 제외한 나머지 4명 — 백인준, 장성언, 송산용한, 송원휘충(松原輝忠, 창씨명. 본명 미상) — 역시 일단은 연행되었다가 취조받고 풀려났으리라는 것은 틀림없다. 특고의 수사 관행이 그러했다.

윤동주는 어떻게 연행되었을까? 필자의 생각으로는 고희욱과 비슷한 시간에 비슷한 형태로 연행되었으리라고 본다. 그런데 그에 관해 조금 색다른 증언이 앞에 소개한 이취향 씨의 글에 들어 있다.

> (여기까지 쓴 뒤에, 윤일주 씨의 사신(私信)으로 김일룡(金一龍) 씨의 일을 알았다. 윤동주 검거의 장면을 목격한 사람이 있었다. 당시, 도오시사(동지사)의 학생으로서 다께다 아파트의 동주 옆방에 하숙하고 있던 김일룡 씨인 것이다)
>
> 검거가 있던 날, 늦게 외출에서 돌아오니 동주의 방에서 욕지거리가 들리고, 형사 두 사람의 모습이 보였다. 동주는 몇 권인가의 책을 동여매고 있는 참이었다. 김씨는 세면실로 피하고, 잠시 후 동주가 연행된 후, 장성언 씨(판결문에 '白野聖彦'으로 적힌 인물)에게 연락하였다. 형사의 연령은 35세에서 40세 가량. 한 사람은 키가 작았다. 그 후, 김씨는 교오또(경도) 햐꾸만벤(百萬遍)의 거리 모퉁이에서 형사와 함께 걸어가는 동주의 모습을 목격하였다. 그때 동주는 조오리(일본 짚신)를 신고 있었다고 한다.[14)]

필자로선 김일룡 씨의 증언이 크게 의아하게 느껴진다. 특고로서는 당연히 고희욱보다 윤동주를 더 중시하고 경계했을 것이다. 그런데 김씨의 증언을 따른다면, 사리에 맞지 않는다. 같은 날 체포한 두 사람 중 고희욱은 이른

---

14) 伊吹郷, 「時代의 아침을 기다리며」, 『문학사상』 1985.5, 305쪽.

아침에 등교 준비를 하고 있을 때 찾아가서 체포하고, 보다 중요한 인물인 윤동주는 그냥 놔두었다가 "늦게 외출에서 돌아왔다"는 김씨가 목격할 만큼 늦은 시각에 가서 체포했다, 는 것이 되기 때문이다. 피의자를 검거할 때 심야나 이른 새벽에 조용히 덮쳤던 특고의 생리와도 어긋나고, 상식에도 어긋난다. 또 하나 특고에 연행되어가면서 윤동주가 조오리를 신고 갔다는 것도 의아하다. 산책 가는 길도 아니고, 경찰서로 연행되어가면서 과연 그런 슬리퍼 비슷한 신을 신고 갔을까? 혹시 딴사람을 잘못 본 것은 아닌지?

아무튼 윤동주의 체포에 관해 이런 증언도 있었다는 것을 기록해둔다.

윤동주가 일경에 체포되었다는 소식은 용정 집에 전보로 연락되었던 모양이다. 부친이 계산한 도착 예정일에 맞추어 상삼봉역으로 오빠 마중을 나가 있던 윤혜원 씨는 거기서 별로 오래 있지 않아 돌아오란 기별을 받았다. 윤동주가 일본에서 체포되었다는 소식이 오자 얼른 윤혜원 씨를 불러들인 것이다. 윤동주는 경도에서 차표를 예매하고 짐을 수하물로 먼저 부쳤다. 그래서 체포 소식이 온 후인데, 용정역에 짐이 도착했다는 연락이 왔다. 그러나 짐을 부친 증거가 되는 윤동주의 차표가 없어서 짐을 찾을 수 없었다. 그래서 윤동주의 짐은 용정역 창고에 한 달 이상이나 보관되어 있었다. 윤혜원 씨는 오빠가 체포되어 가뜩이나 속상한데다가 짐까지 그렇게 되어 더욱 속상하더라고 했다. 결국 후에 경도에 있는 친구가 편지 속에 넣어서 보내준 차표를 갖고 용정역에 가서 보관 연체료까지 물고서야 짐을 찾았다.

윤일주 교수는 용정 집에서 윤동주의 체포를 알게 된 상황을 가리켜, "며칠을 두고 마중을 나갔으나 끝내 오지 않고, 한 친구가 주선하여 보내준 편지와 차표로, 출발 직전에 경찰에 체포된 것을 알게 되었다. 그 차표로 짐을 찾았다"고 회상했으나(『나라사랑』 23집, 160쪽), 이 점에 대해서는 4년 연상인 누나 윤혜원 씨의 기억이 훨씬 상세하고 명확했다.

특고경찰에게 체포된 윤동주가 구금되었던 경찰서는 오랫동안 '압천(鴨川, 가모가와)경찰서'라고 알려졌었으나, 윤동주 연구자들이 실시한 현지답사를 통해 ‘하압(下鴨, 시모가모)경찰서‘였음이 밝혀졌다.

윤동주가 하압경찰서에 구금되어 있을 때 면회했던 사람은 2명, 그 무렵 동경에 있던 당숙 윤영춘과 소학교 동창이자 외사촌인 김정우이다. 친척에게만 면회를 허용했기에, 이들은 윤동주만 면회하고 돌아갔다. 송몽규도 이들과 인척(姻戚)이기 때문에 친척에 해당하나 ‘통방’을 우려했음인지 송몽규의 면회는 이루어지지 않았다.

윤영춘은 윤동주를 면회했을 때의 일을 다음과 같이 증언했다.

> 1943년 7월에 뜻밖에도 동주와 송몽규가 교오또(경도)경찰서에 검거되었다는 소식이 들려왔다. 이 소식을 들은 나는 부랴부랴 급행차로 교오또로 내려갔다. 당시의 일본은 식량 부족이어서 쌀은 겨우 배급으로 이어가는 터였다. 교오또에 가서는 쌀이 없으므로 밥을 차입시킬 수 없을 것을 염두에 두고 불가불 도오꾜오(동경)에서 쌀을 구해가지고 가야겠다고 해서 이리저리 쌀을 입수할 수 있는 곳을 물색했다. 마침 이 사정을 이해해주신 당시 한국 학생 YWCA 총무로 계셨던 정기련 여사에게 뜻을 말했더니 첫마디로 허락하고 비상용으로 둔 쌀 한 말을 내주지 않는가. 이것을 경찰에 발각되지 않도록 트렁크 속에 넣어가지고 교오또에 도착해보니 한밤중이었다. 동주가 있던 하숙집에 들려서 사연을 물어보아도 잘 알려주지 않는다. 이윽고 도오시샤(同志社)대학 학생책임자 교수를 찾아가서 물어도 매일반으로 알려주지 않는다. 하는 수 없이 갖고 간 쌀로 도시락 두어 개를 만들어 가지고 곧장 스가모(필자 주 : ‘시모가모’의 착오)경찰서로 달려갔다. 면회를 청하니까 처음에는 다음날로 미루다가 친척이므로 허락한다고 하며 취조 형사는 나더러 집 소식 이외는 일절 다른 말은 말아달라고 타일러준다.
>
> 취조실로 들어가본즉 형사는 자기 책상 앞에 동주를 앉히우고 동주가 쓴 조선말 시와 산문을 일어로 번역시키는 것이다. 이보다 훨씬 몇 달 전에 내게 보여준 시 가운데서 가장 좋은 것이라고 생각되어진 시들은 거의 번역한 모양이다. 이 시를 고로케(필자 주 : 고오로기(興梠)의 착오)라는 형사가 취조하여 일건 서

류와 함께 후꾸오까(福岡)형무소로 넘긴 것이다. 동주가 번역하고 있던 원고 뭉치는 상당히 부피가 큰 편이었다. 아마도 몇 달 전에 내게 보여주었던 원고 외에도 더 많은 것이 든 것으로 생각된다. 늘 웃던 그 얼굴은 좀 파리해졌다. 도시락을 꺼내놓으니 형사는 자기 책상 앞에 놓으며 이제는 시간이 다 되었으니 빨리 나가달라고 한다.

동주는 나더러 "아저씨, 염려 마시고 집에 돌아가서 할아버지와 아버지, 어머니에게 곧 석방되어 나간다고 일러주세요." 이것이 생전에 그를 만난 최후의 순간이었다. 나는 혼자 생각하기를 기껏해야 한 1년 동안 옥고를 치르고 곧 나오리라 했다. 설마 죽일 리야 없겠지…… 이렇게 자위하기도 했다. 도오꾜오에서 속옷을 준비해 가지고 간 것도 갈아입으라 하고 맡기고 취조실을 나오는 나의 발길은 잘 옮겨지지 않았고, 머리는 어디를 얻어맞은 듯 울분에 화끈 달아지며 목놓아 울고 싶은 심정이었다.[15]

김정우의 증언은 다음과 같다.

동주가 교오또에서 체포되었다는 소식을 윤영춘 선생으로부터 듣고 내가 교오또로 면회하러 간 것이 1944년 봄인 듯싶다(필자 주 : 시기를 착각했음. 1943년 여름(7월)에 검거된 윤동주는 1943년 12월 6일에 하압경찰서 유치장에서 검사국으로 송국되었고 그 후로는 경도지방검사국 감옥 독방에 수감되어 있었다). 카모가와(鴨川)경찰서(필자 주 : 시모가모(下鴨)의 착각)를 찾아 들어가서 4조 반 다다미방에 형사의 입회하에 둘이서 마주앉았을 때, 창백한 그의 얼굴은 억지로 미소를 지으며 나를 쳐다보면서 할아버지와 부모님께 잘 있다는 소식을 전해줄 것을 몇 번이고 부탁하였다. 그 창백한 모습과 그 간절한 효심의 음성, 이것이 내가 이 세상에서 마지막으로 보고 들은 윤동주이며 윤동주의 음성이다.[16]

15) 윤영춘, 「명동촌에서 후쿠오카까지」, 『나라사랑』 23집, 외솔회, 112~113쪽.
16) 김정우, 「윤동주의 소년 시절」, 『나라사랑』 23집, 외솔회, 121쪽.

김정우 시인은 당시의 면회와 관련하여 필자에게 이런 증언을 했다. 그가 면회할 때 담당 형사가 "괜한 영웅주의 때문에 저런다"고 비평하면서, "저것이 다 증거 서류다!"라고 하면서 한 자 이상 쌓인 서류들을 가리켜 보이더란 것이다. 그 속에 아마도 윤영춘이 보았던 것, 즉 윤동주의 글을 압수하여 일본어로 번역시켜놓은 것들도 들어 있었을 것이다.

## 재판 — 경도지방재판소의 '판결문'들

송몽규, 윤동주, 고희욱 3인은 1943년 12월 6일에 검사국으로 송국되었다. 송국된 이후로는 검사국 감방에서 각기 독방생활을 했다. 사방이 밀폐되고 출입문 위아래로 감시구와 밥그릇 드나드는 구멍이 나 있었다는 빼빼용 식 감방에 각자 따로 떨어져 수감된 것이다. 당시 공판기록에 의해 이들의 사건은 강도효(江島孝) 검사에게 배당되었음이 밝혀졌다. 고희욱에게 자신이 삼고 선배임을 넌지시 비치더라는 그 검사이다.

특고에서는 이들 3인을 모두 엮어 넣을 수 있다고 판단했으나 강도효 검사는 특고의 서류를 검토해보고 처음부터 삼고 후배인 고희욱에 대해선 아예 제껴 놓았던 모양이다. 고희욱의 증언인 "검사국 감방 수감생활 중 검사 심문은 거의 받지 않고 지냈다"는 사실과 그 혼자만 먼저 석방된 사실이 그걸 증명한다.

해가 바뀌어 1944년이 되자 검사는 1월 19일자로 고희욱을 '기소유예' 처분으로 돌려서 석방했다. '무혐의'가 아닌 '기소유예'로 처리한 것은 "이번만 용서하니 근신하라"는 의미를 강하게 담은 것이다. 검사가 삼고 선배로서 '봐주기'를 했다는 인상이 짙다.

1944년 2월 22일.

강도효 검사는 드디어 송몽규와 윤동주를 기소했다. 송몽규는 경도지방재판소 제1형사부(재판장 판사 小西宜治, 판사 福島昇, 판사 星智孝)에, 윤동주는 제2형사부(재판장 판사 石井平雄, 판사 渡邊常造, 판사 瓦谷末雄)에 배당되었다. 같은 사건인데도 불구하고, 재판은 분리 진행되어서 윤동주의 재판은 1944년 3월 31일에 있었고, 송몽규의 재판은 4월 13일에 있었다.

윤동주를 연구하는 일본인 이취향 씨가 1982년에 일본에서 이들의 재판에 관여한 판사 6명과 검사 1명을 찾아보았다고 한다. 그때까지 살아 있는 사람은 7명 중 5명(검사 1명, 판사 4명)이었다. 재판 판결문 사본을 갖고 가서 보여주며 질문했으나, 그들은 모두 윤동주나 송몽규에 대해 "기억나지 않는다"고 했다.

송몽규와 윤동주의 재판기록이 세상에 알려진 계기는 대일본제국 시절의 일본 정부 극비문서였던 『사상월보(思想月報)』의 일반 공개였다.

『사상월보』는 『특고월보』와 같은 성격의 극비문서였다. 단지 하나 다른 점은 『특고월보』가 '내무성 경보국 보안과 발행'인 데 비해, 『사상월보』는 '사법성(司法省) 형사국(刑事局) 발행'이라는 것이다. 매달 각 재판소에서 있었던 사상관계사건 중에서 골라 뽑은 판결문들을 엮어서 발간했다. 발간 목적은, 검사들 중에서 사상관계 범죄를 전담하던 소위 '사상 검사'들의 업무 수행에 참고할 자료의 제공이었다. 그래서 수록된 판결문마다 해당 사건 관련자인 다른 피고인들의 신원과 그에 대한 처분 결과까지 함께 일람표로 작성되어 첨부되었다.

이처럼 특수한 목적을 가진 극비문서인 『사상월보』 제109호(1944년 4·5·6월치)에 송몽규에 대한 판결문이 수록되어 있었다. 이 자료를 찾아낸 사람은 일본 국회도서관 사서 우치향의 씨다. 그는 앞서 『특고월보』에 실린 본 사건 관계의 특고경찰 취조문서도 찾아냈다.

『사상월보』에 윤동주에 대한 판결문은 수록되지 않았다. 그러나 송몽규에 대한 판결문에 첨부된 '본건 관계자 처분 결과 일람표'에 윤동주에 대한 검사의 구형량, 판결확정일자 등이 기록되어 있어 매우 귀중한 자료가 되었다. 또 하나, 이 문서는 송몽규의 사건 명칭을 '치안유지법 위반 피고사건(조선독립운동)'이라고 명기했다. 이로써 일본 치안당국이 정리한 이 사건에 대한 공식 호칭이 명확하게 밝혀졌다.

윤동주에 대한 판결문은 『사상월보』에 수록된 송몽규의 판결문을 발견한 지 몇 년 후에 찾아졌다. 찾은 사람은 일본인 이취향 씨. 그가 경도지방재판소에 가서 윤동주의 재판기록에 대한 열람을 신청함으로써 판결문이 해묵은 서류철 속에서 나와서 백일하에 드러났다.

그런데 재판소 규정상 판결문에 대한 열람만 허락되지 복사나 필사는 금지되어 있었다. 그래서 그는 카메라맨을 동원해 붓으로 쓰여진 그 판결문 원본을 카메라로 몰래 촬영해 갖고 나왔다. 그에 의해서 그것이 윤일주 교수에게 전해졌고 우리말로 번역되어 『문학사상』 1982년 10월호에 실려 국내에 공개되었다.

이들 판결문으로 인해 비로소 윤동주와 송몽규가 받았던 재판의 전모가 명백하게 세상에 드러났다. 그에 따르면 다음과 같이 정리된다.

송몽규와 윤동주가 1944년 2월 22일에 나란히 기소됨으로써 공판이 시작되었다. 같이 관련된 한 사건인데도 재판은 윤동주 먼저, 송몽규 나중으로 분리되어 진행되었다. 검사의 구형은 송몽규 윤동주 모두 '징역 3년'이었다.

1944년 3월 31일.

경도지방재판소 제2형사부(재판장 石井平雄, 판사 渡邊常造, 판사 瓦谷末雄)는 윤동주를 치안유지법 제5조에 걸어 '징역 2년(미결구류일수 중 1백 20일을 本刑에 산입)'을 선고했다.

1944년 4월 13일.

경도지방재판소 제1형사부(재판장 小西宜治, 판사 福島昇, 판사 星智孝)는 송몽규에게 치안유지법 제5조를 적용하여 미결구류일수 산입이 전혀 따르지 않는 '징역 2년'을 선고했다.

'미결구류일수 산입(算入)' 문제에 대해 여기서 잠깐 검토할 필요가 있다. 그것은 선고된 형기의 기간에서 미결로 구속되어 있던 기간의 전부 또는 일부 날짜를 형을 산 것으로 계산해서 빼주는 제도이다. 그래서 미결구류일수를 많이 산입해줄수록 앞으로 복역할 형기가 줄어든다. 그런데 윤동주의 경우에는 '120일'을 산입해주라고 선고되었고, 송몽규의 경우는 하루도 산입되지 않았다. 왜 이렇게 되었을까?

이 문제에 관해 법조계 인사에게 문의한 바, 다음과 같은 것을 알게 되었다.

현재 우리나라 형법에는 피고인의 미결구류일수를 반드시 본 형기에 산입해주게 법적으로 규정되어 있다. 그러나 일본 형법은 그렇지 않다. 산입해주든지 말든지 전적으로 판사 재량에 달려 있다. 일본 형법 제 21조가 미결구류일수 산입 문제를 다루고 있는데, 그 조문이 다음과 같이 되어 있기 때문이다.

"미결구류의 일수는 그 전부 또는 일부를 본형(本刑)에 산입할 수 있다."

'산입할 수 있다'는 건 '산입 안 해도 된다'는 걸 전제로 하는 표현이다. 법조문 자체가 이렇게 되어 있기 때문에, '미결구류일수'를 산입해주고 안 해주고는 물론 산입 기간까지 판결을 내리는 판사가 마음대로 하도록 법이 보장한다. 말하자면 '미결구류일수 산입' 여부 자체를 또 하나의 처벌방식으로 운용할 수 있도록 법적 장치가 되어 있다 할까.

윤동주의 경우 체포된 지 260일 만에 재판을 받았음에도 불구하고 미결구류 기간을 120일만 계산해준 것은, 검사국에 송국된 때를 기준으로 삼은 걸로 보인다.

선고형량은 같았지만 미결구류기간 산입문제와 재판일의 차이 등으로 인하여 이들의 출감 예정일은 '윤동주 1945년 11월 30일', '송몽규 1946년 4월 12일'

이었다. 그래서 일본 법정에서 있은 이들의 공판에 방청하지 못하고 재판기록을 받아보지도 못했던 북간도의 가족들은 이들의 선고 형량을 '윤동주 징역 2년', '송몽규 징역 2년 6개월'이라고 생각하고 있었다.

일본 경도지방재판소 재판정이 판결한 송몽규와 윤동주에 대한 판결문 전문은 각기 다음과 같다.

### (1) 송몽규에 대한 판결문

(『특고월보』에 수록된 것. 번역 : 고희욱 씨. 일본 소화 연대는 서기로 고치고, 창씨개명한 이름을 본명으로 바로잡았을 뿐 원문에 충실했다.)

宋夢奎에 대한 치안유지법 위반 피고사건(朝鮮獨立運動) 판결

— 경도지방재판소 보고 —

본건 관계자 처분 결과 일람표

| 씨명 | 연령 | 학력 | 직업 | 처분 | | 결과 | |
|---|---|---|---|---|---|---|---|
| 송몽규 | 二八 | 경대문학 부선과재 | 학생 | 1943.7.10 검거 | 1944.2.22 求 公判 | 1944.4.13 징역2년 (구형3년) | 1944.4.17 확정 |
| 윤동주 | 二七 | 동지사 대학재 | 학생 | 1943.7.14 검거 | 1944.2.22 求 公判 | 1944.3.31 징역2년 (구형3년) 미결구류 120일 산입 | 1944.4.1 확정 |
| 외 1명 | | | | 불기소 | | | |

판 결

본적 조선 함경북도 경흥군 웅기읍 웅상동 422번지

주소 경도시 좌경구 북백천 동평정정 60번지 청수영일 방

경도제국대학 문학부 사학과 선과 학생

송 몽 규

1917년 9월 28일생

우자에 대한 치안유지법 위반 피고 사건에 대하여 당 재판소는 검사 강도효의 관여로 심리한 바 그 판결은 좌와 같다.

주 문

피고인을 징역 2년에 처한다.

이 유

피고인은 만주국 간도성에 거주하는 조선 출신 학교 교사의 가정에서 태어나 그곳에서 중등교육을 받았으며 어렸을 때부터 중화민국인의 박해로 인한 민족적 비애를 체험하고 민족적 학교교육 등의 영향으로 점차 치열한 민족의식을 갖게 되었으며, 1935년 4월경 선배의 권유에 따라 중도에 학업을 포기하고 남경 소재 조선독립운동단체인 김구 일파가 있는 곳으로 가서 그 운동에 참가하여 더욱더 그 의식을 높이고 동파 내부에 있어서의 파벌투쟁 등 추악한 내정을 알게 됨에 따라 동년 11월경 다시 제남 소재의 조선독립운동단체 이웅 일파의 산하에 투신하는 등의 활동에 종사했기 때문에 1936년 4월경부터 본적지 웅기경찰서에서 유치 취조를 받고 동년 8월 말경 석방된 경력을 가진 자로서 그 후 간도성 용정가 국민고등학교, 경성 연희전문학교를 거쳐서 1942년 4월 경도제국대학 문학부 사학과에 선과생으로 입학하여 현재에 이른바 의연 민족적 편견을 품고 특히 조선 내 각 학교에 있어서 조선어 교수 과목의 폐지 및 한글로 된 신문 잡지의 폐간 등의 사실에 접하여 제국 정부의 조선 통치정책으로서는 필경 조선인의 모든 특이성을 몰각(沒却)하고 그 국정문화(國情文化)를 절멸하여 드디어는 조선민족의 멸망을 꾀하는 것이라고 망단(妄斷)하고 깊이 그 시설(施設)을 원망하고 탄식한 결과 이에 조선민족의 자유 행복을 초래하기 위해서는 조선을 제국 통치권으로부터 이탈시켜 독립국가를 건설하는 외 다른 도리가 없으며 이의 실현을 위해서는 당면 조선인 일반 대중의 문화 수준을 앙양하고 그 민족적 자각을 불러일으켜서 점차 독립의 기운을 양성해야만 된다는 결의를 굳게 함에 이르러 이의 목적달성을 위해

제1, 1942년 12월 초순경 하숙하고 있던 경도시 좌경구 북백천 동평정정 60번지 청수영일(淸水榮一)의 집에서 같은 민족의식을 품은 제3고등학교 생도 고희욱에 대하여 종래의 조선독립운동은 외래사상에 편승한 것으로서 확고한 이론이 없었으므로 단순한 충동적 감정적 폭동으로 실패하였으므로 금후 우리들이 독립운동을 전개함에 있어서는 학구적 이론적으로 해야만 한다는 취지로서 과거의 독립운동을 비판하고 장래의 방책을 지시하여 동인의 독립의식의 앙양을 꾀하고,

제2, 1943년 4월경 전기 하숙집에서 소학교 시절부터의 친우이며 같은 민족의식을 품고 있던 동지사대학 문학부 학생 윤동주에 대하여 피고인의 병 요양차 약 4개월간 귀성 중에 견문한 만주국, 조선 등의 객관 정세에 대하여 최근 조선에 있어서 총독부의 압박으로 소학생, 중등학생이 거의 일본어를 사용하고 있고 조선어 및 조선문은 점차 멸망에 이르고 있다는 것, 또한 만주국에 있어서 주요 식량의 배급에 관하여 조선인은 일본인보다 차별대우를 받고 있다는 등을 고지(告知)하고 서로 이를 논란 공격하는 외에 조선에 있어서의 징병제도에 관하여 민족적 입장에서 서로 비판을 가하여 이 제도는 오히려 조선독립 실현에 있어서 일대 위력을 가하리라고 논단(論斷)하는 등 민족독립의식의 앙양에 힘썼으며,

제3, 동년 4월 하순경 경도시의 팔뢰유원지에서 우 윤동주 및 같은 민족의식을 품고 있던 입교대학생 백인준과 회합하여 서로 조선에 있어서의 징병제도를 비판하고 조선인은 종래 무기를 몰랐지만 징병제도의 실시에 의해 새로이 무기를 갖고 군사 지식을 체득하기에 이르러 장래 대동아전쟁에서 일본이 패전에 봉착할 즈음 반드시 우수한 지도자를 얻어 민족적 무력 봉기를 결행하여 독립운동 실현을 가능케 할 것이라는 취지의 민족적 입장으로부터 이 제도를 구가(謳歌)

하고 또한 민족독립 후의 통치방식에 대하여는 조선인은 당파심 및 시의심(猜疑心)이 강하므로 독립 시초에는 군인 출신자의 강력한 독재 체제에 의하지 않고서는 이를 통치하기 곤란할 것이라고 논정(論定)한 끝에 독립 실현에 공헌하게끔 각자 실력 양성에 전념할 필요가 있다고 강조하는 등 서로의 독립의식의 강화를 꾀하고,

제4, 동년 6월 하순경 전기 하숙집에서 우 고희욱에 대해 대동아전쟁은 무력에 의한 해결이 곤란하며 결국 강화조약에 의하여 종결될 가능성이 큰데 이 회의에 버마 필리핀 등은 독립국으로서 참가할 것이므로 이 시기에 조선독립의 여론을 환기하고 세계 각국의 동정을 얻어 단숨에 바라는 바 목적을 이룩해야 한다는 취지를 역설하여 그 민족의식의 유발에 힘썼으며,

제5, 동년 6월 하순경 경도시 좌경구 북백천 무전아파트에서 윤동주와 같이 찬드라보스를 지도자로 하는 인도 독립운동의 대두에 대해 논의한 뒤에 조선은 일본에 정복된 후 아직 일천(日淺)하고 또한 일본의 세력이 강대하기 때문에 현재 곧 동씨와 같은 위대한 독립운동 지도자를 얻고자 하여도 용이하게 얻을 수 없는 상태이기는 하나 한편으로는 민족의식은 도리어 왕성하므로 훗날 일본의 전력이 피폐하여 호기(好機)가 도래할 때면 동씨와 같은 위대한 인물의 출현이 반드시 있을 것이니 각자 그 호기를 잡아 독립 달성을 위하여 궐기해야 한다는 취지로 서로 격려함으로써 그 목적 수행을 위하여 행위한 자임.

증거를 살피건대 판시 사실은 피고인의 당 공정(公廷)에서의 판시와 마찬가지 취지의 공술에 의하여 이를 인정함.

법률에 비추건대 피고인의 판시 소위(所爲)는 치안유지법 제5조에 해당하는 것으로 소정 형기 범위 내에서 피고인을 징역 2년에 처하기로 한다.

이로써 주문과 같이 판결함.

1944년 4월 13일

경도지방재판소 제1형사부

재판장 판사 小西宜治

판사 福島昇

판사 星智孝

### (2) 윤동주에 대한 판결문

(번역 : 윤일주 교수, 일본 경도재판소에 보관된 판결문)

판 결

본적 조선 함경북도 청진부 포항정 76번지[17]

주소 경도시 좌경구 전중고원정 27번지 무전아파트 내

사립 동지사대학 문학부 선과 학생

윤 동 주

대정7년(1918年)[18] 12月 30일생

우자에 대한 치안유지법 위반 피고 사건에 관하여 당 재판소는 검사 강도효 관여로 심리를 마치고 판결함이 좌와 같다.

주 문

피고인을 징역 2년에 처한다.

미결구류일수 중 120일을 우 본형(本刑)에 산입한다.

이 유

피고인은 만주국 간도성에 있는 반도 출신 중농(中農)의 가정에 태어나 그곳

17) 윤동주 집안은 함북 청진과 아무런 관계가 없는데, 행정치리가 잘못되어 본적지로 기재되어 있다고 한다.

18) 윤동주는 1917년생이다. 그러나 호적에 1918년생으로 잘못 기재되어 있어 모든 학교 학적부와 일본 치안당국의 문서들에 이렇게 나온다.

의 중학교를 거쳐 경성 소재 사립 연희전문학교 문과를 졸업하고 1942년 3월 내지(內地)에 도래한 후 한때 동경 입교대학 문학부 선과에 재학하였으나 동년 10월 이강 경도 동지사대학 문학부 선과에 옮겨 현재에 이른 자로서 어릴 때부터 민족적 학교교육을 받아 사상적 문학서적 등을 탐독함과 교우의 감화 등에 의하여 일찍이 치열한 민족의식을 품고 있었는데 성장하여 내선(內鮮) 간의 소위 차별문제에 대하여 깊이 원차(怨嗟)의 마음을 품는 한편 우리의 조선 통치의 방침을 보고 조선 고유의 민족문화를 절멸(絶滅)하고 조선민족의 멸망을 도모하는 것이라고 여긴 결과, 이에 조선민족을 해방하고 그 번영을 초래하기 위하여서는 조선으로 하여금 제국 통치권의 지배로부터 이탈시켜 독립국가를 건설할 수밖에 없으며, 이를 위해서는 조선민족의 현시(現時)에 있어서의 실력 또는 과거에 있어서의 독립운동 실패의 자취를 반성하고 당면 조선인의 실력, 민족성을 향상하여 독립운동의 소지(素地)를 배양하도록 일반 대중의 문화 앙양 및 민족의식의 유발에 힘쓰지 않으면 안된다고 결의하기에 이르렀으며, 특히 대동아전쟁의 발발에 직면하자 과학력에 열세한 일본의 패전을 몽상(夢想)하고 그 기회를 타고 조선독립의 야망을 실현할 수 있으리라고 망신(妄信)하여 더욱더 그 결의를 굳히고 그 목적 달성을 위하여 동지사대학에 전교(轉校) 후, 이미 같은 의도를 품고 있던 경도제국대학 문학부 학생 송몽규와 자주 회합하여 상호 독립의식의 앙양을 꾀한 외에 선인 학생 송원휘충, 장성언 등에 대하여 그 민족의식의 유발에 전념하여왔는데 그 중에서도

제1, 송몽규와

(가) 1943년(소화 18년) 4월 중순경 동인(同人)의 하숙처인 경도시 좌경구 북백천 동평정정 60번지 청수영일 댁에서 회합하고 동인으로부터 조선, 만주 등에 있어서의 조선민족에 대한 차별 압박의 근황(近況)을 청취한 뒤 서로 이를 논난(論難) 공격함과 동시에 조선에 있어서의 징병제도에 관하여 민족적 입장에서 상호 비판을 가하고 그 제도는 오히려 조선독립 실현을 위해 일대 위력을 가할

것이라고 논단(論斷)하고

(나) 동년 4월 하순경 동 시외 팔리유원지에서 동인 및 같은 민족의식을 품고 있던 입교대학 학생 백인준과 회합하고 서로 조선에 있어서의 징병제도를 비판하고 조선인은 종래 무기를 알지 못했지만 징병제도의 실시에 의하여 새로 무기를 갖고 군사지식을 체득함에 이르러 장래 대동아전쟁에 있어서 일본이 패전에 봉착할 때, 반드시 우수한 지도자를 얻어 민족적 무력 봉기를 결행하여 독립 실현을 가능케 하도록 민족적 입장에서 그 제도를 구가(謳歌)하고 혹은 조선독립 후의 통치방식에 관하여 조선인은 당파심 및 시의심(猜疑心)이 강하므로 독립의 날에는 군인 출신자의 강력한 독재제에 의하지 않으면 이의 통치는 곤난할 것이라고 논정(論定)한 끝에 독립 실현에 공헌하도록 각자 실력의 양성에 전념할 필요가 있음을 서로 강조하고

(다) 동년 6월 하순경 피고인의 하숙처인 동시 좌경구 전중고원정 27번지 무전아파트에서 동인과 찬드라보스를 지도자로 하는 인도 독립운동의 대두에 관하여 논의한 끝에 조선은 일본에 정복되어 아직 일천하고 또한 일본은 세력이 강대(強大)하기 때문에 현재 곧바로 동씨와 같은 위대한 독립운동 지도자를 얻으려 해도 쉽게 이룰 수 없는 상태이나 한편 민족의식은 오히려 왕성하므로 타일(他日) 일본의 전력이 피폐하고 호기가 도래하는 날에는 동씨와 같은 위대한 인물의 출현도 필지(必至)하도록 각자 그 호기를 잡아 독립 달성을 위하여 궐기해야 한다는 뜻을 서로 격려하는 등, 상호 독립의식의 격발에 힘쓰고

제2, 송원휘충에 대하여서는

(가) 동년 2월 초순경 우 무전아파트에서 조선내 학교에 있어서 선어(鮮語) 과목의 폐지됨을 논난하고 선어의 연구를 권장한 뒤에, 소위 내선일체(內鮮一體) 정책을 비방하고 조선문화의 유지, 조선민족의 발전을 위하여서는 독립이 필수인 소이(所以)를 강조하고

(나) 동년 2월 중순경 우 동소(同所)에서 조선의 교육기관 학교 졸업생의 취

직 상황 등의 문제를 포착하고 더욱이 내선(內鮮) 간에 차별 압박이 있다고 지적한 뒤 조선민족의 행복을 초래하기 위해서 독립이 급무(急務)하다는 뜻을 역설하고

(다) 동년 5월 하순 우 동소(同所)에서 대동아전쟁에 관하여 동 전쟁은 항상 조선독립 달성의 문제와 관련하여 고찰함을 요하며 이의 호기(好機)를 잃으면 가까운 장래에 있어서의 조선독립의 가능성을 상실하고 마침내 조선민족은 일본에 동화되고 말 것이므로 조선민족인 자는 그 번영을 열망하기 위하여 어디까지나 일본의 패전을 기해야 할 뜻의 자기의 견해를 누누이 피력하고

(라) 동년 7월 중순경 우 동소(同所)에서 문학은 어디까지나 민족의 행복 추구의 견지에 입각해야 한다는 뜻의 민족적 문학관을 강조하는 등 동인의 민족의식의 유발에 부심(腐心)하고

제3, 장성언에 대하여는

(가) 1942년(소화 17년) 11월 하순경 우 동소(同所)에서 조선총독부의 조선어학회에 대한 검거를 논난(論難)한 뒤, 문화의 멸망은 필경 민족의 궤멸에 틀림없는 소이(所以)임을 역설하고 예의(銳意) 조선문화의 앙양에 힘써야 할 뜻을 지시하고

(나) 동년 12월 초순경 동시 좌경구 은각사 부근 가로에서 개인주의 사상을 배격 지탄(指彈)한 뒤, 조선민족인 자는 어디까지나 개인적 이해를 떠나 민족 전체의 번영을 초래하도록 유의할 필요가 있다고 강조하고

(다) 1943년(소화 18년) 5월 초순경 전기(前記) 무전아파트에서 조선에 있어서의 고전예술의 탁월함을 지적한 뒤에 문화적으로 침체하여 있는 조선의 현상을 타파하고 그 고유문화를 발양(發揚)시키기 위하여서는 조선독립을 실현할 수밖에 없는 소이(所以)를 역설하고

(라) 동년 6월 하순경 동소(同所)에서 동인의 민족의식 강화에 자(資)하기 위하여 자기가 소장한 『조선사 개설』을 대여하고 조선사의 연구를 종용(慫慂)하는

등, 동인의 민족의식의 앙양에 힘쓰고

그로써 국체(國體)를 변혁할 것을 목적으로 하여 그 목적 수행을 위한 행위를 하였던 것이다. 증거를 살피건대 판시 사실은 피고인의 당 공정(公廷)에 있어서의 판시 동 취지의 공술(供述)에 의하여 이를 인정한다. 법률에 비추어보건대 피고인의 판시 소위(所爲)는 치안유지법 제5조에 해당하므로 그 소정 형기 범위 내에서 피고인을 징역 2년에 처하고 형법 제21조에 의하여 미결구류일수 중 120일을 우 본형(本刑)에 산입한다.

이에 주문과 같이 판결한다.

소화 19년(1944년) 3월 31일

경도지방재판소 제2형사부

재판장 판사 石井平雄

판사 渡邊常造

판사 瓦谷末雄

## 선고형량에 대한 고찰

본 사건의 적용법인 치안유지법 제5조는 "국체(國體) 변혁의 목적을 가지고 결사를 조직하거나, 또는 그 지원이나 준비를 위한 목적으로 결사를 조직하려는 그 목적 사항의 실행에 관하여, 협의 또는 선동, 선전 기타 그 목적 수행을 위한 행위를 한 자는 1년 이상 10년 이하의 징역에 처할 것"을 규정한 조항이다.

치안유지법은 일본 제국의회가 1925년에 제정한 이래 1928년과 1941년의 두 차례 개정을 통해서 그 처벌 규정이 점점 가혹해진 법률로서, 조선독립운동이나 각종 사상관계 사건에 적용된 법률이다.

이 법은 일본 일반 형사법규에 그 유례가 드문 악법이다. '협의' '선동' '선전' 등을 범죄 구성 요건으로 하는 그 광범하고도 막연한 규정에 큰 우려를 가졌던 일본의 양심적인 형법 학자들은 "그 실제 적용에서 법조문의 자구에 얽매여 법의 정신을 잃게 되면 그 본래의 사명에서 멀리 이탈하는 결과가 되니, 본법 역시 다른 법률을 해석 적용하는 동일한 태도로 임하여야 한다"고 누누이 경고하던 바였다.[19]

그러나 '다른 법률을 해석 적용하는 태도'로 이 법을 운용한다고 해도 치안유지법은 워낙 문제적인 악법이었다. 협의, 선동, 선전까지 모두 범죄 구성 요건이었기 때문이다.

참고로 '협의'나 '선동'이란 무엇인가. 일본 법원의 판례와 학계의 통설은 어떤 것이었는가를 본다.

> 협의 : 2인 이상의 사람이 일정한 사항에 관하여 일정한 결론에 이르려는 의도 아래 서로 의견을 표시하는 행위.
>
> 선동 : 불특정 또는 특정 다수의 사람에 대하여 바른 판단을 잃고 실행의 결의를 창조하거나 또는 기존의 결의를 조장시킬 힘을 가진 자극을 줄 의사 표시.[20]

일본 법원의 판례와 학계의 통설이 이러하다면, 큰 의문이 일어난다.

---

19) 三宅正太郞, 「治安維持法」, 『現代法學全集』 第三十八卷, 日本評論社, 1931, 222~223쪽 참조.

20) 三宅正太郞, 「治安維持法」, 『現代法學全集』 第三十八卷, 日本評論社, 1931, 207, 211쪽 참조.

위의 사건에서 실형을 선고 받은 송몽규와 윤동주는 물론이고, 이들의 판결문과 특고 문서에 등장하는 나머지 친구들 5명도 '협의'라는 요건에만 걸어도 모두 기소하여 실형을 살게 할 수 있었을 것이다. 그런데 왜 그렇게 하지 않았는가.

이러한 문제, 또 선고형량과 관련해서 여기서 밝혀야 할 것이 있다. 그것은 당시의 일본 법률문화 풍토에 대한 우리의 일반적인 인식이 대체로 미흡하다는 점이다.

이들의 체포사건에 대한 일본 특고경찰의 공식기록이 밝혀지기 전, 일부 윤동주 연구자들은 유족에 의한 윤동주의 독립운동 증언에 대해 "윤동주가 비록 옥사했다고는 하지만 그것이 과연 독립운동 때문이었겠느냐?"는 식의 회의를 노골적으로 표시했다. 그 이유는 공식적인 죄명이 밝혀지지 않은 탓이기도 했지만, 그보다는 그의 선고형량이 '징역 2년'이었다는 데 기인했다. 그래서 그가 일제의 과잉 단속에 불운하게 걸려들어 상투적인 혐의 아래 피동적인 희생을 당한 것으로 추정하는 경향이 있었다.

과거 박정희 정권의 유신체제 하에서 '민청학련사건' 등의 민주화 학생운동에 대해 사형, 무기, 징역 20년, 징역 15년 등을 마구 선고했던 우리나라 사법부에 의해 단련된 감각으로는 당연히 일어날 수 있는 회의이며 불신이었다.

그러나 일제 시대의 일본 사법부는 우리 사법부와 달랐다. 이것은 여러 독립운동관계 사건들의 선고형량을 실제로 조사해보면 곧 알 수 있다. 일제의 사법부는 무력행동이 개입되지 않은 순수한 사상범에 대해서는 극형을 선고하지 않았다. 아주 유명하고 큰 사건의 경우에도, 지금의 우리 감각으로는 깜짝 놀랄 정도의 경량이 선고되었다. 아마도 최고형량이 '징역 2년'이었다는 보안법 이래의 전통 때문인 듯하다.

이 점을 확실히 하기 위해서, 일제 36년간 일본 법정이 '한국인 사상범'들에게 선고한 형량을 구체적으로 살펴본다(편의상 연대순으로 기록).

## 1 양기탁 등의 보안법 위반 사건(1911년)

보안법을 적용하여 양기탁, 안태국, 김구, 김홍량 등 주모자 급 인물들에게 최고 '징역 2년'을 선고.

• 참고 : 경찰 취조중 한필호 지사 고문으로 사망. 당시 김구, 김홍량 등은 본 사건과 동시에 진행된 소위 '안명근(안중근 의사 종제) 강도사건(황해도 안악 부자들을 육혈포로 위협하여 독립운동자금을 염출하려다가 잡힌 일)'의 재판에서는 무고하게 관련자로 몰려서 '징역 15년'을 선고 받아, 도합 '17년 징역형'을 선고 받았다(김구, 『백범일지』, 국사원, 4281, 195~196쪽, 220~221쪽 참조).

## 2 3·1운동의 민족대표 33인을 포함한 48인 재판사건(1919년)

보안법, 출판법 등의 적용으로 최고 '징역 3년'부터 '무죄'까지 선고.

• 참고 : 처음 사건을 맡은 경성지방법원 예심에서는, "이 사건은 내란죄에 해당하기 때문에 고등법원 관할사건"이라 하여 고등법원에 올려 보냈는데, 고등법원에서는 "본 건은 내란죄에 해당되지 않으며, 보안법상의 치안 방해, 또는 형법상의 소요죄에 불과할 뿐이므로 고등법원의 관할에 속하지 않는다"하여 "경성지방법원을 본건의 관할법원으로 지정한다"는 결정을 내렸다. 결국 뒤에 경성복심법원이 맡아 재판했다(鄭光鉉, 『三·一獨立運動史 — 判決를 통하여 본 —』, 法文社, 1978, 7~12쪽 참조).

## 3 수양동우회사건(1937년)

치안유지법 위반 혐의로 관련자들이 구속되어 재판 받았는데, 상고심에서 전원 무죄 확정 판결을 받음.

• 참고 : 경찰 취조 과정에서 고문으로 최윤호 이기윤 사망, 김성업 불구됨(주요한,

『安島山傳』, 三中堂文庫, 360~361쪽 참조).

### 4 조선어학회사건(1942년)

치안유지법을 적용하여 최고 이극로의 '징역 6년'에서부터 최현배의 '징역 4년', 이희승의 '징역 2년 6월'…… 등으로 내려와서 장현식에게는 '무죄' 선고.

• 참고 : 재판 계류 중, 이윤재 한징 옥사(이석린, 「조선어학회사건과 최현배 박사」, 『나라사랑』 제1집, 129~134쪽 참조).

일제 재판부가 순수한 사상범과 무력행사범을 구분하는 태도를 가장 뚜렷하게 보여준 것이 '양기탁 등의 보안법 위반 사건'이다. 이 사건의 주모자인 김구와 김홍량 등의 경우를 보자. 그들은 매우 거창한 규모의 독립운동에 착수했다. "'일본의 총독부에 맞먹는 도독부를 서울에 두고 각 도에는 총감을 두어 국맥을 이으면서 나라를 다스리게 하고, 만주에 기지를 마련하여 무관학교를 세우고 광복전쟁에 쓸 무관을 양성하자'는 결의를 하고 각 도의 대표를 선정하고 그 자금을 마련하는 중에 사건이 발각되어 관련자들이 모두 체포되었다. 그들은 재판 과정에서 그런 사실을 모두 시인했다. 그런데도 그 사건 관련자들에 관한 선고는 최고 형량이 '징역 2년'이었다. 반면, 김구와 김홍량 등은 실제로는 아무 관련이 없었던 '안명근 강도사건' 관련자로도 억울하게 몰려서 동시에 '징역 15년'의 중형을 선고 받았다.

3·1운동의 민족 대표들 경우에도 그러하다. 한반도 전체가 장기적인 소요 상태에 들어가서 치안이 마비되고 무수한 사상자가 나고 국내외적으로 엄청난 영향을 초래했던 사건의 '모의와 실행 및 선동자'들임에도 불구하고 관련자들은 최장 '징역 3년'을 선고 받았다. 또한 송진우, 현상윤 등의 거물급 관계자나 길선주처럼 민족 대표 33인 중의 하나로 서명한 분도 '증거 불

충분'이라 해서 '무죄'를 선고 받았다. 재판부가 범죄를 입증하는 증거 선택에 엄격했음을 말해준다.

일제 36년간 일본 경찰과 헌병대가 벌인 간악하고도 처참한 체포와 고문의 작태 및 그런 과정에서 수많은 애국지사들과 무고한 사람들이 죽거나 폐인이 된 사실을 알고 있는 우리로서는 일본 법정이 지킨 이런 태도에 놀라움을 느끼지 않을 수 없다.

법사학적으로 보아, "일본은 명치유신 이후 독일 법제, 특히 프로이센 법제를 무비판적으로 수용하여 '명치법률문화'를 건설하였다"[21]고 하는데 이런 판결이 나오고 있는 법률문화적 배경을 어느 정도 짐작하게 하는 이야기다. 뿐만 아니라, 당시의 발악적인 군국주의 체제 하에서도 일본 사법부가 나름으로의 독립성과 권위를 상당히 가졌었음을 방증한다.

이상의 사실들을 감안할 때, 일본 법정에서 '징역 2년'을 선고 받은 송몽규와 윤동주의 경우, 그들이 일본 경찰이 아닌 일본 법정에서까지 확실한 증거물 없이 '사상범'이라는 죄목을 뒤집어씌움을 당해서 실형을 선고받았다고는 볼 수 없다.

그것은 이 사건에서 고희욱 씨가 기소유예 처분을 받은 것으로도 증명된다.

당시 고희욱 씨는 한글로 써놓은 것을 읽을 줄은 알았지만 자신이 직접 한글을 써서 의사를 표현하기에는 불편을 느끼는 처지였다. 철원공립보통학교 → 서울 경기중학교 → 경도 제3고등학교로 이어진 공립학교만의 교육기관에서 내내 일본어로만 교육을 받았던 탓이다. 그래서 송몽규를 만나서 그와 사귀는 중에 그가 한글을 사용하여 시를 짓고 글을 쓰는 걸 보니 몹시 인상적이었다는 것이다. 당연히 그가 한글로 써놓은 글이라곤 전혀 없었다. 또 송몽규와 조선독립에 관한 의견을 나누고 자신의 포부를 이야기하긴 했어도 그런 걸 따로 기록해두거나 한 일은 전혀 없었다고 한다.

---

21) 최종고, 『法史와 法思想』, 박영사, 1980, 413쪽.

그렇기에 법조문대로만 하자면 고희욱의 자백을 증거로 치안유지법 제5조의 '협의' 조항에 걸어 충분히 처벌할 수 있을 것 같지만, 검사는 아예 기소하지 않았다. 물론 검사가 삼고 선배여서 '후배 봐주기'라는 정서가 크게 개입된 점이 있다고 보이기는 하지만, 일단 "범죄의 증거물이 없다"는 점을 앞에 내세우고 실행한 처분이었다고 파악된다. 아무튼 고희욱은 기소되지 않고 풀려났다고는 하지만 특고경찰에게 취조 받는 동안 겪은 정신적인 고통은 너무도 막심한 것이어서, 그는 "차라리 학병에 지원해서 전장에 나가겠으니 여기서 풀어 달라"고까지 사정했었다고 한다.

여기서 지적하려는 것은, 송몽규와 윤동주가 받은 '징역 2년'이란 형량은 당시의 일본 법률문화 풍토에서는 협의 사실들을 증명하는 증빙문서가 실제로 있었던 사상범이었음을 보여주는 강력한 증거라는 점이다. 김정우 선생이 경찰서로 윤동주를 면회하러 갔을 때, 담당 형사가 "괜한 영웅주의 때문에 저런다"고 비평하면서, 한 자 이상 쌓인 서류를 가리키면서 "저것이 다 증거 서류"라고 하더라는 증언도, 그들의 재판에는 그동안 그들이 쓴 모든 기록들이 협의 사실에 대한 중요한 방증이 되어 실형을 언도받은 것이라는 사실을 입증한다.

송몽규와 윤동주가 큰 위험부담이 있음에도 불구하고 '기록된 조선독립 추구의 증거물'을 갖고 있었던 것은, 일본의 패전이 목전에 닥쳤다고 보고 그 큰 역사의 전환에 나름대로 미리 대비하려는 자세 때문이었던 것이라고 분석된다. 특고경찰의 취조문서와 경도재판소의 판결문에 나오는 3·1운동 실패 원인 비판 및 독일, 이탈리아, 인도 등의 독립운동 사례 연구자료 등이 그것을 증명한다.

여기서 한 가지 주목되는 사실이 있다.

굳이 일본 사법성 형사국이 송몽규에 대한 판결문을 『사상월보』에 수록하고, 특고경찰은 그들을 취조한 기록을 『특고월보』에 올린 이유가 무엇일까?

그 이유는 "송몽규가 지녔던 '징병제'에 관한 특이한 생각을 일제 공안당국이 크게 주목하고 매우 위험시했기 때문"이었으리라고 추정된다. 그 근거는 송몽규에 대한 판결문 내용 중에서 '징병제'에 대한 부분 외에 다른 것은 일제의 핍박과 압박에 대한 민족적인 울분과 민족 고유문화의 보존 및 실력 양성의 필요성을 강조한 것들이고, 그런 내용은 윤동주에 대한 판결문에도 마찬가지로 다수 등장하고 있는데도 윤동주에 대한 판결문은 『사상월보』에 올리지 않았다는 점이다.

여기서 '징병제' 문제에 관해 고찰해 본다.

1942년 5월 9일, 일본 각의(閣議)는 "정부는 조선동포에 대하여 징병제를 실시하고 소화 19년(1944년)부터 징집할 수 있도록 준비를 진행한다"고 결정했다. 이 결정에 의해 훈령(訓令) 제24호로 조선총독부의 '징병제도 시행 준비위원회 규정'이 발표되었고, 잇따라 1942년 5월 11일부터 징병제도에 대한 선전·계발 작업이 시작되었다. 그리곤 처음 결정보다 빨리 추진한 끝에, 1943년 3월에는 "조선인에 대한 징병제를 그해 8월 10일부터 시행한다"고 공포했다. 그러자 친일파가 아닌 대부분의 조선인들은 "징병제도란 일본이 조선인들을 자기들 전쟁의 총알받이로 내세우는 것"이라고 판단하고 매우 분노하고 있었다.

그런데 송몽규와 윤동주에 대한 판결문에 나타난 바에 따르면, 그들의 생각은 매우 달랐다. 그들은 오히려 조선인에게 징병제를 실시하는 것을 크게 반기면서, "조선인은 종래 무기(武器)를 알지 못했지만 징병제도의 실시에 의하여 새로운 무기를 갖춘 군사지식을 체득(體得)함에 이르게 되어, 장래 대동아전쟁에서 일본이 패전에 봉착할 때 반드시 우수한 지도자를 얻어서 민족적 무력 봉기를 결행하여 독립 실현을 가능하게 할 수 있다는 뜻의 민족적 입장에서 이 제도를 찬양"하고, 또 "이 제도는 오히려 조선독립을 실현하는 데 일대 위력을 가하게 되리라"고 논의하면서 "독립 실현에 공헌하도록 각자 실력 양성에 전념할 필요가 있다고 서로 강조"하였다는 것이다.

특고의 취조문서에는 이 부분이 "일본의 국력이 약해지거나 패전하는 기회를 타서…… 조선 출신 군인들도 큰 구실을 해야 할 것이며 우리들도 목숨을 바쳐 궐기해야 한다"라고 되어 있다.

당시 조선인들에 대한 징병제 실시를 눈앞에 둔 시점에서, 일제 공안당국의 안목으로 볼 때, 이것은 너무도 기가 막힌 불온사상이었을 것이다. 조선인을 징집해서 자기들 전쟁에 총알받이로 이용하려는 계획에 대해서 거꾸로 "징병제도 자체를 일본에 대해 조선인의 전 민족적 무력 봉기를 가능하게 할 수 있는 방안으로 이용해야 한다"는 발상은 참으로 뱃속에 화를 기르는 위험 사상일 수밖에 없었다.

이것은 윤동주의 생각이라기보다는, 고향과 부모와 학업을 버리고 중국에 있는 임시정부 군관학교를 찾아갔던 경력의 인물인 송몽규의 발상이었다. 그런 구상은 그저 허황된 백일몽이라고 할 수 없다. 그 비슷한 사례로 이미 낙양군관학교 한인반 교관이었던 이청천 장군의 경우가 있었다. 이청천은 일본 육군사관학교 출신 일본군 장교였는데, 중위 때 일본군을 탈출하여 중국으로 가서 무장독립투쟁에 헌신했다. 일본 육사에서 배운 것 모두를 조국을 위한 독립투쟁에 쓴 것이다.

일경 취조문서와 판결문에 따르면, 송몽규가 징병제도에 대한 그런 특별한 의견을 털어놓은 상대는 윤동주와 백인준이었다. 그러나 동경의 입교대생인 백인준은 1943년 4월 하순에 경도에 있는 옛 친구들을 찾아와서 함께 팔뢰유원지에 놀러갔을 때 한 번 들은 것뿐이라서인지 송국되지 않았다. 또한 이 사건 관계문서에 나타난 7명의 학생들 중, 징병제도와 관계 없는 민족의식을 담은 의논들만 나눈 나머지 4명의 학생들은 모두 기소되지 않았다. 그런 사실은 당시 일제 공안당국이 극도로 위험시하고 처벌하려고 든 것이 바로 조선인 징병제도에 관한 이런 특수한 사상이었다는 중요한 방증이 된다.

"'조선인 징병제도'를 조선 독립을 쟁취하기 위한 수단으로 역이용해야 한다"는 발상은 일제 특고의 촉각에 '조선인 학생지식계급 분자들의 중대한 모략 활동'이라고 감지된 것이고, 일제 사법부 역시 용서할 수 없는 범죄로 보아 사상범치고는 가볍지 않은 실형을 선고한 것이다.

사상 검사 강도효는 이 사건을 맡은 이래, 아예 처음부터 고희욱은 제껴 놓고, 징병제도에 관해 불온하고 위험하기 짝이 없는 구상을 갖고 있는 송몽규와 윤동주를 감옥에 옭아넣기 위한 작업에 주력했던 모양이다. 송국할 때까지의 특고 수사기록에는 없는 송원휘충과 장성언에 관한 부분이 윤동주의 판결문에 나오는 것은 그 때문일 것이다. 그 부분은 강도효 검사 자신의 추가 수사에서 나온 것으로 보인다. 그러나 이 증거들은 단지 윤동주를 옭아넣기 위한 도구로만 쓰인 데 불과했다고 추정된다. 송원휘충이나 장성언에게는 아무런 사법적 처분이 가해지지 않았기 때문이다.

이렇게 볼 때, 송몽규와 윤동주를 '옥사'에까지 몰고 간 이 사건의 발단은, 당시 실시 직전에 있던 '조선인 징병제'였다는 결론이 나온다.

이 사건으로 체포되어 수감되었던 일로 인해 고희욱은 삼고에서 낙제했다. 실형을 언도받은 송몽규와 윤동주의 경우는 소속 대학의 학사관계가 어찌 처리되었을까?

우선 송몽규의 경우를 보자. 그가 재적했던 경도제대의 학사 처리는 빈틈없고 가차 없었다. 송몽규가 '1944년 2월 22일'자로 기소되자, 그로부터 한 달 1일이 지난 '1944년 3월 23일'자로 '무기정학' 처분을 내렸다. 그리고 '4월 17일'자로 '징역 2년형'이 확정되자 또 한 달 1일이 지난 날인 '1944년 5월 18일'자로 '방학(放學 : 퇴학시킴을 의미)' 처분을 내렸다. 두 학사 처리가 모두 사법 처리 날짜에서 꼭 같이 '한 달 1일이 지난 날'로 되어 있음을 보면, 대학 당국이 학생들의 동태에 굉장히 예민하게 대처하고 있었음을 알 수 있다.

반면 윤동주의 동지사대학의 경우는 정반대였다. 학년 개념 자체가 없던 대학이라 그런지, 학사 처리가 느슨하다 못해 부정확하기 짝이 없다. 윤동주의 학적부에는 그가 체포된 뒤로도 계속 강의를 받은 걸로 되어 있어 '1943

년 9월에 영문 1년 재이수'…… 등으로 부정확한 기록이 계속되다가, 해방 후인 1948년 12월 24일자에는 '교수회 결의에 의해 장기 결석 학비 미납 제명'이라고 기록되었다.

## 복역—복강(福岡)형무소

경도재판소에서 재판을 받고 1944년 4월 1일과 4월 17일에 각기 형이 확정된 윤동주와 송몽규가 언제 그들의 죽음의 집이 된 복강(福岡)형무소로 이송되었는가?

그 사실을 밝혀줄 자료는 아직 찾지 못했다. 행형 관례로 보아 형 확정으로 기결수가 된 직후였을 것이다.

복강형무소는 구주(九州) 복강시(福岡市) 서신정(西新町) 108번지에 있었다. 형무소의 1킬로미터 앞은 박다(博多 : 하까다)만이라고 불리는 바닷가로서, 옛날 원나라와 고려의 연합함대가 일본을 침공하러 상륙했던 지점이다. 일본의 형무소 중 한반도에서 가장 가까운 형무소였다.

윤동주와 송몽규가 복강형무소로 이송된 이유에 대해 이취항 씨는 이렇게 추정하는 글을 썼다.

> 교오또(경도)에서 붙잡히고, 교오또에서 재판에 붙여진 윤동주・송몽규가 왜 후꾸오까(복강)로 보내졌는가. 그리고 무엇이 기다리고 있었는가.
>
> 『戰時行刑實錄(전시행형실록)』(矯正協會刊, 1966년)이라는, 천6백 페이지가 넘는 두터운 자료 속에, '예비구금사건 일람표'(1941년 5월 15일~1945년 5월 말일 현재 보고)라는 것이 있고, 그 비고란에 '……구마모또(熊本), 후꾸오까는 조

복강형무소 전경. 일본의 형무소들 중 한반도에서 가장 가까운 거리에 있는 형무소. 그래서 조선인 죄수들을 많이 수감했었다고 한다. 형무소 앞 바닷가는 원나라와 고려의 연합함대가 상륙했던 곳이다.

선독립운동 관계……'라고 있다.

말하자면 조선독립운동 관계의 受刑者는 구마모또, 후꾸오까에 보낸다는 방침이라도 있었다는 것인가.[22]

복강형무소로 이송된 윤동주와 송몽규는 거기서 그들의 징역살이를 시작했다. 선고 형량에 의하면, 그곳에서 윤동주는 1945년 11월 30일까지, 송몽규는 1946년 4월 12일까지 징역을 살아야 했다. 당시 죄수들은 머리를 빡빡 깎고 붉은색 죄수복을 입고 복역했다. 윤동주와 송몽규도 그런 모습이 되어 징역을 살았을 것이다.

그런데 '징역'이란 무엇인가.

징역이란 감방에 가두어놓기만 하는 '금고'와 달라서 강제 노역이 부과되

22) 伊吹鄕, 「時代의 아침을 기다리며」, 『문학사상』 1985.5, 312쪽.

복강형무소 정문 앞모습. 윤동주와 송몽규는 살아서 저 문 안으로 들어갔다가 시신이 되어 관에 담겨져 나왔다. 그들의 부친들이 옥사한 아들의 시신을 찾으려고 열고 들어갔던 문이기도 하다.

는 형벌이다. 같은 징역이라 해도 일반 범죄자들은 형무소 내의 공장에서 여럿이 같이 하는 목공일 등이 주어졌지만, 독방의 사상범들에게는 자기 방에 홀로 앉아서 하는 실내 작업이 주어졌다. 일감과 함께 그날의 작업량이 정해지는데 지시된 만큼 반드시 해내야 했다.

요즈음은 어떤지 모르지만 일제시대엔 사상범들은 모두 '독방'에 수감되도록 규정되어 있었다. 독방은 사방이 밀폐된 구조였다. '나쁜 사상'의 전파를 막기 위해 그랬던 모양이지만, 다른 사람들과의 관계를 모두 차단해버리기 때문에 이중의 잔혹한 형벌이었다. 사상범들은 그런 이중의 고통 속에서 강제 노역을 해야 했다. 노역은 투망 뜨기, 봉투 붙이기, 목장갑 코 꿰기 등등이었다.

치안유지법 위반의 사상범으로 1942년부터 서울 서대문형무소에서 징역살이를 했던 시인 김광섭(金珖燮)은 강제 노역으로 독방에서 투망을 떴다고 한다. 그가 쓴 『옥중기』에는 기결수가 되어 독방에 갇혀서 처음으로 강제 노역을 시작할 때의 심경이 이렇게 회상되어 있다.

> 미결감과 똑같은 규격의 방인데 내 것이라고는 내 얼굴 하나밖에는 없는 방 — 어느 날 어느 밤이고 문이 열리지 않는 곳이었다.
>
> 책도 없는데 일거리라도 주었으면…… 그러나 여기서는 일하는 것도 벌로 하는 것이지만 일 없는 것도 벌이었다. 한 달 후에야 명주실로 투망(投網)을 뜨기 시작했다. 한 코 두 코…… 손가락이 아프고 마르도록 한숨으로 이어 떠가던 투망, 누가 갖다 시원한 강물에 치고 고기를 잡을까.[23]

희미한 10촉 전구가 밤이나 낮이나 켜 있는 좁은 독방 안에 감금되어 날마다 이런 종류의 강제 노역을 해야 했던 소위 사상범들의 나날과 그 심경—, 생각하면 불타는 석탄덩어리를 삼키는 듯하다.

윤동주의 복역 모습을 단편적으로나마 전하는 증언이 윤일주 교수의 글 속에 있다.

> 매달 한 장씩만 일어로 허락되던 엽서만으로는 옥중 생활을 알 길이 없으나, 『영일(英日) 대조 신약성서』를 보내라고 하여 보내드린 일과 "붓 끝을 따라온 귀뚜라미 소리에도 벌써 가을을 느낍니다"라고 쓴 나의 글월에 "너의 귀뚜라미는 홀로 있는 내 감방에서도 울어준다. 고마운 일이다"라는 답장을 준 일이 기억된다. 편지 쓸 날짜를 얼마나 기다렸던지, 매달 초순이면 어김없이 깨알같이 써오는 편지에는 가끔 먹으로 지워버린 곳이 있었다. 옥중의 노동 장면 등의 구절이 간수들에 의하여 지워졌음을 짐작할 수 있었고, 더러는 짐작할 수 없을 정도로 먹칠해져 있었다.[24]

---

23) 김광섭, 『옥중기』, 창작과비평사, 1976, 43쪽.
24) 윤일주, 「윤동주의 생애」, 『나라사랑』 23집, 외솔회, 161~162쪽.

이 증언으로 해서 복강형무소의 규칙과 윤동주의 복역 모습 몇 가지가 확인된다.

1) 수감자와 가족 간의 통신은 매달 엽서 한 장씩만, 그것도 일본어로 쓴 것만 허락되었다.

2) 성서를 읽는 것은 허락되었다. 윤동주가 굳이 『영일(英日) 대조 신약성서』를 넣어달라고 한 것으로 보아, 그는 성서 읽기를 겸해서 영어도 잊지 않도록 계속 읽을 수 있는 방도를 찾았던 듯하다.

3) 윤동주는 독방에 갇혀 있었다.

4) 윤동주는 복역 중 노동을 했고, 그 일에 관해 집으로 보내는 서신에 기록했던 적이 있다. 그러나 그런 이야기는 외부로 전해지는 게 금지되어 있었다.

5) 서신은 모두 검열되었고, 금지된 내용이 쓰여 있으면 먹으로 지워버렸다.

그러나 이 사람을 보라!

그러한 처참한 생활 속에서도 윤동주는 오히려 한 마리 가을 귀뚜라미 울음소리를 귀담아 들었으며 고마워했다. 그래서 그 정결한 문체로 "너의 귀뚜라미는 홀로 있는 내 감방에서도 울어준다. 고마운 일이다"라고 써보냈다. 아아! "고마운 일이다"라니! 읽어내리기에 그저 목이 메인다. 그 간악한 일제 감옥의 인간 이하의 취급도 그의 관유하고 고결한 인품에 아무런 손상을 입히지 못했음을 이 구절은 통렬하게 증언한다. '별을 노래하는 마음으로 모든 죽어가는 것을 사랑'하려고 한 그의 정신은, 그가 처한 처참한 상황을 그토록 맑고 지순한 모습으로 견디어내고 있었다.

감옥의 강제 노역은 꽤 고된 것이었는가 보다. 그 증거로 윤동주가 입었던 내복에 관한 이야기를 들 수 있다. 윤혜원 씨에 의하면, 윤동주의 사망 통지를 받고 유해를 가지러 복강형무소로 갔던 부친과 당숙이 돌아왔을 때, 윤동주의 유골 상자와 함께 그가 형무소에서 입었던 옷을 한 보따리 찾아왔더라고 한다. 그런데 어머니가 나중에 그 옷가지들을 살피다가 눈물지으며 깊이 탄식했다.

> 그놈들이 일을 많이 시킨 모양이구나. 무슨 일을 어떻게 얼마나 시켰기에 옷이 이렇게 이상하게 해졌단 말이냐!

어머니가 들고 있는 옷을 보니 겨울 내복이었는데 그 해진 모양이 이상했다. 왼쪽 소매와 왼쪽 가슴쪽 부분만 유난히 닳아서 헝겊의 올이 풀어지고 잔 구멍들이 송송 나 있었다. 몸의 왼쪽 부분을 많이 썼다는 증거였다. 그런데 암만 생각해봐도, 왼손잡이도 아닌데 어떤 일을 해서 그렇게 이상하게 옷이 해진 것인지 영 가늠되지 않았다

유족들의 의구심이 일리 있다. 옷이 정상적으로 해진 것이라면 다 고르게 낡으면서도 왼쪽보다는 오른쪽이 약간 더 낡는 게 정상이기 때문이다.

윤동주가 복강형무소에 살아 있는 동안 그를 면회 가본 사람은 아무도 없다. 다만 가족들은 우편으로 물건들을 보내 차입했다. 윤일주 교수의 증언에 복강감옥으로 미숫가루와 엿 등 먹을 것을 보낸 이야기가 나온다.

> 1943년 가을 교오또에서 당숙께서 면회를 하신 이후, 1945년 2월 16일까지 우리는 면회 한 번 할 수 없었으니 먼먼 감방에서 얼마나 외로우셨을까 생각하니 가슴이 메인다. 어머니께서 정성들여 장만하시어 가끔 우편으로 보내드린 미싯가루며 엿이며를 받아 잡수시기나 하셨는지…….[25]

그러나 윤동주에게 그 음식물들이 전혀 전해지지 않았을 것이다. 형무소 규칙상 밖에서 개인적으로 만든 음식이 그대로 어떤 특정 개인에게 전달되지 못하도록 되어 있기 때문이다. 차입 음식물의 유독(有毒) 여부, 또는 음식물 속에다 외부와 연락하는 속임수를 넣었을 경우, 등 일일이 가려내기 힘든 문제점들이 발생하는 걸 우려해서라고 한다.

복강형무소 재소 중 송몽규는 단 한 차례의 면회를 했다. 윤동주의 시체

25) 윤일주, 「윤동주의 생애」, 『나라사랑』 23집, 외솔회, 162쪽.

를 찾으러 간 윤영석과 윤영춘 두 사람이 "죽은 동주는 후에 찾기로 하고 산 사람부터 먼저 찾아야겠다" 하여 송몽규에 대한 면회를 신청했을 때다. 그것이 그가 경도에서 1943년 7월 10일에 특고에게 체포된 이래 최초로 아는 사람과 대면한 기회였다.

윤영춘의 증언에 의하면 그때 몽규는 "반쯤 깨진 안경을 눈에 걸친" 모습이었고 "피골이 상접이라 처음에는 얼른 알아보지도 못하였다" 하니, 송몽규의 감옥살이가 얼마나 처참했던가를 능히 짐작할 수 있다.

그의 안경은 그 자신의 실수로 깨져 반만 남았던 것인가? 아니면 누군가의 폭행에 의해 그리 되었는가?

원인이야 무엇이었던 간에 그렇게 반쯤 깨진 안경을 걸치고 살아야 했던 것이 송몽규의 감옥살이였다. 그 깨진 안경이야말로 그가 감옥 안에서 겪어야 했던 수모와 굴욕과 고통을, 그 비인간적인 학대를 피가 흐르도록 선연하게 고발하는 것이 아닐 수 없다.

## 옥사(獄死) — 아, 1945년 2월 16일!

윤동주는 끝내 복강감옥 안에서 절명했다.

1945년 2월 16일 오전 3시 36분.

그의 나이 이제 겨우 만 27세 2개월 남짓, 그가 일제의 특고경찰에게 체포된 때로부터 19개월 2일이 된 날이었고, "나는 나의 참회의 글을 한 줄에 줄이자. — 만 24년 1개월을 무슨 기쁨을 바라 살아왔든가"라고 깊이 탄식한 때로부터 3년 1개월 만이었다.

그가 운명하는 모습을 지켜보았던 젊은 일본인 간수는 "윤동주가 외마디 소리를 높게 지르면서 운명했다"고 유족들에게 전했다.

운명의 순간 윤동주가 지른 외마디 높은 비명 소리……. 그 소리에 담긴 것은 무엇이었을까!

그의 생애 전부, 그의 마음 전부, 그의 기쁨과 슬픔 전부, 그가 원한 것, 그가 괴로워한 것, 그가 사랑한 것, 그의 그리움과 애통함, 그의 모든 것, 모든 것…….

그것이 모두 하나로 합쳐져서 외마디 비명이 되어 세상을 향해 외쳐진 것이다.

그 외마디 비명을 내지르지 않으면 운명조차 할 수 없도록 임종의 자리에 누운 그의 마음에 아프게 쌓여 있던 것! 그것을 생각하면 마음에 소름이 돋는다.

그는 그렇게 비통하게 갔다. 그러나 큰 의문이 남는다. 운동과 산책을 즐기던 튼튼한 몸이고 한창 젊었던 그가 복강형무소에 수감된 지 미처 1년도 안 되어 이렇게 허망하게 절명한 이유는 무엇인가? 그의 사망원인은?

윤동주의 옥사 통지를 받고 그의 부친과 함께 복강형무소에 가서 유해를 가져온 당숙 윤영춘은 그 점에 대해 참으로 중요한 증언을 남겼다.

> 동주가 옥사했다는 부음을 나는 신경에서 받았다. 영석 형과 나와 둘이서 후꾸오까(복강)형무소를 찾기는 동주가 사망한 지 10일 후였다. 몽규도 동주와 같은 형무소에 있는 것이다. 죽은 동주는 후에 찾기로 하고 산 사람부터 먼저 찾아야겠다는 생각에서 몽규를 먼저 찾았다.
>
> 면회 절차 수속을 밟으며 뒤적거리는 놈들의 서류를 보아한즉 '독립운동'이란 글자가 한자(漢字)로 판박혀 있는 것이었다. 옥문을 열고 들어서자 간수는 우리더러 몽규와 이야기할 때는 일본말로 할 것, 너무 흥분된 빛을 본인에게 보여서는 안 된다는 주의를 주었다. 시국에 관한 말은 일체 금지라는 주의를 받고 복도에 들어서자 푸른 죄수복을 입은 20대의 한국 청년 근 50여 명이 주사를 맞으

려고 시약실(試藥室) 앞에 쭉 늘어선 것이 보였다.

몽규가 반쯤 깨어진 안경을 눈에 걸친 채 내게로 달려온다. 피골이 상접이라 처음에는 얼른 알아보지 못하였다. 어떻게 용케도 이렇게 찾아왔느냐고 여쭙는 인사의 말소리조차 저 세상에서 들려오는 꿈 같은 소리였다. 입으로 무어라고 중얼거리나 잘 들리지 않아서 "왜 그 모양이냐"고 물었더니, "저놈들이 주사를 맞으라고 해서 맞았더니 이 모양이 되었고 동주도 이 모양으로……" 하고 말소리는 흐려졌다. 물론 이때는 우리말로 주고받은 것이다. 또다시 내 손목을 붙잡은 몽규의 손길은 뜨거웠다. 두 손을 마주잡고 도오꾜오에서 우에노공원을 거닐던 젊은이를 이런 곳에서 잃게 됨을 생각하니 그저 눈물만 흐를 뿐으로, 너무 억울해서 무슨 말이 잘 나오지 않았다. 시간이 됐으니 나가라는 말에 밀리어 나오고 말았으니, 이것이 몽규와 이 세상에서의 마지막 이별이었다(그 후 몽규는 한 주일 후에 사망함).

그 길로 시체실로 찾아가 동주를 찾았다. 관 뚜껑을 열자 "세상에 이런 일도 있어요?"라고 동주는 내게 호소하는 듯했다. 사망한 지 열흘이 되었으나 구주제대(九州帝大)에서 방부제를 써서 몸은 아무렇지도 않았다. 일본 청년 간수 하나가 따라와서 우리에게 하는 말, "아하, 동주가 죽었어요, 참 얌전한 사람이…… 죽을 때 무슨 뜻인지 모르나 외마디 소리를 높게 지르면서 운명했지요" 하며 동정하는 표정을 보였다.[26]

지난 세월, 윤영춘 선생의 위와 같은 증언은 두 가지 점에서 매우 중요하다고 주목 받았다.

첫째 송몽규에 관한 서류에 쓰여 있던 죄목이 '독립운동'이더라는 것과, 둘째 윤동주와 송몽규가 형무소 당국이 맞게 한 주사를 맞다가 죽었다는 것이다.

첫째 항목인 송몽규의 서류에 '독립운동'이라는 한자 글씨가 써 있더라는

26) 윤영춘, 「명동촌에서 후쿠오카까지」, 『나라사랑』 23집, 외솔회, 113~114쪽.

증언은 극히 정확하고 정직한 증언이었음이 증명되었다. 송몽규의 사후 30여 년 만에 공개된 『사상월보』에 실린 그에 대한 판결문에 바로 '조선독립운동'이라는 한자가 쓰여 있음을 우리는 이미 앞에서 본 바이다.

둘째 항목의 '형무소에서 맞게 한 주사 때문에 죽었다'는 부분이 증명되어야 할 차례이다. 그러나 아직도 이 부분은 공식 문서로 증명되지 못했다. 그저 "그들이 당시 생체실험을 당한 것"이라고 강력하게 추정되고 있을 뿐이다. 그러나 사건의 본질상 생체실험 부분은 공식적으로 증명되기가 거의 불가능하다. '인간에 대한 생체실험'이라는 극악한 범죄에 가담했던 관련자들이 그 증거를 지금까지 보존해두거나 스스로 그 사실을 밝히고 나설 것을 바라기는 지극히 어렵기 때문이다. 이와 관련해서 라사행 목사는 필자에게 이런 중요한 증언을 해주었다.

> 해방 직후였어요. 윤영춘 선생이 나를 찾아왔던 일이 있습니다. 동주가 4학년 때 하숙하던 북아현동 하숙집을 같이 찾아보자는 거였지요. 일본 건너갈 때 남기고 간 동주의 짐과 책을 찾아야겠다는 거였어요. 그래서 같이 갔었는데 집을 못 찾고 말았습니다. 그런데 그렇게 같이 다니면서 이야기를 나누던 중에 그분이 동주의 시체를 가지러 일본 복강감옥에 갔었던 때 이야기를 들었지요. 그때 감옥에서 주사를 강제로 맞게 했다는 거예요. 몽규를 면회했을 때 들었는데, "'난 안 맞겠다'고 했는데도 '맞아야 한다'고 하며 강제로 주사를 맞게 한다"고 하더라는 겁니다.

그런데 1980년에 와서 윤동주가 당한 '생체실험'의 내용에 대해 최초로 구체적인 추리를 시도한 일본인이 나타났다. 일본 중앙대학을 마친 후 한국에 유학하여 동국대학교 대학원에서 한국문학을 전공하고 있던 홍농영이(鴻農映二, 고노오 에이찌) 씨가 그 사람이다.

그는 윤동주가 맞았던 '이름 모를 주사'는 "당시 구주제대에서 실험하고

있었던 혈장 대용 생리 식염수 주사였을 가능성이 크다"고 추정하여 큰 반향을 일으켰다.27)

앞에서 인용된 일본의 『전시행형실록(戰時行刑實錄)』(교정협회 간(矯正協會刊), 1966.)이라는 책에는 '형무소별 사망자수 조사(1943년~1946년 1월)'라는 항목이 있다. 복강형무소의 경우, 이런 통계가 나와 있다.

1943년 – 64명

1944년 – 131명

1945년 – 259명28)

1945년의 사망자 259명 중에 윤동주와 송몽규가 들어 있는 것이리라. 표에 나와 있듯이 재소자 사망률이 해마다 두 배씩 증가하고, 전쟁 말기인 1945년에는 259명이나 옥사했다는 것은 무엇을 의미하는 것일까. 이것은 도저히 평범한 수치가 아니다. 복강형무소에서 재소자들을 상대로 대규모의 생체실험을 시행했으리라는 심증을 굳게 하는 통계 수치이다.29)

---

27) 鴻農映二, 「윤동주, 그 죽음의 수수께끼」, 『현대문학』, 1980.10, 323~325쪽.

28) 伊吹郷, 「時代의 아침을 기다리며」, 『문학사상』, 1985.5, 312쪽에서 재인용.

29) 여기서 신중하게 검토해야 할 증언이 하나 있다. 1977년에 정부에 의해 독립유공자로 포상된 김헌술(金憲述) 씨의 증언이다. 그는 복강형무소에서 직접 윤동주를 보았고, 또 그 자신이 생체실험을 몸소 당했던 경험이 있다는 것이다. 그 내용은 대략 다음과 같다.

김헌술 씨는 경도중학교 4학년에 재학 중이던 1942년 8월, 18세의 나이로 '경도유학생사건'에 관련되어 일경에 피체, 경도지방재판소에서 재판을 받고 1943년 6월에 복강형무소에 수감되어 1944년 9월에 만기 출옥할 때까지 있었는데, 그때 복역 중인 윤동주를 보았다고 한다.

당시 사상범들은 모두 독방에 가두었는데, 그는 북3사(北三舍) 48호 독방에 있었고 윤동주는 복도 맞은편인 108호 독방에 갇혀 있었다고 한다. 감방의 구조는 구치감(고희욱 씨 증언에서는 '검사국'이라고 표현되었다) 독방과 마찬가지 형태의 밀폐형이었다. 윤동주를 처음 본 것은 1944년 초여름의 오후. 맞은편 감방에서 죄수가 새로 옮겨오는 기척이 들려서 간수들이 감방 안을 들여다보는 감시구를 통해 복도를 내다보니, 청년 하나가 얇고 푸른 이불을 두 손으로 받쳐 들고 그 위에 베개 하나 밥통 하나를 얹어들고 간수의 지시에 따라 맞은편 108호 감방 안으로 들어가더라는 것. 간수가 철문을 잠그고는 사상범임을 표시하는 '엄정(嚴正)'이란 패찰을 문 옆에 꽂아놓은 후 사라지더라는 것이다.

그 후 운동 시간에 모두들 밖으로 나가는 기회에 간수의 눈을 피해 108호의 젊은 죄수와 통성명을 했는데 "경도 동지사대학의 윤동주"라고 하더란 것이다.

김헌술 씨가 복강형무소에서 했던 노역은 목장갑이나 목양말의 코를 꿰는 실내 작업이었다. 형무소 당국은 그가 출소할 때 그간의 작업의 대가로 12원을 주더라고 한다. 이제 그의 증언을 ① 그가 겪은 생체실험 ② 그가 본 윤동주, 두 부분으로 나누어서 소개한다(김헌술, 「내가 마지막 본 尹東柱」, 『정경문화』, 1985. 8. 291~293쪽).

(1) 그가 겪은 생체실험 이야기

윤동주 지사와 첫인사를 나누기 전, 1942년(주 : 1943년의 오식. 김헌술 씨는 1943년 5월에 복강형무소에 이감되었다고 앞에 나옴) 겨울에 나는 이상한 일을 경험했다. 겨울 감방은 생지옥과 같아 어둡고 춥다. 손발이 얼어 터져 피가 나고, 피가 엉킨 부위가 퉁퉁 부어오르곤 했다. 그래도 할당된 작업량은 반드시 채워야 했다. 그날도 나는 열심히 바늘을 양말 코 사이에 옮기는 작업을 하던 중이었다. 간수가 와서 문을 열고 나에게 나오라고 한다. 나는 예의 형무소장의 면담인가 해서 가슴이 철렁 내려앉았다. 하던 일을 멈추고 간수를 따라 복도에 나갔다.

이방 저방에서 몇 사람이 나오고 그들과 함께 간수를 따라 중앙 광장에 나가자 몇 사람이 이미 나와 서성거리고 있었다. 나의 동지 이원구(李元求)도 보였다. 이원구 동지와는 같은 棟에 있어도 복도에서 눈인사만 나누다가 이렇게 만나니 쏟아지는 말을 막을 수 없었다. "건강은 어떤가?" "출소 날짜는?" "작업 기술은 향상되었나?" "무슨 책을 읽고 있나?"

나와 이 동지가 얘기하는 것을 보더니 다른 사람들도 서로 말을 건넸다. 나는 또 다른 동지들과도 인사를 나눴다. 여기서 나는 우리 동지들의 신상을 알게 되었다. 모두가 나에게는 4~5년 정도 선배 되는 분들이었다. 당시 인사를 나눈 그 선배들의 신상은 지금도 기억에 생생하다. 성대(城大)에 재학 중 잡혀온 김제옥(金濟玉) 선배는 집이 서울시 혜화동 115-5였고, 구주의전생(九州醫專生)이었던 조희달(曹喜達) 선배는 화순(和順) 출신이었다. 조 선배는 매우 쾌활하고 담대한 데다 박력이 있는 분이었다. (중략) 김제옥·조희달, 그리고 경도유학생사건(京都留學生事件)의 지도자 양인현 선배, 이원구 동지와 나는, 간수가 없는 틈을 이용해 통성명을 전격적으로 끝냈다. 간수가 와서 우리 5명을 포함, 죄수 일행을 병감(病監)으로 인솔했다.

우리가 의무실로 들어서니 옥의(獄醫)가 나무의자를 가리키며 모두 앉으라고 했다. 인텔리였던 옥의는 우리를 너그럽게 대해주었다. "조선이 독립되겠나? 전도양양한 준재(俊才)들이!" 하면서 휘 우리를 둘러보고 안됐다는 표정을 지어 보였다. 그는 개업을 하다 군의관으로는 나이가 많아 옥의로 징발되어 왔다고 자기 소개를 하기도 했다.

잠시 후 그 옥의는 우리들에게 암산 용지를 2~3장씩 주면서 일정 시간에 암산을 해서 연필로 답을 적으라고 했다. 암산 용지에는 간단한 가감산 문제가 수백 개 가량 나와 있었다. 우리들은 영문도 모른 채 열심히 암산으로 답을 써 내려갔다. 5분가량 지났을까? 옥의는 "그만" 하더니 답안지를 거두었다.

이때 구주의전생이었던 조희달 선배가 나도 의학을 배우다 왔는데 "이것은 무엇하려고 하느냐?"고 독특한 큰소리로 옥의한테 질문을 했다. 옥의는 웃으면서 "다이시다고도 나이요(별다른 일은 아니다)" 하며 주사기를 꺼내 5~10CC 정도의 주사액을 넣고는 우리들의 팔에 주사를 놓았다.

이때 우리들은 이게 무슨 주사며, 무엇 때문에 맞는지 몰랐다. 불가사의한 일이 진행되고 자신의 신체에 이물질이 들어가는 순간에 아무런 저항 없이 팔을 내밀고 주사를 맞았다. 물론 나도 뼈만 남은 팔을 걷어 올리고 주사를 맞아야 했다.

우리들은 1주일 이상 주사를 맞았다. 주사를 맞기 시작한 지 며칠이 지나자, 암산 능력이 거의 반으로 떨어졌다. 1주일이 지나면서부터 암산 능력이 더 떨어졌을 뿐만 아니라 오답도 많아졌다. 우리는 이것을 생체시험(生體試驗)이라 불렀다.

(2) 그가 본 윤동주

형무소의 감방문은 하루 5번 정도 열린다. 아침 청소 · 묵상 · 식사 · 변기 교환 · 운동, 그리고 며칠 만에 한 번씩 하는 목욕, 작업 원료의 반입 · 반출 때에 방문이 열렸다 닫히는데, 변기 교환이나 운동·목욕시에는 囚人들이 복도에 나가야만 된다. 특히 변기 교환은 매일 빠짐없는 일과였다. 하루 동안의 배설물을 본인이 직접 들고 복도 한가운데에 가져다 놓고, 포르말린이 들어 있는 새 용기를 갖고 들어온다. 이때 수인들끼리 가까운 거리에서 얼굴을 마주볼 수 있다.

변기 교환 시간에 윤 지사를 매일 보아야 했었지만 그렇게 되지를 않았다. 그것은 윤 지사가 변기 반출에 시간이 오래 걸려 어긋나는 때가 많았기 때문이다. 윤 지사는 몸이 좋지 않은 듯 변기를 신속히 움직이지 못했다. 변기는 倭人들이 일상시에 쓰는 간장통이나 술통 같은 형태로 나뭇조각을 이어 만든 것인데, 건강한 사람이라면 두 손으로 거뜬히 들 수 있다. 윤 지사는 그것조차 힘겨워 보였다. 힘들게 변기를 복도 중앙에 갖다 두고, 윤 지사는 주위를 둘러보지 않고 방으로 들어가버리곤 했다.

윤 지사의 얼굴은 붉은색을 띠고, 말하자면 상기된 때가 많았다. 옥중생활을 오래하면 얼굴이 창백해지는 것이 정상인데 붉은색을 띠면 身熱이 있다는 것이다. 그것도 미열이 아니고 상당한 정도의 열이 있다는 것을 의미한다.

변기를 교체하다 어쩌다 윤 지사와 눈이 마주치면, 잠시 쳐다보곤 아무 표정도 없이 방으로 되돌아가고 만다. 인사까지 나누고 통성명을 했는데도 만사 귀찮다는 표정 같았다. 空과 虛의 표정을 윤 지사의 얼굴에서 읽을 수 있었다.

윤 지사는 훤출한 키에 상하 균형이 잘 잡힌 체격이었다. 頭像은 이마가 넓고 약간 앞으로 튀어나온 듯했고, 얼마나 여위었는지 관자놀이뼈 밑은 삼각형의 예각을 그리면서 턱은 뾰족한 편이었다. 당시의 학생 사상범 출신들이 모두 그러하듯 윤 지사에게서도 선비 기풍이 풍기고 범하기 어려운 근엄함이 엿보였다.

목욕을 하는 날에는(倭人들은 자신들이 좋아하는 목욕이라서 그런지 죄수들에게도 수일에 한 번씩 목욕을 꼭 하게 했다) 감방 안에 옷을 벗어놓고 발가벗은 채 수건 하나만 들고 복도에 모였다가 목욕탕을 향해 줄을 지어 걸어나간다. 우리는 이것을 '해골 行進'이라 불렀다. 윤동주 지사의 해골 행진은 참으로 참담했다. 큰 체구에 뼈대가 굵어서인지 어깨·양팔·다리·가슴 부위의 뼈가 그대로 드러나 마치 뼈에 가죽을 입혀놓은 듯했다. 내가 있던 棟에 미군 포로가 있었는데 그도 윤 지사와 마찬가지였다. 골격이 크면 그렇게 드러나는 것이라 생각은 했지만 차마 눈뜨고는 보지 못할 정도였다.

대개의 경우, 미결수에서 기결수로 넘어오는 과정에서 건강이 극도로 나빠진다. 이는 日警의 취조를 받으면서 심한 고문을 당하기 때문이다. 일제의 고문은 매우 원시적이며 잔혹하기로 이름나 있다. 윤 지사도 취조 과정에서 그렇게 쇠잔해진 것이 아닐까 하는 생각이 들었다.

아침 5시에 기상(겨울에는 5시 30분)하여 마룻바닥을 물걸레질로 청소하고 난 후

正坐하여 30분간의 묵상을 하고 나면, 간수부장의 각 방 점검이 시작된다. 간수가 각 방의 철문에 달려 있는 자물쇠의 손잡이를 덜커덕 잡으면서 "번호" 하고 소리치면 안에 있는 죄수는 정좌하고 있다가 간수를 향해 큰 소리로 자기 번호를 외쳐야 한다. 나의 번호는 257번이었는데 윤 지사의 번호는 기억이 나지 않는다. 그도 그럴 것이 윤 지사의 번호 복창소리가 들리지 않았기 때문이다. 건너에 있던 윤 지사의 복창소리는 모기소리 같은 가냘픈 소리였다. 오랜 기간 복역을 한 사람이 기력이 있을 리 만무하지만 그런 점을 감안하더라도 윤 지사는 더욱 허약해 있었다. 윤 지사는 걸음마저도 휘청거릴 정도였다.

나는 1944년 여름, 잔여 형기가 4개월 남짓했기에 뼈가 어스러지는 고통 속에서도 억지로 참고 있었다. 참기 힘들 정도가 되어 간수에게 肺痛이 있으니 病監으로 이감시켜달라고 억지도 써보았고, 어떤 날은 작업을 쉬게 해달라고도 했다. 더욱이 여름의 獨房刑은 견디기 힘든 苦行이다. 딱딱한 마룻바닥에 앉아 12시간 작업을 하면 팔다리는 물론 온몸이 저려온다. 게다가 한여름의 무더위로 가슴이 답답하고 숨이 막힐 지경이니 하루에도 몇 번씩 죽어버리고 싶은 생각이 들곤 했다. (중략)

108호실의 윤 지사는 아침운동에도 나오지 않는 날이 더러 있었다. 딴 곳으로 이감했나 하고 그 방의 동태에 촉각을 세웠는데 간혹 인기척이 있고, 때때로 밥찌꺼기가 남아서 나오는 것을 보니 분명 사람이 있었다. 어느 날 복도에 108호실의 죄수가 복도에 변기를 내놓고는 곧 방으로 들어가버리는 뒷모습을 확인했는데, 분명 윤동주 지사였다. 그 모습을 보고 "많이 안됐구나" 하는 혼자소리를 내기도 했다.

아침 점검 때의 일이다. 108호실에서 소동이 났다. 간수가 황급히 문을 따고 108호실로 들어가고 뒤이어 의무실에서 사람이 왔다. 잠시 후 다시 정적이 찾아왔다. 기상하여 정좌하고 있어야 할 윤 지사가 운신을 할 기력마저 잃었던 모양이다. 저렇게 되어도 病監에 옮겨주지 않으니, 가혹한 行刑을 저주할 수밖에.

이상이 김헌술 씨의 증언이다. 얼른 보기에 묘사가 박진감 있어 꽤 설득력을 지닌 듯하다. 그러나 그가 증언한 윤동주의 모습은 많이 의아하다. 1944년 가을 '귀뚜라미 울 무렵'에 집의 동생에게 보내는 엽서에다 "너의 귀뚜라미는 홀로 있는 내 감방에서도 울어준다. 고마운 일이다"라고 쓰고 있었던 사람이 윤동주이다. 그 문체나 거기 담긴 정신은 병약하여 다 죽어가는 사람으로서는 결코 가질 수 없는 기품과 여유를 담고 있다. 그런데도 김헌술 씨가 1944년 여름에 본 윤동주는 그렇게 다 죽어가고 있더라는 것이니 얼마큼 믿어야 할까.

더구나 김헌술 씨는 『빛』이라는 대구에서 발행되는 월간잡지의 기자와 가진 인터뷰에서는 윤동주의 죽음의 원인에 대해 '폐결핵으로 인한 사망설'을 주장하여 다음과 같이 보도되었다.

그런데 김헌술 씨는, 그가 지켜본 윤동주 시인의 죽음을 생체시험에 의한 것으로 보기는 어렵다고 주장한다.

그와 동지들이 직접 생체시험을 경험했지만, 그것은 사람의 머리 회전을 둔화시키고, 굉장히 피곤하게 만드는 것은 사실이지만 죽음까지 몰아갔다는 데는 고개를 가로젓는다.

그의 짐작으로는, 그 당시 윤동주 시인의 병 증세로 보아 폐결핵을 앓고 있는 것처럼 보였다고 한다. 그것은 후일 그가 직접 폐결핵을 앓아보았기에 더욱 확신이 간다고 한다(서동훈, 「詩人 윤동주와 함께 후쿠오카 형무소에서 감옥살이를 한 김헌술

윤혜원 씨는 윤동주의 유해를 가지러 그의 부친과 당숙이 복강형무소에

옹」, 『빛』, 1987.8, 30쪽).

그러나 이것은 너무 무리한 주장이다. 도저히 논리적으로 맞지 않는다. 그가 생체실험의 대상이 되었던 것은 '1943년 겨울'이고, 윤동주가 생체실험의 대상이 되었다가 죽은 것은 '1945년 2월'이다. 그런 긴 시차를 두고도 늘 똑같은 내용과 강도의 실험만 계속 되풀이되고 있었다고 전제해야 그의 주장은 비로소 성립되기 때문이다.

그러나 그런 일이 있을 수 있는가. 실험은 하나의 결과를 얻으면 그것을 토대로 더 새로운 단계로 추진되어가게 마련이다. 그럼에도 불구하고 그가 '예전의 자기 체험'이란 잣대만 가지고, 더구나 자신이 출옥한 후에 있었던 윤동주의 경우까지 재려고 하는 것은 기초적인 상식에도 어긋난다.

그리고 무엇보다도 본질적으로 문제가 되는 것은, 그의 증언이 송몽규가 죽기 전에 남긴 증언과 크게 배치가 된다는 점이다. 윤영춘이 면회했을 때 송몽규는 ① 피골이 상접하고 ② 저 세상에서 들려오는 꿈같은 소리처럼 말소리가 잘 들리지 않았고 ③ 손은 신열로 해서 뜨거웠던 상태였다. 그런 송몽규에게 "왜 그 모양이냐"고 묻자, "저놈들이 주사를 맞으라고 해서 맞았더니 이 모양이 되었고 동주도 이 모양으로……" 하더라는 송몽규의 증언과 윤동주가 사망하기 5개월 전에 출옥한 김헌술 씨의 증언, 이 둘 중에서 하나를 택해야 한다면 우리는 단연코 송몽규의 증언을 택할 수밖에 없다.

그렇다면 김헌술 씨의 증언은 어떻게 평가되어야 할까? 그의 윤동주 관계 증언은 상당 부분이 너무 드라마틱하게 과장되고 윤색된 것이라고 필자는 본다. 그 과장과 윤색은 증언의 신뢰성에 거의 치명적인 손상을 입힐 정도이다. 그가 자신에게 선고된 형량을 두고 한 증언을 검토해본 결과, 필자는 그런 심증을 더욱 굳게 했다.

그는 경도 유학생들 간에 조직되었던 '독서회 사건'에 연루되어 체포된 후 '치안유지법 위반 및 불경죄'에 걸려 재판을 받았다고 한다. 그때 받은 선고형량을 두고 그는 다음과 같이 술회했다고 한다.

> 징역 2년.
>
> 판사가 "즉결처분을 해도 마땅하나, 초범임을 감안해서 징역 2년만 선고한다"는 판결문은 그를 어이없게 만들었다. 그는 더 이상 이들의 양심을 믿고, 어떤 것을 판단한다는 것은 우매한 일임을 직시하고 항소를 포기했다. 사실 그의 표현대로, 요사이는 형량이 인플레가 되어 정치범들에게 징역 10년을 예사로 선고하지만, 그 당시만 해도 징역 2년이면 모두 통곡을 할 때였다. 하지만 그는 자신이 감내해야 할 고통으로 생각했다(위에 인용한 글, 26쪽).

그러나 필자가 보훈처에 있는 관계 서류에서 확인한 바로는 그의 선고 형량은 '징역 2년'이 아니었다. '징역 1년 6개월(미결구류일수 90일 산입)'이 그에게 선고된 형량의 정확한 내용이었다.

전기 기록자의 입장이란 자기 앞에 제시되는 자료와 증언들을 남김없이 검토하고 거기서 보다 진실된 사실과 가치를 규명해내는 것을 사명으로 한다. 후일에 혹시라도 김헌술 씨가 주장한 '폐결핵으로 인한 사망설'이 윤동주 연구가들 중에서 새로운 연구 대상으로 받아들여지는 경우가 생길 것을 경계하여 이처럼 상세하게 추적해보았다.

갔을 때의 일에 대해 이렇게 증언했다.

아버지와 당숙이 오빠의 유골을 갖고 돌아오자, 우리 집에는 친척과 친지들이 많이 모여서 조문도 하고 복강형무소의 이야기를 들었지요. 아버지와 당숙이 전하는 말을 들으면 형무소에 도착하자 거기 직원이 "마침 잘 왔다. 오래 기다려도 유족이 오지 않아서 유해를 구주제대로 옮겨가려고 했는데 휘발유 사정으로 차가 오질 못해서 그냥 있던 참이다"라고 하더라는군요. 구주제대에서 해부용으로 시체를 가져가려고 했던 거지요. 도항증을 내야 하는 등 절차를 밟아야 했기에 열흘 정도 지나서 도착했다고 해요.

몽규 오빠를 먼저 면회하고 난 후 그 모습에 충격을 받은 아버지가 그만 복도에 주저앉아 통곡을 하셨다더군요. 몽규 오빠의 모습이 꼭 뼈에 가죽만 씌워놓은 것 같았고, 턱뼈가 쑥 나왔더라는 거예요. 당숙이 위로하여 아버지가 겨우 울음을 그치니까 이번에는 당숙이 크게 우시더래요. 그리고 나서 동주 오빠 시체를 찾으려고 시체 안치실에 가보니 관이 많이 쌓여 있더랍니다. 그 관들 속에 모두 시체가 들어 있었는지 아닌지는 모르지요. 딴 관은 열어본 게 아니니까요. 동주의 관이라고 찾아주는 걸 열어보니, 시체에다 방부제를 써서 전혀 상하지 않고 평상시 그대로의 모습이더래요. 신체에 상처도 전혀 없었구요. 방부제는 구주제대 의학부에서 시약했다더군요.

동주 오빠의 시체에는 하얀 수의가 깨끗하게 입혀져 있더라는 말씀도 하셨는데, 그것은 아무래도 어머니 마음이 좀 덜 상하라고 일부러 꾸며서 하신 것 같아요. 그때 형무소에 무슨 하얀 수의가 있어서 그렇게 깨끗하게 입혀놓았겠어요.

송몽규의 최후는 너무도 처참하다. 그를 본 외가 친척들이 통곡을 터뜨릴 정도로 그처럼 비참한 꼴이 되어서도 그는 계속 주사를 맞고 있었다. 더구나 그 주사로 인해 평생의 동료 동주가 이미 죽었고 또 그 자신 역시 죽어가고 있다는 것을 알면서도 강제에 의해 계속 그 주사를 맞아야 했던 그의 심경이 어떠했을까!

면회가 있은 지 9일 만인 1945년 3월 7일에 송몽규는 절명했다. 동주의 원통스러운 죽음 이후에도 강인하게 버티어 그의 죽음의 원인에 관한 증언을 유족에게 남겨 놓고 죽었다. 예로부터 너무도 원통한 일을 당했을 때 "죽어도 눈을 감지 못하겠다" 고 말하는데, 송몽규도 그랬다. 그는 얼마나 원통했던지 눈을 번히 뜬 채 죽었다. 그래서 그의 시체를 가지러 간 부친 송창희 선생이 그 눈을 감겼다.

# 제 10 장 시인윤동주지묘詩人尹東柱之墓

윤동주 유해의 귀향

송몽규의 옥사

송몽규의 무덤은 이렇게 찾았다

# 시인윤동주지묘(詩人尹東柱之墓)

## 윤동주 유해의 귀향

북간도 고향에서는 윤동주와 송몽규의 죽음을 어떤 절차로 알게 되었고, 그 후의 일들은 어떻게 전개되어 갔는가?

우선 윤일주 교수의 증언부터 들어본다.

> 매달 늦어도 5일까지는 반드시 오던 엽서가 1945년 2월에는 중순이 되어도 오지 않았다. 사망 통지의 전보가 온 날은 일요일이었다. 식구들은 다 교회에 나가고 나와 동생이 집을 보는 고요한 오전, 날아 들어온 전보는 "2월 16일 동주 사망, 시체 가지러 오라"였다. 나는 허둥지둥 교회로 달려가 어른들을 모셔오고, 잠시 후 예배를 마친 교인들이 몰려와 집안은 삽시간에 빈소 없는 초상집이 되었다. 잠시 촌에 가 계시던 어머니를 사람을 보내 모셔오고, 온 집안은 슬픔에 잠겼다. 슬픔 속에서도 걱정은 한두 가지가 아니었다. 북간도에서 일본 후꾸오까까지는 참으로 먼길일 뿐더러, 현해탄은 미군의 폭격이 심하여 항해는 매우 위험하

였고 일본 본토의 폭격도 대단한 때였다. 또 여행 수속과 도항증(渡航證) 내기도 보통 어려운 것이 아니었다. 주위에서는 안전을 걱정하여 다른 사람을 보낼 도리를 강구하도록 권하였으나 아버지는 도리어 단호히 떠나셨다. 슬픔에 잠긴 아버지를 위험한 길로 떠나보내고 우리는 슬픔과 걱정, 이중의 마음 쓰라림을 겪어야 했다. 아버지는 신경(新京)에 들러 그곳에 계시던 영춘 당숙님을 데리고 안동을 거쳐 후꾸오까에 가셨다.

아버지가 떠나신 후 집에는 형무소로부터 한 장의 통지서가 우편으로 보내왔다. 미리 인쇄되어 있는 양식 속에 필요사항만 기입하게 되어 있는 그 통지문의 내용은 "동주 위독함. 원한다면 보석(保釋)할 수 있음. 만약 사망시에는 시체를 인수할 것. 아니면 구주제국대학에 해부용으로 제공할 것임. 속답을 바란다"라는 것이었다. 그리고 거기 씌어진 병명은 뇌일혈이었다. 아무리 일본에서 만주까지 우편이 4일 정도 걸린다고 해도 죽기 전에 보냈다는 편지가 10일이나 지난 후에 올 수 있는가. 왜 미리 보내어 사람을 살릴 도리를 강구해주지 않았는가! 우리는 새삼 땅을 치고 울었다.

후꾸오까에 도착한 아버지와 당숙은 우선 몽규 형부터 면회하였다. 주사를 맞기를 기다리는 대열에 섰다가 나와서 "동주!" 하며 눈물을 흘리는 몽규는 피골이 상접하였더라고 한다. "동주 선생은 무슨 뜻인지 모르나 큰소리를 외치고 운명했습니다"라고 일본인 간수가 전해주었다고 한다. 한 줌의 재로 변한 동주 형의 유해가 돌아올 때, 우리는 용정에서 2백 리 떨어진 두만강변의 한국 땅인 상삼봉역(上三峯驛)까지 마중을 갔었다. 그곳에서부터 유해는 아버지 품에서 내가 받아 모시고 긴긴 두만강 다리를 걸어서 건넜다. 2월 말의 몹시 춥고 흐린 날, 두만강 다리는 어찌도 그리 길어보이던지 — 다들 묵묵히 각자의 울분을 달래면서 한 마디 말도 없었다. 그것은 동주 형에게는 사랑하던 고국을 마지막으로 하직하는 교량이었다.

그의 장례는 3월 초순(날짜가 확실히 기억되지 않는다) 눈보라가 몹시 치는 날이었다. 집 앞 뜰에서 거행된 장례식에서는 연희전문 졸업 무렵 교내 잡지 『문우』에 발표되었던 「자화상」과 「새로운 길」이 낭독되었다. 장지는 용정 동산(東山)이었다. 간도는 4월 초에나 겨우 해토되는 까닭에 5월의 따뜻한 날을 기다려 우리는 형의 묘에 떼를 입히고 꽃을 심고 하였다. 단오 무렵엔 할아버지와 아버지가 서둘러 묘비를 '시인윤동주지묘(詩人尹東柱之墓)'라고 크게 해 세웠다. 할아버지와 아버지에게서 처음으로 시인이란 일컬음을 받은 것이다. 비문을 짓고 쓰신 이는 해사(海史) 김석관(金錫觀)이라는 분이다. 비문은 순한문 3백 자 정도였는데, 옥사했다는 사실을 밝힐 수 없는 때여서, 조롱(鳥籠)에 든 새가 때를 만나지 못한 것으로 비유했었다. 잃은 손자를 위하여 며칠을 두고 석수(石手)들과 함께 애쓰시며, 비면을 갈며, 어루만지시던 할아버지와 아버지의 모습 — 손자에 대한 마지막 정(情)을 생각할 때 마음이 젖어옴을 아니 느낄 수 없었으리라. 송몽규 형도 그 뒤 20여 일 만인 3월 10일 옥사하였는데, 통지문 등 모든 절차가 동주 형의 경우과 같았다. 그의 묘지는 간도 화룡현(和龍縣) 대랍자라는 곳에 있다.[1)]

윤혜원 씨의 기억 속에 있는 당시 상황은 보다 구체적이고 애절하다. 윤동주를 잃은 가족들의 움직임과 사무치는 아픔이 방금 잘린 상처처럼 선연하게 드러나 있다.

윤동주가 옥사했을 때 윤혜원 씨는 화룡현 현청 소재지인 대랍자에 있는 송몽규의 집에서 살고 있었다. 용정에서 회령 쪽으로 40리 떨어진 곳이다. 명동학교 교사 출신인 몽규의 부친 송창희 선생은 칠도구 소학교의 교장을 거쳐 당시엔 대랍자촌의 촌장을 지내고 있었다. 몽규의 모친 윤신영 씨는 조카딸 윤혜원을 아주 귀여워했다. 그래서 명신고녀를 졸업한 뒤 용정 집에서 놀고 있던 그녀를 자기네 집에 와서 같이 살면서 대랍자 소학교의 교사가 되도록 주선했기에, 1944년 여름부터 소학교 선생이 되어 몽규네 집에서 살고 있었다.

1) 윤일주, 「윤동주의 생애」, 『나라사랑』 23집, 외솔회, 162쪽

동주 오빠가 옥사했다는 2월 16일은 금요일이고, 옥사 통지 전보는 이틀 후인 일요일 낮에 용정 집에 도착했다는데, 대랍자에는 그 다음날 아침에야 소식이 왔지요.

월요일이라 아침 먹고 출근하려고 고모와 함께 부엌에서 일하고 있는데, 근처에서 버스 차부를 운영하던 친척집 아저씨가 찾아왔다. 그 집에는 당시로선 매우 귀하던 전화가 있었다. 반갑게 어서 안으로 들어가시라고 하는데도 들어가지 않고 말도 제대로 못 꺼내며 머뭇거리더니, "너네 동주가 죽었단다" 하며 옥사 소식을 전해주었다. 용정에서 전화 연락이 왔다는 거였다.

아이구! 얼마나 기가 막히던지! 고모부와 고모와 함께 셋이서 그만 땅을 치면서 통곡했었지! 그때 얼마나 울었던지!

윤 여사는 그 일이 어제런 듯 다시 치미는 설움에 눈시울을 붉히면서 그때 일을 설명했다.

학교 출근이고 뭐고 다 걷어치우고 곧장 용정 집으로 달려갔더니, 온 집안이 울음바다였고, 교회 사람들이 많이 와서 우리 집안 어른들을 위로해드리고 있더군요.

거기서 전날에 옥사 통지 전보를 받던 때의 이야기를 들었다. 어머니는 그 전날부터 남양평에 있는 친척집 결혼식에 음식 준비하는 걸 거들러 가 계셨고, 할아버지는 관절염으로 집에 누워 계셨다고 했다. 그래서 할머니와 아버지 두 분만 교회에 예배를 드리러 가셨다. 그런 판에 동주의 옥사 통지 전보가 온 거였다. 집을 보고 있다가 전보를 받아 내용을 읽고 경악한 일주는 할아버지께 보여드리곤 그대로 집에서 1킬로미터쯤 되는 중앙교회에까지 정신없이 뛰어가서 미처 신도 못 벗고 예배 보는 도중에 들어가 아버지에게 빨리 집으로 가자며 끌어당겼다.

사망 통지 전보에는 시체를 가져가라는 구절이 있었다. 아버지가 신경에 먼저 들러서 거기 있는 윤영춘 선생을 대동하고 동주의 시체를 가지러 일본으로 가기로 했다.

> 그런데 그때 할아버지 때문에 우리가 모두 놀랐었지요. 오빠를 그토록 사랑하셨던 분인데, 아버지가 오빠의 시체를 가지러 일본에 가는 걸 반대하시는 거예요. "이왕 죽은 사람은 할 수 없다. 그 시체를 가지러 간다고 가다가 산 사람까지 잘못되면 어떡하겠냐. 가지 마라. 넌 내 하나밖에 없는 아들이다" 글쎄 그러시더라구요.

그때는 미국 비행기의 일본 본토 공습이 치열할 때라서 일본까지의 여행이 위험한 건 사실이었다. 그러나 많은 사람들이 아직도 무사히 일본을 왕래하고 있음 또한 사실이었다. 그런데도 흰머리 성성한 노인이 중년의 아들을 향해 "넌 내 하나밖에 없는 아들"이란 말로 일본 여행을 만류했다는 데서, 윤하현 장로가 동주의 죽음으로 인해 받은 충격의 크기가 어림된다.

윤 장로는 그 젊디젊은 청춘, 그 사랑스럽던 풋풋한 젊은 목숨을 한낱 터럭처럼 간단히 집어삼켜버린 '일본'이란 거대한 괴물의 모습에 끔찍하도록 강한 충격을 느낀 것이다. 그것은 그토록 사랑했던 맏손자의 시체를 차라리 포기하고 싶으리만큼 생생한 공포를 동반한 충격이었다. 아아! 사랑의 크기와 그것을 상실했을 때의 충격의 크기는 그토록 서로 비례하는가! 참혹할 따름이다.

> 아버지와 당숙은 감옥에서 오빠의 시체를 인수해내어 갖고 복강의 화장터에 가서 화장했답디다. 재는 현해탄 어디 고요한 바다에 가서 날리고 기도를 드렸대

요. 그리고 동주 오빠의 상징이 되도록 사기그릇 하나에 담은 오빠의 뼛가루를 작은 나무상자에 넣어서 안고 북간도로 돌아오셨지요. 그런데 죽은 오빠의 얼굴이 꼭 자는 것처럼 곱더래요.

윤동주의 장례는 1945년 3월 6일에 치러졌다. 관을 마련하여 부친과 당숙이 안고 온 동주의 유골상자를 그 안에 넣었다. 장례식은 용정 집의 앞뜰에서 거행되었다. 그들 가족이 나가던 용정 중앙장로교회의 문재린 목사(문익환 목사의 부친)가 그 장례식을 맡아 주관했다. 장례식에서 『문우』 잡지에 실린 윤동주의 시 2편, 「우물속의 자상화」와 「새로운 길」이 낭독된 것이 여느 장례식과 달랐다.

윤혜원 씨는 오빠의 장례 기간 동안 본 어머니 김용 씨의 모습을 인상 깊게 기억하고 있었다.

우리 어머닌 참 인자하시고도 대범한 데가 있는 분이셨어요. 낮에는 흔연히 일하시다 사람들이 잠든 깊은 밤이면 오빠의 관 있는데 가셔서 관을 어루만지며 소리 없이 눈물만 흘리시더군요.

동주 어머니가 크게 통곡조차 못하고 남의 눈에 뜨이지 않게 소리 없는 눈물만 흘리면서 아들의 장례 준비를 한 것은 위로 노인을 모시고 있었기 때문이었다. 우리 풍습에 윗대보다 먼저 죽은 죽음에는 곡을 하지 않는 법도를 따른 것이다. 그때 같이 있었던 김신묵 할머니는 이렇게 가슴 아픈 사연을 전한다.

동주의 어머니가 마침 시골 친척집에 가고 없을 때 사망 통지 전보가 집에 도착했다. 그래서 사람을 동주 어머니가 계신 곳으로 보내어 급히 집으로 돌아오게 했다. 집에 도착할 때까지 동주가 사망한 소식은 알리지 않았다. 그래서 아무것도 모르고 집에 도착한 동주의 어머니는 방 안 가득하게 모여

용정 윤동주의 고향 집 마당에서 문재린 목사의 집례로 거행된 윤동주의 장례식(사진 윗부분에 사망장소와 시간이 명기되어 있다). 영정의 오른편은 가족들, 영정의 왼편 첫 번째 사람이 문재린 목사. 이날 장례식에서 연전 문우회 발행의 『문우』지에 실린 윤동주의 시 2편이 낭독되었다. 눈보라가 섞어 친 추운 날씨여서 유족들과 조문객들의 마음을 더욱 춥고 아리게 했다

침통하게 앉아 있는 문상객들을 보자 크게 놀라면서 물었다.

“어쩐 일인가. 할아버지께서 편찮으신가?”

본래 동주 어머니의 건강이 별로 좋지 않았기에 사람들은 동주의 사망 소식을 알려주면서 크게 염려했다. 그러나 막상 그 소식을 들은 동주 어머니는 예상 밖으로 의연했다. 사람들 앞에서는 눈물 한 방울 안 흘리고 견디어내며 유해가 도착하기를 기다렸다. 그리고 드디어 유해가 돌아오자 모든 걸 손수 주관하며 장례 준비를 했고, 큰일을 다 치러내었다. 위로 어른을 모시고 있는 큰집 며느리로서 엄정한 처신을 한 것이다.

뒤쪽에서 본 윤동주 묘지

그런데 장례가 지난 얼마 후요, 동주 어머니가 집안의 빨랫거리들을 챙기고 있다가 동주의 흰 와이셔츠가 나오자 더 이상 견디지 못했지. 그만 통곡이 터져 나온 거야. 목을 놓아 통곡하고 또 통곡하고, 마냥 그치지를 못했어.

동주의 장례날은 3월 6일, 장지는 용정의 동산(東山)에 있는 중앙교회의 교회묘지였다.

윤동주 관계 기록에 "그가 동산교회의 묘지에 묻혔다"는 것은 부정확한 표현이다. 용정에는 교회들이 여럿 있었다. 그 중 장로교파 계통으로는 중앙교회와 동산교회와 토성보교회가 있었다. 윤동주네 가족이 나가던 중앙교회는 용정의 동산(東山)에 교회묘지를 갖고 있었고 윤동주는 거기 묻힌 것이다. 당시 교회묘지의 매장 방식은 연령, 신분, 남녀 구별 없이 별세한 순서대로 차례로 모셨다. 그래서 한 가족이라도 사망 시기에 따라 산소가 서로 떨어져 있었다. 교인이면 모두 다 그리스도 안에서 한 가족이라는 사상 때문에 그렇게 했다.

장례날, 그날따라 봄을 시샘하는 눈보라가 몹시 날려서 동주의 유골을 땅에 묻는 사람들의 마음을 더욱 춥게 했다.

## 송몽규의 옥사

1945년 3월 7일. 그 날은 윤동주의 장례식이 용정에서 치러진 바로 다음 날이었다. 송몽규가 복강형무소 안에서 절명했다. 형무소에서는 윤동주 때와 마찬가지 형식의 옥사 통지 전보를 보냈다.

전보를 받은 송몽규의 가족들은 땅을 치며 목 놓아 통곡했다. 그 슬픔과 원통함은 윤동주 때와 또 달랐다. 윤동주의 경우는 자식이 이역의 감옥에 갇혀 있다는 깊은 쓰라림 속에서도 어서 날이 가서 출옥할 날을 기다리고 있다가 느닷없이 당한 소식이었다. 그러나 송몽규의 경우는 더 참혹했다. 가족들은 동주의 유해를 가지러 일본에 갔던 윤영석・윤영춘 선생을 통해서 몽규가 복강감옥 속에서 정체 모를 주사를 강제로 맞아가며 피골이 상접한 모습으로 죽어가고 있다는 소식을 들었다. 그렇잖아도 산 채로 피가 마르는 상황인데 끝내 사망 소식이 날아온 것이다. 참으로 원통함이 하늘에 사무칠 일이었다.

몽규 어머니가 제일 못 견뎌했나. 몽규가 자라는 동안 몽규의 청이라면 무엇이든지 다 들어주어 친구들이 그 집에 가서 놀면 그렇게 편안했다는 그 어머니이다. 그토록 끔찍이 위하고 사랑해서 키웠던 아들이 그처럼 처참하게 비명에 간 것이다. 김신묵 할머니는 그때 일을 이렇게 회상했다.

> 몽규 어머니는 땅에 구르다시피 하며 통곡했지. 너무도 속이 타고 가슴이 막혀서 자기 가슴을 마구 세차게 두드려대면서 통곡하더니만 나중에 보니 그 가슴이 온통 멍이 들어 검푸른색이 되어 있더군. 그걸 보고 우리가 모두 새삼스럽게 어찌나 마음이 아팠던지 몰라.

애써 낳아 기른 맏아들을 비명에 잃은 어머니의 한이 그와 같았다면, 송창희 선생이 몽규의 시신을 복강의 화장터에서 화장했을 때의 이야기는 비명에 간 아들의 주검을 본 아버지의 한이 어느 정도 참담한 것이었는지를 보여준다.

김정우 선생에 의하면, 1945년 여름방학에 고향에 돌아갔을 때 사람들에게서 봄에 있었던 몽규 장례 때의 일을 들었는데, 깊은 충격을 받았다고 했다. 송창희 선생이 일본 복강의 화장터에서 몽규의 시신을 화장했을 때, 타고 남은 뼈를 빻는 절구질을 하는 동안 뼛가루가 주위에 튀자, "내가 왜 몽규의 뼛가루 한 점이라도 이 원수의 땅에 남기겠느냐!" 하고 뼛가루가 튄 흙을 모조리 쓸어 모아 와서 함께 장사지냈다는 이야길 들었다는 거였다. 이 이야기는 몽규의 장례 당시 그곳에 있었던 윤혜원 씨와 김신묵 할머니에게서도 재확인되었다.

이것은 무슨 이야기인가! 결과적으로 보아 송창희 선생은 아들의 뼛가루 한 점조차 남길 수 없도록 절통한 원수의 땅의 흙을 아들의 무덤에 함께 넣음으로 해서 아들의 유해로 하여금 언제까지나 일본 흙과 함께 있도록 한 결과가 된 것이 아닌가!

이것은 사람이 품은 한의 크기가 얼만큼이나 처절할 수 있는가를 보여주는 이야기다. 송몽규의 부친이 드러낸 이 무서운 한의 크기는 그가 잃은 핑

화의 그 크기를 말하는 것이기도 하리라.

송창희 선생이 몽규의 유해를 가지러 일본 복강형무소에 찾아갔을 때의 이야기도 참으로 비통하다. 동주의 유해를 가지러 간 윤영석 선생과 윤영춘 선생이 모두 일본어를 잘하고 한때 일본에 유학했던 경력이 있는 분들인데 반해, 송창희 선생은 일본에 가본 일도 없고 일본어라고는 아예 배우지 않은 사람이었다. 그래서 일본어를 할 줄 아는 몽규의 육촌동생 송희규를 데리고 일본으로 건너갔다.

그들이 복강형무소에 가서 몽규를 찾으니 시체실의 관 속에 담겨 있었다. 그런데 피골이 상접한 얼굴에 수염이 헝클어져 있고 눈을 번히 뜬 채 죽은 모습이었다. 몽규의 시체에도 역시 구주제대 의학부에서 해부용으로 쓸 수 있기를 바라고 방부제를 시약해 놓았기 때문에 전혀 부패하지 않고 생시 그대로인 모습이었다. 이상한 건 수염이 헝클어져 있었다는 점이다. 송몽규가 죄수의 몸인데도 수염이 자라도록 내버려두었다는 이야기가 되기 때문이다. 의학적인 생체 실험 중이었기 때문에 그것이 신체에 미치는 영향을 살필 겸 수염이 자라는 대로 그냥 두게 한 것이 아닌지 모르겠다.

그렇게 눈을 감지 못하고 죽은 아들의 처참한 모습을 보고 송창희 선생은 "내가 왔다. 이제 눈을 감아라!" 하며 손을 들어 눈을 감기었다. 그러자 그제야 눈이 감기더라고 한다. 송창희 선생은 그런 몽규의 시신을 복강의 화장터로 옮겨서 화장한 것이다. 윤혜원 씨는 이렇게 말했다.

> 고모부는 우리 아버지와 달리 몽규 오빠 시신 태운 걸 재 하나도 버리지 않고 그대로 다 갖고 와서 무덤을 했어요. 화장하기 전날 밤에 몽규 오빠가 고모부 꿈에 나타나서 "내 뼛가루 한 점이라도 이 원수의 땅에 남기지 말아 주십시요!"라고 했다고 해요. 그래서 타다 남은 뼈를 절구질할 때 튄 것까지 모조리 쓸어 모아서 갖고 오셨다고 하더군요. 그래서 유골상자도 길쭉하게 컸어요. 누군가가 그걸 들어보았는지, "몽규 뼈가 그렇게 무겁더라" 하고 옆에서 "응, 뼈는 본래 무

겁단다" 하고 대꾸하던 게 기억나는군요.

송몽규의 무덤은 그의 가족이 전에 살았던 명동마을의 장재촌 뒷산에 마련되었다.

윤동주와 송몽규는 그렇게 갔다. 자기의 겨레와 그 문화에 대한 깊은 애정과 강렬한 수호 의지를 지녔던 이들. 그들은 그 길을 힘써 달린 끝에 한 민족이 자신의 야욕을 위해 다른 민족을 혼도 얼도 빠진 허깨비로 만들어가던 그 비인간적인 폭력에 저항하는 젊은 제물이 되어 산화한 뒤, 그들을 낳고 기른 북간도 하늘 아래 묻혔다. 일제 특고경찰 취조문서에 수록되어 있는 그들의 예측대로, 일본제국이 스스로 일으킨 전쟁에서 패하여 멸망하기 꼭 반년 전의 일이다.

봄이 되어 언 땅이 풀린 1945년 5월 20일에 송몽규의 부친이 '靑年文士宋夢奎之墓(청년문사송몽규지묘)'라고 새긴 비석을 송몽규의 무덤 앞에 세웠다. 잇따라 윤동주의 집안에서도 1945년 6월 14일에 '詩人尹東柱之墓(시인윤동주지묘)'라고 새긴 비석을 윤동주의 무덤 앞에 세웠다.

'청년문사'니 '시인'이니 하는 문학적인 관형을 고인의 이름 위에다 붙이는 것은 당시 사용되던 비석 문구의 형식으로는 아주 드문 일이었다. 그 젊은 주검들에 대한 유족들의 애절한 통한과 깊은 애정이 그렇게 표시된 것이리라.

비석이 서던 때는 아직 일본이 망하기 전으로, 일제가 마지막 발악을 하던 매우 살벌한 전시 시국이었다. 그것을 생각하면, 이 비석들은 참으로 후인들의 심장을 아프게 건드린다.

일본에 가서 더 공부하여 우리 민족을 위한 힘을 기르겠다고 '平沼東柱(히라누마 도오쥬우)'니 '宋村夢奎(소무라 무게이)'니 하는 굴욕스런 창씨개명을 한 이름으로 일본에 건너갔던 그들이, 일제 감옥 안에서 참혹하게 옥사하여 차가운 재가 되어 고향에 돌아와서 그들을 낳은 아버지들의 단호한 손끝에 의해 제 이름을 되찾아 길이 잠들었다.

창씨개명한 이름에 대해 말이 났으니 말이지만, 일본 복강형무소에서 윤동주의 고향집으로 보낸 옥사 통지 전보의 문면은 그간 정확하게 세상에 소개되지 않은 듯하다. 전보 내용이 "2월 16일 동주 사망, 시체 가지러 오라"였다는 윤일주 교수의 증언이 지금까지 그대로 받아들여져 왔다. 그러나 사실은 "2월 16일 平沼東柱 사망, 시체 가지러 오라"였을 것이다. 관청에서 발송하는 공식문서에서 성을 빼고 이름만으로 보낸다는 법은 없기 때문이다. 물론 송몽규의 경우도 "3월 7일, 宋村夢奎 사망, 시체 가지러 오라"였으리라.

전에 윤일주 교수가 필자에게 이야기한 적이 있다. "사실 윤동주가 창씨개명했던 사실을 세상에 알리고 싶지 않았는데 『특고월보』의 기록 등 일본 기록들이 드러나면서 부득이 알릴 수밖에 없게 되었다"는 것이다.

이런 일들을 생각하면 윤동주가 창씨개명한 이름을 연전에 계출할 즈음에 쓴 시 「참회록」을 대하는 감회가 새롭다. 특히 "내일이나 모레나 그 어느 즐거운 날에 / 나는 또 한 줄의 참회록을 써야 한다. — 그때 그 젊은 나이에 / 왜 그런 부끄런 고백을 했든가"라는 구절이 가슴을 친다. 그러고 보면 시는 하나의 예언이기도 하다.

## 송몽규의 무덤은 이렇게 찾았다

여기서 특별히 소개할 사안이 있다. 그간 송몽규의 사망 시기와 무덤 소재지에 대해 중대한 착오가 있었는데, 1990년에 그 오류들이 모두 완벽하게 바로잡혔다는 사실이다.

그간 윤일주 교수의 증언에 의해서 우리는 "송몽규는 1945년 3월 10일에 복강감옥에서 옥사했고, 그의 유해는 북간도에 돌아와서 부모님이 살고 계시는 대랍자에 묻혔고, 그 무덤 앞에 '靑年文士宋夢奎之墓'라는 비석이 세워졌다"라고 알고 있었다.

그러나 1989년에 중국 연변 자치주(예전의 북간도)의 조선족 유지들이 대랍자에 가서 그 지역 전체를 답사한 결과, 대랍자에는 그런 비석이 서 있는 무덤이 전혀 없음을 확인했다. 해방된 뒤 송창희 선생은 1947년까지 지신중학교 교장으로 연변 교육계에 있었으나 1948년 초에 가족을 이끌고 북한으로 들어갔고, 현재 연변에는 송몽규 집안의 친척들이 전혀 없어서 알아볼 길이 없었다.

연변 유지들은 윤일주 교수의 증언이 부정확한 것일지 모른다고 판단하고, 송몽규의 무덤을 찾기 위해서 교육계 조직과 노인회 조직을 가동했다. 각급 학교의 학생들과 각지 노인회에 "자신들의 마을이나 그 인근에 '靑年文士宋夢奎之墓'라 쓰인 비석이 선 무덤이 있는가를 살펴보고 발견하면 즉시 신고하라"는 지시를 내렸다.

그 결과, 대랍자가 아닌 명동마을의 장재촌 뒷산에 그런 비석이 있는 무덤이 있다는 신고가 들어왔다. 가서 확인한 결과, 과연 산 위쪽의 완만한 경사면에 있는 무덤들 언저리에 바로 그런 비석이 쓰러져 있는 것을 발견했다. 발견한 때가 몹시 추운 한겨울이라, 비석은 쓰러진 채 땅에 잔뜩 얼어붙어 있었다. 그런데 그 장소가 송몽규 집안의 친족들 무덤 6기가 모여 있는 송씨 집안 가족묘지 구역이어서 더욱 심증을 굳게 했다.

그러나 묘 앞에 비석이 서 있지 않고 제일 아래 있는 무덤에서 5미터 가량 떨어진 곳에 쓰러져 있는 것이 혼란을 불러왔다. 그 비석이 어느 무덤 앞에 서 있던 것인가. 그 문제를 놓고 인근에 사는 사람들의 증언이 엇갈렸다.

남자 어른들 3명이 비석이 쓰러진 곳 위쪽에 있는 무덤을 지목했다. 그 무덤 앞에 비석이 있었는데 5년 전에 그 근처에서 풀을 뜯던 황소들이 싸움을 하다가 그 소 고삐에 감겨 비석이 쓰러져 아래쪽으로 밀려 지금 장소에

윤동주의 묘소 가까이로 이장된 송몽규의 묘소와 묘비. 송몽규의 부친 송창희 선생은 비석을 새길 때 아들의 이름 위에다 '청년문사(青年文士)'라는 칭호를 새겨 넣게 했다. 당시의 비석 문구를 쓰는 관행을 크게 벗어난 매우 특수한 경우로서, 그가 아들에게 걸었던 기대와 그걸 이루지 못한 한이 아프게 배어 있다.

있는 것이라는 주장이었다. 그러나 체머리를 앓는 84세의 늙은 할머니가 나서서 이의를 제기했다. 그 할머니는 쓰러진 비석에서 5미터 떨어진 곳에 있는 아래쪽 무덤을 지목했다. 그 비석이 바로 그 무덤 앞에 서 있었는데 어느 핸가 쓰러졌다는 이야기였다.

두 의견이 팽팽하게 맞서, 제삼자로서는 누가 옳은 이야기를 하는지 알 수 없었다. 그래서 연변 유지들은 봄이 와서 땅이 녹으면 무덤을 파본 뒤 송몽규의 무덤인 것이 확인되면 용정 동산에 있는 윤동주의 무덤 옆으로 이장하기로 결정했다.

1990년 4월 5일 청명날에 연변 유지들은 사람들을 데리고 장재촌 뒷산에 올랐다. '송몽규 무덤 찾기'를 주도한 전 용정중학교 교장 유기천 선생은 무덤을 파기 전에 사람들 앞에서 필자의 『윤동주 평전』을 펴 들고 사전에 확인시켰다고 한다.

"이 책에 보면, 송몽규 선생의 무덤은 유골가루만이 아니라, 뼛가루가 된 일본 흙까지 쓸어 모아 온 것을 함께 장사지냈다고 되어 있습니다. 무덤을 파고 관을 열어 보아 뼛가루만이 아니라 뼛가루가 섞인 흙까지 들어 있는 것이라야 송몽규 선생의 무덤입니다!"

먼저 남자 어른들 3명이 지목한 쓰러진 비석 위쪽의 무덤을 파기 시작했는데, 유골을 담는 작은 관이 아니라 시신을 담는 커다란 관이 나왔다. 그래서 파다 말고 도로 묻었다. 그러자 남자 어른들 3명은 그 무덤의 바로 옆에 있는 무덤을 다시 지목했다. 그 무덤을 파기 시작했는데 결과는 마찬가지였다. 다시 그들이 그 옆에 있는 무덤을 지목했으나 더 이상 파지 않았다.

이번에는 체머리 앓는 할머니가 지목한 쓰러진 비석 5미터 아래쪽 무덤을 팠다. 이내 유골 매장용의 작은 관이 드러나기 시작했다. 관 위에는 봇치[2]가 네 겹이나 덮여 있었다. 그 관을 아주 정성스럽게 매장했음을 보여주는 증거였다. 봇치를 베껴내자, 관재(棺材)로는 최고로 치는 홍송으로 만든 관이 드러났다. 관을 열자, 유골을 담은 하얀 사기단지가 햇빛에 드러났고, 또 관 한쪽에 흙모래에 섞인 뼛가루가 따로 모아져 있는 것이 보였다. 유기천 선생은 사람들에게 외쳤다.

"보시오! 책에 쓰여진 그대로입니다. 이것이 송몽규 선생의 무덤임이 이로써 확실하게 확인되었소!"

나는 1992년에 연변에 갔을 때, 유기천 선생의 안내로 장재촌 뒷산에 가서 송몽규 어른 묘소의 옛 터를 확인하면서 유 선생으로부터 그 이야기를 듣고 머리를 떨구고 오래 울었다.

그날, 유기천 선생 일행은 관을 들어내어 용정으로 싣고 가서 윤동주 무덤 근처에 자리를 마련하여 이장했다. 그래서 지금 송몽규의 무덤은 용정 동산에 있는 윤동주의 무덤과 같은 묘역 안에 있다.

---

2) 봇치 : 큰 자작나무의 껍질을 넓게 베껴내어 편편한 형태로 눌러 말린 것. 이것으로 관을 덮으면 물이 새어 들어가지 않는다. 북간도에는 효성스런 자손들이 부모 무덤에 쓰려고 평소 봇치를 마련해두는 풍습이 있다.

그런데 송몽규의 묘비 발견으로 바로잡게 된 것이 있다. 그간 송몽규는 1945년 3월 10일에 옥사한 것으로 알려졌다. 그러나 비석의 기록에 따르면 그가 옥사한 날은 '1945년 3월 7일'이었다. 이 비석은 송몽규의 부친 송창희 선생의 친구인 해사(海史) 김석관(金錫觀) 선생이 비문을 짓고 글씨도 썼다. 윤동주 무덤의 비석 역시 그가 비문을 짓고 글씨도 썼으니, 송몽규와 윤동주는 죽어서 무덤에 세운 비석까지 같은 사람 손을 빈 것이다. 참으로 기이한 인연이다.

해사 김석관 선생은 일찍이 1910년대에 동주의 부친이 북경 유학을 갔을 때 같이 떠났던 5인의 유학생 중 한 사람으로서, 북경에서 돌아온 후에는 동주의 부친과 함께 명동학교에서 교편을 잡았다. 한문에 능했고 글씨도 달필이었다. 그가 친구들의 아들을 위해 몸소 비문을 짓고 글씨도 쓴 것이다.

그가 쓴 윤동주 비석의 비문은 다음과 같다.

> 嗚呼故詩人尹君東柱其先世坡平人也童年畢業於明東小學反和龍縣立第一校高等科嗣入龍井恩眞中學修三年之業轉學平壤崇實中學閱一歲之功復回龍井竟以優等成績卒業于光明學園中學部一九三八年升入京城延禧專門學校文科越四年冬卒業功已告成志猶未已復於翌年四月負笈東渡在京都同志社大學文學部認眞琢磨公意學海生波身失自由將雪螢之生涯化籠鳥之環境加之二豎不仁以一九四五年二月十六日長逝時年二十九材可用於當世詩將鳴於社會乃春風無情花而不實培可惜也君夏鉉長老之令孫永錫先生之肖子敏而好學尤好新詩作品頗多其筆名童舟云

一九四五年六月十四日
海史 金錫觀 撰釁書
弟 一柱 謹竪
光柱 謹竪

이 비문을 훈독(訓讀)하면 다음과 같다(번역: 송우혜).

아아! 고 시인 윤군 동주는 본관이 파평이다. 어릴 때 명동소학교를 졸업하고 다시 화룡현립 제1교 고등과에 들어가 배웠다. 용정 은진중학에서 3년을 배운 뒤 평양 숭실중학에 전학하여 학업을 쌓으며 1년을 보냈다. 다시 용정에 돌아와 마침내 우수한 성적으로 광명학원 중학부를 졸업하고, 1938년에 서울 연희전문학교 문과에 진학하여 4년 겨울을 보내고 졸업했다. 공부 이미 이루었어도 그 뜻 오히려 남아서 다음 해 4월에 책을 짊어지고 일본으로 건너가 경도 동지사대학 문학부에서 진리를 갈고 닦았다. 그러나 어찌 뜻하였으랴! 배움의 바다에 파도 일어 몸이 자유를 잃고 배움에 힘쓰던 생활 변하여 조롱에 갇힌 새의 처지가 되었고, 거기에 병까지 더하여 1945년 2월 16일에 운명하니 그때 나이 스물아홉이다. 그 재질 가히 당세에 쓰일 만하여 시로써 장차 사회에 명성이 울려 퍼지려했는데, 춘풍 무정하여 꽃이 피고도 열매를 맺지 못하니, 아깝도다! 그는 하현 장로의 손자이며 영석 선생의 아들로서 명민하여 배우기를 즐긴데다 신시(新詩)를 지어 작품이 많았으니 그 필명을 동주(童舟)라 했다.

1945년 6월 14일

해사 김석관 짓고 쓰다

아우 일주, 광주 삼가 세우다

# 제 11 장 민족시인의 영광

동(冬) 섣달의 꽃

정지용(鄭芝溶)은 윤동주를 이렇게 세상에 소개했다

강처중(姜處重)은 누구인가

# 민족시인의 영광

## 동(冬) 선달의 꽃

“동(冬) 선달의 꽃. 얼음 아래 다시 한 마리 잉어(鯉魚).”

저 감각파의 대시인 정지용이 윤동주를 두고 한 말이다. 물론 우리 민족이 일제의 험악한 사슬에서 풀려난 다음인 1947년의 일이다. 윤동주의 친지가 아닌 사람들 중에서 최초로 윤동주의 시를 읽고 그 시의 탁월함과 그 시인됨을 바로 알아본 사람이 바로 정지용이다. 일제의 그 무서운 질곡 아래 직접 그 세월을 겪었던 시인으로서 정지용은 윤동주의 시를 읽고 그의 짧고도 정결했던 생애에 관해 들으면서 느낀 감회를 바로 “동(冬)선달의 꽃, 얼음 아래 다시 한 마리 잉어(鯉魚)”라는 기막힌 절구에 담았다.

지금이야 동선달의 혹독한 추위 속에서도 온실에서 키워낸 꽃들이 거리거리 유리창마다 화려하고, 양어장 못물 속에서 보호되고 있는 잉어들이 저마다 큰 등어리 드러내고 유유한 세월이다. 그러니 요즘의 독자들은 정지용이 윤동주에게 증정한 찬사의 그 선연한 감성을 그대로 짐작하기가 어려울 것이다.

그러나 정지용이 그 말을 한 1947년이라면 어떠한가. 동선달 강추위 속의 꽃이라면 그 존재 자체로 이미 은총이며 기적이었고, 저 두꺼운 얼음 아래 차디찬 강물 속을 유유하게 헤엄치고 있는 한 마리 잉어는 진실로 외경스런 존재였다.

아아. 세월은 가도 말은 남았다. 그러나 때론 세월 따라 말의 감도가 달라진다. 잘 닦아놓은 순은제 주전자의 고운 은빛이 꼭대기 찬장 안에서 차츰 거무스레하게 변색해가듯이. 그런 걸 생각하면 마음속에 한 줄기 바람이 스쳐간다.

이 세상에 시나 시인이 존재하기 위해서는 세 단계의 일이 필요하다.

첫째, 시를 쓰는 일.
둘째, 그 시를 세상에 알리는 일.
셋째, 그 시를 제대로 알아보고 평가해주는 일.

이 세 단계 중에서 윤동주 생시에 된 일, 또는 그가 한 일은 첫째 단계뿐이었다. 둘째와 셋째 단계는 그의 뒤에 남은 사람들의 몫으로 남아 있었다.

이제 '윤동주'란 이름 석 자에는 으레 '민족시인'이라는 크나큰 관형이 따르도록 찬연한 존재의 시인이 된 오늘날, 시인 윤동주를 이야기하자면 그의 뒤에 남아서 그들의 몫을 다했던 친지들 이야기도 마저 해야 한다. 그리해야 시인 윤동주의 전모가 그려진다.

이야기를 해방 때로 거슬러 올라가서 시작하자.

1945년 8월 15일, '살아 있는 신(神)'이라 모셔지던 일본 천황이 떨리는 목소리로 무조건 항복하겠다고 방송함으로써 미일전쟁과 중일전쟁을 비롯한 기나긴 전쟁들이 막이 내렸다. 만주사변 때로부터 계산하면 장장 15년에 걸친 침략전쟁의 종막이었다. 이로써 소위 '대일본제국'은 멸망했다.

그 후 일본은 어떻게 되었을까?

1945년 8월 30일에 미국 육군의 맥아더 원수를 총사령관으로 하는 점령군이 일본에 진주했다. 항복문서가 정식으로 조인된 9월 2일부터 일본 전역은 미군정의 통치 아래 들어갔다.

맥아더 사령부는 10월 4일에 치안유지법을 비롯한 인권을 탄압하던 각종 법률들의 폐기를 지시했고, 10월 6일에 악명 높던 특고경찰제도를 폐지했다. 10월 15일에 치안유지법이 정식으로 폐기됐고 특고경찰관들은 모두 공무원에서 파면되어 실업자가 되었다.

치안유지법—.

1925년에 대일본제국의 제국의회에서 만들어져 1945년에 대일본제국의 멸망과 함께 폐기될 때까지 수명은 20년에 달했다. 그 20년 동안 치안유지법은 이른바 "국체(國體)를 보호한다"는 구실 아래 일본 제국주의가 저지른 갖가지 악행의 수단과 도구가 되었다. 그 악법의 칼날에 다친 수많은 희생자들 중에 윤동주와 송몽규도 들어 있다.

일본제국 멸망의 여파는 북간도에도 신속하게 밀어닥쳤다. 일본의 괴뢰국 만주제국이 종주국과 동시에 멸망하여 사라졌다. 만주에 있는 일본군과 만군의 무장해제를 위해 소련군이 만주에 진주했다. 그리고 소련군이 물러난 후에 북간도는 다시 중국 영토로 귀속되었다. 그리고 공산당 치하가 되었다.

그런 격변의 세월이 하루하루 흘러 어느덧 1946년 2월 16일, 윤동주의 옥사 1주기가 돌아왔다. 윤동주의 집에서는 갖가지 음식을 만들고 감주를 담그는 등, 흡사 '장가 보내는 잔치음식 마련하듯' 성대한 규모로 음식을 장만하여 윤동주의 1주기 추모식을 가졌다.

1946년 6월에 윤동주의 동생 윤일주가 19세의 나이로 먼저 단신으로 월남했다. 북간도에는 조부모와 부모 및 누나 혜원과 남동생 광주가 남았다. 서울에 온 윤일주는 형의 친구들을 찾아다니면서 형의 자취를 찾았다. 먼저 강처중이 그에게 자신이 맡아두었던 윤동주의 책들과 연전 졸업앨범과 앉은뱅이 작은 책상 등 유품들을 전해주었다. 윤일주는 정병욱도 만났다. 윤일주와 정병욱의 만남은 아주 중요한 의미를 갖는다. 윤동주가 손수 만든 필사본 시고 『하늘과 바람과 별과 시』 3부 중의 1부를 그가 보관하고 있었기 때문이다. 그것이 그 3부 중에서 그때까지 살아남은 유일한 원고였다.

정병욱은 일제 말에 학병에 끌려 나갔다가 살아 돌아와 있었다. 학병제는 윤동주가 일본에서 체포된 뒤인 1943년 10월부터 실시되었다. 워낙 힘에 부치는 전쟁을 일으켜놓고 그걸 대처해가느라 혈안이 된 일제가, 끝내 공부하는 학생들까지 학교에서 끌어내어 전쟁터로 몰아넣었던 조치였다. 정병욱은 거기 걸려들었다.

그러나 정병욱은 학병에 나가면서 선견지명이 있는 조치를 해두었다. 윤동주의 친필 시고집인 『하늘과 바람과 별과 시』를 전남 광양시 진월면 망덕리에 있는 본가에 옮겨다가 보관시켰다. 그 일에 대해 정병욱 자신의 증언을 들어본다.

> 동주 자신이 가졌던 것과 이양하 선생께 드린 시고는 행방을 찾을 길 없고, 내게 주었던 것이 나의 어머니 장롱 속 깊숙이 감춰졌다가 1948년 정음사(正音社)에서 출판됨으로써 동주의 시가 비로소 세상에 널리 알려지게 되었다.
>
> 동주가 검거된 반년 후, 나는 소위 학병으로 끌려가게 되었다. 피차에 생사를 알 수 없게 된 마당에 이르러 나는 동주의 시고를 나의 어머님께 맡기며, 나나 동주가 돌아올 때까지 소중히 잘 간수하여 주십사고 부탁하였다. 그리고 동주나 내가 다 죽고 돌아오지 않더라도 조국이 독립되거든 이것을 연희전문학교로 보내어 세상에 알리도록 해달라고 유언처럼 남겨놓고 떠났었다. 다행히 목숨을 보존하여 무사히 집으로 돌아가자 어머님은 명주 보자기로 겹겹이 싸서 간직해두었던 동주의 시고를 자랑스레 내주면서 기뻐하셨다.[3]

그런데 정병욱 교수의 외동 누이동생인 정덕희 여사(해방 후에 윤일주 교수와 결혼하여 슬하에 2남 1녀를 두었다. 윤동주를 직접 본 일은 없다)에 의하면 정병

3) 정병욱, 「잊지 못할 윤동주의 일들」, 『나라사랑』 23집, 외솔회, 141쪽.

욱 교수가 그 시고집을 감추었던 장소를 잘못 알고 있다는 것이다.

> 그건 장롱 속에 감춘 게 아니에요. 큰오빠(정병욱 교수)는 학병에 나가서 그동안 집에 없었으니까 잘 몰라서 어머니가 그걸 장롱 속에 감추었다가 주신 걸로 안 거지요. 실은 마루 밑에 감추었었어요.

정 여사네 집은 규모가 컸다. 그런데 마루 밑에 한 군데 비밀장소가 있었다. 마루널을 일부만 들어올렸다 내렸다 할 수 있게 장치를 해놓고 그 아래에다 물건을 숨길 수 있도록 마련했다. 평시에 마루널을 딱 닫아놓으면 꼭 그냥 마루같이 아무런 표시도 안 났다. 그런 특별한 구조의 마루널 아래 땅을 깊이 파서 그 속에 짚을 깐 다음 큰 독을 들여놓았다. 짚을 깐 것은 흙에서 올라오는 습기를 차단하려고 한 거였다.

> 우리 집에선 귀중품을 모두 그 독 속에다 넣어 보관했었어요. 내가 여고를 다닐 땐데 언젠가 방학에 집에 갔을 때예요. 하루는 집 안에 아무도 없을 때 어머니가 마루 밑을 열고 그 독 속의 물건들을 죄다 꺼내서 내게 보여주시더군요. 내 혼수감으로 마련한 귀중품들도 그 속에 있었지요. 거기서 어머니가 바로 그 『하늘과 바람과 별과 시』 원고본도 꺼내어 보여주시더군요. 그러면서 "이게 느그 오빠가 학병 가면서 내게 맡기고는 '일본 순사들 눈에 뜨이면 절대 안 된다'고 당부하고 간 거"라고 설명하셨어요. 펴보았더니 한글로 쓰여 있는 거라 무슨 소린지 도무지 모르겠더군요. 그래서 그냥 덮어놓았지요. 그때 나만 해도 일본 교육만 받아서 한글이라곤 전혀 모르는 세대였거든요. 그것하고 같이 또 오빠의 친구들이 이별할 때 오빠에게 준 싸인북이 있었는데 그 속에는 일본 글이 몇 마디가 있어서 그것만 잠시 읽어보았어요. 그리곤 모두 다 도로 그 독 속에 집어넣고 다시 마루 뚜껑을 닫아놓았었지요.

이렇게 정성스럽게 보관된 시고가 주축이 되어 나중에 정음사 판 『하늘과 바람과 별과 시』로 출판되어 나왔다.

윤동주의 시가 해방 후에 본격적으로 세상에 소개되는 데는 친구 강처중의 역할 또한 지대했다. 강처중은 해방 후에 『경향신문』 기자로 있었다. 그는 1947년 2월 13일자 『경향신문』 지면에 윤동주의 시 「쉽게 씌어진 시」를 실었다. 그것도 그냥 실은 게 아니라 『경향신문』 주간이자 당대의 대시인인 정지용의 소개문을 붙였다. 당시 여건으로 보아 무명의 시인이 세상에 등장하는 형식으로는 최상이었다. 모두 다 강처중의 노력으로 가능했다.

## 정지용(鄭芝溶)은 윤동주를 이렇게 세상에 소개했다

일제 말에 극에 달한 일제의 가혹한 압박으로 문을 모두 닫았던 우리 언론계는 해방 뒤 너도나도 몸을 떨치고 일어났다. 『경향신문』은 가톨릭계의 언론 매체로 출발했다. 창간 작업을 마치고 드디어 첫 호를 발행한 때는 미군정 통치 아래 있던 1946년 10월 1일이었다. 『경향신문 40년사』(1986.10.6. 발행)에 따르면, 창간 당시는 언론계 안에서도 좌우익의 대립이 극심하던 때라고 한다.

회장은 노기남(盧基南) 주교였고, 편집 진용은 편집국장을 포함해서 모두 22명으로 단출했는데, 당시 지면이 타블로이드판 2면(단, 목요일과 일요일은 4면)이어서 많은 인원이 필요치 않았기 때문이었다.

주간(主幹)은 시인 정지용, 편집국장은 소설가 염상섭(廉尙燮) 등, 큰 명망을 지닌 문단 중진들이 편집국 소속 창간 멤버들을 이끌었다. 이때 윤동주의 연전 문과 동창 강처중은 1명뿐인 조사반원(調査班員)으로 창간작업에 동참했다. 창간 당시에는 교정부·조사부의 호칭을 교정반·조사반으로 부르고 그 책임자는 각기 교정주임·조사주임으로 불렀다고 하니, 유일한 조사반원인 강처중은 조사주임으로 불리며 근무했음을 알 수 있다.

『경향신문 40년사』에 따르면, 정지용이 창간 당시 지녔던 정확한 직함은 '주간'이었다. 그러나 책 마지막 부분에 실려 있는 '역대 임원 및 간부사원 명단'에는 역대 주필(主筆)들 명단 첫머리에 그의 이름이 들어 있다. 창간 당시에는 '주간'으로 부르던 직명이 뒷날 '주필'로 바뀐 모양이다.

정지용이 주간으로 『경향신문』에 재직한 시기는 1946년 10월 1일부터 1947년 7월 9일까지로 불과 9개월 남짓했다. 윤동주의 시가 처음으로 『경향신문』 지면에 실린 날은 4면이 발행되는 목요일인 1947년 2월 13일이었으니, 정지용이 아직 주간으로 재직하고 있던 때다.

윤동주의 시는 4면에 다음과 같이 게재되었다.

> 쉽게 씨워진 詩
>
> 故·尹東柱
>
> 窓밖에 밤비가 속살거려
> 六疊房은 남의 나라,
>
> 詩人이란 슬픈 天命인줄 알면서도
> 한줄 詩를 적어 볼까,
>
> 땀내와 사랑내 포근히 풍긴
> 보내주신 學費封套를 받어
>
> 大學노 — 트를 끼고

늙은 敎授의 講義 들으려간다.

생각해 보면 어린때 동무를
하나, 둘, 죄다 잃어 버리고

나는 무얼 바라
나는 다만, 홀로 沈澱하는 것일까?

人生은 살기 어렵다는데
詩가 이렇게 쉽게 씌워지는것은
부끄러운 일이다.

六疊房은 남의 나라,
窓밖에 밤비가 속살거리는데,

등ㅅ불을 밝혀 어둠을 조금 내몰고,
時代처럼 올 아침을 기다리는 最後의 나,

나는 나에게 적은 손을 내밀어
눈물과 慰安으로 잡는 最初의 握手.

一九四二年六月三日

間島 明東村出生. 延專文科 卒業. 京都 同志社大學 英文學科 在學中 日本 憲兵에게 잡히어 無條件하고 二個年 言渡. 福岡刑務所에서 服役中 陰虐한 注射 한 대를 맞고 원통하고 아까운 나이二十九歲로갔다 日皇 降伏하던해 二月二十六日에 日帝 最後 發惡期에 '不逞鮮人'이라는 名目으로 꽃과

같은 詩人을 暗殺하고 저이도 亡했다. 詩人 尹東柱의 遺骨은 龍井 東山 墓地에 묻히고 그의 悲痛한 詩 十餘 篇은 내게 있다 紙面이 있는대로 연달어 發表하기에 尹君보다도 내가 자랑스럽다 — 지용.

정지용의 소개말이 시작되는 곳 위에 윤동주의 사진이 있다. 연전 졸업앨범에 있는 사각모를 쓴 사진이다.

시인의 이름 위에 죽은 사람임을 표시하는 '故'자를 굳이 붙인 편집이 눈길에 끈다. 일제 감옥에서 옥사한 젊음을 독자들에게 좀더 강렬하게 부각시키려는 의도였다. 신문 편집진의 최고위 간부인 주간 정지용이, 한자투성이의 소개글 말미에 성도 없이 단지 '지용'이라고 한글로 기재한 것도 파격이다.

정지용의 소개글로 보아, 윤동주의 시 10여 편을 계속 『경향신문』 지상에 연재하기로 결정되어 있었던 듯하다. 그러나 두 번째로 「또 다른 고향」이 아무 주석 없이 1947년 3월 13일(목) 신문 4면에 실리고, 세 번째로 「소년」이 1947년 7월 27일(일) 신문 2면에 게재된 것을 마지막으로 불규칙하던 연재가 끝났다. 정지용은 그해 7월 9일자로 사직하고 먼저 직장인 이화여자대학 교수로 복직했다.

『경향신문』 지면에 윤동주의 「쉽게 씌워진 시」가 처음 실린 날로부터 사흘 후인 1947년 2월 16일, 윤동주의 2주기가 되었다. 이날 강처중, 정병욱 등 윤동주와 송몽규의 친지들 30여 명이 서울 소공동 플라워 회관에 모여 두 사람을 기리는 추모회를 가졌다. 정지용도 특별히 참석했다. 이 추도회 석상에서 연전 동창 유영은 「창(窓) 밖에 있거든 두드려라 — 東柱 · 夢奎 두 영(靈)을 부른다」는 제목의 애절한 추모시를 낭독했다. 윤동주 시의 우수성에 대해 학문적으로 연구한 친구 김삼불의 발표도 있었다.

윤동주의 유고시집을 내는 일은 그의 3주기가 되는 1948년 2월 16일 이전으로 그 발간 시기를 잡고 일이 추진되었다. 그리하여 드디어 1948년 1월 30일에 초간본 『하늘과 바람과 별과 시』가 정음사에서 상재되어 나왔다.

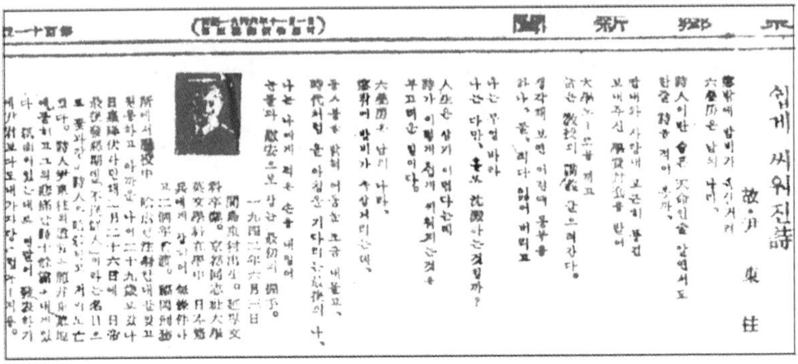

쉽게 씨워진詩

故·尹東柱

窓밖에 밤비가 속살거려
六疊房은 남의 나라.

詩人이란 슬픈 天命인줄 알면서도
한줄 詩를 적어 볼까.

땀내와 사랑내 포근히 품긴
보내주신 學費封套를 받어

大學노-트를 끼고
늙은 敎授의 講義 들으려 간다.

생각해 보면 어린때 동무를
하나, 둘, 죄다 잃어 버리고

나는 무얼 바라
나는 다만, 홀로 沈澱하는 것일까?

人生은 살기 어렵다는데
詩가 이렇게 쉽게 씨워지는 것은
부끄러운 일이다.

六疊房은 남의 나라.
窓밖에 밤비가 속살거리는데,

등불을 밝혀 어둠을 조금 내몰고,
時代처럼 올 아침을 기다리는 最後의 나.

나는 나에게 적은 손을 내밀어
눈물과 慰安으로 잡는 最初의 握手.

一九四二年 六月 三日

해방 뒤 최초로 『경향신문』 1947년 2월 13일자 4면에 소개된 윤동주의 시와 시인 정지용이 쓴 윤동주의 생애. 그의 시와 생애는 이런 모습으로 세상에 처음 알려지기 시작했다. 윤동주의 이름 위에다 굳이 '고(故)'자를 올려놓은 것이 눈길을 끈다.

이 초간본은 31편의 시로 이루어졌다. 정병욱이 보관했던 자선시집 시고 19편과 강처중이 보관하고 있던 윤동주의 유품 속에 있던 시고 12편을 합한 것이다.

시집의 체제는 「서시」를 서두에 놓은 다음, 나머지 30편의 시를 세 부분으로 나누어 실었다. 각 부분마다 소제목을 달았다.

- 하늘과 바람과 별과 시
  윤동주가 손수 묶었던 자선시집을 그대로 수록(18편).
- 흰 그림자
  입교대학 재학 중에 서울의 강처중에게 써보냈던 편지에 들어 있던 동경 시절의 시들(5편).
- 밤
  나머지 유고들 중에서 고른 「밤」, 「참회록」 등의 시(7편).

여기에 정지용이 쓴 「서문」과 2주기 추도식 때 낭독되었던 유영의 「추도시」 및 강처중이 쓴 「발문」이 덧붙여졌다.

그 중에서 특히 정지용의 「서문」은 윤동주 연구가들 사이에서는 거의 고전적인 명성을 누리고 있는 명품이다. 언어를 자유자재로 다루는 그의 장인적 솜씨가 빼어나다. 강처중의 「발문」은 윤동주와 친구들 사이에 맺어졌던 진한 우정의 자취를 생생하게 전하고 있다. 두 글이 모두 비운의 무명시인 윤동주를 세상에 크게 등장시키려는 깊은 충정을 가득 담아 쓰여진 글들이다. 세상을 향해 윤동주 문학의 큰 길을 처음 연 막중한 비중과 의의를 지닌 글들이니 여기에 그 전문을 옮겨본다.

## 정지용의 「서문」

서(序) — 랄 것이 아니라,

내가 무엇이고 정성껏 몇 마디 써야만 할 의무를 가졌건만 붓을 잡기가 죽기보담 싫은 날, 나는 천의를 뒤집어쓰고 차라리 병(病) 아닌 신음을 하고 있다.

무엇이라고 써야 하나?

재조(才操)도 탕진하고 용기도 상실하고 8·15 이후에 나는 부당하게도 늙어 간다.

누가 있어서 "너는 일편(一片)의 정성까지도 잃었느냐?" 질타(叱咤)한다면 소허(少許) 항론(抗論)이 없이 앉음을 고쳐 무릎을 꿇으리라.

아직 무릎을 꿇을 만한 기력이 남았기에 나는 이 붓을 들어 시인(詩人) 윤동주(尹東柱)의 유고(遺稿)에 분향(焚香)하노라.

겨우 30여 편 되는 유시(遺詩) 이외에 윤동주의 그의 시인됨에 관한 목증(目證)한 바 재료를 나는 갖지 않았다.

'호사유피(虎死留皮)'라는 말이 있겠다. 범이 죽어 가죽이 남았다면 그의 호피(虎皮)를 감정하여 '수남(壽男)'이라고 하랴? '복동(福童)'이라고 하랴? 범이란 범이 모조리 이름이 없었던 것이다.

내가 시인 윤동주를 몰랐기로소니 윤동주의 시가 바로 '시'고 보면 그만 아니냐?

호피는 마침내 호피에 지나지 못하고 말 것이나, 그의 '시'로써 그의 '시인'됨을 알기는 어렵지 않은 일이다.

……

나도 모를 아픔을 오래 참다 처음으로 이곳에 찾아왔다. 그러나 나의 늙은 의사는 젊은이의 病을 모른다. 나한테는 病이 없다고 한다. 이 지나친 試鍊, 이 지나친 疲勞, 나는 성내서는 안 된다.

— 그의 遺詩 「病院」의 一節

그의 다음 동생 일주(一柱) 군과 나의 문답(問答), —

"형님이 살었으면 몇 살인고?"

"설흔한 살입니다."

"죽기는 스물아홉에요—"

"간도(間島)에는 언제 가셨던고?"

"할아버지 때요."

"지나시기는 어떠했던고?"

"할아버지가 개척하여 소지주(小地主) 정도였읍니다."

"아버지는 무얼 하시노?"

"장사도 하시고 회사에도 다니시고 했지요"

"아아, 간도(間島)에 시(詩)와 애수(哀愁)와 같은 것이 발효(醱酵)하기 비롯한다면 윤동주와 같은 세대에서 부텀이었고나!" 나는 감상(感傷)하였다.

……

봄이 오면

罪를 짓고

눈이

밝어

이브가 解産하는 수고를 다하면

無花果 잎사귀로 부끄런 데를 가리고

나는 이마에 땀을 흘려야겠다.

—「또 太初의 아침」의 一節

다시 일주(一柱) 군과 나와의 문답, —

"연전(延傳)을 마치고 동지사(同志社)에 가기는 몇 살이었던고?"

"스물 여섯 적입니다."

"무슨 연애(戀愛) 같은 것이나 있었나?"

"하도 말이 없어서 모릅니다."

"술은?"

"먹는 것 못 보았읍니다."

"담배는?"

"집에 와서는 어른들 때문에 피우는 것 못 보았읍니다."

"인색하진 않았나?"

"누가 달라면 책이나 샤쓰나 거저 줍데다."

"공부는?"

"책을 보다가도 집에서나 남이 원하면 시간까지도 아끼지 않읍데다."

"심술(心術)은?"

"순하디 순하였읍니다."

"몸은?"

"중학 때 축구선수였읍니다."

"주책(主策)은?"

"남이 하자는 대로 하다가도 함부로 속을 주지는 않읍데다."

……

코카사스 山中에서 도망해 온 토끼처럼

둘러리를 빙빙 돌며 肝을 지키자.

내가 오래 기르던 여윈 독수리야!

와서 뜯어 먹어라, 시름없이

너는 살지고

나는 여위어야지, 그러나,

—「肝」의 一節

노자(老子) 오천언(五千言)에,

'허기심(虛基心) 실기복(實基腹) 약기지(弱其志) 강기골(强其骨)'이라는 구(句)가 있다.

청년 윤동주는 의지가 약하였을 것이다. 그렇기에 서정시(抒情詩)에 우수한 것이겠고, 그러나 뼈가 강하였던 것이리라. 그렇기에 일적(日賊)에게 살을 내던지고 뼈를 차지한 것이 아니었던가?

무시무시한 고독(孤獨)에서 죽었구나! 29세가 되도록 시도 발표하여 본 적도 없이!

일제(日帝)시대에 날뛰던 부일문사(附日文士)놈들의 글이 다시 보아 침을 배앝을 것뿐이나, 무명(無名) 윤동주가 부끄럽지 않고 슬프고 아름답기 한이 없는 시를 남기지 않았나?

시와 시인은 원래 이러한 것이다.

……

幸福한 예수 그리스도에게
처럼
十字架가 許諾된다면

모가지를 드리우고,
꽃처럼 피어나는 피를
어두워 가는 하늘 밑에
조용히 흘리겠습니다.

—「十字架」의 一節

일제 헌병(日帝憲兵)은 동(冬) 섣달에도 꽃과 같은, 얼음 아래 다시 한 마리 잉어(鯉魚)와 같은 조선 청년 시인을 죽이고 제 나라를 망치었다.

뼈가 강한 죄로 죽은 윤동주의 백골(白骨)은 이제 고토(故土) 간도(間島)에 누워 있다.

故鄕에 돌아온 날 밤에
내 白骨이 따라와 한 방에 누웠다.

어둔 房은 宇宙로 通하고

하늘에선가 소리처럼 바람이 불어온다.

어둠 속에 곱게 風化作用하는
白骨을 들여다보며
눈물 짓는 것이 내가 우는 것이냐
白骨이 우는 것이냐
아름다운 魂이 우는 것이냐

志操 높은 개는
밤을 새워 어둠을 짖는다.
어둠을 짖는 개는
나를 쫓는 것일 게다.

가자 가자
쫓기우는 사람처럼 가자
白骨 몰래
아름다운 또 다른 故鄕에 가자.

—「또 다른 故鄕」

만일 윤동주가 이제 살아 있다고 하면 그의 시가 어떻게 진전(進展)하겠느냐는 문제.

그의 친우 김삼불(金三不) 씨의 추도사(追悼辭)와 같이 틀림없이, 아무렴! 또 다시 다른 길로 분연 매진(邁進)할 것이다.

1947年 12月 28日

지 용

강처중의 「발문」

동주(東柱)는 별로 말주변도 사귐성도 없었건만 그의 방(房)에는 언제나 친구들이 가득 차 있었다. 아모리 바쁜 일이 있더라도 "동주(東柱) 있나" 하고 찾으면 하던 일을 모두 내던지고 빙그레 웃으며 반가히 마조앉아주는 것이었다.

"동주(東柱) 좀 걸어보자구" 이렇게 산책(散策)을 청(請)하면 싫다는 적이 없었다. 겨울이든 여름이든 밤이든 새벽이든 산(山)이든 들이든 강(江)까이든 아모런 때 아모데를 끌어도 선듯 따라 나서는 것이었다. 그는 말이 없이 묵묵(默默)히 걸었고, 항상(恒常) 그의 얼굴은 침울(沈鬱)하였다. 가끔 그러다가 외마디 비통(悲痛)한 고함(高喊)을 잘 질렀다.

"아 —" 하고 나오는 외마디 소리! 그것은 언제나 친구들의 마음에 알지 못할 울분(鬱憤)을 주었다.

"동주(東柱) 돈 좀 있나" 옹색한 친구들은 곳잘 그의 넉넉지 못한 주머니를 노리었다. 그는 있고서 안 주는 법이 없었고 없으면 대신 외투(外套)든 시계(時計)든 내주고야 마음을 놓았다. 그래서 그의 외투(外套)나 시계(時計)는 친구들의 손을 거쳐서 전당포(典當鋪) 나드리를 부즈런이 하였다.

이런 동주(東柱)도 친구들에게 굳이 거부(拒否)하는 일이 두 가지 있었다. 하나는 "동주(東柱) 자네 시(詩) 여기를 좀 고치면 어떤가" 하는데 대(對)하여 그는 응(應)하여 주는 때가 없었다. 조용히 열흘이고 한 달이고 두 달이고, 곰곰이 생각하여서 한 편 시(詩)를 탄생(誕生)시킨다. 그때까지는 누구에게도 그 시(詩)를 보이지를 않는다. 이미 보여주는 때는 흠이 없는 하나의 옥(玉)이다. 지나치게 그는 겸허온순(謙虛溫順)하였건만, 자기(自己)의 시(詩)만은 양보(讓步)하지를 안했다.

또 하나 그는 한 여성(女性)을 사랑하였다. 그러나 이 사랑을 그 여성(女性)에게도 친구들에게도 끝내 고백(告白)하지 안했다. 그 여성(女性)도 모르는 친구들도 모르는 사랑을 회답(回答)도 없고 돌아오지도 않는 사랑을 제 홀로 간직한 채 고민(苦悶)도 하면서 희망(希望)도 하면서…… 쑥스럽다 할까 어리석다 할까? 그러나 이제와 고쳐 생각하니 이것은 하나의 여성(女性)에 대(對)한 사랑이 아니라 이루어지지 않을 '또 다른 고향(故鄕)'에 대(對)한 꿈이 아니었던가. 어쨌던 친구들에게 이것만은 힘써 감추었다.

그는 간도(間島)에서 나고 일본 복강(日本福岡)에서 죽었다. 이역(異域)에서 나고 갔건만 무던이 조국(祖國)을 사랑하고 우리말을 좋아 하더니 — 그는 나의 친구기도 하려니와 그의 아잇적동무 송몽규(宋夢奎)와 함께 '독립운동(獨立運動)'의 죄명(罪名)으로 2년형(年刑)을 받아 감옥(監獄)에 들어간 채 마침내 모진 악형(惡刑)에 쓸어지고 말았다. 그것은 몽규(夢奎)와 동주(東柱)가 연전(延專)을 마치고 경도(京都)에 가서 대학생(大學生) 노릇하던 중도(中途)의 일이었다.

"무슨 뜻인지 모르나 마지막 외마디 소리를 지르고 운명(殞命)했지요. 짐작컨대 그 소리가 마치 조선독립만세(朝鮮獨立萬歲)를 부르는 듯 느껴지더군요."

이 말은 동주(東柱)의 최후(最後)를 감시(監視)하던 일본인(日本人) 간수(看守)가 그의 시체(屍體)를 찾으러 복강(福岡) 갔던 그 유족(遺族)에게 전(傳)하여 준 말이다. 그 비통(悲痛)한 외마디 소리! 일본 간수(日本看守)야 그 뜻을 알리만두 저도 그 소리에 느낀 바 있었나 보다. 동주(東柱) 감옥(監獄)에서 외마디 소리로서 아조 가버리니 그 나이 스물아홉, 바로 해방(解放)되던 해다. 몽규(夢奎)도 그 며칠 뒤 따라 옥사(獄死)하니 그도 재사(才士)였느니라. 그들의 유골(遺骨)은 지금 간도(間島)에서 길이 잠들었고 이제 그 친구들의 손을 빌어 동주(東柱)의 시(詩)는 한 책이 되어 길이 세상에 전(傳)하여지려 한다.

불러도 대답 없을 동주(東柱) 몽규(夢奎)었만 헛되나마 다시 부르고 싶은 동주(東柱)! 몽규(夢奎)!

(강처중)

이렇게 여러 사람의 정성들이 모여 윤동주의 유고시집 『하늘과 바람과 별과 시』는 세상에 그 모습을 드러냈다.

## 강처중(姜處重)은 누구인가

윤동주 문학을 사랑하는 사람들과 연구자들은 늘 정병욱을 크게 기린다. 일제시대에 윤동주의 필사본 자선(自選) 시집 『하늘과 바람과 별과 시』를 보관해내어 해방 뒤에 세상에 알려지게 함으로써 윤동주 문학이 성립하는 데 결정적으로 기여했기 때문이다.

그런데 그와 똑같은 일을 해낸 사람이 또 한 사람 있었다. 그럼에도 불구하고 그는 세상에 제대로 알려지지 않았고 따라서 그가 해낸 일에 걸맞은 칭송도 전혀 받지 못했다. 바로 강처중이란 인물이다.

윤동주의 문학과 그의 개인사 연구는, 강처중이란 인물과 그가 해낸 역할을 바로 알지 못하면 불구를 면할 수 없다. 어떤 의미에서는, 정병욱보다 강처중이 해낸 기여와 역할이 더욱 극적이고 방대했기 때문이다.

정병욱의 경우와 비교해보면, 강처중이 해낸 역할의 비중과 위상이 어떤 것인지 그 좌표가 쉽게 그려진다.

- 정병욱 — 윤동주에게서 시 19편이 담긴 필사본 시집 한 권을 선사받아 해방될 때까지 보관해내었다.
- 강처중 — 일본 유학을 떠나는 윤동주가 서울에 두고 간 「참회록」의 원고 등등, 필사본 시집에 들어가지 않은 나머지 시 원고들을 모아서 해방될 때까지 보관해내었다. 그뿐 아니라, 책들과 연전 졸업앨범이며 앉은뱅이책상 등등 …… 윤동주가 일본으로 가져가지 못하고 서울에 남겨두었던 물품들을 모두 챙겨서 보관했다가 해방된 뒤에 서울에 온 시인의 동생 윤일주에게 전했다. 그리하여 현존하는 윤동주의 유품 중에서, 중학교 시절의 시와 동시와 습작품을 제외한 나머지 유품은 모두 강처중에 의해 세상에 남았다.

  특히 윤동주가 동경에서 자신에게 보낸 편지 속에 적어 넣었던 5편의 시를 보관해낸 일로 해서 그가 윤동주 문학에 기여한 공로는 높이 칭송받아야 한다. 강처중이 아니었다면, 윤동주가 목숨을 빼앗긴 땅 일본에서 쓴 시는 단 한 편도 세상에 전해지지 못했을 것이기 때문이다.

또한 해방 공간에서, 그가 윤동주 문학을 세상에 정립시키는 데 기여한 공로는 절대적이다. 당시 『경향신문』의 기자였던 그는 일제 감옥에서 옥사한 무명 시인 윤동주를 『경향신문』 지면을 통해서 세상 전면으로 띄워 올렸다. 그것도 '당대의 대시인 정지용의 소개'라는 형식을 통해 매우 극적이고 효과적인 구도로 띄워 올렸다. 그리고 그가 주도하여 윤동주의 유고들을 정리해서 한 권의 시집을 출간해냄으로써, 윤동주는 비로소 명실상부한 '시인'이 될 수 있었다.

1948년 1월에 정음사에서 정병욱이 보관해낸 윤동주의 자선시집에 있는 19편의 시와 강처중이 보관해낸 시들 중에서 골라낸 12편을 합친 31편의 시를 묶어서 윤동주 시집을 출간했다. 그 유명한 『하늘과 바람과 별과 시』의 초간본이다.

이토록 윤동주 문학과 개인사에서 중요한 존재인 강처중이란 인물이 왜 지금까지 세상에 묻혀서 제대로 알려지지 않았는가.

그 이유는 우리 민족의 비극과 직결되어 있다. 그는 1950년대에 좌익인사로 공안당국에 체포되어 사형 선고를 받아 사형수가 되었다. 그래서 과거 이념 대립이 극심하던 냉전시대를 지내는 동안 가까웠던 친지들조차 그의 이름을 입에 올리기를 꺼림으로써 점차 세상에서 잊혀졌다. 결국 윤동주의 친우들 중에서 일본 감옥에서 나란히 옥사한 송몽규 다음으로는, 강처중이 가장 비극적인 인물이었던 것이다.

연전 학적부의 기록에 따르면 강처중은 1916년생이다. 함경남도 원산 출신으로 윤동주와 연전 문과 입학 동기였다. 1938년 봄에 입학했을 때부터 윤동주・송몽규・강처중 세 사람의 인연은 남달랐다. 그들 3명은 연전 기숙사

강처중의 연전 졸업앨범 사진. 강처중은 연전 문과 동기생으로 연전 문과 학생회인 '문우회'의 회장으로 활약했고 윤동주 시들의 중요 부분을 보관하여 세상에 전했다. 해방 뒤에는 경향신문 기자로서 윤동주 시의 소개와 유고시집 발간에 핵심적인 역할을 했다.

함경도 원산의 부유한 한의사집 장남이었던 그는 리더십이 출중했는데, 뒷날 공산주의에 경도되었다.

해방 뒤 그가 남로당 간부로 활약하다가 체포되어 사형선고를 받고 형무소에 수감되어 있을 때 가족들이 면회를 가면 간수들이 으레 "아, 그 함경도 미남을 면회 왔는가" 라고 했었다고 한다.

3층의 지붕밑방에 같이 입방하여 한 방에서 연전 시절을 시작했다.

서울대 국문과 교수였던 고 장덕순 교수는 북간도 용정 출신으로 윤동주의 광명학원 중학부 후배이며 연전 문과 2년 후배였다. 그는 연전 재학 시절에 한때 기숙사에서 나와 2년 선배인 강처중과 둘이서 신촌 연희동에서 하숙을 한 적이 있다. 필자는 장 교수로부터 강처중의 인물됨을 파악하는 데 도움이 되는 흥미로운 일화를 들었다.

입학 당시 강처중은 만 22세로서, 청소년 시절에 이미 다채로운 인생역정을 겪었던 모양이다. 그는 뱀에 대해서 아주 박식했다. 연전에 입학하기 전에 한때 중국에 가서 산 적이 있는데, 그때 중국식 도방에다 뱀을 길렀다는 것이다. 언젠가 장덕순과 함께 연희동 일대 산야를 산책하던 길에 강처중이 개울가 둑 위에서 뱀을 산 채로 잡은 적이 있었다. 그는 살아 있는 뱀을 손가락으로 만져가면서 "이것이 다리가 있다가 퇴화된 흔적"이라고 가르쳐주는 등, 뱀에 관한 전문지식을 들려주었다. 장 교수는 징그러워서 그런 실물교육을 별로 반기지 않았다는 것인데, 그래도 강처중이 뱀에 관해서 했던 말 가운데 하나를 아주 인상 깊게 기억하고 있었다.

"세상의 모든 동물들 중에서 제일 독한 종자가 바로 뱀이다. 동물은 보통 먹이를 주는 사람에게 길이 들게 마련인데, 뱀만은 안 그렇더라. 먹이를 주면 받아먹기는 하면서도 전혀 사람을 따르지 않는다. 아무리 먹이를 주고 잘 해주어도 끝내 길이 들지 않더라."

재학 시절, 강처중의 활동은 눈부셨다. 연전 문과 동기들 중에서 가장 영어를 잘하는 두 사람 중의 한 사람으로서 '영어 도사'라는 별칭을 얻었으리만치 어학에 재능이 있었고, 리더십이 뛰어나서 4학년 때는 연전 문과 학생회인 문우회(文友會)의 회장으로 피선되어 학생회장으로서 마지막 학년을 보냈다.

연전 학적부에서 확인해 보면 강처중은 '신농처중(神農處重)'으로 창씨개명했었다. 신농은 곧 '신농씨(神農氏)'라고도 불리는 중국의 고대 전설에 나오는 제왕으로서, 이른바 삼황오제(三皇五帝)라고 할 때 그 삼황 중의 한 사람이다. 전설에 의하면, 형상은 사람의 몸에 소의 머리를 했으며[人身牛首], 화덕(火德)을 지녀 염제(炎帝)라고도 하는데, 농업・의료(醫療)・악사(樂師)의 신인 동시에, 8괘를 겹쳐서 64괘를 만든 역자(易者)의 신이며 주조(鑄造)와 양조(釀造)의 신이고 교역의 법을 가르친 상업의 신이다. 그런데 바로 성이 강(姜)씨였다. 강처중이 그런 고대 중국 전설의 황제 이름을 자신의 창씨개명용 성으로 쓴 것이 익살스럽다.

윤동주의 동생 윤일주가 19세의 청소년으로 단신 월남한 것이 1946년 6월, 그는 아는 사람 전혀 없는 낯선 서울에 오자 형의 친구들을 찾아다녔다. 이때 윤동주를 아는 사람들 소식이 이리저리 연결되어 정병욱을 만나게 되었다. 정병욱은 당시 서울대학교 국문학과 3학년에 재학 중이었다. 정병욱은 연전 졸업과 동시에 학병에 끌려나갔다가 1945년 해방된 뒤 추석 무렵에야 귀향했고, 1946년 봄에 서울대학교 국문학과 3학년으로 편입하여 학업을 계속하고 있었다. 윤일주는 마찬가지 방식으로 강처중도 만날 수 있었는데 뜻하지 않게도 강처중이 윤동주의 연전 시절의 유품들을 모두 잘 보관하고 있다가 내주었다.

그것은 유족들로서는 전혀 뜻밖인 엄청난 선물이었다. 윤동주가 1945년 2월 16일에 옥사한 뒤 반 년 만에 일본이 패망하고 해방이 되자, 유족들은 윤동주가 일본으로 가져가지 않고 서울에 남겨둔 연전 시절 물건들을 찾아서 윤동주를 기념하기를 원했다. 유족들로서는 그 물건들이 마지막 하숙집이었던 북아현동의 하숙집에 남아 있을 것이라고 생각했다. 그래서 해방 직후에 당숙인 윤영춘 선생이 나섰다. 그는 북간도 출신의 윤동주 친지들을 상대로 수소문한 결과, 라사행이 전에 북아현동 하숙집에 놀러 갔던 일이 있음을 알고 그에게 안내를 부탁했다. 그때 두 사람이 윤동주가 마지막으로 하숙했던 집을 찾으려고 북아현동을 헤맸었다고 한 것은 앞에서 기록한 바다. 그러나 라사행이 윤동주의 북아현동 하숙집에 갔던 것은 거의 4년여 전의 일이라서 집 찾기에 실패한 뒤, 유족들은 윤동주의 유품은 모두 잃어버린 것으로 포기했다.

그런데 뜻밖에도 연전 동창인 강처중이 윤동주의 시 원고들과 서적들을 비롯한 유품들을 잘 보관하고 있다가 내준 것이다. 시기적으로 보아 1946년 6월에 단신 월남한 19세 소년 윤일주가 연줄연줄 물어서 찾아갔을 때, 강처중은 『경향신문』 창간 작업을 하던 무렵이었을 것으로 추정된다.

윤동주가 일본으로 건너간 것이 1942년 초이니까, 강처중은 일제 치하의 그 험한 세태 속에서 무려 4년 이상의 긴 세월 동안 적지 않은 분량인 윤동주의 물건들을 보관해내었다. 강처중이 보관해낸 윤동주의 시고(詩稿)들은 시인으로서의 윤동주의 개인사에서 매우 중요한 의미와 비중을 갖는다.

강처중이 보관했던 윤동주의 친필 시고들은 세 종류로 구분된다.

1) 『하늘과 바람과 별과 시』라는 필사본 자선시집을 묶기 이전에 쓴 시들 중, 시집에 넣은 19편을 제외한 시들(「팔복」, 「위로」 등이 있다).
2) 자선시집을 묶은 뒤에 새로 쓴 시들(「참회록」, 「간」 등이 있다).
3) 윤동주가 일본에서 쓴 시 5편(「쉽게 씌어진 시」, 「흰 그림자」, 「사랑스런 추억」, 「흐르는 거리」, 「봄」. 이것이 윤동주가 일본에서 쓴 시 중에서 현재 세상에 알려진 것의 전부다. 편지 속에 적혀 있던 이 시들을 강처중마저 보관해내지 않았더라면, 윤동주가 일본에서 쓴 시는 단 한 편도 세상에 남지 못했다).

실상이 이러했기에 윤동주의 시를 보관해낸 공로를 따질 때, 강처중이 결코 정병욱에 못지않음을 알 수 있다.

현재 윤동주의 시를 세상에 전한 사람별로 분류해보면 다음과 같다.

1) 정병욱 - 필사본 자선시집에 들어 있던 19편.
2) 윤혜원 - 중학생 시절에 쓴 시와 동시의 원고들(윤동주의 가족으로 해방 뒤 월남한 사람은 누이동생 윤혜원과 남동생 윤일주 두 사람 뿐이다. 1946년 6월에 19세의 나이로 단신 월남한 윤일주는 형의 유고나 유품을 전혀 갖고 오지 않았고, 윤동주 시집이 서울에서 출간된 뒤인 1948년 12월에 남편과 함께 월남한 윤혜원이 북간도 용정 집에 있던 윤동주의 중학생 시절의 작품들을 서울로 갖고 왔다).
3) 강처중 - 위의 두 사람이 보관한 원고들을 제외한 나머지 원고 모두.[4]

---

4) 윤동주의 시는 모두 몇 편인가? 유족인 윤인석 교수(고 윤일주 교수의 장남)는 다음과 같이 정리했다.
"현재 윤동주의 자필 원고는 「짝수갑」이라고 쓴 제목만 있는 종이까지 1편으로 쳐서 모두 150편이고 같은 내용이 중복된 원고들을 빼면 128편이다. 그 128편을 장르별로 분류하면, 시 124편과 산문 4편이다."

1947년 2월 16일에 맞게 될 윤동주의 2주기 추도식을 앞두고, 강처중은 정병욱이 보관해낸 필사본 시집 『하늘과 바람과 별과 시』에 실린 19편과 자신이 보관해낸 시고들에서 추린 시들을 합쳐서 윤동주의 유고시집을 출간할 것을 계획했다. 출간 시기도 의미 있게, '윤동주의 옥사 3주기인 1948년 2월 16일 이전'으로 정하고 일을 추진했다고 한다.

이때 시집 출간의 일은 당시 『경향신문』 기자로서 언론계와 문화계에 발이 넓었던 강처중의 주도로 이루어졌다. 당시 정병욱은 만 25세의 학생으로 서울대학교 국문학과 4학년에 재학 중이었고 강처중은 만 31세의 현역 신문기자였으니, 그 일을 강처중이 주도하는 것이 효율적이기도 했다.

1983년 10월 10일에 출간된 윤동주 시집 『하늘과 바람과 별과 시』 개정판 서두에 실린 윤일주 교수의 서문 「새로 엮으며」에도 "윤동주 작품의 가장 핵심 부분을 보관해주셨고, 1955년도 이래 시집 간행에 있어 늘 길잡이가 되어주시던 정병욱 선생……"이라는 구절이 있어, 정병욱은 1955년 2월 16일에 발간된 증보판에서부터 윤동주 시집 간행에 간여했음을 알 수 있다.

강처중은 시집 출간을 앞두고 사전 알리기 작업으로, 먼저 윤동주의 시를 신문 지상에 연재하여 세상에 소개하기로 했다. 그리하여, 앞에서 살펴본 대로 당대의 대시인인 정지용 주간에게 부탁하여 그의 소개글을 붙인 윤동주의 시가 1947년 2월부터 『경향신문』 지면을 통해 세상에 소개되기 시작했다.

정지용이 퇴사한 뒤인 1947년 7월 27일치의 지면에 세 번째로 실린 윤동주의 시 「소년」에, 굳이 "故 尹東柱氏는 젊은 나이에 日本監獄에서 쓸쓸히 세상을 떠난 우리들의 先輩입니다"라는 소개말을 붙인 것은 강처중의 솜씨로 보인다. 세상 사람들의 뇌리에 윤동주의 존재를 인상 깊게 입력하려는 노력의 일환이었다. 이토록 뜨거운 성의와 노력의 열매로, 1948년 1월 30일에 유고시집 『하늘과 바람과 별과 시』의 초간본이 서울 정음사에서 출간되었다.

이 시집의 출산 작업 자체에 들인 강처중의 노력 또한 정성스러웠다. 강처중은 정지용에게 부탁하여 시집의 「서문」을 써 받았다. 당대의 가장 유명한 시인인 정지용의 후광을 입어서라도 윤동주를 좀 더 널리 세상에 알리고자 한 것이다. 정지용이 「서문」을 쓴 날짜는 1947년 12월 28일, 이미 경향신문사를 나가서 이화여대 교수로 재직하고 있을 때다. 강처중은 「서문」 집필에 도움이 되도록 시인의 동생 윤일주를 정지용에게 데려가서 윤동주와 그 집안에 관한 이야기를 직접 들려드리게 했다. 그리하여 정지용의 「서문」 속에 '그의 다음 동생 일주(一柱) 군과 나의 문답(問答)'이라는 항목이 들어갔다.

당시 정지용은 윤일주에게 여러 가지를 물었다. 그 중에서,

"아버지는 무얼 하시노?"

"장사도 하시고 회사에도 다니시고 했지요."

이 대화가 그대로 정지용이 쓴 「서문」 속에 들어간 탓에 생긴 일화가 있다. 초간본 시집이 발간된 뒤, 북간도 고향집으로 보내진 그 시집을 읽은 윤동주의 아버지가 바로 그 '문답' 때문에 마음에 상처를 받았다. 평생을 지식인으로 자부하고 살아오신 분이 장사꾼으로 세상에 알려지게 됐다 하여 "어찌 대답을 그렇게 했는가!" 하면서 크게 서운해 하셨다.

강처중은 윤동주 시집의 「발문」은 자신이 직접 써서 붙였다. 이렇게 하여 1948년 1월에 드디어 윤동주의 유고시집 『하늘과 바람과 별과 시』가 출간되었다. 윤동주는 이때부터 명실상부한 한 사람의 '시인'이 된 것이다.

그러나 『하늘과 바람과 별과 시』 초간본을 빛낸 「서문」과 「발문」 집필자의 운명은 기구했다. 초간본이 출간된 지 2년 반 만에 동족상쟁의 처참한 전쟁 6·25가 일어났다. 그리고 전쟁을 치르면서 더욱 극심해진 좌우대립의 증오와 갈등과 충돌이 정지용과 강처중의 삶에도 어두운 그림자를 드리웠다. 두 사람 다 좌익과 연관되었다 해서 사회적 기피인물이 된 것이다.

그리하여, 1955년에 2월에 서거 10주년 기념 증보판 시집 『하늘과 바람과 별과 시』가 정병욱과 윤일주 교수에 의해서 출간될 때, 정지용의 「서문」과 강처중의 「발문」이 삭제되었다. 이때부터 윤동주의 시집과 정지용과 강처중

의 관계는 끊어졌다.

필자가 '강처중'이라는 인물에 관해서 깊은 관심을 느낀 것은 윤일주 교수댁에서 『하늘과 바람과 별과 시』의 초간본을 처음으로 보았을 때였다. 그 책에 있는 정지용의 「서문」이 1955년의 중간본(重刊本) 이래 빠진 것은 충분히 납득할 수 있었다. 정지용은 6·25 때 월북했다 해서, 그때부터 그의 글과 존재는 모두 기피대상이었다. 그래서 1987년에 공식적으로 해금되기까지는 학자들의 국문학 관계의 전문적인 학술논문에서조차 아무리 필요한 경우라도 그의 이름을 그대로 인용하지 못하고 '정■용' 또는 '정 용'으로 표기해왔음을 익히 알고 있었다. 그러나 강처중의 「발문」은 왜 빠졌는지 궁금했다. 필자는 윤 교수에게 문의했다.

"강처중은 어떤 사람입니까? 그리고 왜 시집 중간본에서 그의 「발문」이 빠졌습니까?"

윤일주 교수는 상당히 망설이다가 마지못해서 대답했다.

"좌익인사인 것이 드러나서……."

그 대답을 듣고, 나는 즉시 감을 잡았다.

아! 이 사람이 바로 그 사람인 게로구나!

윤일주 교수는 1983년 10월 10일자로 발간된 『하늘과 바람과 별과 시』 개정판에서, 동경 시절의 시 5편을 따로 모아서 싣고 그 중 마지막에 실린 시 「봄」의 말미에다 이런 주석을 붙여놓았다.

> 「편주」 위의 5편은 동경에서 서울의 한 벗에게 편지와 함께 보낸 것인데, 편지를 폐기할 때 이 작품의 끝 부분도 함께 폐기되었다.

'서울의 한 벗'이 일본 동경에 있던 윤동주와 편지 왕래를 하던 친구였고, 더구나 그 소중한 5편의 시를 보관해낸 사람임에도 불구하고 이름을 밝힐 수 없다면, 그 사람은 필시 좌익인사였다는 '강처중'일 수밖에 없다는 짐작이었다.

그런 추측을 이야기하자, 윤일주 교수는 "맞습니다"고 확인해주었다. 강처중의 말로는 편지 속에 발각되면 위험한 부분이 있어서 편지는 없앴다고 하더란 거였다. "그가 보관했다가 전한 유품은 더 없습니까?" 라는 나의 질문에 윤 교수는 말했다.

"형님이 일본으로 떠나면서 서울에 남긴 책들과 시 원고들과 연전 졸업 앨범과 버클과 앉은뱅이책상 등, 서울에 남긴 짐을 모두 보관했다가 나에게 전해주었어요."

그러나 윤 교수는 혹시라도 강처중과의 인연이 형님의 이미지에 만의 하나 부정적인 영향을 끼치게 될까 봐 염려하여, 더 이상 자세하게 강처중에 대해서 언급하는 것 자체를 꺼렸다.

강처중의 생애에 관한 보다 상세한 이야기는 나중에 장덕순 교수에게서 들을 수 있었다.

"그분은 해방된 뒤 경향신문사 기자를 했는데 좌익으로 처형됐어요. 그게 육이오 전이었던가 후던가, 이젠 정확한 시기가 기억나지 않는데, 아무튼 좌익으로 체포되어 군사재판에서 사형선고를 받고 처형됐어요. 관련 사건이 신문에 난 것을 본 기억이 있는데, 나중에 아는 사람에게서 그가 총살형으로 처형되었다는 이야기를 들은 기억이 납니다."

그것은 꽤나 충격적인 소식이었다.

나는 경향신문사에 가서 그의 자취를 찾아보았다. 그의 자취는 이내 드러났다. 『경향신문 40년사』의 앞부분에 창간 멤버로서 그의 이름이 나와 있었다. 마이크로 필름에 수록된 『경향신문』 1947년 4월 27일치 2면에서 그가 쓴 기사도 찾아내었다. 그 기사는 이순신 장군의 탄신일인 4월 28일을 앞두고, 충무공을 기리는 글이었다. 그의 글은 아주 흥미로웠다. 그가 사용한 어휘와 논리에 그의 의식이 드러나 있었다. 나는 "강처중은 좌익이었다"는 이야기가 누명이 아니라 사실이었을 것이라고 생각했다. 그가 쓴 「발문」은 앞에 소개했거니와, 그가 쓴 신문기사도 당시 문장 그대로 전재하여 강처중이란 인물을 파악하는 자료로 삼고자 한다.

## 이충무공 탄생 402주년을 맞이하여

### 충무공 이순신(忠武公 李舜臣)

姜處重

우리는 이조(李朝) 역대 인물 중 저명한 분으로 김한훤당(金寒暄堂) 조정암(趙靜菴) 이퇴계(李退溪) 이율곡(李栗谷) 서화담(徐花潭) 송우암(宋尤菴) 등 많이 들 수 있다. 그들은 이조 봉건제의 전형(典型)들이며 양반계급의 백미(白眉)들이며 유교 학품(學品)의 거상(巨像)들이었다. 그러나 그들의 제도와 그들의 계급(階級)이 사라지고 그 학문마자 빛을 잃고 보니 그분들도 함께 민족의 머리에서 사라지고 말았다. 그 위대하던 율곡도 왜 위대한지를 금일의 후인들은 모르는채 고물(古物)과 함께 앞으로 박물관에 모실 운명에 이르고만 것이다. 하지만 이순신은 시대가 새로울사록 우리에게 더 빛나는 것은 윈일인가.

그것은 인민(人民)을 위하고 인민을 사랑하고 인민과 함께 강토(疆土)를 지킨 때문이다. 인민은 멸망하지 않는다. 그러므로 인민과 함께 싸우던 위대한 인물들은 영원이 민족의 마음속에 사는 것이다. 그런 위대한 인물들은 민족 존망(存亡)의 위기에 나와서 인민과 함께 그 위기를 극복하고 간 분들이다. 때문에 그 민족이 위기에 당면하면 그 인물을 더욱 사모(思慕)하는 것이다. 우리가 오늘 같은 정세에 처하여 이순신을 가일층 사모하는 것도 이 때문이다.

그냥 영웅 이순신을 그리는 것이 아니라 민중과 함께 동고동우(同苦同憂)하며 투쟁하던 이순신이 그리운 것이다. 이순신을 위대케 한 요인은 물론(勿論) 많다. 해동제갈(海東諸葛)의 칭호를 받는 그의 지략(智略)과 전술과 용병(用兵)도 그 하나며 충용(忠勇) 정명(正明)도 그 하나며 만단(萬端) 전비(戰備)와 십분(十分) 조련(調練)도 그 하나며 철갑(鐵甲) 귀선(龜船)도 그 하나이다. 왜인(倭人)의 남해(南海) 지리(地理) 불통(不通)도 들 수 있으며 남방(南方)곡창(穀倉)이 왜인의 손에 안 든 것도 들 수 있다.

그러나 당시 국정(國情)을 살펴보면 연산군(燕山君) 이래의 사화(士禍) 정쟁(政爭)으로 참혹한 유혈극(流血劇)의 여파(餘波)가 그대로 생생한데 다시 동서당론(東西黨論)이 벌어져서 국론이 일치 못하였고 국방과 전략과 군비는 고사하고 왕과 백관들은 의주(義州) 변지(邊地)에 피란하여버리고 육전(陸戰)은 연일 패배가 계속하여 왜제(倭蹄)가 전국을 짓밟고 있었다. 더욱 이순신은 당파적(黨派的) 배경이 없는 때문에 정치적 고립(孤立)으로 매사에 지장(支障)이 속출하였다.

이런 처지에 일개 영웅 이순신의 지략이나 귀선(龜船)만이 어떻게 그 광대(廣大)한 해양(海洋)에서 승리를 전취(戰取)할 수 있었겠는가. 이순신은 이것을 잘 알았다. 그러므로 그는 인민을 믿고 인민을 위하여 인민과 함께 그 위태로운 전쟁을 수행(遂行)하기에 시종여일(始終如一)하였던 것이다. 그가 남겨놓은 그의 언행(言行) 속에는 얼마든지 민중과 동고동우(同苦同憂)한 사실의 기록이 남어 있다. 짧은 지면(紙面)이라 다만 한 가지의 대조(對照)의 예(例)를 들어 이순신과 민중이 얼마나 가까웠으며 또 같이 그 난(亂)을 겪었는가 하는 것을 말하려 한다.

왕과 지배 관료(官僚)들이 서울을 떠날 때 민중들은 왕이 자기들을 버리지 말고 함께 서울을 고수(固守)할 것을 애원(哀願)하였다. 그러나 궁중에서는 승혜(繩鞋)와 백금(白金)을 무역하고 암야(暗夜)에 그들은 도망치듯 민중 모르게 떠났다. 이것을 안 민중들은 증오(憎惡)하는 나머지 원부(怨府) 장예원(掌隷院)과 형조(刑曹)에 불을 질렀고 송도(松都)에서는 왕에게 투석(投石)까지 하였다. 그러나 이순신은 어떠하였던가.

그가 종적죄(縱賊罪)로 나포(拿捕)되어 함거(檻車)에 실려 서울로 갈 때 열읍(列邑) 길가에는 남녀노유(男女老幼) 민중들이 모여 통곡하였다. 또 절망하였다. 그가 다시 놓이어 통제사(統制使)로 재임(再任)되어 임지로 나려갈 때 민중들은 연도(沿道)에 운집(雲集)하여 호장(壺漿)을 바치며 울고 환영하였다. 또 안도(安堵)하였다. 이순신도 그들을 위로(慰勞)하였다. 얼마나 천양(天壤)의 대조(對照)인가. 그가 위대한 것도 이 때문이다. 오늘날 후인(後人)들이 이순신을 사모하는 것도 이 때문이다.

그리고 내가 시호(諡號) 충무공(忠武公)으로 이 글을 쓰지 않고 이순신으로 작고 성명하는 것도 그가 인민과 함께 지금도 살아 있으므로서 더 다정(多情)을 느끼는 까닭이다. 충무공 시호를 나린 왕은 이미 갔으되 이순신 장군을 부르며 따루고 믿던 인민은 여전히 멸(滅)치 않고 있는 까닭이다.

李忠武公誕生四〇二周年을맞이하여

忠武公李舜臣

姜處重

강처중이 『경향신문』 기자로 재직시 충무공 이순신 장군의 탄신일(4월 28일)을 앞두고 써서 게재한 기사(1947년 4월 27일자 2면)

강처중은 친구들 사이에서 출중한 리더십이 있다고 기리어졌던 인물이다. 곡절 많고 파란만장한 삶을 살았던 그가 세상에 남긴 단 2편의 글이 우리 민속이 연년세세 누고두고 좋아하는 인물들인 이순신과 윤동주를 기리는 것이었다. 실로 만감이 교차한다.

나는 본격적으로 강처중 관련 자료 찾기에 나섰다. 그러나 "강처중이 좌익사건으로 체포되어 재판을 받고 사형을 언도받아 처형되었다"고 한 장덕순 교수의 증언을 뒷받침하는 자료는 찾을 수 없었다. 여러 신문사의 마이크로 필름을 살폈으나, 그가 체포되고 처형된 사건 자체를 보도하는 기사는 전혀 없었다. 다만 『경향신문』 조사자료부의 도움으로 1953년도에 일어난 대형 좌익사건인 '정국은 간첩사건' 기사에서 사건 관련자로 언급된 그의 자취를 확인할 수 있었다.

1953년 9월 21일에 손원일 국방부장관은 세칭 '정국은(鄭國殷) 간첩사건'의 전모를 밝히는 기자회견을 가졌다. 그때는 6·25전쟁이 휴전된 직후 아직 계엄령이 해제되지 않은 시기였다. 그래서 민간인들의 간첩사건을 국방부에서 다루고 발표도 국방부장관이 맡았다.

피의자 정국은은 일제시대에 일본 『조일(朝日)신문』의 기자를 지낸 언론인으로서 해방 뒤에도 연합신문사 주일 특파원을 지내는 등, 계속 언론계에서 활약하다가 간첩 혐의로 체포되었다. 치안국 중앙분실장인 경찰 간부와 한국통상주식회사 취제역인 실업인도 같이 체포되었다.

이 사건은 각 신문들이 모두 속보에 속보를 거듭하면서 크게 다루었다. 이 사건에 연루된 혐의로 현역 국회의원이자 연합신문사 사장인 양우정도 구속 수사를 받았다. 또 내무부장관 진헌식(陳憲植)과 상공부장관 이재형(李載瀅)도 연루되어 사직한 뒤 구속 취조를 받았다. 국회에서도 조사위원회가 구성되어 사실 파악에 나섰던 초대형 사건이었다.

그래서 세간의 관심도 대단했고 곡절도 파란만장했다. 계엄령이 실시되던 시기였기에, 정국은은 고등군법회의에 송치되어 단심(單審)으로 군사재판을 받은 끝에 그해 12월 2일에 사형이 언도됐다.

이 사건에는 기이한 현상이 많았다. 정국은의 처형일로 알려진 1954년 1월 23일에 총살형을 집행할 장소로 알려진 홍제원 화장터 근처에 아침부터 사람들이 몰려들어 처형 예정시간인 오후 2시경에는 수천 명의 구경꾼으로 인산인해(人山人海)를 이루었다. 그 엄청난 인파를 찍은 보도사진이 1954년 1월 26일치 『동아일보』 지면에 남아 있다. 그러나 사형 집행은 돌연 아무런 설명 없이 연기되었다가 다음 해 2월 18일에 수색에서 총살형으로 사형이 집행되었다고 보도되는 등 곡절이 많았고, 그가 죽은 뒤에까지도 "정국은은 죽지 않고 살아 있다" "정국은은 현재 일본에 있는데 미국 극동사령부의 보호 아래 이중 스파이로 활약하기로 되어 있다"는 등 별의별 루머와 억측들이 난무하여 가라앉지 않았다. 그래서 군당국에서 시신의 사진을 공개하고 정국은의 얼굴을 아는 기자들로 하여금 확인시키는 사태까지 벌어졌다.

이토록 사회적인 파문이 컸던 사건인데, 이 사건에 대한 손원일 국방부장관의 첫 기자회견 내용을 사회면 머릿기사로 보도한 『경향신문』 9월 22일치 관계 기사는 다음과 같이 시작된다.

"지난 8월 31일에 시내 모처에서 육군 특무부 대원에게 체포된 이래 세간의 억측과 물의를 자아내던 동양통신사 및 연합신문사 주필 정국은(鄭國殷)에 대한 간첩피의사건은 그동안 특무부대의 준엄한 조사가 진행되었는데, 그 범죄사실이 판명되어 9월 18일 고등군법회의에 송치하였던 바 (중략) 이 사건의 전모를 국방부장관은 다음과 같이 발표하였다."

바로 이 기사에서부터, 강처중의 이름이 비중 있게 등장한다. 이 사건에 관련된 여러 신문 기사들에서 강처중에 관련된 부분들을 모아 정리하면 다음과 같다.

> 강처중은 남로당 총책(總責)인 김삼룡(金三龍)의 부하로서, 남로당 특수부의 간부였다. 정국은은 해방 뒤에 남로당에 가입한 당원으로서 1948년 7월에 서울 중구 소공동에 국제신문사를 창설한 뒤 자신은 편집국장에 취임하고, 강처중 등 남로당 특수부 중앙간부들을 중요 부서에 기용했다. 강처중은 정국은의 남로당 상부선(上部線)으로서, 정국은이 신문사 조직을 통해서 수집한 정보를 북한 괴뢰에 첩보했다. 1949년 6월에 정국은은 강처중의 지령에 따라 강처중에게서 받은

> 남로당의 자금 1백만 원으로 서울 중구 명동에다 국방신문사를 창설한 뒤, 취재를 빙자하여 국방 기밀들을 탐지했다. 그렇게 탐지한 기밀들은 정국은의 상부선인 강처중을 통하여 북한 괴뢰에게 첩보되었다.

1948년과 1949년이라면, 강처중의 나이 32세에서 33세이던 때다. 당시의 국방부 발표가 어느 만큼의 역사적 진실을 갖추고 있는가. 그에 대한 판단과는 별도로, 한 가지 극명하게 확인되는 사실이 있다. 이 시기의 한국 사회에서, '강처중'이란 인물은 '남로당의 젊은 실세(實勢)'라는 이미지로 확실하게 비쳐졌을 것이다.

6·25 전에 문제의 『국제신문』 주필을 역임했던 소설가이자 언론인인 송지영(宋志英)이 본 사건 재판정에 증인으로 나와서 증언한 말 가운데도 강처중에 관한 언급이 나온다. "자신은 강처중으로부터 국제신문 주필로 와달라는 교섭을 받아서 취임한 뒤에 정 피고를 알게 되었고, 정 피고가 강처중 등 좌익 인물들과 친근하게 지낸 것은 사실이다"라는 것이다. 송지영의 증언에 따르면, 6·25 이전에 『국제신문』의 기자였던 강처중은 상사인 주필의 임명까지 좌우하는 힘을 가졌던 실세였다.

강처중의 최후는 언제 어떻게 닥쳐왔는가.

군 당국의 발표로는, 1953년 8월에 언론인 정국은이 간첩 혐의로 체포됐는데 그의 간첩 행위들은 모두 "남로당 상부선인 강처중의 지령에 따라서" 행해졌다는 것이었다. 그럼에도 불구하고, 발표 내용에 '강처중' 본인의 신상이나 체포에 관한 언급이 일체 없다. 무슨 이유일까.

그런데 그가 정국은보다 먼저 체포되었음을 간접적으로 증명하는 기록이 있었다.

1953년 10월 28일치 『조선일보』 2면에 '정국은 사건 수사 일단락'이라는 제목 아래 '국방부 보도와 공식 발표 제275호'로 발표된 그동안의 수사 결과가 게재되었는데, 그 속에 현역 국회의원이며 연합신문사 사장인 양우정에 관한 혐의 사실 중 하나가 이렇게 적시되어 있다.

> 양우정은 간첩 정이 남로당 총책 김삼룡(金三龍)의 하부 특수군사책 강처중(姜處重)의 세포로 『국제신문』과 『국방신문』을 경영하면서 국방부와 육군본부에 출입하여 군사기밀을 탐지하고 괴뢰 집단에 첩보하다가 그의 상부선이 군 수사망에 체포되자 신변이 위험하여 일본으로 도피함에 있어 연합신문사 '동경' 특파원으로 도일케 함으로써 정을 옹호하고…….

'세포(細胞 : 공산당 조직의 최소 구성 단위를 의미하는 단어)'와 '상부선(上部線)'은 두 사람 사이에 상하관계가 성립되는 특수용어이다. "간첩 정은 강처중의 세포였다"는 말은, 곧 그가 강처중의 직계 하부 조직원이었다는 이야기이며 '그의 상부선'이란 표현은 곧 강처중을 지칭하는 말이 된다.

그런데 앞서 보도된 손원일 국방부장관의 첫 담화 내용 중에, 정국은이 연합신문사 동경 특파원으로 일본에 건너간 시기가 제시되어 있다. "4283년 2월경 남로당 특수부의 최고 간부 일당이 육군특무부대를 비롯하여 각 수사기관에 피검되자……" 정국은이 일본으로 건너갔다는 것이다.

4283년은 서기로 1950년, 바로 6·25가 난 해이다. 그해 2월 이후의 신문 보도들을 검색해보면, 김삼룡과 이주하 등의 남로당 간부들이 체포된 사실에 관한 보도가 단편적으로 나올 뿐, 강처중이란 이름은 지면에서 발견되지 않는다. 그러나 여러 정황을 미루어볼 때, 강처중 역시 그 무렵에 같이 체포되어 군사재판을 받고 사형을 선고 받은 것이 확실했다.

그래서 이 책의 개정판(1998년 8월 발간)에서는 그런 전말을 소개한 뒤, 장덕순 교수의 증언을 그대로 수용하여 "6·25를 전후해서 총살형으로 처형된 것으로 보인다. 그렇다면, 강처중은 향년 34세의 창창한 젊음으로 세상을 하직한 것이다"라고 썼다.

그런데 그 개정판이 출간된 뒤에 『동아일보』에 소개된 관련 기사를 보고,

울산에 거주하고 있는 강처중 선생의 부인으로부터 연락이 왔다. 반갑게 만나서 부인 이강자(李康子, 1919년생) 여사의 이야기를 들었는데, "당시 남편이 체포되어 재판 받고 사형선고를 받은 것까지는 사실인데, 총살형으로 처형되었다는 말은 사실이 아니다"고 밝혔다.

강처중 선생이 육군형무소를 거쳐 서대문형무소에 수감되어 처형일을 기다리던 중에 6·25전쟁이 일어났다. 전쟁 발발 사흘 만에 서울에 입성한 인민군은 즉시 서대문형무소를 개방했고, 강처중 선생은 그때 풀려나서 집으로 돌아왔다. 그가 집에 돌아온 6월 28일은 마침 딸의 백일이었다.

그는 집에 돌아온 뒤 두 달 정도 요양한 뒤, 9월 4일에 "소련에 가서 공부하겠다"는 말을 남기고 집을 떠나 월북했다.

1950년 9월 4일이라면 전쟁이 한창이고, 더구나 북한 인민군이 일방적인 승세를 타고 마구 남하하던 때였다. 그런 시기에 동족상쟁 중의 나라는 물론 가족까지 버리고 홀로 북상해간 그의 행적이 매우 인상 깊다.

강처중 부부는 1942년 12월에 결혼했고, 슬하에 2남 1녀의 자녀를 두었는데, 부인은 남편이 월북한 뒤 그의 소식을 전혀 듣지 못한 채 남편과 관련된 각종 문서는 물론 남편의 사진까지도 일체 없애고 남편에 관한 이야기는 전혀 입 밖에 내지 않으며 살아왔다.

부인은 "시댁은 원산에 있었는데 시아버지가 개업한 한의사였기에 가세가 매우 넉넉했습니다" 라고 하면서 "남편은 아주 과묵한 성품이며 자녀들을 몹시 사랑했습니다"라고 추억하더니 낮게 덧붙였다.

"남편이 사형수로 형무소에 수감되어 있을 때 찾아가서 면회 신청을 하면 간수들이 으레 '아, 그 함경도 미남을 면회 왔는가' 하면서 면회수속을 밟아주고는 했었지요."

관련 자료를 찾는 과정에서 인상 깊게 느낀 것이지만, 강처중과 그를 죽음 일보 전까지 몰고 갔던 '남로당'의 관계는 매우 기이하다. 그를 잘 아는 친지들의 증언과 앞에서 고찰한 '정국은 사건'에 관한 신문보도기사에서만

'남로당 간부 강처중'이라는 존재가 명백하게 확인될 뿐, 현재 세상에 널리 알려진 남로당 관계 문건이나 서적들에서는 강처중에 관한 기술을 전혀 찾을 수가 없다. 박갑동, 양한모를 비롯한 예전 남로당 간부들의 회고록이나, 남로당 연구 전문학자인 김남식 씨가 쓴 『남로당 연구』 I, II, III권의 대저작물에도 강처중이라는 이름이나 존재는 전혀 등장하지 않는다. 윤동주 관계 문건에서처럼, 남로당 관계 문건에서도 그는 투명하게 증발해버렸다. 이처럼 좌익과 우익에게서 모두 그 존재를 부인 당했다는 점에서도, 그는 매우 기이한 운명의 소유자이다.

지금까지 모을 수 있었던 자료들을 통해서 강처중의 인물됨과 그 생애를 추적해보았다. 그러나 이 정도 자료로서 그가 어떤 사람인지를 어찌 제대로 파악할 수 있으랴! 다만 그가 친구 윤동주에게 쏟았던 깊은 정성과 굳은 의리와 아름다운 헌신(獻身)을 생각할 때 절로 떠오르는 모습이 있다. 그는 실로 사람을 진정으로 사랑할 줄 아는 사람이었다.

한편 윤동주의 누이동생 윤혜원이 윤동주가 중학생 시절에 쓴 시 원고들을 갖고 서울에 온 내력은 이러하다.

윤혜원은 그 전해에 북간도에서 결혼한 남편 오형범과 함께 1948년 12월에 월남하여 서울에 왔다. 이때 윤혜원은 용정 집에 남아 있던 윤동주의 중학 시절의 동시와 시 원고들과 습작품들을 모두 챙겨갖고 왔다. 부친이 그걸 모두 갖고 내려가라고 했다. 후일에 민족시인으로 드러날 윤동주의 모습을 예견했던 것일까? 이리하여 오늘날 우리가 보는 윤동주의 시편들이 모아졌다.

주목할 것은, 윤동주를 사랑하는 연구가들에 의해서 관련 자료들이 계속 새롭게 발굴되고 있다는 사실이다. 대표적인 사례가 앞에서 소개한 양원태자 님이 발굴한 사료들과 함께 일본 NHK 디렉터였던 다호길랑(多胡吉郎, 타고 키치로) 씨에 의해 세상에 소개된 '윤동주 최후의 사진'이다. 1995년 1월, 그는 한국 KBS와 공동제작한 윤동주 관계 프로그램의 제작과정에서 윤동주의 동지사대학 동급생들에 대한 취재 중에 한 장의 매우 중요한 사진을 발굴했다. 1943년 5월에 윤동주가 동지사대학의 친구들과 함께 경도부 우치시(宇治市)에 있는 우치천(宇治川)에 다녀갔을 때 찍은 사진으로, 현재까지 알려진 사진 중에서 가장 최후의 사진이다. 현재 많은 연구가들이 윤동주에 관한 추가 자료들을 찾으려고 큰 노력을 기울이고 있다. 그 또한 시인 윤동주를 사랑하는 방식의 하나이다.

단지 31편으로 발간된 윤동주의 유고시집 『하늘과 바람과 별과 시』의 초간본이 나온 이래 윤동주의 시집은 판을 거듭하며 증보되어 이제 1백 28편의 작품을 수록하고 있다. 또한 그의 시를 다룬 많은 학술논문과 서적들이 쏟아져 나왔고, 그의 시는 날로 더욱 아낌을 받으며 널리 애송되고 있다. 영어 · 일본어 · 프랑스어 · 체코어 · 중국어 등 여러 외국어로도 번역되었다.

1943년 5월에 동지사대학의 친구들과 경도부(京都府) 우치시(宇治市)에 있는 우치천(宇治川)에 놀러가서 천뢰조교(天瀨吊橋)에서 찍은 사진. 현재 확보된 윤동주의 사진 중에서 가장 최후의 사진이다. 윤동주는 이때로부터 두 달 뒤에 일경에 체포되었다.

이것은 그가 적국의 감옥에서 옥사했다든지 하는 특이한 전기적인 사실에만 의존해서 이루어진 성과는 결코 아니다. 무엇보다 기본적으로는 그의 시가 지니고 있는 순결함과 참됨과 아름다움, 곧 그가 시인으로서 거둔 문학적인 승리에서 빚어진 것이다. 어느 언론인이 민족과 시의 상관관계에 대해서 "온 겨레가 함께 노래할 명시(名詩) 한 편을 얻자면 한 세대를 기다려야 할 때도 있고, 두 세대를 기다려야 할 때도 있다"라고 갈파한 바로 그 '명시'로서의 무게와 가치를 그의 작품이 지니고 있는 것이다.

임어당(林語堂)은 중국 북송시대의 대시인 소동파(蘇東坡)의 작품을 두고 이렇게 말한 바 있다.

"고전 명작에는 마치 모든 제련과정을 거친 후 남겨진 값진 보석처럼 진실성이라고 불러도 좋을 그런 특질이 담겨 있다. 즉, 고전작품은 시대마다 유행한 갖가지 문학적 풍격[文風]들을 모두 거치고도 살아남아 전해져 시대마다 모든 사람들에게 감동을 준다."

이 아름다운 찬사는 윤동주의 시에도 그대로 바쳐질 수 있으리라. 그리고 우리는 거기서 한 걸음 더 나아가 이렇게 질문하게 된다. 그렇다면 윤동주의 시가 지닌 '진실성'의 본질은 무엇일까?

그것은 그의 시가 지닌 그 청정하고도 지고한 기품 — 바로 그것이라고 해야 할 것이다. 더구나 그것은 시와 시인의 생애가 그대로 일체가 되어 이룩한 '진실성'이기에 더욱 황홀한 순도를 지닌다.

제1차 세계대전 중에 태어나서 제2차 세계대전 중에 죽은 시인 윤동주. 그것도 그 대전쟁의 주요 도발국인 일본의 감옥에서 일본인들의 생체실험의 대상이 되어 죽은 그 젊은 죽음! 그 처절하고도 짧은 생애……, 그리고 그를 죽인 일본인들 또한 우리 인류의 같은 구성원임을 생각할 때, 그의 시가 지닌 '진실성'은 더욱 아프게 우리 마음을 두드린다.

우리 인류가 데리고 들어온 자식 기르듯이 어두운 데서 보듬고 기르던 악의, 증오, 사악함, 탐욕, 지배욕, 파괴욕…… 그런 모든 짐승적인 힘, 그런 악한 충동들이 일제히 튀어나와 서로 앞을 다투어 세상을 파괴하고 인간의 존엄성을 바닥까지 유린하고 있던 시기 — 그것이 그가 살아야 했던 시대였다. 그는 그런 처절한 광기와 추악함의 소용돌이 속에 직접 몸을 담그고 살았다. 그럼에도 불구하고 몹쓸 가시밭에서 오히려 한 송이 향기로운 백합꽃이 피어나듯이, 그는 그 추악한 시대의 한복판에다 드맑고 선한 인간정신의 지고함을 참으로 정결한 형상으로 드러내었다. 그의 시가 지니는 힘과 감동이 바로 여기에서 비롯된다.

삶이란 과연 어떤 모습이어야 하며 그 삶의 질은 어떠해야 하는가.

우리는 때로 모든 피조물들이 영혼 깊은 데서 어둡게 뇌이는 고뇌의 탄식을 듣는다. 그리고 우리도 함께 탄식한다. 방황한다. 그때 윤동주의 시는 고요히 우리에게로 다가온다.

죽는 날까지 하늘을 우러러
한점 부끄럼이 없기를,
잎새에 이는 바람에도
나는 괴로워했다.

어둠이 짙을수록 빛은 더욱 밝아진다. 마찬가지로 세상이 어둡고 혼탁해질수록 윤동주의 시는 정결하고 청정한 인간정신이 지닌 아름다움을 더욱 선연하게 일깨워준다.

오늘도 우리는 그의 저 아름답고도 무서운 시구 앞에 선다. 그러면 우리의 눈은 홀연히 밝아진다. 그리하여 마치 물 위에 떠오르듯 드러나는 우리의 추함과 죄악을 선명하게 알아보게 된다. 대저 사람의 맑고도 정결한 정신이란 이토록 신령한 것이다.

— 끝 —

# ▣ 부록 ▣

# Ⅰ. 『윤동주 평전』에 담긴 뒷이야기

## 1. 특별했던 ‘윤동주’ 만나기

요즘은 그렇지도 않지만, 전에는 “가장 좋아하는 시인은?”과 같은 설문조사가 자주 시행되고 언론에도 자주 보도되던 때가 있었다. 내가 자랐던 시기가 그러했다. 그런 조사에서는 윤동주 시인이 언제나 1위였다. 그래서 ‘국민시인’이라는 칭호를 들었다. 그러고 보면 문화행사에도 시대 따라 유행이 있다. 그 또한 본질에서 보자면 당대의 시대정신을 반영하는 것이리라. 아무튼 어떤 의미에서나 간에 ‘아주 보편적 국민’에 속했던 나도 물론 윤동주 시인을 좋아했고 특히 그의 ‘서시’를 좋아했기에 그런 설문조사 결과에 늘 만족했다.

그런데 1970년대의 어느 날, 『동아일보』에 실린 문학평론가이자 기자였던 김병익 씨의 글에서 놀랍게도 나의 아버지 송두규 목사님의 삼종형인 송몽규 어른이 윤동주 시인의 동갑내기 고종사촌형이라는 것을 알게 되었다. 나의 아버지도 송몽규 어른이나 윤동주 시인과 마찬가지로 북간도 출신이다. 나의 아버지는 한 살 때 모친이 산후병으로 별세하고 세 살 때 독립군이었던 부친이 일본군 손에 전사한 뒤로 고아로서 매우 고생스럽게 자라신 분이다. 그런 나의 아버지가 평소 안타깝게 그 짧은 생애를 기리시던 친척 어른들 중에 '송몽규'라는 분이 계셨다. 그래서 뒤늦게 알게 된 그분과 윤동주 시인의 인척관계가 새삼 신기하고 반가웠다. 그래서 윤동주 시인의 시 만이 아니라 생애에 대해서 더 깊은 관심을 갖게 되었다. 당연히 송몽규 어른의 행적에 대한 관심도 더 커졌기 때문에 그에 대한 자료도 열심히 찾아보았다.

## 2. 쓰고 싶지 않았던 '평전'

찾아보니 이미 윤동주 전기가 여러 권 출간되어 있었다. 그러나 저자들이 북간도 역사에 대해서 제대로 알지 못하고 쓴 것이 많아서 내용에 오류가 많았고, 크게 실망스러웠다. 그러나 그보다 더 크게 다가온 문제는 1970년대 후반에 한국 문단에 강력하게 등장한 윤동주의 생애와 그의 시의 저항성에 대한 폄하현상이었다. "평생 공부만 했던 윤동주가 무슨 독립운동을 했겠는가. 일본 유학생으로서 일제의 과잉단속에 걸려 불우하게 옥사한 것"이라는 평가가 새로운 대세를 이뤘다. 역사의 실체를 제대로 파악하지 못한 이들이 자의적 해석으로 윤동주 시인에 대한 평가를 오도하기 시작한 것이다.

나는 그런 오류를 바로잡으려고 어느 시사잡지에 그 문제를 다룬 글을 발표했다. 북간도 역사의 실체, 거기 깃들인 명암, 송몽규가 중국에 가서 임시정부 무관학교에서 군사훈련을 받는 등 독립운동에 투신했다가 일본의 중국 제남 주재 영사관 경찰에 체포되어 큰 고초를 겪은 일, 그러나 그의 국적이 만주국이고 또 중국에서 있었던 행위를 일본 국내법으로 처벌할 수 없어서 풀려났던 개인사(당시 북간도는 만주국에 속했음), 그가 연전을 거쳐서 일본 경도제국대학에 유학했다가 다시 체포되어 끝내 일본 감옥에서 옥사한 전말, 송몽규가 일본 공안당국의 블랙리스트에 올라 특고경찰(特高警察:사상범죄 전문의 특수경찰조직)에 의해서 '요시찰인(要視察人)'으로 심하게 감시당하고 있었던 상황, 그런 중에 같이 유학하여 경도에 살고 있던 윤동주가 그와 가깝게 어울렸던 정황, 결국 그들이 1943년 7월에 일본 경도에서 함께 체포당하여 특고경찰의 취조를 받고 나란히 재판에 넘겨진 과정, 일본 공안당국이 그들에게 걸었던 혐의 내용과 그들이 받은 선고 형량…… 등을 밝힌 글이었다.

그 기사를 읽고 출판사 주간이던 시인 최하림 선생님이 연락하셨다. "제대로 된 『윤동주 평전』을 하나 써 달라. 당신은 윤동주 시인과 인척관계로 연결되어 있어서 외부에서는 알 수 없는 집안 내부 이야기에 접근하기 수월하지, 소설가라 문장이 되지, 게다가 북간도 역사까지 공부했잖은가. 더할 나위 없는 적임자!"라는 이야기였다.

나는 "정말 당치 않은 제의다"라고 생각해서 즉각 거절했다. 한가하게 시인의 평전이나 쓰고 있을 마음이 전혀 없었기 때문이다. 무엇보다도 그 때까지 내가 '평전'이라는 장르를 다루어본 일이 전혀 없었고, 또 그래 보고 싶다는 생각 같은 것은 아예 머리에 떠올라 본 일조차 없었다. 그래서 더욱 내가 『윤동주 평전』을 쓴다는 것은 아예 말이 안 되는 일로 보였다. 그러나 최 선생님은 막무가내였다. "좋다! 지금은 쓸 생각이 전혀 없다 해도 일단 계약이나 해 놓자. 나중에 쓸 마음이 생기면 그때 써 주면 된다!"하고 계속 설득하셨다. 그러나 나는 그런 형태로조차 엮이고 싶은 생각이 전혀 없었으므로 "아니다. 나중에 쓰고 싶은 생각이 든다면 그때 계약하겠다! 아예 기대하지 마시라!"라고 뻗대는 걸로 이야기를 마무리했다.

### 3. 운명적이었던 한낮의 꿈

실은 그때 나는 장편소설을 쓰려고 준비하고 있었다. 그래서 최하림 선생님의 제의를 거절한 때로부터 두 달 뒤, 집중적으로 장편소설을 집필하기 위하여 경기도의 어느 궁벽한 산골로 내려갔다. 전화도 없는 곳이었다.

그런데 그 곳에 간 지 일 주일이 된 날이었다. 낮에 작업하다가 지쳐서 잠깐 잠이 들었는데 기이한 꿈을 꾸었다. 문익환 목사님의 어머님인 김신묵(1895~1990) 권사님이 눈 감고 자리에 길게 누워 계시는 모습이 보였는데, 지금 돌아가시려고 한다는 것이었다. 순간 나는 쇠망치로 머리를 세게 후려쳐 맞은 듯 큰 충격을 느꼈다.

"아! 내가 일을 다 망쳤구나! 소설은 언제 쓰더라도 나 혼자 쓸 수 있다. 그러나 북간도 이야기만은 저 분이 돌아가시면 같이 사라지는 것인데, 아! 내가 일을 거꾸로 했다! 다 망쳤다!"

강렬한 탄식이 솟구쳤고, 마음이 너무도 쓰라려서 견디기 힘들었다.

북간도 출신인 김신묵 권사님은 윤동주 집안과 송몽규 집안에 모두 가까운 인척관계로 긴밀하게 연결되어 있는 분으로서, 기억력이 매우 뛰어나고 아주 정직하고 역사의식이 강렬한 성품이셨다. 더구나 이민 초창기에 북간도 이민이라는 큰 일을 몸소 겪으신 분이다. 그래서 명동촌의 초기 이민과 명동마을이 조성된 일의 실상과 역사를 매우 선명하고 확실하게 기억하고 계셨다. 그래서 송몽규 어른에 관한 기사를 쓰기 위해서 자료를 모을 때 정말로 중요한 증언을 많이 해주셨다.

그때 이미 나는 김신묵 권사님이 지닌 매우 뛰어난 증언자로서의 가치를 백분 알아보았다. 같은 역사를 체험했다 해도 제대로 증언하지 못하는 사람이 많은데, 김신묵 권사님은 매우 특출하고 뛰어난 소중한 증언자이셨다. 그분의 증언이 없으면, 송몽규 어른의 생애와 그의 가족과 집안에 관한 이야기는 도저히 제대로 복원될 수 없었다. 그리고 그건 윤동주 시인의 경우에도 마찬가지였다. 그리고 더 나아가 북간도 역사 자체를 복원하는 데도 큰 상처가 될 수밖에 없었다.

그럼에도 불구하고 아직 그분이 지닌 북간도 역사와 사람들에 대한 기억들을 모두 채록하지 못한 상태에서 그분이 임종의 자리에 누우셨다는 것이 아닌가! 그분이 돌아가시면 그 빈자리를 대치하거나 메울 수 있는 분을 찾을 수 없음을 너무도 명확하게 알고 있었기에, 나는 마음이 찢어지는 듯 아팠다. 무엇보다 당시는 중국이 세계를 향해 배타적으로 문을 걸어 닫고 있는 공산국가로서 '죽(竹)의 장막'이라는 별칭으로 불리고 있던 시절이었다. 그래서 언젠가 내가 북간도에 직접 가서 현지인들의 증언을 들을 수 있는 날이 올 것이라고는 아예 꿈도 꿀 수 없는 시대였다. 그래서 그 아픔은 더욱 절실하고 더욱 절절했다. 더욱이 내가 힘들여서 북간도사를 공부하고 여러 편의 학술논문을 발표하여 관련 학계의 연구를 선도하면서 큰 인정을 받고 있던 때라서 그 상실감은 더욱 크고 깊었다.

동시에 섬광처럼 깨우친 것이지만, 『윤동주 평전』에 대한 관점이 아예 달라졌다. 이제 보니 김신묵 권사님이 알고 계시는 북간도 역사와 사람들에 관한 증언을 제대로 담고 제대로 소화하고 제대로 세상에 남기기 위해서는 『윤동주 평전』 만큼 적절하고 훌륭한 그릇이 따로 없었다. 거기 담으면 북간도 역사도 진솔하게 살아나고 윤동주 시인 역시 명징하게 살아날 것이었다.

"아아! 이렇게 될 줄 알았으면 『윤동주 평전』을 먼저 쓰기로 하고 권사님에게서 북간도 이야기를 제대로 들어서 제대로 복원해 둘 것을! 아아! 내가 일을 모두 망쳤다!"

너무나 가슴 아파하다가 깨고 보니 꿈이었다. 나는 그 꿈이 '꿈'인 것이 너무도 기뻐서 정말 크게 좋아했다. 그러나 다시 생각해보니 90세 노인의 일이라 혹시 실제로 돌아가신 것인지 모른다는 생각이 들었다. 그래서 내 꿈에까지 나타난 것인 듯했다.

황급히 전화가 있는 면사무소 소재지에 나가서 김 권사님 댁으로 전화를 걸었다.

"아, 그래! 우혜냐!"

김 권사님이 예전처럼 쨍쨍 울리는 건강한 음성으로 전화를 직접 받으시며 반가워하셨다. 그럼 그렇지! 안심하고 기쁜 마음으로 숙소로 돌아왔다.

그러나 이상하게도 더 이상 작업이 진척되지 않았다. 한 자도 써지지 않았다. 생각할수록 그 꿈은 고령의 김 권사님이 그처럼 돌연 돌아가실 수 있다는 것을 생생하게 계시해준 경고였다고 느껴졌고, 째깍째깍 시간이 흘러갈수록 마음이 점점 초조하고 조급해졌다. 그런 마음으로 하룻밤을 넘긴 뒤 도저히 더 이상 버틸 수가 없어서 이튿날 도로 짐을 싸서 서울로 돌아왔다. 그리고 최하림 선생님에게 전화를 걸어서 "지금부터 『윤동주 평전』을 쓰기 시작하겠다"고 약속했다.

## 4. 증언자들의 확보, 그들의 여러 모습

처음 생각으로는 송몽규 어른에 관한 기사를 쓸 때 확보해놓은 자료도 있고 하니까, 1년 정도 시간을 들이면 충분히 될 것 같았다. 그러나 증언자 한 분을 만나면 그 분의 입에서 다른 관련자 이야기가 나오고, 그러면 그 분을 또 찾아가서 만나고……. 그렇게 꼼꼼히 작업하노라니 시간이 자꾸 흘렀다. 증언자를 만나는 대로 자료가 확보되는 것도 아니었다. 허탕을 치는 경우도 꽤 되었다.

윤동주 시인의 용정 광명학원 중학부와 서울 연희전문학교의 후배로서 개인적으로는 물론 집안으로도 매우 친밀한 세교가 있던 장덕순 서울대 교수의 인터뷰 때와 같은 경우가 대표적이다. 장 교수님을 인터뷰하다가 "윤동주 선배와 정일권 전 국무총리가 북간도 용정에 있던 광명의 동기동창생이에요" 라고 하시는 말씀을 듣고 매우 흥미롭게 생각했다. 정일권 씨는 만군사관학교 출신으로 일제 시대에는 만군 장교로서 권력의 양지에서 살았고, 일제의 잔혹한 질곡에서 해방 되어 대한민국이 수립된 뒤에도 역시 계속 권력의 양지에서 살았다. 그런 사람의 기억으로 걸러진 윤동주 시인의 청소년기 모습은 어떨까? 그가 윤동주에 대해서 갖고 있었던 소년시절의 느낌은? 생각할수록 흥미로웠다. 그러나 대한민국 국무총리와 국회의장까지 지낸 분이라 쉽게 인터뷰 요청을 할 수 없어서 언론계 중진 인사를 통하여 교섭한 결과 인터뷰를 허락 받았다.

약속된 날 드디어 정일권 전 국무총리를 만나서 같이 따져보니까, 윤동주 시인과 정일권 씨가 광명 동창생인 것은 맞지만 정일권 씨가 졸업한 직후에 윤동주가 편입했기 때문에 직접 만난 일은 전혀 없었던 사실이 밝혀졌다. 그래서 그가 겪었던 과거의 중요한 추억들과 "아직 누구에게도 말하지 않은 이야기!"라는 단서를 달고 해준 '제3공화국 비화(秘話)' 같은 이야기들만 열심히 듣고 돌아왔다.

증언자 확보라는 측면에서도 명암이 크게 엇갈렸다. 윤동주 시인이 가장 가깝게 지냈던 연전 후배인 정병욱 서울대 교수는 이전에 내가 송몽규 어른에 관한 기사를 쓸 때 세 번 찾아가서 연전시절 이야기를 들은 일이 있었다. 그러나 그 때는 앞으로 『윤동주 평전』 같은 것을 쓸 계획이 전혀 없었기 때문에 그분이 기억하는 송몽규 어른에 관한 일들만 여쭈어 보았다. 그런데 막상 내가 『윤동주 평전』을 쓰기로 결정했을 때는 그분이 암으로 별세하여 고인이 되신 뒤였다. 윤동주 시인에 대해서 가장 중요한 증언을 가장 많이 해주실 수 있는 분이었기에 너무도 아쉬웠다. "실로 불우하다!"라는 탄식까지 절로 나왔다.

반면 윤동주 시인의 명동소학교 4학년 때 담임이었던 한준명 선생님, 중국 낙양군관학교에서 송몽규와 같이 훈련을 받았고 또 후일 윤동주와 송몽규가 연전 입학시험을 치르러 처음 서울에 왔을 때 숙소를 제공해 주었으며 윤동주와 함께 북아현동에 있는 정지용 시인의 집에 찾아갔었던 라사행 목사님, 일본 경도에서 사건의 공범으로 윤동주와 같은 날 일본 특고경찰에 체포되어 수감되었던 고희욱 선생님……. 그런 분들이 별세하기 전에 만나서 직접 생생한 증언을 들을 수 있었던 것은 큰 행운이었고, 두고두고 큰 위로가 되었다.

윤동주 시인의 유족들이 보인 증언자로서의 모습은 특별했다. 내가 『윤동주 평전』을 쓰기로 결정했을 때, 윤동주 시인의 가족 중에서 살아계신 분은 누이동생 윤혜원 권사님과 남동생 윤일주 교수님 두 분 뿐이었다. 그 분들은 윤동주 시인에 대해 잘 알고 기억도 풍부했다. 반면 나머지 친척들이 지닌 윤동주 시인에 대한 기억은 매우 단편적이고 상세하지 못했다. 해방 뒤에 남쪽으로 내려온 분들 중에서 나이 많은 어르신들은 모두 돌아가셨고 그때까지 생존해 계신 분들은 북간도에 계실 때 나이가 어려서 윤동주 시인과 직접 교류한 일이 드물었기 때문이다. 그래서 집안에서 있었던 일에 대한 이야기는 주로 두 분 친동생들의 증언에 의지해야 했는데, 증언자로서 두 분의 태도는 아주 달랐다.

윤일주(1927년생) 교수님은 증언해주기를 매우 꺼렸다. 자신이 직접 형님의 전기를 쓰려는 계획을 갖고 있었기 때문이다. 그러면서도 내가 추구하는 집필 내용이나 구도에 적극 관여했다. 가장 대표적인 것이 "평전에서 강처중의 존재와 이름을 절대 밝히지 말라!"는 강요에 가까운 부탁인데 매우 완강했다. 윤동주의 가장 절친한 친구였던 강처중을 그렇게 망각이라는 역사의 그늘 속에 파묻고 싶어 한 이유는 오로지 "그가 '좌익 인사'였다"는 것 때문이었다. 납득하기 힘들었으나 할 수 없이 "그렇게 하겠다"고 약속한 뒤에야 윤동주 시인이 남긴 책들과 연전 앨범 같은 유품들을 보여주셨다.

평전 집필자로서 '강처중'의 존재를 밝히지 않은 『윤동주 평전』을 쓴다는 것은 몹시 괴로운 일이었다. '시인 윤동주'라는 존재가 세상에 우뚝 서는 데는 강처중의 헌신과 역할이 결정적이었기 때문이다. 그는 윤동주가 일본에서 쓴 시 중에서 현재 알려져 있는 시 5편 전부와 윤동주의 자필 시집 『하늘과 바람과 별과 시』에 들어 있지 않은 낱장으로 된 시들과 —그 중에 「참회록」과 같이 매우 중요한 시들이 있음— 윤동주가 일본에 가면서 서울에 두고 간 책들과 연전 졸업 앨범과 버클, 앉은뱅이책상 등의 유품들을 모두 보관해 내었다가 해방 뒤에 월남한 윤일주 교수에게 전해 주었고, 해방 뒤에는 윤동주의 시와 생애를 세상에 알리고 그의 초간본 시집을 출간하는데 가장 핵심적인 역할을 한 분이었다. 그래서 윤일주 교수님과의 약속 때문에 『윤동주 평전』에 수록할 수 없다고 각오하면서도 역사적 진실을 제대로 파악하기 위해서 강처중 선생에 관한 자료들을 극력 찾아서 모아 두었다.

반면 윤동주 시인의 하나 뿐인 누이동생 윤혜원(1923년생) 권사님을 만나 증언을 들을 수 있었던 것은 매우 귀중하고도 정말 고마운 행운이었다. 아주 순수하고 사심이란 것은 전혀 없는 그야말로 '천의무봉(天衣無縫)'한 성품을 가진 분이셨기 때문이다.

내가 『윤동주 평전』을 쓰기로 결정했을 때, 윤혜원 권사님 가족은 호주로 이민 가서 국내에 안 계셨다. 게다가 나는 그간 윤일주 교수님이 너무도 협조해주지 않는 것을 보고 그 누나인 윤혜원 권사님에 대해서도 별 기대를 하지 않았다. 윤일주 교수님은 나한테 형님에 대해서 증언해주는 것을 꺼린 정도만이 아니라 유품을 보여주는 일에서도 매우 인색했다. 기껏 윤동주 시인이 남긴 서적들과 연전 졸업 앨범과 버클만 보여주었을 뿐, 돌아가실 때까지 가장 중요하고 핵심인 유품인 윤동주 시인의 '친필 원고'들은 나에게 일체 보여주지 않았다. 그것도 나와 함께 그의 자택을 방문한 일본인 연구가들에게는 보여주면서도 나한테는 보여주지 않았을 정도였다(나는 윤일주 교수님이 별세한 뒤 그의 장남인 윤인석 교수가 보여주어서 비로소 윤동주 시인의 친필 원고들을 친견할 수 있었다). 그렇기 때문에 윤혜원 권사님의 증언을 들으러 호주에 다녀온다는 것은 아예 생각조차 하지 않았다.

그런데 내가 계속 평전의 자료를 모으고 있을 때 윤 권사님네 가족이 장기간 거주할 예정으로 국내에 들어오셨다. 우선 찾아가서 인사를 드리고 잠깐 이야기를 나누어보고는 깜짝 놀랐다. 아주 귀중한 보석 같은 분이었다. 정말 천행으로 여기면서 본격적으로 증언을 들으러 다녔는데, 실제로 해 보니까 그게 결코 만만한 일이 아니었다. 윤혜원 권사님과 미리 시간 약속을 하고 증언을 들으러 댁으로 찾아가면 늘 윤일주 교수님이 먼저 와 계셨다.

윤 교수님은 같이 자리하고 있다가 어떤 발언은 제지하거나 통제하는 등 누님의 증언 내용에 적극적으로 관여했다. 윤혜원 권사님은 나의 질문에 응해 무언가 말씀하시려고 입을 여시다가 윤 교수님이 쿡 찌르면서 눈살을 찌푸리면 그만 입을 다무셨다.

그런데 윤일주 교수님께서 오래 앓으시던 간경화가 악화되어 별세하신 뒤 상황이 전혀 달라졌다. 이제는 아무런 제약 없이 윤 권사님에게서 거짓이나 꾸밈이 전혀 없는 너무도 신실하고 살아 있는 생생한 증언을 들을 수 있었다. 문자 그대로 천의무봉한 성품이신 윤혜원 권사님은 윤동주 시인의 장점은 물론 불운과 약점까지도 모두 '오빠의 것'으로 받아들여 진심으로 사랑하고 아끼고 있었다. 그래서 아무 것도 가리거나 꾸며댈 생각 같은 건 일체 없이 있던 그대로의 '오빠'에 대해서 이야기하셨다. 그 결과 윤일주 교수님의 우려와 전혀 달리, 윤혜원 권사님의 신실한 증언을 통하여 윤동주 시인의 인품과 인격이 지닌 아름다움의 실체가 참으로 황홀하고 당당하게 그 모습을 세상에 드러낼 수 있었다.

『윤동주 평전』을 쓰기 위해 만났던 많은 증언자들 중에서 특히 두 분 김신묵 권사님과 윤혜원 권사님에게서 입은 은혜는 실로 말로 표현할 수 없도록 큰 것이었다. 두 분을 만날 수 있었던 것을 내 생애에서 가장 복된 일로 생각하고 깊이 감사드린다.

## 5. 시대 변천에 따라 보완되는 내용

내가 쓴 『윤동주 평전』의 초간본은 1988년에 나왔다. 집필에 어언 4년이란 긴 세월이 걸린 결과물이었다. 그러나 그 때만 해도 아직도 동서냉전의 그늘이 완전히 걷히기 전이었다. 그래서 나는 평전 속에 '강처중'에 관한 이야기를 싣지 못했다. 고 윤일주 교수님과의 약속을 지켜야 했던 세월이었다.

그러나 책이 출간된 뒤 몇 년 지나지 않아서 동유럽의 공산주의체제가 무너지고 소련이 해체되고 중국이 개혁개방체제로 변화하면서 지구상의 냉전 구도와 이념지도가 완전히 바뀌었다. 이제는 더 이상 "'그에게 좌익 친구가 있었다'는 사실이 윤동주 시인이 지닌 위상과 이미지에 큰 피해를 입히는 약점이 될 것이다"라고 유족이 지레 겁을 먹을 필요가 없는 시대가 된 것이다. 그건 윤일주 교수님이 살아 계시다고 해도 흔쾌하게 동의할 만큼 크고 결정적인 변화였다.

그래서 나는 『윤동주 평전』의 개정판을 준비했다. 평전 집필자로서, 비극의 인물 강처중이 자기 자리에 제대로 자리 잡은, 그래서 제대로 쓰인 책인 『윤동주 평전』을 펴낼 의무가 있었기 때문이다. 그건 강처중을 위해서도 또 윤동주를 위해서도 반드시 필요한 작업이었다. 제1차 개정판은 1998년에 나왔다.

그런데 개정판이 나온 뒤 세상의 흐름이 또다시 전에 없던 길을 새롭게 열었다. '한류'에 속하는 여러 갈래의 움직임이 일본 사회 안에서 크게 일어나면서 빚어진 영향 중 하나일 터인데, 그간 일본인들 사이에서 '윤동주 시 읽기'가 점점 크게 자리잡아갔다. 또 나의 『윤동주 평전』이 일부 축약된 형태로 일본어로 번역 출간되어 많은 일본인들에게 진지하게 읽혔다. 윤동주 시인에 대한 깊은 애정 때문에 한국어와 한글을 익혀서 『윤동주 시집』은 물론 나의 『윤동주 평전』을 한국어 원문으로 읽는 일본인들이 나왔다.

그런 분들 중에 윤동주가 처음 유학했던 동경 입교(立教)대학 출신인 양원태자(楊原泰子, 야나기하라 야수코) 선생이 있었다. 그녀는 『윤동주 평전』 중의 한 구절을 특히 눈여겨보았다. 필자가 평전 속에서, 1942년 4월 2일에 동경의 입교대학에 입학한 윤동주가 여름방학 때 북간도 고향에 돌아가서 8월 4일에 송몽규를 비롯한 친지 4명과 함께 찍은 사진에 관해 언급하면서, 특히 그의 머리 모양에 주목하여 "……윤동주는 빡빡 깎은 모습이다. 그의 연전 졸업 무렵의 사진이 긴 머리 모양이었던 것을 생각하면, 입교대학 입학 후에 빡빡머리로 깎은 모양이다. 대학의 규칙이 그러했던 것일까?" 라고 서술한 것을 읽고, 그녀는 당시의 입교대학 규칙을 확인해보고 싶어졌다. 그래서 그 시절의 『입교대학신문』을 확인한 결과, 놀랍게도 윤동주가 입학한 지 불과 8일 뒤인 1942년 4월 10일자 신문에서 '학부(學部) 단발령(斷髮令) 4월 중순 실시'라는 제목의 기사를 발견했다. "전시체제에 맞추어서 질실강건(質實剛健)한 기풍을 진작하려는 목적으로 학생들의 머리를 모두 깎게 한다"는 내용의 기사였다.

양원태자 선생은 그런 성과에 크게 고무되어 일본에 남은 윤동주의 자취 및 관련 사실들을 세심하게 찾기 시작했다. 그 결과, 잔혹한 군국주의 시대에 당국의 심한 압제에 신음하던 입교대학의 모습과 상황에 관한 증언 등 매우 중요한 자료들이 그녀에 의해 새롭게 발굴되었다. 그래서 나는 일본인에 의해 거두어진 성과까지 반영한 제2차 개정판을 출간하기로 결정했다.

제2차 개정판은 2004년에 나왔다. 그 책을 보시고 많은 분들이 칭찬했다. 그처럼 큰 집념을 갖고 책의 완벽함을 추구하기 위하여 줄기차게 쏟은 노력이 가상하다는 이야기였다. 그러나 제2차 개정판까지 출간하게 만든 실질적인 동력은 저자의 집념이라기보다 '변화하는 시대의 힘'이었다고 하는 것이 맞다. 냉전구도가 아직도 그대로인 세상이었다면 제1차 개정판이 나올 수 없었을 것이고, 한류가 일본에 흐르지 않았다면 제2차 개정판이 나올 수 없었기 때문이다.

## 6. 후일담

이제 와서 고백하지만, 내가 『윤동주 평전』을 쓰기로 결심한 데는 숨은 요인이 하나 더 있었다. 그때까지 많은 문학평론가들이 보여준 윤동주 시에 대한 해석이 내 마음에 들지 않았다. '윤동주의 생애를 제대로 파악하지 못했기 때문에 그의 시도 제대로 해석할 수 없었던 것'이라고 생각되었다. 그래서 나는 평전을 쓰면서 많은 수의 윤동주 시에 대한 해석을 새롭게 시도했다. 그리고 그 해석들은 전문 연구자들로부터 "옳은 해석"이라고 받아들여졌다. 그리고 윤동주의 생애는 물론 그의 시 이해에 대한 지평을 크게 넓혔다는 평가가 이어졌다. 평전에 실린 윤동주 시에 대한 나의 새로운 해석들을 매우 높이 평가하여 나를 '문학평론가'라고 지칭한 어느 학자의 글도 보았다. 감사한 일이다.

또 하나, 삶이란 기이한 것이다. 장편소설을 쓰려다가 중단하고 『윤동주 평전』을 쓴 뒤, 그때 쓰려던 장편소설은 그것으로 끝났다. 이상하게도 그 장편은 더 이상 써지지 않았다. 백두산 천지의 물이 같은 곳에 있었어도 한 발 동쪽으로 흐르기 시작하면 두만강을 거쳐 동해물이 되고 한 뼘 서쪽으로 흐르기 시작하면 압록강을 거쳐 서해물이 된다고 한다. 경험해 보니, 그냥 소설만 쓰는 것과 평전 쓰는 작업을 거친 뒤의 글쓰기가 달라졌다고 느낀다. 천지의 물이 흐르는 방향 따라 도착점이 크게 달라지듯, 다른 분야의 집필 경험이 소설가로서의 삶의 진폭을 예전과 다르게 형성 내지 변화시키는 일에 일정한 작용을 하는 듯하다.

그런 현상을 강하게 의식하자 『윤동주 평전』 쓰기에 몰두했던 시간과 노력에 대한 회의가 크게 일기도 했다. 진정한 소설가로서의 삶에는 마이너스로 작용했다고 느꼈기 때문이다.

그런데 1990년대 중반의 일이다. 한국의 KBS PD와 일본의 NHK PD가 함께 나를 찾아왔다. 윤동주 시인을 다룬 다큐멘터리 프로그램을 함께 찍기로 했는데 도와달라는 이야기였다. 그들은 필수 참고서적으로 내가 쓴 『윤동주 평전』을 한 권씩 갖고 있었다. 그 때 한국말을 잘하는 일본인 PD의 손에 힘 있게 들려 있는 『윤동주 평전』을 보면서 나는 속으로 뇌었다.

"아! 내가 『윤동주 평전』을 쓴 것은 궁극적으로, 절대로, 아주, 정말, 너무도 잘한 일이다. 윤동주 시인의 캐릭터 때문에 언젠가는 반드시 한일 양국이 함께 그런 프로를 만들도록 예정되어 있었다고 봐야 하는데, 그럴 때 일본인들이 제대로 참고할 만한 윤동주 전기가 우리에게 없다면 대한민국의 큰 망신일 수밖에 없지 않았는가!"

그날 이후로 나는 『윤동주 평전』을 쓴 시간과 노력에 대해서 전혀 아까워하지 않게 되었다. 그러고 보면 나에게는 '아주 보편적 국민'으로서만이 아니라 '아주 국수주의자적 국민'으로서의 기질 역시 다분한가 보다.■

# Ⅱ. 『윤동주 평전』 초간본 머리말

북간도가 낳은 민족시인 윤동주!

우리 문학사에서 윤동주와 그의 삶은 이미 하나의 전설이다. 험하고 어두웠던 시대, 수많은 사람들을 오염, 파괴, 타락시켰던 그 사악한 시대의 한복판에서 나날의 삶과 시, 그리고 죽음까지도 눈 시리도록 정결하게 가꾸어낸 시인 윤동주……. 좋은 추억은 이미 그 자체로 은총이듯 그의 존재와 추억은 한국문학이 소유한 기쁨, 또는 하나의 구원이다.

필자는 이러한 윤동주의 삶과 시를 깊이 좋아했지만 그의 평전을 쓸 생각은 전혀 없었다. 그런데 지난 1985년 초반, 열음사 최하림 주간으로부터 윤동주의 평전을 써달라는 뜻하지 않은 청탁을 받았다. 필자가 북간도사를 연구하고 있어 그쪽 사정에 밝고, 윤동주 집안과 인척지간이라 외부인으로서는 맥락을 파악하기 어려운 부분까지 심층적인 취재가 가능하다는 좋은 여건을 갖추고 있으니 본격적인 윤동주 평전을 써서 남기라는 것이었다. 우여곡절 끝에 평전을 쓰기로 계약하게 되었고, 그 후 거의 4년이란 세월이 흐른 지금 완성되었다. 청탁자가 크게 평가해주었던 필자가 지닌 여건들의 장점이 이 책 속에 얼마나 정채 있게 반영되었는지 스스로 조심스럽게 돌아보게 된다.

이 책을 쓰는 동안, 필자는 윤동주와 그의 시대가 펼친 너울 속에서 꿈꾸

듯 살았다. 윤동주와 직접 간접으로 연관된 사람들을 계속 인터뷰해야 했고, 그 시대에 관한 증언들과 문헌들을 꼼꼼히 뒤져내야 했다. 그런 과정에서 거두게 된 의외의 수확에 스스로 보람을 느끼기도 했다. 일본 경도에서 윤동주와 함께 일경에 체포되었던 고희욱 선생님, 윤동주와 송몽규가 서울 연전에 입학시험을 치르러 왔을 때 서대문 냉천동의 감리교신학교 기숙사에 데려다가 숙박시키면서 입시를 치르게 주선해주었던 라사행 목사님…… 등등, 이제까지 알려지지 않았던 관련자들을 찾아내어 귀중한 증언을 들을 수 있었음은 행운에 속한다.

이 책을 쓰면서 늘 명확히 살펴보고자 노력했던 것은 윤동주와 그 시대와의 상관관계였다. 그리고 그의 삶과 그의 시와의 관계였다. 전에 어느 철학책에서 다음과 같은 글을 읽고 크게 감심한 일이 있다.

"칸트나 헤겔과 같은 철학자들은 그들의 생애, 즉 그들이 어떻게 살았는지 하는 것은 아예 문제 삼지 않고, 다만 그들의 저서를 이해하는 것만으로도 그들의 사상을 충분히 이해할 수 있다. 그러나 키에르케고르와 같은 주관적인 사상가의 경우는 다르다. 그의 생애를 배경으로 삼지 않는다면 그의 저서를 완전히 이해할 수 없다. 왜냐 하면 그의 저서는 모두 저자의 생활체험의 표현이며 또 자서전이기도 하기 때문이다."

키에르케고르는 윤동주가 가장 좋아하고 심취했던 철학자였기도 하거니와, 생애를 모른다면 그 저작 또한 제대로 이해할 수 없다는 점에서 그 둘은 꼭 같은 패턴의 사람들이었다. 이 깨달음은 윤동주의 작품을 이해하는 결정적인 열쇠가 되었다. 윤동주가 살았던 구체적인 삶의 모습들을 배경으로 놓자, 홀연히 그의 시들이 지닌 의미들이 물 위에 떠오르듯이 선명하고 새로운 자태로 그 모습을 드러내곤 했다. 그런 과정을 지켜보는 것은 거의 황홀하기까지 한 경험이었다.

순연한 기독교 신앙과 저 국경 밖의 국토인 북간도의 정서가 한데 뭉쳐서 빚어낸 민족의 시인 윤동주—.

기독교 신앙은 지금도 우리 곁에 있거니와, '북간도'는 어디에 있는가! 윤동주가 「별헤는 밤」에서 "어머님, 그리고 당신은 멀리 북간도에 계십니다"라고 읊었던 그 북간도야말로 이 책을 쓰는 동안 늘 필자의 심정 저 깊은 데를 건드리는 존재였다. 필자는 예전부터 북간도에 대해 어떤 개인적이고도 특수한 애정, 거의 라일락꽃 향기와도 같은 그리움을 품고 있었다. 그곳은 홍범도 장군 휘하의 독립군으로 전사하신 필자의 할아버지와 그분보다 일찍 병사하신 할머니의 시신이 누워계신 고장이기 때문이다. 이 책을 쓰는 동안, 그 그리움은 때론 거의 고통처럼 그리고 몹쓸 신열처럼 거세게 달아오르고는 했었다.

윤동주의 평전을 끝낸 지금, 다시 '북간도'란 지명이 마음을 사로잡는다.

북간도—.

극히 영화로웠다는 전설만 남기고 사라져버린 위대한 조상의 유품처럼 고적하게 존재하는 땅, 그런가 하면 "네 몸에서 한 위인이 태어나서 가문을 다시 일으키리라"는 신탁(神託)을 들으며 꿇어앉아 있는 젊은 어머니처럼 신선한 땅…….

그 북간도가 우리 민족이 겪은 가장 어둡고 굴욕스럽고 쓰라리고 절통했던 시간에 한 사람의 시인을 내어 민족 앞에 바쳤다. 마치 신(神)의 제단 위에 순결한 제물을 올려놓듯이.

일본제국의 잔인하고 간악한 폭력에 의해, 자유와 고유의 말과 글과 성과 이름까지 빼앗기고 그 영혼까지 능욕 당했던 그 처참한 질곡의 시간—그 부끄럼투성이의 시간 한가운데에서 그 시인은

> 죽는 날까지 하늘을 우러러
> 한점 부끄럼이 없기를,
> 잎새에 이는 바람에도
> 나는 괴로워했다

라는 아픈 절창을 쏟아내었다.

참으로 성실한 아픔은 그것 자체로 곧 치유제가 된다. 그렇기에 우리는 그 시대의 부끄러움을 마주할 때마다, 그때에 나온 이토록 청정하고도 아픈 탄식에서 우러나오는 깊은 위로로 우리의 묵은 상처의 통증을 견디어낸다.

무릇 이 세상 삼라만상은 모두 생명을 지니고 태어난다. 그 생명들은 제각기 그 길이가 다르다. 하루아침에 일찍 스러지는 것도 있고 천년을 두고 의연한 것도 있다.

말[言]도 마찬가지이다. 말 가운데서도 참되고 선하고 아름다운 말들은, 위대한 말들은 보다 강하고 긴 생명력을 갖는다. 그러한 말은 그것이 태어난 시대를 뛰어넘는다. 상황도 뛰어넘는다. 윤동주의 시가 오늘날 우리들에게 오히려 새롭게 읽히는 이유 역시 그 지닌 바 생명력에 있으리라.

김신묵 여사님을 비롯하여 윤동주와 관련된 증언을 해주시고 자료를 제공해주신 많은 분들의 도움에 깊이 감사드린다.

1988.10.20.

저자

# Ⅲ. 『윤동주 평전』 제1차 개정판 머리말

책은 시간이라는 망망한 바다를 항해하는 배라고 한다. 사실 책을 내는 작가로서는 한 권의 책을 출간할 때마다 소중한 배를 너르디너른 바다로 내보내는 선주(船主)의 마음이 된다. 파도와 바람과 해일이 기다리는 그곳…… 시간의 바다는 특히 풍랑이 거칠고 해일이 잦은 곳이다.

『윤동주 평전』을 처음 출간한 것은 1988년 10월. 그간 여러 쇄를 거듭하면서 독자들로부터 과분하리만치 뜨거운 사랑을 받았다. 또한 1991년 10월에는 일본 동경에 있는 대형 출판사 축마서방(筑摩書房)에서 이 책의 일본어판(번역 : 일본인 伊吹郷씨)이 출간됨으로써 일본인 독자들도 만났다.

이제 출간 10주년을 맞아 새롭게 보완한 개정판을 내면서, 나는 새삼 마음 설렌다. 나의 책이 이처럼 시간이라는 바다의 험한 파도 위를 거침없이 항해하면서 독자들 앞으로 '윤동주와 그의 시대'를 계속 실어 나르는 것이 고맙고 보람되어 행복하기조차 하다.

처음으로 윤동주 시인에 관계된 자료를 모으기 시작하던 1980년대 초반의 정황이 생생하게 떠오른다. 그때만 해도 아직도 동서냉전의 이데올로기 대립에서 오는 긴장이 퍼런 비수처럼 날이 서 있던 때여서, 윤동주 시인의 고향 '북간도'는 살아 있는 보통의 대한민국 국민으로서는 도저히 가볼 수가 없는 곳이었다. 그래서 이곳에 살고 계시는 북간도 출신 인사들의 증언과 과거 기록들을 통해 그 땅의 역사를 복원하느라 가외의 노력과 품이 많이 들어야 했고 참으로 안타까웠다.

그러나 이 책이 출간된 뒤 불과 10년 동안에 세상이 크게 변했다. 베를린 장벽이 무너지면서 동유럽의 공산 국가들이 개방을 시작하더니 소련이 해체되고 그 살벌하던 동서냉전이 끝났다. 경제가 나서서 이념을 밀어내고 세상의 권좌(權座)에 대신 들어앉은 것이다. 그리하여 '철(鐵)의 장막'이니, '죽(竹)의 장막'이니 하던 그 엄혹한 금단의 공산국가 영토들이 이제는 우리나라 관광객들까지 즐겨 찾는 새로운 여행지가 되었다. 나도 1990년대에 들어서서 두 해 연거푸 이제는 '연변'으로 불리는 북간도 땅을 찾아가서 각지를 답사했다. 증언과 기록으로만 대하던 곳을 직접 내 눈으로 보던 때의 감격이 아직도 선연하게 내 마음속에 남아 있다.

당시의 답사는, 이 책의 배경인 지역에 대한 사후 현지 확인 작업이라는 의미의 중요성에 못지않은 뜻밖의 기쁨을 안겨주었다. 놀랍게도 그곳 조선족 사회의 사학계와 문학계에서 내가 찾아가기 전에 먼저 나의 『윤동주 평전』을 잘 알고 있어서 나를 크게 반겼다. 그분들은, 그 땅의 역사 가운데 과거 자신들의 공산주의식 역사 기술(記述)에 의해 단절되고 공백이 되어버린 부분들이 있었는데, 그것을 내 책에 의해서 복원할 수 있게 되었다면서, "금(金)을 주고도 못할 큰일을 해 냈다"는 말로 나의 작업을 크게 기렸고, "우리는 윤동주 시인에 관한 한 당신의 책을 교과서로 모신다"는 말로까지 높이 평가해주어서 참으로 기뻤다.

『윤동주 평전』 출간 10주년을 맞아, 새롭게 개정판을 제작하여 출간하는 까닭은 다음과 같다.

첫째, 냉전 상태 종식이라는 세계정세의 변화를 맞아, 전에는 상세한 기술이 어려웠던 부분을 제대로 보완하고자 함이다.

전에 『윤동주 평전』을 출간하면서 목에 걸린 가시처럼 아프게 남아 있던 존재가 해방 뒤 『경향신문』 창간 멤버인 신문기자였고 남로당 간부로 체포된 좌익인사이기도 한 강처중(姜處重)이라는 인물이었다. 강처중은 윤동주 연구에서 가장 중요한 핵심에 가 닿아 있는 인물이다. 윤동주의 생애에서 강처중이라는 친구가 없었더라면, 오늘날 우리가 아는 바와 같은 시인 윤동주의 모습은 결코 존재할 수 없었다. 그럼에도 불구하고 그가 좌익인사였다는 이유 하나로 역사의 차갑고 어두운 그늘 속에 깊이 파묻혀 있었다. 깊은 슬픔과 애도의 정을 가지고, 이제 그를 세상에 소개한다(참조 : 481쪽의 '강처중(姜處重)은 누구인가').

둘째, 위와 같은 맥락에서, '월북인사'라는 낙인 아래 우리 사회에서 오래도록 언급조차 금지되었던 시인 정지용(鄭芝溶)과 윤동주의 관계에 관한 부분 역시 좀 더 보완했다(참조 : 468쪽의 '정지용(鄭芝溶)은 윤동주를 이렇게 세상에 소개했다).

셋째, 윤동주 시의 원고 원본(原本)의 모습과 그 지닌바 의미를 새로이 독자들에게 소개하기 위함이다.

전에 『윤동주 평전』을 집필하던 때, 유족의 협조와 도움으로 윤동주의 육필 원고 원본을 대하면서 큰 감동을 느낀 기억이 어제런 듯 생생하다. 당시 나는 유족을 제외하고는 한국인으로는 유일하게 육필 시 원고들을 비롯한 윤동주의 유품을 모두 살펴본 사람이 된 기쁨을 누렸다. 그러나 유고들이 유족에 의해서 공식적으로 공개된 것이 아니었기에, 그에 관한 내용을 책 속에 포함시키지 않았다.

올해는 윤동주의 시집 『하늘과 바람과 별과 詩』가 출간된 지 50주년이 되는 해이다. 이 기념할 만한 해를 맞아 윤동주의 유족들이 윤동주의 유고 전부를 원고 그대로 사진으로 찍어서 묶는 『사진판 윤동주 원고 시집』 출간을 기획함에 따라, 이 책에도 육필 원고 자체에 관한 기술을 추가했다.

내가 윤동주의 육필 원고를 전부 검토하던 때 가장 인상 깊게 보았던 것이 시 「팔복(八福)」의 원고 원본이었다. 윤동주가 시도했던 여러 차례에 걸친 퇴고의 자취가 그대로 역력하게 남아 있는 데다가, 그 자취 하나 하나에 담긴 메시지가 아주 선명하고 역동적이었기 때문이다. 그래서 특별히 시 「팔복」의 원고를 선택하여 그 원형을 소개하고 그에 대한 해석을 추가했다. 윤동주 시의 본질을 추적하는 즐거운 지적 탐험의 한 통로가 될 것이다.

넷째, 윤동주와 같이 옥사한 송몽규에 관한 기술 중에서 잘못된 부분을 바로잡았다. 증언해준 분들의 착각에 의해서 옥사한 날과 묘소가 있는 지역이 세상에 잘못 전해졌던 부분과 일경에 체포된 상황을 해석하는 문제에서 착오가 생겼던 것을 바로잡고, 그 비애에 싸인 후일담을 기록했다(참조 : ① 393쪽의 '송몽규의 자수설은 사실인가', ② 455쪽의 '송몽규의 무덤은 이렇게 찾아졌다').

다섯째, 1988년에 이 책이 출간된 뒤 한글 맞춤법이 개정되었다. 이번 개정판에서부터 모든 기술을 새 맞춤법에 따라서 고쳤다.

이제 『윤동주 평전』을 새롭게 단장한 모습으로 다시 세상에 내보내면서, 나는 새삼 맑은 기쁨을 느낀다. 이제 돌아보니 확실히 알겠다. 이 세상의 삶을 그처럼 깊이 이해하고 뜨겁게 사랑했던 시인의 눈 시리도록 정결한 생애의 자취를 추적하면서 보낸 시간들, 그처럼 아름다운 장관(壯觀)을 뒤쫓으면서 보낸 시간들, 그것은 내게 허용되었던 또 하나의 축복이었다.

이 책에 인용된 윤동주의 시들은 1983년 10월 10일에 출간된 정음사의 『하늘과 바람과 별과 詩』 개정판에 수록된 형태를 따랐다. 유족인 윤일주 교수가 그 책의 「서문」에서 "앞으로 윤동주에 관한 인용, 비판 등은 이 책에 의존해주셨으면 한다"고 밝히고 있기 때문이다.

다만 독자들에게 윤동주가 쓴 그대로의 원형을 소개하고자 「참회록」 한 편은 육필 원고의 표기를 그대로 옮겼다.

1998.8

저자

# Ⅳ. 『윤동주 평전』 제2차 개정판 머리말

러시아 속담 중에 "하나님은 농부"라는 아름다운 말이 있다. 『윤동주 평전』의 '제2차 개정판'을 만드는 작업을 하면서 문득 그 말이 떠올라 뜨겁게 가슴을 쳤다. 이 세상 만물 중에 그분의 보듬어 기르시는 큰 손길이 닿지 않는 것이 어디 있으랴! 우리 인간이 한 행위 중에서 조금이라도 선한 부분이 있다면, 그 손길을 뒤좇아 본받으려 노력하는 데서 이루어지는 것일 터이다.

본래 윤동주 시인에 관한 평전을 쓴다는 것은 그에 관한 추억을 증언해주고 각종 자료를 제공해주신 분들이 없었다면 아예 시작부터 불가능한 작업이었다. 돌아보면, 이 책은 특이하게도 원고의 완성과 함께 완결되는 일반적인 책의 운명들과 달리 계속 변신과 성장을 거듭하며 오늘에 이르렀다.

먼저 세계적인 시대상황의 변화에 연결된 개정이 있었다. 동서냉전의 종식으로 우리나라 또한 과도한 이데올로기의 억압에서 자유로워짐에 따라 그간 좌익의 굴레 아래 묻혀 있던 관련인사들에 대해 제대로 조명할 수 있게 되었기 때문이다. 그래서 역사의 차가운 재 속에 깊이 묻혀 있던 남로당 간부 출신의 사형수였던 윤동주의 연전 동창이자 평생의 지기인 신문기자 강처중(姜處重) 및 윤동주의 시집이 처음 세상에 나올 때 든든한 대부의 역할을 했던 저명한 시인 정지용(鄭芝溶)에 대해서 제대로 조명할 수 있게 되었다. 게다가 책이 출간된 뒤에도 주위 분들이 새로 심은 나무를 함께 가꾸어 가듯 계속 도와주셔서 새로운 증언과 보충자료가 입수되었다. 그래서 그 모두를 아우른 '제1차 개정판'을 내었었다.

이번에 다시 '제2차 개정판'을 만든 이유는, 책의 내용을 훌륭하게 보완해 줄 중요한 자료가 일본에서 새로 입수되었기 때문이다. 윤동주의 동경 입교대학 후배인 일본인 여성 양원태자(楊原泰子, 1946년생. 白棒教育館 學藝員) 님에 의해서, 윤동주의 동경 시절과 직결된 매우 귀중한 증언과 자료들이 전격적으로 발굴된 것이다.

양원태자 님이 윤동주의 입교대학 시절 자취를 찾아 나서게 된 것은 일본에서 출간된 이 책의 일본어 번역본을 읽은 것이 계기가 되었다고 한다. 책의 내용 중 윤동주가 입교대학 시절인 1942년 여름방학에 귀향했을 때 찍었던 사진에 관해 언급하면서, 윤동주의 머리 모양이 전과 달리 승려처럼 빡빡 깎은 형태인 것에 주목하여 "대학의 규칙이 그러했던 것일까"라는 의문을 제기해놓은 대목을 읽은 뒤, 그녀는 당시의 대학 규칙을 확인하러 나섰다고 한다. 그리고 당시의 『입교대학신문』을 샅샅이 뒤진 결과, 윤동주가 입학한 지 8일째인 1942년 4월 10일자 지면에서 '학부(學部) 단발령(斷髮令) 4월 중순 실시' 라는 제목의 기사를 찾아내는 쾌거를 올렸다.

기사 내용에 따르면, 전시체제에 맞추어서 질실강건(質實剛健)한 기풍을 진작하려는 목적으로 학생들의 머리를 모두 깎게 한다는 것이었다. 당시 일본은 세계에서 다섯 나라 안에 꼽히는 강대국들이던 중국과 미국을 상대로 전쟁을 벌여 힘에 부치는 중일전쟁과 미일전쟁(태평양전쟁)을 동시에 버겁게 치르고 있던 전시국가였다.

이런 성과에 고무된 양원태자 님은 윤동주의 입교대학 시절에 대한 증언과 자료를 계속 모으기 시작한 결과 '윤동주의 동경 시절'의 일정 부분을 놀랍도록 생생하게 복원해내었고, 그 자료와 관련 사진들을 필자에게 제공해주셨다. 양원태자 님이 복원한 그 시대의 역사는 이 책 336~349쪽에 실려서 윤동주는 물론 당대의 일본인들이 겪었던 깊은 고통과 큰 슬픔까지 함께 보여 주고 있다.

양원태자 님의 기록을 통해 드러나는 그 시대의 모습은 방금 잘려진 상처를 보는 듯 생생하다. 미국 하버드대학 출신으로 경건한 인품과 진실한 사랑으로 학생들의 신망을 받던 참된 지식인이었던 고송효치(高松孝治) 교수, 군국주의의 화신이던 군사교련 담당의 반도신지(飯島信之) 현역 육군 대좌와 그의 강압적이고 엽기적이기까지 한 학생들 괴롭히기, 윤동주의 「쉽게 씌어진 시」에 나오는 '늙은 교수'의 모델로 추정되는 백발의 우야철인(宇野哲人) 동양철학 교수, 대학 안에서 군사교련 문제를 둘러싸고 학생들과 현역 장교 사이에 노정되었던 갈등과 횡포와 대응……. 이런 자료들이 세월의 회색빛 두터운 막을 밀어내자 윤동주의 동경시대는 흡사 살과 피를 갖춘 생명체처럼 정채 있게 그 모습을 드러냈다. 이처럼 세심하게 윤동주가 살아간 동경시대의 자취를 짚어낸 일본인 여성 양원태자 님의 노고와 정성에 깊은 경의와 감사를 표한다.

내가 『윤동주 평전』을 처음 쓰기 시작할 때만 해도 언젠가 일본인의 정성어린 도움으로 평전의 내용이 더욱 보완되어 풍요롭게 완성될 날이 올 것이라고는 상상조차 못했다. 이 일은 내게 양원태자 님의 노고와 선의에 대한 깊은 감사와 함께 '우리는 모두 인류의 한 구성원'이라는 명제를 다시 한 번 되새기게 했다.

다음으로, 국내자료 부분도 더 보완했다. 김두찬(金斗燦, 1920년생) 선생의 '신사참배' 관련 증언이다(187~190쪽). 그는 평양 숭실중학교 때 윤동주와 한 반 급우였던 분으로, 자신이 숭실중학교(5년제, 요즘의 중고교를 합친 것과 같음) 시절에 몸소 겪었던 그 독하고 매운 체험을 '혹독했던 신사참배(神社參拜) 강요' 라는 제목으로 신문에 게재했었다(『동아일보』 1982년 8월 16일자 10면).

이 증언에 나타난 숭실중학교가 겪은 신사참배 거부로 인한 피어린 고통은 당시 재학하고 있었던 윤동주 역시 몸소 겪었다. 이 증언은 끝내 폐교로 이어졌던 숭실의 신사참배 거부사건 당시의 긴박했던 상황을 생생하게 전하고 있을 뿐 아니라, 숭실 학생들이 해마다 자발적으로 감행했던 독특한 삼일절 기념의식을 너무도 아프게 후세에 전하고 있다.

"숭실학교 학생들은 3월 1일이 되면 모두 교실의 자기 책상 위에 머리를 수그리고 하루 종일 꼼짝도 하지 않은 채 앉아 침묵시위를 벌였다. 일본인 교사들은 물론 한국인 교사들도 이 숙연한 광경에 압도되어 말 한마디 못하고 그냥 나가곤 했다"는 것이다. 전교생들이 꼬박 그런 자세로 말 한마디 없이 하루를 보내고 있을 때 그들의 심중을 채운 것이 어떤 것이었을까. 눈물 없이는 읽을 수 없는 증언이다.

그리고 이번에 '제2차 개정판'을 제작하는 기회를 계기로 분명하게 짚어서 확실하게 밝혀두고 싶은 것이 일제시대에 일본 대학의 교육제도에 있던 '선과(選科)' 문제이다.

윤동주와 송몽규의 일본 대학 학적부를 보면 그들의 전공학과 이름 뒤에 '선과'라는 꼬리표가 붙어 있다. 당연히 일본 특고경찰의 취조문서 및 재판소의 판결문에도 그 꼬리표가 따라가 있다. 그런데 요즘 일부 윤동주 연구가들이 '선과'에 대한 해석에서 혼란을 보이고 있다. 현재 한국과 일본 모두 대학에 '선과'란 제도가 없다. 그래서 일제시대의 교육제도 속에 있었던 '선과' 제도를 정원 외 학생에게 강의의 청강을 허용하는 경우인 '청강생' 제도와 같거나 비슷한 것으로서 착각한 결과, 정규학제 외의 학생으로서 공부한 것으로 파악하는 경향이 있는데 그것은 사실이 아니다.

일제시대의 '선과'제도는 '청강생'제도와 아주 달랐다. 당시에도 '청강생' 제도는 따로 있었다. 그것은 필자가 일제시대에 대학을 다녔던 분들에게서 직접 들어서 분명하게 알고 있을뿐더러, 명백한 증거가 바로 윤동주에 대한 일본 특고경찰의 취조문서에도 들어 있다. 거기에는 "윤동주는 연희전문학교를 졸업한 후 동경으로 와 법정대학(法政大學) 청강생(聽講生)으로 면학하다가 1942년 9월 경도에 있는 동지사대학 문학부 선과(選科)에 입학 하여"(주 : 이 책 389쪽 참조)라고 되어 있어, 당시 일본의 대학 사회에서 '청강생' 제도와 '선과' 제도가 명확하게 구분되어 따로 운용되고 있었음을 극명하게 증명한다. 윤동주가 '법정대학 청강생'이었다는 기술은 다른 사건 피의자와 혼동하여 잘못 기재한 것으로 보이는데, 그의 재판 판결문에는 "한때 동경 입교대학 문학부 선과에 재학하였다가 경도 동지사대학 문학부 선과로 옮겼다"(주 : 이 책 410쪽 참조)고 제대로 기록되어 있다.

'선과'는 단지 대학 입학 전의 출신학교 등급을 구별하는 차별적 호칭이었다. 동일한 입학시험을 치러서 정원 내 학생으로 합격한 학생 중에서, 출신학교 등급이 요건에 적합한 학생들은 '본과(本科)'라고 기록하고 출신학교 등급이 요건에 못 미치는 학생들은 '선과'라고 기록하여 구분한 것에 불과할 뿐, 일단 입시에서 합격한 뒤에는 입학과 각종 학과목 수강과 졸업과 등록금이며 학적 관리와 학력 인정 등등 학생생활 전반에 걸쳐 본과생들과 똑같이 운영되는 전혀 아무런 차별이 없는 제도였다. 그런 제도였기에, '선과' 학생으로 합격하기 위해서는 오히려 '본과' 학생보다 더 뛰어난 실력이 요구되었다고 한다. 출신학교 등급이 입시 요건에 못 미치는 학생들은 입학시험을 치를 때 일단 '응시자격 미달자'의 신분으로서 응시하는 것이기 때문에, 입시에서 특히 뛰어난 성적을 올려야 합격될 수 있었기 때문이다(장덕순 교수와 정대위 박사를 비롯한 여러 분들의 증언).

일제시대에 일본 통치하의 고등교육계에서 정상적으로 실시되고 운영되었던 그런 형태의 교육제도에 대한 명확한 물적 증거로서, 이번 '제2차 개정판'에서는 윤동주와 송몽규의 연전 학적부를 나란히 공개한다(323쪽). 당시 연전에서도 그런 제도를 채용하고 있었는데, 연전은 대학이 아닌 전문학교라서 그랬는지 '선과'란 칭호 대신 '별과(別科)'란 칭호로써 구분했다. 그래서 같은 시기에 같은 입학시험을 나란히 쳐서 합격하고 동일한 교과과정을 이수하고 동일한 학적 관리를 받으면서 한 반에서 똑같이 공부하고 함께 졸업했는데도, 5년제 광명학원 중학부 출신인 윤동주는 '문과 본과'로 기록되어 있는 반면 4년제 대성중학교 출신인 송몽규는 '문과 별과'로 기록되어 있다. 학적부의 서식 자체가 그런 구분을 기록하는 칸이 있는 상태로 인쇄되어 있는 것으로 보아서 당시에 널리 활용된 제도였음을 알 수 있다. 송몽규가 '연전 문과 별과' 출신이라는 꼬리표를 달고도 당대 일본 최고의 명문 국립대학이던 '경도제국대학'의 입시를 통과하여 이른바 '경도제대생'이 될 수 있었던 것에서 보듯, 학력 인정 자체에는 '본과'와 전혀 차별이 없었다.

기독교 가정에서 태어나 기독교 학교인 은진중학교(4년제)를 다녔던 기독교인들인 윤동주와 문익환이 중학교 졸업 시기가 가까워오자 집을 떠나 멀리 평양의 숭실중학교(5년제)로 전학해서 공부하느라 애썼고, 그들이 신사참배 거부에 따른 탄압에 대한 항의로 숭실중학교를 자퇴하고 용정으로 돌아온 뒤에 모순되게도 굳이 친일계 학교인 5년제의 광명학원 중학부로 전학(주 : 195~201쪽 참조)했던 이유는, 바로 상급학교 입시에서 겪는 제도적 불리함을 면하기 위함이었다. 당시의 교육제도와 운영방식이 그러했기에 그 시대에 "일본 어느 대학 '선과'에 입학했다"는 것은, 그가 그 대학의 입학시험에서 출신학교의 낮은 등급으로 인한 불이익을 우수한 실력으로 극복한 학생이란 것을 증명하는 증표가 된다.

다음 이야기는, 꺼내기조차 마음 아픈 문제이다. 필자는 2004년 3월 12일 밤에 무심히 텔레비전을 틀었다가 몹시 놀랐다. KBS에서 "선구자는 없다"라는 제목 아래 저 유명한 가곡 「선구자」(윤해영 작사 · 조두남 작곡)에 관련된 놀라운 이야기들이 흘러나오고 있었다. '열린 채널'이란 시청자 제작 프로그램이었는데 그 내용은 이러 했다.

2002년에 마산시에서 그곳 출신 작곡자인 「선구자」의 조두남을 기리기 위해서 '조두남기념관'을 만들었다. 그런데 "조두남은 해방 전에 만주에서 친일음악을 한 사람이며, 더욱이 「선구자」는 박태준 작곡의 「님과 함께」를 표절한 곡이다. 「선구자」의 작사자인 윤해영도 친일문학자이다" 라는 주장이 제기되어 공식 조사단이 구성되어 확인한 결과 그런 주장들이 모두 사실임이 밝혀졌고, 그래서 최근에 마산시에서는 그 건물의 이름을 '마산음악관'으로 바꾸었다는 것이다.

화면에 나온 연변의 음악가와 대학교수 등 조두남을 직접 알았거나 그의 해방 전 행적을 아는 사람들의 증언 및 조두남의 음악 스승이었다는 작곡가 박태준이 1922년에 발표했다는 「님과 함께」(이은상 작시)의 일부 곡조가 「선구자」의 주요 선율과 똑같은 것을 입증하는 연주를 들으면서 가슴이 다 먹먹했다. 더욱 경악스러웠던 것은, 조두남이 해방 전인 1943년에 만주에서 '신작발표회'를 통해서 정식으로 「용정의 노래」라고 발표했던 그 곡을 해방 뒤에 월남하여 스스로 가사의 제목과 내용 일부를 바꾸어 오늘날 보는 「선구자」 노래로 발표한 것인데, 그 노래의 원 가사는 징병을 장려하는 것이었다는 증언이었다.

또한 조두남이 자신의 회고록에서 작사자 윤해영을 두고 '1933년에 단 한 번 만났던 독립운동가란 느낌을 준 깡마른 체구의 초췌한 낯선 젊은이'였다면서, 당시 목단강가의 싸구려 여인숙에 머물고 있던 자신을 석양에 찾아온 윤해영이 '용정의 노래' 라는 제목의 가사를 주고 작곡해달라고 요청하고 간 이래 한 번도 만나지 못했으며, 윤해영에게서 받은 가사의 일부를 자신이 바꾼 뒤에 곡을 지어 붙인 것이 「선구자」라고 했던 증언도 모두 거짓말로서, 그들은 해방 전에 만주에서 작사가와 작곡자로 함께 음악 활동을 했다는 거였다. 그런 증언을 입증하는 증거로서, 윤해영이 작사한 "오색기(주 : 만주제국 국기) 너울너울 낙토(樂土) 만주 부른다" 운운하는 친일음악이 흘러나왔다.

「선구자」는 필자가 이 책에서 '용정'을 설명하는 데 큰 애착을 갖고 인용 한 노래였다(95~101쪽). 그래서 그 프로그램을 본 뒤에 제작 도중이던 이 책의

'제2차 개정판'에서 관련 부분을 전부 빼는 작업을 시작했다가 이내 중지했다. "이토록 기막힌 기만과 파란(波瀾)의 검은 상처 또한 풍운의 고장 '용정'이 겪은 아픈 역사의 일부"라는 생각에서였다. 그러한 기만의 자취를 일체 없애버리는 것보다는 차라리 그 뒷모습과 후일담까지 그대로 집어넣어 보존하는 것이 보다 나은 역사적 의미와 교훈을 지닐 수 있겠다고 판단한 것이다. 동서냉전의 혹독한 대립구도 속에서 공산주의체제 아래 사람들과는 영영 교류할 일이 없을 것이라고 판단하여 멋대로 과거를 조작하고 미화하는 기만과 위증을 자행한 저명인사들이 독립운동계에도 꽤 있는데, 이것은 예술계에서 빚어진 가슴 아픈 기만 사례 중 하나인 셈이다.

이제 『윤동주 평전』을 새로 다듬어 더 완성된 모습의 '개정판'으로 만드는 작업을 끝내고 보니 마치 오랜 세월을 두고 한 그루의 나무를 정성껏 기르고 있는 듯한 감회가 솟는다. 이 나무가 후세에까지 조금이라도 세상에 유익하고 유용한 존재로 기림을 받게 된다면, 그것은 함께 물주고 좋은 거름주기를 아끼지 않으신 분들의 크신 도움 덕분이다.

『윤동주 평전』이 처음 출간된 이래 판을 거듭하면서 중간되고 있는 오늘날까지 수많은 독자들이 보내준 고마운 격려와 성원 또한 큰 힘이 되었음을 고백하고 감사드린다. 전문적으로 문학을 전공하는 학자인 쟁쟁한 문학평론가로부터 명문대 입시를 갓 통과한 어린 고3 학생에 이르기까지 많은 독자들이 "이 책을 읽고 나서 '나도 언젠가는 이런 책을 한 권 쓸 수 있으면 좋겠다'는 소원 한 가지가 더 늘었다"는 말로 나를 뜨겁게 격려해주었다. 그 중에서도 개정판을 만드는 작업을 진행하고 있는 중에 받은 일본인 독자 한 분의 편지는 큰 북소리처럼 마음 깊은 곳까지 강하게 흔들었다. 일본 동경에 있는 애택혁(愛澤革) 님은 스스로 한국어와 한글을 공부하여 윤동주의 시를 원어로 읽고 있는 독실한 윤동주 독자인데, 그가 올해 초에 한글로 써서 나에게 보내준 편지 속에 이런 구절이 있었다.

"저는 이렇게 믿고 있습니다. '— 윤동주의 시와 그 생애를 제대로 생각하기 계속하면 거기에는 역사와 인간에 관한 중요하고 의미 깊은 과제가 잇달아 드러나는 것을 알게 되겠다'. 이런 의미에서는 윤동주는 많은 사람들이 각각 자기 참다운 생각을 따져야 하는 씨름판(말을 바꾸면 매체)이라고도 할 수 있고 이렇게 해서 윤동주를 둘러싸고 사람들 각각의 참 목소리가 서로 메아리치는 판을 이룰 수 있었으면 좋겠다고 생각합니다. 송우혜 선생의 『윤동주 평전』은 제가 생각을 전진시키려할 때 늘 그 위치를 확인하기 위한 없으면 안 되는 등대입니다."

그가 한글로 써서 보낸 글 그대로 전혀 손대지 않은 문장이다. 외국 땅에 사는 외국인이 이토록 자유롭게 한국어와 한글을 사용하여 '윤동주의 시와 그 생애' 그리고 나아가 '역사와 인간'에 대해서 이처럼 심오한 성찰을 했다는 것, 그리고 그것을 이렇게 격조 있는 한국어로 표현했다는 사실이 매우 경이로운 동시에 고맙기 짝이 없었고, 그런 성찰의 과정에서 나의 책이 도움이 되었다는 고백을 대하면서 이루 말할 수 없이 큰 보람을 느꼈다.

몇 년 전에 『윤동주 평전』의 제1차 개정판을 출간한 뒤 나는 한동안 큰 병을 앓으면서 저작을 일절 멈추었다. 이제 병에서 회복된 뒤에 만드는 첫 책으로서 이 제2차 개정판의 출간 작업을 마치고 보니 우리들이 누리는 삶과 일들에 대하여 새롭게 치솟는 환희와 애착을 느낀다.

그동안 여러 가지 증언과 자료를 제공해주시고 격려와 도움을 아끼지 않으신 윤동주 시인의 유족과 국내외 여러분들에게 다시금 충심에서 우러나오는 깊은 감사를 드린다.

2004년 3월 23일

송우혜

## V. '새로 만드는 윤동주 전설'이라는 함정

국민시인 윤동주는 이미 하나의 전설이다. 그의 시와 존재는 일제 강점기라는 암흑을 밝히는 큰 횃불이 되어 우리 역사를 환하게 빛내고 있다. 당연히 우리 문화계는 그간 윤동주에 대한 연구를 꾸준히 이어왔다.

그런데 최근 우려스러운 일이 벌어지고 있다. 윤동주 연구에서 '정도를 벗어난 연구' 행태를 보이는 연구자들이 등장하고 있다. 그들은 과감하다. 역사적 사실과 다른 주장을 하는 걸 꺼리지 않고, 사료의 왜곡도 서슴없이 감행한다. 다른 연구자의 글을 인용 표시 없이 인용 하는 것은 예사고, 윤동주의 생애에 대한 왜곡된 이해를 바탕으로 그의 시를 해석한다. 이런 현상이 묵과할 수 있는 선을 크게 넘었다. 그런 원인은 알기 쉽다. 가깝게는 선행 연구자들이 이룬 성과를 뛰어넘고자 하는 욕심이 과도하기 때문이고, 멀게는 연구 능력이 그런 욕심을 따라갈 수 없도록 미약하기 때문이다.

숙명여대 김응교 교수가 쓴 윤동주 연구 서적 『처럼』(문학동네, 2016)에 대한 분석과 고찰을 통해서 그런 현상의 실체를 추적해 보기로 한다. 그 책을 선택한 까닭은 여러 가지인데, 무엇보다도 그간 '윤동주 연구에서 제1인자'라는 확고한 평가를 받아온 나와 내가 쓴 『윤동주 평전』을 그가 계속 폄훼하고 있기 때문이다.

나의 『윤동주 평전』은 대한민국 문화계에서 높이 평가된 지 오래다. 여러 전문가들의 칭송이 계속되는 중에서 문학평론가 황현산 교수는 "송우혜는 『윤동주 평전』 쓴 것 하나만으로도 국민훈장을 받아야 한다!" 라는 몹시 특이한 수사로 내 책을 기리고는 했다. 그런 책을 향해 김응교 교수는 매우 부적절하고 가당찮은 폄훼를 거듭 자행했다.

연세대가 2016년 5월에 주최한 윤동주 행사에서 내가 강연을 맡았을 때 일이다. 그 날 계속된 여러 프로그램의 마무리 행사로 연세대 문과대학장께서 만찬을 베풀었다. 행사 진행자와 참여자와 연세대 교수들과 학계 인사들, 윤동주 유족과 지인들이 참석했는데, 그 자리에 온 김 교수가 식사 중 느닷없이 입을 열었다. "송우혜 선생님의 『윤동주 평전』은 윤동주에 대해 5% 밖에 밝히지 못했습니다!" 나는 처음엔 내 귀를 의심했다. 해괴하게도 그는 거듭 여섯 번이나 같은 말을 집요하게 되풀이했다. 아무도 자기 말에 동조하지 않아서 더 강조하는 듯 했다. 참다못한 연세대 교수가 나서서 "우리는 송우혜 선생님의 『윤동주 평전』을 교과서처럼 생각하고 있습니다!"라는 말로 제지하자 그는 비로소 입을 다물었다. 기가 막힌 일이었다.

그런 일이 있었음에도 불구하고 연세대에서는 다음에 열린 윤동주 행사의 강연자로 김응교 교수를 초빙했다. 이 날의 강연에서도 그는 나를 건드렸다. 그는 강연 중에 여러 번 강조했다. "윤동주 연구에는 각기 단계가 있습니다. 맨 처음에 윤동주를 연구하기 시작한 분들은 1세대 연구자이고, 여기 오신 송우혜 선생님은 2세대 연구자입니다. 그 다음이 3세대 연구자인데, 그게 바로 저입니다." 송우혜와 그의 『윤동주 평전』은 이미 철 지난 것이니 돌아볼 것 없다는 뉘앙스가 강렬했다.

그뿐 아니다. 그는 윤동주를 다룬 책을 써서 『처럼』이란 제목으로 2016년 2월에 출간했는데, 그 책에서 『윤동주 평전』에 있는 내 글을 난삽한 말로 깎아내렸다. 내가 윤동주의 산문시 「투르게네프의 언덕」을 다룬 부분이다. 놀라운 일은, 그 책이 출간되기 전에 그런 내용의 책을 쓰고 있던 그가 내게

"제가 지금 윤동주 책을 출간할 준비를 하고 있는데요. 그 원고를 검토해 주시기 바랍니다." 라고 청한 것이다. 당연히 거절했는데, 후일 "출간 이후 3쇄를 찍은 후에 틀린 기술을 한 곳 수십 군데를 고쳐서 4쇄를 찍었습니다." 라면서 내게 4쇄본을 보내왔다.

이미 그처럼 많이 고쳤다는 책인데도 읽어 보니 도저히 묵과할 수 없는 오류들이 도처에 널려 있었다. 인용 표시 없이 타인의 글 인용하기(표절), 왜곡, 날조, 역사적 사실의 오해, 시 해석의 오류 등등, 눈이 어지러울 정도였다. 문제는 윤동주 연구의 전문가가 아닌 사람들은 그런 오류들을 제대로 알아보기 어렵다는 데 있다. 독자들에게 그대로 받아들여지게 되어 윤동주에 대한 인식의 혼란과 오해를 양산하게 된다.

현재 김 교수는 유독 송우혜의 『윤동주 평전』을 자꾸 폄훼하면서 자기 책 『처럼』은 윤동주 연구 분야에서 새로 이룩된 대단한 성과인 양 크게 내세우고 있다. 내가 참석한 연세대 강연에서 "송우혜 선생님은 윤동주의 2세대 연구자고 나는 3세대 연구자입니다!" 라고 큰소리치는 정도다. 요즘은 '목소리 큰 자가 이기는 세상'이라는데, 과연 김 교수의 그런 처신이 먹혀 들어가는 게 눈에 보인다. 현재 대한민국 문화계 일부에서는 그를 대단한 윤동주 연구자로 생각하고 그의 책 『처럼』을 매우 중요한 연구 성과로 보고 있다.

바로 그런 현상 때문에, 현 시점에서 "김응교 교수의 『처럼』이 어떤 수준의 책이고 문제점은 무엇인가?"를 검증하는 것이 '올바른 윤동주 연구 풍토 형성'을 위한 필수적 요청이 되었다. 이런 검증은 비단 '윤동주 연구 분야'에서만 필요한 것이 아니다. 더 나아가 "'글(책) 쓰기' 라는 행위가 갖는 소중함과 준엄함을 바로 인식하지 못하고 불법과 오류를 꺼리지 않는 저술가들의 부당한 행태에 대한 고발"이라는 의미도 갖는다.

처음 보았을 때부터 김응교 교수는 이미 평범하지 않았다. 2014년 2월에 KBS1 방송에서 독서 프로그램 <TV 책을 보다> 시리즈 중 하나로 나의 책 『윤동주 평전』을 다뤘다. 그 프로그램을 녹화할 때 그가 토론 패널 중 한 사람으로 출연하여 처음으로 알게 되었다. 놀랍게도 그는 겉으로는 칭찬하는 척하면서 실제로는 깎아내리는 게 장기인 사람이었다. KBS 홀에서 방청객을 앞에 두고 '송우혜의 『윤동주 평전』 편'을 녹화하는 도중에 그가 느닷없이 말했다.

"송우혜 선생님은 특별한 분이세요. 책에 틀리게 기술한 것이 있으면 다음 쇄에서 그걸 바로잡고는 그렇게 바로잡았다는 사실까지 다시 책에다 밝혀놓는 분입니다."

그건 전혀 사실이 아닌 이야기였다. 내가 쓴 글에 틀린 것이 있어서 바로잡은 것이 아니라, 윤동주 시인의 친누이동생 윤혜원 권사님께서 "전에 해준 증언 중에 내가 착각해서 사실과 다른 이야기를 한 게 있다는 걸 깨달았어요." 하시면서, 관련 사실을 제대로 밝히는 증언을 새로 해주시길래, 그 부분을 바로잡고 그런 전말을 기술해 놓은 일이 오직 단 한 번 있었다.

김 교수가 그걸 읽은 것이다. 그런데도 그는 해당 사실과 전말에 관한 언급은 전혀 없이 '송우혜의 자기 책 오류 바로잡기'라는 식으로 일반화하여 칭찬하는 척 하면서, 실제로는 '송우혜의 책은 오류가 있는 책이다. 저자는 오류를 고친 뒤 그런 사실도 밝혀놓는다!' 라는 메시지를 시청자에게 주려고 한 것이다. 나는 그런 일은 처음 당해서 당황했고, 또 그 자리에서 면박하면 시청자 앞에서 패널과 싸우는 우스운 꼴이 될 것 같아서 참았다.

똑같은 패턴의 폄하 사례가 그가 쓴 책 『처럼』에서 다시 되풀이되었다. 그는 책의 말미에서 굳이 나의 『윤동주 평전』에 대해 언급하면서 "출판사를 달리하며 세 번에 걸쳐 개정된 이 책은 저자 자신이 계속 수정하고 개작한 역작입니다"(『처럼』, 515쪽)라고 써 놓았다. 이 말 또한 속에 독을 품었다. 겉으로는 '역작'이라고 칭찬하는 척 하면서 실제로는 "(『윤동주 평전』은) 저자 자신이 계속 수정하고 개작하도록 오류가 많은 책"이라는 메시지를 담은 것이다. "저자 자신이 '계속 수정하고 개작'했다"는 것은 "책에 오류가 많다"는 것이 필수적 전제가 되는 주장이기 때문이다.

김 교수의 주장은 의도적 모함에 불과했다. 나는 '수정'이나 '개작' 을 하느라고 개정판을 낸 일이 전혀 없다. 내가 『윤동주 평전』의 제3차 개정판까지 낸 것은 모두 시대 상황이나 여건의 변화에 따라서 전에는 서술할 수 없었거나 서술하지 못했던 부분을 추가로 '보완'하기 위해서였다. '책의 오류'와는 전혀 관계없는 일이었다.

제1차 개정판은 윤동주 시인의 친우 '강처중' 때문에 이루어졌다. 내가 『윤동주 평전』의 원고를 준비하고 있을 때 윤 시인의 친동생 윤일주 교수는 "강처중에 대해 일체 언급하지 말 것"을 조건으로 그에 대해 증언해 주었다. 이유는 "강처중이 '좌익 인사로 사형수'였기 때문에 그의 존재를 세상에 알리고 싶지 않아서"였다. 나는 『윤동주 평전』 초판을 출간할 때는 그 약속을 지켰다. 그 뒤 세계사적 대변혁이 일어나 '좌익 인사'인 친구를 가졌던 것이 전혀 흠이 되지 않는 시대가 되었고, 나는 '강처중'을 책에 넣기 위해서 제1차 개정판을 만들었다. 내가 그렇게 어려운 과정을 거쳐서 세상 안으로 끌어들인 '강처중'의 존재와 그의 업적과 생애를 김 교수는 현재 아무런 인용 표시 없이 마구 인용하고 있다.

제2차 개정판은 '일본인' 때문에 이루어졌다. 내 책의 일본어 번역본을 읽고 감명을 받은 일본인 야나기하라 야수코(楊原泰子) 선생이 '일본에 있는 윤동주 시인의 자취'에 대한 성실한 추적을 시작하여 매우 중요한 성과를 거두었다. 나는 그것을 내 책에 반영하기 위해서 기쁘게 개정판을 만들었다.

제3차 개정판은 '나와 견해가 다른 발표를 한 연구자들' 때문에 이루어졌다. 내 책에 기술된 매우 중요한 내용을 부인하는 이들이 나타났기 때문에 그들의 주장이 지닌 부당함을 논증하고 반박하는 글이 추가되었다.

위와 같은 개정판 출간의 이유들은 모두 내 책에 상세하게 밝혀져 있다. 나의 그런 노력은 우리나라 문화계와 학계의 주목을 크게 끌었고 많은 칭송이 쏟아졌다. "윤동주의 고향 북간도가 갈 수 없는 땅이었을 때 시작되어 판을 거듭하며 새롭게 보완되고 완성된 이 책 『윤동주 평전』은 이 나라 평전

문학의 전범으로 길이 남아 있게 될 것이다" (방민호 서울대 국문과 교수, 문학평론가)라는 평가까지 나와서 매우 감사하고도 큰 격려가 되었다. 그런 책인 『윤동주 평전』을 두고 김응교 교수는 "저자 자신이 계속 수정하고 개작한" 책이라고 왜곡하고 폄하한 것이다. 김 교수는 본래 사실과 다른 주장을 아무런 주저 없이 내세우는 것이 장기인 사람이다. 2014년 2월에 KBS1에서 방영한 <TV 책을 보다> 프로그램의 '송우혜의 『윤동주 평전』' 편에 자신이 토론 패널로 출연했던 그 간단한 일을 두고도 그는 세상을 속인다. 그는 강연에서나 글에서나 계속 "'송우혜 선생님'과 KBS1에서 방영한 <TV 책을 보다> 프로그램의 '윤동주 편'을 함께 녹화했다"(『처럼』 515쪽)고 주장한다. 그 프로그램은 '송우혜의 『윤동주 평전』'만을 다룬 것으로서, 나는 저자로서 참여하고 그는 패널로 참여했다. 그런 사실은 전국적으로 방영된 그 프로그램의 시청자들이 모두 보고 듣고 알고 있다. 그런데도 그는 그 프로그램이 『윤동주 평전』이라는 책을 다룬 것이 아니라, 흡사 윤동주 전문 연구가들이 모여서 윤동주에 관해 논의한 '윤동주 편'이란 특별 프로그램으로 제작되어 녹화되고 방영됐던 것처럼 세상을 속이는 것이다. 그런 속임수를 통해서 그가 얻는 실제적 이득이란 게 대체 무어란 말인가? 생각하면 실로 애잔하다.

그런 행태를 자행하고 있는 김 교수의 『처럼』은 어떤 책인가. 이제부터 분석하고 검증해본다.

## Ⅰ. 역사적 사실의 날조와 왜곡

먼저 김 교수가 사실 아닌 주장으로 역사를 날조하고 왜곡한 사례들을 짚어본다.

### 1. '송몽규가 쓴 대성중학교 졸업 일기' 설

그는 송몽규가 용정 대성중학교를 졸업할 때 쓴 '졸업 일기'가 있다면서 거기 쓰인 문구까지 책에 기술해 놓았다.

*1937년 4월 송몽규는 용정 대성중학에 입학하여 그동안 중단했던 학업을 계속합니다. 송몽규는 문학을 버리지 않았습니다. 그의 졸업 일기에는 영어로 "일체는 문학을 위하여"라는 글이 기록되어 있습니다.* (『처럼』, 166쪽)

위의 주장은 허구다. '송몽규가 쓴 대성중학교 졸업 일기'라는 문건은 이 세상에 없다. 단지 대성중학교 졸업앨범의 말미에 실린 단 한쪽의 단체 싸인장, 졸업생들이 마구 뒤섞여서 각자의 필체로 쓴 짧은 토막글과 싸인들 속에 송몽규의 것도 들어있을 뿐이다.

2. '윤동주가 숭실중학교에서 신사참배를 강요당했다'는 주장과 숭실의 폐교 시기 문제

『처럼』은 윤동주와 숭실중학교의 관계 및 숭실중학교 폐교 시기 문제에서도 역사적 진실을 크게 왜곡하고 있다.

*"(명동마을에서) 자유롭게 지냈던 윤동주가 신사참배를 강요한 숭실로 (……) 유학을 갔을 때는 얼마나 힘들었을까요. 자유롭게 날던 노고지리가 철창 안에 갇히면 얼마나 답답할까요."* (『처럼』, 39쪽)

*"숭실에서 신사참배를 강요당한 윤동주의 마음이 편할 리 없겠죠."* (『처럼』, 103쪽)

*"1936년 3월 결국 (숭실중)학교가 폐교됩니다."* (『처럼』, 95쪽)

숭실중학교는 학생들에게 '신사참배를 강요'한 학교가 전혀 아니었다. 기독교 선교사인 미국인 교장 조지 매퀸(한국명 윤산온)을 비롯한 학교 운영진과 교사들과 학생들 모두 조선총독부의 신사참배 강요에 강력하게 항거하고 극력 저항하다가 교장부터 파면되어 미국으로 추방되고 끝내 폐교된 학교였다. 윤동주가 숭실중학교 재학 중에 신사 참배를 강요당한 일은 전혀 없었다.

"1936년 3월에 숭실중학교가 폐교되었다"는 『처럼』의 기술 역시 전혀 사실이 아니다. 숭실중학교는 1938년 3월에 폐교되었다.(『숭실대학교 90년사』, 341쪽)

3. 숭실중학교 편입시험의 진상

윤동주가 숭실중학교에 편입할 때의 일은 오래도록 사실대로 알려지지 않았다. 은진중학교 4학년생이던 그가 편입시험에 실패하여 한 학년 아래인 3학년으로 편입한 것이 역사적 사실인데, 동생 윤일주 교수가 형이 편입시험에서 떨어졌던 사실을 은폐하느라고 "만주 학제와 달라서 같은 학년을 다시 다녔다"고 위증한 것이 세상에 널리 알려졌기 때문이다.

당시의 진상은 내가 윤동주의 여동생 윤혜원 권사님의 증언을 통해 실제로 벌어졌던 일을 정확하게 파악하고 『윤동주 평전』에 기록함으로써 처음으로 세상에 알려졌다. 그러나 김 교수는 문제의 편입시험에 관한 사안을 마음대로 날조했다.

*"부모에게 떼써서 시험을 치고, 한 번 떨어진 뒤의 좌절감을 딛고 다시 시험을 쳐서 겨우 들어간 학교입니다. 그런데 그 학교를 자퇴하는 결단이 쉬웠을까요?"(『처럼』, 96쪽)*

윤동주는 편입시험을 '두 번' 아니라 '한 번' 치렀다. 윤혜원 권사님이 분명하게 그렇게 증언한 것을 나는 정확하게 내 책에 기록했다. 그 이야기는 오직 내 책에만 나온다. 그런데도 김 교수는 내 책에서 그 일화를 인용한 것을 밝히지 않았을 뿐더러, '윤동주의 숭실중학교 자퇴 결단'을 보다 비극적인 것으로 강조하려는 의도 때문인가. 아무런 근거 제시 없이 '한 번 치른 편입시험을 두 번 치른 것'으로 날조했다. 그러나 그런 주장은 매우 불합리하고 가당찮은 것이다. 편입시험의 성격상, 시험은 '한 번' 뿐일 수밖에 없기 때문이다. 편입시험에 붙으면(통과하면) 제 학년에 넣어주고 떨어지면(통과하지 못하면) 아래 학년에 넣을 뿐이다. 편입시험에 떨어져서 제 학년에 들어가지 못하게 된 학생에게 아래 학년에 들어갈 편입시험을 다시 치르게 하겠는가.

## 4. 연전 입학 시기 윤동주의 처지에 대한 왜곡

용정의 광명학원 중학부 졸업반 때, 윤동주는 진학할 상급학교를 '연희전문학교(연전) 문과'로 정했다. 그에 반대한 부친과 윤동주 사이의 격심한 알력은 널리 알려진 유명한 일화다. 원했던 대로 연전 입학시험에 붙은 그가 서울에서 연전을 다니면서 얼마나 좋아했는지, 장덕순 교수와 유영 교수 등 친지들의 증언이 생생하게 남아 있다. 그러나 『처럼』에서는 그런 증언들이 모두 무시되고 사실과 전혀 다른 기술이 나온다.

*"(윤동주가) ……창씨개명을 강요하던 시대의 연희전문으로 유학을 갔을 때는 얼마나 힘들었을까요. 자유롭게 날던 노고지리가 철창 안에 갇히면 얼마나 답답할까요."(『처럼』, 39쪽)*

*"윤동주가 일제의 직접적인 압력을 받았던 경성의 연희전문으로 유학을*

*가서 쉽게 적응하지 못했던 이유도 이해할 수 있습니다. 명동마을에서 자유롭게 민족문화를 배웠던 송몽규와 윤동주에게 경성은 숨 막히는 공간이었을 겁니다.”(『처럼』, 56쪽)*

위의 기술에는 시간 감각이 결여되어 있다. 그래서 실제 사실과 전혀 다른 기술이 나온 것이다. “윤동주가 ‘창씨개명을 강요하던 시대의 연희전문’으로 유학을 갔다”는 주장은 전혀 사실이 아니다. 윤동주가 연전에 입학한 때는 ‘1938년 4월’이다. 그런데 일제가 ‘창씨개명 을 강요하던 시대’라면, 창씨개명제도가 시행되기 시작한 ‘1940년 2월 이후’이다. 그런 시차를 무시하고 ‘창씨개명을 강요하던 시대’를 윤동주의 연전 입학 시기로 소급한 뒤, 그래서 윤동주가 연전에 “쉽게 적응하지 못했다”고 실제 사실과 전혀 다른 단정까지 내렸다. 이처럼 부당한 왜곡은 ‘윤동주와 그의 시 이해’에 치명적 해악을 끼치게 된다.

## Ⅱ. 단어 바꿔치기

『처럼』에는 앞선 연구자의 글이 부당하게 변개(變改)되어 수록되어 있다. 왜 그처럼 불필요한 행위를 자행하는지 도무지 이해되지 않는다.

### 1. ‘엽서’ 문제

1923년 9월 1일에 일본에서 관동대지진이 일어났을 때 윤동주의 아버지 윤영석 선생은 동경 유학 중이었다. 관동대지진과 조선인 대학살 소식이 전해지자 고향에서는 그의 안위를 알지 못해 모두 극심한 불안에 싸였는데 어느 날 동경의 윤영석이 보낸 전보가 날아왔다. 일본어로 표기된 “네바 마인도"라는 말로 자신이 안전하게 있음을 알린 전보였다.(본서, 30쪽) 윤일주 교수의 장남 윤인석 교수에게서 들은 일화로, 그간 유일하게 내 책에만 실려 있었다. 그런데 『처럼』이 뒤늦게 이 일화를 다루면서 해괴하게도 '전보'를 '엽서' (『처럼』, 29쪽)라고 바꿔치기했다. 물론 인용 표시는 없다.

## 2. '식사 기도' 문제

윤동주가 연전 3학년 때 '신앙의 회의기'를 거쳤다는 것은 유명한 이야기다. 그 시기에 관한 증언들 중에 동생 윤일주의 회고담이 있다. 그것이 어떻게 변개되어 『처럼』에 수록되었는지를 본다.

◎ 윤일주의 증언

무슨 계기가 있으면 가끔 드리는 가정예배에서 하루는 할아버지께서 "오늘은 동주가 기도드리지" 하고 명하시었다. 동주 형은 무릎을 꿇고서 예전과는 달리 꽤 서투른 기도를 드렸다. 예배 후 우리들을 보고 "기도는 신앙대로 가는 것이야" 하면서 씩 웃는 것이었다.(윤일주, 「윤동주의 생애」, 『나라사랑』 23집, 157쪽)

◎ 『처럼』의 기술

*이 시기에 윤동주는 얼마나 절망했을까요. 동생들의 증언에 따르면, 장남인 윤동주가 대표로 하던 식사 기도도 진심으로 하는 것 같지 않았다고 합니다.(『처럼』, 247쪽)*

두 글을 비교해보면 즉시 드러난다. 김 교수는 윤동주 이해에 중요한 아주 귀중한 증언조차 마구 훼손했다. 그는 우선 '윤일주의 증언' 을 '동생들의 증언'이라고 왜곡했다. 또 '가정예배를 드릴 때 윤동주가 할아버지 명으로

기도했다'는 증언을 '장남인 윤동주가 대표로 하던 식사 기도'라고 바꿔치기 했다. 게다가 "식사 기도도 진심으로 하는 것 같지 않았다고 합니다."라는 말로, 윤일주의 증언에 전혀 들어 있지 않은 이야기를 날조해서 수록했다. 이처럼 부당하고 부정직한 글은 윤동주의 본성과 개인사 연구에 방해가 될 뿐이다. 이 글에도 물론 인용 표시는 없다.

## Ⅲ. 역사적 진실과 다른 기술들

『처럼』에 기술된 역사적 사실의 왜곡 사례들을 살펴봄으로써 김 교수가 어떤 집필 자세로 책을 썼는지를 고찰한다.

### 1. 정재면을 누가 북간도에 파견했는가?

정재면은 뛰어난 신학문 교사로서 애국비밀결사단체인 신민회에 소속된 젊은 지사였다. 신민회가 주선한 북간도교육단의 일원으로 북간도에 파견된 그는 명동학교와 명동촌을 기독교화하여 중요한 독립 운동 거점으로 만드는 데 성공했고, 북간도 독립운동계의 큰 지도자로 활약하는 등 막중한 업적을 세웠다. 신민회에서 그를 북간도에 파견했다는 사실은 여러 사료에 명시되어 있다. 당시 정재면과 함께 파견된 북간도교육단 구성원들의 명단과 역할까지 밝혀져 있다.(본서, 54~55쪽 참조) 그런데도 김 교수는 그런 기록들을 일체 무시하고 정재면을 북간도에 파견한 것은 "원산의 장로교 교회" (『처럼』, 33쪽)라고 기술해 놓았다. 물론 근거 제시는 일체 없다. 이는 명백한 역사적 사실 왜곡 행위로서, 정재면은 물론 명동학교와 명동 교회의 정체성에 관한 혼란을 야기하게 만들 뿐이다.

## 2. 김약연은 언제 누구에게 체포되었나?

김 교수는 명동학교 교장을 역임한 김약연을 윤동주와 송몽규에게 매우 큰 영향을 끼친 인물이라고 강력하게 주장한다. 그러나 그가 김약연의 생애를 소개한 글에는 오류가 많다. 그 중 하나를 고찰한다.

*"1920년 청산리 전투에서 패배한 일본은 북간도 민족운동의 근거지로 자리 잡았던 명동학교를 불태우고 무장투쟁을 주장해온 교장 김약연을 체포합니다. ……김약연은 1920년 쉰둘의 나이에 체포되어 이 년 동안 보호인으로 옥살이를 합니다. 1923년 출옥해……"(『처럼』, 34쪽)*

위의 기술은 모두 사실이 아니다. 청산리 전투는 1920년 10월 21일에 있었다. 그런데 명동학교는 청산리 전투 전날인 10월 20일에 일본군에 의해 불태워졌다. 그것을 밝히는 사료는 많다. 또 김약연은 청산리 전투 후에 일본군에게 체포된 것이 아니다. 그는 이미 그 전 해, 곧 1919년 봄에 중국 관헌에게 체포되어 투옥되었기 때문에 청산리 전투 시기에는 연길에 있는 중국 감옥 속에 있었다. 그 사실을 밝히는 사료들도 많다. 당시 중국 당국은 보호 차원에서 그를 2년 간 중국 감옥에 구금했다. 그는 '1923년'이 아니라 '1921년'에 출옥했다. 상해 임정이 발간하던 『독립신문』에 김약연의 피체에 관한 기사가 다음 같이 남아 있다.

"……그중 김약연씨는 중국경서(中國警署)에 수금(囚禁) 되고"(『독립신문』 1920. 1. 22.)

상해에서 발간되던 『독립신문』 1920년 1월 22일자에 북간도에서 중국 치안당국에 의해 투옥돼 있던 김약연의 동정이 보도된 것이다. 그런데 1919년 봄부터 1921년까지 연길의 중국 감옥 속에 있던 그가 어찌 1920년 10월에 일본군에게 체포될 수 있는가.

김약연의 감옥살이와 관련된 오류는 더 있다. *"(김약연은) '무오독립선언'의 서명자였다는 이유로 감옥에 갇혔고, 1922년 출옥하여 명동학교를 세웠습니다."(『처럼』, 76쪽)* 라고 한다. 이 글 또한 전부 오류다. 김약연은 '무오독립선언'의 서명자라 해서 감옥에 갇혔던 것이 아니고, 1922년에 출옥한 것도 아니며, '1922년에 출옥한 김약연'이 명동학교를 세운 것도 아니기 때문이다.

## 3. 윤동주는 언제부터 맹자를 배웠나?

김 교수는 윤동주가 '열세 살 때부터' 사촌형 송몽규와 함께 김약연 (규암)에게서 『맹자』를 배웠다고 주장한다.

*"1930년 예순둘의 김약연은 명동교회 목사로 돌아옵니다. 당시 열세 살이던 윤동주와 사촌형 송몽규는 이때부터 규암에게 『맹자』와 성경 등을 배우고 1931년 3월에 명동소학교를 졸업합니다."(『처럼』, 35쪽)*

이 이야기는 여러 윤동주의 전기들 중 오직 『처럼』에만 나온다. 근거는 없다. 또 믿기도 힘들다. 열세 살 먹은 소학교 아이들에게 소년용 한문책이 아니라 『맹자』부터 가르쳤다는 것이 과연 믿을 수 있는 이야기인가. 그런 의심을 굳히는 것이 다음 구절이다.

*"윤동주가 『맹자』를 읽었다고 직접 밝힌 적은 없지만, 갖고 있던 책 안에 『맹자』의 구절이 적혀 있었습니다." (『처럼』, 341쪽)*

뒤 글(『처럼』, 341쪽)로 인해서 앞 글(『처럼』, 35쪽)은 김 교수가 합당한 근거 없이 조작해낸 것임이 증명된다.

### 4. 명동중학교가 문을 닫은 이유는?

1910년에 문을 연 명동중학교는 1925년에 폐교되었다. 『처럼』에는 그 이유가 '일제의 탄압'(38쪽, 39쪽, 56쪽) 때문이었다고 기술되어 있다. 그 또한 왜곡이다. 실상은 운영난 때문이었다.(본서 66~67쪽 참조)

### 5. 대랍자 현립 소학교 6학년 편입 때의 일

1931년 3월에 명동소학교를 졸업한 윤동주와 송몽규와 김정우 등은 화룡현 현청 소재지인 대랍자에 있는 중국인 소학교 6학년에 편입해서 1년을 더 공부했다. 다만 김정우는 도중에 중퇴했다고 한다. 이때의 일에 대하여 『처럼』에는 이렇게 기술되어 있다.

*"명동마을의 명동소학교를 1931년 열네 살에 졸업한 윤동주는 송몽규, 문익환, 그리고 이후 시인이 되는 김정우와 함께 중국인 학교인 대랍자(大拉子) 소학교(당시 달라즈에 있던 화룡현립 제1소학교) 육 학년에 편입합니다"(『처럼』, 40쪽)*

*"송몽규와 윤동주는 어린 나이에 이십여 리라는 먼 등굣길을 매일 함께 걸어 다녔다고 합니다. 지금으로 말하면 팔 킬로미터쯤 되는 거리인데 지금 아이들로선 상상도 할 수 없는 먼 거리죠."(『처럼』, 41쪽)*

*"윤동주는 1931년에 명동소학교를 졸업하고 명동에서 이십 리쯤 떨어진 화룡현 대랍자의 중국인 소학교 육학년으로 편입합니다."(『처럼』, 329쪽)*

당시 '문익환'은 편입하지 않았고, 그 학교에 다닌 일도 전혀 없다. 김정우의 증언에 명백하게 밝혀져 있다. 그리고 명동에서 대랍자가 '10리' 거리라는 건 윤동주 연구자라면 누구나 안다. 그런데도 김 교수는 '윤동주와 친구들이 아주 고통스러운 통학을 했다'는 인상을 주고 싶어서인가. 굳이 '이십여 리'라고 썼다. '10리'도 아이들이 매일 왕복하기 쉬운 거리는 아니지만, 실제와 다른 '이십(이십여)리' 주장은 너무 심했다.

### 6. 은진중학교 출신 인사들

김 교수는 윤동주가 한때 다녔던 은진중학교에 대해 큰 평가와 의미를 부여한다.

*"만주는 20세기 한국을 이끌었던 영웅들이 태어났던 곳입니다. 후쿠오카 감옥에서 요절한 송몽규와 윤동주, 그리고 정치가 장준하, 신학자 안병무, 목회자 강원용, 김재준 등은 용정에서 은진중학교를 나온 민족주의적 기독교 지성이었습니다."(『처럼』, 490쪽)*

그러나 위의 기술은 매우 부정확하다. 송몽규와 윤동주는 은진중학교를 나온 게 아니라 중퇴했고, 장준하는 전혀 다닌 적이 없고, 김재준은 성경 교사로 몇 년 근무했을 뿐이다.

### 7. 윤동주는 '만 3년'을 핀슨홀에서 보냈는가?

연전에 입학한 이래 윤동주는 학교 기숙사(핀슨홀)에서도 지냈고 기숙사를 나와서 하숙을 하기도 했다. 라사행 목사, 유영 교수, 장덕순 교수, 정병욱 교수 등 이미 밝혀져 있는 여러 친지들의 증언을 종합하여 고찰하면 이렇게 정리된다. <윤동주는 1학년 때 기숙사 생활을 했고, 2학년 때는 기숙사를 나와서 북아현동 서소문 등에서 하숙을 했다. 3학년 때는 다시 기숙사에 들어가서 생활했고, 4학년 때는 기숙사에서 나가서 누상동과 북아현동 등에서 하숙했다.> 하지만 그런 실상을 제대로 파악하지 못한 김 교수는 윤동주가 1학년 때부터 3학년 때까지 기숙사에서 살고 4학년 때만 하숙한 것으로 생각해서 '만 삼 년을 핀슨홀에서 보냈다'고 『처럼』에 써 놓았다.

*"(윤동주가) 기숙사를 떠나 하숙 생활을 시작한 때는 1941년 봄입니다. 따라서 일 년 이삼 개월의 침묵기를 포함한 만 삼년을 핀슨홀에서 보냈습니다."(『처럼』, 259쪽)*

윤동주와 거주지의 관계는 면밀하고 명확하게 고찰해야 한다. '그가 어떤 곳에서 생활했는가' 하는 문제가 그의 시 쓰기에 막대한 영향을 미쳤기 때문이다. 그런 측면에서 볼 때 위의 서술은 치명적 오류에 해당한다.

## Ⅳ. 송몽규에 관한 오류들

### 1. 송몽규는 연극 분야에 투신하려는 포부를 갖고 있었는가?

『처럼』에는 이런 기술이 나온다.

*"송몽규는 앞으로 연극 분야에 투신해 연극을 통한 민족문화 운동을 해보겠다는 포부를 토로하기도 했습니다."(『처럼』, 436쪽)*

그러나 이것은 전혀 사실이 아니다. 김 교수가 인용 표시 없이 인용한 것일 뿐, 위 문장에는 원본이 있다.

"자신은 앞으로 연극 분야에 투신해서 연극을 통한 민족문화운동을 해보고 싶다는 포부를 밝히기도 했던 것이 떠올랐다."(본서, 380쪽)

문제는 뒤 문장에 나오는 '자신'이 송몽규가 아니라 '고희욱'이라는 것이다. 1943년 7월에 일본 교토에서 송몽규, 윤동주와 함께 특고에 체포되었던 사건 관련자 '고희욱'이 나에게 해준 증언의 일부다. 그런데 김 교수는 송몽규의 이야기로 둔갑시켜서 책에 수록했다.

## 2. 송몽규는 누구의 영향으로 무장독립투쟁에 나섰는가?

송몽규는 은진중학교 3학년을 수료한 1935년 봄에 북간도를 떠나 남경으로 갔다. 임정 군관학교에 가서 군사훈련을 받아 무장독립운동에 헌신하기 위해서였다. 송몽규가 그렇게 행동하도록 영향을 끼친 사람은 은진중학교 교사 명희조였다. 그걸 증명하는 사료들은 많다. 문익환, 라사행 등 친지들의 증언은 물론이고, 특고경찰의 취조문서 같은 일본 공안당국의 공문서에도 "명희조가 배후 인물"이라고 명확하게 밝혀져 있다.

그러나 송몽규의 배후인물로 '김약연'을 언급한 사료는 전혀 없다. 따라서 그렇게 기술한 윤동주 연구서도 없다. 오직 『처럼』만 다르다. 송몽규가 '김약연의 직접적인 영향'을 받아서 그렇게 행동했다고 주장한다.

*"송몽규는 김약연의 직접적인 영향을 받아 1935년 열여덟의 나이로 독립 운동을 하겠다며 김구를 찾아갔다가 감옥에 갇히기도 했지요."(『처럼』, 76쪽)*

김 교수는 위 주장의 근거를 제시하지 못했다. 아무 근거도 없이 자의적으로 그렇게 송몽규와 김약연을 직결시키는 것은 심각한 역사 왜곡 행위에 해당한다.

## V. 산문시 「투르게네프의 언덕」에 관한 해석 문제

김 교수의 윤동주 시 해석에는 동의할 수 없는 부분이 많다. 해석 자체가 납득되지 않는 경우도 있고, '시'에 관한 인식이 서로 다른 데서 오는 불협화음도 있다. 예를 들면, 그는 *"윤동주의 시 세계는 동시에서 시작해 동시로 끝납니다.(『처럼』, 431쪽)* 라고 주장한다. 윤동주가 은진중학교 3학년 때 쓴 첫 시 「초한대」와 일본 릿쿄대학 유학 중 쓴 마지막 시 「봄」이 모두 '동시'라는 것이다. 이해할 수 없다. 대체 어떻게 그 두 시를 '동시'라고 부를 수 있는가!

그러나 시를 읽고 해석하는 것은 독자의 권리다. 그래서 이 글에서는 『처럼』의 시 해석에 관여하지 않는다. 다만 그가 내 책에 있는 윤동주의 산문시 「투르게네프의 언덕」에 대한 나의 시 해석을 비판하고 부정했는데, 나는 전혀 동의하지 않는다. 그래서 그 부분만 검토하기로 한다.

윤동주의 산문시 「투르게네프의 언덕」은 투르게네프의 유명한 산문시 「거지」를 풍자한 시다. 두 시는 '거지에게 베푸는 적선'이란 주제를 두고 대립한다. 이 시들에 대한 나의 해석을 비판하는 김 교수의 논리는 억지에 해당한다. 윤동주가 「투르게네프의 언덕」에서 설정한 '언덕'이라는 조건이 지닌 상징성을 주목한 나의 해석에 대한 그의 반응을 본다.

어떤 시에 쓰인 특정 단어의 실체를 알아보려면, 바로 그 시 안에서 사용된 맥락과 용법에 따라 분석해야 한다. 그런데도 그는 아주 이상한 논리와 주장을 내세운다. 그는 "윤동주에게 어떤 일관성이 있다면, 윤동주의 시에서 '언덕'이라는 단어가 어떻게 쓰였는지도 살펴봐야 할 것"(『처럼』, 221쪽) 이라고 전제한 다음, 문제의 시 이후에 쓴 시 들까지 포함한 윤동주의 시 전체에서 '언덕'이란 단어가 쓰인 사례들을 모두 찾아서 열거한 뒤 다른 시들의 용례를 볼 때 「투르게네프의 언덕」의 '언덕'에 대한 송우혜의 해석은 *"무리한 추측"(『처럼』, 222쪽)* 이라고 주장했다. 어떻게 그런 식의 시 해석이 용인될 수 있는가!

윤동주의 「투르게네프의 언덕」을 '풍자시'라고 규정한 나의 주장을 비판하는 그의 논지도 매우 해괴하다. 그는 *"'풍자시'라 한다면 풍자 하는 대상이 거대한 적으로 나타나야 합니다. 그래서 거대하고 부패한 식민주의, 제국주의. 귀족주의, 독재 권력, 부패한 지배층 등을 풍자할 때 풍자시가 나타나지요."(『처럼』, 222쪽)* 라고 전제한 뒤, *"(윤동주의) 시에 나타난 거지들은 화자를 적대하지 않습니다. ……이들은 풍자의 대상이 아닙니다."(『처럼』, 222쪽)* 라는 말로 나를 비판했다. 나는 "윤동주가 쓴 「투르게네프의 언덕」이란 시는 거기 나오는 세 명의 거지를 풍자한 시" 라고 말한 적이 없다. 내가 하지도 않은 말을 내가 한 걸로 내세워서 나를 비판하고 있으니 어이없다.

그의 언어감각도 문제가 크다. 그는 "윤동주의 「투르게네프의 언덕」은 투르게네프의 「거지」에 대한 풍자시"라는 내 주장을 강하게 반대하면서 한편 이렇게 쓰고 있다.

> *"투르게네프의 산문시 「거지」를 읽었던 독자라면 윤동주의 「투르게네프의 언덕」이 「거지」를 패러디한 작품이라는 것을 금방 알 수 있습니다. …… 제목에 '투르게네프'의 이름을 넣은 것도 이 시가 투르게네프의 산문시 「거지」의 패러디 작품이라는 표시이겠죠."(『처럼』, 217~218쪽)*

그가 '패러디'라는 말을 어떤 의미로 사용한 것인지 도무지 알 수 없다. 사전을 보면 '패러디'는 명사로는 '풍자[조롱]적 개작(改作)'을 뜻하고, 동사로는 '(남의 시귀 따위를) 비꼬아 개작하다'라는 뜻이라 고 나온다. 김 교수의 글에 있는 '패러디'란 단어를 사전대로 해석하면 어떻게 되는가. 김 교수 역시 "윤동주의 「투르게네프의 언덕」은 투르게네프의 「거지」에 대한 풍자시"라고 주장한 것이 아닌가.

## VI. '윤동주의 일본 유학 시기'를 다룬 서술에 담긴 오류

### 1. 윤동주가 다녔던 도쿄의 릿쿄 대학은 어떤 대학이었나?

김 교수는 윤동주가 유학했던 시기의 릿쿄 대학에 대해서 이렇게 설명했다.

*1941년부터 배속된 동부군 사령부 장교들은 문학부를 '문약부(文弱部)'라고 비하하고 징집 연기를 철폐시켜버립니다. 이에 따라 결국 릿쿄대 문학부는 학생수가 미달되어 폐쇄되기에 이르렀습니다. 나아가 1942년 9월 29일에 학원 이사회에서는 "기독교주의에 바탕을 둔다"(제2조)는 구절을 삭제하고, "황국(皇國)의 도에 의한 교육을 실시함을 목적으로 한다"라고 학칙을 개정했습니다. 이런 상황이니 학교를 옮길 수밖에 없었습니다.(海老澤有道 編, 『立教學院百年史』, 立教學 院, 1974, 362~371面) (『처럼』, 397쪽)*

읽고 나서 이 글이 과연 정확하게 『릿쿄학원백년사』에 근거한 글인지 의심스러웠다. 야나기하라 선생이 밝혀낸 사실들과 맞지 않았기 때문이다.

야나기하라 선생에 의하면 릿쿄대 문학부를 '문약부(文弱部)'라고 비하한 사람은 '동부군 사령부 장교들'이 아니라 릿쿄대의 군사 교련을 담당했던 육군 대좌 반도신지(飯島信之)였다.(본서, 338쪽) '징집 연기' 문제 역시 『처럼』의 기술과 달랐다. 당시 일본의 절박한 전시(戰時) 상황에서 대학생들에게는 '징병 연기'라는 혜택이 주어졌다. 그러나 현역 군인인 교련 담당 교관이 좋지 않게 본 학생에게 '교련 출석 정지' 조치를 내리면 즉각 '징병 연기'가 취소되어 군대에 끌려갔다고 한다.(본서, 339쪽 참조)

1941년부터 '문학부의 징집 연기가 철폐'되었다는 『처럼』의 주장은 사실이 아니다. 1942년 이전에 '릿쿄대 문학부가 학생수 미달로 폐쇄 되었다'는 주장 역시 사실과 다르다. '학칙 개정' 문제도 그렇다. 윤동주는 1942년 10월 1일에 시작되는 가을 학기 전에 이미 교토의 도시샤(동지사) 대학으로 옮기는 편입 수속을 마쳤고, 10월 1일부터는 도시샤 대학에 다녔다, 그러니까 1942년 9월 29일에 있었던 릿쿄학원 이사회의 학칙 개정 문제는 '윤동주의 전학'과 전혀 관계가 없는 일이었다.

우려는 이내 사실로 드러났다. 나는 『릿쿄학원백년사』라는 책을 갖고 있지 않았기 때문에, 일본에 있는 일본인 연구자에게 확인을 부탁했다. 그 결과, "『처럼』 397쪽에 있는 문장과 그 문장의 근거로 제시된 『릿쿄학원백년사』 362~371쪽에 있는 기술은 합치되지 않는다."는 답변이 돌아왔다.

책을 쓰면서 남의 글을 인용하려면 그 출처를 반드시 밝혀야 하고, 모든 인용은 정확하고 정직하게 해야 한다. 그것이 저술자가 반드시 지켜야 할 기본이다. 그런데 『처럼』에서는 그런 기본이 지켜지지 않았다.

## 2. '특고'와 '특검'의 차이

김 교수는 윤동주가 체포되던 시기의 일본 공안당국 구조와 제도에 대해서 정확하게 알지 못했다. 그래서 윤동주를 체포한 기관인 '특고(特高)'를 거듭 '특검'(『처럼』, 451쪽)이라고 지칭하면서 '특고'란 호칭과 뒤섞어서 썼다.

'특고'는 '특별고등경찰(特別高等警察)'의 약칭으로 사상범죄를 전문으로 다루는 특수경찰조직이었다.(본서, 385쪽) '특고'가 '특검'이라고 불린 일은 아예 없었다.

3. '선과(選科)' 제도의 실상은?

일본제국 시대에 일본의 대학들은 모두 '선과(選科)' 제도를 시행했다. 그 제도의 실체를 제대로 파악하지 못한 김 교수는 윤동주의 릿교대 시절을 다루면서 사실과 전혀 다른 기술을 했다.

*"입학한 학과도 영문학과의 '선과'에 해당돼요. 대학에 입학하기 전 준비 과정에 있는 단계지요."(『처럼』, 396쪽)*

너무도 어이없는 기술이다. 다른 자료를 더 찾을 것도 없다. 바로 『처럼』에 실려 있는 릿쿄대 학적부(393쪽)와 성적표(394쪽)를 보라! 거기 윤동주의 당시 신원이 명확하게 밝혀져 있다. 릿쿄대 학적부에는 <히라누마 도쥬(윤동주)는 '릿쿄대 학부'의 학생>이었음이 명기되어 있다. '학부'는 '대학'을 지칭하는 단어로 '대학 예과'와 구별하는 호칭이다. 또 그가 '릿쿄대 문학부 영문학과(선과)'에 입학한 날은 '소화 17년(1942년) 4월 2일'이라고 명기돼 있다. 성적표에는 윤동주가 릿쿄대에서 들은 수업과 성적이 나와 있다. 그런데도 불구하고 김 교수는 '선과'는 '대학에 입학하기 전 준비 과정에 있는 단계'라고 사실과 전혀 다른 주장을 한 것이다.

'선과'는 출신학교를 구분하는 호칭이었다. 같은 입시를 거쳐서 대학에 합격했다 해도, '고등학교'나 '대학 예과'를 나온 학생은 '본과'라고 구분하고, 일제의 교육제도에서 그 아래 단계로 쳤던 전문학교 등의 출신인 학생은 '선과'라고 구분했다. 그러나 일단 입학한 뒤엔 선과나 본과나 간에 아무런 차

별이나 구별 없이 함께 공부했고 성적이 매겨졌다.(본서, 320~322쪽 참조)

## Ⅶ. 윤동주의 자필 시고는 어떻게 보관되었나?

윤동주가 연전 졸업 전에 19편의 시를 수록하고 『하늘과 바람과 별 과 시』라는 제목을 붙인 자필 시집 3부를 만들고 그 중 1부를 후배 정병욱에게 준 것이 살아남아 후일 윤동주 시집의 핵심이 된 것은 유명한 이야기다. 『처럼』은 그 시집이 어떻게 보관되었는지를 아무런 인용 표시 없이 이렇게 기술했다.

*"(정병욱은) 징집되기 직전 어머니에게 원고를 넘기며 보관해달라고 신신당부했다고 합니다. ……정병욱의 어머니는 원고를 항아리에 담아 마룻바닥 아래 묻어둡니다."(『처럼』, 461쪽)*

오랫동안 윤동주의 자필 시집은 정병욱의 집 장롱에 보관되었던 것으로 알려졌었다. 그러나 『윤동주 평전』을 쓰고 있던 내가 정병욱의 누이동생 정덕희 여사에게서 당시의 이야기를 상세하게 듣고 책에 소개함으로써 그 실상이 처음으로 세상에 알려졌다.(본서, 467쪽) 윤동주의 자필시집은 정병욱의 집 마루 아래에 마련해둔 집안 귀중품을 숨기는 비밀장소인 '큰 독' 속에 보관되었다. 마루 아래 땅을 깊이 파고 습기를 차단하는 짚을 깐 뒤 큰 독을 들여놓은 구조였다. 그 독 안에 집안의 여러 귀중품들과 당시 여고생이었던 정덕희 여사의 혼수감도 함께 들어 있었다고 한다.

그릇은 크기에 따라 이름과 쓰임새가 다르다. '(간장) 종지', '(꿀) 단지', '(고추장) 항아리', '(쌀, 김치) 독'의 순서로 그릇 안 공간이 커진다. 집안의 귀중품을 숨기는 용도로 쓰려면 당연히 '독'을, 그것도 '큰 독'을 묻게 된다. 그래서 정병욱의 집에서도 마루 아래 '큰 독'을 비치하고 비밀장소로 사용하고 있었고, 그 안에다 윤동주의 자필시집도 같이 보관했던 것이다.

이처럼 중요한 일에 관한 기술은 마땅히 인용 근거를 밝힘과 동시에 원본의 기록을 변개 없이 그대로 인용해야 한다. 그런데 『처럼』에는 "원고를 항아리에 담아 마룻바닥 아래 묻어두었다"는 말로 크게 변질되어 있다.

## Ⅷ. '새로 만드는 윤동주 전설'이라는 함정

지면 부족으로 모두 열거하지 못할 뿐, 『처럼』에는 여러 종류의 오류들이 다양한 형태로 들어 있다. 이 글에서 언급하지 않은 오자와 오기와 사실 왜곡과 시 해석에서의 오류 등이 많이 남아 있음은 물론, 심지어 한 사안에 대해서 두 종류의 서로 다른 설명을 가한 오류들까지 들어 있다.

그러나 진실로 중요한 문제는 따로 있다. '김응교 교수가 『처럼』을 쓰면서 견지한 서술 목적과 자세가 어떤 것인가?' 하는 점이다. "열매를 보고 나무를 안다"고 하는 맥락에서 고찰할 때 이런 추정이 가능하다.

"김응교 교수는 '김약연'을 '윤동주에 대한 새로운 분석과 조명이 가능하도록 만들 수 있는 존재'라고 파악한 결과, 그 작업에 뛰어들었다."

그는 김약연이 세칭 '무오독립선언서'의 서명자라고 알려진 사실에 크게 주목한 결과, "김약연은 무장투쟁을 주장한 독립운동가"라는 해석을 내렸다. 그리하여 김약연의 존재를 매우 크게 조명하고 높이 평가하는 구도를 만든 뒤 그 영향력 안에 윤동주와 송몽규 등의 존재를 배치하고 그들의 삶을 새로 해석함으로써 '새로운 전설'을 만들어내려고 한 것이다. 바로 그것이 그가 크게 자부한 '3세대 연구자' 식의 노력이었던 것으로 보인다.

그러나 그의 시도는 발상부터 치명적 위험을 안고 있었다. 우선 그는 "세칭 '무오독립선언서'의 실체와 영향력을 제대로 파악하지 못했다"는 결정적 약점을 지녔다. 나는 '세칭 무오독립선언서' 연구의 첨단을 걸은 연구자로서,

「대한독립선언서(세칭 무오독립선언서)의 실체」(『역사비평』)라는 논문을 썼다. 그래서 김 교수의 문제점을 명쾌하게 파악하고 있다.

다음으로 김 교수가 간과한 매우 중요한 사실인데, 김약연은 중국 감옥에 구금되어 있다가 출옥한 1921년 이후, '무장투쟁'을 주장한 일이 일체 없다. 동시에 한국독립운동의 최전선에서도 떠났다. 현재 그가 '무장투쟁을 주장한 독립운동가였다'는 사실을 증명하는 증거나 증언은 전혀 없다. 그런 존재가 아니었다는 증거다.

그럼에도 불구하고 김 교수는 자신이 새롭게 창안해낸 '새로운 전설'에 집착하여 윤동주의 생애를 재구성했다. 그 결과, 『처럼』에는 김약연과 관련이 있는 명동학교와 은진중학교에 대해서는 매우 호의적인 기술, 심지어 사실과 다른 과장까지 동원된 기술이 수록되었다. 반면 김약연과 관련이 없는 숭실중학교와 연전에 대해서는 실제의 역사적 사실과 다른 폄훼가 가해졌다.

이미 세상에 잘 알려져 있는 인물이라 해도 그를 보다 정확하게 이해하려는 탐구는 계속되어야 한다. 윤동주의 경우도 그렇다. 그러나 그것이 정확한 역사적 사실에 토대를 둔 성실한 연구가 아니라면, 연구자 스스로 '역사 왜곡'이라는 함정을 파고 거기 뛰어드는 불행으로 직결된다. 천하의 모든 연구자들이 엄중하게 경계해야 할 유혹이다.

(계간 『서정시학』 2018년 가을호 게재)

# 연보

| 생애 | 사회 · 문화 |
|---|---|
| 1917년(1세) | |
| 윤동주 집안은 1886년 증조부 윤재옥(尹在玉) 때에 함경북도 종성(鍾城)에서 북간도의 자동(子洞, 또는 紫洞)으로 이주했다. 1900년 조부 윤하현(尹夏鉉, 1875~1948) 때 북간도의 명동촌으로 옮겨서 살았는데, 북간도 명동촌은 일찍부터 신학문과 기독교를 받아들인 선구자의 마을이었다. 1910년 조부 윤하현은 명동교회를 다니기 시작하여 윤동주가 태어날 무렵에는 장로가 되었다.<br>윤동주는 12월 30일 명동촌에서 본관이 파평(坡平)인 부친 윤영석(尹永錫, 1895~1962)과 모친 김용(金龍, 1891~1948)의 4남매 중 장남으로 태어났다. 호적과 대다수의 기록에는 그의 출생 연도가 1918년으로 되어 있는데, 이것은 출생 신고를 1년 늦게 했기 때문이다. 윤동주는 갓난아기 때 유아세례를 받았고, 아명(兒名)은 '해환(海煥)'이었다. | 1월 이광수 장편 『무정』을 『매일신보』에 연재(~6.14)<br>4월 『조선문예』 창간(편집인 최영년, 1918.10.20 통권 20호로 종간됨)<br>9월 기독교청년연합회 기관지 『청년』이 창간됨<br><br>춘원 이광수 |

| 생애 | 사회 · 문화 |
|---|---|
| 1923년(7세)<br><br>부친 윤영석은 1895년 음력 6월 12일에 출생하여 명동중학교를 졸업했다. 그 후 정재면의 주선으로 북경에 유학을 갔다 돌아왔다. 윤동주가 태어날 무렵에는 명동소학교에서 교편을 잡았고, 1923년 9월, 윤동주가 7세 되던 때 윤영석은 동경에 유학 중이었다. | |
| 1923년(8세)<br><br>12월 누이동생 혜원(惠媛, 아명은 貴女)이 출생했다. | |
| 1925년(9세)<br><br>4월 4일 윤동주가 명동(明東)소학교에 입학했다. 윤동주가 입학할 무렵 명동학교의 형편은 좋지 않았다. 1920년 캐나다 장로회 선교부가 북간도 교통의 요지인 용정에 은진중학교, 명신여학교를 세워 교육의 중심이 용정으로 이동한 데다, 갑자년 가뭄으로 인한 경영난까지 겹쳐 윤동주가 입학하던 1925년 명동중학교가 문을 닫은 때문이다. 당시 그의 급우로는 후에 복강감옥에서 같이 옥사한 고종사촌 송몽규(宋夢奎)와 외사촌 김정우(金楨宇, 시인·숭실고 교사), 그리고 당숙 윤영선(의사), 문익환(文益煥, 시인·목사) 등이 있다. | 1월 문예지『생장』창간(주재 김형원)<br>5월 나도향 단편소설「벙어리 삼룡이」발표<br>5월 10일 월간종합잡지『신민』(편집 겸 발행인 이각종) 창간<br>5월 12일 조선치안유지법 공포 시행<br>8월 23일 조선 프롤레타리아 예술가동맹 카프(KARF) 결성<br>12월 26일 김소월 시집『진달래 꽃』간행<br><br>김소월 |

| 생애 | 사회 · 문화 |
|---|---|
| 1927년(11세) | |
| 12월 동생 일주(一柱, 아명달환)가 태어났다. | 1월 20일 월간종합지 『현대평론』 창간<br>2월 10일 조선일보사, 월간잡지 『신조선』 창간<br>8월 26일 나도향 사망<br>11월 15일 카프의 기관지 『예술운동』 창간 |
| 1928년(12세) | |
| 명동소학교 4학년 재학시절에 『아이생활』, 『어린이』 등의 잡지를 구독하며 문학 소년의 꿈을 키우던 윤동주는 5학년때인 1929년에 급우들과 함께 『새명동』이라는 잡지를 등사판으로 발간했다. | 28년 1월 조선일보 최초의 신춘문예작품 모집 입선작품 발표<br>3월 영화잡지 『문예영화』 창간 |
| 1929년(13세) | |
| 4월 명동소학교가 '교회학교' 형태에서 '인민학교'로 넘어갔다가 9월에는 중국 행정당국에 의해 공립으로 강제 수용되다. 외삼촌 김약연, 평양 장로교신학교에 입학.<br><br>김약연 | 29년 1월 김동인 「광염 소나타」 『중외일보』에 연재<br>5월 『조선문예』 창간<br>5월 1일 양주동 등 『문예공론』 창간 (편집, 발행인 방인근)<br>10월 월간 아동문학지 『소년세계』 창간 |

| 생애 | 사회 · 문화 |
|---|---|
| 1930년(14세)<br><br>김약연, 1년 수학 후 목사가 되어 명동교회 부임. 명동에 공산테러 성행. | 30년 3월 정지용, 박용철, 김영랑 등 『시문학』 창간<br>7월 임화 「무산자」 동경에서 발행<br><br>김동인 |
| 1931년(15세)<br><br>1931년 3월 20일 명동소학교를 졸업. 학교에서는 졸업생 14명에게 김동환(金東煥)의 시집 『국경의 밤』을 선물. 윤동주는 송몽규 등과 함께 대랍자(大拉子)에 있는 중국인 소학교 6학년에 편입해 1년을 더 다녔다. 대랍자는 명동에서 동쪽으로 10리쯤 떨어진 화룡현 현청 소재지였는데, 윤동주와 송몽규는 명동에서 대랍자까지 십리 길을 날마다 걸어서 통학했다. 이 해 늦가을 용정으로 이사. | 1월 조선어연구회 조선어학회로 개칭<br>1월 16일 김기림「시론」『조선일보』에 발표<br>4월 21일 이태준「고향」『동아일보』에 연재<br>7월 8일 극예술연구회 결성<br>7월 16일 동아일보사 브나로드운동 전개<br>10월 29일 조선어학회, 한글날 제정<br>11월 이하윤, 박용철, 김영랑 등 『문예월간』 창간<br>11월 동아일보『신동아』 창간(~1936.6 통권 59호) |

| 생애 | 사회 · 문화 |
| --- | --- |
| 1932년(16세) | |
| 4월 용정에서 캐나다 선교부가 경영하던 미션학교인 은진중학교에 송몽규, 문익환과 함께 진학했다. 이름을 아명인 해환 대신 '윤동주'로 쓰기 시작. 은진중학교는 명신여학교, 제창병원과 함께 캐나다 장로회 선교부에서 운영하던 학교였다. 은진중학교 재학 시절, 윤동주는 축구선수로 뛰기도 하고, 교내 웅변대회에 참가하는 등 다양한 활동을 펼쳤다. | 1월 김동인 단편「발가락이 닮았다」『조광』에 발표<br>4월 12일 이광수「흙」『동아일보』에 연재<br>7월 9일 최서해 사망<br>8월 프롤레타리아 연극단체《신건설》창립<br>12월 5일 순문예지『문학건설』(편집 겸 발행인 박동수) 창간 |
| 1933년(17세) | |
| 4월 동생 광주(光柱)가 태어났다. | 4월 김동인의 장편역사소설「운현궁의 봄」『조선일보』에 연재<br>6월『카톨릭 청년』창간<br>8월 정지용, 김기림, 이효석, 유치진 등 '구인회'조직<br>11월 4일 조선어학회, 한글 맞춤법 통일안 발표 |
| 1934년(18세) | |
| 용정 고모댁에 와 있던 강소천과 사귀다.<br>12월 24일「삶과 죽음」,「초한대」,「내일은 없다」등 3편의 시작품을 썼다. 이 무렵부터 자신이 지은 시에 날짜를 적어 보관하였다. | 1월 박용철『문학』창간<br>4월 18일 극예술연구회 기관지 겸 동인지『극예술』창간<br>5월 이기영, 박영희 등 조선프롤레타리아 예술동맹원 80명, 제2차 카프사건으로 검거됨(일명 신건설 사건)<br>5월 7일《진단학회》창립<br>8월 18일 심훈의「상록수」가『동아일보』창간 15주년 기념현상소설에 당선(9월 10일『동아일보』에 연재 시작)<br>12월 24일 김소월 사망 |

| 생애 | 사회 · 문화 |
|---|---|
| 1935년(19세) | |
| 1월 1일 송몽규는 『동아일보』 신춘문예에 콩트 「술가락」이 아명인 송한범이라는 이름으로 당선. 4월 송몽규는 학업 중단하고 낙양군관학교 한인반 2기생으로 입교하러 중국으로 가다. 문익환은 상급학교 진학에 유리한 5년제 평양 숭실중학교로 전학하여 4학년에 편입. 윤동주는 9월 1일 숭실중학교 3학년 2학기에 편입하여 창작활동에 몰두. 10월 숭실중학교 학생회에서 발행하던 『숭실활천』 제15호에 시 「공상」을 게재. 이 시는 그의 시 가운데 최초로 활자화된 작품이다. 이 외에도 「남쪽 하늘」(10월), 「창공」(10월 20일), 「거리에서」(11월 18일), 「조개껍질」(12월) 등의 시를 썼다. | 1월 1일 김동리 「화랑의 후예」 『조선중앙일보』에 연재<br>1월 1일 김유정 단편소설 「소낙비」 『조선일보』 신춘문예 당선<br>5월 조선프롤레타리아예술동맹(카프 KAPF) 해산<br>10월 서정주 「자화상」 『시건설』에 발표<br>11월 5일 김영랑 시집 『영랑시집』 간행<br> |
| 1936년(20세) | |
| 1월 일제 총독부 당국이 신사참배 명령을 거부했다는 이유로 윤산온(尹山溫, George S. McCune) 선교사를 교장직에서 파면하자 학생들의 항의 시위로 학교가 무기휴교에 들어갔다. 3월 문익환과 함께 용정으로 돌아온 윤동주는 5년제인 광명학원(光明學院) 중학부 4학년에 편입했다.<br>4월 중국에 가서 독립운동에 투신했던 송몽규가 제남에서 일경에 체포되어 본적지인 함북 웅기경찰서에 압송되어 고초를 겪다. | 1월 20일 백석 시집 『사슴』 간행<br>6월 종합잡지 『신동아』 통권 59호로 폐간<br>9월 16일 심훈 사망<br>11월 서정주, 김동리, 오장환 등 14명 『시인부락』을 창간(발행 겸 편집 서정주) |

| 생애 | 사회 · 문화 |
|---|---|
| 9월 송몽규는 14일에 거주 제한을 조건으로 석방된 후 계속 요시찰인으로 감시 당하다. 광명중학에 재학하던 2년 동안 윤동주는 동시에 몰두하여, 연길에서 발행되던 월간잡지 『카톨릭 소년』에 '윤동주(尹童柱)'라는 필명으로 「병아리」(11월호), 「빗자루」(12월호) 등의 시 작품을 발표했다. 이 무렵 일본판 『세계문학전집』과 한국인 작가의 소설과 시를 탐독하였다. 또한 『정지용 시집』을 정독하였다. | <br> |
| 1937년(21세) | |
| 4월 졸업반인 5학년으로 진급. 송몽규는 대성중학교(4년제) 4학년으로 편입하여 학업 재개.<br>『카톨릭 소년』지에 동시 「오줌싸개 지도」(1월호), 「무얼 먹고 사나」(3월호)를 윤동주(尹童柱)라는 이름으로, 「거짓부리」(10월호)를 윤동주(尹童舟)란 이름으로 발표하였다. 童舟란 필명은 이때 처음 사용하였다.<br>8월 100부 한정판인 백석의 시집 『사슴』을 베껴 필사본을 만들었다. 이무렵 광명중학교 농구 선수로 활약.<br>9월 수학여행으로 금강산과 원산 송도원을 구경하였고, 이때 「바다」, 「비로봉」 2편의 시를 얻었다. 광명중학 졸업반인 5학년 2학기가 되면서 상급학교 | 3월 29일 김유정 사망<br>4월 17일 이상 사망<br>5월 3일 이용악 시집 『분수령』 일본 동경에서 출판<br>7월 1일 유치환 발행 시 잡지 『생리』 창간<br>10월 2일 조선총독부, 황국신민서사 공포<br>11월 5일 『시대일보』 폐간<br>11월 10일 신석초, 이육사, 윤곤강 등 시전문 동인지 『자오선』 창간 (편집 겸 발행인 민태규) |

| 생애 | 사회 · 문화 |
|---|---|
| 진학문제로 의학을 선택하라는 부친과 문학을 희망하는 윤동주 사이에 갈등이 심해졌다. 조부 윤하현의 권유로 부친이 양보하여 문과를 택하게 되었다. 이 시기에 『영랑시집』을 정독하였다.  조부 윤하현 |  백석  이육사 |
| 1938년(22세) | |
| 2월 17일 광명중학교 5학년을 졸업하고 4월 9일 고종사촌 송몽규와 함께 연희전문학교 문과에 입학하다. 연전 기숙사 3층 지붕밑방에서 송몽규, 강처중과 함께 3인이 한방을 쓰면서 연전 생활 시작하다. 윤동주는 당시 연희전문에서 흥업구락부 사건으로 교수직을 박탈당하고 도서관 촉탁으로 근무하던 외솔 최현배(崔鉉培) 선생의 조선어 강의와 손진태교수의 역사 강의를 들으며 민족문화의 소중함을 재확인했다. 또한 이양하 교수에게 영시(英詩)를 배우며 자신의 문학관을 정립해 나갔다. 동시 「햇빛 바람」, 「해바라기 얼굴」, 「애기의 새벽」, 「귀뚜라미와 나와」 등과 「새로운 길」, 「비오는 밤」, 「사랑의 전당」, 「이적」, 「아우의 인상화」, 「코스모스」, 「슬픈 족속」 등의 시 작품을 썼다. | 2월 29일 임화 시집 『현해탄』 발간<br>5월 12일 박용철 사망<br>7월 19일 문세영, 최초의 『우리말 사전』 발행<br>10월 한국 최초의 수필 월간지 『박문』 창간(박문서관)  최현배 선생님  이양하 선생님 |

| 생애 | 사회 · 문화 |
|---|---|
| 1939년(23세) | |
| 연전 문과 2학년으로 진급.<br>기숙사를 나와서 북아현동 서소문 등지에서 하숙 생활. 라사행과 함께 북아현동에 살던 정지용을 방문, 시에 관한 이야기를 나누다.<br>『조선일보』 학생란에 산문 「달을 쏘다」(1월 23일)와 시 「유언」(2월 6일), 「아우의 인상화」(10월 17일)를 '윤동주(尹東柱)' 및 '윤주(尹柱)'란 이름으로 발표.<br>'윤동주(尹童柱)'란 이름으로 『소년』 지에 동시 「산울림」을 발표. 이를 계기로 『소년』 편집인인 윤석중을 만나다. 『문장』, 『인문평론』 을 매달 사서 읽었다. | 2월 문학 종합지 『문장』 창간(이태준 주간)<br>3월 5일 시동인지 『시림』 (편집 겸 발행인 고경상) 창간<br>8월 16일 이병기 『가람시조집』 문장사에서 발간<br>10월 최재서 『인문평론』 창간(1941.4 통권 16호로 종간)<br>11월 신성적 시집 『촛불』 출간<br>12월 장만영 시집 『祝祭』 출간<br>12월 유치환 시집 『靑馬詩抄』 출간<br>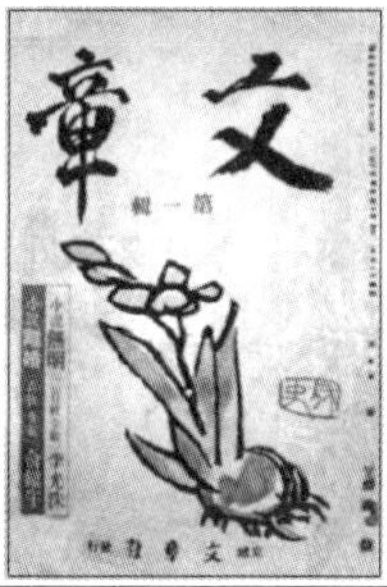 |
| 1940년(24세) | |
| 다시 기숙사로 돌아오다. 고향 후배인 장덕순 연전 문과 입학.<br>연희전문에 입학한 정병욱(1922~1982) 사귀다. 윤동주는 이화여전 구내의 협성교회에 다니면서 케이블 목사 부인이 지도하던 영어성서반에 참석. 이 해 무렵 릴케, 발레리, 지드 등을 탐독하는 한편 프랑스어를 공부하였다.<br>1939년 9월 이후로 절필하다가 그해 12월 3편의 시 「病院」(12월), 「위로」(12월 3일), 「八福」(12월 추정)을 썼다. | 2월 11일 조선총독부 창씨개명제(創氏改名制) 실시<br>6월 11일 이기영 「봄」 (미완) 『동아일보』에 연재<br>8월 1일 한설야 「탑」 『매일신보』에 연재<br>8월 10일 『동아일보』, 『조선일보』 강제 폐간<br>12월 박종화 단편소설 「아랑의 정조」 『문장』 발표 |

| 생애 | 사회 · 문화 |
| --- | --- |
| 1941년(25세) | |
| 5월 말 누상동 김송(金松)의 집에서 정병욱과 함께 하숙. 9월에 북아현동으로 하숙을 옮겼다. 「서시」, 「또 다른 고향」, 「십자가」, 「별 헤는 밤」, 「새벽이 올 때까지」 등 여러 편의 작품을 쓰는 한편, 연희전문 문과에서 발행한 『문우』지에 「자화상」, 「새로운 길」의 시를 발표했다.<br>12월 27일 전시 학제 단축으로 3개월 앞당겨 연희전문학교 졸업. 졸업 기념으로 자선시집(自選詩集) 『하늘과 바람과 별과 시』(19편)를 77부 한정판으로 출간하려 했으나 실패했다. 필사본 시집 3부를 작성하여 한 부는 자신이 갖고 나머지 2부는 이양하 선생과 정병욱에게 1부씩 증정했다. 일제가 2월부터 강제로 창씨개명을 강요하자 고향집에서는 성씨를 히라누마(平沼), 송몽규 집에서는 성씨를 소오무라(宋村)로 창씨했다. | 2월 황순원 단편소설 「별」 『인문평론』에 발표<br>3월 16일 유치진 등 현대극장을 조직<br>4월 순문예지 『문장』, 『인문평론』 강제 폐간<br>6월 친일 시인들 《국민시가연맹》을 조직<br>11월 『국민문학』 창간, 최재서 편집 발행(~1944) |

윤동주의 후배 정병욱

| 생애 | 사회 · 문화 |
|---|---|
| 1942년(26세) | |
| 연희전문을 졸업하고 일본에 갈 때까지 한 달 반 정도 고향 집에 머물렀다. 부친 일본 유학 권하다. 졸업 증명서, 도항 증명서 등 수속에 필요한 서류 때문에 1월 19일, 연희전문에 히라누마로 창씨개명한 이름을 제출했다. 1월 24일에 쓴 시「참회록」은 창씨개명계 계출로 인한 고통을 담고 있다.<br>3월 일본으로 건너가 4월 2일에 동경 입교대학(立敎大學) 문학부 영문과에 입학. 함께 일본유학 길에 오른 고종사촌 송몽규는 宋村夢奎라고 창씨한 이름으로 경도제국대학(京都帝國大學) 사학과(서양사 전공)에 입학했다. 윤동주가 진학한 대학은 성공회에서 경영하는 기독교계 학교이다. 윤동주는 한 학기 동안《영어학연습》과《동양철학사》2과목을 수강했다. 이 시절에 쓴 시「흰 그림자」,「흐르는 거리」,「쉽게 씌어진 시」등 5편을 서울의 강처중에게 우송했다.<br>윤동주는 여름방학을 맞아 귀향했다가 동북제국대학 편입을 목표로 급히 도일. 그 해 10월 1일에 경도의 경도 동지사대학(同志社大學) 영문과로 편입학했다. | 5월 1일 조선어학회 기관지『한글』통권 93호로 폐간<br>5월 25일 이효석 사망<br>11월 조선어학회 사건 발생<br><br>이효석 |

| 생애 | 사회 · 문화 |
| --- | --- |
| 1943년(27세) | |
| 1월 경도에 와서 맞은 첫 겨울방학에 귀성하지 않았다.<br>7월 10일 송몽규 일본 경찰에 체포되어 경도 시모가모(下鴨) 경찰서에 구금.<br>7월 14일 윤동주, 고희욱도 검거되다. 윤동주는 체포 당시 일본에서 유학하던 중에 썼던 상당한 분량의 한글로 쓴 글을 압수당하였다.<br>소식을 듣고 도쿄에서 면회간 당숙 윤영춘이 윤동주가 고오로기란 형사와 대좌하여 자신이 쓴 우리말 작품과 글들을 일역(日譯)하고 있는 것을 목격. 외사촌 김정우도 면회.<br>12월 6일 송몽규, 윤동주, 고희욱이 검찰국에 송국되었다. | 4월 17일 조선문인보국회 결성(1945.8.15까지 지속)<br>4월 25일 이상화 사망. 현진건 사망<br>9월 23일 이기영 「광산촌」을 『매일신보』에 연재 |
| 1944년(28세) | |
| 1월 19일 고희욱은 기소유예 처분으로 석방.<br>2월 22일 윤동주, 송몽규 기소됨.<br>3월 31일 교토지방재판소 제2형사부는 윤동주에게 치안유지법 제5조 위반《독립운동》죄로 '징역 2년(미결구류일수 120일 산입)'을 선고(구형 3년)하였고, 4월 1일 확정되었다.<br>4월 13일 송몽규도 윤동주와 같은 죄목으로 징역 2년 (구형 3년)형을 언도받았다. 미결 구류일수는 산입되지 않았다(확정: 1944년 4월 17일, 출감 예정일: 1946년 4월 12일). 윤동주와 송몽규는 후쿠오카(福岡) 형무소에 수감되었다. | 1월 16일 시인 이육사 사망<br>5월 26일 비평가 김환태 사망<br>8월 여자 挺身隊令시행 |

| 생애 | 사회 · 문화 |
|---|---|
| 윤동주는 옥중에서 고향 집에 부탁하여 차입한 『영일 대조 신약성서』를 탐독했다. 고향집에 보내는 서신은 매달 일어로 쓴 엽서 한 장씩만 허락되었다. | |
| 1945년(29세) | |
| 2월 16일 윤동주 사망. 부친 윤영석과 당숙 윤영춘이 시신을 가지러 복강형무소에 가다. 살아 있는 송몽규부터 면회하여 "이름 모를 주사를 강제로 맞고 있다"는 증언을 듣다. 윤동주의 유해는 아버지의 품에 안겨 고향으로 돌아와 가족과 친지들에 의해 3월 6일, 북간도의 용정동산의 중앙교회 묘지에 묻혔다.<br>송몽규도 3월 7일 후쿠오카형무소에서 눈을 뜬 채 옥사했다. 부친 송창희와 육촌 동생 송희규가 도일하여 유해를 가져다가 명동의 장재촌 뒷산에 안장.<br>윤동주의 장례식에서는 『문우』지에 발표된 「우물속의 자상화」와 「새로운 길」이 낭독되었다. 이 해 6월 14일 가족들은 윤동주의 묘소에 '시인 윤동주지묘(詩人尹東柱之墓)'라고 새긴 비석을 세웠다.<br>8월 15일 일제가 패망함으로써 해방이 되었다. | 5월 전시교육령 공포(교육의 군사화를 위해 전 학교에 학도대를 조직)<br>8월 송영, 안영일 등《조선연극건설본부》결성<br>9월 14일 『조선통신』 창간<br>11월 23일 『조선일보』 복간<br>12월 7일 『동아일보』 복간<br>12월 1일 월간종합지 『백민』 (편집 겸 발행인 김송) 창간<br>12월 27일《조선문화협회》결성<br><br>후쿠오카 형무소 정문<br><br>윤동주 묘소에 비석 |

| 생애 | 사회 · 문화 |
|---|---|
| 1947년 | |
| 2월 13일자 『경향신문』에 정지용의 소개문과 더불어 유작(遺作) 「쉽게 씌어진 시」가 해방 후 최초로 발표되었다.<br>2월 16일 정지용, 유영, 윤일주, 안병욱, 윤영춘, 이양하, 김삼불, 정병욱 등 30여 명의 사람들이 서울 소공동 <플라워 회관>에 모여 윤동주, 송몽규 양인 추도회를 가졌다. | 2월 14일 『세계일보』창간<br>5월 신문 『민주조선』창간<br>6월 20일 유치환 시집 『생명의 서』 발행<br>10월 29일 유치진, 이서구 등 조선연극동맹에 대항하여 《전국연극예술협회》 결성<br>11월 서정주 「국화옆에서」 『경향신문』 발표 |
| 1948년 | |
| 1월 유고 31편을 모아 정지용의 서문과 강처중의 발문을 붙여 유고시집 『하늘과 바람과 별과 시』 를 정음사에서 간행했다. 작품 선별과 편집은 강처중이 담당했다.<br>9월 4일 조부 윤하현이 별세하였고,<br>9월 26일 모친 김용 별세.<br>12월 누이 윤혜원이 윤동주의 중학시절 원고를 가지고 월남했다. | 2월 8일 『평화일보』 창간<br>4월 1일 서정주 두 번째 시집 『귀촉도』(선문사) 간행<br>9월 1일 유치환 시집 『울릉도』 발간<br>9월 30일 국회, 한글전용법 통과<br>10월 『문장』 속간<br>10월 9일 한글전용법 공포<br><br>정음사 간 윤동주 시집 |

| 생애 | 사회 · 문화 |
|---|---|

1955년

2월 윤동주 10주기 기념으로 88편의 시와 4편의 산문을 엮은 『하늘과 바람과 별과 시』 중간본을 정음사에서 간행. 편집은 정병욱이 담당했고, 표지화는 수화 김환기 화백이 그렸다. 2월 16일 연희대학교 문과 주최로 박영준, 김용호, 정병욱 등이 모여 '윤동주 10주기 추도회'를 가졌다. 이날 저녁 당숙 윤영규 집에서 강소천, 이한직, 최영해, 노천명, 조병화 등 동문과 문단 사람들과 친지 20여 명이 모여 윤동주를 추모했다.

1월 1일 월간 『현대문학』 창간, 손창섭 제1회 『현대문학』 신인상 수상

7월 월간 『예술집단』 창간

9월 19일 이승만, 한글간소화안 철회

12월 김성한 제1회 동인문학상 수상

『하늘과 바람과 별과 詩』 증보판

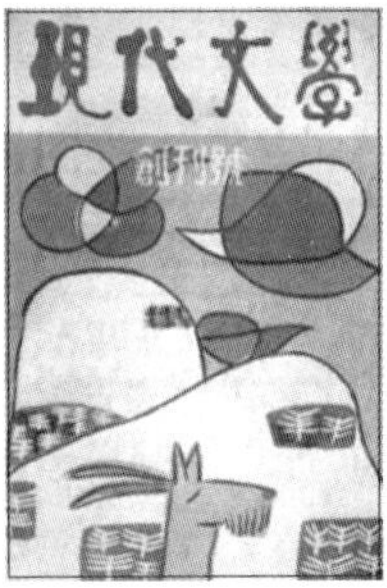


1968년

11월 2일 연희전문 시절 윤동주가 지내던 연세대 기숙사 앞에 '윤동주 시비'를 건립하고 제막식을 가졌다. 제막식에는 연희전문 시절의 은사 최현배, 김윤경, 백낙준 선생과 박종화, 박목월, 박대선, 유영 등 동문, 선후배 수백여 명이 참석하여 윤동주를 추모했다. 시비는 친동생 윤일주가 설계하고, 윤동주의 「序詩」 친필을 확대하여 새겼다.

연세대 윤동주 시비

| 생애 | 사회 · 문화 |
|---|---|
| 1970년<br><br>10월 15일부터 1주일간 윤동주 25주기를 맞아 고인의 친필 유고와 유품 전시회.<br>10월 22일 국립중앙도서관 회의실에서 백철, 윤영춘, 문익환, 김정우, 정병욱 등 13인이 참석해 윤동주 추모 좌담회를 열다. | |
| 1976년<br><br>6월 외솔회 발행『나라사랑』제23집을 윤동주 특집호로 엮었다.<br>7월 그 동안 게재 유보하였던 시작품 23편을 시집『하늘과 바람과 별과 시』에 추가 수록. | |
| 1977년<br><br>10월 일제 때 내무성 경보국 보안과 발행의 극비문서『特高月報』(1943년 12월분)에 실린 '재경도 조선인 학생 민족주의 그룹사건 책동 개요'(송몽규, 윤동주의 취조문서)가 입수됨으로써 두 사람의 혐의 내용이 처음으로 알려지게 되었다.『문학사상』(1997.12) 번역 게재. | |
| 1979년<br><br>1월 일본 司法府刑事局발행의 극비문서『思想月報』제109호(1944.4~6월)에 실린 송몽규에 대한 판결문과 관련자 처분 결과 일람표가 입수되었다.<br>송몽규, 윤동주의 형량 등이 알려지게 되었고, 혐의는 <독립운동>이었음이 확인되었다. | |

| 생애 | 사회 · 문화 |
| --- | --- |
| 1985년<br><br>윤동주 연구가인 오무라 마쓰오(大村益夫) 교수에 의해 북간도 용정에 있는 윤동주의 묘와 비석의 존재가 한국 학계와 언론계에 소개되었다.<br>윤동주의 시정신을 계승하기 위해 한국문인협회가 '윤동주문학상'을 제정했다. | |
| 1990년<br><br>4월 5일에 북간도의 유지들이 명동 장재촌에 있던 송몽규의 묘와 비석을 찾아내 용정 윤동주의 묘소 근처로 이장했다.<br>8월 광복절에 대한민국 정부는 윤동주에게 건국훈장 '독립장'을 수여. 2월 16일 연세대학교 총학생회 주최로 윤동주 시비 앞에서 추모식 및 시화전 개최.<br>같은 날 윤동주의 모교인 경도 동지사대학 교정에 윤동주 시비를 건립하였다.<br>8월 광복절에 대한민국 정부는 송몽규에게 건국훈장 '애국장'을 수여했다.<br>'애국장'은 '독립장'보다 한 등급 아래 훈장이다. | <br>동지사대학의 윤동주 시비 |
| 1995년<br><br>8월 중국 용정중학교 내에 윤동주 시비를 건립하였다. | |
| 1999년<br><br>『하늘과 바람과 별과 詩』는 판을 거듭하면서 계속 증보되었다.<br>3월에는 윤동주의 작품을 자필원고 그 | |

| 생애 | 사회 · 문화 |
| --- | --- |
| 대로 수록한 사진판 시집이 민음사 판으로 나왔다. 현재 윤동주의 시집은 여러 나라에서 여러 판본으로 번역되었고 그의 전기를 비롯한 연구서적의 출간도 수십 권에 이르고 박사 학위 논문을 비롯한 학술 논문들은 수백 편을 상회한다. | |
| 2001년<br><br>연희전문학교 문과를 다녔던 윤동주를 기념하기 위해 연세대학교에서 2001년부터 '윤동주 기념 사업회'를 구성하고 같은 이름의 문학상을 제정하여 전국의 대학생을 대상으로 작품을 공모하고 있다. | |
| 2004년<br><br>12월 서울 남산에 있는 '문학의 집·서울'에서 '시인 윤동주 60주기 추모 전야제'가 한국문인명예운동본부(회장 김우종) 주최, 한국문화예술진흥원 후원으로 열렸다. | |
| 2005년<br><br>'윤동주 60주기 추모제'가 국내외 각지에서 열렸다.<br>윤동주의 기념비를 교토(京都)에 세우려는 일본의 시민단체 '시인 윤동주 기념비 건립위원회'(대표 안자이 이쿠로安齋育郎)가 발족했다. | |

| 생애 | 사회 · 문화 |
|---|---|

2010년

2010년 7월 일본 시민단체 '시인 윤동주기념비 건립위원회'(대표 안자이 이쿠로安齋育郎)의 요구에 따라 경도재판소가 1944년에 작성된 윤동주 판결문을 공개하고, 처음으로 원문 전문 복사를 허용했다.

건립위원회는 판결문 외에도 재판 기록과 일기 등 증거물도 공개하라고 요구했지만, 교토 지방 검찰청은 "1945년 이전의 판결 중 재판 기록까지 남아 있는 것은 4건 뿐"이라며 "윤동주 사건의 경우 판결문 외에는 아무것도 남아 있지 않다"고 설명했다.

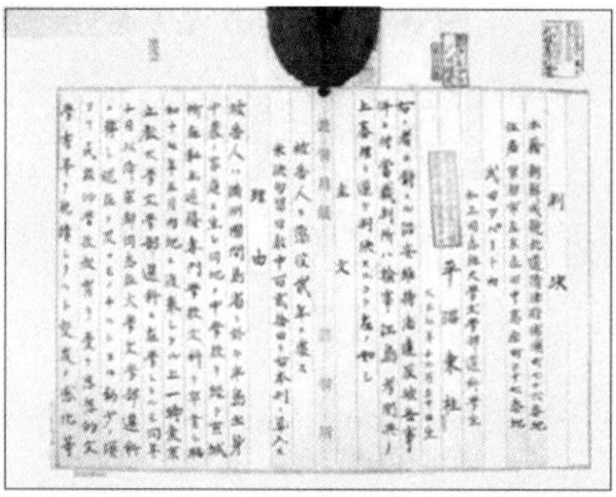

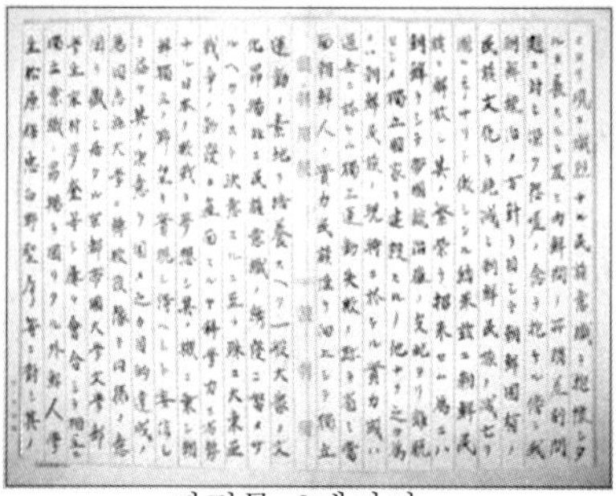

판결문 2페이지

이 판결문은 총 7장으로 되어 있다. 판결문에는 윤동주에 대한 치안유지법 위반 피고 사건에 대하여 "당 재판소는 에지마 다카시 검사가 참여하여 심리를 한 결과 징역 2년의 판결을 내리고, 구류되었던 120일은 징역일수에 산입 처리한다"고 밝히고 있다.

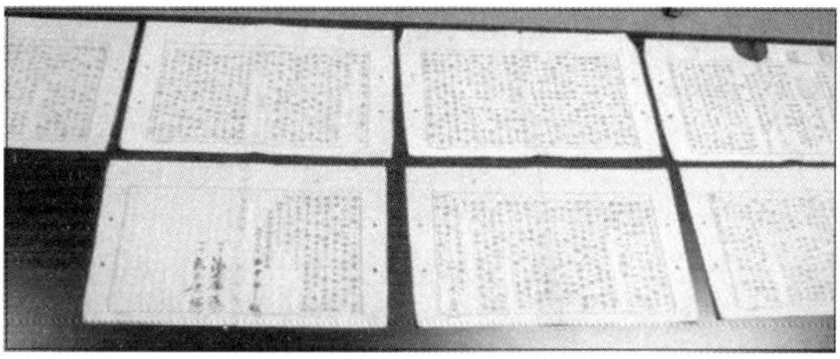

판결문 전체

# 찾아보기

## 【ㄱ】

**【ㄴ】**

**【ㄷ】**



**【ㄹ】**



**【ㅁ】**

**【ㅂ】**

【ㅅ】

**【ㅇ】**

**【ㅈ】**